Martha Grimes ist der «unumstrittene Star des Kriminalromans» (Newsweek). Sie wurde in Pittsburgh geboren und studierte an der University of Maryland. Internationalen Ruhm erlangte sie mit ihren Inspektor-Jury-Romanen, die nach Meinung von Patricia Cornwell «reinste Poesie» sind. Heute lebt die Schriftstellerin in Washington, D.C., und in Santa Fe, New Mexico.

In der Reihe der rororo Taschenbücher liegen außerdem vor: «Inspektor Jury sucht den Kensington-Smaragd» (rororo 12161), «Inspektor Jury schläft außer Haus» (rororo 15947) und «Inspektor Jury spielt Domino» (rororo 15948).

MARTHA GRIMES

INSPEKTOR JURY KÜSST DIE MUSE

INSPEKTOR JURY BRICHT DAS EIS

Zwei Romane

Deutsch von
Uta Goridis und
Jürgen Riehle

ROWOHLT TASCHENBUCH VERLAG

Einmalige Sonderausgabe

Überarbeitete Übersetzungen
Veröffentlicht im Rowohlt Taschenbuch Verlag,
Reinbek bei Hamburg, März 2009
Inspektor Jury küßt die Muse
Copyright © 1988, 1990 by Rowohlt Verlag GmbH,
Reinbek bei Hamburg
Die amerikanische Originalausgabe erschien
1984 unter dem Titel «The Dirty Duck»
bei Little, Brown & Company, Boston/Toronto
«The Dirty Duck» Copyright © 1984 by Martha Grimes
Inspektor Jury bricht das Eis
Copyright © 1989, 1992 by Rowohlt Verlag GmbH,
Reinbek bei Hamburg
Die Originalausgabe erschien 1984
unter dem Titel «Jerusalem Inn»
bei Little, Brown & Company, Boston/Toronto
«Jerusalem Inn» Copyright © 1984 by Martha Grimes
Jürgen Riehle übersetzte Kapitel 1 bis 19,
Uta Goridis Kapitel 20 bis 27
Umschlaggestalung any.way, Barbara Hanke/
Cordula Schmidt (Foto: Getty Images)
Gesamtherstellung CPI – Clausen & Bosse, Leck
Printed in Germany
ISBN 978 3 499 24884 9

Martha Grimes

Inspektor Jury küsst die Muse

Deutsch von Uta Goridis

Für Katherine und
J. Mezzanine

und im Gedenken an George Roland,
1930–1983

Erster Teil

STRATFORD

«Wer liebte je, und
nicht beim ersten Blick?»

William Shakespeare,
Wie es euch gefällt

I

Die Pforten des Royal Shakespeare Theatre entließen die Zuschauer wieder einmal in diesen hinterhältigen Regen, der immer genau das Ende der Vorstellungen abzupassen schien. Heute abend war *Wie es euch gefällt* aufgeführt worden, und den Leuten stand ins Gesicht geschrieben, daß sie noch nicht zu sich gefunden hatten, als würde infolge einer magischen Verwandlung die bukolische Idylle des Waldes von Arden auch draußen im Dunkeln und im Nieselregen weiter funkeln und glitzern.

Die Leute strömten auf die Gehsteige und in die verwinkelten Gassen, um dann in den geparkten Autos und den Pubs zu verschwinden. Das Licht der Scheinwerfer um das Theater herum fiel wie glänzende Münzen auf das Wasser. Als es erlosch, war es, als hätte ein Bühnenarbeiter mit einem Schalterdruck den Fluß ausgeknipst.

Der «Schwarze Schwan» – oder die «Torkelnde Ente», je nachdem, von welcher Seite der angehende Gast sich näherte – lag strategisch sehr günstig direkt gegenüber dem Theater. Das Wirtshausschild mit den zwei Tieren (fliegender Schwan auf der einen Seite, betrunkene Ente auf der anderen) war verantwortlich dafür, daß Ortsfremde, die sich bei dem einen verabredet und das andere vorgefunden hatten, einander zuweilen verfehlten.

Fünf Minuten nach dem letzten Vorhang war die «Ente» zum Brechen voll mit Leuten, die bis zur Polizeistunde noch möglichst betrunken werden wollten. Die Menge quoll aus dem Inneren der Kneipe bis auf die ummauerte Terrasse. Der

Zigarettenrauch machte die Nacht so undurchdringlich wie einer dieser guten alten Londoner Nebel. Es war Sommer, und es wimmelte nur so von Touristen; die meisten Stimmen hatten einen amerikanischen Akzent.

Eine der Amerikanerinnen, Miss Gwendolyn Bracegirdle, die auf der Veranda ihrer riesigen, mit rosafarbenem Stuck verzierten Villa in Sarasota, Florida, nie mehr als ein Schlückchen Sherry zur Zeit zu sich nahm, stand mit einem Bekannten in einer dunklen Ecke der Terrasse und ließ sich vollaufen.

«Oh, mein Lieber, nicht *noch* einen! Das ist mein zweiter – wie nennt man das hier?»

«Gin», lachte ihr Begleiter.

«Gin!» Sie kicherte. «Wirklich, ich *kann* nicht mehr!» Aber sie hielt ihr Glas so, als würde sie bestimmt noch einen schaffen.

«Tun Sie einfach so, als wäre es ein sehr trockener Martini.»

Miss Bracegirdle kicherte wieder, als ihr das Glas aus der Hand genommen und wieder aufgefüllt wurde. Für Gwendolyn Bracegirdle – wenn nicht für die ganze Menschheit – war es ein Riesenschritt von süßem Sherry zu Martinis.

Vage lächelnd ließ sie ihren Blick über die anderen Gäste auf der Terrasse schweifen, aber niemand lächelte zurück. Gwendolyn Bracegirdle war nicht der Typ, den man sich einprägt, so wie sie sich die anderen einprägte. (Wie sie ihrem Begleiter erklärt hatte – wenn sie eine besondere Begabung besaß, dann war das ihr Gedächtnis für Gesichter.) Gwendolyn selbst war von unscheinbarem Äußeren – eine kleine Pummelige mit Dauerwellen; das einzige, wodurch sie an diesem Abend herausstach, war ihr perlenbesetztes Brokatkleid. Ihr Blick fiel auf eine ältere, hagere Frau, deren feuchte, kummervolle Augen sie an ihre Mutter erinnerten. Das ernüchterte sie etwas; Mama Bracegirdle hielt nichts von Spirituosen, es sei denn, sie selbst trank sie, aus medizinischen Gründen natürlich. Mama hatte eine Unmenge von Wehwehchen. Im Augenblick (die fünf Stunden Zeitunterschied mitgerechnet) süffelte sie wahrscheinlich auf der Veranda des Rosaroten Horrors; denn als ein rosaroter Horror erschien das Haus der inzwischen an Kalk, Flechtwerk und Strohdächer gewöhnten Gwendolyn aus dreitausend Meilen Entfernung.

Als ihr ein weiterer eisgekühlter Drink in die Hand gedrückt wurde und ihr Bekannter sie anlächelte, sagte Gwendolyn: «Wie um Gottes willen soll ich bloß mein Zimmer wiederfinden.» Ein wirklich trostloses Zimmer dazu: oberster Stock, Blick auf den Hinterhof, eine klumpige Matratze und ein Waschbecken mit Warm- und Kaltwasser. Das Bad war am Ende des Flurs. Sie hätte sich natürlich etwas viel Besseres leisten können, aber sie hatte sich für das «Diamond Hill Guest House» entschieden, weil es so wahnsinnig britisch war, in einem *Bed-and-Breakfast* zu wohnen und sich nicht bedienen zu lassen wie die anderen in ihrer Reisegruppe, die im «Hilton» oder anderen teuren Hotels in amerikanisiertem Luxus schwelgten. Gwendolyn war überzeugt davon, daß man sich den jeweiligen Landessitten anzupassen hatte, und sie hielt nichts davon, im «Hilton» in die Kissen zurückzusinken und sich wie in den Staaten alles aufs Zimmer bringen zu lassen.

«Ich habe wirklich keine Ahnung, wie ich das allein schaffen soll», wiederholte sie und lächelte verschämt.

«Ich bring Sie schon nach Hause.»

Das Mädchen hinter der Theke der «Ente» verkündete die Sperrstunde.

«Noch einen auf den Weg.»

«*Noch einen!* Ich bin noch nicht mit dem hier fertig – na, wenn Sie darauf bestehen...»

Während der Abwesenheit ihres Begleiters prüfte sie kurz ihr Make-up im Handspiegel und fuhr sich mit dem kleinen Finger über ihre auberginefarbenen Lippen. Beim Anblick der Frauen um sie herum mit ihren blassen Lippen und ungeschminkten Gesichtern, die in dem rauchgeschwängerten Dunkel beinahe gespenstisch wirkten, fürchtete sie, sie hätte vielleicht doch etwas zu dick aufgetragen.

«Whoo-*ee*», sagte Gwendolyn und fächerte sich mit der Hand Kühlung zu, als der vierte Gin vor ihr stand. «In diesen Pubs ist ein solches Gedränge, ich schwör's, es ist hier heißer als drüben in Sarasota. Inzwischen kommen auch viele Engländer zu uns rüber. Aber sie fahren alle nach Miami, wo doch Floridas Westküste so viel hübscher ist... Was denken Sie, war dieses Stück nicht wundervoll? Und wäre es nicht herrlich, den ganzen Tag nichts zu tun, als im Wald von Arden herumzutollen? Ich verstehe nicht, warum dieser Wie-hieß-er-gleich so *melancholisch* war –»
«Jacques, meinen Sie?»
«Hmm. Er erinnert mich an jemanden aus Sarasota. Ich meine das Gesicht des Schauspielers. Ich habe Ihnen doch erzählt, was meine Mama immer sagt: ‹Gwennie, es ist richtig unheimlich, dein Gedächtnis für Gesichter.› Mama sagt immer, ich könne Gesichter lesen wie ein Blinder.» In Wirklichkeit hatte Mama das nie gesagt, Mama sagte ihr nämlich nie etwas Nettes. Deswegen litt sie wahrscheinlich auch unter diesem... diesem Komplex. Gwendolyn fühlte ihr Gesicht brennen und wechselte schnell das Thema. «Wirklich zu schade, daß ich Sie nicht schon vor Beginn der Vorstellung gesehen habe. Neben mir war noch ein Platz frei, den sich dann in der Pause irgendein Teenager schnappte. Konnten Sie denn vom Balkon aus etwas sehen?» Ihr Begleiter nickte, während das Mädchen hinter dem Tresen noch einmal an die

Sperrstunde erinnerte. Gwendolyn seufzte. «Wirklich zu schade, daß diese Kneipen immer so früh zumachen müssen. Ich meine, gerade ist man in Stimmung gekommen, und schon muß man aufhören... Wäre es nicht nett, wenn wir noch eine kleine Spritztour machen könnten?» Das erinnerte Gwendolyn an den alten Cadillac, den Mama die ganze Zeit in der Garage stehen hatte und nur zu Hochzeiten und Beerdigungen herausholte. Gwendolyn nannte ihn die Eiserne Jungfrau. Der Caddy hatte sogar eine gewisse Ähnlichkeit mit Mama, die gewöhnlich strenges Grau oder Schwarz mit einem metallischen Schimmer trug. Die winzigen Streifen in ihren grauen Augen glichen Radspeichen, der Knoten, zu dem sie ihr graues Haar hochsteckte, hatte die Form einer Radkappe. Ganz wie der alte Wagen.

«Na, wir könnten noch einen kleinen Spaziergang machen, bevor Sie nach Hause gehen. Ich geh gern am Fluß entlang.»

«Oh, das wäre schön», sagte Gwendolyn. Sie leerte ihr Glas und verschluckte sich beinahe, so brannte der Gin, den Mama für Teufelszeug hielt; sie nahm ihre perlenbestickte Handtasche an sich. Das blaue Brokatkleid war wohl doch des Guten zuviel gewesen. Aber wenn man nicht einmal im Royal Shakespeare Theatre Abendgarderobe tragen konnte, wann dann? Manche Leute, dachte sie, als sie das Lokal verließen, würden sogar zu einer Krönung Jeans tragen.

Wie alle Pubs leerte sich die «Torkelnde Ente» wie durch Zauberei. Wenn sie schließen, schließen sie; dem Wirt scheinen plötzlich fünf zusätzliche Hände zu wachsen, mit denen er Gläser von Tischen abräumt, während für den Gast dieser letzte Schluck, dieser allerletzte Tropfen das einzige zu sein scheint, was ihn vor dem Engel der Finsternis bewahrt.

Als sie die Straße überquerten, wurden die Lichter der «Ente» bereits gelöscht. Sie nahmen den unbeleuchteten Weg auf die Kirche zu – ein gemütlicher Bummel, bei dem sie sich über das Stück unterhielten.

Als sie um die Dreifaltigkeitskirche herumgegangen waren, blieb ihr Bekannter stehen. «Was ist?» fragte Gwendolyn in der Hoffnung, die Antwort zu kennen. Sie versuchte, der in ihr aufsteigenden Erregung Herr zu werden, konnte sie jedoch genausowenig unterdrücken wie den Haß, der sie vorhin bei dem Gedanken an Mama erfüllt hatte. Diese obskure Begierde war etwas, was sie nicht verstand, was ihr die Schamröte ins Gesicht trieb. Aber schließlich, so sagte sie sich, spielte es heutzutage keine Rolle, für *wen* man diese Gefühle entwickelte. Und die Scham gehörte dazu, das wußte sie. Ihr Gesicht glühte. Schuld daran war Mama. Hätte sie Gwendolyn nicht all diese Jahre zusammen mit dem Caddy in der Garage abgestellt...

Die Stimme ihres Bekannten und sein kurzes Lachen unterbrachen ihre Gedanken. «Sorry, das muß an diesen Drinks liegen. Da drüben sind Toiletten...»

Sie gingen zu dem weißgetünchten kleinen Häuschen, das tagsüber von zahlreichen Touristen frequentiert wurde, das aber nachts in genauso dunkler Stille lag wie der Weg, auf dem sie gekommen waren. Gwendolyns Erregung wuchs.

«Sie haben doch nichts dagegen?»

Gwendolyn kicherte. «Nein, natürlich nicht. Aber sehen Sie nur: Die Toiletten sind außer Betrieb.»

Die Hand eines männlichen Begleiters von ihrem Knie schieben – näher war Gwendolyn Bracegirdle der Sache, die Shakespeare als den Akt der Dunkelheit bezeichnete, noch nie gekommen. Seit langem war ihr schmerzlich bewußt, daß ihr jeder Sex-Appeal fehlte.

Es war ihr deshalb hoch anzurechnen, daß sie, als sie mit sanfter Gewalt in die öffentliche Toilette geschoben wurde, als sie Hände auf ihren Schultern und Atem in ihrem Nacken spürte und schließlich eine Befreiung empfand, als wären Brokatkleid, BH und Slip plötzlich von ihr abgefallen – daß sie diesen Angriff auf ihre Person also nicht abwehrte, sondern sich sagte: *Zum Teufel, Mama! Gleich werde ich vergewaltigt.*

Und als sie dieses komische Kitzeln um die Brust herum spürte, kicherte sie beinahe und dachte: *Der komische Kerl hat eine Feder...*

Der komische Kerl hatte eine Rasierklinge.

2

Der von Weiden gesäumte und mit Licht überzogene Avon floß träge am rosa Backsteinbau des Theaters und an der Dreifaltigkeitskirche vorbei. Enten schliefen im Riedgras, und Schwäne schaukelten verträumt am Ufer.

An einem solchen Morgen und an einem solchen Ort hätte es einen nicht überrascht, Rosalind zu sehen, wie sie an Bäume geheftete Gedichte las, oder Jacques, wie er am Flußufer vor sich hin brütete.

Von weitem hätte man auch die Dame und den Herrn, die zwischen der alten Kirche und dem Theater am Fluß standen, für zwei Personen aus einem Shakespeare-Stück halten können, die von der Bühne herabgestiegen waren, um an diesem verzauberten Fluß Schwäne zu füttern.

Es war ein arkadisches Idyll, eine Rêverie, ein Traum...

Beinahe.

«Du hast mein letztes Sahnetörtchen an die Schwäne verfüttert, Melrose», sagte die Dame, die nicht Rosalind war, und steckte die Nase in eine weiße Papiertüte.

«Sie waren trocken», sagte der Herr, der zwar melancholisch, aber doch nicht Jacques war. Melrose Plant fragte sich, ob der Avon an dieser Stelle tief genug war, um sich darin zu ertränken. Aber warum der Aufwand? Noch weitere fünf Minuten, und er würde ohnehin vor Langeweile sterben.

«Ich hatte sie mir für mein zweites Frühstück aufgehoben», murrte Lady Agatha Ardry.

Melrose blickte auf die silbrige Fläche des Avon und seufzte. Eine richtige Schäferidylle war das, fehlten nur noch eine Schäferin oder Milchmagd. Eine Schäferin mit veilchenblauen Augen würde so wunderbar zu ihm passen. Seine Gedanken drifteten wie die Brotkrümel auf dem Wasser zurück nach Littlebourne und zu Polly Praed. Mit einem Milcheimer konnte er sich Polly allerdings nicht vorstellen.

«Wir frühstücken alle zusammen im ‹Cobweb Tea Room›. Und du wirst vielleicht auch von deinem hohen Roß steigen und dich zu uns gesellen», sagte sie vorwurfsvoll.

«Nein, ich gedenke mein Frühstück hoch zu Roß einzunehmen.»

«Immer mußt du dich aufspielen, Plant. Wirklich, es ist zu ärgerlich –»

«Mich aufspielen – genau das tue ich nicht. Der Beweis: Ich werde heute morgen nicht im ‹Cobweb Tea Room› frühstücken.»

«Du hast sie noch nicht einmal begrüßt.»

«Eben.»

Sie waren Agathas Verwandte aus Milwaukee, Wisconsin. Bislang hatte Melrose sie nur von weitem gesehen. Er war entschlossen, es dabei zu belassen, mochte sie ihm auch noch so sehr zusetzen. Er hatte sich im Falstaff einquartiert, einem klitzekleinen, aber reizenden Hotel an der Hauptstraße, und auf diese Weise Agatha und die amerikanische Verwandtschaft gezwungen, in einem Touristenhotel abzusteigen. Er hatte die ganze Sippe auf dem Gehsteig vor der plumpen Tudorimitation des Hathaway gesehen: die Vettern und Kusinen ersten und zweiten Grades und die Verwandten um tausend Ecken, eine wahre Flotte von Verwandten, die mit einem dieser Reisebusse gekommen waren. Vor zwei Wochen hatte Agatha ihm auf Ardry End den Brief unter die Nase gehalten und darauf bestanden, daß er sie unbedingt begrüßen müsse. «Unsere amerikanischen Verwandten, die Randolph Biggets.»

«Nicht die meinen, das steht fest», hatte Melrose hinter seiner Morgenzeitung hervor erwidert.

«Angeheiratet, mein lieber Plant», sagte Agatha mit einem so selbstzufriedenen Gesichtsausdruck, als hätte sie ihn in diese Lage gebracht.

«Nein, auch nicht angeheiratet. Das geht auf Onkel Roberts Konto, und er hat das Zeitliche gesegnet.»

«Mach doch nicht immer Schwierigkeiten, Plant.»

«Ich mache keine Schwierigkeiten. Ich habe die Randolph Biggets nicht geheiratet.»

«Möchtest du nicht mal deine eigene Familie kennenlernen?»

«Keine Familie und noch weniger Freunde, um frei nach Hamlet zu zitieren. Und Hamlet wäre es viel besser ergangen, wenn er sich daran gehalten hätte. Aber ich schätze, wenn Claudius Randolph Bigget geheißen hätte, wäre es Hamlet auch nicht so schwergefallen, ihn beim Gebet um die Ecke zu bringen.»

Während Agatha die verschiedenen Kuchen auf dem Teewagen nachzählte, meinte sie süffisant: «Na, dann muß der Berg eben zum Propheten kommen.»

Melrose ließ die Zeitung sinken. Das ließ nichts Gutes erahnen. «Was meinst du damit?»

Sie ergriff ein mit rosa Zuckerguß überzogenes Cremetörtchen. «Ganz einfach, wenn wir nicht *dorthin* fahren können, dann muß ich die Biggets eben bitten, *hierher* zu kommen. So ein kleiner Ausflug aufs Land, das gefällt ihnen bestimmt.»

«Hierher?» Melrose erkannte sehr wohl ihre erpresserischen Absichten. Er tat jedoch ganz ahnungslos und sagte: «Du hast doch nur zwei Räume in deinem kleinen Landhaus. Aber vermutlich kannst du sie im ‹Jack & Hammer› unterbringen. Dick Scroggs hat immer etwas frei. Vor allem seit diesem Mord vor drei Jahren.» Er füllte ein paar leere Kästchen in seinem Kreuzworträtsel aus.

«Du hast wirklich einen sehr morbiden Sinn für Humor, Plant. Ich muß schon sagen, mit all dem Platz auf Ardry End könntest du dich etwas gastfreundlicher zeigen.» Als er nichts darauf erwiderte, fügte sie hinzu: «Wenn du sie schon nicht bei dir übernachten läßt, solltest du sie zumindest zum Tee mit Sahnehäubchen einladen.»

«Sie sollten besser auf ihren Tee mit Sahnehäubchen verzichten. Ich wette, sie sind schon dick genug.» Melrose vervollständigte eine mit *L* beginnende Senkrechte durch *aib*.

«Dick? Du hast sie doch noch nie gesehen.»

«Sie hören sich so an.»

Keine zehn Pferde hätten Melrose im Juli nach Stratford-upon-Avon gebracht. Aber dann schaffte es der Anruf von Richard Jury zwei Tage zuvor. Da es nicht allzu weit von Long Piddleton war und Jury wegen einer polizeilichen Routineangelegenheit nach Stratford mußte, hatte er vorgeschlagen, Plant solle sich doch hinters Steuer setzen und hinkommen, falls nichts Dringlicheres anstünde.

Und Melrose hatte sich hinters Steuer gesetzt, während Agatha, einen Picknickkorb im Schoß, vom Beifahrersitz aus ihre Anweisungen gab.

«Das gute alte Stratford», sagte Agatha, die Arme ausgestreckt, als wollte sie die Stadt an ihren Busen drücken.
Melrose beobachtete, wie sie über die Straße auf den «Cobweb Tea Room» zuging, wo sie mit ihren Verwandten im Dunkel der schweren Balken und abgetretenen Fußböden Kaffee trinken würde. Je weniger Licht, je wackliger die Tische, desto größer die Begeisterung der Touristen. Agatha machte da keine Ausnahme, doch war ihr der Stand der Dinge auf dem Kuchenteller sehr viel wichtiger war als der Zustand der Tische. Hätte sie gewußt, daß er sich mit Richard Jury zum Abendessen verabredet hatte, wäre Melrose sie nie losgeworden.
Denn es wäre ihr nicht nur Jury, sondern auch eine kostenlose Mahlzeit entgangen.

Am Ende einer Lindenallee lag Stratfords Dreifaltigkeitskirche. William Shakespeare war dort begraben, und Melrose wollte sich den Chor anschauen. Die schwere Tür fiel leise hinter ihm ins Schloß, als wäre sie sich mehr des Genies bewußt als des Pilgerknäuels am Souvenirstand, wo alles gekauft wurde, was das Bild des Dichters trug – Lesezeichen, Schlüsselringe, Adreßbücher. In der Kirche selbst war niemand außer einem älteren Mann, der sich neben der Geldbüchse am Anfang des Mittelschiffs postiert hatte. Melrose angelte nach einem 10-Pence-Stück, das für den Blick auf Shakespeares letzte Ruhestätte zu entrichten war. Als würde man auf dem Jahrmarkt einmal Karussell fahren wollen, dachte er. Er kam sich wie ein Leichenfledderer vor; der Grabwächter schien jedoch anders darüber zu denken, denn er grinste Melrose breit an und hob die rote Samtkordel hoch.

William Shakespeare muß ein Mann mit Geschmack gewesen sein. Wenn jemand ein in Marmor gehauenes Denkmal in Lebensgröße, einen kleinen Hund zu Füßen und einen Sarkophag in einer mit Samt ausgeschlagenen Nische verdient hatte, dann Shakespeare. Statt dessen gab es nur diese kleine Bronzetafel mit seinem Namen und den Namen anderer Familienmitglieder, die an seiner Seite ruhten. Melrose überkam eine für ihn ganz ungewöhnliche, fast religiöse Verehrung für dieses Genie, das auf jeden Pomp verzichtete.

Bevor er das Kirchenschiff verließ, besichtigte Melrose noch den Chor und die ungewöhnlichen Holzschnitzereien an den Armlehnen des Chorgestühls. Während er die geschnitzten Gesichter, die kleinen Wasserspeiern ähnelten, bewunderte, machte er einen Schritt rückwärts und trat dabei gegen etwas, das sich bei näherer Betrachtung als die Rückfront eines Mannes herausstellte, der zwischen den Bänken herumkroch.

«Oh, entschuldigen Sie», sagte der noch ziemlich junge Mann, während er sich aufrichtete und einen Riemen über seiner Schulter zurechtrückte, an dem ein ziemlich großer, quadratischer Kasten hing. Zuerst dachte Melrose, es wäre vielleicht irgendeine raffinierte Kameraausrüstung; dagegen sprach jedoch, daß der Kasten aus Metall war. Ein Geigerzähler vielleicht? Suchte der Bursche nach radioaktivem Material im Chor? «Haben Sie etwas verloren?» fragte Melrose höflich.

«O nein, ich habe nur mal unter die Sitze geschaut.» Die Holzsitze konnten hochgeklappt werden, wenn sie nicht gebraucht wurden. Aber nicht alle befanden sich in dieser Position. «Nach den Schnitzereien. Es sind sogar welche unter den Bänken», erklärte er.

«Sie meinen die Misericordi?»

«Heißen sie so? Komische Dinger. Warum, zum Teufel, hat man sie dort unten angebracht?»

«Kann ich Ihnen leider auch nicht sagen.»

Melrose schätzte ihn auf Ende Dreißig, nicht ganz so jung, wie er ursprünglich angenommen hatte; er hatte sich wohl von dem jungenhaften Gesicht täuschen lassen, dessen Frische den Eindruck machte, als wäre es gerade mit einer harten Bürste geschrubbt worden. Er war ziemlich groß, hatte braunes Haar und sah nicht gerade elegant aus in seinem Seersucker-Anzug und der abscheulichen, gepunkteten Fliege. Er fuhr mit dem Finger am Kragenrand entlang wie ein Mann, der Krawatten verabscheut. Sein Akzent ließ auf Amerika oder Kanada schließen. Melroses Ohr war aber ohnehin nicht darauf gestimmt, den Unterschied zu hören. Höchstwahrscheinlich war er Amerikaner.

«Sind Sie von hier?» fragte der Mann, als er Melrose durch das Mittelschiff folgte, am Hüter der Samtkordel vorbei.

«Nein, nur zu Besuch.»

«Ah, ich auch.» Es klang, als wäre er endlich in der unermeßlichen Einöde Stratfords auf einen Kameraden gestoßen, als würden alle Besucher dieser Stadt eine Wüste durchwandern. «Nette Kirche, nicht wahr?»

«Ja, sehr nett.»

Der Amerikaner blieb zwischen den Stühlen und den Gebetskissen stehen und streckte unversehens eine plumpe Hand mit spatelförmigen Fingern aus. «Harvey L. Schoenberg aus D.C.»

«Ich bin Melrose Plant.» Er schüttelte dem Mann die Hand.

«Und von wo?»

«Northants. Das heißt Northamptonshire. Ist ungefähr neunzig oder hundert Kilometer von hier.»

«Noch nie gehört.»

«Das haben die wenigsten. Abgesehen von ein paar hübschen Dörfern in einer ganz hübschen Landschaft, gibt es dort keine besonderen Sehenswürdigkeiten.»

«Na, hören Sie», sagte Harvey Schoenberg und stieß die schwere Kirchentür mit der Schulter auf. «Machen Sie es nicht schlechter, als es ist.» Er sagte das, als hätte Melrose seine Heimat in Verruf gebracht. «Ich wäre froh, wenn wir in D.C. einen solchen Juli hätten.»

«Wo liegt denn dieses Disi?» fragte Melrose unsicher.

Schoenberg lachte. «Sie kennen doch Washington, D.C.?»

«Ah, Ihre Hauptstadt.»

«Ja-ah. Die Hauptstadt der guten alten Staaten. Aber ein furchtbares Klima, glauben Sie mir.»

Melrose hatte gerade beschlossen, den Kirchenweg zu verlassen und den Weg am Fluß entlang zu nehmen, als Schoenberg, der immer noch an seiner Seite war, fragte: «Wer ist Lucy?»

«Was?»

«Lucy.» Schoenberg zeigte auf den gepflasterten Weg. Die Inschrift war in den Stein unter ihren Füßen gemeißelt. «Eine Freundin Shakespeares oder so was Ähnliches?»

«Ich glaube, es ist der Name einer Familie. Der Lucys.» Melrose wies mit seinem Spazierstock, den ein silberner Knauf zierte, nach links und rechts auf den Boden unter den Linden. «Sie müssen entweder da oder dort begraben sein.»

«Komisch, wir gehen also über Gräber?»

«Hmm, ich wollte eigentlich am Fluß entlanggehen, Mr. Schoenberg. Hat mich gefreut –»

«Gut.» Er schob den Schulterriemen des großen Metallkastens etwas höher und folgte Melrose über den Rasen. Er war wie ein entlaufener Hund, dem jemand im Park den Kopf getätschelt hat und der sich nun nicht mehr abwimmeln läßt.

«Mir entgeht nichts», sagte Schoenberg, der sich einen Kaugummi in den Mund schob. «Ich sammle nämlich Material für ein Buch.»

Es wäre wohl unhöflich, dachte Melrose, ihn nicht zu fragen, was für ein Buch das sein soll. Also tat er es.

«Über Shakespeare», sagte Schoenberg fröhlich und begann zu kauen.

Melrose seufzte innerlich tief auf. Oje! Warum um Himmels willen wollte dieser Amerikaner, dessen Gesicht so blank geschrubbt war wie eine Frühkartoffel, sich ausgerechnet in diese gefährlichen Gewässer begeben?

«Es muß doch Berge von Büchern über Shakespeare geben, Mr. Schoenberg, haben Sie denn keine Angst, darunter begraben zu werden?»

«Harv. Begraben? Aber nein. Was ich vorhabe, ist vollkommen neu. Eigentlich geht es vor allem um Kit Marlowe, weniger um Shakespeare.»

Melrose scheute sich fast zu fragen: «Ich hoffe, es geht nicht um die Authentizität seiner Werke?»

«Authentizität? Sie meinen, wer sie geschrieben hat?» Schoenberg schüttelte den Kopf. «Es ist eher biographisch als literarisch. Eigentlich ist es Marlowe, für den ich mich interessiere.»

«Ich verstehe. Als Gelehrter? Gehören Sie irgendeinem Institut an?»

«Ich hab nicht mal meinen Master. Diesen Intellektuellenmist überlasse ich meinem Bruder. Er ist Dekan am Englischen Seminar eines Colleges in Virginia. In ein paar Tagen treffe ich mich mit ihm in London. Nein, ich bin Programmierer.» Er tätschelte den Metallkasten und zog den Schulterriemen hoch.

«Tatsächlich? Ich war schon immer der Meinung, daß wir viel zuviel Dekane und viel zuwenig Programmierer haben.»

Harvey Schoenberg grinste übers ganze Gesicht. «Na, es wird bald jede Menge davon geben, Mel. Der Computer wird unsere Welt verändern. Wie dieses kleine Baby hier.» Und er tätschelte den Kasten, als wäre er tatsächlich ein Baby.

Melrose blieb abrupt stehen, und ein paar hungrige Schwäne kamen erwartungsvoll angepaddelt. «Mr. Schoenberg, Sie wollen doch nicht etwa sagen –»

«Harv.»

«– daß da wirklich ein Computer drinsteckt?»

Harvey Schoenbergs dunkle Augen glitzerten durch das Spinngewebe aus Schatten, das die Weiden auf sein Gesicht warfen. «Und ob. Wollen Sie ihn sehen, Mel? Aber warten Sie, ich lad Sie zu einem Bier ein und erzähl Ihnen alles haarklein. Einverstanden?»

Ohne seine Antwort abzuwarten, setzte Harvey sich in Bewegung.

«Na ja, ich –» Melrose war sich keineswegs sicher, ob er alles haarklein wissen wollte.

«Kommen Sie, kommen Sie», Harvey Schoenberg gestikulierte, als wären sie im Begriff, einen Bus zu verpassen. «Die ‹Torkelnde Ente› ist gleich da drüben. Oder der ‹Schwarze Schwan›, wie Sie wollen. Wie kommt es eigentlich, daß das Lokal zwei Namen hat?»

«Soviel ich weiß, ist der ‹Schwarze Schwan› das Restaurant.»

Schoenberg sah über die Schulter zurück auf den Fluß.

«Wo kriegen sie nur die Schwäne her? Ich hab mir die Sache zum Spaß etwas näher angesehen und ein kleines Programm zusammengestellt, um rauszufinden, wann am wenigsten damit zu rechnen ist, daß sie sich am Ufer versammeln, um sich füttern zu lassen. Der Ishi hat das alles für mich ausgerechnet.»

Melrose wußte nicht genau, wie er diese Information aufnehmen sollte. «Ich nehme an, die Schwäne kommen aus einem Schwanenteich.»

«Tatsächlich. Ist das eine Art Hühnerfarm?»

Der «Schwarze Schwan» lag direkt vor ihnen. Melrose hatte das Gefühl, einen Drink zu benötigen. «Nicht wirklich.» Er hob den Blick zum strahlend blauen Himmel und fragte sich, ob er vielleicht zuviel Sonne abbekommen hätte. «Was», fragte er, «ist ein Ishi?»

«Ishikabi. Dieser Kleine da. Japaner, aber von mir höchstpersönlich umgebaut.»

Harvey Schoenberg schien für alles und jeden einen Spitznamen zu haben, seinen Computer eingeschlossen.

Den Sonnenstich durch einen Old Peculier gelindert, wartete Melrose – nicht ohne Bangigkeit – darauf, daß Harvey Schoenberg ihm alles erklärte. Der Ishi saß als Dritter im Bunde auf einem Stuhl neben Harvey. Der Deckel des Kastens war hochgeklappt und gab den Blick auf einen kleinen Monitor und eine Tastatur frei. Da waren Schlitze für die Disketten, und auf dem grünen Bildschirm pulsierte ein winziges weißes Quadrat. Anscheinend Ishis Herzschlag. Er war so wahnsinnig schnell, daß Melrose den Eindruck bekam, er und Harvey könnten ihre Ungeduld kaum noch bezähmen.

«*Wer tötete Marlowe?*» sagte Harvey Schoenberg.

«Nun, niemand weiß genau, was pas-»

Harvey schüttelte so heftig den Kopf, daß seine Fliege auf und ab hüpfte und er sie wieder in Ordnung bringen mußte. «Nein, nein. Das ist der Titel meines Buches: *Wer tötete Marlowe?*»

«Ach, tatsächlich?» Melrose räusperte sich.

«Und nun –» Harvey stützte sich auf seine verschränkten Arme und beugte sich weit über den kleinen Tisch – «erzählen Sie mir alles, was Sie über Kit Marlowe wissen.»

Melrose überlegte einen Augenblick. «Kit, das heißt, Christopher –» Melrose besaß nicht Harveys Begabung, sich jedem Fremden gleich anzubiedern – «Marlowe kam bei einer Wirtshausschlägerei ums Leben; soweit ich mich erinnere, ließ er sich in einem Pub in Southwark vollaufen –»

«Deptford.»

«Ja, richtig, Deptford – irgendwie entwickelte sich ein Streit, und Marlowe wurde erstochen. Ein unglücklicher Zufall. So ungefähr muß es gewesen sein», murmelte Melrose abschließend, als er das piratenhafte Lächeln auf Harvey Schoenbergs Gesicht sah.

«Und weiter?»

Melrose zuckte die Achseln. «Womit? Mehr weiß ich nicht.»

«Ich meine, sein Leben. Die Stücke und so weiter.»

«Ich hatte den Eindruck, der literarische Aspekt würde Sie nicht interessieren.»

«Tut er auch nicht. Nicht wie diese Studierten, die alles mögliche mit seinem Werk anstellen, nur um zu beweisen, daß Burschen wie Bacon Shakespeares Stücke geschrieben haben. Wie Marlowe und Shakespeare zueinander standen, das ist was ganz anderes.»

«Ich glaube nicht, daß Christopher Marlowe und Shakespeare sich so gut verstanden haben. Marlowes Ruf war schon ziemlich gefestigt, als Shakespeare auf der Bildfläche erschien. Er hatte bereits *Tamburlaine* und *Doktor Faustus* auf die Bühne gebracht, und man hielt ihn für den wohl besten Dramatiker Englands. Irgendwie war er auch in die Politik verwickelt. Marlowe war ein Agent, eine Art Spion...»

Während Melrose seinen Vortrag fortsetzte, saß Harvey auf seinem Stuhl und nickte energisch, wie ein Lehrer, der darauf wartet, daß ein idiotischer Schüler seine auswendig gelernte Lektion herunterrasselt, damit er dazwischenfahren und ihn korrigieren kann.

«*Tamburlaine* entstand, als Marlowe noch in Cambridge studierte, oder zumindest ein Teil davon. Ein erstaunliches Werk für einen so jungen Autor. Außerdem war da noch *Doktor Faustus* –»

«‹War dies das Gesicht, das tausend Schiffe hat entsandt?›» sagte Harvey ein bißchen niedergeschlagen.

«Richtig.» Melrose taute allmählich auf. «Wie finden Sie mich?»

«Großartig. Sie wissen wirklich eine Menge. Sie sind wohl Professor oder so was Ähnliches?»

«Ich halte tatsächlich ab und zu Vorlesungen an der Universität. Nichts Bedeutendes.» Melrose leerte sein Glas und goß sich den Rest der Flasche ein. Ihm war etwas schwindlig – entweder von dem Old Peculier, der es in sich hatte, oder von Harvey Schoenberg, der es noch mehr in sich hatte. Es ließ sich nicht genau unterscheiden.

«Literatur, was?»

«Französische Lyrik. Aber zurück zu Marlowe –»

Sich noch weiter vorbeugend, sagte Harvey mit leiser, gedämpfter Stimme: «Der Earl von Southampton, was wissen Sie über ihn?»

Wenn Melrose mit hochgeschlagenem Mantelkragen in einem dunklen Hauseingang gestanden hätte – der Eindruck, geheime Informationen weiterzugeben, wäre kaum stärker gewesen. «Southampton? War er nicht Shakespeares Sponsor? Ein Kunstmäzen?»

«Richtig. Jung, reich, gutaussehend. Ein hübscher Knabe, dieser Southampton.»

«Ich bitte Sie, Sie wollen doch nicht Shakespeares Heterosexualität in Frage stellen. Das wäre blanker Unsinn.»

Harvey schien überrascht. «Haben Sie die Sonette gelesen?»

«Ja. In ihnen ist nur von Liebe, Treue –»

«Ach, tatsächlich.» Er wandte sich dem Ishi zu und bewegte seine Finger so schnell, wie Melrose es noch nie gesehen hatte. Das winzige weiße Quadrat hüpfte hin und her, und Worte erschienen auf dem Bildschirm.

> War's seiner Dichtung Prunkschiff, ohne Wanken
> in siegessicherm Kurs auf deinen Wert,
> was mir zerstört hat reifende Gedanken,
> zur Gruft verkehrt den Schoß, der sie gebärt?

Anscheinend hielt er das für einen schlagenden Beweis. «Wem der Schuh paßt... Aber darum geht es nicht. Verflucht, mir ist es völlig gleichgültig, was die Burschen im Bett getrieben haben. Aber wir wissen, daß Marlowe andersrum war.»
Wissen wir das?»
«Sicher. Was zum Teufel hatte Ihrer Meinung nach diese Walsingham-Geschichte zu bedeuten? Oh, ich weiß, es gibt da eine Theorie, nach der Kit bei einer Auseinandersetzung wegen einer Dame von zweifelhaftem Ruf erstochen worden sein soll. Und es gibt auch noch diese Geschichte von der Bootspartie, bei der Marlowe es ganz besonders wild getrieben haben soll; er geriet in einen Streit und ging über Bord.» Harvey schnaubte und beförderte damit diese beiden Theorien ebenfalls über Bord. «Hören Sie, ob Sie's glauben oder nicht: Tom Walsingham war Marlowes eigentlicher *Freund*.» Harvey zwinkerte und rückte seine fürchterliche Fliege zurecht. «*Hero und Leander* ist ihm gewidmet.» Harvey schob sein Glas beiseite und lehnte sich zu Melrose hinüber, als wären sie Spione auf einer heißen Spur. «Die Walsinghams hatten sehr viel Kohle und sehr viel Macht. Und Tommy-Boy hat Kit als Spitzel rekrutiert –»
Melrose räusperte sich. «In welchem Jahrhundert leben wir, Mr. Schoenberg?»

«Harv – ihn nach Spanien geschickt und dort in ein Kloster eingeschleust, wo er herausfinden sollte, was die Katholiken planten. Sie wissen schon, Maria, die Königin von Schottland und ihre Sippe.» Harvey lehnte sich zurück und trank von seinem Bier.

«Der Name kommt mir bekannt vor.»

Harvey richtete sich auf. «Nun? Kein Wunder, wenn Kit an Gott und der Welt zweifelte, als sie ihn in den Kerker warfen. Tom Walsingham hatte schließlich genügend Einfluß; er hätte all das verhindern können. Aber was tut er? Er läßt Kit die Sache allein ausbaden...» Harvey wedelte empört mit der Hand. «Wie die CIA oder M-5: ‹Wenn Sie geschnappt werden, Null-Null-Sieben, kennen wir Sie nicht.› In diesem Stil.»

Entgegen seiner Absicht gab Melrose nicht nach. «Wir haben es mit einer Zeit außerordentlicher Konflikte zu tun, in politischer wie religiöser Hinsicht. Es war einfach nicht möglich, sich ungestraft die scheinbar ketzerischen Ideen eines Faustus zu eigen zu machen und privat dann die Katholiken in Spanien zu bespitzeln –»

Harvey Schoenberg winkte ab. «Ach was. Zu allem Unglück brach dann auch noch die Pest aus. Eine Seuche – verdammt unangenehme Angelegenheit, so was.» Harvey studierte seine Fingernägel, als würde er dort nach Spuren suchen. «Ich weiß das alles auch. Aber, sehen Sie, an diesem Punkt gerieten die meisten, was Marlowes Tod betrifft, auf die falsche Fährte. Wer seinen Tod nicht für bloßen Zufall hält – *Zufall!* Haben Sie schon einmal gehört, daß jemandem zufällig ein Schwert ins Auge gerät?» Harvey schüttelte den Kopf über diese Sorte von Forschern, die statt eines Elefanten eine Mücke ausbrüteten. «Das können wir abhaken. Also, wer wußte, daß Kit ermordet wurde, machte den Fehler zu glauben, daß die Burschen, die sich in der Taverne von Deptford mit ihm anlegten, ihn aus politischen Gründen töteten; daß die befürchteten, Kit könnte im Falle einer Verhaftung auspacken und erzählen, was er über Walsingham und Raleigh und die ganze Affäre wußte.»

Melrose hatte während dieses Vortrags das Etikett von seiner Bierflasche abgekratzt, eine unliebsame Angewohnheit, die er gewöhnlich unter Kontrolle hatte. «Ich nehme an, Sie sind da anderer Meinung?»

Wieder beugte Harvey sich über den Tisch und senkte die Stimme. «Hören Sie, seit vierhundert Jahren versucht man herauszufinden, was sich in dieser Taverne in Deptford abgespielt hat. Die einzigen Zeugen – was für ein Pech – waren gleichzeitig die Hauptakteure. Da waren Poley, Skeres und Frizer. Und Marlowe, aber er war tot, der arme Kerl –»

«Einer der größten, wenn nicht *der* größte Verlust für die englische Literatur.» Melrose, der äußerst selten dozierte, verspürte plötzlich das Bedürfnis dazu. Außerdem spürte er die Wirkung des Alkohols. Zweifellos eine Abwehrreaktion gegen diesen Ansturm totaler Unvernunft. «Neunundzwanzig war er –»

Der Verlust für die Literatur ließ Harvey Schoenberg jedoch kalt. Er war Wichtigerem auf der Spur. «Ja, er starb. Aber das tun wir alle. Der Punkt ist, daß die meisten annehmen, Skeres und Frizer wären von Walsingham gedungen worden, und die Gründe wären, wie gesagt, politischer Natur gewesen. Wissen Sie, was ich davon halte?»

«Keine Ahnung.»

«Vollkommener Blödsinn.» Schoenberg lehnte sich selbstzufrieden zurück, den Arm über die Rückenlehne seines Stuhls gelegt.

«Tatsächlich?» Melrose wagte kaum zu fragen, aber er spürte gleichzeitig, daß sein Widerstand mehr oder weniger gebrochen war: «Was ist also passiert? Wer ist Ihrer Meinung nach verantwortlich?»

Harvey Schoenberg ließ dieses verschwörerische, piratenhafte Lächeln aufblitzen, das wirkte, als hätte er ein Messer zwischen den Zähnen. «Sie werden aber niemandem von meiner Theorie erzählen?» Und wieder tätschelte er seinen Computer. «Hier ist alles drin – das ganze Beweismaterial.»

«Jemandem davon erzählen? Ich schwöre, selbst auf der Streckfolter würde kein Wort über meine Lippen kommen.»

«Shakespeare», sagte Harvey Schoenberg und leerte sein Glas zufrieden bis auf den letzten Tropfen.

3

Entgeistert starrte Melrose ihn an. Aber Harvey Schoenberg schien die Tatsache, daß er eben den wahnwitzigsten Schluß in der Literaturgeschichte gezogen hatte, völlig kaltzulassen.

«Sie wollen mir also weismachen, daß William Shakespeare die Schuld an Christopher Marlowes Tod trifft?»

Harveys graue Augen glitzerten wie die Scherben eines zerbrochenen Spiegels. Er lächelte und nickte. Er bot Melrose eine Zigarette aus einer Packung Salem an.

«Sie sprechen von dem größten literarischen Genie aller Zeiten!»

«Was hat das eine mit dem anderen zu tun?» Harvey beugte sich vor, um Melrose Feuer zu geben. «Was das Temperament betrifft, so wissen Sie doch, wie Schriftsteller, Maler und ihresgleichen einzuordnen sind. Äußerst labil. Und die Genies sind wahrscheinlich die verrücktesten.»

«Shakespeare war nicht ‹verrückt›.» Melrose hustete, als er den Rauch der nach Menthol schmeckenden Zigarette einatmete. «Im Gegenteil, alles spricht dafür, daß Shakespeare ein äußerst vernünftiger und geschickter Geschäftsmann war.» Warum ließ er sich überhaupt auf diesen Amerikaner und seine verrückten Theorien ein? Hatte er vielleicht mit Agatha zu viele Gespräche dieser Art geführt?

Harvey hob einen Fuß auf seinen Stuhl und legte das Kinn auf sein Knie. «Der Punkt ist – was wissen wir denn wirklich über diese Burschen, die damals gelebt haben? Verflucht, selbst den eigenen Namen haben sie jedesmal anders geschrieben.» Er ließ seine Asche auf den Fußboden fallen. «Marloe, Marley, Marlowe und sogar Marlin – ich bin auf sieben, acht verschiedene Schreibweisen gestoßen –, wie zum Teufel sollen wir da wissen, was sie geschrieben oder unterschrieben haben.»

«Und was war sein Motiv? Hatte Shakespeare auch nur den geringsten Grund, Marlowe aus dem Weg zu räumen?»

Harvey beugte sich wieder über den Tisch und sagte: «Mel, haben Sie denn nicht zugehört? Der Earl von Southampton, das war der Grund.»

«Aber der Earl von Southampton war doch *Shakespeares* Gönner! Nicht Marlowes. Das ist doch...»

Harvey seufzte, als hätte er es satt, eine Lektion zu wiederholen, die schon längst hätte sitzen sollen. Wieder wandte er sich dem Computer zu, tippte etwas ein und sagte: «Die Eifersucht zwischen beiden hätte ausgereicht, ein Schlachtschiff zu versenken, und Sie sind verrückt, wenn Sie das leugnen wollen. Sie sagten, Sie hätten die Sonette gelesen. Dann schauen Sie sich das mal an.»

> Da ich allein dich rief als Muse an,
> zehrt' ich allein von deiner Anmut Gnade.
> Doch ist nun bald mein Liederschatz vertan,
> und andre schreiten schon auf meinem Pfade.

Ich weiß, Geliebter, wohl: dein holdes Bild
ist wert, daß beßre Dichter von ihm singen;
doch was den Sänger je vor dir erfüllt,
er stahl es dir, um dir's zurückzubringen.

Pries deine Tugend er, nahm er den Preis
von deiner Art; der deine Schönheit sang,
fand sie auf deinem Antlitz, und er weiß,
daß jedes Wort aus deinem Wert entsprang.

Drum dank ihm nicht, bezahl nicht Huld mit Huld;
du hast geschenkt – er bleibt in deiner Schuld.

«Sehen Sie, was ich meine? ‹Und andre schreiten schon auf meinem Pfade› et cetera. Schauen Sie sich das genau an und sagen Sie dann ja nicht, Shakespeare sei nicht in der Lage gewesen, Marlowe die Augen auszustechen. Das heißt natürlich nicht, daß Shakespeare sich selbst die Hände schmutzig gemacht hat. Er ließ Nick, Skeres und Frizer die Dreckarbeit machen –»

«Das waren doch *Walsinghams* Männer, Himmel noch mal, nicht Shakespeares.»

«Aber Billy-Boy hat sie gekannt; ich meine, all diese Burschen haben einander gekannt.»

«Wie wollen Sie das beweisen –?»

Harvey war jedoch zu sehr damit beschäftigt, seinen Computer zu füttern und das kleine, weiße Quadrat herumzujagen, um auf Melroses zaghafte Fragen zu achten. «Wenn Sie das letzte Sonett nicht überzeugt hat, dann schauen Sie sich noch mal dieses an.»

In siegessicherm Kurs auf deinen Wert,
was mir zerstört hat reifende Gedanken,

zur Gruft verkehrt den Schoß, der sie gebärt?
War es sein Geist, der, mehr als Menschen ahnen,
von Geistern mitbekam, was mich verdorrt?

«Was halten Sie davon? Und schauen Sie sich das ‹was mich verdorrt› an. Offen gestanden würde es mich nicht wundern, wenn Will Shakespeare versucht hätte, Kit Marlowe zu erwischen, bevor Kit ihn erwischte. Ich frage mich, was ‹zur Gruft verkehrt› wohl bedeutet», fügte er müßig hinzu.

Sein Gegenüber schien allen Ernstes zu glauben, Christopher Marlowe sei umgebracht worden, weil Shakespeare Angst hatte, seinerseits von ihm umgebracht zu werden. Melrose hatte das Gefühl, er müsse sich mit Schoenberg duellieren oder sonst etwas. Ihm einfach mit dem Handschuh ins Gesicht schlagen und ihm die Wahl der Waffen überlassen.

«Und dann gibt es da noch ein Sonett, das wie eine Selbstmorddrohung aussieht – soll ich es mal aufrufen –»

«Nein, vielen Dank, rufen Sie nichts mehr auf. Ich habe noch eine Verabredung und bin schon viel zu spät dran –»

«Du lieber Himmel, nicht noch einen Drink auf die schnelle?»

«Nur ein Schierlingsbecher könnte mich zum Bleiben veranlassen, Mr. Schoenberg.» Er besann sich jedoch auf seine gute Erziehung und rang sich ein frostiges Lächeln ab.

«Harv. Oh, das ist gelungen. Ich hab Sie ganz schön in Fahrt gebracht, was?... Na ja, wundert mich nicht. Ich meine, die Welt ist einfach noch nicht bereit für meine Theorie. Aber glauben Sie mir, in diesem Schätzchen hier hab ich sämtliche Beweise.» Er tätschelte den Ishikabi. Als Melrose nach seinem Spazierstock griff, sagte Harvey Schoenberg: «Sehen Sie sich heute abend *Hamlet* an?»

Melrose getraute sich kaum, darauf zu antworten: «Ich denke schon.» Er und Jury hatten zwei Parkettplätze.

«Sollten Sie sich auch nicht entgehen lassen. Es gibt da alle möglichen Hinweise... es ist nämlich ein Rachedrama.»
«Tatsächlich?»
«Sind sie alle. Also Kyd – ich meine Tom Kyd – war ein guter Freund Marlowes; dazu kann ich nur sagen: Bei solchen Freunden – wer braucht da noch Feinde.» Schoenberg winkte ihn zurück. «Kommen Sie, setzen Sie sich einen Augenblick, ich möchte Ihnen was zeigen.»
Melrose verspürte eine schreckliche Faszination, als hätte ihn das Schlangenauge des Computers hypnotisiert, und setzte sich wieder.
Harvey tippte auf der Tastatur herum und sagte: «Können Sie sich das vorstellen? Daß Kyd solche Dinge von Marlowe sagt?»

> ...unter den wertlosen, nichtigen Schriftstücken (an denen mir nichts lag) & die ich ausgehändigt habe, wurden die Fragmente eines Streitgesprächs gefunden, in denen Marlowe diesen, ausdrücklich als den seinen bezeichneten Standpunkt vertrat. Darunter befanden sich auch Papiere von mir (mir selbst unbekannt), die vor zwei Jahren entstanden sein müssen, als wir zusammen in einer Kammer schrieben... Daß ich mit einem so gottlosen Mann verkehrte oder befreundet war, mag sonderbar erscheinen... er war maßlos & von großer Grausamkeit... ein Atheist...

«Natürlich darf man nicht außer acht lassen, daß Kyd diese Aussage gegen Marlowe unter der Folter gemacht hat –»
Melrose, für den nun Folter kein Fremdwort mehr war, erhob sich. «Das war äußerst aufschlußreich, Mr. Schoenberg.»
«Harv. Kyd schrieb *Die Spanische Tragödie* –»
«Ist mir bekannt», sagte Melrose eisig.

Harvey Schoenberg seufzte: «Wie ich schon sagte, wenn man eines kennt, kennt man sie alle. Diese Rachedramen gleichen sich wie ein Ei dem anderen.»

Melrose mußte ihm entgegen seiner Absicht widersprechen: «*Hamlet* fällt für mich keineswegs in die Kategorie eines Rache –»

Es wurde ihm jedoch nicht gestattet, seinen Gedanken zu Ende zu formulieren.

«Wieso nicht? Alles derselbe Kram. Das Problem war nur – Hamlet wollte sich an Claudius rächen, hat aber immer die Falschen erwischt, bis er dann endlich an den Richtigen geriet.»

Melrose mußte zugeben, daß diese *Hamlet*-Interpretation von herzerfrischender Schlichtheit war.

4

Detective Superintendent Richard Jury machte sich nichts vor.

Er wußte, daß sein Besuch bei seinem alten Freund Sam Lasko nur ein Vorwand war, um ein paar Tage in Stratford zu verbringen und wie durch Zufall vor Jenny Kenningtons Tür zu stehen.

Die Füße auf Detective Sergeant Laskos Schreibtisch, blätterte er im Telefonbuch von Stratford. Er versuchte den Eindruck zu erwecken, daß er nichts Bestimmtes suchte; denn hinter den dichten Augenbrauen und den dicken, hornumrandeten Brillengläsern der Dame in der Ecke – Laskos Sekretärin – verbargen sich Augen, die wie Laserstrahlen das Telefonbuch bis zur Seite mit den Ks, die er gerade sichtete, durchdringen konnten, um dann mit einem perfiden Lächeln der Welt davon zu berichten. Jury gab sich Mühe, an nichts zu denken: Wahrscheinlich konnte sie auch Gedanken lesen.

Er fand den Eintrag *Kennington, J.*, nahm einen Bleistift und notierte die Nummer in seinem Adreßbuch. Indem er sich einredete, nun die Straße nach London suchen zu wollen, stand er auf und besah sich den großen Stadtplan von Stratford. Sie wohnte in der Altstadt.

«Kann ich Ihnen behilflich sein, Superintendent?»

Die Stimme traf ihn zwischen den Schulterblättern. Er fuhr herum. Machte sie sich über ihn lustig? «Was? Nein. Nein. Ich habe nur nachgesehen, wie ich am besten nach London zurückkomme.»

«Was ist mit der Straße, auf der Sie hergekommen sind?» fragte sie. Schwungvoll zog sie ihren Bogen aus der Maschine und lächelte ihr seelenkundiges Lächeln.

Er wollte etwas über Baustellen und Straßenarbeiten vor sich hin brummen, sagte dann aber nichts, weil sie ihm früher oder später doch auf die Schliche kommen würde. Sie jedoch spannte ein neues Blatt ein, als wäre die Frage ohnehin müßig gewesen.

Idiotisch, dachte Jury, meinte jedoch nicht sie damit, sondern sich selbst. Er lehnte sich auf Laskos Stuhl zurück und fragte sich, wieso er eigentlich dem Gesang wahrhaft verführerischer Sirenen gegenüber stets taub blieb, während er anderen Frauen gedankenlos nachhechtete.

Angeregt durch diese Wassermetaphorik, schweiften seine Gedanken an die Ufer des Avon; in seiner Phantasie befreite er sie von den Touristen und ließ Jenny Kennington allein am Fluß entlangwandeln. Die Enten in ihrem schillernden Blau und Grün schaukelten schläfrig im Riedgras, und auf dem kühlen, ruhigen Wasser glitten die Schwäne vorbei. In Gedanken drückte er auf den Auslöser: Enten, Schwäne, Jenny Kennington. Dann ließ er es September werden. September wäre noch viel besser. Die Sonne fiele durch die Bäume, und das Wasser wäre mit goldenem Licht überzogen. Oktober. Noch besser. So kalt, daß sie sich die Arme reiben und den Wunsch nach menschlicher Wärme verspüren würde...

Jenseits der Decke der Polizeiwache schaukelten Enten und schwebten Schwäne, und Jury zerbrach sich den Kopf, wie er diesen Zauber Wirklichkeit werden lassen könnte. Wie wäre es mit einer Einladung zum Dinner im «Schwarzen Schwan» mit ihm und Melrose? Und dann ins Theater? Plant hätte bestimmt nichts dagegen, obwohl er sie letztes Jahr in Littlebourne nicht kennengelernt hatte.

Immer mit der Ruhe, Kumpel. Melrose Plant mußte einer der begehrtesten Junggesellen auf den Britischen Inseln sein. Er besaß Verstand, Charakter, war liebenswürdig und sah gut aus. Jury war sich nicht sicher, ob er dergleichen auch zu bieten hatte. Aber er wußte verdammt gut, daß er alles übrige *nicht* besaß. Geld zum Beispiel. Melrose Plant war nämlich steinreich. Und dazu noch adlig. Obwohl er auf seine Titel verzichtet hatte, gehörten sie zu ihm wie das Kielwasser zu einem Schiff. Der Earl von Caverness, Lord Ardry. Zwölfter Viscount der Ardry-Plant-Linie –

Lady Kennington und Lord Ardry...

Besser kein gemeinsames Dinner im «Schwarzen Schwan».

Das ist absurd! Du bist ein Polizeibeamter! Er sprang von Laskos Stuhl auf.

«Wer ist Polizeibeamter?»

Zu seiner unendlichen Verlegenheit stellte er fest, daß er diese Überlegung laut angestellt hatte. Da in diesem Augenblick jedoch Detective Sergeant Lasko in der Tür erschien, mußte er Gott sei Dank nicht antworten.

«Ärger im ‹Hilton›», sagte Lasko und warf seine Mütze knapp an dem alten Kleiderständer vorbei. Lasko hatte das Gesicht eines Bassets; die Hautfalten unter den Augen schienen unter der Last der Melancholie herabzusacken. Sein Temperament entsprach seinem Aussehen. Er bewegte sich langsam, so als würde sein Trübsinn ihn auf Schritt und Tritt behindern.

«Ärger?» fragte Jury, glücklich über alles, was die Aufmerksamkeit der Stenotypistin von ihm ablenkte.

«Ein Mann namens Farraday sagt, sein Sohn sei verschwunden.»

«Und was ist seiner Meinung nach passiert?»

Lasko zuckte die Achseln. «Das letzte Mal haben sie ihn Montag morgen beim Frühstück gesehen. Er sagte, er wolle sich Shakespeares Geburtshaus anschauen. In der Henley Street.»

«*Montag?* Heute ist *Mittwoch*. Sie scheinen es ja nicht gerade eilig zu haben, ihn wiederzufinden.»

Lasko schüttelte den Kopf und hievte sich auf den Rand seines Schreibtischs.

«Angeblich haben sie es nicht gleich gemeldet, weil der Kleine – er ist neun – schon öfter auf eigene Faust losgezogen ist. Sieht so aus, als sei er recht selbständig, auch nach dem, was seine Schwester sagte – das heißt, eine seiner Schwestern –»

«Nun mal langsam, Sammy, ich finde mich in dem Dickicht dieser Familienbeziehungen nicht mehr zurecht.»

«Okay. Da ist einmal der Vater, James Farraday –» Lasko zog ein kleines Adreßbuch aus seiner hinteren Hosentasche und blätterte es durch. «James, der Vater. Und dann eine Stiefmutter, Amelia Soundso, komischer Name; eine Schwester Penelope; eine andere Schwester, nein, Stiefschwester, noch so ein komischer Name – ich glaube, ich hab das nicht richtig notiert –, Bunny Belle? Bunny Belle stammt aus der ersten Ehe der Frau. Mit *der* würde ich auch gern mal von Montag bis Mittwoch durchbrennen, das kannst du mir glauben. Aber Amelia ist, unter uns gesagt, auch nicht so übel –»

Da Jury an ähnliches gedacht hatte, brachte er eine Engelsgeduld auf. Er war ohnehin ein sehr geduldiger Mensch. Er wartete, bis Lasko aufhörte, mißvergnügt seine Sekretärin anzustarren, die leider nicht eine von Bunny Belles Eigenschaften besaß.

«Ist die Familie aus Amerika?»

«Wer sonst mietet sich denn in dem verdammten ‹Stratford Hilton› ein außer irgendwelchen Autohändler-Kongressen. Wenn du da drin bist, glaubst du, in New York zu sein. Bist du jemals in New York gewesen, Jury?»

Lasko hatte seit Jurys Ankunft über nichts als die Staaten gesprochen. Es war eine Art Haßliebe. Lasko brannte darauf, nach Miami und auf die Keys zu fahren. Aber er verabscheute die aufgeblasenen Amerikaner, mit denen er es gelegentlich zu tun hatte. Jury sagte, nein, er sei noch nie in den Staaten gewesen, und Lasko steckte sich einen Zahnstocher in den Mund und redete weiter. Der Zahnstocher tanzte beim Sprechen auf und ab.

«Wie gesagt, dieser Junge – er heißt James Carlton Farraday – macht gern Extratouren. Als sie in Amsterdam waren, ist er stundenlang allein in der Stadt herumgewandert –»

«Stunden, das sind keine zwei Tage. Was haben sie denn in Amsterdam gemacht?»

«Sightseeing. Sie gehören zu einer Reisegesellschaft. In Paris war er über vierundzwanzig Stunden weg. Die Polizei hat ihn schlafend in einem Kirchstuhl gefunden. Komischer Kleiner, was?» Lasko zuckte mit den Schultern. «Das Mädchen, Penny, deutete an, daß ihm seine Familie nicht gerade ans Herz gewachsen sei.»

«Du meinst, sie denkt, er sei deshalb abgehauen? Ziemlich dumm in einem fremden Land.»

«Der Kleine ist selbständig, wie ich schon sagte. Das heißt, wie *sie* mir sagten.»

«Hmm, hast du irgendwelche Anhaltspunkte?»

«Keine.» Lasko starrte düster vor sich hin und warf dann einen hoffnungsvollen Blick auf Jury. «Ich dachte, vielleicht könntest du...»

Jury schüttelte den Kopf, lächelte aber, als er sagte: «Mmm, Sammy. Ich bin nur zu Besuch. Das ist dein Revier, nicht meines.»

«Aber dieser Farraday da drüben im ‹Hilton› faselt immer nur von Scotland Yard. Ich hab ihm gesagt, wir würden es schon schaffen, dies sei kein Fall für Scotland Yard, aber das hat ihn erst recht in Rage gebracht. Er ist Amerikaner, Richard. Er wird die verdammte Botschaft stürmen, er stinkt vor Geld und hat jede Menge Beziehungen, sagt er.» Und mit flehender Stimme: «Ich wette, wenn's ein Mordfall wäre, dann würdest du dich dahinterklemmen.» Er sah sich in dem Dienstzimmer um, starrte auf Tische, Stühle und Sekretärin, als könnte er irgendwo eine Leiche für Jury hervorzaubern.

«Es ist aber kein Mordfall, oder? Und dein Chef hat uns auch nicht gebeten –»

Mit einer dramatischen Geste schlug Lasko sich gegen die Brust. «Aber *ich* bitte dich darum – dein alter Kumpel Sam Lasko. Ich will nichts weiter, als daß du mitkommst und mit diesem Farraday redest. Das ist alles. Damit er Ruhe gibt.»

Jury warf Lasko einen prüfenden Blick zu und steckte seine Zigaretten ein. «Okay, aber mehr nicht, Sammy. Ich bin heute abend zum Dinner verabredet und habe hier noch ein paar andere Dinge zu erledigen. Mach dir also keine großen Hoffnungen.»

Jury hatte Lasko noch nie so glücklich gesehen wie in diesem Augenblick, doch dergleichen Glücksmomente waren ohnehin selten. «Wunderbar. Diese Leute denken nämlich, der FBI und Scotland Yard seien die einzigen ernst zu nehmenden Ordnungshüter auf Gottes weiter Welt.»

Jury griff nach seinem Notizbuch. «Keine Sorge, eine Stunde mit mir, und sie werden anders darüber denken.»

5

Die Farradays saßen an einem Tisch in dem für Drinks reservierten Teil der luxuriösen Lobby des «Stratford Hilton». Vier Augenpaare musterten Jury mit jeweils unterschiedlichem Interesse.

Farraday selbst schien – entgegen Laskos Bericht – eher skeptisch, aber nicht unfreundlich, als Jury seinen Ausweis zückte. Wahrscheinlich hatte Lasko bis auf die Vermißtenanzeige ohnehin alles frei erfunden. Skeptisch, aber nicht unfreundlich.

James Farraday erhob sich und schüttelte Jury die Hand, dann hielt er eine vorbeigehende Kellnerin an. «Was soll's sein, Mr. Jury?»

Jury lehnte dankend ab, aber Farraday bestellte trotzdem. Whisky, ohne Eis. «Ich weiß, aus irgendwelchen unerfindlichen Gründen trinkt ihr Burschen euren Whisky warm.»

«Er hat doch gesagt, er will keinen.» Die Stimme kam aus einer dunklen Ecke.

«Kümmere du dich um deine Angelegenheiten, Penny. Er sagt das nur aus Höflichkeit.» Farraday lächelte Jury mit einer Selbstsicherheit an, die, wie Jury annahm, sein ganzes Tun bestimmte.

Penny mochte er jedoch sofort, obwohl sie, die Arme um ihren dünnen Körper geschlungen, einfach nur dasaß und ihn scharf ansah. Penny war das Küken, nicht die reife Tochter. Jury schätzte sie auf vierzehn oder fünfzehn; ihre Haut war von einem fast staubig anmutenden Braun, als wäre sie barfuß auf einem Feldweg spazierengegangen; Sommersprossen bedeckten wie kleine Dreckspritzer ihr ganzes Gesicht; das lange, glatte Haar hatte die Farbe von modernden Blättern; die ausgeprägten Wangenknochen und die hellbraunen Augen, goldgelb gesprenkelt und etwas schräg gestellt, verliehen ihr ein interessantes, irgendwie orientalisches Aussehen. Ihre Haltung und ihr Blick verrieten ihm, daß sie nicht wußte, wie hübsch sie war.

Kein Wunder. Zwischen ihrer Stiefschwester und Stiefmutter – beide wie reife Pfirsiche mit glänzendem Blondhaar und rosigen Wangen – mußte es Penny Farraday schwerfallen, sich nicht als häßliches Entlein zu fühlen. Die Mutter trug ein weißes, tief ausgeschnittenes Sommerkleid, das den Busen fest umspannte, das Mädchen ein knappes Oberteil, das den Rücken frei ließ, und grellrosa Shorts, passend zur Farbe ihrer Lippen, über die sie gerade mit ihrer kleinen, hurtigen Zunge fuhr.

«Das ist meine Frau, Amelia Blue, und das da ist meine Stieftochter Honey Belle.»

Die einzige, die einen mitgenommenen Eindruck machte, war Penny. Vielleicht war auch Farraday nicht ungerührt geblieben, obwohl er wahrscheinlich zu der Sorte Mann gehörte, die eher sterben würde, als unmännliche Angstgefühle zu zeigen. Aber seine Stimme verriet ihn. «Also, was wollt ihr Burschen wegen Jimmy unternehmen?»

Jury zog sein Notizbuch heraus. «Zunächst einmal muß ich einiges in Erfahrung bringen, Mr. Farraday. Detective Sergeant Lasko sagte, Sie hätten Jimmy am Montag morgen zum letztenmal gesehen.»

«Richtig. Er sagte, er wolle zu diesem Geburtshaus.»

«Ist er denn häufig allein losgezogen?»

«Das kann man wohl sagen», meinte Mrs. Farraday – Amelia Blue – in einem Akzent, der an zähflüssige Melasse erinnerte. Er paßte ausgezeichnet zu ihrer Erscheinung. Jury hätte wetten können, daß das Mädchen genauso sprach. Die beiden glichen einer schweren, süßen Masse, bereit zu zerfließen. «Du mußt James Carlton einfach etwas an die Kandare nehmen.» Sie warf ihrem Mann einen scharfen Blick zu.

«Er geht nun mal gern seine eigenen Wege. Wir haben von jeher Ärger damit gehabt, daß er auf eigene Faust loszieht, ohne uns ein Wort zu sagen.» Farraday nahm einen tiefen Schluck von seinem Drink, der nach einem dreifachen Whisky aussah. «Es ist wirklich sehr schwierig, ihn zu halten.» In Farradays Stimme klang etwas Stolz mit, und er blickte sich um, als hoffte er, den Jungen jeden Augenblick hereinspazieren zu sehen. Sein Gesicht nahm einen traurigen Ausdruck an. Schließlich entrang er sich ein Lachen, aber es schien ihm im Hals steckenzubleiben. «In Amsterdam war er auch mehrere Stunden weg.»

«Sie sind mit einer Reisegesellschaft unterwegs, Mr. Farraday?»

«Richtig. Mit Honeysuckle Tours.»

Was für Namen die sich einfallen ließen. «Und Ihre Mitreisenden sind auch hier im ‹Hilton›?»

Farraday schüttelte den Kopf. «Nein, nein. Honeycutt – das ist der Manager – hat das anders arrangiert. Er richtet es so ein, daß die Leute bleiben können, wo es ihnen gerade paßt. Ich würde doch keine dieser Nullachtfünfzehn-Reisen mitmachen, bei denen dreißig Leute in einen miesen, klapprigen Bus gepfercht und über den ganzen Globus gekarrt werden. Ich kann Ihnen sagen, das hier ist nicht gerade billig – es kostet mich –»

«Das interessiert den Inspektor doch nicht, Liebling», sagte Amelia Blue und berührte leicht seinen Arm, lächelte aber Jury dabei an, als wüßte sie, was ihn interessieren könnte.

«Aus wie vielen Personen besteht die Gruppe?»

Farraday zählte sie an den Fingern ab. «Außer uns sind es noch sechs, also insgesamt elf, Honeycutt eingeschlossen. Er ist im ‹Hathaway› oder in einem anderen englischen Hotel abgestiegen. Was mich betrifft, ich brauche meinen Komfort. Ich kann mir nicht vorstellen, das Bad mit jemandem teilen zu müssen. Wir sind Amerikaner, Sie verstehen –»

Wär ich nie drauf gekommen, dachte Jury. «Und aus welcher Gegend kommen Sie, Mr. Farraday?»

«Ich, Penny und Jimmy – das ist mein Sohn – kommen aus Maryland.» Er sprach es wie ein zweisilbiges Wort aus. «Garrett County. Amelia Blue und Honey Belle – Amelia ist meine zweite Frau, und Honey Belle ist ihre Tochter – kommen aus Georgia, wo Honeysuckle Tours auch ihr Büro haben. In Atlanta. Der Bursche in Atlanta bringt die Reisegesellschaft zusammen, und dieser Honeycutt – er ist Engländer – kümmert sich um die Organisation diesseits des Atlantiks.»

«Sind Sie sicher, daß Ihr Sohn nicht bei einem Ihrer Mitreisenden steckt? Sie sind ja schon ziemlich lange zusammen –»

Amelia Blue verwandelte sich in einen kichernden Teenager: «*Zu* lange, wenn Sie mich fragen.»

«Hat sich Ihr Sohn denn mit jemandem angefreundet?»

Honey Belle, die die ganze Zeit über den leeren Blick ihrer blauen Augen auf Jury geheftet und auf einer goldgelben Haarsträhne herumgekaut hatte, entschloß sich, den Mund aufzutun: «Nur mit diesem verrückten Harvey Schoenberg, mit niemandem sonst.»

Die Stimme zerstörte jede Illusion von üppiger Weiblichkeit. Sie klang flach und nasal.

«Und was für ein Typ ist dieser Schoenberg, den er ins Herz geschlossen hat?»

«Harv hat sich auf Computer spezialisiert», sagte Farraday. «Und Jimmy ist ein aufgeweckter kleiner Bursche mit einem Gehirn wie ein Computer.»

«Alles Quatsch.» Honey Belle gähnte, streckte in einer aufreizenden Bewegung die Arme hoch und verschränkte sie dann hinter dem Kopf, damit Jury auch ja nichts entging.

«Auf jeden Fall», fuhr Farraday fort, «war er nicht bei Harvey. Wir haben gefragt. Wir haben bei allen nachgefragt. Keiner hat ihn gesehen.»

Farraday hustete und zog sein Taschentuch heraus. Jury registrierte mitfühlend, daß dieser Husten nur von den aufdrängenden unmännlichen Tränen ablenken sollte. Farradays Augen schimmerten immer noch feucht, als er das Taschentuch wieder in seine Hosentasche stopfte, sich über den Tisch lehnte und mit dem Finger auf Jury wies.

«Also, hören Sie, ich kann mich jederzeit mit der amerikanischen Botschaft in Verbindung setzen. Wie wollt ihr Burschen nun vorgehen?» Jury vermutete, daß der Mann daran gewohnt war, seine Geschäfte mit handfesten Drohungen voranzutreiben, aber in diesem Fall war alles nur Fassade: Farraday machte sich wirklich Sorgen, was man von den anderen, abgesehen von Penny, nicht behaupten konnte. Sie hatte kaum etwas gesagt, machte aber einen sehr angespannten Eindruck.

«Wir werden tun, was wir können, Mr. Farraday. Die Polizei von Stratford – Detective Sergeant Lasko – alles sehr tüchtige Leute –»

Farraday schlug mit der Faust auf den Tisch. «Ich will keinen dahergelaufenen Provinzschnüffler. Ich will den Besten, verstanden?»

Jury lächelte. «Ich wünschte, ich wäre der, den Sie suchen. Aber wir werden unser Bestes tun. Sie müssen jedoch kooperieren, Sie alle.»

Eine handschriftliche Einladung hätte bei Amelia kaum ein strahlenderes Lächeln bewirken können. «Darauf können Sie sich verlassen, Inspektor.»

«Er ist Superintendent, habt ihr das nicht gehört?» sagte Penny und ließ ihren Blick in die Runde schweifen, als hätten sie alle nur Stroh im Kopf.

Amelia Blue ließ sich dadurch nicht beirren. «Ist doch egal. Ich seh schon, er ist *wunderbar.*»

Aus Penny Farradays Richtung kam ein würgender Laut.

«Hat Ihr Sohn denn Geld bei sich?»

«Ja.» Farraday sah so schuldbewußt drein, als hätte er dem Jungen das Geld für seine Flucht höchstpersönlich zugesteckt. «Oh, nicht allzuviel, es reicht gerade für ein Essen, falls er Hunger kriegen sollte...» sagte er matt. «Er ist neun. Mit neun sind die Jungs ja ziemlich munter.»

«Mit drei auch», sagte Penny und nahm beim Zählen ihre Finger zu Hilfe, «und mit vier, fünf, sechs, sie-»

«Das reicht, Miss», sagte Amelia.

Penny verstummte und verschmolz wieder mit dem Schatten in ihrer Ecke.

«Wie sieht denn Ihr Sohn aus, Mrs. Farraday?»

«James Carlton ist mein *Stief*sohn.» Sie schien ein paar Lichtbilderkarteien durchgehen zu müssen, um sich sein Gesicht in Erinnerung zu rufen. «Na, er ist ungefähr so groß –» sie streckte die Hand aus, um ein paar Fuß Luft abzumessen – «dunkelbraune Augen und braunes Haar. Er trägt eine Brille. Wie Penny. Beide haben einen Augenfehler.»

Jury wandte sich wieder an den Vater: «Irgendwelche besonderen Kennzeichen?»

Farraday schüttelte den Kopf.

«Was hatte er an?»

«Blaue Shorts, sein Pac-Man-T-Shirt und Adidas-Sportschuhe.»

«Haben Sie ein Foto von ihm?»

«Na ja, das in seinem Paß. Die Bilder, die wir gemacht haben, sind noch nicht entwickelt.» Farraday zog den dunkelblauen Paß aus seiner Tasche.

Jury legte ihn in sein Notizbuch und erhob sich. «Gut, Mr. Farraday. Im Augenblick habe ich keine weiteren Fragen. Ich werde wohl jemanden vorbeischicken, der sich sein Zimmer ansieht. In der Zwischenzeit würde ich mir mal keine so großen Sorgen machen. Kinder machen sich nun mal gern selbständig. Und schließlich sind wir hier in Stratford-upon-Avon und nicht in Detroit.» Jury lächelte. »In Stratford passiert nie etwas.»

Was natürlich eine glatte Lüge war.

6

Penny Farraday hatte es irgendwie geschafft, sich einen Weg durch die Lobby zu bahnen und noch vor Jury das «Hilton» zu verlassen. Sie erwartete ihn auf dem Zufahrtsweg vor dem Hotel.

«Ich hab Sie abgepaßt, weil es da einiges gibt, was ich Ihnen erzählen möchte. Aber ich wollte nicht, daß die anderen zuhören, vor allem nicht diese Amelia Blue.» Sie zerrte an seinem Ärmel. «Kommen Sie rüber in den Park.»

Todesmutig sprintete sie über die Bridge Street, auf der sich ein endloser Strom Autos über die Brücke wälzte, um sich dann bei dem Fußgängerüberweg zu teilen.

«Setzen wir uns», sagte sie und zog Jury auf eine Bank neben der Bronzestatue Shakespeares.

Auf dem Fluß wimmelte es nur so von Schwänen und Enten, die alle auf das Ufer zuschwammen, um sich ihren Lunch zu holen. Eine Schar Kinder, wahrscheinlich auf dem letzten Schulausflug für dieses Jahr, fütterte sie aus Tüten mit Brotbrocken, die, wie die Erdnüsse im Zoo, auf der Straße feilgeboten wurden. Im Mittelgrund befand sich das Memorial Theatre. Wer immer das «Stratford Hilton» konzipiert hatte, das auf der anderen Straßenseite in Sichtweite des Theaters lag, war so klug gewesen, die modernen Linien des Theaters aufzunehmen, so daß beide Gebäude in der Vorstellung der Besucher zu einer Einheit verschmolzen. Es war ein wunderschöner, goldener Herbsttag, und der Himmel war wie mit blauem Email überzogen. Jury hatte nicht das geringste gegen die Parkbank einzuwenden. Er zog ein Päckchen Zigaretten aus der Tasche.

«Geben Sie mir eine.» Es war ein Befehl, wenngleich im Ton ziemlich unsicher. Offensichtlich erwartete sie eine Absage. Er gab ihr eine.

Sie sah so überrascht auf die Zigarette in ihrer Hand, daß er sich fragte, ob sie jemals in ihrem Leben geraucht hatte; doch schien es ihm unwahrscheinlich, daß sie es noch nie versucht haben sollte. Er hielt ihr ein Streichholz hin, und sie mußte mehrmals ziehen, bevor die Zigarette glühte. Sie hatte sie zwischen Daumen und Zeigefinger genommen und zog so hektisch dran, wie es Anfänger zu tun pflegen.

«Er ist nicht unser Daddy, wissen Sie. Ich mein, von Jimmy und mir. Er hat uns irgendwie adoptiert», fügte sie grollend hinzu.

Jury lächelte über das ‹irgendwie›. Trotzdem war er überrascht. Die Frau hatte wirklich keinen mütterlichen Eindruck auf ihn gemacht, Farraday dagegen hatte seine väterliche Besorgnis nicht verbergen können. «Das habe ich nicht gewußt. Ich wußte nur, daß seine Frau nicht deine Mutter ist.»

«*Die?* Ganz bestimmt nicht. Mama ist außerdem tot.» Aus

der Gesäßtasche ihrer abgeschnittenen Jeans zog sie eine abgegriffene lederne Brieftasche, der sie ein zerdrücktes Schwarzweißfoto entnahm. Offensichtlich wurde es häufig in die Hand genommen. Sie gab es Jury. «Das ist Mama.» Der Gram in ihrer Stimme wog zentnerschwer. «Sie hieß Nell.»

Die junge Frau – sie machte einen blutjungen Eindruck – stand im Schatten eines hohen Baumes, aber selbst in dem schlechten Licht dieser Umgebung war die große Ähnlichkeit zwischen Mutter und Tochter gut zu erkennen: Das glatte Haar und das Gesicht hatte Penny von ihrer Mutter geerbt. Die Frau stand einfach nur stocksteif da, ohne den geringsten Anflug eines Lächelns auf ihrem Gesicht, ein Modell, das sich weigerte zu posieren.

«Tut mir leid, Penny.» Jury gab ihr das Foto zurück. «Was ist ihr denn zugestoßen?»

Sorgfältig steckte Penny das Foto in seine Plastikhülle zurück. «Sie ist vor sechs Jahren gestorben. Ich erinnere mich noch, wie sie ihre Tasche packte und ging. Sie sagte zu Jimmy und mir: ‹Hört gut zu, ihr beiden, ich muß für eine Zeitlang verreisen. Mr. Farraday wird sich um euch kümmern.› Sie hat nämlich für ihn gearbeitet. Ich glaube, er hat sie sehr gern gehabt und sie ihn auch. Und sie sagte noch: ‹Macht euch keine Sorgen; es dauert vielleicht eine Weile, aber ich komm bestimmt wieder zurück.› Aber das war gelogen. Sie ist nie zurückgekommen.» Penny hob den Kopf und blickte über den Fluß. Wahrscheinlich sah sie weder die Weiden noch die überfütterten Schwäne, die am Ufer dümpelten, auch nicht die leuchtend bunten Vergnügungsboote, die am Ufer vertäut waren. «Sie ist an Auszehrung gestorben. Das haben sie uns zumindest gesagt. Aber Jimmy und ich haben nie herausgefunden, was das eigentlich ist. Geändert hätte das auch nichts. Schätze, man kann jede Krankheit, an der man stirbt, so nennen.»

Jury schwieg und wartete. «Junge, war sie hübsch! Auf dem Foto sieht man das vielleicht nicht –»

«Doch, sieht man. Sie sieht genauso aus wie du.»

Höchst erstaunt starrte sie ihn an. Ihre Augen schienen das Gold des Tages widerzuspiegeln. «Ach, kommen Sie... keiner hat auch nur einen Blick für mich, wenn die beiden in der Nähe sind.»

«Manche Leute haben eben keinen Geschmack. Und was ist mit deinem richtigen Vater?»

Sie ließ ihre Kippe auf den Boden fallen. «Schätze, er ist auch gestorben. Offen gestanden glaube ich, er und unsere Mama waren gar nicht verheiratet. Vielleicht hab ich ihn gekannt. Ich erinner mich nicht. Aber Jimmy, er hat nie...» Das wurde mit einem tiefen Seufzer hervorgestoßen, der aber keinerlei Vorwurf enthielt. Jeder macht Fehler, schien ihr Ton zu besagen.

«Und *er* heiratet also mir nichts, dir nichts diese Amelia Blue. Sie und Honey Belle halten uns einfach für seine unehelichen Bälger, das ist sonnenklar. Oh, sie sagen das natürlich nicht laut, das würden sie sich nie trauen; aber ihre Blicke sagen es. Man sieht das in ihren Augen, sobald sie uns nur ansehen. Diese Honey Belle – da, wo ich herkomme, gibt es 'ne passende Bezeichnung für so eine wie die. Ich bin im tiefsten West Virginia geboren – das hört man, meine Aussprache ist nicht sehr fein –, und Mädchen wie die nennt man dort einfach F-O-T-Z-E. Sie entschuldigen diesen Ausdruck – ich schätze, Sie sind nicht allzu geschockt. In West Virgina gibt es alles mögliche, auch F-O-T-Z-E-N, aber ich schwör bei Gott dem Allmächtigen –» um nicht für eine Heuchlerin gehalten zu werden, legte sie zur Bekräftigung die Hand aufs Herz – «nicht so eine, die so mit Leib und Seele eine ist. So was kann ja nur aus Georgia kommen. Inzwischen leben wir in Maryland», fügte sie in neutralem Ton hinzu. «Honey

Belle ist ständig umlagert. Sie braucht nur mit ihrem Arsch die Straße runterzuwackeln, und schon fallen sie über sie her wie die Fliegen über die Scheiße. Ich hatte auch mal 'nen Freund.» Sie seufzte. Jury konnte sich vorstellen, was mit dem Freund geschehen war. «Ich weiß, Sie glauben, ich bin bloß eifersüchtig. Ich streite das auch gar nicht ab. Mein Gott, haben Sie die Shorts gesehen, die sie anhat? Praktisch bis unter die Achselhöhlen. Na ja, Sie müssen zugeben, daß Sie kapieren, was ich damit über Honey Belle sagen will.»

Jury gab zu, daß er kapiert hatte, was sie meinte.

«Und diese Amelia Blue ist um kein Haar besser. Zwei vom gleichen Schlag. Mir wird ganz schlecht, wenn ich sie mit den Männern rummachen sehe. In unserer Gruppe ist ein Engländer, mit dem hat sie bestimmt schon was gehabt, jede Wette –»

«Wer ist das, Penny?»

«Chum oder Chomly. Es wird aber nicht so geschrieben. Mit Vornamen heißt er George. Er sieht ganz passabel aus, Amelia und Honey Belle machen sich seinetwegen beinahe die Hosen naß. Aber was ich Ihnen sagen wollte – wenn Sie mir Ihr Ohr leihen wollen –, ich glaube, Jimmy ist vielleicht abgehauen.»

«Du meinst, er ist davongelaufen? Aber doch bestimmt nicht in einem fremden Land.»

«Sie kennen Jimmy nicht. James Carlton nennt sie ihn. Ich schwör's Ihnen, im Süden haben die alle diese blöden Doppelnamen, deshalb denkt Amelia Blue, sie müsse uns auch welche verpassen. *Ihn* nennt sie James Cecil, als ob *ein* Name nicht reichen würde. Gott sei Dank hab ich keinen zweiten Vornamen.» Sie blickte zum Himmel auf. «Als James Farraday Amelia heiratete, lebten wir schon seit vier Jahren in seinem Haus. Er ist wohl in Ordnung... Verdient sein Geld mit Kohle. Ihm gehört der größte Teil von West Virginia und der

Westen Marylands. Und eine Hotelkette. Er hat ein riesiges Ferienhotel in Maryland. Da hat auch meine Mutter gearbeitet. Als Kellnerin und so. Jimmy war noch ein Baby, als wir dorthin zogen.»

«Ich glaube, Mr. Farraday macht sich große Sorgen um deinen Bruder.»

«Hmm, ja, vielleicht. Alles wär in Ordnung, wenn er *sie* nicht geheiratet hätte. Oder vielleicht sollte ich sagen, die beiden. Als wir sie das erste Mal die Auffahrt hochkommen sahen, dachten wir, Miss Dolly Parton würde uns mit ihrem Besuch beehren – dieses blonde Schafsgekräusel und Titten bis da. Sie wollte mir das Fluchen abgewöhnen, damit er denkt, sie sei 'ne feine Dame, während sie ganz offensichtlich 'ne Schlampe ist. Immer hat sie Besuch – *Männer*besuch – und sitzt auf der Terrasse – Veranda, wie sie's nennt –, trinkt Bier und fächelt sich Kühlung zu, als wäre sie auf einer Plantage geboren. Man könnte glauben, sie sei Scarlett O'Hara. Würde mich nicht wundern, wenn sie die Vorhänge von den Fenstern reißen und brüllen würde: ‹Morgen ist auch noch ein Tag!› Ein falscher Fuffziger ist sie, weiter nichts.» Sie sah Jury unter dem seidigen Vorhang ihrer langen Haare hervor an, offensichtlich in der Hoffnung, er würde ihr zustimmen.

«Was ist deiner Meinung nach mit Jimmy passiert?» Er bot ihr noch eine Zigarette an. Sie schien entzückt.

Während sie den Rauch in die Luft blies, sagte sie: «Sie sollten Jimmy kennenlernen. Er ist anders als die anderen.»

Jury glaubte ihr das aufs Wort.

«Jimmy hat Pläne geschmiedet, wie er Amelia Blue und Honey Belle loswerden könnte. Er wollte ihnen nicht einfach nur Frösche ins Bett stecken oder sonstige üblen Streiche spielen. Jimmy ist wirklich pfiffig. Er kann sich auch ausdrücken. Er hat sich gesagt, daß man es zu nichts bringt, wenn man sich nicht ausdrücken kann. Sie wissen schon, wie die

Politiker und so. Also hat er sich lauter Bücher über Poltergeister aus der Leihbücherei geholt. Das sind Geister, die Geräusche machen und Dinge bewegen. Steven Spielberg hat einen Film darüber gemacht. Haben Sie ihn gesehen?»

Jury schüttelte den Kopf.

«Dann hat er Honey Belle erzählt, in dem Haus würde es spuken. Sie ist der größte Angsthase, den es gibt. Und dann – ich weiß nicht, wie er das gemacht hat – bewegte er Stühle und ließ die Gläser in den Schränken herumwandern. Schubladen sprangen auf und was nicht noch alles. Sie machten sich vor Angst beinahe in die Hosen, aber sie blieben.» Sie zog an ihrer Zigarette und starrte auf den Fluß. «Jimmy hat wirklich was drauf – wie er.»

Es war kaum zu glauben, sie schien die Bronzestatue ins Auge gefaßt zu haben. «Du meinst Shakespeare?»

«Ja-ah. Haben Sie was von ihm gelesen? Ich find diesen Shakespeare einfach toll. *Wie es euch gefällt* hab ich bestimmt schon dreimal gesehen. In der Schule mußten wir es lesen, und ich hab alle Monologe auswendig gelernt.» Sie drückte ihre Zigarette aus. «Hören Sie, Sie müssen Jimmy einfach finden.»

Sie war es bestimmt nicht gewöhnt, bitten zu müssen... zum Teufel, es würde ihn nicht umbringen, wenn er für diesen Fall ein, zwei Stunden drangab. Die Glocken der Dreifaltigkeitskirche erfüllten die Luft mit ihrem Geläut. «Komm, Penny, wir gehen mal zu Shakespeares Geburtshaus rüber und stellen denen dort ein paar Fragen.»

«*Ich* soll mitkommen?» Daß sie bei den polizeilichen Ermittlungen dabeisein sollte, ließ das traurige Gesicht aufleuchten. Als ob ein Licht durch die Sommersprossen, die wie Staub ihr Gesicht überzogen, hindurchschimmerte, während sie neben Jury über den leuchtendgrünen Rasen auf die Henley Street zuging. Die Odyssee ihres Lebens an der Seite ihrer

Stiefmutter und -schwester war deswegen jedoch nicht zu Ende. «Es ist wie in einem Dampfbad in dem Haus. Jimmy ist mein einziger Lichtblick. Ich geh auch nicht mehr zurück, das hab ich in den letzten Tagen beschlossen. Ich bleib einfach hier und angle mir einen Duke oder einen Earl oder so was Ähnliches. Okay, *er* ist in Ordnung, aber die beiden sind einfach nicht auszuhalten. Sie nicht mehr um mich zu haben mit ihren Titten und Hintern. Sie kennen nicht zufällig welche, was?»

Jury wußte nicht genau, was sie meinte, Titten und Hintern oder Dukes und Earls. «Ob du's glaubst oder nicht, ich kenn einen – einen Earl.» Er lächelte.

«Ohne Scheiß?» Sie blieb stehen und sah baß erstaunt zu ihm auf.

«Ohne Scheiß», sagte Jury.

Das Geburtshaus war ein hübsches, gemütliches Fachwerkhaus aus Warwickshire-Stein, dessen Tür beinahe auf gleicher Höhe mit der Henley Street lag. Vor der Tür zu dem Heiligtum wartete eine doppelte Schlange von Pilgern, ungeduldige Eltern und quengelige Kinder mit Eislutschern im Mund. Jury fragte sich, wie viele von den Leuten je Shakespeare gelesen hatten, doch er bewunderte sie und ihre Bereitwilligkeit, das Genie auf Treu und Glauben als solches zu akzeptieren.

«Wie die Schlangen zu *E.T.*», sagte Penny verdrossen. «Es sind mindestens hundert Leute vor uns.»

«Ich glaube, wir können sie umgehen. Komm.»

Die Türsteherin mit dem Abzeichen der Shakespeare-Stiftung starrte entsetzt auf Jurys Ausweis, obwohl er ihr bereits versichert hatte, daß alles in Ordnung sei. Sie musterte ihn unsicher, als fürchtete sie, er würde nicht nur die Kleine an seiner Seite, sondern die ganze Ausdünstung des Sündenbabels London einschleppen, die sich dann wie eine Patina aus Staub auf die wertvolle Sammlung im Innern legen würde.

Drinnen befanden sich genauso viele Leute wie draußen. Jury zeigte dem Wächter der unteren Räume das Foto von James Carlton Farraday, konnte von ihm jedoch nichts erfahren. Sie bahnten sich einen Weg zum oberen Stock, wo sich noch mehr freundliche, kleine Räume befanden – mit Deckenbalken und weiß getüncht. Die Möbel waren elisabethanisch oder stammten aus der Zeit Jakobs I., aber unglücklicherweise hatte kein einziges Stück Shakespeare gehört (wie ein Führer den Pilgern erklärte), außer einer alten Schulbank aus der Volksschule Stratfords, auf der der junge Will Qualen hatte erdulden müssen. Sie war mit Kerben und Löchern übersät.

Jury ging auf einen älteren Herrn zu, auch einen Wächter, der einer jungen, zerzausten Frau in Shorts und Sandalen etwas über das bleigefaßte Fenster erzählte, in das die Namen der Berühmtheiten vergangener Jahrhunderte mit Diamantringen eingeritzt waren. Die Sandalen entfernten sich klappernd.

Jury zeigte seinen Ausweis. «Ich wüßte gern, ob Sie letzten Montag diesen Jungen hier gesehen haben?»

Der Mann schien darüber erstaunt, daß jemand nach Dingen fragte, die nichts mit Möbeln und Fenstern zu tun hatten. Vor allem aber darüber, daß dieser Jemand von Scotland Yard war. Als Jury ihm das Paßfoto zeigte, schüttelte er den Kopf.

«In den Ferien und vor allem jetzt, gegen Ende des Schuljahres, wimmelt es hier nur so von Schulkindern. Wissen Sie, mit der Zeit sieht einer wie der andere aus. Es sind so viele, und sie stellen so viele Fragen...» In diesem Stil ging es weiter; er erklärte und erklärte, wahrscheinlich weil er glaubte, Scotland Yard würde ihn verdächtigen, diesen einen Schuljungen in der Eichentruhe nebenan eingesperrt zu haben.

Jury gab ihm seine Visitenkarte; über die Telefonnummer von Scotland Yard hatte er die der Polizeiwache von Strat-

ford notiert. «Falls Sie sich doch noch an irgend etwas erinnern, rufen Sie mich bitte an.»
Der Wächter nickte.

Das gleiche wiederholte sich in dem Souvenirgeschäft auf der anderen Seite der Gärten, in dem die Pilger allen möglichen elisabethanischen Schnickschnack kauften: Tischsets, verkleinerte Modelle des Globe Theatre. Postkarten, Bilder und Anhänger. Keiner der gestreßten Verkäufer erkannte James Carlton Farraday auf dem Foto.

Jury und eine betrübt dreinblickende Penny standen auf dem blumengesäumten Hauptweg. Es gab Quitten- und Mispelbäume, und die Luft des Spätsommers war schwer von dem Duft der Blumen und Kräuter.
«Ich hab in diesem kleinen Buch hier gelesen, daß sie alle Blumen haben, die in Shakespeares Stücken vorkommen. Ob sie wohl auch Rosmarin haben?» Sie strich das lange Haar nach hinten. «Aber das ist keine Blume, oder?» Der Blick, den sie Jury zuwarf, war beinahe untröstlich. «Es ist zur Erinnerung.»

7

James Carlton Farraday hatte es satt, gekidnappt zu sein.
Er wußte nicht, *wer* ihn entführt hatte, *wohin* man ihn entführt hatte oder *wozu* er entführt worden war.
Zuerst hatte er überhaupt nichts dagegen gehabt, aber inzwischen langweilte er sich. Er hatte es satt, immer in demselben Zimmer zu hocken – es war ziemlich klein und lag hoch

oben unter dem Dach, wie eine Mansarde. Das Essen wurde auf einem Tablett durch eine längliche Öffnung in der Tür hereingeschoben. Wahrscheinlich war er in einem Turm, obwohl er noch keine Ratten gesehen hatte. Es gab jedoch eine Katze. Sie hatte sich entschlossen durch die Öffnung in der Tür gequetscht; wahrscheinlich wollte sie herausfinden, wie das war, gekidnappt zu sein. Die Katze – sie war grau mit weißen Pfoten – lag eingerollt am Fuß des eisernen Bettgestells und schlief. James Carlton teilte sein Essen mit ihr.

Das Essen war in Ordnung, aber er hätte Brot und Wasser vorgezogen, wenigstens für ein paar Tage. Er fand es irgendwie unpassend, daß er Jell-O (oder wie immer sie das in England nannten) in einer kleinen Blechschüssel mit einem Rosenmuster bekam. Er selbst verabscheute Jell-O, aber die graue Katze war begeistert und leckte es immer sorgfältigst auf. Der Rest war gar nicht so übel, auch wenn er auf eine etwas unkonventionelle Art serviert wurde. Überhaupt nicht wie zu Hause, wo ihm seine alte Nanny gewöhnlich nur ein labbriges gekochtes Ei und trockenen Toast zum Frühstück auf sein Zimmer brachte. Junge, war er froh, daß er *die* los war.

James Carlton hatte (wie er annahm) sämtliche Bücher gelesen, die je über Kidnapping geschrieben worden waren – über Leute, die in Türme gesteckt, auf die Teufelsinsel verbannt, in Verliese geworfen, von Zulus gefangengenommen, in Schlangengruben hinabgelassen oder in den Kofferraum eines Autos gesteckt worden waren. Kidnapping war sozusagen eine fixe Idee von ihm; er war nämlich davon überzeugt, daß Penny und er die Opfer einer solchen Aktion geworden waren. Es lag inzwischen Jahre zurück, und er war sich nicht einmal sicher, ob J. C. Farraday die Hand im Spiel gehabt hatte. Eigentlich nahm er es nicht an. J. C. schien ihm nicht der Typ zu sein. Amelia Blue hingegen, die würde sich alles greifen, was nicht niet- und nagelfest war – Babies inbegriffen –, nur war Amelia Blue damals überhaupt noch nicht in Erscheinung getreten. Wahrscheinlich hatte er in seinem Kinderwagen vor dem Supermarkt so niedlich ausgesehen, daß ihn einfach jemand geschnappt und dann das Weite gesucht hatte. Er fand es ziemlich dumm von Penny – die doch sonst so schlau war –, daß sie ihnen diese Geschichte abnahm, der zufolge ihre Mutter an irgendeiner komischen Krankheit gestorben sein sollte. Das war sie natürlich nicht.

Nach all den Jahren suchte die Polizei bestimmt noch nach ihm (und nach Penny wohl auch), wenngleich sie mit Sicherheit nichts darüber hatte verlauten lassen. Seine richtigen Eltern würden die Suche nach ihm nie aufgeben, das wußte er. Erschwert wurde sie durch diese große Brille, die ihm Amelia Blue und J.C. aufgezwungen hatten. Und seine Entführer mußten ihm als Baby auch die Haare gefärbt haben; er hatte nämlich das Foto seiner Mutter gesehen, und die hatte hellbraunes Haar wie Penny.

Jahrelang hatte James Carlton ihr Spiel gutmütig mitgespielt. Er hatte nie ein Wort darüber verloren oder gar gefragt, warum sie ihn nicht nach Hause ließen. Aber jetzt sah er rot. Einmal gekidnappt zu werden war genug. Zweimal, das war zuviel, das sollten sie ihm gefälligst erklären.

Die graue Katze schlummerte auf seiner Brust, und er atmete tief aus. Irgendwann hatte die Katze die Nase voll und sprang herunter.

Es gab nichts zu tun, außer sich Fluchtwege auszudenken. Natürlich lagen keine Bleistifte oder Kugelschreiber im Zimmer herum, denn sonst hätte er ja Botschaften durch das Fenster werfen können. Vorübergehende hätten die Notrufe dann gefunden, sie gelesen und der Polizei gemeldet, daß in dem Turm ein Junge säße.

Aber James Carlton hatte immer einen Bleistiftstummel in

seinem Strumpf, denn er wußte, wie wichtig es war, ein Schreibwerkzeug zu besitzen. Wichtiger als eine Waffe! So etwas war notwendig, um SOS-Rufe an die Polizei abzuschicken oder um Botschaften hinterlassen zu können, wenn die Entführer ihre Gefangenen an einen anderen Ort bringen wollten.

Falls er sich nicht dazu entschloß, Baseballspieler zu werden (er war überzeugt, daß sein Vater Baseballspieler war), wollte er Schriftsteller werden, und zwar Auslandskorrespondent. Er hatte schon oft daran gedacht. Schreiben war etwas, womit man sich die Zeit vertreiben konnte, wenn man sich langweilte.

An den Wänden hing eine Reihe ziemlich langweiliger Bilder von irischen Settern oder weidenden Kühen. Er nahm eins von denen, die Kühe und einen Kuhhirten zeigten, herunter, setzte sich aufs Bett und legte das Bild umgedreht auf seine Knie. Dann holte er den Bleistift aus seinem Strumpf und schrieb an seinem Tagebuch weiter. Es war zwar nicht besonders interessant, was er da schrieb, aber es war notwendig für den Fall, daß seine Entführer ihn an einen anderen Ort brachten und die Polizei hier nach ihm suchte. Mit größter Mühe war es ihm gelungen, in dem Bild selbst einen Hinweis anzubringen – vorsichtig hatte er den Karton zur Verstärkung entfernt und dann die Köpfe der Kuh und des Kuhhirten herausgetrennt und vertauscht. Es war eine sehr schwierige, große Sorgfalt erfordernde Arbeit gewesen, für die er mehr als zwei Stunden gebraucht hatte, da er die Köpfe ohne Klebstoff einsetzen mußte und sie immer wieder unter dem Glas verrutschten. Schließlich hatte er Spucke statt Klebstoff genommen und war sehr zufrieden mit dem Resultat. Die Leute, die hier lebten, würden es bestimmt nicht bemerken, denn niemand sieht sich die Bilder an den eigenen Wänden wirklich an. Aber Scotland Yard würde es bemerken und sofort wissen, daß es etwas zu bedeuten hatte, und sich die Rückseite des Bildes genauer ansehen.

Ganz oben auf dem Karton, den er wieder in den Rahmen geschoben hatte, stand in kunstvoller Schrift:

James Carlton Farraday

Er schrieb an seinem Tagebuch weiter: «7.13 Uhr Frühstück: Ei, Speck, Cornflakes.»

Er schrieb das in kleinen, ordentlichen Buchstaben unter das Abendessen, das ihm gestern um 18.22 Uhr serviert worden war. Seine Armbanduhr hatten sie ihm gelassen.

Dann widmete er sich seinen Fluchtplänen, die er wahrscheinlich in der Reihenfolge, in der er sie aufgeschrieben hatte, ausprobieren würde.

1. Sich krank stellen; wenn das Essen kommt, wimmern und stöhnen.
2. Sein/ihr Handgelenk durch den Türschlitz hindurch packen, wenn das Tablett reingeschoben wird.
3. Auskundschaften, ob man durch das Fenster entkommen kann. Katze runterlassen???

James Carlton hängte das Bild wieder an seinen Platz zurück und machte ein paar tiefe Kniebeugen. Es war wichtig, sich fit zu halten. Danach machte er Schattenboxen durch das ganze Zimmer und wieder zurück zum Bett. Er führte ein paar Schwinger gegen die Katze, ohne dabei die komplizierte Beinarbeit zu vernachlässigen. Die graue Katze rollte sich auf den Rücken, schlug ein paarmal halbherzig mit der Pfote nach seiner Faust und rollte sich dann gelangweilt wieder auf die Seite. James Carlton setzte seine Boxübungen fort.

Er hörte auf, als er Schritte vernahm. Sobald das Tablett klappernd auf dem Boden abgestellt worden war, machte er sich daran, Plan eins in die Tat umzusetzen. Er legte sich auf den Boden und begann fürchterlich zu stöhnen.

8

Der Speisesaal des «Schwarzen Schwans» – dieser etwas elegantere Teil der «Torkelnden Ente» – war voll besetzt mit Gästen, die vor der Vorstellung um halb acht noch einen Drink oder ein Abendessen zu sich nahmen. Auch die Terrasse war überfüllt, so daß einige Gäste mit der Treppe vorliebnehmen mußten. Und an der Bar der «Ente» konnte man kaum noch sein Glas heben.

Melrose unterbrach seinen Vortrag über Schoenbergs Theorie, um den Wein zu probieren, den ihm die dunkelhaarige Bedienung gerade eingeschenkt hatte. Als er nickte, füllte sie ihre beiden Gläser und huschte wieder davon.

«Das ist das Blödsinnigste, was ich je gehört habe. Den Senf, bitte», sagte Jury.

«Ich bin noch nicht fertig. *Anschließend* meinte er, Shakespeare hätte Marlowe umlegen müssen, sonst hätte nämlich Marlowe ihn umgelegt.» Melrose schob Jury den Senf hin, und der betupfte seine Fleisch-und-Nieren-Pastete damit. «Und dabei ließ er dauernd Shakespeares Sonette auf diesem Ishi erscheinen.»

«Was zum Teufel ist denn das?»

«Sein Computer.»

«Sie meinen, er hat immer einen *Computer* dabei?»

Melrose nahm sein Roastbeef in Angriff. «Natürlich. Ohne ihn könnte er sich auf gar kein Gespräch einlassen. Er meint, es würde auch schon Computer geben, mit denen man reden kann – einfach so. Vielleicht sollte ich Agatha einen besorgen. Er könnte ihr Gesellschaft leisten, wenn sie zum Tee nach Ardry End kommt.»

Jury lächelte. «Ich habe sie drei Jahre lang nicht gesehen.»

«Und wenn Sie schlau sind, belassen Sie es dabei. Keine

Angst, sie wird Sie schon aufstöbern. Wenn ihr die Randolph Biggets Zeit dazu lassen –»

«Wer ist das?» Jury ließ sich sein Glas nachfüllen.

«Unsere amerikanischen Verwandten. Sie sind in Horden eingefallen. Glücklicherweise ist es mir bis jetzt gelungen, ihnen aus dem Weg zu gehen. Ich hab ein paar Zimmer im ‹Falstaff› genommen und Agatha und den Biggets das ‹Hathaway› überlassen. Amerikaner mögen so was – nachgemachter Tudor, Lehm und Flechtwerk.»

Jury lächelte. «Und nicht nur das. Es ist auch ziemlich teuer. Ein paar Zimmer im ‹Falstaff›? Wie viele Zimmer haben Sie denn genommen?»

«Alle.» Als er Jurys gerunzelte Brauen sah, fügte er hinzu: «Mußte ich ja. Sonst wären sozusagen aus allen Fenstern Biggets gequollen. Ich hab Agatha gesagt, ich hätte das letzte Zimmer bekommen. Stimmt ja auch, wenn man so will. Es gibt sowieso nur acht oder neun. Wollen Sie denn wegen des vermißten Jungen noch etwas unternehmen?»

«Im Augenblick läßt sich da nicht viel tun. Ich bin mit seiner Schwester Penny zu Shakespeares Geburtshaus gegangen. Angeblich wollte er dahin, als er sich aus dem Staub gemacht hat – aber niemand erinnert sich, ihn gesehen zu haben. Wie dem auch sei – es ist Laskos Fall.»

Eine Zeitlang widmeten sie sich schweigend dem Essen. Jurys Gedanken wanderten von vermißten Jungen zu anderen Dingen. «Sie sind Lady Kennington nie begegnet, oder?» Er bezweifelte, ob sein beiläufiger Ton Melrose Plant täuschen konnte.

«Nein. Ich habe sie nur dieses eine Mal gesehen, wenn Sie sich erinnern. Eine sehr attraktive Frau.»

«Ja, das ist sie wohl. Sie wohnt jetzt in Stratford.»

«Oh? Wissen Sie, sie erinnerte mich irgendwie an Vivian Rivington.»

Jury war das noch nicht aufgefallen, aber Plant hatte recht, die beiden Frauen sahen sich tatsächlich ähnlich. Plant musterte ihn etwas zu eindringlich; Jury wandte den Blick ab. Vivian Rivington machte ihm immer noch zu schaffen. «Haben Sie mal von ihr gehört? Lebt sie immer noch in Italien?»

«Ab und zu bekomme ich eine Postkarte mit einer Gondel drauf. Sie erwähnte mal, daß sie nach England zurückkommen wollte.»

Es entstand ein kurzes Schweigen. «Das Brot, bitte», sagte Jury.

«Wie romantisch. Ich rede von Vivian, und Sie sagen: ‹Das Brot, bitte.›» Melrose schob ihm das Brotkörbchen zu.

«Oh, mein Gott», sagte Jury, den Blick auf die Tür gerichtet.

Melrose folgte der Richtung seines Blicks. Der Speisesaal leerte sich allmählich, da die Gäste nach und nach die Tische räumten und zum Theater hinübergingen. In der Tür stand ein ziemlich korpulenter, traurig dreinblickender Mann, der zu ihnen herüberschaute. Er sagte etwas zu der Empfangsdame und bahnte sich einen Weg durch die aufbrechenden Gäste.

«Wenn man vom Teufel spricht –» Jury warf seine Serviette auf den Tisch.

Detective Sergeant Sammy Lasko blickte, so meinte Jury zu sehen, mit unaufrichtigem Bedauern auf sie herunter. «Ärger, Richard.»

«Setz dich und trink etwas Wein oder Kaffee. Du siehst so aus, als hättest du es nötig.»

Lasko schüttelte den Kopf. «Keine Zeit. Sieht gut aus», fügte er hinzu und warf einen sehnsüchtigen Blick auf ihre Teller.

«Das war es auch, bis du aufgetaucht bist. Was Neues im Fall Farraday?»

Ein trauriges Kopfschütteln, während Lasko die Melone in seinen Händen drehte. «Fürchte, nein. Es ist noch ein ganzes Stück schlimmer.»

Plant und Jury sahen einander an. «Ich sehe schon, ich werde diesen Abend allein im Theater verbringen», sagte Melrose mißvergnügt.

«Hör mal, Sammy...» Jury seufzte und ergab sich in sein Schicksal. «Was ist es diesmal?»

«Mord», sagte Lasko, das Rindfleisch nicht aus den Augen lassend.

Die beiden starrten Lasko an, dann warfen sie sich einen Blick zu. Schließlich meinte Jury bereits im Aufstehen: «Geben Sie mir meine Karte, wir treffen uns in der Pause an der Bar.»

Sam Lasko sah Jury vorwurfsvoll an: «Ich glaube nicht, daß wir nach drei Akten *Hamlet* schon die Antworten parat haben.»

«Das hatte Hamlet auch nicht. Kommen Sie, gehen wir.»

«Gwendolyn Bracegirdle», sagte Lasko und blickte auf die Stelle in der Damentoilette, wo die Leiche vor kurzem noch gelegen hatte. Zusammen mit Gwendolyn Bracegirdles Brieftasche gab er Jury die Fotos, die ein Polizeifotograf gemacht hatte. «Eine scheußliche Bescherung.»

Im weißen Licht der Glühbirne stand auf Gwendolyn Bracegirdles Gesicht ein Ausdruck clownesker Überraschung. Als Jury die Brieftasche öffnete, ergoß sich aus ihr ein kleiner Wasserfall von Kreditkarten, die in einer langen, unterteilten Plastikhülle steckten: Diner's Club, Visa, American Express, eine Karte für Benzin. Außerdem fand sich noch eine ganze Menge Geld, mindestens zweihundert Pfund.

«Kein Raubüberfall», sagte Lasko, der auch hinten Augen hatte. Er scharrte mit der Stiefelspitze auf dem Boden herum.

«Was hatte sie nachts in den öffentlichen Toiletten zu suchen?»

«Wann hast du sie gefunden?» fragte Jury und sah auf die Fotos, auf diesen schrecklichen Ausdruck im Gesicht der Ermordeten – als hätte sie beim ersten Schnitt gelacht, was wirklich fürchterlich war in Anbetracht des halb vom Rumpf getrennten Kopfes. Es gab noch einen zweiten tiefen Schnitt, der unter der Brust anfing und senkrecht bis zum Schambein verlief, als hätte es nicht genügt, sie von einem Ohr bis zum anderen aufzuschlitzen. Das Blut mußte nur so herausgeschossen sein; auf den Fotos sah es wie getrocknete Farbe auf der Leinwand eines Malers aus; die Schicht war so dick, als wäre sie mit einem Palettenmesser aufgetragen worden.

«Vor ein paar Stunden. Der Arzt meinte, sie sei schon seit gestern abend tot. All das –» Lasko wies mit ausgestrecktem Arm auf die blutverschmierte Szene – «geschah gegen Mitternacht oder um diesen Zeitpunkt herum...»

«Und sie wurde jetzt erst gefunden? Im Juli ist die Kirche doch voller Touristen.»

«Die aber nicht die Toiletten benutzen, weil die außer Betrieb sind, wie das Schild draußen anzeigt.» Als er Jurys Blick bemerkte, zuckte er die Achseln. «Sie waren wohl tatsächlich außer Betrieb.»

«Dieses ganze Blut – der Killer muß voll davon gewesen sein.»

«War er auch. In einem Abfalleimer haben wir einen alten Regenmantel gefunden. Er wird auf Fingerabdrücke untersucht, ist aber einer von der öligen Sorte. Und billig, ist überall zu kaufen. Verdammt schwer zurückzuverfolgen.» Lasko steckte sich einen Zahnstocher zwischen die Zähne und hielt eine kleine, weiße Visitenkarte hoch, auf die er den Strahl seiner Taschenlampe richtete. «Wie wär's, wenn wir zusammen zum ‹Diamond Hill Guest House› gingen, um mit der Besitzerin zu sprechen?»

«Ich hab's dir bereits gesagt, Sam, das ist nicht mein –»

Lasko unterbrach ihn: «Was hältst du *davon*?»

Es war das Programm für *Wie es euch gefällt*. Am unteren Rand standen in Druckschrift zwei Zeilen eines Gedichts.

> Der Schönheit rote Nelken
> sind Blumen, die verwelken.

«Also, was meinst du, Richard? Wir lassen das Original nach Fingerabdrücken untersuchen. Aber zunächst mal: Denkst du, sie hat das geschrieben?»

«Nein.»

«Ich auch nicht. Sieht eher wie etwas an unsere Adresse aus.»

Entschlossen gab Jury ihm das Programm zurück. «An dich, an deine Adresse, Sammy. Ich muß nach London zurück, wenn ich dich daran erinnern darf.»

Aber Sam Lasko hatte noch einen weiteren Trumpf in der Hand. «Ich denke, du solltest doch besser mitkommen.»

«Sammy, niemand hat unsere Hilfe angefordert.»

«Noch nicht. Aber ich bin sicher, Honeysuckle Tours hätte sie nötig.» Lasko bewegte den Zahnstocher in seinem Mund. «Du weißt schon, diese Reisegesellschaft, zu der der kleine Farraday gehört.» Lasko steckte das Programm wieder in die Hülle. «Gwendolyn Bracegirdle gehörte auch dazu.» Sam Lasko ließ Jury diese Nachricht erst einmal verdauen, bevor er sein Notizbuch herauszog und darin blätterte. «Toller Name, was? Man denkt sofort an die alten Südstaaten, an Tara und so. Warst du schon einmal in Amerika, Jury?» Es war eine rhetorische Frage. Lasko wartete die Antwort gar nicht ab, sondern fuhr mit seiner Aufzählung fort.

«Dieser Bursche namens Honeycutt hat die Sache aufgezogen, deshalb wohl auch der Name – wir versuchen schon die ganze Zeit, ihn ausfindig zu machen. Aber er ist ständig unterwegs. Jedenfalls gehören die Farradays zu dieser Reisegesellschaft, und laut J. C., der mit mir eigentlich gar nicht redet, gibt es außer ihnen und Honeycutt vier weitere Mitreisende: eine Lady Dew mit ihrer Nichte Cyclamen und – was für Namen! – George Cholmondeley, der mit Edelsteinen handelt, schließlich einen Harvey L. Schoenberg.»

«Schoenberg?»

«Kennst du ihn?»

«Nein, aber der Bursche, mit dem ich heute abend gegessen habe.»

«Aha?» Lasko steckte sein Notizbuch weg und versuchte, Jury den Weg hinunterzubugsieren, wahrscheinlich in Richtung des «Diamond Hill Guest House». «Ich dachte, wenn wir mit diesem «Diamond Hill» fertig sind –»

«Wir?» Aber Jury wußte, daß er mit von der Partie sein würde.

Und Sam Lasko wußte es auch. Er machte sich nicht einmal die Mühe, Jury zu antworten. «Ich dachte, du könntest mitkommen und dich im ‹Arden› etwas umsehen – das ist Honeycutts Hotel –, dich mit ihm unterhalten oder herausfinden, wo er steckt –»

Jury drehte sich auf dem dunklen Weg um. «Sammy, ich hab dir doch gesagt –»

Sam Lasko schüttelte den Kopf und streckte die Arme himmelwärts. «Richard. Schau dir diese Bescherung dahinten an. Denkst du vielleicht, ich hätte nicht genügend zu tun –?»

«Nein, keineswegs.»

Sie gingen eine Gasse hoch, die vom Theater durch die Altstadt zu den Straßen drum herum führte, die von *Bed-and-Breakfast*-Schildern gesäumt wurden wie eine Pappelallee.

«*Casablanca*. Das war ein toller Film. Kennst du doch bestimmt?»

Jury blieb stehen, zündete sich eine Zigarette an und sagte: «Louie, glaub ja nicht, daß dies der Beginn einer wunderbaren Freundschaft ist.»

9

Mrs. Mayberry, die das «Diamond Hill Guest House» führte, trug nichts dazu bei, daß Jury seine Meinung von den Wirtinnen der *Bed-and-Breakfast*-Kategorie revidierte. «Ich weiß nichts, wie sollte ich auch? Sie gehörte zu einer dieser Reisegesellschaften. Ihr Zimmer war ganz oben – klein, aber gemütlich. Warm- und Kaltwasser und das Bad im Gang. Sie zahlte sieben Pfund inklusive Mehrwertsteuer für eine Übernachtung mit komplettem Frühstück.» Als wäre die Polizei nur gekommen, um bei Mrs. Mayberry Zimmer zu mieten.

Jury wußte, was unter dem kompletten Frühstück zu verstehen war: Orangensaft aus der Dose, Cornflakes, ein Ei, eine hauchdünne Scheibe Speck und, wenn man Glück hatte, eine wäßrige «geschmorte» Tomate. Nur ein Oliver Twist würde sich trauen, um Nachschlag zu bitten.

«Wann haben Sie sie das letzte Mal gesehen, Mrs. Mayberry?» fragte Lasko mit seiner verschlafenen Stimme.

«So gegen sechs, nehm ich an. Sie kam zurück, um sich zum Abendessen frisch zu machen. Das tun sie meistens.» Sie stiegen die Treppe hoch, die Wirtin mit ihrem Schlüsselbund voran. Der Polizeifotograf und der Experte für Fingerabdrücke bildeten die Nachhut. «So, da wären wir.» Mrs. Mayberry trat zur Seite und stieß die Tür auf. «Einfach scheußlich, das Ganze.» Jury nahm an, sie meinte den Mord und nicht das Zimmer, das klein und ziemlich trostlos wirkte. «Daß so was aber auch passieren mußte.» Dieser Kommentar schien sich hingegen weniger auf Gwendolyn Bracegirdles Tod zu beziehen als auf ihre Unverschämtheit, das ‹Diamond Hill Guest House› dadurch in Verruf gebracht zu haben.

Das Zimmer lag im obersten Stockwerk, und das winzige Mansardenfenster schien eher dazu gemacht, die sommerliche Brise auszusperren, als sie hereinzulassen. An der einen Wand stand ein Bett – eigentlich war es nur ein Feldbett – mit einer Chenilledecke. Von der gegenüberliegenden ragte ein Waschbecken in das Zimmer. Sonst gab es nur noch einen chintzbezogenen Sessel und einen alten Schreibtisch aus Eichenholz. Auf dem Schreibtisch standen fein säuberlich aufgereiht Miss Bracegirdles Habseligkeiten: ein paar Cremetöpfchen, Kamm und Bürste, ein kleines Foto in einem Silberrahmen. Jury stand in der Tür, um Laskos Team nicht im Weg zu sein, und konnte deshalb das Gesicht auf dem Foto nicht sehen. Aber dieser Versuch, etwas von ihrem Zuhause mit auf die Reise zu nehmen, kam ihm irgendwie sehr traurig, sehr rührend vor. Die Zimmer von Mordopfern wirkten immer so auf ihn: Vielleicht hatte man ihn so darauf gedrillt, jedes Detail wahrzunehmen, daß die Gegenstände für ihn lebendig wurden: Das Bett schien bereit, das Gewicht des Körpers aufzunehmen; der Spiegel, das Gesicht zu reflektieren; der Kamm, das Haar zu berühren. Gwendolyn Bracegirdles Gegenwart haftete diesen Dingen an wie ein Geruch, obwohl sie nur ein paar Tage in diesem Zimmer gewohnt hatte.

Bevor Lasko sich daranmachte, die Schubladen zu durchsuchen, sagte er zu Jury: «Warum unterhältst du dich nicht etwas mit der Wirtin?» Sein Blick war flehend.

«Mach ich», sagte Jury. Wo er schon einmal da war...

Mrs. Mayberry stärkte sich in ihrem Frühstücks-und-Empfangs-Salon mit einer Tasse Tee. Auf der Anrichte brannte hinter einem zartrosa Lampenschirm eine schwache Glühbirne. Die Anrichte selbst bewies ihm, daß er recht gehabt hatte, was das Frühstück betraf: Neben zwei winzigen Saftgläsern, die sich mit einem großen Schluck leeren ließen, standen mehrere Cornflakes-Pakete. Es gab drei runde Tischchen mit ein paar zusammengewürfelten Stühlen; auf jedem Tisch standen ein paar Gewürzdöschen, die scheinbar ebenfalls eher zufällig dorthin gekommen waren. Senf zum Frühstück?

«Sie kam letzten Samstag hier an», sagte Mrs. Mayberry, «zur selben Zeit wie das Ehepaar auf Nummer zehn. War aber nicht mit ihnen zusammen; sie kannte diese Leute gar nicht.»

«Hat sie sich denn in den paar Tagen, die sie hier war, mit jemandem angefreundet?»

«Ja nun, woher soll ich das wissen? Ich lasse meine Gäste in Ruhe. Morgens bin ich in der Küche. Man muß heutzutage schon aufpassen, daß das Frühstück auch in Ordnung ist, daß die Zimmer saubergemacht sind und so weiter. Was gekocht werden muß – Eier und dergleichen –, wird im voraus gekocht, da alle zur selben Zeit runterkommen. Obwohl es ab halb acht Frühstück gibt, traben sie Punkt neun hier an –» Sie strich sich das krause Haar aus der Stirn und schüttelte den Kopf. «Um elf müssen die Gäste die Zimmer räumen, dann werden die Betten frisch überzogen –»

Jury, der das Gefühl hatte, ein Einstellungsgespräch zu führen, unterbrach sie: «Ja, das bringt bestimmt viel Arbeit mit sich. Aber es muß doch jemanden gegeben haben, mit dem sich Miss Bracegirdle ab und zu traf.»

«Vielleicht hat sie sich mit meiner Patsy unterhalten, sie serviert das Frühstück und macht die oberen Zimmer sauber.

Heute hat sie sich mal wieder krank gemeldet – ich hätte sie am liebsten gefeuert.»

Jury unterbrach diese Aufzählung häuslicher Kalamitäten: «Hat sie vielleicht irgendwelche Anrufe bekommen?»

«Nein, nicht daß ich wüßte. Aber fragen Sie mal Patsy. Meistens nimmt sie das Telefon ab.»

Das Gästebuch, das Mrs. Mayberry voller Stolz von dem kleinen Tisch auf dem Gang hereingeholt hatte, lag aufgeschlagen vor Jury. Er betrachtete Gwendolyn Bracegirdles kleine, verschnörkelte Unterschrift und sagte: «Sarasota, Florida.»

«Ja, richtig, Florida.» Sie fingerte an der Ketchupflasche herum. «Ich hab schon jede Menge Gäste aus Florida gehabt. Ich selbst hätte auch nichts gegen einen kleinen Urlaub, aber wie Sie sehen, ist hier so viel zu tun, daß ich einfach nicht wegkomme –»

«Wir müssen noch mit den anderen Gästen hier sprechen, Mrs. Mayberry. Allem Anschein nach war Miss Bracegirdle in Begleitung, als sie, äh, ihren Unfall hatte.»

Sie erbleichte. «Hier?» Sie meinen doch nicht –»

«Ich meine überhaupt nichts. Wir sammeln lediglich Informationen.»

Daß sie vielleicht einen Mörder beherbergte und verköstigte, schien jedoch nicht das Problem zu sein: «Das ‹Diamond Hill Guest House› wird doch nicht etwa in die Zeitung kommen, oder? Hier ist noch nie etwas passiert.»

Das erinnerte Jury an seine eigene Bemerkung, mit der er Farraday hatte trösten wollen, daß nämlich in Stratford nie etwas passierte.

«Wir versuchen, sowenig wie möglich an die Öffentlichkeit dringen zu lassen.»

«Gut so. Ich hoffe doch, der gute Ruf des ‹Diamond Hill Guest House› wird nicht darunter leiden... es wäre nicht gerade gut fürs Geschäft. Obwohl es ja 'ne Menge Geld kostet, kommen die Amerikaner jedes Jahr hier rüber. Stratford ist so beliebt wie eh und je, ja beinahe *noch* beliebter als früher. Während der Saison ist es – entschuldigen Sie den Ausdruck – die reinste Hölle.»

Jury musterte sie kühl. «Für Miss Bracegirdle war es das bestimmt.»

«Bitte unterschreiben Sie das, Madam», sagte Lasko, der ein paar Minuten später dazugekommen war. Der Spurensicherungsfachmann war mit einem Koffer voller Gegenstände – wahrscheinlich Gwendolyn Bracegirdles Habseligkeiten – verschwunden. «Das Zimmer ist natürlich versiegelt.»

«Versiegelt!» empörte sich Mrs. Mayberry. «Aber es ist doch bereits reserviert.»

Da konnte das Blut in Strömen durch Stratfords Straßen fließen – Geschäft war Geschäft.

«Nicht bevor wir den Raum noch einmal sehr gründlich durchsucht haben.» Lasko steckte den Kugelschreiber ein, mit dem sie die Quittung unterschrieben hatte.

«Das ist ja wunderbar! Und was, bitte schön, soll ich den Leuten sagen?»

Lasko sagte freundlich: «Warum erzählen Sie ihnen nicht, daß der letzte Gast mit einem Rasiermesser aufgeschlitzt wurde?»

Die breiten Eingangstreppen und das Foyer des Royal Shakespeare Theatre waren zum Brechen voll, und Jury hätte gewettet, daß es ausverkauft war und daß jemand mit einer Stehplatzkarte schon längst seinen freien Sitz entdeckt hatte und sich vielleicht gerade in diesem Augenblick darauf niederließ.

Melrose Plant war in eine Ecke der Bar gedrängt worden,

die den feineren Herrschaften im Parkett zur Verfügung stand.

Er reichte Jury einen Brandy und sagte: «Ich habe in weiser Voraussicht Drinks bestellt, bevor der Vorhang hochging.»

Jury leerte das Glas in ein, zwei Zügen. «Der Vorhang fällt, kommen Sie.»

Plants eher gemurmelter Protest, er würde die zweite Hälfte eines sehr guten *Hamlet* versäumen, konnte nicht verbergen, daß er zweifellos froh darüber war, sich hinter Jury einen Weg durch die Menge bahnen zu können, wenn er auch keinen blassen Schimmer hatte, wohin oder zu wem sie gingen.

Wohin, wurde ihm schnell klar: ins Herz Stratford-upon-Avons, das «Arden Hotel».

Zu *wem*, war ein anderes Kapitel.

10

«Meine Freunde», sagte Valentine Honeycutt – und sein eindringlicher Blick ließ vermuten, daß er Jury und Plant gern dazu gezählt hätte – «nennen mich Val.»

«Meine», sagte Melrose, «nennen mich Plant.»

«Oh!» rief Honeycutt und schien zu erschauern. «Nur bei Ihrem Familiennamen? Sie müssen ja schrecklich wichtig sein.»

«Ja, schrecklich», sagte Melrose, während er seinen silberbeschlagenen Spazierstock über den Tisch neben seinem Stuhl legte.

Valentine Honeycutt ordnete die Falten seines Halstuchs, das wie eine leuchtende Narzisse in dem V seines weißen, mit feinen grünen und gelben Streifen bedruckten Hemdes erblühte. Das blaue Leinenjackett sollte wohl seine himmelblauen Augen betonen. Alles in allem hatte man das Gefühl, durch einen elisabethanischen Blumengarten zu wandeln, wenn man ihn anschaute. Er schlug ein perfekt gebügeltes Hosenbein über das andere wie jemand, der sich vor allem durch Körpersprache verständigte. «Was kann ich Ihnen anbieten, meine Herren? Eine Zigarette?» Seine Hand beschrieb einen Bogen mit dem silbernen Zigarettenetui.

«Mr. Honeycutt», sagte Jury, «wir hätten gern einige Auskünfte bezüglich Ihrer Reisegesellschaft.»

«Honeysuckle Tours, richtig. Heißt so, weil mein eigener Name darin mitklingt und weil unser Firmensitz in Atlanta, Georgia, ist. ‹Honeysuckle›-Weine und so. Jeden Juni geht's für sechs Wochen nach London, Amsterdam, aufs Land und wieder zurück nach London. Stratford darf nicht fehlen. Darin sind die Amerikaner ganz vernarrt. Das Theater und so.»

«Sechs Wochen. Das klingt recht teuer.»

«Ist es auch.»

«Ich fürchte, ich habe unangenehme Nachrichten für Sie.»

Honeycutt zog die weißblonden Augenbrauen über den unschuldigen blauen Augen hoch, während er etwas zurückwich. Er glich ein bißchen einem Engel, der über ein Loch in seiner Wolke gestolpert war. «Ist etwas passiert?»

«Leider ja. Ein Mitglied Ihrer Gruppe. Eine Miss Bracegirdle –»

«Gwendolyn?»

«Ja. Ein Unfall. Ziemlich schlimme Sache. Miss Bracegirdle ist tot.»

«*Tot!* Großer Gott! Ich erinnere mich, sie klagte über Schmerzen in – aber Sie sprachen von einem Unfall.»

«Sie wurde ermordet.»

Unsichtbare Hände schienen Honeycutt aus seinem

chintzbezogenen Sessel zu ziehen, in dem er bis dahin bunt wie ein Blumenstrauß gesessen hatte. «*Was?* Ich verstehe nicht –»

Jury fand, daß es da nicht sonderlich viel zu verstehen gab. «Was haben Sie gestern abend getan, Mr. Honeycutt?»

Honeycutt sah so verständnislos vom einen zum anderen, daß Jury sich fragte, wie dieser Mann es fertigbrachte, sich auch nur in einem Kursbuch zurechtzufinden. «Ich? Nun, ich war im Theater. Wie alle anderen auch vermutlich.»

«In Begleitung?»

«Nein. Nein, ich war allein. *Wie es euch gefällt.* Es war...» Seine Stimme erstarb.

Einen Augenblick lang befürchtete Jury, er würde ihnen die Handlung erzählen, um sich ein Alibi zu sichern. «Wir dachten, Sie könnten uns vielleicht etwas über Miss Bracegirdles Bekanntenkreis erzählen – ob sie zum Beispiel jemanden in Stratford kannte.»

Honeycutt entrang sich ein mühevolles «Äh, nein».

«Und unter den Mitreisenden?»

Honeycutt rauchte mit hastigen Zügen. «Oh, mein Gott, das wird schrecklich werden für das Unternehmen. Wenn Donnie das zu Ohren kommt – das ist mein Partner in Atlanta.»

Jury wünschte, die Leute würden nicht immer nur ans Geschäft denken. «Mit wem von ihren Reisegefährten hat sie sich angefreundet? Haben Sie selbst sie gut gekannt?»

Jetzt kam die Antwort wie aus der Pistole geschossen: «Nein! Ich meine, auch nicht besser als die anderen.»

«Wann haben Sie Miss Bracegirdle das letzte Mal gesehen?»

Langsam gewann er seine Fassung wieder. «Tja... gestern, glaube ich.»

«Sie haben keinen Überblick darüber, wo sich die Leute aufhalten?»

«Du liebe Güte, nein! Manchmal sehe ich sie tagelang nicht. Honeysuckle Tours ist nicht im mindesten mit den üblichen Reiseunternehmen zu vergleichen. Zunächst einmal muß jemand, der bei uns bucht, mehr als nur gut betucht sein –»

«Traf das bei Miss Bracegirdle zu?» unterbrach Jury ihn.

Honeycutt hatte sich so weit erholt, daß er ein kurzes, schnaubendes Lachen ausstoßen konnte: «*Selbstverständlich.*»

«Aber sie übernachtete in einem *Bed-and-Breakfast*. Im ‹Diamond Hill Guest House›.»

«Oh, das hat nichts zu sagen. Es war ihr eigener Wunsch. Auch das ist ungewöhnlich bei uns: Wir buchen niemals Monate im voraus in irgendeinem schrecklichen Hotel, in dem dann die ganze Gesellschaft absteigt. *Unsere* Kunden können sich selbst aussuchen, wo sie bleiben wollen. Wir beraten sie nur. Und wir erledigen natürlich auch den lästigen Kleinkram» (er fing wieder an zu strahlen) «und reservieren für sie. Die gute alte Gwen wollte die rauhe Wirklichkeit erleben, sich unters Volk mischen... Sie wissen schon, was ich meine. Mit anderen Worten, sie wollte nicht ins ‹Hilton› – viel zu amerikanisch, wie sie meinte. Also haben wir sie in dieser schäbigen kleinen Pension untergebracht.» Er zuckte die Achseln. «Sie war aber keineswegs arm. Millionä*rin*, wenn ich mich nicht sehr irre. Oh, ist das zu abscheulich chauvinistisch?» Er blinzelte Melrose Plant an.

«Ja, abscheulich.»

«Nun, alles was ich sagen kann, ist, daß Gwen nur so im Geld schwamm. Sonst hätte sie sich diese Reise auch gar nicht leisten können. Honeysuckle ist beinahe so teuer wie die ‹Queen Elizabeth II›, ob Sie's glauben oder nicht. Wir annoncieren nur in den feinsten Magazinen. *Country Life* hier in England und *The New Yorker* in den Staaten. Wir sind keines von diesen Billigunternehmen, die zwanzig oder dreißig Leute in einen klapprigen alten Bus quetschen. Wir haben natürlich auch einen Bus, aber einen nagelneuen mit breiten Sitzen und einer Snackbar. Und wenn einer genug hat vom Busfahren, bieten wir tausend Alternativen an. Will zum Beispiel jemand von London (oder von einer anderen Stadt aus) auf eigene Faust losfahren, besorge ich ihm ein Auto und vergewissere mich, daß alles in Ordnung ist und unser Liebling auch in die richtige Richtung fährt. Unser Ansatz ist sehr individuell; ich respektiere meine Mitmenschen viel zu sehr, als daß ich ihnen einzureden versuchte, ein Hotel, das als Horsd'œuvre Tomatensuppe aus der Dose anbietet, würde *haute cuisine* servieren. Was das Essen betrifft, läuft bei uns nichts unter fünf Sternen.»

Jury lächelte. «Und das nur, weil Sie Ihre Mitmenschen respektieren, Mr. Honeycutt?»

«Nun ja, es kostet sie mehr als viertausend Pfund», sagte Honeycutt und erwiderte Jurys Lächeln strahlend: «Ich denke dabei auch an mich – ich habe nämlich keine Lust, die Leute in diese alten Mühlen zu packen, sie zu irgendwelchen Museen und Galerien zu karren und sie – und mich – in Absteigen voller Ungeziefer einzuquartieren, in denen das Essen aus Fisch und Pommes frites besteht. Oder mit ihnen auf eine dieser gräßlichen Karibikinseln zu fahren, wo statt der Ventilatoren nur die Fliegen summen und wo man Palmen nur auf Postkarten sieht – nein, vielen Dank. Wir versuchen es so einzurichten, daß Abhängigkeit und Unabhängigkeit sich die Waage halten. Unsere Kunden können mit ihrer Zeit anfangen, was sie wollen; sie können die Geschäfte plündern oder zehn Stunden beim Dinner sitzen. Die Farradays zum Beispiel – der Gute weiß wirklich nicht wohin mit dem Geld – wären lieber tot als ohne ihren Komfort, ihre Pools, ihre Bars –»

«Womit wir beim nächsten Thema wären: Wann haben Sie das letzte Mal den kleinen Farraday gesehen?»

«James Carlton? Hmm», Honeycutt ließ den Blick auf Melrose ruhen, während er nachdachte. «Es muß Sonntag oder Montag gewesen sein. Ja, Montag. Warum? Hat sich der Bengel wieder aus dem Staub gemacht?»

«Das überrascht Sie nicht?»

Er pfiff durch die Zähne. «Der brennt doch ständig durch und kommt dann völlig abgerissen zurück, als hätte er mit einem Schwarm Haie gekämpft. Das macht der mit links. Die Tochter, Honey, das ist ein richtiger kleiner Luxusartikel... Farraday hat doch nicht wegen James Carlton die *Polizei* eingeschaltet?»

Jury nickte. «Sie haben ihn das letzte Mal Montag morgen beim Frühstück gesehen?»

«Ich denke, es war Montag morgen. Ziemlich früh auf der Sheep Street. Ich habe ihn gar nicht weiter beachtet; er schwirrt immer irgendwo herum. Fragen Sie seine Schwester Penny. Sie ist die einzige, mit der er redet. In einer sehr eigenen Sprache», fügte er teilnahmslos hinzu.

«Haben Sie denn nun Miss Bracegirdle zusammen mit jemandem gesehen? Was ist mit diesem George Cholmondeley? Er ist auch ohne Anhang –»

«Und wollte bestimmt auch keinen, zumindest nicht die gute alte Gwen, meine Herren.» Allein bei der Vorstellung schienen sich ihm die Haare zu sträuben. Dann zog er einen Flunsch und fügte hinzu: «Amelia Farraday wäre schon eher sein Typ.»

«Und Harvey Schoenberg?»

«Du lieber Himmel, Sie haben uns alle ja wirklich beim Wickel.»

Jury lächelte. «Ich frage ja nur. Also wie steht's mit Schoenberg? Er besitzt anscheinend auch das nötige Kleingeld.»

«Er hat seine eigene Computerfirma. Haben Sie eine *Ahnung*, wieviel Geld man mit Computern machen kann? Natürlich hat Gwen ihn gekannt, aber ich weiß nicht, ob sie mit –» Plötzlich schien er zu kapieren. «Hören Sie, Superintendent, soll das heißen, daß Gwen von einem aus *unserer*...» Er wies den Gedanken sofort von sich. «Grotesk!»

«Nein, soll es nicht. Ich sondiere lediglich das Terrain.» Jury stand auf, und Melrose Plant griff nach seinem Spazierstock. «Aber jemand versucht wohl, Honeysuckle Tours die Tour zu vermasseln –»

Bei dieser Bemerkung begann das Honeycutt-Blümchen dahinzuwelken: Das gelbe Halstuch wurde schlaff, das Leinenjackett hing traurig an ihm herunter. «Oh, mein Gott.»

«Scheußlich», sagte Melrose Plant, als sie wieder auf dem Gehsteig standen.

«Ich bin ganz Ihrer Meinung», erwiderte Jury. «Was halten Sie davon, morgen bei den Dews vorbeizuschauen? Sie sind im ‹Hathaway› abgestiegen. Ich möchte mit diesem George Cholmondeley sprechen.»

«Lady Dew», sagte Melrose Plant. «Warum bleibe ich immer auf den Adligen sitzen?»

Jury lächelte. «Jedem das Seine. Dieser Honeycutt – ich frage mich, was für ein Typ sein Partner in Atlanta ist?»

Melrose blieb auf der dunklen Straße stehen, in der das kleine Schild des «Falstaff» gerade noch zu erkennen war. «Weiß ich auch nicht. Aber ich stelle mir vor, sie passen zueinander wie der Deckel auf den Eimer.»

11

Chief Superintendent Sir George Flanders, Abteilungsleiter im Polizeibezirk Warwickshire, war ein hochgewachsener Mann, der Lasko weit überragte, aber nicht ganz an Jury herankam. Sir George lehnte es ab, sich zu setzen; er weigerte sich sogar, seinen Regenmantel abzulegen – als könnten diese Anzeichen von Ungeduld seine Polizeikräfte anspornen, der Lösung des Falles schnell näherzukommen, selbst auf die Gefahr hin, daß sie sich auf dem Holzweg befanden. Zumindest vermittelte er diesen Eindruck, wenn man ihn in der Einsatzzentrale stehen sah, während er auf den riesigen Stadtplan von Stratford starrte und von der amerikanischen Botschaft sprach. Er hatte deutlich gemacht, daß beinahe vierundzwanzig Stunden vergangen waren, ohne daß Lasko irgendein Ergebnis vorweisen konnte. Und mit dieser mageren Ausbeute wollte er nicht vor den amerikanischen Konsul treten.

«Ein Mord und ein vermißtes Kind», sagte der Chief Superintendent zum hundertstenmal, als könnte er wie die Hexen in *Macbeth* die schrecklichen Vorfälle durch ständiges Beschwören wieder aus der Welt schaffen. «Ein Mord und ein –»

«Es besteht überhaupt kein Grund zu der Annahme, der Junge würde nicht wiederauftauchen. Er ist schon öfter abgehauen. Es würde mich nicht wundern, wenn er innerhalb der nächsten paar Stunden ins ‹Hilton› spazierte.» Lasko sah auf seine Digitaluhr, als wollte er sie alle so lange festhalten, bis sich seine Prophezeiung bewahrheitet hatte. «Die beiden Dinge brauchen in keinem Zusammenhang zu stehen.»

«Nein, natürlich nicht», sagte Sir George mit einem ziemlich unangenehmen Lächeln zu seinem Detective Sergeant: «Es könnten einfach nur *zwei Morde* sein.» Schon sein Blick war tödlich genug.

Lasko, der willens schien, Sir Georges Abneigung gegen das Entkleiden zu teilen, trug immer noch seine Melone. Sie saß ihm tief in der Stirn. «Es ist noch zu früh, um –»

«Noch zu früh? Erzählen Sie *das* mal der amerikanischen Botschaft. Wir haben es schließlich mit Amerikanern zu tun, Mann», wiederholte er, als ob Lasko sich noch nicht über die verschiedenen Nationalitäten klargeworden wäre. «Wir haben es nur Gott und der britischen Presse zu verdanken, daß diese verdammte Sache noch keine Schlagzeilen gemacht hat. Ich erschauere bei dem Gedanken, wie die amerikanischen Touristen in dieser Stadt reagieren würden –»

Jury verkniff sich die Bemerkung, daß englisches Blut so rot sei wie jedes andere und daß Dinge wie Vergewaltigung und Körperverletzung, Mord und Entführung für Amerikaner kein Fremdwort seien.

Als hätte er seine Gedanken gelesen, wandte Sir George den Kopf nach Jury um – einen sehr edlen Kopf mit bereits ergrautem Haar und Schnurrbart. «Im übrigen habe ich ein ziemlich langes Telefongespräch mit Ihrem Chef geführt... wie heißt er noch gleich?»

«Racer.»

«Ja. Racer. Wie Sie wissen, haben wir Ihre Abteilung nicht um Verstärkung gebeten, Mr. Jury.»

«Ja, ich weiß», sagte Jury lächelnd. Lasko würde erklären müssen, warum Jury mit der Kriminalpolizei Stratford zusammenarbeitete.

«Ich habe Superintendent Jury gebeten, mit den Farradays zu sprechen, weil Farraday nichts mit der Provinzpolizei zu tun haben will und immer nur nach Scotland Yard schreit. Sie glauben, neben dem FBI gibt es auf der ganzen Welt nur noch Scotland Yard. Sie haben noch nie was von der französischen Sûreté gehört», kam es unter Laskos Hut hervor.

«Schon gut, schon gut», sagte Sir George und hob die

Hände, wie um eine Aufzählung der Polizeikräfte rund um den Globus zu verhindern. «Mr. Jury hat freundlicherweise ausgeholfen. Ihr Chef –» er wandte sich wieder an Jury – «war indessen ein wenig verärgert, daß Sie sich ohne amtliche Order eingemischt haben –»

Als Sir George sich anschickte, Racers Kommentare zu wiederholen, schaltete Jury einfach ab. Diese Litanei kannte er zur Genüge.

Nachdem Sir George auf diese Weise noch einmal betont hatte, daß die Polizei von Warwickshire durchaus in der Lage sei, ihre Angelegenheiten selbst zu regeln, schien er ganz zufrieden. Mit einem zögernden Kopfnicken fügte er noch hinzu: «Er sagte, Sie sollten ihn auf jeden Fall anrufen.»

«Sehr wohl.» Jury hatte sich also ohne ausdrücklichen Befehl von Chief Superintendent Racer nicht von der Stelle zu rühren. Nun ja, er würde ihn bestimmt irgendwann im Laufe der nächsten Tage einmal anrufen.

Düster bemerkte Sir George: «Zwischen dem Mord an dieser Frau und dem Jungen muß einfach ein Zusammenhang bestehen.»

Jury pflichtete ihm insgeheim bei.

«Wer gehört denn sonst noch zu dieser verdammten Reisegesellschaft? Und wer leitet sie?»

Lasko blätterte in dem Notizbuch auf seinem Schreibtisch. «Der Leiter ist ein Mann namens Valentine Honeycutt –»

«Großer Gott, diese Amerikaner scheinen eine ausgesprochene Vorliebe für blumige Namen zu haben –»

«Er ist kein Amerikaner», sagte Lasko. «Er ist Engländer.»

Sir George brummte: «Macht nichts. Haben Sie mit ihm gesprochen?»

Ohne auch nur einen Blick mit Jury zu wechseln, nickte Lasko und erklärte seinem Chief Superintendent das Prinzip von Honeysuckle Tours.

«Was ist mit den anderen?»

«Außer den Farradays – sie sind zu fünft – ist da noch eine Lady Dew mit ihrer Nichte und ein gewisser George Cholmondeley –»

«Wollen Sie etwa behaupten, die seien auch Amerikaner?»

«Nein, Lady Dew und ihre Nichte leben nur in Tampa, Florida –»

«Von dort stammt doch auch diese Bracegirdle.»

«Aus Sarasota, nicht aus Tampa.»

«Sind das alle?» knurrte Sir George.

«Und Harvey L. Schoenberg.» Lasko klappte sein Notizbuch zu. «Er schien sich mit dem kleinen Farraday am besten verstanden zu haben, aber er sagte, er habe ihn seit Tagen nicht gesehen. Offensichtlich war keiner von der ganzen Crew besonders eng mit der Bracegirdle befreundet.»

«Also keinerlei Anhaltspunkte bis jetzt.» Sir George seufzte so tief auf, als sei Gwendolyn Bracegirdles Leiche bereits vor zwei Wochen und nicht erst vor vierundzwanzig Stunden gefunden worden. «Abgesehen von diesem hier.» Er nahm das Programmheft in die Hand. «Was in Gottes Namen hat das zu bedeuten?»

>Der Schönheit rote Nelken
sind Blumen, die verwelken.<

Sir George schüttelte den Kopf. «Was ist das?»

«Ein Gedicht», sagte Lasko und schneuzte sich in ein riesiges Taschentuch.

Sir George warf Detective Sergeant Lasko einen eiskalten Blick aus seinen blauen Augen zu: «Verdammt, daß das ein Gedicht ist, weiß ich auch. Die Frage lautet, was für eines und wieso?»

Lasko zuckte die Achseln. «Tut mir leid.»

«Gefällt mir gar nicht. Sieht aus wie eine Botschaft. Und Botschaften an die Polizei mag ich ganz und gar nicht.»

Jury auch nicht. Dieses Stück Papier ließ ihm das Blut in den Adern gefrieren, denn es war eine Art Unterschrift – genau die Art von kleinen Liebesbriefen, die Psychopathen wie Jack the Ripper mit Vorliebe an die Polizei adressierten.

Das Problem war nur, daß solche Typen es nicht bei einem Brief bewenden ließen.

12

Cyclamen Dew stellte das aufgesetzte, seelenvolle und selbstverleugnende Gebaren eines Menschen zur Schau, der, obwohl nicht als Heiliger geboren, ausgezogen ist, es zu werden.

Neben ihrer Tante, der verwitweten Lady Violet Dew, in der Bar des «Hathaway Hotels» sitzend, hatte Cyclamen Dew (eine unattraktive, hagere Erscheinung) Melrose über ihr Leben ins Bild gesetzt – ein großes Tableau, das sich aus Szenen eines Lebens voller Ängste, persönlicher Katastrophen, verpaßter Gelegenheiten und zu nichts zerronnener Träume zusammensetzte, denn sie hatte sich immer nur für ihre Tante aufgeopfert.

Lady Violet war eine schweigsame alte Dame mit boshaft funkelnden Augen. Sie saß, in schwarzen Batist und Spitze gekleidet, dazu ein Medaillon um den Hals, während dieses langen Vortrags zusammengekrümmt in ihrem Sessel. Ihr Atem ging keuchend.

«Ja, so ist das», sagte die Nichte und zuckte zum hundertstenmal resigniert die Achseln. «Sie müssen uns eben so nehmen, wie wir sind.»

Melrose wußte nicht, wie sonst man jemanden nehmen konnte, und hoffte, es handele sich um eine abschließende Bemerkung, da er selbst zur Sache kommen wollte. Aber dem war nicht so, Cyclamen legte nur einen neuen Gang ein.

Sie holte tief Luft und fuhr fort: «Ich habe schon immer davon geträumt, dienen zu können –»

«Ah, Sie wollen Kammerzofe werden...?» fragte Melrose mit gespielter Unschuld.

Sie wollte sich fast ausschütten vor Lachen: «O nein, mein Lieber, wie komisch! Ich meine natürlich den Schwesternorden. Aber wie Sie sehen...» Sie machte eine kleine Handbewegung in Lady Dews Richtung, die Melrose mit ihren schwarzen Knopfaugen fixierte. Aber dann schien sich Cyclamen doch eines Besseren zu besinnen, oder vielleicht besann sie sich auch nur auf das beträchtliche Vermögen ihrer Tante, und schlug einen anderen Ton an. «Aber kann ich mich zu etwas Höherem berufen fühlen als dem Dienst an meiner Tante?»

Die Tante gab die einzig vernünftige Antwort, die man Melroses Meinung nach darauf geben konnte: «Bestell mir einen Gin.»

«Also hör mal, Tantchen, du weißt doch, was Dr. Sackville davon hält. Du sollst keinen Alkohol anrühren. Eine Tasse Tee, das wäre –»

Der Ebenholzstock schlug hart gegen das Tischbein. «Ist mir scheißegal, was der geile alte Bock sagt –» Hier wandte sie sich an Melrose: «Es gibt keine in Tampa, mit der er es nicht getrieben hat –» Und zu Cyclamen gewandt: «Ich sagte Gin. Oder besser noch einen doppelten.»

Melrose wollte sich schon erheben, um ihr einen zu holen, aber Lady Dew fächelte ihn zurück auf seinen Platz. «Bemühen Sie sich nicht. Sie wird ihn schon bringen. Was führt Sie zu uns, junger Mann?»

Cyclamen wußte, wann sie geschlagen war, und machte sich mit hochrotem Kopf auf zur Bar. Melrose hätte sich nicht gewundert, wenn sie auf allen vieren durch den Raum gekrochen wäre.

«Ich höre mich im Auftrag der Polizei etwas um. Nein, ich bin *nicht* von der Polizei, aber Superintendent Jury von Scotland Yard hat mich gebeten, bei Ihnen vorbeizuschauen.»

Hinter Strähnen dünnen grauen Haars zogen sich die buschigen schwarzen Augenbrauen fragend zusammen. Ihr zahnloser Mund glich nur mehr einer Einbuchtung zwischen der Hakennase und dem vorspringenden Kinn. Lady Dews körperliche Erscheinung wirkte, als würde sie jeden Moment zusammenbrechen. Was aber ihren Verstand betraf, so war sie topfit. «Würde mich keineswegs wundern, wenn jemand dieser Schlampe Amelia die Kehle durchgeschnitten hätte.»

Melrose wunderte sich allerdings: «Sie meinen, Sie haben Grund zu der Annahme, daß eine Ihrer Reisegefährtinnen sich in Gefahr befindet?»

«Sie sagten doch eben Polizei, nicht?»

«Äh... ja. Aber eigentlich geht es um eine gewisse Gwendolyn Bracegirdle.»

«Dieses Schaf. Was hat sie denn angestellt? Das alte Haschmich-Spielchen – kann ich mir bei der gar nicht vorstellen, so wie die aussieht. Diese Amelia hingegen –»

Cyclamen war zurück, in der Hand ein Glas. «Also wirklich, Tante, du solltest nicht so reden über –»

«Oh, halt den Mund. Ich sage, was ich will. Ich habe drei Männer begraben, zweimal ein Vermögen verloren und wieder zusammengerafft, bin fünfmal festgenommen worden und habe versucht, die Nelsonsäule raufzuklettern; ich habe splitternackt auf dem Rasen vor dem Kristallpalast getanzt, und ich hab's mit allem getrieben, was Rang und Namen hatte.»

Cyclamen schloß die Augen. «Ist ja schon gut, reg dich nur nicht auf, Tante.»

«Wenn ich mich doch nur noch aufregen könnte. Also, was ist mit dieser Bracegirdle los?» fragte sie und trank in einem Zug das halbe Glas leer.

«Gwendolyn?» fragte Cyclamen, und ihre Augenbrauen schossen in die Höhe. «Was ist passiert?»

«Ich wollte Lady Dew gerade die Geschichte erzählen. Miss Bracegirdle hatte... einen Unfall. Einen ziemlich schweren. Sie ist tot.»

Lady Dew schien das nicht weiter zu berühren, während Cyclamen völlig außer sich geriet und lauter unzusammenhängende Fragen hervorstieß, bis Melrose sich schließlich gezwungen sah, die Sache kurz zu machen. «Nein. Sie wurde ermordet.»

Die alte Frau schien entzückt zu sein – sie mochte das Leben pur, samt Gin und allem, was ihr sonst noch an Aufregendem geboten wurde; die Jüngere hingegen sank gekonnt in Ohnmacht.

«Ach, was soll der Quatsch, Cyclamen. Die Frau ist tot und damit basta.» Mit neuem Interesse wandte sie sich Melrose zu: «Ein Sexualverbrechen, war es das?»

«Die Polizei ist sich nicht sicher.»

«Aber ich bin mir sicher – in der Hinsicht war nämlich mit der guten alten Gwendolyn überhaupt nichts los. Die kann doch den Hund nicht vom Schwanz unterscheiden. Glauben Sie mir, ich kenne mich da aus.»

Als sie sich zu ihm herüberbeugte und ihre arthritische Hand auf sein Knie fallen ließ, bot er ihr schnell eine Zigarette an, um sie wieder loszuwerden. Während Cyclamen sie an Dr. Sackvilles Instruktionen in bezug auf das Rauchen erinnerte, ließ sie sich Feuer geben.

«Was können Sie mir über Ihre Reisegefährten erzählen?»

fragte Melrose und rutschte auf seinem Stuhl außer Reichweite.

«Nichts.»

«Allerlei.»

«Also *wirklich*, Tante.»

«Halt den Mund!»

«Nur Klatsch, sonst nichts!»

«Na und?» Wären in diesem Gefecht nicht Worte, sondern Kugeln zwischen den Damen hin und her geflogen, hätte Melrose bestimmt nicht überlebt.

Keuchend und vor sich hin paffend, rückte die alte Dame ihren Stuhl Zentimeter um Zentimeter an Melrose heran. «Haben Sie die Farraday-Sippe schon einmal gesehen? Diese Amelia ist mindestens zwanzig Jahre jünger als er. Ganz klar, warum er sie geheiratet hat.» Lady Dew beschrieb mit den Händen vielsagende Kurven. «Und die Tochter ist genauso nuttig wie die Mutter. Sie hätten sehen sollen, wie sich die beiden in Amsterdam an diesen Cholmondeley rangemacht haben – Sie kennen ihn?»

Cyclamen lauschte diesem Redefluß mit starrer Geduldsmiene und legte ihrer Tante beruhigend die Hand auf die klauenartigen Finger. Sie wurde sofort wieder abgeschüttelt.

«Schau du mir nicht so unschuldig drein, Cyclamen, du warst auch nicht viel besser –»

«*Das ist eine Lüge!*» platzte die Nichte heraus. Zum erstenmal hatte sie den richtigen Ton gefunden. Angesichts der Lautstärke drehten sich die übrigen Gäste in dem Dunkel der Bar neugierig nach ihr um. Sie erhob sich, erklärte, sie habe schreckliche Kopfschmerzen, und verzog sich grollend, wahrscheinlich auf ihr Zimmer.

«Von wegen», sagte Lady Dew und fächelte sich energisch, während sie den Abgang ihrer Nichte beobachtete. Melrose fragte sich, ob die Sticheleien der alten Dame nicht in direktem Verhältnis zu der märtyrerhaften Duldsamkeit der Jüngeren standen. «Wenn Sie mir noch einen Gin spendieren, erzähl ich Ihnen alles haarklein», fügte sie hochzufrieden hinzu.

«Mit Vergnügen.»

«Cholmondeley und die Farraday klebten förmlich aneinander. Ich habe sie mit eigenen Augen auf der Terrasse dieses Hotels in Amsterdam beobachtet, in dem einige von uns übernachteten.» Lady Dew hatte an ihrer Geschichte sichtlich ebensoviel Freude wie an dem Gin, den Melrose vor sie hingestellt hatte. «Amelia gab in einem fort damit an, daß sie vor der Ehe *Schauspielerin* gewesen sei. Wenn *die* jemals auf der Bühne gestanden hat, dann mit nichts als Straußenfedern und einem Fächer bekleidet, das können Sie mir glauben.» Ihr eigener schwarzer Fächer bewegte sich um so schneller, je skandalöser der Klatsch wurde.

«Vertikal oder horizontal?»

Der Fächer kam zum Stillstand. «Wie bitte?»

Melrose lächelte. «Sie sagten, sie klebten aneinander. Und ich frage mich –»

Lady Dew kicherte, klappte ihren Fächer zu und patschte ihm damit aufs Knie. «Sie sind mir ja einer. Betrügen Sie Ihre Frau?» fragte sie leise.

«Geht nicht; ich bin unverheiratet.»

Ihre Knopfaugen funkelten, und er wechselte schnell das Thema. «Wollten Sie vorhin andeuten, Ihre Nichte habe sich ebenfalls für diesen Mr. Cholmondeley interessiert? Sie scheint mir irgendwie viel zu – vergeistigt.»

Sie bedachte ihn mit einem vielsagenden, messerscharfen Lächeln. «Seien Sie doch kein Blödmann. *Die?* Sie ist –» Sie wechselte das Thema. «Aber dieser Farraday ist gewiß kein Blödmann», nahm sie den Faden ihrer Geschichte wieder auf.

«Er hat sein Vermögen mit Kohle gemacht. Tagebau. Und er hat auch ein paar gute Geschichten auf Lager, das muß man ihm lassen. Vor allem Limericks. Ich sammle Limericks. Kennen Sie welche?»

Melrose fragte sich, wie er sie nur dazu bringen könnte, sich endlich auf den Mord zu konzentrieren. «Ein paar. Aber ich wette, sie sind viel zu harmlos für Ihren Geschmack.»

«Probieren Sie's doch mal.» Die konkave Rundung ihres Mundes klappte in sich zusammen – ihre Version eines anzüglichen Lächelns. «Hören Sie, Sie sollten mal nach Florida kommen, junger Mann. Damit etwas Farbe auf diese rosigen, englischen Wangen kommt.»

«Ich kriege leider sofort einen Sonnenbrand, Lady Dew –»

«Keine Angst. Wir können uns auch beim Pferderennen vergnügen. Ich kann Ihnen mein Wettsystem beibringen. Wir lassen die gute alte Cyclamen einfach zu Hause und machen einen drauf.» Sie schlug ihm aufs Knie. «Glauben Sie bloß nicht, ich wäre dafür zu alt. Ich bin schneller bei den Schaltern als die Buchmacher –»

Melrose unterbrach sie. «Nichts lieber als das. Aber erzählen Sie doch ein bißchen von dieser Gwendolyn Bracegirdle.»

«Ein farbloses Wesen. Immer nur ‹Mama hier›, ‹Mama da›. Die Bracegirdle hatte *wirklich* Probleme.»

«Sie muß sich doch mit irgend jemandem auch näher angefreundet haben.»

«‹Angefreundet› ist gut! Bi war sie, wenn Sie's genau wissen wollen.» Als Melrose sie verwundert ansah, schlug sie ihm erneut auf den Schenkel und sagte: «Na, Sie wissen schon, Männer und Frauen, und vielleicht das eine oder andere Tierchen. Sie mochte diesen Schoenberg mit seinem verrückten Gerät, aber er schien nicht interessiert zu sein. Zu beschäftigt damit, seinen Computer zu füttern, keine Zeit für solche Albernheiten. Kein übler Bursche, nur etwas meschugge. Trägt diese Hemden mit dem kleinen Krokodil drauf und fürchterliche Fliegen dazu. Kommt glänzend mit dem kleinen Farraday aus, diesem James Soundso. Der Kleine ist der einzige, der ihn versteht. Ich habe kein Wort von deren Kauderwelsch kapiert. Kann mir auch Interessanteres vorstellen, als mich mit solchem Kram herumzuschlagen, oder?» Sie zwinkerte ihm zu.

«Der kleine Farraday ist übrigens verschwunden.»

Sie zuckte die Achseln. «Überrascht mich nicht. Er haut dauernd ab. Wahrscheinlich, weil er seine Familie unausstehlich findet. Kann man ihm auch nicht verübeln. Seiner Schwester Penny geht's genauso. Oh, er wird schon wiederauftauchen, da können Sie ganz beruhigt sein.»

«Und Sie können sich auch nicht vorstellen, daß einer Ihrer Reisegefährten oder vielleicht jemand aus Stratford Miss Bracegirdle lieber tot als lebendig gesehen hätte?»

«Du lieber Himmel, nein. Dazu sah sie mir einfach zu harmlos aus. Natürlich weiß ich nicht, auf was sie sich in Stratford eingelassen hat. Ich habe sie zwei, drei Tage lang nicht gesehen. Das gefällt mir übrigens an dieser Art zu reisen: Wir können tun und lassen, was wir wollen, keiner redet einem drein.» Wieder blinzelte sie Melrose zu.

Der erhob sich hastig und griff nach seinem Zigarettenetui und seinem Spazierstock. Lady Dew und Mord schienen irgendwie nicht zusammenzupassen. Er hatte jetzt das dringende Bedürfnis, ein wenig mit Jack the Ripper zu plaudern. «Vielen Dank, daß Sie mir Ihre Zeit geopfert haben, Lady Dew.»

«Nennen Sie mich doch Vi – oh, heiliger Strohsack, da kommt sie, die Dame, die einem heimleuchtet.»

Cyclamen, anscheinend frei von Kopfschmerzen, durchquerte mit entschlossener Miene den Raum. «Ding – ding, Tante Violet», flötete sie.

«Bring mir einen Gin.»

Mit einem liebenswürdigen Lebewohl trat Melrose den Rückzug an.

13

Jury spürte George Cholmondeley im Speisesaal des «Welcombe Hotels» auf; sein Ecktisch war in grelles Licht getaucht, das durch das hohe Fenster hinter ihm hereinströmte und alles gleichsam mit einem leuchtenden Flor überzog.

«Mr. Cholmondeley?»

Der gutaussehende Mann schaute auf.

«Superintendent Jury, Scotland Yard, Mordkommission. Könnte ich Sie kurz sprechen?»

Cholmondeley lächelte ein wenig frostig und wies auf den Stuhl ihm gegenüber. «Wenn ich nein sage, machen Sie dann wieder kehrt und gehen?»

Jury gab das Lächeln aufrichtig und unbefangen zurück. «Aber Sie sagen nicht nein, oder? Detective Sergeant Lasko hat bereits mit Ihnen gesprochen?»

Cholmondeley nickte. «Möchten Sie etwas? Kaffee? Tee?» fragte er höflich. Er trug einen italienischen Seidenanzug in einem wäßrigen Graubraun, das zu seiner Augenfarbe paßte. Cholmondeley war ein überaus attraktiver Mann. Die blonden Haare, die helle Haut, die schlanken, sensiblen Finger, die gerade dabei waren, eine Forelle zu entgräten, diese Lässigkeit, die etwas vage Dekadentes an sich hatte – all das mußte bei Frauen gut ankommen. Neben ihm stand in einem Eiskübel eine Flasche Château Haut-Brion.

Der Mann war eindeutig kein mittlerer Angestellter, der

ein ganzes Jahr lang für seine zwei Wochen Sommerurlaub sparen mußte.

Jury lehnte Kaffee, Tee und Wein ab, während Cholmondeley die Flasche hob, um sein eigenes Glas wieder zu füllen. «Wie gut haben Sie Gwendolyn Bracegirdle gekannt, Mr. Cholmondeley?»

«Eigentlich gar nicht. Obwohl ich natürlich betroffen war, als ich hörte, was geschehen ist.» Sein Appetit schien allerdings nicht darunter gelitten zu haben. Er aß seinen Fisch mit sichtlichem Genuß.

«Und wie verstand sie sich mit den übrigen Reiseteilnehmern?»

Cholmondeley sah ein bißchen ratlos drein. «Oh, das kann ich Ihnen nicht sagen. Sie war häufig mit dieser Dew zusammen, ich meine mit der Jüngeren.» Er brach sich ein Stück Brot ab und bestrich es mit Butter. «Warum wollen Sie das wissen?»

Jury zuckte die Achseln. Er wollte Cholmondeley nicht noch mißtrauischer machen, als er es vielleicht schon war. «Mit irgend etwas muß man ja anfangen.»

Cholmondeley runzelte die Stirn. «Warum fangen Sie nicht mit den kriminellen Elementen in Stratford an? Mit der Liste der meistgesuchten Verbrecher? Wieso mit Honeysuckle Tours? Und wieso, wenn ich fragen darf, Scotland Yard? Ich nehme doch an, Warwickshire hat selbst eine tüchtige Polizei?»

«Ja, eine sehr tüchtige. Allerdings gibt es in Stratford so gut wie keine kriminellen Elemente. Natürlich überprüfen wir alles mögliche, aber ich neige dazu, Mörder in der Nähe ihrer Opfer zu suchen.»

«Vielleicht, aber keiner von uns ist ihr nähergekommen, oder?» Cholmondeley hatte seinen Fisch aufgegessen und zog ein Zigarettenetui hervor. «Ich meine, es überrascht mich doch etwas, daß Sie annehmen – und offensichtlich tun Sie das –, einer von uns wäre in diese Sache verwickelt.»

Lasko mußte tiefer gebohrt haben, als der Sache dienlich war. «Es ist noch etwas früh, um überhaupt dergleichen anzunehmen, Mr. Cholmondeley –»

Cholmondeley warf ihm einen scharfen Blick zu. Anscheinend glaubte er ihm kein Wort. Er zündete sich eine Zigarette an und lehnte sich scheinbar ganz unbefangen zurück.

«– aber die Leute, mit denen Miss Bracegirdle über einen Monat lang ziemlich eng zusammen war, müssen doch etwas über ihre Person, ihren Charakter, ihre Gewohnheiten, ihre Freunde wissen...» sagte Jury.

«Ich nicht. Ich habe kaum eine Minute mit der Frau verbracht.» Und er starrte durch das lichtdurchflutete Fenster, als wünschte er sich nichts sehnlicher, als einen kleinen Verdauungsspaziergang durch den Hotelgarten zu machen.

«Mit wem haben Sie dann Ihre Zeit verbracht?» fragte Jury liebenswürdig. «Mit Mrs. Farraday vielleicht?»

Die Reaktion war wie erwartet: kaum unterdrückte Wut. Bislang war der Mann zu glatt, zu unbeteiligt und zu selbstsicher gewesen. «Wie bitte? Wer hat das gesagt?»

Anscheinend hatte Jury ins Schwarze getroffen. Cholmondeley wäre sonst bestimmt nicht auf die Idee gekommen, daß irgend jemand ‹das› gesagt hatte. Und wenn man Amelia Farraday einmal begegnet war, fiel es einem schwer, zu glauben, daß weder er für sie noch sie für ihn das geringste Interesse bekundet hatte. Eine kleine Ferienromanze, wenn Farraday gerade nicht hinsah? Jury lächelte. «Eigentlich niemand. Mrs. Farraday ist nur eine sehr attraktive Frau.»

«Und auch eine sehr verheiratete.»

«Hat das heutzutage noch etwas zu bedeuten?»

Cholmondeley gab ihm keine Antwort, sondern starrte, den Kopf zur Seite gewandt, weiter aus dem Fenster.

Jury ließ das Thema einer Liaison zwischen den beiden wieder fallen. «Kann es denn sein, daß einer Ihrer Reisegefährten Miss Bracegirdle nicht mochte?»

«Meines Wissens nicht. Für mich war sie nicht der Typ, den man mag oder nicht mag. Ich fand sie etwas zu... überschäumend. Zuviel Geschwätz, zuviel Geblubber.»

«Sie haben sich also doch mit ihr unterhalten?»

«Ja, natürlich. Übers Wetter und ähnlich bangloses Zeug.» Ungeduldig schnippte er die Asche seiner Zigarette in den gläsernen Aschenbecher.

«Gab es denn unter den Mitreisenden irgendwelche Unstimmigkeiten?»

«Nur das übliche Gezänk, Eifersüchteleien und so weiter. Aber das ist gang und gäbe.»

«Ich bin noch nie mit einer Reisegesellschaft gereist. Ich weiß also nicht, was gang und gäbe ist.»

«Sie nehmen alles schrecklich wörtlich, Superintendent.»

«Ich hab noch nie erlebt, daß ein Mord auf metaphorischem Wege gelöst wurde.»

Cholmondeley stieß einen tiefen Seufzer aus. «Na schön. Es gab natürlich Probleme mit dem Jungen, aber die gibt es wohl immer mit Kindern. Der kleine Farraday – James Carlton heißt er, wenn ich mich recht erinnere – macht gern Extratouren.»

«Hmm. Er scheint gerade wieder eine zu machen.»

Cholmondeley schien nicht sonderlich überrascht. «Die Eltern haben sich schon daran gewöhnt. Gar nicht so einfach, ihn wieder einzufangen. Ein seltsames Kind.» Cholmondeley tat das Problem mit einem Schulterzucken ab; es betraf ihn nicht. «Und dann ist da natürlich diese gräßliche Lady Dew. Lady Violet Dew.»

«Ich hatte noch nicht das Vergnügen.»

«Es ist keines, glauben Sie mir. Sie lebt in Florida und

kommt einmal im Jahr nach England zurück, um ihre Verwandten auf Trab zu bringen. Die müssen wirklich glücklich darüber sein, daß sie den Daumen auf der Geldbörse hat.»

«Hat sie sich Ihnen anvertraut?»

«Die hat sich *allen* anvertraut.»

«Was ist mit Schoenberg?»

Cholmondeley schenkte sich noch etwas Wein ein. «Komischer Kauz. Wirklich, man kann sich kaum mit ihm unterhalten, da er meistens Computerfachchinesisch spricht. RAMS und ROMS und so weiter. Aber mit dem kleinen Farraday hat er sich prächtig verstanden. Ein schlaues Bürschchen, wundert mich nicht, daß er seine Eltern so häufig an der Nase herumführt.»

«Und Farraday?»

«Was mit ihm ist? Nett scheint er zu sein. Etwas zu protzig für meinen Geschmack. Hat wohl viel Geld in zu kurzer Zeit gemacht und kann es nicht schnell genug wieder ausgeben. Die beiden Töchter hassen sich wie die Pest. Eigentlich tut mir das häßliche Entlein leid.»

«Meinen Sie Penny?»

Er zog eine Augenbraue hoch. «Nun, offensichtlich nicht Miss Milch-und-Honig.» Und er sah Jury an, als vermutete er, sein Geschmack sei bei Frauen genauso langweilig wie bei Krawatten.

«Honey Belle scheint Sie nicht kaltzulassen.» Jury lächelte.

«Sie glauben doch wohl nicht, ich würde kleinen Mädchen nachstellen?»

«Ich dachte eher, die kleinen Mädchen würden Ihnen nachstellen.»

Zum erstenmal lächelte Cholmondeley ungezwungen. «Ein bißchen schon.»

«Aber nicht Miss Bracegirdle? Sie hat Sie in Ruhe gelassen?»

Cholmondeley sah ihn baß erstaunt an. «Großer Gott, ja. Wollen Sie damit sagen, außer mir hätte das keiner bemerkt?»

«Was bemerkt?»

«Gwendolyn ist – ich meine, war – anders gepolt. Wie auch diese Cyclamen Dew.»

Jury brauchte einen Augenblick, um diese Neuigkeit zu verdauen. «Und das ist Ihrer Meinung nach auch der Grund, weshalb die beiden häufiger zusammen waren?»

Cholmondeley genoß es offensichtlich, Sand ins Getriebe gestreut zu haben. «Wenn Miss Bracegirdle ein so folgenschweres Rendezvous hatte, muß sie nicht unbedingt einen Mann getroffen haben. Mehr wollte ich damit nicht sagen.» Er sah wieder aus dem Fenster, und die Gleichgültigkeit stand ihm ins Gesicht geschrieben. «Ich versuche keineswegs, jemanden in die Sache hineinzuziehen.»

Den Teufel tust du! «Woher wollen Sie das so genau wissen, Mr. Cholmondeley? Ich meine, daß die beiden lesbisch sind beziehungsweise waren.»

«Mein guter Mann», sagte Cholmondeley in einem Wie-kann-man-nur-so-naiv-sein-Ton. «Man braucht sie sich doch nur anzuschauen.»

«Als ich Gwendolyn Bracegirdle das erste Mal sah, ist mir das nicht aufgefallen», sagte Jury kalt.

Cholmondeley hatte den Anstand zu erröten. «Ja, das sehe ich ein. Aber abgesehen davon...»

«Ja? Abgesehen wovon?»

«Es klingt wahrscheinlich schrecklich eingebildet, ich weiß, aber...»

Seine Stimme schien sich mit dem Rauch der Zigarette zu verflüchtigen, die er soeben im Aschenbecher ausdrückte. Anständigerweise errötete er zum zweitenmal.

«Sie meinen, keine von beiden hat Interesse für Sie gezeigt?»

Cholmondeley nickte. «Verstehen Sie, ich behaupte keineswegs, das Charisma eines Mick Jagger zu besitzen –»

Jury lächelte. «Der ist auch nicht mehr der Jüngste, nicht?» Er konnte sich nicht entscheiden, ob Cholmondeley ihm sympathisch war oder nicht. Der Mann ließ sich nicht fassen, er war so glatt wie der feine italienische Seidenanzug, den er trug.

«Stimmt. Ich wollte auch niemanden mit meinem Charme becircen. Die Frauen mögen mich einfach. Aber für diese beiden war ich einfach Luft.»

Das kam heraus wie eine schlichte Feststellung: Die Frauen mochten ihn. Jury überraschte das nicht. Er fragte sich nur, was für Vorteile Cholmondeley daraus zog. «Für Amelia Farraday auch? Und wie sieht's mit der Tochter aus?»

Er schnaubte. «Du lieber Himmel, ich habe es doch nicht nötig, mich an Kindern zu vergreifen. Und was Mrs. Farraday betrifft, so kann ich mir nicht vorstellen, warum das wichtig sein sollte –»

«Könnte es aber. Ich schätze Ihre Diskretion, aber vielleicht ist es doch von Bedeutung – ich meine Ihre Beziehung zu Mrs. Farraday.»

«Warum? Was hat das denn mit der ganzen Geschichte zu tun?»

Jury zuckte die Achseln. «Das müssen Sie schon uns überlassen.»

«Wenn ich nur wüßte, was Sie im Schilde führen. Vielleicht sollte ich besser meinen Rechtsanwalt hinzuziehen.»

Jury bedachte Cholmondeley mit einem entwaffnend unschuldigen Lächeln: «Keine Ahnung. Meinen Sie?»

«Ich muß schon sagen, Superintendent, Sie können einen an den Rand der Verzweiflung treiben. Sie scheinen mich nicht einschüchtern zu wollen. Und doch –»

«Ich wette, Sie können einiges aushalten, auch ein ziemlich

eindringliches Verhör. Hören Sie, Mr. Cholmondeley –» Jury lehnte sich über den Tisch und schob dabei das mit einer Serviette bedeckte Brotkörbchen zur Seite – «ich möchte nur, daß Sie sich kooperativ zeigen. Was sich zwischen Ihnen und Mrs. Farraday abgespielt hat, ist mir völlig gleichgültig.» (Wenn Cholmondeley das glaubte, war er ein Narr.) «Aber es scheint mir wichtig zu wissen, wie die Kunden von Honeysuckle Tours zueinander stehen –»

«Fürchterlicher Name, finden Sie nicht auch? Haben Sie eigentlich schon Mr. Honeycutt kennengelernt, unseren Reiseleiter und Sekretär?» Der Blick, den er Jury zuwarf, ließ Verunsicherung erkennen, obwohl er sie durch eine Maske der Geringschätzung zu verbergen suchte.

«Ja. Er hat kein Wort über Sie verloren.»

«Vermutlich bin ich nicht Honeycutts Typ.» Auch mit dieser beiläufig hingeworfenen Bemerkung gelang es Cholmondeley nicht, seine Erleichterung zu verbergen.

«Kann sein. Aber warum sind Sie eigentlich überhaupt mit dieser Reisegesellschaft unterwegs?»

Die Frage traf ihn völlig unerwartet, und das hatte Jury beabsichtigt. «Wie bitte? Um mal Ferien zu machen.»

Jury zog eine Handvoll Papiere, die wie Listen aussahen, aus der Tasche, und es gelang ihm, den Eindruck zu erwecken, Cholmondeleys Name würde auf allen ganz oben stehen. «Sie handeln mit Edelsteinen?»

«Ja. Es sieht so aus, als hätten Sie bereits gründlich recherchiert.»

«Diese Fahrt ging auch nach Amsterdam.»

Cholmondeley runzelte die Stirn. «Viele Reisen gehen nach Amsterdam. Die *meisten*, die die London-Paris-Rundreise auf ihrem Programm haben. Es gehört zu den Städten, die einfach und bequem zu erreichen sind. Man braucht nur nach Hoek van Holland überzusetzen –»

«Haben Sie zufällig Ihren Paß bei sich, Mr. Cholmondeley?»

Nun schien Cholmondeley völlig verwirrt. Entschlossen, über seine neue Eroberung kein Wort zu verlieren oder alles abzustreiten, sah er sich durch Jurys neue Fragetechnik aus dem Konzept gebracht. Er zog seinen Paß aus der Tasche und warf ihn auf den Tisch.

Jury besah sich die Stempel. Der Paß war voll davon. Mit einem knappen «Danke» gab er ihn seinem Eigentümer zurück.

Cholmondeley saß am Tisch, spielte mit einem silbernen Messer und musterte Jury. «Ich habe keine Ahnung, worauf Sie hinauswollen. Was diese Gruppe betrifft, kann ich Ihnen nur sagen, wir kommen aus verschiedenen Teilen der Welt, haben uns noch nie im Leben gesehen, wissen nichts voneinander – und Sie versuchen die Sache so darzustellen, als ob einer von *uns* nur darauf lauern würde, die anderen abzumurksen.» Er entrang sich ein gezwungenes Lächeln. Anscheinend war das eine ganz neue und höchst unwillkommene Vorstellung: «Einer von *uns*?»

14

Melrose Plant saß mißvergnügt auf seinem Sitz im ersten Rang und wünschte sich eine echte Leiche zu sehen, statt darauf zu warten, daß Hamlet die Bühne mit falschen übersäte.

Das Theater war genauso voll wie am Abend zuvor. Er hatte Glück gehabt und einen Platz in der ersten Reihe bekommen; diesmal würde er, verdammt noch mal, die zweite Hälfte nicht verpassen.

Rief da nicht jemand seinen Namen? Als er über das Messingeländer ins Parkett spähte, glaubte er, das Echo auch von hinten zu hören. Das Memorial Theatre galt als ein akustisches Wunder: Sein Name schien aus allen Richtungen zu kommen.

«Hallo, Mel!»

Ach ja. Ungefähr ein Dutzend Reihen hinter ihm saß Harvey Schoenberg und winkte heftig. Melrose begrüßte ihn mit einer vagen Handbewegung.

«Melrose!»

Allmächtiger, und da unten war Agatha; sie stand vor ihrem Sitz und winkte ebenfalls, aber mit beiden Armen, als würde sie den Start einer Boeing 747 dirigieren.

Wäre ihm bekannt gewesen, daß sie zu dieser Vorstellung kommen würde, hätte er seine Karte zerrissen. Der Versuch, sie zu übersehen, bewirkte lediglich, daß sie sich noch mehr Mühe gab, ihn auf sich aufmerksam zu machen, während die Leute in seiner Nähe ihm bereits böse Blicke zuwarfen. Würde er mit seinem Auftritt Hamlet Konkurrenz machen?

Er sah noch einmal übers Geländer, hob die Hand wie zum Gruß und fragte sich, ob die ungeschlachten, die Hälse reckenden Gestalten an ihrer Seite zur Randolph-Bigget-Sippe gehörten. Als er sah, daß sie die Hände trichterförmig an den Mund hielt, entschlossen, den Lärm und das Getöse von Gott weiß wieviel hundert Stimmen zu überschreien, ließ Melrose sich schnell wieder in seinen Sitz rutschen. Dankbar nahm er zur Kenntnis, daß die Lichter im Saal ausgingen.

Es war gut, aber ist das Royal Shakespeare Theatre je schlecht gewesen? Hamlet war nach seinem ersten Auftritt nicht zu melancholisch, Gertrude hingegen war wundervoll laszivi und der alte Claudius etwas sympathischer als sonst. Nicht gerade einfach, für Claudius Sympathie zu empfinden. Als dann die Pause kam, waren alle erschöpft, sowohl auf wie vor der

Bühne. Melrose dachte mit Grauen an den Ansturm auf die Bar.

Da er jedoch in weiser Voraussicht seinen Brandy schon vor Beginn der Vorstellung bestellt hatte, mußte er sich nicht durch die Menge kämpfen, sondern konnte sich in eine Ecke zurückziehen. Eine Fliege hüpfte in der Menge umher, und Melroses Blick fiel ab und zu auf Harvey, der schließlich auch vor ihm auftauchte.

«Können Sie sich das vorstellen? Während wir in dieser Kirche waren, lag sie da draußen.» Harvey fuhr sich mit dem Finger über die Kehle.

Wie geschmacklos, dachte Melrose und fragte ihn: «Kannten Sie denn die Dame?»

«Zum Teufel, nein. Außer, daß wir Reisegefährten waren.» Er schüttelte betrübt den Kopf. «Arme Gwennie. Mann, ich bekam ganz weiche Knie.» Harvey leerte sein Bier, als die Lichter das Ende der Pause signalisierten. «Bis später. Ich sitze in der Mitte und steig nicht gern über die Leute.»

Melrose wähnte sich zwei Minuten lang in Sicherheit, aber man war nie sicher vor Agatha, die sich unter Einsatz der Ellenbogen zu ihm durchdrängte. Sie spürte ihn stets auf wie ein Terrier den Fuchs im Bau. «Melrose!»

«Hallo, Agatha. Freut mich, dich zu sehen. Wie hast du nur hierhergefunden?» Doch sie stand einfach nur da, strahlte selbstzufrieden und wartete darauf, daß er sich nach dem Grund für ihre Freude erkundigte. «Hast du die Motive für Hamlets Zögern durchschaut oder was?»

«Du wirst nie *erraten*, wer hier ist!»

«Da hast du recht. Möchtest du einen Brandy? Oder mußt du zurück zu den Biggets? Die sind doch wohl hier, oder nicht?» Sein Mangel an Begeisterung war hoffentlich nicht zu übersehen.

«Schließ die Augen!»

«Die Augen schließen –? Um Himmels willen, niemals.»

Sie zog einen Schmollmund, und das Schmollen schien sich über ihr ganzes Gesicht auszubreiten.

«Ich muß schon sagen, Agatha –» Doch was immer er sagen wollte, es blieb ihm im Hals stecken, als er ihr über die Schulter sah.

Denn da stand Vivian Rivington.

Von den dreien war Agatha die einzige, die dieses Zusammentreffen nicht aus der Fassung brachte; sie strahlte übers ganze Gesicht, als wäre Vivian Rivingtons wundersames Erscheinen nur ihr zu verdanken – als hätte sie sie wie ein Kaninchen aus dem Zylinder gezogen.

Vivian selbst schien so erfreut wie verwirrt und wußte offensichtlich nicht, wohin mit ihren Händen.

Melrose half ihr aus der Verlegenheit, indem er sie in die Arme schloß: «Liebste Vivian. Was zum Teufel machst du hier in Stratford? Wie bist du hierhergekommen? Warum bist du nicht in Italien?»

Agatha antwortete an Vivians Stelle, wie sie das bei allen machte. «Sie ist mit dem Auto von Long Pidd gekommen. Sie sagt, der alte Ruthven hätte ihr erzählt, daß wir hier seien, und da hat sie beschlossen, uns nachzufahren. Sie sagte –»

«– und sie spricht jetzt nur noch Italienisch und hat dich als Dolmetscherin angeheuert. Agatha, ich wäre dir sehr dankbar, wenn –»

«Die Beleuchtung!» sagte Agatha, als die Lichter gedimmt wurden, um den Beginn des nächsten Aktes anzukündigen. Da sie keine Minute von etwas verpassen wollte, für das sie bezahlt hatte, pflügte Agatha sich ihren Weg zurück durch die Menge.

«Verschwinden wir von hier, Vivian. Gehen wir in die

‹Torkelnde Ente›, dort können wir was trinken und uns unterhalten.»

«Aber das Stück –» sagte Vivian.

«Ich erzähl dir, wie es ausgeht.»

Da beinahe ganz Stratford sich den zweiten Teil des *Hamlet* anschaute, war die «Ente» fast menschenleer.

Er stellte ihre Drinks auf den Tisch. «Drei Jahre ist das nun schon her.»

Drei Jahre, und dies hier war nicht die Vivian, die ihm so vertraut gewesen war. Die Vivian von damals hatte nicht wie diese hier ausgesehen. Wo waren die dezenten Twinsets und Röcke, die ungeschminkten Lippen? Das Haar schimmerte immer noch in diesem herbstlichen Braun mit dem rötlichen Glanz, aber sie hatte es nie so nachlässig hochgesteckt, daß die Locken seitlich herunterhingen, wie sie es jetzt trug. Höchstwahrscheinlich war das der letzte Schrei. Und früher hätte sie auch nie ein so grelles Grün getragen. Ihr Kleid war eng und sehr tief ausgeschnitten.

«Drei Jahre, ja.» Sie zog ein Päckchen Zigaretten aus ihrer silbernen Paillettentasche. «Ich bin zurückgekommen, weil ich das Haus in Long Piddleton verkaufen möchte.»

«Verkaufen? Warum denn?»

«Ich werde heiraten.»

Er starrte sie fassungslos an und verbrannte sich am Streichholz die Finger. «Nein.»

«Doch.»

«Ah, und wo ist er?»

«In Italien.»

«Und was zum Teufel macht er dort?»

«Er ist Italiener.» Eine kurze Pause. «Oh, sieh mich nicht so an. Er ist kein Gigolo. Er hat es nicht auf mein Geld abgesehen.»

Vivan hatte ziemlich viel Geld.

«Du hast ihn also in Neapel getroffen? Ist ja unerträglich romantisch.»

Sie schüttelte den Kopf. «Venedig. Und es war auch romantisch. Das heißt, es ist noch immer romantisch.»

«Aha! Du bist dir also nicht ganz sicher.»

Sie lachte. «Doch, eigentlich schon. Aber was kümmert dich das überhaupt. *Du* wolltest mich ja nicht heiraten.»

Auf diesen direkten Angriff war er nicht gefaßt gewesen. Hatte sie das in Italien gelernt? Was ihn am meisten an ihr verwirrte, war, daß sie die zurückhaltendste Frau der Welt sein konnte, gleichzeitig aber auch von einer unglaublichen Direktheit. An Vivian gab es nichts zu deuten, nichts, worüber man stolperte, wenn man im Dunkeln nacheinander tastete. Und kein Wechselspiel von Licht und Schatten. Wo Vivian sich aufhielt, war es taghell.

«Warum lächelst du?»

Er änderte schnell seinen Gesichtsausdruck.

«Und was zum Teufel tust du in Stratford, mitten im Juli? Du bist im Sommer nie irgendwohin gefahren und schon gar nicht in ein Touristenkaff.»

«Tu ich immer noch nicht. Aber erinnerst du dich –» Er unterbrach sich mitten im Satz. Natürlich würde Vivian sich an Richard Jury erinnern. Oder vielmehr würde Jury sich an sie erinnern. Melrose war überzeugt, daß Jurys Interesse nicht nur rein beruflich gewesen war. Im Augenblick allerdings schien diese Kennington in seinem Hinterkopf herumzugeistern...

«Erinnern – an was?»

«Nichts. Nichts. Ich bin hier, weil Agatha sonst mit ihren Amerikanern auf Ardry End eingefallen wäre.»

Vivan lachte. «Du warst schon immer viel zu nett zu ihr, Melrose. Und sie dankt es dir mit ihrer Unausstehlichkeit.»

«Ich bin *nicht* nett zu ihr; außerdem ist es äußerst aufschlußreich, jemanden um sich zu haben, der unausstehlich ist. Man kann Reaktionen testen. Wie ein Torwart bei einem Fußballspiel. Aber lassen wir das – es ist wunderbar, daß du hier bist.»

«Bist du dir da sicher?»

Ihre Augen funkelten ihn über den Rand ihres Glases hinweg an. Was trank sie? Natürlich Campari mit Limone. Tranken sie das nicht alle da drüben? Er wußte, daß sein Ärger jeder Grundlage entbehrte. Aber warum mußte sie gerade *jetzt* auftauchen, völlig auf Gucci getrimmt mit ihrem schimmernden grünen Kleid und dem seidigen Haar, das wie italienisches Eis an den Seiten heruntertropfte. Wahrscheinlich sagte sie auch so schreckliche Dinge wie *ciao*.

«Wie lange bleibst du?»

«Oh, *danke,* kann ich vorher noch mein Glas austrinken?» Sie musterte ihn kühl und belustigt. «Morgen hole ich Franco in Heathrow ab. Er kommt aus Rom.»

Franco. Heathrow. Rom. Das klang alles fürchterlich international.

«Und dann... na ja, wenn du da bist, würde ich euch gern miteinander bekannt machen.»

«Möchtest du nicht auf Ardry End Hochzeit feiern? Da findet seine ganze Familie Platz.»

«Das ist nett von dir, Melrose.» Sie lächelte immer noch. «Agatha wird begeistert sein. Er ist nämlich ein Graf.»

«Ein *Graf.*» Das war des Guten zuviel.

«Sie haben auch ihre Adligen in Italien; du bist nicht der einzige mit einem Adelstitel.»

«Ich habe keinen. Mit diesem Quatsch habe ich schon vor Jahren aufgeräumt. Wenn ich gewußt hätte, daß du so versessen darauf bist, hätte ich vielleicht den Earl und den Viscount et cetera beibehalten.»

Sie sah zur Seite. «Das ist absurd. Ich lege keinen Wert darauf. Das weißt du genau. Er ist eben rein zufällig einer.»

«Man ist nicht *zufällig* ein Graf.» Melrose sah immer nur diesen Fremden mit dem schwarzen Cape vor sich. «Kann er sich denn im Spiegel sehen?»

Nun wurde Vivian zornig – und mit Recht, dachte er. «Oh, um Himmels willen...»

Melrose rutschte noch tiefer in seinen Sessel und griff sich mit Klauenfingern an den Hals, um sie noch mehr zu provozieren.

Dann dachte er an den Ausdruck in Detective Sergeant Laskos Gesicht. Genau das, was Stratford im Augenblick fehlte – noch ein kleiner Aderlaß.

15

Für eine Siebzehnjährige war Stratford-upon-Avon nicht gerade der Garten Eden. Es gab keine Clubs, keine Diskos, keine Kinos, und auch auf der Straße war nichts los. Aber Honey Belle Farraday konnte man auf einer Kuhweide aussetzen, und sie würde trotzdem einen draufmachen.

Heute abend ging sie mit wiegenden Hüften die Wood Street entlang, als handelte es sich um den Strip in Las Vegas. Und wenn Honey Belle die Hüften in den Sassoon-Jeans wiegte, geriet einiges ins Schwingen, etwa die prallen Brüste, kaum verhüllt von dem indischen Oberteil, dessen weißer Baumwollstoff so transparent war wie eine beschlagene Fensterscheibe. Dazu trug sie nur Armreifen, Reifenohrringe und Goldkettchen. Darunter war sie nackt; Honey Belle beschränkte sich gern auf das Notwendigste.

Stratford. Was für ein Kaff! Nichts als langweilige Theaterstücke und langweiliges Sightseeing. Man konnte den ganzen Tag am Pool des «Hilton» herumliegen und wurde doch nicht braun. Trotzdem tat sie nichts anderes, denn das bot ihr zumindest die Gelegenheit, ihren weißen Badeanzug aus Paris vorzuführen – ein paar winzige, von Schnüren zusammengehaltene Satinflicken. Der alte James hielt ihn für skandalös. Aber glaubte er, sie nahm ihm das ab? Wirklich komisch, sich vorzustellen, daß ihre eigene Mutter eifersüchtig auf sie war. Amelia hätte sie damals beinahe umgebracht, als sie sie mit Old James im elterlichen Schlafzimmer erwischt hatte, Honey Belle in nichts als ihrem durchsichtigen Babydoll. Na ja, so richtig passiert war eigentlich nichts. Aber erzähle das mal einer Amelia Blue.

Sie überquerte die Straße, ging am «Goldenen Ei» vorbei und starrte durch die Glasfront auf Leute, die sich mit Eiern und Pfannkuchen vollstopften. Essen kam für sie natürlich nicht in Frage. Man kann nicht essen und gleichzeitig einen solchen Körper haben, dachte sie, während sie sich mit violett lackierten Fingernägeln über den Bauch strich, der so flach war wie ein Bügelbrett. Ein Werbespot für chinesisches Essen ging ihr durch den Kopf: *«Gib acht auf deinen schönen Körper, gib acht auf deinen hübschen Bauch!»* Junge, Junge, und wie sie auf ihren Bauch achtgab. Bei dieser Vorstellung seufzte sie gerade vor Wonne, als zwei Frauen mit Einkaufstüten an ihr vorbeigingen. Sie waren so etwa fünfundvierzig, fünfzig, dachte sie, während sie ihnen nachblickte. Sie wunderte sich, wie jemand so lange leben konnte, ohne sich umzubringen.

Honey Belle hatte nur vor einem Angst: ihre gute Figur zu verlieren, alt und runzlig zu werden. Sie sah, wie ihre eigene Mutter abbaute, obwohl sie zugeben mußte, daß Amelia ihr Äußeres nicht vernachlässigte. Zum Glück hatte sie zumindest früher einmal toll ausgesehen, und Gott sei Dank war ihr Daddy groß und blond und ein echter Frauenheld gewesen. Sie vermutete, Amelia hatte es nicht mehr ausgehalten, die zweite Geige neben der jeweiligen Favoritin zu spielen, und ihn deshalb verlassen. Honey Belle fragte sich kichernd, ob ihre Mutter überhaupt ahnte, wie sehr ihr Daddy seine kleine Honey Belle gemocht hatte.

Sie kreuzte die Einmündung einer Gasse mit vielen kleinen Geschäften und dachte daran, daß Papa James und Amelia Blue sie glatt umbringen würden, wenn sie wirklich Bescheid wüßten, wenn sie dahinterkämen, was sie alles für das Geld machte, mit dem sie sich ihre Sassoon-Jeans und ihre Goldkettchen finanzierte: Sie tanzte in einer Oben-ohne-Bar, und sie posierte für einen befreundeten Fotografen, der außer Aktfotos noch ganz andere Dinge mit ihr machte. Aber an Sex lag Honey Belle eigentlich gar nichts; sie liebte die Macht. Mein Gott, welche Macht gab ihr der Sex über die Männer. Da oben auf der Bühne zu stehen mit all den blauen und rosaroten Lichtern, die über ihren Körper tanzten; oder auf den Sofas und Kissen diese Stellungen einzunehmen. Nein, der Sex war es wirklich nicht. Die Sache selbst machte ihr gar keinen Spaß. Ihr kam es nur darauf an, daß die Männer daran dachten – daß sie daran dachten, es mit *ihr* zu treiben. Zu beobachten, wie sie sie beobachteten, und sich vorzustellen, daß diese Männer Fotos von ihr kauften und sie mit den Augen verschlangen, ließ sie lustvoll erschauern. Ihre Karriere ließ sich gut an. Wenn James über die Schule und ihre Zeugnisse sprach, mußte sie an sich halten, ihm nicht ins Gesicht zu lachen. Sie würde Fotomodell werden oder zum Film gehen... Fast als hätte der Gedanke an all die Filmproduzenten, die hinter ihr her waren, plötzlich Gestalt angenommen, hörte sie Schritte hinter sich.

Honey Belle blieb im trüben Licht einer Straßenlaterne vor

einem kleinen Buchladen stehen und zündete sich eine Zigarette an. Die dünne Rauchsäule stieg auf und verflüchtigte sich in dem blau phosphoreszierenden Schimmer der Laterne. Sie lächelte. Eigentlich hatte sie nur das Klappern ihrer Holzsandalen abstellen wollen, um herauszufinden, ob ihr Verfolger ebenfalls stehenblieb. Selbst noch inmitten eines Regiments marschierender Füße hätte sie immer ganz genau gewußt, wenn jemand *ihr* folgte. Und sie hatte sich nicht getäuscht. Obwohl sie die dunkle Gestalt, die dahinten in der kleinen Gasse mit den Geschäften vor einem Schaufenster stand, eigentlich gar nicht gesehen, sondern nur gespürt hatte. Inzwischen mußte, wer immer es auch war, sie bemerkt haben. Und das genügte. Mit der Zigarette im Mundwinkel ging sie weiter. Neben dem Bahnhof war dieser Punkschuppen, wo es angeblich heiße Musik, Drinks, Gras und vielleicht auch eine Nase Koks geben sollte. Honey Belle brauchte nur ihrer Nase zu folgen – sie kicherte über ihr kleines Wortspiel, während sie vergnügt die Hüften schwingen ließ.

Aber als die Hand sich auf ihren Mund legte und sie den Atem auf ihrem Nacken spürte, blieb ihr das Kichern im Hals stecken.

Scheiße! dachte sie noch, *den ganzen Trip, nur um in England vergewaltigt zu werden! Und auch noch in diesem miesen Kaff!* Und in den wenigen Sekunden, in denen ihr kleines Gehirn noch mit der Außenwelt verbunden war, dachte sie: *Warum eigentlich nicht? Es ist die Art von Sex, bei der man nichts zu tun braucht.* Doch dann spürte sie dieses kalte Ding auf ihrer Haut; es durchschnitt ihr indisches Hemd und alles übrige wie ein Messer ein Stück Butter.

Honey Belle wäre entsetzt gewesen, hätte sie noch sehen können, wie die Hände, die über ihren schönen Körper fuhren, ihn zugerichtet hatten.

«‹Ein goldner Schimmer in der Luft, Königinnen verblichen und liegen in der Gruft.›» Jurys Blick glitt von dem Theaterprogramm, auf das Lasko seine Taschenlampe hielt, zu Honey Belle Farradays verstümmelter Leiche.

Es war halb elf, und abgesehen vom Licht der Taschenlampen und dem trüben Blau der Karbonleuchten war es stockdunkel in der Wood Street. Das Blut – und es war reichlich geflossen – war noch nicht geronnen. Sie mußten aufpassen, wo sie hintraten.

Ein Pärchen, das von einem späten Imbiß aus dem «Goldenen Ei» am anderen Ende der Straße kam, hatte sie gefunden. Man hatte der Frau eine Beruhigungsspritze geben und sie ins Krankenhaus bringen müssen; der Mann hatte es gerade noch fertiggebracht, die Polizei anzurufen, bevor er sich in der Telefonzelle übergab. Er befand sich nun auf der Wache.

«Der Arzt sagt, der Tod sei vor einer Stunde eingetreten», bemerkte Lasko. «Der Anruf kam vor zwanzig Minuten. Sie muß also ganze vierzig Minuten hier gelegen haben, ohne daß sie jemand gesehen hat.»

Jury sah die Straße hoch. «Außer dem ‹Goldenen Ei› hat hier nichts auf. Keine Pubs, kein Verkehr. Es nimmt also nicht wunder. Hast du nach Fingerabdrücken suchen lassen? Am Hals? An der Kehle?»

«*Welcher* Hals! *Welche* Kehle?» brummte Lasko. «Schau sie dir doch an, Mann.»

«Hab ich», sagte Jury. «Ich dachte, direkt unter dem Kinn. Wahrscheinlich hat er sie da festgehalten und das Kinn nach hinten gedrückt. Die übrige Bescherung kam später.»

‹Bescherung› war vielleicht die passende Bezeichnung. Zuerst war der Hals aufgeschlitzt und bis zum Knorpel aufgerissen worden, dann der Rumpf vom Brustkasten fast bis zu den Schenkeln.

«Hier haben Sie es wieder», sagte Lasko müde und gab dem

Mann von der Spurensicherung das Theaterprogramm zurück.

Sie schauten zu, wie Honey Belle Farradays sterbliche Überreste auf das Polyäthylentuch gelegt wurden. Jury beneidete den Polizeifotografen nicht. Die Blitze beschrieben trübe Bögen in der Luft wie Leuchtspurgeschosse und erhellten die Nacht und die bleichen Gesichter der an beiden Enden der Straße versammelten Schaulustigen. Dort waren Polizeiwagen mit rotierenden Blaulichtern abgestellt und Absperrungen errichtet worden. Jury sah die Leute von der *Times* und dem *Telegraph* die M-1 hinunterrasen.

«Dieses Gedicht… es erinnert mich an das erste», sagte Lasko.

«Es ist das erste. Oder vielmehr ein Teil davon.» Jury zog die Kopien der Programme heraus und las:

> «Der Schönheit rote Nelken
> sind Blumen, die verwelken
> Ein goldner Schimmer in der Luft,
> Königinnen verblichen und liegen in der Gruft.»

«Von wem ist das eigentlich? Shakespeare?»

Jury schüttelte den Kopf. «Ich weiß nicht, es klingt bekannt, aber ich komm nicht drauf.» Er sah zu, wie die Plane mit dem jungen Mädchen, das nun vollständig darin eingehüllt auf der Bahre lag, in den wartenden Krankenwagen geschoben wurde. Er dachte an Farraday. Armer Kerl! Der Stiefvater tat ihm jedenfalls sehr viel mehr leid als die leibliche Mutter. Amelia Blue Farraday würde eine gewaltige Szene machen, dessen war er sich ganz sicher.

«Weißt du, was mir Sorgen macht?» sagte Jury.

«Was?»

«Wie lang ist dieses Gedicht?»

16

Was die hysterische Szene betraf, so hatte Jury recht behalten.

Falls jemals Zweifel an Amelia Blues schauspielerischem Talent bestanden hatten, so wurden sie jetzt jedenfalls vollkommen beseitigt durch die Vorstellung, die sie gab, als sie von dem Mord an ihrer Tochter erfuhr.

Denn genau das und nichts anderes war es – eine Vorstellung. Wie Jury vermutet hatte. Und es lag bestimmt nicht daran, daß er nach über zwanzig Jahren bei Scotland Yard gefühllos geworden war. Nachdem sie auf dem kleinen Sofa im Salon ihrer «Hilton»-Suite aus ihrer Ohnmacht erwacht war (oder Beinah-Ohnmacht, denn so lange hatte sie nun auch wieder nicht gedauert), stürzte sie sich mit ausgefahrenen Krallen auf Farraday, als sei er schuld daran, daß sie sich überhaupt in diesem mörderischen Ort aufhielten; dann richtete sich ihr Zorn gegen Lasko und Jury als die Überbringer der Hiobsbotschaft, und schließlich stolzierte sie im Zimmer auf und ab, als beherrschte sie die Kunstgriffe einer überzeugenden Bühnenpräsenz aus dem Effeff: Und nun zum Fenster. Hinausstarren. Zurück zum Tisch. Foto von Honey Belle in die Hand nehmen, das letzten Sommer aufgenommen worden war – *erst* letzten Sommer, am Strand, umlagert von ihren Verehrern. Gegen Busen drücken.

Und gegen ihren Busen ließ sich einiges drücken. Vielleicht war ihm die Saat dieses Zweifels an Amelias mütterlichen Gefühlen zum erstenmal an den Ufern des Avon eingepflanzt worden, als er sich mit Penny unterhalten hatte.

Jury konnte auch sehen, welche Qualitäten Farraday zum erfolgreichen Selfmademan gemacht hatten. Seine Selbstbeherrschung überzeugte sehr viel mehr als die Hysterie der

Mutter. Die Gefahr war gleich einem Standbild, das plötzlich beschlossen hatte, sich zu bewegen und zu reden, in sein Leben eingedrungen und hatte seine frühere Wut über das Verschwinden seines Sohnes, sein Geschrei nach größerem und besserem Polizeieinsatz, seine Drohungen mit der amerikanischen Botschaft, also die Angewohnheit, seinen Einfluß in allen Lebenslagen lautstark geltend zu machen, gebändigt.

Statt dessen schrie nun Amelia Zeter und Mordio, während ihr Mann versuchte, sie zur Vernunft zu bringen.

«Beruhige dich, Amelia. Das hilft uns auch nicht weiter.»

«*Du!* Was weißt du schon – dir ist das wohl alles egal – das arme süße Ding ist jetzt eben nicht mehr da, wo du es –»

Farraday gab ihr eine Ohrfeige. Keine sonderlich kräftige, nur einen kleinen Klaps mit dem Handrücken, der sie nicht einmal ins Wanken brachte. Sie hatte die Hände in die Hüften gestemmt, und ihre Wangen glühten. Auf ihren leuchtendroten Lippen lag ein Lächeln von kaum zu überbietender Gehässigkeit.

Niemand schien an Penny zu denken. Sie war auf den Balkon hinausgegangen und hatte sich in der Dunkelheit auf eine harte kleine Bank gesetzt. Fast mochte man glauben, Schatten und Dunkel wären alles, was das Leben für sie bereithielt. Jury überließ es Lasko, den Schiedsrichter zu spielen und den Farradays Fragen zu stellen; er folgte ihr hinaus und setzte sich neben sie.

Penny starrte ins Leere. Ihr langes Haar war zu einem lockeren Zopf geflochten, den sie so ungeschickt hochgesteckt hatte, daß er sich schon wieder auflöste; die kleine Blume, die sie eingeflochten hatte, war verwelkt. Jury vermutete, daß die Frisur und das formlose Baumwollkleid, an dessen Falten sie geistesabwesend herumzupfte, mit ihrem Besuch der heutigen *Hamlet*-Vorstellung zusammenhingen. Im Anschluß daran hatte sie dann von dem Mord erfahren.

Es war seltsam, Penny schien wirklich das Zeug zu einer Tragödin zu haben. In ihrem Schweigen schwang Tragik mit, echte Tragik. Mit ihrem schlechtsitzenden Kleid und dem aufgelösten Haar konnte er sie beinahe wieder sagen hören: «*Hier ist Rosmarin ... das ist zur Erinnerung.*»

Doch sie sagte nichts. Er spürte, daß er ihr Schweigen brechen mußte, weil er wußte, daß es nicht frei war von Schuldgefühlen. Er legte den Arm um sie.

Sie flüsterte, und das war viel schlimmer als jedes Geschrei: «Wo ist Jimmy?» Dann begann sie zu schluchzen, schlug die Hände vors Gesicht und lehnte sich an ihn.

Er wußte, was sie dachte. Seit man Gwendolyn Bracegirdle gefunden hatte, stellte auch er sich diese Frage. Jemand schien gegen die Kunden von Honeysuckle Tours eingenommen zu sein.

Jury zog sie an sich und sagte: «Wir werden ihn schon finden, keine Angst.» Wie oft hatte er das heute schon gesagt? Leere Worte.

Penny fuhr sich nicht sehr damenhaft mit dem Handrücken über die Nase und wischte ihn anschließend an ihrem Kleid ab. Er zog sein Taschentuch heraus, das sie zwar annahm, aber nicht benutzte, sondern nur nervös in den Händen zerknüllte.

«Oh, mein Gott, ich fühle mich so schuldig. Ich hab so schreckliche Dinge über Honey Belle gesagt ... aber zurücknehmen kann ich sie jetzt nicht mehr. Manchmal hab ich mir sogar gewünscht, sie wäre ... tot.»

Der Blick, den sie Jury zuwarf, sagte ihm, daß sie wußte, sie würde für diesen quälenden Anflug von Ehrlichkeit büßen müssen. «Gott wird mich *tot*schlagen – wie konnte ich nur all diese Dinge sagen.» Und dann sah sie schnell weg.

Ein unfreiwilliger Reim, dachte er, wie der Versuch eines Amateurs, so etwas wie das herrliche Gedicht nachzuahmen, das er gerade gelesen hatte: *Ein goldner Schimmer in der Luft, Königinnen verblichen und liegen in der Gruft.*

Jury zog sie fester an sich.

Und fragte sich, wie sie sich gefragt hatte, wo ihr Bruder war.

Eine Viertelstunde später sprach Lasko mit seinem Chief Superintendent in der Lobby des «Hilton», während Jury danebenstand und rauchte.

«Wir können nur eines tun: die ganze Gruppe verhaften – aber auf Grund welcher Beweise? Sonst sehe ich keine Möglichkeit, diese Leute in Stratford festzuhalten, wenn sie nach London weiterreisen wollen. Abgesehen von Farraday. Er will bleiben, bis der Kleine gefunden ist; aber seine Frau ist völlig hysterisch und will nichts wie weg... na ja, sie hat Stratford-upon-Avon sicher nicht ins Herz geschlossen.»

«Sie ist verrückt. Entweder verrückt oder hat Dreck am Stecken.» Da Sir George Scotland Yard nicht gänzlich ausschließen zu wollen schien, bezog er Jury in das Gespräch ein. «Sie haben mir doch erzählt, die andere Tochter habe behauptet, die Mutter sei rasend eifersüchtig auf die Verstorbene gewesen.»

Lasko schob seine Melone zurück. «Aber die eigene Tochter so zu massakrieren –»

«Mein Gott noch mal, Sam. Was werden Sie mir als nächstes erzählen? Daß Blut dicker ist als Wasser? Verdammt, die ganze Gesellschaft ist *verdächtig*.»

«Wie ich schon sagte – welche Beweise habe ich, um sie hier festzuhalten? Woher wollen wir wissen, daß diese beiden Frauen nicht von einem Psychopathen aus Stratford ermordet wurden?»

«Von einem Psychopathen, der Gedichte liest?» schnaubte Sir George. «Zweifelsohne. Haben Sie herausgefunden, wer diese vier Zeilen gedichtet hat?»

«Nein», sagte Lasko.

«Nein? Und warum nicht? Wollen Sie warten, bis die Bibliothek aufmacht?»

«Es ist nicht so einfach; wir haben keine Experten für elisabethanische Lyrik.»

«Sie haben aber einen unter den Verdächtigen», warf Jury ein.

Beide starrten ihn an.

«Schoenberg. Er kennt sich aus mit dieser Epoche. Vorausgesetzt, das Gedicht stammt tatsächlich aus dieser Zeit. Er schreibt ein Buch über Christopher Marlowe.»

«In welchem Hotel wohnt er, Sam?»

Lasko sah auf seine Liste. «Im ‹Hathaway›.»

«Gehen Sie hin und sprechen Sie mit ihm.» Mißmutig sah Sir George Jury an. «Ich vermute, wenn sie partout nach London wollen, können wir sie nicht halten.»

Jury erwiderte seinen Blick mit ausdrucksloser Miene. Er hatte das Gefühl, daß weder Sir George noch Lasko ihm eine Träne nachweinen würde.

War es nicht schon ärgerlich genug, fragte sich Melrose Plant, daß er einen Mord verpaßt hatte? Mußte er nun auch noch kurz vor Mitternacht in der Lobby des «Hathaway» herumsitzen und sich Harvey Schoenbergs Anekdoten anhören? Robert Cecil (Bob), Sohn Lord Burghleys; Tom Watson (Tom), Freund Marlowes; Robert Greene (ein weiterer Bob), Freund Marlowes und Feind Shakespeares – Harvey Schoenberg hatte bei Brandy und Zigarren die aufregendsten Klatschgeschichten über sie aufgetischt und war jetzt dabei, von den Abenteuern Wally Raleighs zu berichten.

«Meinen Sie *Sir Walter* Raleigh?» fragte Melrose frostig. Er fühlte sich irgendwie verpflichtet, die Ehre dieser verblichenen Elisabethaner zu verteidigen, ob nun Spione oder nicht. Er wünschte nur, Sir Walter Raleigh wäre dagewesen, um Vivian zum Hotel zu begleiten. Sir Walter hätte sich zweifellos auf sehr elegante Weise aus Harvey Schoenbergs Klauen befreit.

«Genau den. Wissen Sie, was er im Schilde führte?» fragte Harvey, der es sich im Pendant zu Melroses Sessel bequem gemacht hatte.

«In etwa.» Melrose raschelte mit seiner Zeitschrift. «War er nicht in Babbingtons Verschwörung gegen Königin Elisabeth verwickelt?» Warum ermutigte er den Programmierer auch noch zum Reden?

«Nein, nein, nein. *Das* war Tom Babbington.»

«Ich hatte mir schon gedacht, daß Babbington etwas mit der Babbington-Verschwörung zu tun hatte.» Melrose rückte seine Goldrandbrille zurecht und widmete sich wieder *Country Life*, einer Zeitschrift, die er eigentlich gar nicht leiden konnte. Er hatte sie sich jedoch vom Lesetisch gegriffen, um sich dahinter verstecken zu können. Er blätterte langsam die Seiten um, während Schoenberg ihn über den Sir Walter Raleigh nachgesagten Atheismus und dessen Bemühungen aufklärte, aufrührerische Bücher in Umlauf zu bringen, um die Sache Maria Stuarts, der Königin von Schottland, voranzutreiben. Melrose betrachtete Pferde, Landhäuser und Hundemeuten, während Harvey ihm von Kit Marlowes Schlägereien berichtete, wobei er viel Zeit und Energie vor allem auf die eine in Hog Lane verwendete. Oder besser, auf diese eine Serie von Schlägereien, denn Kit schien sich ununterbrochen geprügelt zu haben. Melrose gähnte, wurde dann aber plötzlich wieder hellwach.

Gerettet! Superintendent Jury trat durch die Hoteltür, sah

ihn in seinem Sessel sitzen und bemerkte auch sofort, daß er beinahe umkam vor Langeweile. Detective Sergeant Lasko im Schlepptau, kam er auf sie zu.

«Detective Superintendent Richard Jury. Mr. Schoenberg», sagte Melrose und sah Harveys Augen aufleuchten. Ein neues Opfer.

«Harv genügt.» Er ergriff Jurys Hand.

«Klar, Harv», sagte Jury mit einer Leutseligkeit, die Melrose einfach empörend fand. Aber so war Jury eben. «Das ist Detective Sergeant Lasko.»

Harvey schüttelte auch ihm die Hand. «Ich hab Mel gerade ein paar Dinge über Shakespeare erzählt, die ihm noch nicht bekannt waren. Sehen Sie, ich bin Computer-»

«Ja, Mr. Plant hat mir von Ihnen erzählt. Mich interessiert jedoch vor allem, was Sie über die Elisabethaner wissen.»

Scotland Yard fragte Harvey Schoenberg um Rat? Melrose hatte das Gefühl, sich mit lauter Verrückten auf einer Teegesellschaft zu befinden.

Schoenberg rang nach Luft, so begeistert war er, Scotland Yard aushelfen zu können. Und beide rangen nach Luft, als Lasko ihnen die Details des Mordes erläuterte.

«Mein Gott», sagte Harvey ein bißchen grün im Gesicht. «Hm... aber schießen Sie los. Was möchten Sie wissen?»

Lasko zitierte die vier Verse des Gedichts. «Kommt Ihnen das bekannt vor?»

Harvey wiederholte sie mehrmals mit stummen Lippenbewegungen, aber die Erleuchtung wollte nicht kommen. Ohne seinen Ishi schien er völlig hilflos. Schließlich schüttelte er den Kopf. «Tut mir leid. No comprende.»

«‹Ein goldner Schimmer in der Luft› – kommt mir wirklich sehr bekannt vor.» Melrose wiederholte es mehrmals, als würde der Schimmer ihm wirklich wie goldne Schuppen von den Augen fallen.

«‹Der Schönheit rote Nelken› kann nicht der Anfang sein. Sonst hätten wir schon längst herausgefunden, um welches Gedicht es sich handelt. Es ist unmöglich, jede Zeile in einem Index aufzunehmen...»

Harvey fuhr sich mit der Hand durchs Haar. «O Gott! Hätte ich bloß meinen IBM 8000 hier.»

Alle sahen ihn an und sahen wieder weg.

«Wenn es von Shakespeare oder Marlowe ist – egal von welchem der beiden –, finde ich es garantiert. Auf den Computern, die ich zu Hause habe, finde ich *alles*.»

Jury wünschte, dies gälte auch für vermißte kleine Jungen.

17

Jell-O.

Die Schritte hatten vor der Tür innegehalten, das Tablett war scheppernd auf dem Boden abgesetzt worden, und wer immer es gebracht hatte, hatte auf das Stöhnen im Zimmer gelauscht. Und dann war er oder sie, ganz nach dem Vorbild der *Eisernen Maske*, wieder weggegangen, ohne sich im geringsten um das letzte Röcheln des Dahinsiechenden zu kümmern. Die Schritte waren langsam verklungen, nur Stille und Jell-O zurücklassend.

James Carlton Farraday besah sich das Tablett und dachte, daß zumindest die graue Katze sich freuen würde. Diesmal schwamm das tote Häufchen nämlich in einem kleinen See von Milch.

Die Katze, die beim Geräusch der Schritte die Ohren aufgestellt hatte, ließ sich wie ein weiches Kissen auf den Boden plumpsen und wanderte zum Tablett hinüber, um das Essen zu inspizieren. Lunch, dachte sie jetzt wahrscheinlich. Sie sog den Geruch des Hamburgers ein, schnupperte an den Pommes frites und trat in das Schälchen mit dem Krautsalat, um an das Jell-O heranzukommen. Sie rollte den Schwanz ein und fing dann an zu schlabbern und zu lecken.

James Carlton setzte sich auf den Boden, nahm den Hamburger und überlegte, ob Katzen sich ausschließlich von Jell-O ernähren konnten; dann beschloß er, daß die Speckschicht dieses Exemplars für hundert Jahre ausreiche, ohne daß sie einen einzigen Bissen zu sich nahm.

James Carlton hatte selbst einen Bärenhunger. Er sagte sich, daß Plan vier – der Hungerstreik – wahrscheinlich genauso erfolglos sein würde wie Plan eins. Auch wenn er den Rest nicht äße, würden sie immer noch annehmen, er hätte das Jell-O gegessen. Nachdem er so den Hungerstreik wegargumentiert hatte, konnte er seinen Hamburger näher untersuchen. Genau wie er ihn mochte: Ketchup, Senf und zwei Scheiben Dillgurken.

Er legte sich gemütlich auf den Boden und mampfte seinen Hamburger, dann stand er auf, nahm das Bild von der Wand und machte seinen Eintrag auf der Rückseite. Die Zeit, das Essen. Er studierte seine Liste und beschloß, daß es an der Zeit war, Plan drei in Angriff zu nehmen.

Die Katze, die ebenfalls ihr Mittagessen beendet und sich das Fell geputzt hatte, krallte sich am Bett hoch. Oben angekommen, drehte sie sich so lange um sich selbst, bis sie ihr Plätzchen zum Schlafen gefunden hatte. Faul sah sie zu, wie James Carlton den Schreibtisch unters Fenster schob. Er hatte den Eindruck, enorm viel Krach zu machen, aber draußen auf dem Korridor ließen sich keine Schritte vernehmen. Wahrscheinlich weil sie nur in den Turm kamen, um ihm das Essen zu bringen. Nachdem er den Schreibtisch in die gewünschte Position gebracht hatte, zog er die unterste und die dritte

Schublade heraus und benutzte sie als Stufen. Er war sehr leicht und der Schreibtisch sehr schwer, sonst wäre er wahrscheinlich umgekippt. Von den Schubladen aus war es dann ein Kinderspiel, auf den Schreibtisch zu steigen und aus dem kleinen Fenster zu schauen; er brauchte sich nur auf die Zehenspitzen zu stellen.

Er sah eine Flußbiegung und ein Meer von Baumwipfeln. Es mußte der Avon sein, über dem der Nebel lag. Er befand sich also irgendwo in der Nähe von Stratford. Viel konnte er jedoch wegen der Gitterstäbe vor dem Fenster nicht sehen. Es leuchtete ihm nicht ein, welchen Zweck sie so hoch über dem Boden erfüllen sollten. Und er fand es auch komisch, daß jemand sich die Mühe gemacht hatte, gazeartige Vorhänge anzubringen. Bestimmt befand er sich in einem Burgverlies, das der Besitzer etwas gemütlicher hatte gestalten wollen: Er hatte die Ketten, die Hand- und Fußfesseln und die Knochen der früheren Gefangenen entfernt, statt dessen den Schreibtisch hingestellt und die Bilder und Vorhänge aufgehängt.

Die Mauern waren wahrscheinlich zu glatt, um daran hinunterzuklettern. Und es gab auch keinen Ast in Reichweite, an dem ein Gefangener sich auf den Boden und in Sicherheit hätte schwingen können, vorausgesetzt, es wäre ihm gelungen, durch die Stäbe zu kommen. James Carlton betrachtete prüfend erst die Vorhänge und dann das Bett, die Laken und die Zudecke. Wenn man alles zusammenknüpfte, reichte es vielleicht.

Die graue Katze sah gähnend zu. Als sie jedoch bemerkte, daß sich in dieser ansonsten langweiligen Umgebung etwas tat, was vielleicht mehr Aufmerksamkeit verdiente, glitt sie auf den Boden, sprang von Schublade zu Schublade und setzte dann mit einer vollendeten Dreipunktlandung auf dem Schreibtisch auf.

Beide inspizierten den Mörtel, in dem die Stäbe steckten.

Er wies zahlreiche Risse auf. Das Fensterbrett war mindestens fünfzehn Zentimeter breit. James Carlton rüttelte an einem der Stäbe. Locker. Ein Stück Mörtel löste sich und kullerte über den Rand. Schnell zog er sein Taschenmesser heraus und hackte drauflos. Die Katze hatte die großen Pfoten unter ihren Brustkorb geschoben und sah neugierig zu. Offensichtlich fand diese Tätigkeit ihren Beifall, denn sie schnurrte wie eine Zugmaschine. Daß James Carlton sich an den Stäben zu schaffen machte, schien sie unendlich zu befriedigen, und er stellte sich vor, die Katze wäre die Reinkarnation eines ehemaligen Gefangenen, der hier oben krepiert war und jetzt endlich den Augenblick seiner Befreiung gekommen sah. Und er fragte sich, ob sie vorhatte, mit ihm an den Tüchern hinunterzuklettern. Ziemlich unwahrscheinlich.

Schritte.

Er sah auf die Uhr. War es wirklich schon Zeit fürs Abendessen? Aber die Katze wußte, was Schritte zu bedeuten hatten, und sprang vom Schreibtisch; sie landete geduckt auf dem Boden und trottete zu dem Türschlitz.

James Carlton brach der kalte Schweiß aus. Aber was hatte er schon zu befürchten? Noch nie hatte jemand das Zimmer betreten.

Die Schritte hielten inne. Es schepperte, und das Tablett wurde durch den Türschlitz geschoben, vor dem die Katze wie vor einem Mauseloch saß.

James Carlton sah von seiner erhöhten Position herab.

Jell-O.

Wieder auf seinem Bett, leckte er sich das Fett von dem Brathähnchen von den Fingern, die Katze leckte sich die Pfoten. Mit dem Einbruch der Nacht verfärbte sich das Fenster dunkelviolett. Irgendwo am Himmel sah er sogar zwei kalt glitzernde Sterne. Er gähnte. Die Stange hatte auch noch bis morgen Zeit. Aber er langweilte sich, und es gab nichts Interessantes in diesem Zimmer außer dem Bücherbord in der Ecke, auf dem ein paar alte Bücher mit einer dicken Staubschicht standen, die schon lange nicht mehr in die Hand genommen worden waren – einige Romane von Dickens, so vergilbt und fleckig, als hätten sie im Regen gelegen; ein paar dünne Gedichtbände, zwei Kochbücher, die noch in ihren zerrissenen Schutzumschlägen steckten.

Er zerrte *Eine Geschichte aus zwei Städten* heraus, was beinahe so schwierig war, wie die Eisenstange zu lockern. James Carlton war eine ausgesprochene Leseratte, aber er hatte gleich zu Anfang beschlossen, daß er keine Zeit zum Lesen hätte – nicht, wenn es so viele Probleme zu lösen gab. Er wunderte sich, daß seine Entführer so dumm waren und Bücher herumliegen ließen, während sie alles übrige, Schreibpapier und Hefte, entfernt hatten. Um jemandem eine Nachricht zukommen zu lassen, hätte er nur eine Seite rauszureißen brauchen. Man konnte sogar einen Text zusammenstellen, indem man die Wörter oder Buchstaben unterstrich, und das war auch ohne Bleistift möglich. Er hatte zu diesem Zweck immer ein Streichholzbriefchen bei sich, falls jemand den Bleistiftstummel in seinem Strumpf entdecken sollte. Mit Streichhölzern konnte man alles mögliche anfangen, nicht nur Dinge in Brand setzen. Wäre er von seinen Entführern nicht außer Gefecht gesetzt worden, hätte er mit den Streichhölzern eine Spur hinterlassen können, obwohl sie vielleicht nicht bis an den Ort seiner Gefangenschaft gereicht hätten.

Er blickte auf das Tablett und das Brötchen auf seinem Teller. Bis morgen würde es hart sein und sich ganz einfach zerkrümeln lassen. Falls er sich im Wald verliefe, könnte er dann zu seiner Orientierung eine Spur hinterlassen. Er hatte nicht den geringsten Zweifel, daß er bei Tagesanbruch im Wald sein würde. Er nahm das Brötchen vom Teller.

Hamburger, Brathähnchen, Pommes frites – warum hielten seine Entführer ihn nicht bei Brot und Wasser, um seine Widerstandskraft zu schwächen, bevor sie ihn folterten? Dieser Gedanke beunruhigte ihn etwas. Aber dann sagte er sich, daß sie das wohl nicht tun würden, denn er war sicherlich aus einem ganz bestimmten Grund gekidnappt worden – wegen des Lösegelds. J. C. Farraday war nämlich enorm reich.

Die Katze schlummerte am Fußende des Bettes, und er spürte, wie ihm die Augen zufielen. Aber einschlafen konnte verhängnisvoll sein. Er blickte auf den Dickens. Wenn man nicht einmal als Entführter Zeit zum Lesen fand, wann dann? Der Rücken brach beinahe auseinander, als er das Buch aufschlug, und die Seiten knisterten, so alt waren sie.

Ja, dachte James Carlton, das waren allerdings schlimme Zeiten gewesen. Eigentlich war es toll von Sydney Carton, überlegte er, daß er schließlich die Schuld auf sich genommen hatte. James Carltons Stiefvater sagte immer, die Zeiten hätten sich geändert, und das stimmte. Heutzutage würde man wohl kaum jemanden finden, der sich für einen hängen ließ. Sein richtiger Vater würde so etwas natürlich tun. Und seine richtige Mutter auch. Er sah vom Buch hoch und fragte sich, wo die beiden wohl waren. Sein Vater war wahrscheinlich Bankdirektor oder Baseballspieler, und er sah aus wie Jim Palmer. Die Baltimore Orioles waren James Carltons Lieblingsteam. Er wußte auch, wie seine Mutter aussah: wie Sissy Spacek. Der Beweis war für ihn weniger das kleine Foto, das Penny besaß, sondern daß Penny selbst wie Sissy Spacek aussah – die gleichen Sommersprossen, die gleichen langen, glatten Haare und die etwas schrägstehenden Augen. Im Grunde war er davon überzeugt – obwohl er außer Penny nie jemandem davon erzählt hatte –, daß Sissy Spacek tatsächlich seine Mutter war. Er hatte alle ihre Filme mindestens dreimal gesehen. Immerhin hatte er ihr längst verziehen – er konnte verstehen, daß es nicht so einfach war, sich in Hollywood durchzusetzen, daß man um fünf Uhr morgens, wenn man sein Make-up auflegen mußte, nicht auch noch Kinder herumschleppen konnte. Er hegte keinen Groll gegen Sissy. Bevor er ohnmächtig geworden war, hatte er kurz Sissy Spaceks Gesicht vor sich gesehen. Es war eine äußerst turbulente und seltsame Szene gewesen: Sie schien durch einen Kugelhagel, blutüberströmte Straßen und Berge von Leichen zu rennen.

Er vertiefte sich wieder in sein Buch. Ja, der alte Sydney war okay, aber es hatte ihm mehr Spaß gemacht zu lesen, wie Louis diese eiserne Maske verpaßt bekam. Er schloß die Augen und versuchte, sich das Gefühl vorzustellen. Würde es jucken? Drüben in dem Papierkorb lag eine braune Tüte, deren Ränder zum Ausfüttern nach außen umgelegt waren. Er holte sie heraus, betrachtete sie kurz und bohrte dann mit seinem Bleistift drei Löcher hinein: zwei oben und ein etwas größeres weiter unten. Er stülpte sie sich über den Kopf und setzte sich. Natürlich mußte er sich vorstellen, daß sie wahnsinnig schwer und überall vernietet und verschweißt war. Sein Gesicht fing an zu jucken, aber er kratzte sich nicht, denn mit der richtigen Maske wäre das auch nicht möglich gewesen. Es mußte den armen Louis zum Wahnsinn getrieben haben; wenn man den Arm monatelang in der Schlinge hatte, fühlte sich das genauso an.

Schließlich hielt er es nicht länger aus und kratzte sich doch. Er stellte den Dickens zurück und holte ein anderes Buch herunter: *Die Freude am Kochen*. Es sah aus, als wäre es hundert Jahre alt. James Carlton hatte keine Ahnung vom Kochen, da er aber nichts Besseres zu tun hatte, schaute er unter ‹Brathähnchen› nach. Erstaunlich, was man alles mit einem Hähnchen machen konnte. Er las die Rezepte durch die Löcher in der Tüte. Hähnchen mit Klößen, Hähnchen gebraten, gegrillt, Hähnchen mit unaussprechlichen Namen. Das von heute abend muß gebraten gewesen sein –

Er ließ das Buch auf den Boden fallen und starrte vor sich hin, während er über das Hähnchen nachdachte... und dann über den Hamburger. Genau wie er ihn mochte...

Er stürzte zum Schreibtisch, kletterte hoch und starrte in die Nacht hinaus. Es war noch nicht völlig dunkel; das Laub der Baumwipfel glänzte an manchen Stellen wie Lackleder im Licht des Mondes, der wie ein Silberdollar am Himmel hing. Er war so aufgeregt, so voller Panik, daß er nicht einmal bemerkte, daß er immer noch die Papiertüte trug. Er riß sie herunter und preßte sein Gesicht gegen die Stäbe. Er sah den Mond, der einen silbernen Streifen über das schwarze Wasser warf, dazu die Bäume und das Ufer; alles zusammen ergab die Umrisse des Bildes, das er vor ein paar Stunden im Detail gesehen hatte.

James Carlton hatte ein fotografisches Gedächtnis, eine Fähigkeit, die Leute wie Harvey Schoenberg und auch seine Lehrer faszinierend fanden; andere jedoch, die es vorgezogen hätten, wenn bestimmte Dinge in Vergessenheit geraten wären, waren weniger davon angetan. Wie zum Beispiel Amelia Blue, die wußte, daß im Gedächtnis ihres Stiefsohns ein, zwei Zwischenfälle gespeichert waren, an die sie lieber nicht erinnert werden wollte.

Er brauchte also gar kein Tageslicht, um zu erkennen, daß der Fluß da draußen fünfmal so breit war wie der Avon.

Und er brauchte auch das Hähnchen nicht noch einmal zu probieren, um zu wissen, daß es einfach prima schmeckte.

Ganz zu schweigen von dem Hamburger mit dem Klacks Senf, dem Ketchup und den zwei Gurkenscheiben.

Er drehte sich langsam um und starrte auf die graue Katze. James Carlton, der sich immer sehr viel Mühe gegeben hatte, seinen Südstaatenakzent auszumerzen, und der Pennys

‹Scheiß drauf› und dergleichen Ausdrücke, die eine niedrige Herkunft verrieten, nach Möglichkeit vermied, sagte jetzt: «Gottchen, Katze. Wir sitzen in der Scheiße – das is nich Stratford!»

Die Katze warf ihm nur einen kurzen Blick zu, streckte sich und träumte weiter von Mäusen und Jell-O.

Er hatte es von Anfang an gewußt.

18

«London? Was soll das heißen, London?» fragte Agatha Ardry und nahm sich noch einen Toast von Melroses Toastständer. Nein, Frühstück wollte sie nicht; sie habe schon mit den Randolph Biggets gefrühstückt. Also stand zu vermuten, daß sie ihm einfach nur seines wegessen wollte. Das dritte Stück Toast bestrich sie nun schon mit Orangenmarmelade. Sie wiederholte ihre Frage: «Warum willst du denn bloß nach London?»

«Um die Queen zu sehen», sagte er und trug in sein Kreuzworträtsel eine Lösung ein.

«Und mich läßt du hier hocken.» Von keinerlei moralischen Zweifeln angenagt, winkte sie den Kellner heran und bestellte Toast nach.

«Einsam und verlassen wie Robinson Crusoe; allerdings hatte der nur seinen Freitag, während du den ganzen Bigget-Clan um dich herum hast.»

«Mein lieber Plant, ich habe dir bislang trotz deiner Fehler immer zugute gehalten, daß du als Gentleman zumindest weißt, was sich gehört. Aber ich sehe –» Ihre Tirade über den Verlust von Melroses letzter Tugend wurde vom Kellner unterbrochen, der den Toastständer auffüllte. «Jury führt wieder was im Schilde, oder? Darum fährst du nach London.»

Melrose sah von seinem Kreuzworträtsel auf. «Etwas im Schilde? Jury ist, falls du dich erinnerst, Superintendent beim New Scotland Yard. Ich würde die Ermittlungen in einem weiteren schauerlichen Mordfall auf den Straßen dieser sonst so friedlichen Stadt nicht so bezeichnen.»

«Was, es gab noch einen? Einen weiteren Mord?» Der Toast mit dem kleinen Berg Quittenmarmelade verharrte auf halbem Weg in der Luft.

«Das weißt du noch nicht? Da bist du die einzige in ganz Stratford. Gestern abend. Eine junge Amerikanerin, die mit einer Reisegesellschaft unterwegs war. Kehle aufgeschlitzt – von einem Ohr zum anderen.» Es bereitete ihm ein perverses Vergnügen, ihr das zu erzählen.

Agatha erschauerte. «Du bist wirklich blutrünstig, Plant –»

«Ich? *Ich* habe die junge Dame doch nicht umgebracht.»

«Amerikanerin? Eine Amerikanerin, sagst du?» Ihre Augen traten hervor. «War denn diese andere Person nicht auch Amerikanerin?»

«So wie du. Und die Biggets.»

Der Löffel, mit dem sie ihren dritten Tee umgerührt hatte, fiel klirrend auf die Untertasse. «Allmächtiger! Willst du damit sagen, der Betreffende hat es auf Amerikaner abgesehen?»

«Wahrscheinlich ein später Unabhängigkeitskriegsfanatiker.»

«Wen hat er umgebracht und warum?»

«Ich hab's dir doch gesagt, eine junge Amerikanerin, eine Touristin. Die Polizei wird auch noch nicht wissen warum.»

Sie senkte die Stimme. «Ein Sexualverbrechen, nicht?»

«Keine Ahnung.» Melrose beendete sein Kreuzworträtsel

in der Überzeugung, einen neuen Weltrekord aufgestellt zu haben: weniger als fünfzehn Minuten und gleichzeitig Agatha am Hals. Er schickte sich an zu gehen und gab ihr die Zeitung. «Da kannst du es nachlesen.»

«Wohin gehst du?»

«Ich sagte es bereits. Nach London.»

«Also soviel steht fest, die Biggets und ich werden keine Sekunde länger in Stratford bleiben», sagte sie entschlossen, während sie ihre Serviette ablegte.

Mit zusammengekniffenen Augen betrachtete er sie. «Und wohin fahrt ihr?»

«Nach Long Piddleton, nehme ich an.»

Melrose beugte sich über den Tisch und sagte ausdruckslos: «Wenn ich nach Ardry End zurückkomme und auch nur *einen* Bigget vorfinde, werde ich ihn oder sie persönlich an die Ufer des Piddle begleiten.»

«Also wirklich! Es ist eine Schande, daß du nichts von der Gastfreundlichkeit deiner lieben, toten Eltern geerbt hast. Deine liebe Mutter, Lady Marjorie, Countess von Caverness –»

Gepeinigt schloß er die Augen. «Warum mußt du meine Eltern jedesmal, wenn du von ihnen sprichst, ankündigen wie ein Butler die Gäste eines Balls?» Er stand auf und sah auf sie herunter. «Also vergiß nicht: *Ein Bigget* –» und er fuhr sich mit dem Finger über die Kehle.

Ziemlich schauerliche Geste in Anbetracht der Umstände, dachte er.

Um Viertel vor zehn befand sich an diesem Morgen in Stratfords Bibliothek neben Melrose nur noch ein Leser – ein alter, tattriger Mann, der langsam in einer Zeitschrift blätterte und rhythmisch dabei hustete. Abgesehen von dem Husten herrschte Grabesstille, während Melrose sich seine Notizen machte, ein Buch mit elisabethanischen Gedichten aufgeschlagen vor sich.

Da es in der Bibliothek kein Kopiergerät gab, schrieb er das Gedicht mühsam ab. Es hatte zahlreiche Strophen. Wahrscheinlich hätte er das Buch auch ausleihen können, aber da er nicht in Stratford wohnte, hätte sein Begehren eine endlose bürokratische Maschinerie in Gang gesetzt.

Er schraubte die Kappe seines Füllfederhalters zu, las das Gedicht noch einmal durch und schlug das Buch zu. Nur das Ticken der Standuhr, das Rascheln der Zeitschrift und das gelegentliche Klappern der Absätze der Bibliothekarin waren zu hören, als er die Ereignisse der letzten vierundzwanzig Stunden noch einmal Revue passieren ließ. Dann stand er auf, stellte den Gedichtband zurück, suchte sich aus dem Katalog eine Signatur heraus und trat damit an ein anderes Regal, von dem er sich ein weiteres Buch holte.

Er schmökerte eine Stunde lang darin herum. Dann schlug er auch dieses Buch zu und trommelte mit den Fingern auf den Deckel, während er darüber nachdachte.

Vielleicht nebensächlich, dachte Melrose stirnrunzelnd, aber doch sehr merkwürdig.

19

Als Jenny Kennington die Tür des schmalen kleinen Häuschens in der Ryland Street in Stratfords Altstadt öffnete, zuckte Jury ein wenig zusammen, nicht, weil sie sich verändert hatte, sondern weil sie sich kein bißchen verändert hatte. Sie trug das Haar auf dieselbe Art, die hellbraunen Locken lässig nach hinten gekämmt und im Nacken von einem kleinen Tuch zusammengehalten. Der Rock war vielleicht ein anderer – gute Wolle sieht immer gleich aus –, aber der Pullover war bestimmt derselbe. Er erinnerte sich, wie sein silbriger Faden die letzten Sonnenstrahlen eingefangen hatte, als sie in dem großen, leeren Speisesaal in Stonington standen.

«Superintendent Jury!» Ihr Lächeln verschwand so schnell, wie es gekommen war, als wüßte sie nicht genau, woran sie mit ihm war. Doch als sie nach der ersten Überraschung zur Seite trat, um ihn hereinzulassen, schien sie sich eines Geheimnisses bewußt, von dem keiner von ihnen ahnte, daß sie es teilten.

Jury bot sich ein vertrautes Bild: Der Raum – eine Art Salon – stand voller Umzugskartons, einige waren fertig gepackt und verschnürt, andere halb voll oder noch leer. Er wußte, was das zu bedeuten hatte – sie war nicht dabei einzuziehen.

Sie folgte seinem Blick und hob hilflos die Arme. Betrübt sagte sie: «Ich scheine nie in der Lage zu sein, Ihnen einen Stuhl anbieten zu können. Außer dem Bett und einigen anderen Sachen habe ich die Möbel alle verkauft. Es schien mir nicht sinnvoll, all die sperrigen Stücke mitzunehmen...»

«Ich brauche keinen Stuhl. Hält das Ding hier mein Gewicht aus?» Er zeigte auf einen der verschnürten Umzugskartons.

«Natürlich.»

Vorsichtig setzte er sich auf die Kante des Kartons.

Sie nahm auf einem anderen ihm gegenüber Platz. «Haben Sie eine Zigarette?»

«Ja.» Er hielt ihr die Packung hin. Es war nur noch eine darin. Als er sie danach greifen und dann zögern sah, sagte er: «Bedienen Sie sich. Ich versuche sowieso, weniger zu rauchen.» Er hätte sein ganzes Monatsgehalt für eine Zigarette und eine Flasche Whisky gegeben, um dies durchzustehen. Sie zögerte immer noch. «Bitte», drängte er sie.

«Wir teilen sie uns.»

«Okay», sagte er lächelnd und gab ihr Feuer. «Wohin soll's denn gehen?»

«Ich habe eine alte, ziemlich kranke Tante. Sie möchte eine Kreuzfahrt machen und braucht eine Begleitung. Ich bin ihre einzige Verwandte und umgekehrt. Alle anderen sind tot.» Sie blies den Rauch ihrer Zigarette aus und reichte sie Jury. «Es ist komisch. Andere Leute scheinen immer mehr dazuzukriegen – ich meine Ehemänner, Kinder, Enkelkinder –, nur bei mir wird es immer weniger.»

In ihren Worten klang kein Selbstmitleid mit. Der unbeteiligte Ton verlieh ihnen jedoch eine um so eindringlichere Wirkung.

Jury zog einmal an ihrer Zigarette, ihren Mund wie eine Erinnerung kostend, und gab sie ihr zurück. «Das muß ja nicht so sein.»

Sie schien auf einen Punkt in der Luft über seiner Schulter zu starren. «Das frage ich mich.» Ihre Blicke trafen sich.

Er entrang sich ein Lächeln. «Wenn Sie lediglich auf Reisen gehen –» Er sah sich im Zimmer um. «Warum dann das hier?»

«Ich fürchte, es wird eine lange Reise werden.»

Die Zigarette, die sie ihm zurückgegeben hatte, war beinahe abgebrannt. Er zog nicht daran, denn er fürchtete sich vor dem Augenblick, in dem sie ausgehen würde. «Aber wenn Sie zurückkommen... ich meine, Sie müssen sich doch irgendwo niederlassen. Wissen Sie nicht, wo?»

Sie schüttelte den Kopf und sagte: «Eigentlich nicht. Es könnte sein, daß ich eine Weile bei Tante Jane wohnen werde. Obwohl ich nicht glaube, daß sie, so wie sie aussieht, noch lange leben wird –»

«Sie müssen das doch nicht tun», sagte er plötzlich.

«Wenn Sie nur etwas früher gekommen wären», sagte sie.

Jury sah zu, wie der kleine weiße Zylinder der Zigarette sich in Asche verwandelte, und erinnerte sich an die letzte Begegnung mit ihr. Staub und Asche schienen zwischen ihnen zu stehen. Er fragte sich, ob er allmählich fatalistisch wurde. «Sie können nicht Ihr ganzes Leben lang ziellos umherirren.»

«Wir – ich meine, meine Familie – haben früher hier gelebt. Nicht *in* Stratford. Etwas außerhalb. Das Haus war viel zu groß für mich, um einfach dorthin zurückzukehren. Und jetzt ist es ganz heruntergekommen; die Seitenflügel sind nur noch Schutt; das Pförtnerhaus ist ein Steinhaufen –»

Es war, als knüpfte sie an eine Unterhaltung an, die nicht vor Monaten, sondern vor wenigen Minuten stattgefunden hatte.

«... Als ich dorthin fuhr, wurde mir klar, daß man die Vergangenheit nicht zurückholen kann.»

«‹Natürlich kann man.›» Er verbrannte sich die Finger an der Zigarette und mußte sie auf den Fußboden fallen lassen. Sie trat sie aus.

Als er wieder aufsah, lächelte sie freudlos. «Das habe ich noch nie gehört. Glauben Sie das wirklich?»

«Gatsby hat das gesagt. Sie wissen schon. Fitzgeralds Gatsby. Über Daisy.»

Sie ließ den Blick durch das ganze Zimmer schweifen, nur ihn sah sie nicht an. «Daisy. Aha.»

Jury stand auf. «Ich muß gehen. Ich fahre in einer knappen Stunde nach London zurück. Hören Sie, Sie werden doch noch ein paar Tage hierbleiben? Könnten Sie mich nicht anrufen, bevor Sie aufbrechen?» Er gab ihr seine Visitenkarte und schrieb seine Privatnummer auf die Rückseite.

«Ich werde vermutlich noch eine Woche hiersein.» Sie sah auf die Karte in ihrer Hand. «Gut, ich werde anrufen.»

An der Tür sagte sie traurig: «Aber bei ihm hat es nicht geklappt, oder? Ich meine Gatsby.»

Jury lächelte. «Das kommt wahrscheinlich auf den Standpunkt an.»

Als er die Ryland Street zurückging, fiel ihm auf, daß sie kein einziges Mal über Mord gesprochen hatten.

20

Nachdem Melrose Agatha zum Frühstück genossen hatte, stand ihm nun Harvey Schoenbergs Gesellschaft bevor. Als er die «Ente» betrat, saß Harvey schon da, den Arm um seinen Computer gelegt, und trank Bier.

«Hallo, Mel!» rief er über das Stimmengewirr einer merklich geschrumpften Menge von Gästen. Nach den Enthüllungen der letzten beiden Tage mußten die Touristen panikartig die Flucht ergriffen haben.

«Guten Morgen», sagte Melrose und legte seinen Spazierstock auf den Tisch. «Ich nahm an, Honeysuckle Tours sei bereits nach London unterwegs.»

«Die Verzögerung haben wir J. C. zu verdanken Sie wissen schon, Farraday. Ihr Freund Rick versucht, ihn zum Fahren zu überreden. Aber er meint, er rührt sich nicht von der Stelle –»

«Rick?»

«Ja. Der Typ von Scotland Yard.» Harvey hob sein Glas. «Wollen Sie ein Bier?»

«Lieber einen Sherry. Tio Pepe, trocken.»

«Tio. Klar. Passen Sie bitte auf das Ding auf, okay?» Er wies mit einem Kopfnicken auf den Ishi.

«Ich werde ihn nicht aus den Augen lassen.»

Während Harvey zur Bar ging, zog Melrose den gefalteten Papierbogen aus seiner Tasche. Er las sich das Ganze noch einmal durch, besonders die Strophe, die der Mörder für seine makabren Zwecke verwendet hatte.

Wenige Minuten später kam Harvey zurück, stellte den Sherry auf den Tisch und nahm den Faden der Unterhaltung wieder auf, als hätte es die Unterbrechung nicht gegeben. «Ich meine, Sie können dem armen Kerl auch keinen Vorwurf machen, denn Jimmy ist noch immer nicht aufgetaucht.» Er senkte die Stimme. «Sie glauben doch nicht, daß dem Jungen was zugestoßen ist, oder?» Als ihm Melrose nicht sofort antwortete, stieß er ihn in die Seite. «Sie wissen schon, was ich meine.»

«Ich weiß. Aber es würde nicht recht ins Schema passen, oder?»

«Schema? Welches Schema?»

«Beide Opfer waren Frauen. Sie kannten den kleinen Jungen ziemlich gut, nicht wahr? Sie waren doch derjenige in der Gruppe, mit dem er am häufigsten gesprochen hat.»

«Kann schon sein. Über Computer. Ich bin selten jemandem mit einer so schnellen Auffassungsgabe begegnet. Ich habe versucht, ihm die Zukunftsperspektiven klarzumachen, ich meine in beruflicher Hinsicht. Der Kleine hat was auf dem Kasten. Also, ich muß gleich wieder los.» Er leerte sein Glas, stand auf und schlang sich den Riemen der Kiste über die Schulter. «Mann, ich kann's kaum abwarten, in London zu sein. Können Sie sich das vorstellen? Nach Deptford gehe ich als erstes. Dann Southwark und vielleicht Greenwich. Hören Sie, ich sollte Sie eigentlich herumführen.» Er zeigte auf seine Jackentasche. «Die Stadtteile auf der anderen Seite der Themse kenne ich wie meine Westentasche, wenigstens so, wie sie einmal ausgesehen haben. Kommt von den vielen Plänen, die ich studiert habe. Heute wird es da vermutlich anders aussehen.» Seufzend zog er von dannen, nicht ohne einigen Gästen im Vorbeigehen kräftig den Computer in die Seite zu rammen.

In der Tür traf er auf Jury. Die beiden wechselten ein paar Worte, dann klopfte Harvey Jury auf die Schulter und verschwand.

«Hallo, Rick», sagte Melrose und zog Jury einen Stuhl heran. «Nehmen Sie Platz und entspannen Sie sich.»

«Danke. Honeysuckle Tours sind in ‹Brown's Hotel› einquartiert. Hoffentlich bleiben sie auch dort.»

«Harvey bestimmt nicht. Er hat nämlich einen Bruder, der nach London kommt; allerdings kann ich mir schwer vorstellen, daß Bruder Jonathan Harvey überallhin begleiten wird. In Gedanken streift er nämlich schon jetzt durch ganz Southwark und Deptford. Er hat mich eingeladen mitzukommen.»

«Hat er mir gerade erzählt. Die Sache mit dem Bruder, meine ich. Wohnt offensichtlich ebenfalls im ‹Brown's Hotel›, wenn er in London ist. Honeycutt hat uns übrigens keine Märchen aufgetischt. Unsere Nachforschungen haben ergeben, daß keiner der Reisenden am Hungertuch nagt.» Jury seufzte. «Wir können sie nicht daran hindern, ihr Hotel zu verlassen. Amelia Farraday würde am liebsten den ersten Flug zurück in die Staaten nehmen; mir ist nur unklar, ob sie lieber unliebsamen Erinnerungen oder der Polizei entfliehen will. Ich glaube allerdings, dieser Flug läßt sich unterbinden. Wollten Sie gerade gehen? Ich will mir schnell einen Drink und etwas zu essen bestellen. Übrigens habe ich Sie auch im ‹Brown's› einquartiert. Sie können sie im Auge behalten. Lassen Sie sich mal von Harvey Southwark zeigen. Was zum Teufel hofft er dort vorzufinden?»

«Die gespenstisch über der Themse emporragenden Dachbalken des Gasthauses, in dem der gute alte Kit Marlowe getötet wurde, vermute ich. Ich habe Ihre Hausaufgaben für Sie gemacht. Das Gedicht – ich habe es abgeschrieben.»

Als Melrose den Bogen aus der Tasche zog, sagte Jury: «Wie zum Teufel haben Sie das rausgekriegt, wo wir doch jeden verfügbaren Mann im Dezernat Gedichtbände wälzen ließen –?»

«Ganz einfach. Ich bin davon ausgegangen, daß es aus elisabethanischer Zeit stammt und in einer Anthologie enthalten ist. Deshalb nahm ich mir in der Bibliothek die umfangreichste Anthologie vor, die ich finden konnte. Im Register ging ich die ersten Zeilen durch.»

«Aber wir waren uns doch einig, daß es kein Gedichtanfang ist.»

«Ist es auch nicht. Ich bin nach der Metrik gegangen.» Melrose rückte seine Goldrandbrille zurecht. «Dadurch konnte ich wenigstens drei Viertel der Gedichte ausschließen. Vielleicht mehr. Es hat einen sehr gleichmäßigen Rhythmus, einen jambischen Trimeter. Bei Pentametern oder ähnlichem wäre es weitaus schwieriger gewesen. Ich habe lediglich alle Gedichtanfänge in Trimetern angekreuzt.»

«Teufel auch», sagte Jury lächelnd.

«Ja. Geradezu clever von mir, nicht?» Er räusperte sich und las:

«Der Schönheit rote Nelken
sind Blumen, die verwelken.
Ein goldner Schimmer in der Luft,
Königinnen verblichen und liegen in der Gruft.
Staub –»

In diesem Augenblick ging die Tür der «Ente» auf. Oh, mein Gott! dachte Melrose. Er hatte Vivian Rivington total vergessen, und da stand sie.

Er hielt Jury das Papier vor die Nase. «Hier, lesen Sie.»

«Hören Sie, ich bin doch nicht kurzsichtig!» sagte Jury, nahm das Blatt und beugte sich darüber.

Melrose und Jury saßen versteckt in einer Ecke. Vielleicht würde Vivian mit ihrem Begleiter – ein schlanker, dunkler Bursche, zweifellos ihr Verlobter – einfach wieder gehen. So etwas Peinliches! Wenn sie sich nur nicht umdrehte –

Sie drehte sich um.

Und natürlich hob Jury, der das Gedicht durchgelesen hatte, gerade in diesem Augenblick den Kopf.

Melrose war froh, nicht in der Schußlinie der Blicke zu sitzen, die zwischen Jury und Vivian hin und her flogen.

«Der Teufel soll mich –» murmelte Jury und stand auf, als sie lächelnd auf ihren Tisch zukam. Sie sah einfach hinreißend aus in ihren Jeans und der weißen Seidenbluse; der dunkelhaarige Mann folgte ihr auf den Fersen.

Sie streckte die Hand aus. «Inspektor Jury, na so was –»

«Miss Rivington. Was für eine Überraschung.»

Wie banal, dachte Melrose und war dennoch erleichtert. Wenn sie noch immer bei ‹Inspektor› und ‹Miss› waren, weshalb, zum Teufel, machte er sich dann Sorgen? Oder taten sie nur so, als wüßten sie nicht, was sie mit ihren Händen anfangen oder als nächstes sagen sollten, weil hinter ihr dieser Graf von Monte Christo stand?

«Entschuldigung, ich –» Vivian drehte sich zu dem dunklen Burschen mit dem Adlergesicht um, der mit südeuropäischer Grazie dastand, die Hände in den Taschen seines Blazers, die Daumen nach außen, und sich höflich verbeugte. «Franco Giapinno, mein, äh – Inspektor Richard Jury und Lord – ich meine, und Melrose Plant.»

Die alte vertraute Vivian errötete wie ein Kind, das beim Theaterspielen seinen Text vergessen hat. Es folgten ein gemurmeltes «Angenehm» und ein sehr leiser Wortwechsel in gutturalem Italienisch zwischen Vivian und Giapinno, gegen den Melrose sofort eine heftige Abneigung empfand.

«Warum eine Überraschung?» fragte Vivian Jury. «Hat Ihnen Melrose nicht erzählt, daß ich hier bin –?»

Sie verstummte, während Jury Melrose einen Blick zuwarf, der eine durchgehende Büffelherde zum Stehen gebracht hätte.

«Nein», sagte er nur.

Melrose fühlte sich in die Enge getrieben. «Nun, jedenfalls heißt es nicht mehr Inspektor, Vivian», sagte er herzlich. «Es heißt inzwischen Superintendent.»

«Das ist nur recht und billig», sagte sie mit jener Aufrichtigkeit, die selbst ihren banalsten Kommentaren Intensität verlieh. «Franco und ich sind, äh...»

Franco schien den Satz nur zu gern für sie zu beenden. «Verlobt.» Mit einer aufreizend besitzergreifenden Geste legte er den Arm um ihre Taille.

Alle lächelten.

Jury lehnte Giapinnos Einladung zum Lunch ab. «Tut mir leid, aber ich wollte gerade nach London fahren. Das Auto steht schon draußen.»

«Oh», sagte Vivian und legte ihre ganze Enttäuschung in diese eine Silbe. «Es geht sicher um... Ich habe von dem Mord in Stratford gehört... Geht es darum –?»

«Ja, darum geht's», sagte Jury übertrieben knapp.

Der Abschied war so seltsam wie die Begrüßung. Vivian und der Italiener entfernten sich eilig. Wenigstens sind wir nicht zur Hochzeit eingeladen worden, dachte Melrose.

Es herrschte längeres Schweigen, während sie verlegen herumstanden; Melrose starrte auf den Dielenboden und hatte beinahe Angst, Jury in die Augen zu sehen, der sich umständlich eine Zigarette anzündete.

Es war Jury, der schließlich durch die aufsteigende Rauchsäule hindurchsprach.

«Nicht zu fassen. Von allen Kaschemmen der ganzen Welt kommt sie ausgerechnet in meine.»

ZWEITER TEIL

DEPTFORD

«Das schlägt einen Menschen
härter nieder als eine große Rechnung
in einem kleinen Zimmer.»

William Shakespeare,
Wie es euch gefällt

21

Detective Chief Superintendent Racer schlug wütend die Akte zu und starrte über seinen Schreibtisch hinweg auf Detective Sergeant Alfred Wiggins. Daß dieser bislang nichts mit dem Mordfall zu tun gehabt hatte, machte ihn zwangsläufig zur idealen Zielscheibe für Racers bissige Bemerkungen.

Wiggins tat, was er in schwierigen Situationen immer tat – er putzte sich die Nase.

«Es tut mir leid, Sie von Ihrem Krankenlager hierherzitieren zu müssen», sagte Racer mit gespielter Besorgnis.

Doch bei Wiggins verfehlte jeglicher Sarkasmus sein Ziel. Jury vermutete, daß Wiggins sein berufliches Überleben nicht zuletzt seiner Fähigkeit zu verdanken hatte, alles wörtlich zu nehmen. «Das macht gar nichts, Sir. Es ist nur diese Allergie. Es ist einfach beängstigend, wie viele Pollen...»

Unterdrückte Wut vertiefte noch die rote Färbung in Racers aufgedunsenem Gesicht, das bereits gezeichnet war von zu vielen Brandys zum Lunch im Club. Seine Beherrschung währte jedoch nur kurz. «Die Pollen kümmern mich einen Dreck. Ich bin doch keine Biene. Und tun Sie diese verdammte Packung weg!»

In Streß-Situationen greifen manche zur Waffe, andere zur Zigarette; Wiggins hingegen zog eine neue Packung Hustenbonbons aus der Tasche. Er war gerade dabei, die Zellophanhülle zu entfernen. «Entschuldigen Sie, Sir.»

Jury gähnte und schaute wieder zu Racers Bürofenster hinaus in den schmutziggrauen Himmel über New Scotland Yard und auf den kleinen Ausschnitt der Themse, der hinter der Kaimauer sichtbar wurde. Racer bestand auf einem Zimmer mit Aussicht. Um so besser, dachte Jury, falls er sich eines Tages entschließen sollte, sich aus dem Fenster zu stürzen. Racers Stimme dröhnte weiter auf Wiggins ein, während Jury abwartete. Er wußte, daß der Chief Superintendent nur Fingerübungen machte, bevor er die eigentliche Operation begann, nämlich Jury zu sezieren: Er zog sich gleichsam die Gummihandschuhe an und legte Messer, Skalpelle und Pinzetten zurecht. Racer hatte seine wahre Berufung bei der Polizei verfehlt. Er hätte Gerichtsmediziner werden sollen.

Als er mit Wiggins, der ein wenig blaß aussah (was er allerdings immer tat), fertig war, lehnte Racer sich in seinem ledernen Drehstuhl zurück, zupfte ein Fädchen von seinem maßgeschneiderten Anzug, rückte die Mininelke in seinem Knopfloch zurecht und schenkte Jury ein schneidendes Lächeln.

«Der Schlächter», sagte er und sah Jury an, als säße ihm der Schlächter in all seiner blutigen Pracht gegenüber. «Es ist wirklich bemerkenswert, *Superintendent*» (Racer hatte Jurys letztjährige Beförderung bis heute nicht verkraftet), «daß Sie rein zufällig nach Stratford-upon-Avon fahren und mit zwei Morden und einem Vermißten auf Ihrem Konto zurückkommen.» So wie sein Vorgesetzter sich ausdrückte, hätte Jury genausogut ein Sammler obskurer Kriminalfälle sein können. Racer stand auf, um seine obligatorischen Runden im Zimmer zu drehen, und fügte großmütig hinzu: «Nicht daß ich Sie persönlich für die Umtriebe dieses Verrückten verantwortlich machen kann –»

«Ich danke Ihnen», sagte Jury.

Kurze Pause. «*Superintendent* Jury, Ihr Sarkasmus ist gänzlich unprofessionell und fehl am Platze.» Er stand hinter ihnen und glaubte vielleicht, einen psychologischen Vorteil zu haben, wenn er zu ihren Hinterköpfen sprach. Aus den

Augenwinkeln sah Jury, daß Wiggins die Gelegenheit beim Schopf ergriff, um vorsichtig die Packung Hustenbonbons zu öffnen.

«Doch, wie mir scheint», fuhr Racer fort, «begnügen Sie sich nicht damit, sondern greifen beharrlich in Ermittlungen ein, die in den Zuständigkeitsbereich der Polizei von Warwickshire fallen. Haben *die* etwa um unsere Hilfe gebeten? Keineswegs! *Mir* bleibt es dann überlassen, die Wogen zu glätten und dem Chief Constable dort süßen Brei ums Maul zu schmieren –»

Süßen Brei? Racer? Säure in die Augen tröpfeln wäre wohl richtiger. Der zahnlose Tiger brüllte hinter ihnen weiter.

Obwohl Chief Superintendent Racer, bildlich gesprochen, in den letzten Zügen lag, weigerte er sich standhaft zu sterben. Jurys Kollegen bei Scotland Yard hatten sich im letzten Jahr ohne Ausnahme auf Racers Pensionierung gefreut. Sie war aber nicht erfolgt; Racer zögerte sie immer wieder hinaus, als wäre sie gleichbedeutend mit dem Ende. In der Gewißheit, sein Ableben stünde bevor, hatten sie sich (natürlich wieder bildlich gesprochen) um seinen Sarg versammelt, bloß um festzustellen, daß die Leiche sich heimlich aus dem Staub gemacht hatte und am Montag in perfekt gebügelten Hosen aus der Savile Row und mit der Miniblume im Knopfloch zu neuem Leben erweckt am Schreibtisch saß.

«– damit nicht genug, oh, nein! Dann, anstatt die ganze Angelegenheit den Jungs aus Stratford zu überlassen, *schleppen Sie die ganze Bagage auch noch nach London ein! Warum, Jury? Nach London! Nach London! –*»

«Um ein weiteres Schwein zu schlachten.» Manchmal konnte Jury sich einfach nicht zurückhalten.

Schweigen. Der Redeschwall war unterbrochen. Wiggins

warf Jury einen kurzen Blick zu, starrte dann wieder geradeaus und lutschte verstohlen an seinem Hustenbonbon.

Racer beugte sich über Jurys Schulter, hauchte ihm den Dunst seiner Brandys mit Soda ins Gesicht und sagte: «Was war das, mein Junge?»

«Nichts, Sir.»

Der Redeschwall setzte wieder ein. «Seitdem Sie es zum Superintendent gebracht haben, Jury –»

Jury wünschte, er hätte den Mund gehalten. Jetzt konnte er sich auf noch schlimmere Beschimpfungen gefaßt machen, denn Racer war bei den Höhen und Tiefen von Jurys Karriere angelangt. «*Hinauf* haben Sie es geschafft, mein Junge. Sie können aber genauso leicht wieder *hinunter*fallen...»

Verflucht, auf diese Art würden sie den ganzen Nachmittag hier zubringen.

Zum Glück wurden sie durch Racers Sekretärin unterbrochen, die hereinkam und einen Stoß Papiere auf seinen Schreibtisch legte. Fiona Clingmore trug etwas, was eigentlich ein Negligé hätte sein sollen, offenbar aber ein Sommerkleid war. Es war schwarz und schien vorne nur aus Rüschen zu bestehen, denen allein es zu verdanken war, daß Fiona nicht alles enthüllte. Die eine Hand auf den Schreibtisch gestützt, die andere in die vorgeschobene Hüfte gestemmt, stand sie vor ihnen, trommelte mit ihren knallroten Fingernägeln und ließ alle in den Genuß eines Blickes in ihr Dekolleté kommen. Fiona, das wußte Jury, hatte vor ein paar Jahren die Vierzig überschritten, war aber nicht gewillt, die Waffen zu strecken.

«*Miss* Clingmore», sagte Racer, «ich wäre Ihnen sehr verbunden, wenn Sie künftig anklopften. Und schaffen Sie die räudige Katze da raus.»

«Entschuldigung», sagte sie, befeuchtete ihre Finger und klebte sich eine Locke an die Wange. «Sie sollen das hier sofort unterzeichnen. Der Berufungsausschuß braucht es.» Sie stürzte hinaus, vergaß zwar, die Katze mitzunehmen, nicht aber, Jury zuzuzwinkern. Er mochte Fiona und ihre immer besser inszenierten Auftritte. Er zwinkerte zurück.

Die Katze strich um ihre Beine herum und sprang dann ohne Umschweife auf Racers Schreibtisch, wo sie sich, massiv wie ein Briefbeschwerer, niederließ.

Racer verscheuchte sie, indem er offenbar speziell bei Katzen wirksame Flüche ausstieß, und setzte sich. «Was zum Teufel hat es mit der Reisegesellschaft auf sich, die Sie im ‹Brown's› einquartiert haben? Besteht da irgendein Zusammenhang?»

«Ich weiß es nicht», sagte Jury. «Ich weiß nur, daß die beiden, die in Stratford ermordet wurden, und der vermißte Junge dazugehörten.»

Racer schnaufte. «Und haben Sie das auch den Presseleuten erzählt, Jury? Die sind wie Lemminge die M-40 rauf- und runtergezogen.»

«Ich verkehre nicht mit der Presse. Das überlasse ich Ihnen.»

«Nun, *irgend jemand* muß verdammt noch mal geredet haben! Vermutlich diese verfluchten Idioten in Stratford.»

Jury rutschte ungeduldig auf seinem Stuhl herum und streckte die Hand nach unten aus, um die Katze zu streicheln, die seine Abneigung gegen Racer offenbar teilte. «Ich hielte es für das beste, wenn Sergeant Wiggins und ich die Erlaubnis erhielten, den Fall weiter zu bearbeiten, bevor ein weiterer Mord passiert», sagte er ruhig.

«Ein weiterer Mord? Was meinen Sie damit?»

«Daß der Mörder noch nicht fertig ist. Die Botschaft wurde noch nicht ganz übermittelt.»

Racer zog die Augenbrauen hoch. «Würden Sie mir das bitte erklären?»

«Nun, Sie haben doch das Gedicht gelesen. Bei Miss Bracegirdles Leiche fand man zwei Verse, bei der kleinen Farraday ebenfalls zwei. Die Strophe hat aber noch drei weitere Verse.» Und um Racers Blutdruck noch mehr in die Höhe zu treiben, fügte Jury hinzu: «Danach kann er natürlich mit einer neuen Strophe weitermachen.»

Der Gedanke an eine Mordserie von der Länge einer Perlenkette oder eines Gedichts mit zwölf Strophen brachte anscheinend sogar Racer zur Vernunft.

«Sie glauben, es wird einen weiteren Mord geben.» Er sah von Jury zu Wiggins und wieder zurück zu Jury. «Warum zum Teufel sitzen Sie beide dann noch hier und vergeuden meine Zeit? Machen Sie, daß Sie hier rauskommen.»

22

Sie dachte, ich wüßte nicht, was sie alles trieb? Amelia Blue Farraday stand vor einem Stripteaselokal in Soho und betrachtete die lebensgroßen Plakate. *In einem Schuppen wie diesem wäre sie eines Tages gelandet*, dachte sie und starrte vielleicht länger auf die Plakate, als nötig war, um die frei herumlaufenden Lustmolche und Wüstlinge nicht auf sich aufmerksam zu machen.

«Hallo, Süße.»

«Wohin soll's denn gehen?»

Die Fragen kamen von einem schlaksigen Burschen mit pomadigem, zurückgekämmtem Haar und dessen dickem Freund, der neben ihm stand und seine Gelenke knacken ließ. «Wir könnten viel Spaß miteinander haben.»

Amelia musterte sie abschätzig. In Georgia würde man Abschaum wie diesen mit Füßen treten. Sie würdigte sie keiner Antwort. Sie versuchte auch nicht, um sie herumzugehen; das würde so aussehen, als machte sie ihnen Platz. Sie streckte einfach die Arme aus, schob die beiden zur Seite und ging weiter die Soho Street hinunter.

Vielleicht besser, daß sie tot ist, dachte Amelia. *Vielleicht besser. Sie würde sich diesen beiden Nullen hingegeben haben, solange sie nur den angemessenen Preis entrichtet hätten.* Und mit diesem Gedanken, der weder Scham noch Schuldgefühle in ihr hervorrief, blieb Amelia erneut vor den riesigen Schaukästen eines heruntergekommenen Kinos stehen. *Ich hätte sie noch auf jedem Poster in der Second Avenue zu sehen bekommen. Großer Gott, dieses Kind machte auch vor nichts halt...*

Gelangweilt von Limonade und Bier auf der Veranda, gelangweilt von James C.s unbeholfenen Liebeskünsten, hatte Amelia sich auf «Gelegenheitsaffären» eingelassen, wie sie es nannte – auf den ersten besten, der ihr über den Weg lief. Doch sie hatte es zu ihrem Vergnügen getan, nicht für Geld – obwohl es mitunter kleine Geschenke gegeben hatte –, anders als Honey Belle, die sich wie eine gewöhnliche Hure verkaufte. Honey Belle war nach ihrem Alten geraten, diesem Taugenichts, diesem falschen Fünfziger, der sich für unwiderstehlich hielt.

Schäbig aussehendes Volk umgab sie, als sie in ihrem wiegenden Gang durch Soho schritt, und sie wußte, daß einige der Rempeleien nicht zufällig waren. Sie warf ihr blondes Haar zurück; sie trug es noch immer lang, trotz der Bemerkung, die dieser Knilch von einem Friseur gemacht hatte:

«Meine Liebe, es macht Sie um Jahre älter.» Ihre Haare waren schon immer aschblond und ihr ganzer Stolz gewesen. Sie würde keinen schwulen Londoner Figaro an sich ranlassen. Sie brauchte sie nur hochzustecken, mit ein paar Kämmen festzuhalten, und schon sah sie aus wie eine Königin.

Amelia hatte genug von den Stripteaselokalen, den Pornokinos und den billigen Chinarestaurants. Andererseits wollte sie verdammt sein, wenn sie mit diesen Idioten von der Reisegruppe auch nur ein weiteres Theaterstück absitzen würde oder wenn sie sich in ihrem Zimmer in diesem versnobten Hotel einsperren ließe. Die weißen Handschuhe, die Verbeugungen und das ganze Herumscharwenzeln. Sie war zwar froh, daß James C. Geld hatte, aber sie war kein Snob. Froh über das Geld, aber, du lieber Gott, wenn er nur nicht diese beiden Kinder hätte. Es waren nicht einmal seine eigenen Kinder, das machte die Sache besonders unverständlich. Mitunter fragte sie sich, was wohl mit dem Jungen passiert war. Sie hoffte, er würde einfach wegbleiben. Sie wußte, daß die beiden sie haßten wie die Pest, aber das war ihr egal. Sie hatte James C. und das Geld, und wenn die dachten, sie könnten ihr die Tour vermasseln, dann hatten sie nicht alle...

Es sah aus, als würde eine Mauer aus lauter Männern auf sie zukommen, dabei waren es nur vier. Und noch bevor sie sie richtig sehen konnten, hatten sie bereits diesen lüsternen Blick. Eine einzige kollektive Lüsternheit und alle möglichen Obszönitäten, ausgesprochen in diesem kehligen Cockney oder was das war, bei dem sie ganze Silben verschluckten («Schau dir mal die Titt'n von 'er an, Jake... Ooooh...»). Sie hatten jedoch kaum Zeit zu dergleichen Bemerkungen, denn Amelias Busen bahnte sich unter Mitwirkung gelegentlicher Rippenstöße mit den Ellbogen bereits einen Weg durch die Mauer. Sie drehte sich auch nicht um, als die Bemerkungen anzüglicher wurden; sie war daran gewöhnt. Sie registrierte den Vorgang kaum, sondern setzte ihren inneren Monolog über Honey Belle fort...

Als dieser ekelhafte kleine Kerl, der sich als Detektiv ausgab, versuchte, sie zu erpressen, hatte Amelia bezahlt, den Bericht über Honey Belle gelesen und gleich darauf verbrannt. Sie war nie dahintergekommen, wer ihn auf die Fährte des Mädchens gebracht hatte, aber was gäbe es für ein Theater, wenn James C. jemals Wind davon bekäme, was die Kleine getan hatte: Nacktfotots, Pornofilme, einfach alles. Obwohl James C. kein Recht hatte, große Reden zu schwingen: nicht, nachdem sie ihn mit Honey Belle im Schlafzimmer erwischt hatte, die Hosen schon fast runter. Eine streunende Katze, das war sie. Schuld daran war nur ihr Vater; sie ist – war – genau wie er.

Amelia war nicht nach Soho gegangen, um etwas zu erleben; ihr war einfach nach einem kleinen Bummel zumute, bevor sie sich mit George in einem privaten Club in der Nähe des Berkeley Square Park traf. Von dem wenigen, das sie bisher von London kennengelernt hatte, war der schon eher nach ihrem Geschmack. Er lag in unmittelbarer Nähe des Hotels.

Vom Gehen erschöpft, winkte sie ein Taxi heran, ließ sich in den Rücksitz fallen und streifte die Schuhe ab. Gott, ihre Füße schmerzten von dem vielen Herumlaufen in dieser Stadt. Sie massierte an ihnen herum. Der Taxifahrer setzte sie am Berkeley Square Park ab, murrte über das Trinkgeld – *Sie können mich mal, mein Lieber* – und verschwand in der Dunkelheit.

Du lieber Himmel, diese Briten haben keine Manieren. Nur weil man Amerikaner ist, denken die, man schwimmt in Geld...

Amelia betrat den Park und summte eine Melodie vor sich hin. Es war natürlich vor ihrer Zeit gewesen, aber gab es da nicht dieses alte Lied, in dem eine Nachtigall im Berkeley Square Park singt? So um den Ersten Weltkrieg. Hatte es nicht ihr Pa manchmal gesungen? Amelia hörte Vogelgezwitscher und blieb stehen, um in das pechschwarze Geäst der Bäume hochzuschauen. Auf einer Parkbank am Weg lag ein Betrunkener und schnarchte, eingewickelt in seinen Mantel, als wäre es Januar und nicht Juli. Sie hatte schon lange nicht mehr an ihre Eltern, an ihren Pa gedacht. Er war irgendwo da oben im Himmel und schlief seinen Rausch aus, wie der Betrunkene da. Sie waren umherziehende Landarbeiter gewesen, weiter nichts, obwohl sie sich für James C. natürlich ein passenderes Elternhaus ausgedacht hatte. Doch das mußte sie ihm lassen – er war kein Snob. Aber selbst James C. hätte gezögert, eine Frau von jener Sorte zu heiraten, die viele Leute noch immer als weißen Abschaum bezeichneten. Amelia hob den Kopf. Es galt, in dieser Welt zu überleben. Und seinen Spaß dabei zu haben. Sie ging beschwingt weiter, die große Tasche, die sie letztes Jahr in Nassau gekauft hatte, über der Schulter. Spaß macht doch das Leben aus, oder? War es ihre Schuld, wenn sie über Honey Belles Tod nicht trauriger sein konnte? Es war einfach Schicksal. Man stirbt so, wie man lebt, das ist alles. Irgendein verrückter Sexualverbrecher trieb sich in dieser blöden kleinen Stadt herum und hatte sich zufällig zwei Frauen von derselben Reisegesellschaft auserkoren – Amelia begann ein wenig zu schwitzen. Wenn ihr Mann, wenn James C. nun doch etwas über Honey Belle oder gar über sie selbst erfahren hatte! Quatsch. Sie verlangsamte ihre Schritte. Dennoch – woher sollte sie wissen, ob dieser Detektiv nicht auch zu ihm gegangen war, um die Informationen gleich zweimal zu versilbern? Und überhaupt, dachte sie, woher soll ich wissen, ob dieser Mann nicht von James C. beauftragt war?... Vielleicht läßt er mir auch nachschnüffeln? Wieder blieb sie abrupt stehen. Sie versuchte sich zusammenzunehmen: *Amelia Blue Farraday, du hast einfach nur Schiß, Herzchen.* So ein Quatsch. Nachdem sie sich so Mut gemacht hatte, setzte sie ihren Spaziergang durch den Berkeley Square Park fort.

Sie kam nicht weit. Im Park herrschte tödliche Stille, außer ihr schöpfte um diese Zeit niemand frische Luft; das Vogelgezwitscher verstummte, erklang erneut und verstummte wieder, als würde es sich dem Rhythmus ihrer Schritte anpassen.

Der Arm, der sich plötzlich um ihren Hals legte und ihn nach hinten bog, steckte in alter Wolle. Bevor sie spürte, wie sich etwas in ihre Kehle grub, schoß ihr ein Satz durch den Kopf: *Man stirbt, wie man gelebt hat.*

Eine kleine Gruppe von Polizisten stand im Berkeley Square Park. Die Parkeingänge waren abgesperrt, und Polizisten dirigierten den Fußgängerverkehr. Angesichts der Aufforderung weiterzugehen blieben die Passanten natürlich erst recht stehen. Binnen zehn Minuten hatte sich eine Kette aus Neugierigen um den Park gebildet. Fünfzehn Minuten später war die Kette schon sechs Reihen tief. Langsam fahrende Autofahrer verursachten ein höllisches Durcheinander; viele parkten ihre Autos und stiegen aus, um ihre Schaulust zu befriedigen. Eine dreiviertel Stunde nach Ankunft der Polizei hatte man den Eindruck, halb London hätte sich hier versammelt.

Jury sah auf den einst weißen, jetzt roten Hosenanzug herab. Der Schlächter hat saubere Arbeit geleistet, dachte er. Sie war kaum noch zu erkennen, nur ihr weißblonder Haarschopf war wie durch ein Wunder nicht blutgetränkt, vielleicht weil der Kopf so komisch schräg hing, nachdem man ihr die Kehle durchgeschnitten hatte. Das Gras um sie herum war rostbraun und noch immer klebrig. Ein langer Schnitt verlief vom Schulterblatt den ganzen Körper entlang und legte die Magenwand und die inneren Organe frei.

Wiggins sah Jury an. «Sieht sie genauso aus wie die beiden in Stratford, Sir?»

Jury nickte. Den Mann von der Spurensicherung fragte er: «Was haben Sie bis jetzt gefunden?»

Der Mann drehte sich zu Jury um und blickte ihn über seinen Notizblock hinweg an. «Eingeweide», sagte er ruhig. Er sah fast schnieke aus in seinem gutgearbeiteten, passend trauermäßig dunklen Anzug.

«Das sehe ich. Das Blut muß ja überall hingespritzt sein –»

Der Tatortsachverständige nickte. «Auch der Mörder hat einiges abbekommen.» Er wies mit dem Kinn über die Schulter zurück. «In einer Mülltonne da drüben haben wir einen alten Mantel gefunden.»

«Sonst noch etwas? Vielleicht irgendeine Botschaft?»

«Sie haben es erraten, Superintendent. Auf einem Theaterprogramm von *Wie es euch gefällt*. Geben Sie mir noch fünf Minuten, dann haben Sie und der Arzt freie Bahn.» Er vervollständigte seine Notizen, und der Fotograf packte die Kamera ein.

Der Pathologe kniete neben der Leiche; er hielt ein blutverschmiertes Blatt Papier hoch, die erste Seite des Programms.

«Was ist das?» fragte Wiggins.

Jury las einen Vers vor: «‹Staub legte sich auf Helens Lider.›»

«Ist das der letzte Vers des Gedichts?» fragte Wiggins.

«Nein. Es gibt noch zwei.»

Farraday bewahrte mit Mühe die Fassung, als Jury ihm die Hiobsbotschaft überbrachte. Er erinnerte Jury an einen Felsvorsprung, den der stete Wellenschlag immer tiefer aushöhlte. Die Frage war nur, wie lange es noch dauern würde, bis er zusammenbrach. Offensichtlich war es noch nicht soweit.

Penny Farraday wich ins Dunkel zurück, drehte sich dann um und lief ins Badezimmer. Jury hörte, wie sie sich erbrach. Gern hätte er ihr geholfen; aber er war vollauf mit Farraday beschäftigt.

Mit so blutleerem Gesicht, als wäre *er* unters Messer gekommen, führte Farraday das Brandyglas, das ihm Jury gereicht hatte, zum Mund. Seine Hand zitterte heftig. Er bewegte die Lippen. Schließlich brachte er hervor: «Wann ist es passiert?»

«Vergangene Nacht, nicht allzu spät, meint der Arzt. Vermutlich gegen Mitternacht.»

«Warum hat es so lange gedauert –?» Seine Stimme versagte.

Jury sprach die Frage zu Ende. «Bis man ihre Leiche gefunden hat? Der Täter, wer auch immer es gewesen ist, hat sie sehr gut im Gebüsch versteckt. Eine Frau, die ihre beiden Hunde spazierenführte, hat sie gefunden. Aber auch sie wäre daran vorbeigelaufen, wenn nicht die Hunde im Gebüsch herumgeschnüffelt hätten. Wir waren erst kurz vor zehn am Tatort.»

Farraday schien sich schon längst nicht mehr für diese Erklärung zu interessieren. Er fuhr sich mit der Hand übers Gesicht wie jemand, dem die Augen weh tun, weil er zu lange in die Sonne gestarrt hat.

Jury schoß es durch den Kopf, daß Farraday verdammt überzeugend wirkte, falls er ihnen etwas vorflunkerte. Wer auch immer hinter den Morden steckte, er hatte den Kreis der Verdächtigen verkleinert. Ein schrecklicher Gedanke. Aber es kam doch wohl nur jemand in Frage, der zu dieser Reisegruppe gehörte? Es sei denn, es verfolgte sie ein Jury völlig Unbekannter.

«Meinen Sie, Sie können darüber sprechen? Oder wäre es Ihnen lieber, wenn ich später wiederkäme?»

Statt ihm zu antworten, drehte Farraday den Kopf in Richtung der Tür, durch die Penny verschwunden war. «Wie wird es Penny gehen?»

«Wenn Sie möchten, hole ich sie –»

«Nein, nein. Hören Sie. Da Sie es sowieso herausfinden

werden, ist es besser, Sie erfahren es von mir. Zwischen Amelia und mir standen die Dinge nicht zum besten.»

Das hieß, sie stanken zum Himmel. Jury nahm die Flasche von dem Tisch neben dem Sofa und füllte Farradays Brandyglas wieder auf.

«Danke.» Er trank einen Schluck, und etwas Farbe kehrte in sein aschgraues Gesicht zurück. «Ich wollte, daß sie vergangene Nacht zu Hause bliebe. Mit mir essen ginge, vielleicht zu Simpson, und dann einfach nach Hause. Aber sie wollte nicht.» Er räusperte sich.

«Warum nicht?»

«Amelia sitzt nicht gern einfach herum...»

Jury wollte nicht laut aussprechen, was er dachte: *Nicht einmal nach der Ermordung der eigenen Tochter?*

Farraday tat es statt dessen. «Mein Gott, man könnte annehmen, daß nach dem, was mit Honey Belle –?» Er schüttelte den Kopf und flüsterte: «Gott ist mein Zeuge, ich glaube, es war ihr scheißegal. Oh, ich weiß, daß ihr Jimmys Verschwinden egal ist. Sie hat aus ihrem Herzen keine Mördergrube gemacht, was Penny und ihn betraf. Aber Honey Belle – das ist ihr eigenes Fleisch und Blut. Ich verstehe das nicht, ich verstehe das einfach nicht.»

«Glauben Sie, daß sie vielleicht nicht nur gelangweilt war, sondern aus einem bestimmten Grund ausgegangen ist?»

Farraday sah auf. «Ein Mann, meinen Sie?»

Jury nickte unglücklich.

«Mr. Plant?» sagte die junge Frau an der Rezeption von «Brown's Hotel». «Ich glaube, er hat das Hotel mit dem Herrn aus Zimmer» – sie ließ ihren Blick so schnell über die Kartei gleiten, daß es Jury vorkam, als hätte sie sich gar nicht abgewandt – «aus 106 verlassen. Ein Mr. Schoenberg.» Sie lächelte. Sie war außergewöhnlich hübsch.

«Wissen Sie zufällig, wann sie gegangen sind?» Jury erwiderte ihr Lächeln.

«Nun, ich glaube, so gegen neun.»

Jury wünschte sich, alle Hotelangestellten könnten genauso exakt über das Kommen und Gehen ihrer Gäste Auskunft geben. «Vielleicht haben Sie es schon gehört. Es hat einen bedauerlichen Unfall gegeben.»

Daß sie davon gehört hatte, verriet nur ein kurzes Nicken, ihr ernster werdender Gesichtsausdruck. Bemerkenswert gut ausgebildetes Personal, dachte Jury. Ihre jeweilige persönliche Verwunderung, Betroffenheit oder Aufregung behielten sie für sich. «Diese Mrs. Farraday hat gestern nacht noch ziemlich spät das Hotel verlassen. Sind Sie hiergewesen?»

Die junge Frau schüttelte den Kopf. Sie schien weniger das vorzeitige Ableben eines Gastes zu bedauern als ihre Abwesenheit zur fraglichen Zeit, was es ihr unmöglich machte, dem Superintendent weitere Auskünfte zu geben. «Das muß meine Kollegin gewesen sein, die nachts Dienst hat –» Sie machte eine Bewegung, als wollte sie den Hörer abnehmen. «Möchten Sie, daß ich sie anrufe?»

Jury schüttelte den Kopf. «Bitten Sie sie nur, mich anzurufen, falls sie sich in bezug auf Mrs. Farraday an etwas erinnert.» Er legte seine Visitenkarte auf den Tisch. «Dieser Mr. Schoenberg. Harvey. Haben Sie auch eine Reservierung für seinen Bruder?»

Erneut wanderte ihr diskreter Blick über die Kartei. «Haben wir. Ein Mr. Jonathan Schoenberg hat sich für heute nachmittag angesagt.» Die hellgrünen Augen sahen ihn erwartungsvoll an, als hoffte sie, nun doch noch etwas zur Aufklärung beigetragen zu haben.

«Danke. Sie haben mir sehr geholfen.» Jury lächelte wieder.

Jetzt sah sie ihn schon nicht mehr ganz so diskret an.

23

Auf einer Reise durch die Geschichte mit Harvey L. Schoenberg glaubte man, einem Pferd mit Scheuklappen zu folgen. Das Pferd sah alles, was unmittelbar vor ihm lag, und solange es sich nicht darum kümmern mußte, was rechts oder links von ihm geschah, war es seiner Aufgabe gewachsen. Es kam wirklich wunderbar zurecht – kannte jeden Pflasterstein, jede Kurve, jeden Laternenpfahl.

«Traitor's Gate», sagte Harvey verzückt. Er sprach noch immer von dem Anblick, der sich ihnen geboten hatte, als sie über die massiven Bögen der Tower Bridge blickten. Nun standen sie in Southwark auf der anderen Seite der Themse, am Ende der neuen London Bridge, wo man sie auf Harveys Drängen hin abgesetzt hatte. «Stellen Sie sich bloß die Köpfe vor, die dort oben aufgespießt waren!»

«Wenn es Ihnen nichts ausmacht, lieber nicht. Öffentliche Hinrichtungen und dergleichen haben mir nie zugesagt. Ebenso wenig wie Hetzjagden.»

«Kommen Sie, Mel! Wo bleibt Ihr Sinn für Geschichte?»

«In meinem Magen.»

Doch das Feuer der Begeisterung in Harvey ließ sich nicht löschen; anders dagegen stand es mit seinem Durst. «Gehn wir in einen Pub. Fast genau an der Stelle, an der wir jetzt stehen, lag früher die sehr beliebte ‹Bärenschenke›.» Harvey hatte sich umgedreht und zeigte in die Ferne. «Da drüben lag die Tooley Street –»

«Da drüben liegt noch immer die Tooley Street, wenn ich mich nicht täusche.»

«Jaja, ich versuche Ihnen doch nur zu erklären, wie es *damals* aussah, als Marlowe durch diese Straßen ging. Es gab einen Haufen Pubs in dieser Richtung –»

«Ich bin sicher, auch heute noch.»

«– Es gab sogar einen ‹Schwarzen Schwan› hier; nördlich vom St. Thomas Hospital –»

«Es gibt immer einen ‹Schwarzen Schwan›. ‹Schwarze Schwäne› sind überall auf den Britischen Inseln zu finden.»

Harvey stieß einen Seufzer aus und faltete die alte Karte von Southwark zusammen, die er zu Rate gezogen hatte. Sie gingen die Southwark Street entlang. Harvey schüttelte den Kopf – ein Mann, der die Welt nicht versteht. «Sie sind einfach nicht in der Stimmung für diese kleine Wallfahrt, Mel.»

«Ich dachte, wir würden nach Deptford gehen. Zu dem Wirtshaus von Mistress Bull, wo dieser schnöde Mord passiert ist.»

«Machen wir ja auch. Aber zuerst müssen wir uns Southwark ansehen. Überlegen Sie doch, wieviel Zeit Marlowe hier verbracht hat.» Sie waren eine Steintreppe hinabgestiegen und sahen jetzt zur beeindruckenden Fassade der Southwark Cathedral empor. Schoenberg warf einen Blick auf die Karte und rückte den Riemen seines Ishi zurecht. «Das hier war die Kirche von St. Mary Overies. Kennen Sie die Geschichte? Wirklich traurig. Da drüben lagen die Bordelle.»

«Bordelle?»

«Das Amüsierviertel. Southwark war ein richtiger Sündenpfuhl. Kriminelle flüchteten aus der Stadt hierher, um der Justiz zu entgehen – so wie man in den USA die Staatsgrenzen überquert. Ich frage mich, wo Hog Lane liegt. Da hat Kit sich mit Bill Bradley duelliert.»

«Marlowe duellierte sich ständig. Daher verstehe ich auch nicht Ihren unerschütterlichen Glauben an diese absurde Theorie. Gehen wir was trinken.»

Hinter der Kathedrale waren sie durch ein Gewirr von engen, trostlosen Gassen zwischen großen Lagerhäusern gegangen, bis sie schließlich eine Kneipe fanden. Trotz der abseitigen Lage war sie brechend voll. Melrose fragte sich, wo bloß die ganzen Leute herkamen.

«Sehen Sie es doch mal so», sagte Harvey, der sein Bierglas mit beiden Händen festhielt und Melrose aus ernsten, grauen Augen anblickte: «Okay, ich gebe zu, daß Marlowe sehr schnell ausrastete. Aber erklären Sie mir doch mal, wie zum Teufel es zu so einem ‹Unfall› kommen konnte? Ich meine, daß er sich den eigenen Dolch ins Auge rammt. Oder, um genauer zu sein, knapp darüber?»

Melrose zündete sich eine Zigarre an. «Ganz einfach. Gestatten Sie, daß ich es Ihnen zeige.» Melrose ergriff seinen Spazierstock. «Nehmen Sie mal an, der Knauf des Stocks sei der Griff eines Dolches. Sie – Frizer – sitzen eingekeilt zwischen Poley und Skeres, und Marlowe fuchtelt Ihnen mit dem Dolchgriff im Gesicht herum. Damals wird so etwas durchaus üblich gewesen sein, irgendwie eine Art Vorgeschmack auf das nachfolgende Duell. Das bedeutet, daß die Spitze des Dolches auf Marlowe gerichtet war, nicht wahr? Und als Frizer versuchte, die Waffe abzuwehren, drang sie in Marlowes Stirn.» Melrose zuckte mit den Schultern. «Ich verstehe nicht, wieso das so schwer zu begreifen ist.»

Harvey versagte ihm nicht den gehörigen Respekt. «Sieh an, Sie haben Ihre Hausaufgaben gemacht, was?»

«Ja. Ich habe in der Bibliothek von Stratford ein paar Bücher konsultiert. Irgendwie betrachte ich es als meine Aufgabe, Sie von dieser wahnsinnigen Theorie über Shakespeare abzubringen... alles, was recht ist... oh, Harvey, um Himmels willen, nicht schon wieder dieser verdammte Computer.»

Aber Harvey hatte bereits den Computer hervorgeholt und

hämmerte wie wild auf den Tasten herum. Dann saß er mit gespitzten Lippen da und wartete, daß seine Datei auf dem Bildschirm erschien. «Da ist es: medizinischer Befund. An einer solchen Wunde wäre er nicht gestorben.»

«Medizinischer Befund? Was für ein Befund?»

Harvey kratzte sich am Kopf. «Nun, betrachten wir ihn als Mutmaßung seitens eines Wissenschaftlers. Und noch was: Wenn es wirklich so war, warum haben dann Bob Poley und Nick Skeres dem armen alten Kit nicht geholfen? Können Sie mir das beantworten? Sie waren doch seine Kumpel, oder? Die beiden sitzen also einfach seelenruhig da? Der einzige Grund, weshalb sie so seelenruhig dasitzen, ist, daß die ganze Sache von Anfang an *geplant* war!» Er schaltete den Ishi aus, hob triumphierend sein Glas und sah sich in dem verrauchten, überfüllten Raum um. «Stellen Sie sich nur vor, wie es in diesen Kneipen ausgesehen hat.»

Wie auch immer ihre Vorstellungskraft heute noch in Anspruch genommen werden sollte – Melrose hoffte nur, Harvey würde dazu lediglich sein Gedächtnis und nicht mehr die Datenbank des Ishi hinzuziehen. Noch eine einzige Datei auf dem Bildschirm seines Computers, und er würde ernsthaft erwägen, sich in die Themse zu stürzen.

«Stellen Sie sich mal vor, Sie führen Ihr Pferd in den Hof, und die Bediensteten kommen angerannt, um Sie zu empfangen; der Stallknecht nimmt Ihnen das Pferd ab, und der Knecht zündet in Ihrer Stube ein Feuer an –»

«Der Stallknecht, dem es immer gelingt, sich in der Nähe Ihrer Geldbörse aufzuhalten, und der Kammerherr, der sie Ihnen dann raubt –»

«Ein echter Zyniker», fuhr Harvey in traurigem Ton fort. «Und der Wirt, der Ihnen aus den Stiefeln hilft, als wären Sie bei sich zu Hause; und der Bierzapfer, der Ihre Zeche auf einer Tafel am Tresen markiert –»

«Und Ihr immer heiterer Gastgeber, der nicht nur Wirt, sondern auch Geldverleiher ist und Bauernlümmel ebenso betrügt wie junge Kavaliere; und der Schankkellner, dem es immer gelingt, Ihnen auf der Tafel ein paar Kreidestriche mehr unterzujubeln –»

«Sie sind echt witzig, Mel. Aber denken Sie bloß an die Mahlzeiten, die Ihnen am lodernden Kaminfeuer serviert wurden – für etwa acht Shilling bekamen Sie ganze Platten voller Lamm und Huhn und Speck, Taubenpasteten, Brot und Bier –»

«Und die Gasthäuser waren Sammelplätze für Duellanten und Kurtisanen... Wenigstens hielt es sie von der Straße fern.»

«Kommen Sie, Mel. Würden Sie nicht Ihr letztes Hemd dafür geben, wenn Sie die Zeit um vierhundert Jahre zurückdrehen könnten?»

«Die Zeit zurückdrehen! Nein, danke. Zurück in ein Jahrhundert, in dem Goldschmiede Bankiers und Friseure Chirurgen waren? Mit Straßen nicht breiter als Gassen, so daß nur zwei quietschende Karren hindurchkamen, und Gassen nicht breiter als Gehsteige? In eine Zeit, als die überhängenden Geschosse, die die Amerikaner so pittoresk finden, wegen der Enge als Behausungen dienen mußten? In der es Aufstände und Feuersbrünste gab, die Wohnungen Rattenlöchern glichen und die Luft so pestgeschwängert war, daß man die Nacht mit zugezogenen Bettvorhängen verbringen mußte, um sich nicht die Seuche zu holen? In dem ständig zu hören war: ‹Er hatte weder Hab noch Gut›? Die Zeit zurückdrehen? Seien Sie kein Idiot.» Melrose trank sein Ale aus.

«Mann, Sie können einen wirklich runterziehen.»

«Das ganze 16. Jahrhundert konnte einen runterziehen, mein Lieber. Wenn ihr Amerikaner eine Ahnung von elisabethanischer Politik gehabt hättet, dann hättet ihr Nixon dafür applaudiert, daß er so zuvorkommend und aufrecht war.»

«Nixon? Dieser Hurensohn?»

Melrose, der merkte, daß er auf einem höchst unerwarteten Feld einen Vorteil errungen hatte, lächelte bezaubernd und sagte: «Ach ich weiß nicht. Ich habe mir Richard Nixon immer als Maria, Königin von Schottland, vorgestellt.»

«Nicht zu fassen», sagte Harvey und sah niedergeschlagen von seinem Plan des historischen Deptford auf die neue, schäbig aussehende Siedlung. «Pepys Park. Begreifen Sie das?»

«Sie dachten doch wohl nicht, daß es in Deptford Strand noch Duelle, Halskrausen und liederliche Dämchen gibt?»

«Na klar. Aber im Ernst...» Er drehte sich um und sah zur anderen Straßenseite hinüber. Dort lag eine Kneipe, die «Victoria» hieß. Am «John Evelyn» waren sie etwas früher vorbeigekommen. «Ich meine, können Sie verstehen, warum man diesen verfluchten Ort mit Apartmenthäusern zugebaut hat?»

«Durchaus.» Melrose sah auf Harveys Plan. «Das ‹Gasthaus zur Rose›, das dieser Mistress Bull gehörte, sehe ich hier nicht.»

Harvey kratzte sich am Kopf. «Nun, niemand wußte genau, wo es eigentlich war. Kommen Sie, gehen wir weiter.»

«Gehen wir lieber zu ‹Brown's Hotel› zurück», sagte Melrose.

«Hören Sie doch endlich auf, mir den Tag zu versauen. Kommen Sie.»

Und sie setzten ihren Weg zum Fluß fort.

«Wie wär's hiermit?» sagte Harvey und sah an der hohen Fassade eines heruntergekommenen Pubs empor. Ein Schild mit einer matten gelben Sichel darauf verkündete dem Betrachter, daß er vor dem «Halbmond» stand.

«Nicht schlechter als die anderen. Bestimmt gibt es das ursprüngliche Gasthaus Ihrer Mistress Bull nicht mehr.»

«Woher wollen Sie wissen, daß es nicht das hier war?» An der Seite des Hauses zweigte eine schmale Gasse ab. Ein unbeholfen beschriftetes Hinweisschild mit einem Pfeil an der Seite wies in ihre Richtung. «Sehen Sie mal, da steht, daß es auf der Rückseite einen Garten gibt.»

«Es ist vermutlich der Weg nach Kew.»

Das Gebäude war entschieden häßlich, die dunkle Fassade endete oben in einem überhängenden Dachgeschoß, wodurch es schief und aufgebläht wirkte. Die Tür wurde auf einer Seite von einem Gitterwerk flankiert, dessen grüne Farbe bereits abblätterte.

«Es muß sehr alt sein. Das Gitterwerk war früher das Zeichen für eine Alebrauerei. Sie haben es entweder rot oder grün gestrichen.» Harvey zerdrückte seine Mütze in den Händen und betrachtete das Haus voller Ehrfurcht.

«Oh. Sie glauben doch nicht im Ernst, daß Sie das ursprüngliche Gebäude finden werden, oder? Denken Sie etwa, es sei als lebender Beweis Ihrer Theorie stehengeblieben? Kommen Sie, ich habe Durst. Sehen wir nach, ob der glückliche Wirt einen Old Peculier hat.»

Drinnen sah es nicht einladender aus als von außen. Die Butzenscheiben mit ihrer dicken Rußschicht ließen kaum Licht herein. Hinter dem langen Tresen, den der auf einer Zigarre kauende Wirt soeben mit langsamen Handbewegungen abwischte, hing ein schöner geschliffener Spiegel, auf dessen vergoldetem Rahmen kleine Amoretten, Pane und andere unbedeutende Gottheiten augenscheinlich Dinge trieben, die man besser im Verborgenen tut. Die wenigen Gäste – es war noch nicht einmal elf Uhr vormittags – sahen aus, als wären sie hier geboren worden. Auf alle schien die düstere Atmosphäre abgefärbt zu haben. Von den Zigaretten stiegen kleine Rauchsäulen zur Decke empor. Die Gäste husteten. Es roch nach Brackwasser und totem Fisch. Doch zumindest konnten sich die Gäste an dem wunderschönen Spiegel und den alten Zapfhähnen aus Porzellan satt sehen. Allerdings legten die Anwesenden darauf scheinbar keinen großen Wert.

«Hallo», sagte Harvey und ließ ein paar Münzen auf den Tresen rollen. «Zwei davon.» Er zeigte auf einen der Zapfhähne. Als der Wirt mit dem Bier kam, fragte Harvey leutselig wie immer: «Sagen Sie mal, das hier ist nicht zufällig das ehemalige ‹Gasthaus zur Rose›, oder?»

«Das ehemalige was, Kumpel?» Der Wirt kniff die Augen zusammen.

«Es gab einmal ein Gasthaus in Deptford Strand, das angeblich ‹Zur Rose› hieß. Die Wirtin war eine gewisse Eleanor Bull. Meiner Meinung nach müßte es irgendwo hier gewesen sein. Christopher Marlowe wurde darin umgebracht.» Er schob Melrose ein Aleglas zu und trank einen kräftigen Schluck aus seinem.

«Ein Mord?» Der Wirt wurde blaß. «Was reden Sie da? Hören Sie, sind Sie von der Polizei oder was?»

«Polizei? Wer, *wir*? Nein, nein, Sie verstehen nicht –»

Wird er auch nie, dachte Melrose seufzend. Er erhob sich von dem unbequemen hölzernen Barhocker, nahm sein Bier und setzte sich an einen Tisch. Von dort sah er zu, wie Harvey auf den Wirt einredete. Eine verbittert aussehende Frau, die am Tresen vorbeistolzierte wie auf Sprungfedern, blieb stehen und mischte sich in das Gespräch ein. Schließlich setzte Harvey sich achselzuckend zu Melrose an den Tisch.

«Sie haben noch nie was von der ‹Rose›, von Eleanor oder von Marlowe gehört. Aber sie sagten, daß sie für Leute, die unter sich sein wollen, noch Hinterzimmer haben. Kommen Sie, die schauen wir uns mal an.»

Harvey ging durch einen schmalen dunklen Flur voraus, an dessen Ende links und rechts zwei Türen in zwei identisch aussehende Zimmer führten. Deren einzige Ausstattung bestand aus runden Tischen und Stühlen, die ebensowenig zum Sitzen einluden wie die im Hauptraum. Die letzte Tür führte ins Freie; über ihr hing ein Schild – «Vorsicht Kopfhöhe».

Sie zogen die Köpfe ein und betraten den Garten beziehungsweise das, was in grauer Vorzeit einmal ein Garten gewesen, aber inzwischen völlig überwuchert war. Eine Öffnung in der bröckelnden Steinmauer führte auf die schmale Gasse.

Melrose ließ sich auf einer schiefen Bank nieder, während Harvey begeistert die Szene musterte. «Genauso könnte es ausgesehen haben, Mel.» Er bewegte sich plötzlich wie ein Regisseur, der die Positionen der Schauspieler festlegt, Kit dahin und Bob dorthin dirigiert. «Sehen Sie es nicht vor sich?»

«Nein», sagte Melrose charmant. Er gähnte.

«Sagen Sie es niemandem», sagte Harvey, als sie sich an einem Tisch im öffentlichen Teil des «Halbmondes» niedergelassen hatten, «aber ich schreibe gelegentlich selbst Gedichte.»

«Glauben Sie mir», sagte Melrose, der sich insgeheim Gedanken darüber machte, ob schon einmal jemand in einem Aleglas ertrunken war, so wie dereinst der Herzog von Clarence in einem Faß Malvasier, «ich werde es keiner Menschenseele verraten.»

«Hauptsächlich Sonette. Ja, und sie sind alle hier drin.» Er tätschelte den Computer, trank von seinem Bier und betrachtete Melrose aus den Augenwinkeln. «Wollen Sie einen Vers hören? ‹Im Sand noch der Abdruck des Fußes –›»

Melrose unterbrach ihn eiligst. Er würde dieses Gedichteaufsagen im Keim ersticken, und wenn es ihn das Leben kostete. «Wenn ich Sie wäre, würde ich beim Programmieren von Computern bleiben.»

Harvey schüttelte betrübt den Kopf. «Wissen Sie was, Mel? Sie können einem wirklich alles vermiesen.»

«*Ihnen* doch nicht. Sie werden sich auch weiterhin gut amüsieren, ohne daß ich Sie daran hindern könnte.»

«Was machen *Sie* übrigens, wenn Sie sich amüsieren wollen? Haben Sie ein Mädel?»

«Ein Mädel?»

«Ja, Sie wissen schon.» Er zeichnete mit den Händen Kurven in die Luft.

«Natürlich weiß ich. Im Moment leider nicht. Und Sie?»

Harvey ließ den Blick über die dunklen, leeren Tische schweifen. «Ich hatte mal eins. Wir wollten heiraten. Ich kannte sie noch nicht sehr lange. Liebe auf den ersten Blick – wechselseitig.» Er seufzte. «‹Das war in einem andern Land. Und außerdem, die Dirn' ist tot.›»

Es überraschte Melrose nicht, daß Harvey Marlowe zitierte; allerdings verwunderte ihn der bittere Tonfall, den er von ihm nicht kannte. «Tut mir sehr leid.»

«Ah...» Mit einer Handbewegung schien er das Mädchen, den Tod und das andere Land wegzuwischen. «Ich grüble nicht. Das wäre das Schlimmste, was man tun kann. Es endet damit, daß man an nichts anderes mehr denkt, wenn Sie wissen, was ich meine. Hören Sie –» Harvey lächelte und legte eine Pfundnote auf den Tisch. «Legen Sie einen *quid* dazu – so nennt man das Pfund doch?»

«Ja, richtig.»

«Okay, wetten Sie auch einen *quid*, und wir werden sehen, wer gewinnt.» Harvey hob sein Glas. «Ich wette, Sie wissen nicht, wer das gesagt hat.»

«Wer was gesagt hat?» Melrose zog gehorsam eine Pfundnote aus dem Bündel in seiner Geldklammer.

«‹Wer liebte je, und nicht beim ersten Blick.›»

Melrose runzelte die Stirn. «Großer Gott, das kennt doch jeder Schuljunge. Es ist von Shakespeare.»

Selbstgefällig schüttelte Harvey den Kopf.

«Natürlich ist es von Shakespeare. Haben wir nicht alle schon zum hundersten Male *Wie es euch gefällt* gesehen? Touchstone sagt es.»

«Marlowe sagt es.»

«Marlowe? Haha. Sie haben verloren.»

«Haha, *Sie* haben verloren!»

Zu Melroses nie endendem Mißvergnügen beugte Harvey sich wieder einmal über den Ishi, tippte etwas ein, wartete einen Augenblick, bis der Text erschien, und lehnte sich dann strahlend zurück.

Melrose beugte sich vor und las:

> Frei steht uns weder Haß noch Liebesglück.
> Wir streben blindlings unter dem Geschick...
> Wägt jeder ab, bleibt bei der Liebe gleich;
> Wer liebte je, und nicht beim ersten Blick.

«Aus *Hero und Leander*», sagte Harvey und hob sein Glas. «Sie haben verloren.»

«Verflucht», sagte Melrose ohne Groll. Er hatte nichts dagegen dazuzulernen; selbst die Harvey Schoenbergs dieser Welt konnten einem etwas beibringen. «Sie meinen, der große Dichter hat es geklaut?» Melrose sammelte ihre Gläser ein.

«Nein. Er hat es zitiert. Sehen Sie sich den Text an. Er steht in Anführungszeichen.» Harvey beugte sich über den Tisch und sagte *sotto voce*: «Das ist ein weiterer Punkt, auf den ich meine Theorie stütze.»

«Bis gleich», sagte Melrose schnell und ging zum Tresen.

Wie vorauszusehen, hatte Harvey den Faden keineswegs verloren. Als Melrose die Biergläser absetzte, wiederholte er, «...ein weiterer Punkt». Er fing wieder an, auf der Tastatur des Ishi herumzuhämmern, und bemerkte dabei: «Meiner Meinung nach brauchen Sie nur die Sonette und das, was in diesem Stück steht, zu kombinieren, und alles läuft auf ein Wort hinaus. Sehen Sie sich zum Beispiel mal das an. Wieder Touchstone: ‹Das schlägt einen Menschen härter nieder als eine große Rechnung in einem kleinen Zimmer.›»

Melrose runzelte die Stirn. «Und worauf bezieht sich das?»

«Auf den *Mord* an Marlowe natürlich. Erinnern Sie sich denn nicht? ‹Die Rechnung› – der Streit im Wirtshaus drehte sich doch darum, wer die Rechnung zahlen sollte.» Er machte eine Handbewegung, als säßen sie tatsächlich in demselben Wirtshaus. «Wissen Sie, daß der Vers über die Liebe auf den ersten Blick der einzige ist, der nicht Shakespeares eigener Feder entstammt?»

«So?»

«Kommen Sie, Mel. Strengen Sie Ihren Grips an. Marlowes Tod hat Shakespeare offenbar verdammt nervös gemacht. Und jetzt kombinieren Sie das mit dem, was ich Ihnen noch erzählt habe –»

Melrose war glücklich, vorsorglich alles vergessen zu haben, was ihm Harvey erzählt hatte, sonst wäre er womöglich noch an Hirnfäule erkrankt. Er betrachtete eingehend den massiven Spiegel mit dem verzierten Goldrahmen über der Bar, während – klack, klack, klack – Harveys flinke Finger über den Ishi huschten.

«– mit den anderen Sonetten und besonders damit.» Auf dem Bildschirm erschien ein Text; Harvey hieb triumphierend auf eine Taste und las: «‹Leb' wohl, dich mein zu nennen, wär' Entweihung –›»

Melrose, der Wutausbrüche eines Gentlemans unwürdig

und außerdem sehr ermüdend fand, erlag derartigen Gefühlen ziemlich selten. Doch nun ließ er seinen Spazierstock auf den Tisch niedersausen, daß Harvey samt dem Ishi einen Satz machte. «Sie gehen zu weit! *Das* ist vermutlich eines der schönsten Sonette, die je geschrieben wurden, und es ist ganz offensichtlich für eine Frau geschrieben – für die *Dark Lady* vermutlich...» Er verstummte. Melrose war sich keineswegs so sicher, aber er wollte auf jeden Fall verhindern, daß das Sonett in der Mühle von Schoenbergs Ishi zermahlen wurde. «*The Dark Lady*», wiederholte er. Warum konnten sie sich nicht über die französischen Symbolisten unterhalten?

«Ach, seien Sie doch nicht so romantisch. Es war Shakespeares Apologie oder wie man das nennt. Warten Sie nur, bis ich dem guten alten Jonathan alles erzählt habe.» Harveys Gesicht nahm einen ungewöhnlich finsteren Ausdruck an. «Er kommt heute nachmittag. Mit der Concorde.»

«Jonathan scheint eine Menge in der Hinterhand zu haben.» Auf Harveys fragenden Blick fügte er hinzu: «Geld.»

«Ja. Nun, das Geld hatten die Alten.» Harveys Gesicht hellte sich wieder etwas auf, und er sagte: «Aber Sie haben auch genug davon und obendrein einen Adelstitel. Hören Sie, wollen Sie nicht mit uns zu Abend essen?»

Melrose war neugierig genug, um einzuwilligen. «Sie mögen Ihren Bruder nicht besonders, stimmt's?»

«Die Abneigung beruht auf Gegenseitigkeit. Aber zurück zu Shakespeare und Marlowe. Ich habe Ihnen ja gesagt, daß die Geschichte sich in einem Wort zusammenfassen läßt.»

Melrose musterte ihn düster; er hätte sich auf die Zunge beißen können, aber es entfuhr ihm trotzdem: «Und das wäre?»

«Reue. Der gute Billy wußte sehr wohl, was er getan hatte, das ist alles.» Vergnügt leerte Harvey sein Glas.

«Ich *hoffe*, daß das alles ist.» Melrose besann sich auf seine

Kinderstube. «Ist Ihnen bewußt, daß wir hier sitzen und über den Mord an Marlowe sprechen, wo wir uns über sehr viel naheliegendere Morde unterhalten könnten?» Er sah Harvey an, der gerade seinen Ishi verstaute. «Was meinen Sie? Zu *denen* haben Sie doch bestimmt auch eine Theorie.»

Harvey zuckte die Achseln. «Irgendein Verrückter. Wer sonst?»

«Einer von Ihnen.»

Harvey starrte ihn an.

Jetzt war die Reihe an Melrose, vergnügt sein Bier hinunterzukippen.

24

«Honeycutt», sagte Wiggins, «ist im ‹Salisbury Pub›.»

«Im ‹Salisbury›. Der verschwendet wirklich keine Zeit. Kommen Sie, wir werden ihm Gesellschaft leisten.»

Der Ford stand scheinbar ewig in einem Stau am Piccadilly Circus. Doch selbst eine grüne Welle hätte ihnen hier wenig genützt, denn allen Verkehrsregeln und sogar der besseren Einsicht zum Trotz, daß schweres Metall den menschlichen Körper übel zurichten kann, versuchten die Fußgänger in Massen, sich einen Weg über die Straße zu bahnen. Man konnte es ihnen aber kaum verübeln, weil die Autos es ihnen gleichtaten, so als hätten alle samt und sonders gewettet, wer als erster oder als letzter über die Ampel kam, bevor sie umsprang.

«Warum stellen sie nicht einfach die verfluchten Ampeln ab und geben uns freie Hand?» sagte Wiggins und fuhr an drei

Damen mittleren Alters heran, die offensichtlich nicht wußten oder wissen wollten, wie nahe sie der Stoßstange waren. Wie üblich belagerten Büroangestellte und Taubenscharen den Sockel der Eros-Statue, um dort ihre Mittagspause zu verbringen.

«Von Farraday einmal abgesehen, sind wir, was die anderen betrifft, einem Motiv keinen Deut nähergekommen. Er könnte Amelia aus Eifersucht getötet haben. Grund genug hatte er ja, weiß Gott. Er könnte doch seine äußerst verführerische Stieftochter ermordet haben, obwohl das nicht gerade plausibel scheint –»

«Was ist denn mit dieser Penny? Die haßte doch beide.» Schließlich war es Wiggins gelungen, in der Shaftesbury Avenue abzubiegen, wo er nach einem Parkplatz Ausschau hielt.

«Nein», sagte Jury in einem Ton, der Wiggins abrupt zur Seite blicken ließ. «Das halte ich für ausgeschlossen. Sie ist erst fünfzehn.»

Wiggins, der in einer Seitenstraße in der Nähe des «Salisbury» den Ford auf dem Bürgersteig parkte, schnalzte mit der Zunge. «Erst fünfzehn. Ich hätte nie geglaubt, so etwas aus Ihrem Mund zu hören, Sir. Sie scheinen langsam etwas gefühlsduselig zu werden.»

«Ich und Attila der Hunne», sagte Jury und kletterte aus dem Wagen. «Doch das erklärt nicht den Mord an Gwendolyn Bracegirdle.»

«Warum die alle Rollkragen so gern mögen?» fragte Wiggins, als sie im «Salisbury» waren, in dem wie immer um die Mittagszeit dichtes Gedränge herrschte. Obwohl das Publikum sehr gemischt war, hatte das «Salisbury» schon seit geraumer Zeit den Ruf, ein Treffpunkt der Londoner Schwulenszene zu sein.

Wiggins hatte recht; fünfzig Prozent der Gäste trugen

Rollkragenpullover. Genau wie der junge Mann, der an Valentine Honeycutts Tisch saß. Honeycutt hatte tatsächlich keine Zeit verschwendet. Als Jury und Wiggins an seinen Tisch traten, blickte er auf und zog die Hand vom Knie seines Freundes. Der Freund, in engen Jeans und Rollkragenpullover, wandte sich den Neuankömmlingen interessiert zu. Honeycutt schien sein Interesse nicht zu teilen.

«O nein», seufzte er.

«Die Hiobsboten», sagte Jury, ohne darauf zu warten, daß man ihnen einen Platz anbot. Er lächelte dem jungen Mann zu, der Zähne weißer als Schnee zeigte und dessen dunkle Locken sein glattes Gesicht – man wäre versucht zu sagen: auf byroneske Weisen umrahmte – hätte nicht Byron bekanntermaßen der Sinn nach anderen Dingen gestanden. «Sergeant Wiggins, Mr. Honeycutt.»

Als dem jungen Mann dämmerte, worum es ging, machte er ein enttäuschtes Gesicht, als hätte er sich von der unerwarteten Vergrößerung ihres kleinen Kreises etwas anderes erwartet. Obwohl ihm nach einem ersten zögernden Blick auf Jurys Lächeln klar zu sein schien, daß er nicht Jurys Typ war.

«Es tut mir leid, Sie stören zu müssen. Wir würden gern Mr. Honeycutt allein sprechen.»

Jury gestattete den beiden eine kurze Lagebesprechung im Flüsterton. Danach erhob sich der Mann im Rollkragenpullover und entfernte sich mit seinem Glas. Seine Jeans waren entschieden zu eng; Jury konnte fast die Nähte platzen hören.

Honeycutt war wie immer tipptopp in Schale: eine Jacke aus weichem Leder, um den Hals einen Seidenschal, der sich wie eine Kaskade über seinen Rücken ergoß, dazu weiße Cordhosen. Fehlte nur die Rennfahrerbrille. «Was gibt's denn schon wieder?» fragte er den lästigen Spielverderber.

«Mrs. Farraday. Amelia. Tut mir leid, Ihnen das sagen zu müssen, aber sie hatte einen Unfall. Einen tödlichen.»

«Oh, mein Gott!» sagte Honeycutt und ließ sich in das rote Sitzpolster zurücksinken. Über ihm hingen zu beiden Seiten der in einer Nische stehenden Bank wunderschöne, tulpenförmige Wandleuchter. Das «Salisbury» besaß eine der schönsten Inneneinrichtungen von allen Londoner Pubs. «Wo und wie ist sie zu Tode gekommen?»

Jury stellte eine ausweichende Gegenfrage: «Waren Sie gestern abend in Ihrem Hotel, Mr. Honeycutt?»

«Ungefähr bis halb zehn oder zehn. Dann ging ich in ein kleines Restaurant in der Nähe, das ‹Tiddly-Dols›.» Als er sah, daß Sergeant Wiggins mitschrieb, runzelte er die Stirn. «Warum?»

«Waren Sie allein dort?»

«Nein, mit einem Freund – hören Sie, was sollen diese Fragen? Das hört sich ja an, als bräuchte ich ein Alibi. Sie verdächtigen doch nicht –»

«Und um wieviel Uhr haben Sie das ‹Tiddly-Dols› verlassen, Sir?» unterbrach Wiggins.

Honeycutt sah von Jury zu ihm. «Oh, ich erinnere mich nicht genau. So gegen elf... Aber ich verstehe nicht –»

«Der Name Ihres Freundes, Sir?» fragte Wiggins und befeuchtete die Spitze seines Bleistifts mit der Zunge. Wiggins hatte Angst vor jeder Krankheit, die einen Menschen befallen konnte, außer anscheinend vor einer Bleivergiftung.

Honeycutt öffnete den Mund, beschloß dann aber zu schweigen und sah wieder Jury an.

Jury merkte, daß er sich von nun an sperren würde, und sagte zu Wiggins: «Wie wär's, wenn Sie uns etwas zu essen holten? Für mich ein Stück Fleischpastete. Und ein großes Bier.» Wiggins klappte das Notizbuch zu und stand auf. Jury lächelte. «Hab heute noch nichts gegessen. Das Essen ist gut hier.»

Honeycutt schien sich zu entspannen. Jemand, der Appetit

auf eine Fleischpastete hat, will einem schließlich nicht an die Gurgel.

«Sie haben mir noch immer nicht erzählt, wie es passiert ist, Superintendent.»

«Gestern nacht im Berkeley Square Park. Übrigens nicht weit entfernt von dem Restaurant, das Sie erwähnten. Der Polizeiarzt meint, gegen Mitternacht.» Wieder lächelte Jury.

Er hatte ihn bereits an der Gurgel. Valentine Honeycutt erbleichte. «Sie denken doch nicht, *ich* –»

«Oh, im Augenblick denke ich gar nichts. Aber Sie werden verstehen, daß wir die wenigen Leute in London, von denen wir wissen, daß sie das Opfer kannten, überprüfen müssen – alle, die mit Honeysuckle Tours unterwegs sind. Danke, Wiggins.» Der Sergeant hatte ihm einen dampfenden Teller mit gehacktem Rindfleisch und hübsch angebräuntem Kartoffelpüree vorgesetzt. Als nächstes brachte er Jurys Bier und ein kleines Glas Guinness. «Essen Sie denn nichts, Wiggins?»

Wiggins schüttelte den Kopf. «Eine kleine Magenverstimmung.» Er holte ein kleines, in Folie gewickeltes Päckchen aus seiner Manteltasche und ließ zwei weiße Tabletten in sein Guinness fallen.

Jury hätte nie gedacht, daß sein Sergeant ihn noch überraschen könnte, bis er das Zischen hörte. «Alka Seltzer im Bier?»

«Oh, das wirkt Wunder für die Verdauung, Sir. Und Guinness ist auch gesund.» Wiggins öffnete wieder sein Notizbuch. Der samtige Schaum in seinem Bierglas brodelte.

«Haben Sie gestern abend noch einen der Reiseteilnehmer gesehen? Oder haben Sie auch gestern abend Ihre Politik des Laissez-faire praktiziert?» fragte Jury.

«Ich habe ein paar gesehen, ja. Aber wenn Sie genau wissen wollen, wann und wo wer war, dann fragen Sie am besten Cholmondeley.» In seiner Stimme schwang so viel

Triumph mit, als hätte er das Huhn, das goldene Eier legt, gefunden.

«Wie kommen Sie darauf?»

«Weil er sich mit Amelia verabredet hatte, darum. Später am Abend.» Honeycutt zündete sich eine Zigarette an.

«Woher wissen Sie das?»

«Woher? Weil er es mir gesagt hat.»

Jury legte seine Gabel hin. «Merkwürdig. Er macht nicht den Eindruck, als würde er so etwas anderen anvertrauen.»

«Anvertrauen, nein. Ich nehme an, er sah nichts Vertrauliches darin. Er erwähnte es ganz beiläufig, nachdem ich ihn gefragt hatte, ob er mit mir zusammen ein Casino besuchen wolle.» Er zuckte die Achseln und sah beiseite, während sich feiner Rauch aus seiner Zigarette kräuselte. «George sagte einfach nur, er würde Amelia treffen.» Nach kurzem Schweigen fügte er, auf seine perfekt manikürten Fingernägel starrend, hinzu: «Er hat wohl kaum gewußt, daß sie ermordet werden würde.»

25

«Wie kommt es, daß ich meinen Lunch neuerdings regelmäßig in Polizeibegleitung einnehme?» fragte George Cholmondeley nicht unfreundlich, nachdem ihm Wiggins vorgestellt worden war und er sie mit einer Handbewegung aufgefordert hatte, Platz zu nehmen.

«Tut uns leid, Mr. Cholmondeley. An der Rezeption des ‹Brown's› hat man uns gesagt, Sie seien hier zu finden. Es ist ziemlich wichtig. Ich nehme an, Sie sind nicht auf dem laufenden, was Mrs. Farraday betrifft?»

Cholmondeley hatte das Weinglas zum Mund geführt, trank aber nicht. Langsam setzte er es wieder ab und schob zugleich seinen Teller weg, als würde ihn das Essen nicht mehr interessieren. Indessen schien es Sergeant Wiggins um so mehr zu interessieren; er betrachtete die Tournedos Rossini mit unverhohlenem Mißtrauen. Wiggins vertraute der *haute cuisine* genauso wenig wie ihm nicht geläufigen Klimaverhältnissen. Es erstaunte Jury, daß jemand wie Wiggins, der im Fluchen so weltläufig war, beim Essen hartnäckig an einer Diät aus Schollen, Pommes frites und Erbsen aus der Dose festhielt.

«Sie scheinen recht unerfreuliche Neuigkeiten zu bringen. Sonst wären Sie wohl nicht hier.»

«Sehr unerfreuliche.»

«Was ist geschehen?»

«Man hat sie ermordet aufgefunden. Sie haben Honeycutt erzählt, Sie seien mit ihr verabredet, ist das richtig?»

Er ließ Cholmondeley Zeit, seine Zigaretten hervorzuholen, jedem eine anzubieten und ihnen Feuer zu geben.

«Nun, das ist richtig. Besser gesagt, *sie* hat sich mit mir verabredet.»

«Oh? Und wissen Sie warum?»

«Weil sie nicht zu begreifen schien, daß der kleine Flirt vorbei war.»

«Machte Sie Ihnen Schwierigkeiten?»

«Schwierigkeiten? Sie meinen, ob sie mich in Verlegenheit brachte?» Cholmondeley begann zu lachen, sah dann aber wohl ein, daß das nicht der richtige Augenblick war. «Entschuldigen Sie. Nein, dazu wäre es wohl nicht gekommen. Im übrigen ist sie gar nicht aufgetaucht. Aber ich fange an zu verstehen, worauf Sie hinauswollen.»

Jury verzog keine Miene. «So? Dann erzählen Sie mal, damit wir beide auch mitkommen.»

Cholmondeley schwieg; er blickte nur von Jury zu Wiggins, als könnte er im Gesicht des Sergeanten ablesen, welchen Aufenthaltsort für die vergangene Nacht er, Cholmondeley, auf gar keinen Fall angeben dürfte. Doch Wiggin's Gesicht war in solchen Fällen undurchdringlich wie eine Mauer.

«Sie sind auf der Suche nach Motiven. Ich hätte nur ein sehr geringfügiges, glauben Sie mir.»

«Wo wollten Sie sich mit ihr treffen?»

«Am Berkeley Square Park. Er liegt in der Nähe des Hotels, aber nicht zu nah.»

«Es zeugt nicht gerade von guten Manieren, sich mitten in der Nacht in einem Park mit einer Dame zu verabreden, die ohne Begleitung ist.»

«Und wer hat behauptet, es sei mitten in der Nacht gewesen?» Cholmondeley zog gelassen an seiner Zigarette und machte ein Gesicht, als wäre dieser Punkt an ihn gegangen.

«Lediglich eine Mutmaßung. Ihr Mann gab an, sie sei nach dem Abendessen spazierengegangen. Und das war kurz nach halb zehn, eher gegen zehn vermutlich. Ist sie etwa mit Ihnen spazierengegangen?»

«Nein», sagte Cholmondeley barsch. «Ich sagte Ihnen doch, daß Amelia überhaupt nicht erschienen ist.»

«*Wann* ist sie nicht erschienen, Sir?» fragte Wiggins, der seinen Notizblock beiseite gelegt hatte, um ein Pillenfläschchen aufzuschrauben.

«Mitternacht. Ich kenne ein paar Clubs in der Gegend. Ich hatte ihr gesagt, ich würde sie in einen mitnehmen.»

Wiggins nahm seine Pille ohne Wasser; er schob sie sich unter die Zunge und nahm seinen Notizblock wieder zur Hand.

«Das heißt, Sie waren zum Zeitpunkt des Mordes im Berkeley Square Park, Mr. Cholmondeley», sagte Jury.

«Ich habe den Park nicht betreten. Ich wartete am westlichen Eingang, wo wir uns treffen wollten. Nein, ich habe auch keine Zeugen, was mich wohl zum Hauptverdächtigen macht.» Cholmondeley beugte sich über den Tisch. «Nur, was für ein Motiv könnte ich haben, Amelia Farraday zu ermorden?»

«Vielleicht das, was Sie vorhin erwähnten: Sie wurde Ihnen lästig.»

Cholmondeley betrachtete ihn spöttisch, wie um anzudeuten, Jury sollte sich gefälligst etwas Besseres einfallen lassen.

«Oder vielleicht wußte sie etwas, was Sie viel mehr in Verlegenheit gebracht hätte als diese kleine Affäre. Ich frage mich nach wie vor, wieso ein Mann wie Sie – ein gewandter und erfahrener Reisender und obendrein noch Engländer – sich einer amerikanischen Reisegruppe anschließt.»

«Ich verstehe nicht, warum Sie sich deswegen Gedanken machen.»

«Tue ich aber. Aus Ihrem Paß geht hervor, daß Sie in diesem Jahr bereits fünfmal auf dem Kontinent waren. In Amsterdam.»

«Was ist daran so merkwürdig? Ich habe Ihnen bereits gesagt, daß ich mit Edelsteinen handele. Ich muß reisen, um meine Einkäufe zu machen.»

«Man sollte annehmen, daß Sie von Amsterdam allmählich genug haben. Diese Gruppe bleibt eine ganze Woche dort. Und Sie werden wohl kaum jemanden brauchen, der Ihnen London zeigt. Das gleiche gilt für Stratford. Sie könnten jederzeit auf eigene Faust dorthin fahren. Ich an Ihrer Stelle würde am Mittelmeer, an der Amalfi-Küste oder an der Côte d'Azur Urlaub machen – mal was anderes.»

«Superintendent, machen Sie *Ihren* Urlaub an der Amalfi-Küste oder sonstwo, aber überlassen Sie es mir, wo ich meinen verbringe.» Cholmondeley steckte sich eine Zigarre in den Mund und griff in seine Hosentasche. Offenbar fand er es an der Zeit zu zahlen.

«Nichts lieber als das. Nur wird aus meinem Urlaub nie etwas. Und wenn ich einmal Urlaub mache, dann arbeite ich im Gegensatz zu Ihnen nicht.»

Cholmondeley schüttelte nur den Kopf, löste einen großen Schein aus seiner Geldklammer und legte ihn auf den Tisch.

Jury schlug seinen Notizblock auf. «Die Amsterdamer Polizei hat sich mit dem Herrn unterhalten, mit dem Sie Geschäfte machen: Paul VanDerness. Mr. VanDerness ist im Grunde ein seriöser Geschäftsmann. Meistens. Nur ein- oder zweimal geriet er in den Verdacht, Diamanten zu verschieben.»

«Daran glaube ich nicht, aber selbst wenn der Verdacht sich bestätigte, was hat das mit mir zu tun?»

«Ich überlege nur, wie das Gepäck bei Alleinreisenden abgefertigt wird – im Gegensatz zum Gepäck einer Reisegruppe. Honeycutt hat seinen Kunden diese Plackerei bestimmt abgenommen. Er wird alles gestapelt und durch den Zoll gebracht haben, einen wahren Gepäckberg. Die Farradays hatten vermutlich allein schon fünfzehn Koffer. Wenn die Zöllner sehen, daß es sich bloß um amerikanische Touristen handelt, durchsuchen sie die Koffer vermutlich erst gar nicht. Oder machen nur Stichproben. Wenn ich Diamanten illegal über die Grenze schaffen sollte, würde ich mich glatt einer Reisegruppe anschließen.»

Cholmondeley klopfte mit dem kleinen Finger die Asche von seiner Zigarre. An dem Finger funkelte einer jener Diamanten, mit denen er Geschäfte machte. «Seien Sie vorsichtig, Superintendent. Ich habe nichts mehr zu sagen, außer daß meine Rechtsanwälte ganz und gar nicht begeistert sein werden.»

Jury schwieg. Er wußte, daß Cholmondeley der Versuchung, seine Verteidigung selbst in die Hand zu nehmen, nicht würde widerstehen können.

Und richtig. Cholmondeley steckte sein Zigarrenetui ein und fuhr fort: «Sie haben also diese irrsinnige Vorstellung, ich hätte Amelia Farraday erzählt, daß ich Diamanten schmuggle, und sie hätte mir gedroht – also wirklich, es ist absurd.»

Jury schwieg noch immer.

«Und was ist mit Miss Bracegirdle? Was mit Amelias Tochter? Ich habe sie alle ‹abgeschlachtet› – wie die Zeitungen es nennen –, nur um sie zum Schweigen zu bringen? Sie meinen, *alle* hätten über meine angeblichen Schwarzmarktgeschäfte Bescheid gewußt? Wirklich Pech, daß Amelia nicht hier sein kann, um diesem Blödsinn ein Ende zu bereiten.»

Nach einer Weile brach Jury sein Schweigen. «Für Amelia ist es noch viel größeres Pech.»

«Glauben Sie das wirklich, Sir?» fragte Wiggins, als sie wieder im Wagen saßen und zu «Brown's Hotel» zurückfuhren.

«Sie meinen die Schmuggelgeschichten? Das weiß ich nicht. Man wird es ihm wohl nicht nachweisen können. Ich habe seine Sachen durchsuchen lassen, ohne Erfolg. Ich hatte es auch nicht erwartet. Schon beim ersten Zwischenstopp in London hätte Cholmondeley die Schmuggelware loswerden können. Oder auch schon in Paris – ich weiß es nicht. Hat ihn jedenfalls ein wenig aufgerüttelt.»

«Wäre das ein ausreichendes Motiv?»

«Das bezweifle ich. Das fehlende Motiv ist das Schlimmste an der ganzen Angelegenheit. Ohne Motiv kommen wir nicht weiter. Wir können es genausogut mit dem Killer von Yorkshire zu tun haben. Wahlloses Morden. Nur: Wir wissen mit Sicherheit, daß es nicht wahllos ist.» Sie fuhren eine Weile schweigend den Piccadilly entlang. «Wenn wir im Hotel sind, sprechen Sie mit dieser Cyclamen Dew, ich nehme mir die Tante vor. Sie haben sie noch nicht kennengelernt, oder?» Als

Wiggins den Kopf schüttelte, sagte Jury: «Ich wette, Ihre Stirnhöhlen werden im Nu frei sein. Was haben Sie da vorhin für eine Pille genommen? Die Sorte kannte ich noch nicht.»

Wiggins schien sich zu freuen, daß Jury solche Dinge bemerkte. «Mein Blutdruck ist etwas zu hoch. Die Diastole ist um zehn Punkte höher, als sie sein sollte.»

«Das tut mir leid. Eine Tablette täglich, oder? Mein Cousin hat auch einen zu hohen Blutdruck.»

Während er in die Albemarle Street einbog, klärte Wiggins Jury nur allzu bereitwillig über das Krankheitsbild auf. Es war seit Jahren die erste wirklich neue Krankheit, die sich der Sergeant zugelegt hatte. Bislang hatte er sich immer damit begnügen müssen, die alten neu zu definieren. «Der Arzt sagt, es ist der Job, wissen Sie. Wir haben zuviel Stress, und irgendwo muß sich das ja bemerkbar machen. Sie sind, glaube ich, etwas härter im Nehmen.» Als Jury schnell den Kopf abwandte, um sich die Glasfassade der Rolls-Royce-Ausstellungsräume anzusehen, merkte Wiggins anscheinend, daß er seinen Vorgesetzten ungewollt gekränkt hatte, und fügte rasch hinzu: «Damit will ich keineswegs gesagt haben, Sie seien gefühllos. Ich meine lediglich, daß ich – nun, ich erlebe alles sehr viel intensiver als die meisten Menschen. Und das muß sich ja irgendwie bemerkbar machen, oder? Wir opfern uns für diesen Job auf, finden Sie nicht auch?»

Wiggins würde sich prächtig mit Cyclamen Dew verstehen – bei dem großen Martyrium, das beide zu ertragen hatten.

«...und es ist so fürchterlich lästig, Pillen gegen etwas zu nehmen, das keine Symptome zeigt. Ich meine, wenn man sonst ganz gesund ist.»

Jury starrte ihn mit vor Staunen offenem Mund an. Aber Wiggins verzog keine Miene. Er sah aus wie ein leibhaftiger Märtyrer.

26

Als Jury das holzgetäfelte Foyer von «Brown's Hotel» betrat, schenkte sich Lady Violet Dew, den *Hustler* auf den Knien, gerade etwas aus einem kleinen Fläschchen in ihre Teetasse.

Sie spähte über den Rand ihrer Zeitschrift und schob sich die Brille in die Stirn. «Ich brauche sie nur zum Lesen», sagte sie und schlug die Zeitschrift zu. Sie lächelte – so gut es ihr beim heutigen Fehlen von Aufputsch- und Beruhigungsmitteln gelang – und sah Jury anerkennend an.

Genauso war er am Tag zuvor bei einem kurzen Zusammenstoß mit Lady Dew taxiert worden, als der Honeysuckle-Tours-Bus für die kurze Fahrt von Stratford nach London beladen wurde.

«Fragen über Fragen. Ich habe schon alles gehört. Das ganze Hotel ist in Aufruhr; das Zimmermädchen macht sich fast in die Hose vor Angst. Sexualverbrechen sind ja auch die schlimmsten, nicht wahr? Vermutlich weil insgeheim jeder davon träumt. Setzen Sie sich.» Sie klopfte einladend auf den Sitz. «Trinken Sie eine Tasse mit? Sie sind mein Gast.»

Jury spielte überzeugend die Rolle eines Mannes im Stress, der dringend eine kleine Pause braucht. Er lockerte sogar seine Krawatte. «Keine schlechte Idee.»

«Viel Gelegenheit zum Entspannen und Plaudern werden Sie ja nicht haben. Sie müssen bestimmt immer schnell nach Haus zu Ihrer kleinen Frau und den Kinderchen.»

Im Halbdunkel der Bar blitzte sein Lächeln auf. «Keine Frau, keine Kinderchen.»

Sie gab ihm einen Klaps auf den Arm. «Na hören Sie. Ein attraktiver Mann wie Sie? Na, wenn Sie noch Junggeselle sind, müssen Ihre weiblichen Kollegen ja ganz wild nach Ihnen sein.»

«Nicht alle. Aber ich komme natürlich auf meine Kosten.»
Sie rückte ein wenig näher. «Waren Sie schon mal in den Staaten? Es geht nichts über die Rennbahn von Hialeah. Auf die Pferde setzen?»

«Wieso, Lady Dew –»

«Vi.»

«Vi, Sie haben doch bereits Mr. Plant eingeladen.»

«Na und? Wir können uns doch auch zu dritt gut amüsieren?»

«Davon bin ich überzeugt. Wie wär's, wenn Sie mir in der Zwischenzeit ein paar von meinen Fragen beantworten würden?»

«Für Sie tue ich alles. Schießen Sie los!» Sie legte ihre knotige Hand auf Jurys.

«Wo waren Sie gestern abend?»

«Wo –?» Die Vorstellung, zu den Verdächtigen zu gehören, schien ihr großen Spaß zu machen; sie lachte und schlug sich auf den Oberschenkel.

«Wäre ich doch nur mal rausgegangen. Leider habe ich es nicht getan, sondern den ganzen Abend mutterseelenallein auf meinem Zimmer verbracht.»

«War Cyclamen nicht bei Ihnen?»

«Nein. Cyclamen ist mit Farraday und dem Mädchen ins Theater gegangen. Wie ich schon sagte, war ich ganz allein, ohne Zeugen. Und habe mein Rasiermesser geschärft.»

«Das ist nicht zum Scherzen. Haben Sie denn gar keine Angst?»

«Hätten Sie nach drei Gläsern Gin etwa Angst? Und wie können Sie glauben, ich hätte Angst, wenn Sie mich für die Mörderin halten? ‹Wo waren Sie gestern abend?›» äffte sie Jury nach.

«Angenommen, Sie sind nicht die Mörderin, dann müßte Ihnen doch ziemlich unwohl sein bei dem Gedanken, daß bereits drei Frauen aus Ihrer Reisegruppe ermordet worden sind. Es trifft anscheinend nur Frauen.»

«Was ist mit dem kleinen James Carlton? Glauben Sie, er könnte ein weiteres Opfer sein? Nur daß die Leiche noch nicht gefunden worden ist? Natürlich habe ich Angst, Sie Idiot. Was meinen Sie wohl, warum ich hier unten sitze und mich betrinke.» Sie gab dem Kellner ein Zeichen, eine zweite Tasse zu bringen.

«Sie sagten, Ihre Nichte sei ins Theater gegangen?»

«Ja. Sie kam gegen halb zwölf oder zwölf zurück. Ich kann ihr also kein Alibi verschaffen. Vielleicht die anderen – Farraday und Penny.»

«Wäre sie zu einem Verbrechen wie diesem imstande?»

«Vermutlich nicht. Aber von den anderen würde ich das auch nicht denken. Da sind Farraday und Schoenberg und Cholmondeley. Ich glaube nicht, daß es einer von ihnen war. Sie glauben doch nicht wirklich, daß der Täter eine Frau ist, oder? Es ist ein Sexualverbrechen, glauben Sie mir.»

«Dafür gibt es keine Beweise. Und selbst wenn, dann könnte es immer noch eine Frau gewesen sein, oder?»

«Das müßte eine komische Frau sein.»

«Eine entschieden komische. Erzählen Sie mir von Ihrer Nichte, Lady Dew.»

Sie ließ seine Hand, die sie wieder in Besitz genommen hatte, mit einem dumpfen Schlag auf den Tisch fallen. «Ich weiß nicht, was Sie meinen.»

«Natürlich wissen Sie es.» Eine gute Pokerspielerin war sie nicht. Hätte sie nicht so abwehrend reagiert, hätte Jury keinen Grund gehabt, Cholmondeleys Bemerkung über Cyclamen Dew zu glauben.

Als sie schwieg, drang Jury weiter in sie: «Gwendolyn Bracegirdle und Cyclamen waren ziemlich eng befreundet, habe ich gehört –»

«Eine verdammte Lüge!»

«Was?»

«Daß Cyclamen – nun, daß sie andersrum ist.»

«Und was ist mit Miss Bracegirdle?»

«Ich spreche nicht schlecht von Toten», sagte sie in fragwürdiger Selbstgerechtigkeit.

Jury lächelte. Lady Dew würde über jeden schlecht sprechen, wenn es ihr in den Kram paßte. Man mußte lediglich ein wenig nachhelfen. Obwohl sie ihre Nichte offensichtlich nicht besonders mochte, würde sie die Tatsache, daß sich unter den Dews eine Lesbe befand, vermutlich als Makel auf ihrer eigenen Sexualität auffassen. Jury zog einen Packen Zeitschriften aus seiner Tasche.

«Was haben Sie da?»

«Ein paar Zeitschriften, die ich einem Freund mitbringen wollte. Die Sitte hat gestern abend wieder mal aufgeräumt.»

«Die Sitte? Was ist das?»

«Die Truppe gegen Drogen und Pornographie.»

Sie wollte schon danach greifen, doch Jury hielt die Hefte außer Reichweite. «Nicht doch! Beweismaterial.»

«Sie sagten doch, Sie wollten sie einem Freund mitbringen.»

«Na, der ist auch bei der Polizei.»

«Also werden Sie sich zusammen geifernd darüber hermachen? Widerlich!»

«Wir müssen uns ja auch mal entspannen.» Beim Blättern stieß Jury einen leisen Pfiff aus.

Sie versuchte, über seine Schulter zu spähen. Schnell schlug er die Zeitschrift zu. «Tut mir leid.»

«Wenn das keine Erpressung ist!» Während der Kellner frischen Tee servierte und Jury eine Tasse brachte, schwiegen sie. «Also gut, und was ist dabei, wenn Cyclamen sich auf diese Weise amüsiert? Es steht mir nicht an, darüber die Nase zu rümpfen, doch ich begreife einfach nicht, wie sie – besonders nicht die Sache mit dieser Bracegirdle. Ausgesprochen langweilig. Ich frage mich, wer von den beiden die, na, Sie wissen schon, und wer...? Nun, so etwas passiert ständig, und niemanden kümmert es. Schauen Sie sich bloß diesen Honeycutt an. Dieser Idiot. Jedem das Seine.»

Jury gab ihr die Zeitschriften. «Ihre Nichte und Miss Bracegirdle hatten die Angewohnheit, sich von Zeit zu Zeit aus dem Staub zu machen. Haben die beiden sich in Stratford überhaupt ein einziges Theaterstück angesehen?»

«Nicht daß ich wüßte. An dem fraglichen Abend dachte ich, Cyclamen hätte sich mit Kopfschmerzen ins Bett gelegt, aber genau weiß ich das natürlich nicht. Hören Sie, worauf wollen Sie hinaus?»

«Eigentlich nichts.» Er hätte ihr die Zeitschriften vielleicht erst geben sollen, wenn er mit ihr fertig war; sie hatte Jury vergessen und sah sich das doppelseitige Foto in der Mitte an. «Mit anderen Worten, sie könnte an dem Abend, als Gwendolyn Bracegirdle ermordet wurde, ausgegangen sein, und ebenso gestern abend, Lady Dew?»

«Äh? Oh! Ja, das nehme ich an. Keine von uns beiden hat ein Alibi.» Sie schien die Sache sehr komisch zu finden. «Noch unverheiratet. Hm. Wie alt sind Sie, mein Junge?»

«Dreiundvierzig. So jung also auch wieder nicht.»

«Ha! Warten Sie ab, bis Sie zweiundsechzig werden wie ich. Dann ist dreiundvierzig ein jugendliches Alter.»

Selbst wenn er ihre Pässe nicht gesehen hätte, so hätte Jury doch geschwant, daß sie über achtzig sein mußte.

In diesem Augenblick jedoch fühlte er sich sehr alt.

Penny Farraday stopfte sich den Hemdzipfel in ihre Jeans und strich sich die Haare glatt.

«Penny, das ist Detective Sergeant Wiggins von der Kriminalpolizei.»

Sie streckte die Hand aus. «Freut mich.»

«Guten Tag, Miss.»

«Tut mir leid, Penny, aber wir müssen dir ein paar Fragen stellen. Du bist gestern abend mit Mr. Farraday und Cyclamen Dew im Theater gewesen?»

«Ja, stimmt», sagte sie matt. Sie nahm sich eine Zeitschrift und blätterte darin herum.

«Um wieviel Uhr seid ihr zurückgekommen?»

«Halb elf oder elf. Amelia –» nur für einen Augenblick erstarrte ihre Hand beim Umblättern einer Seite – «wollte erst auch mitkommen; als wir aber vor dem Theater standen, hatte sie es sich anders überlegt und sagte, sie wolle lieber ein bißchen spazierengehen. Ich glaube, der Alte war ziemlich wütend. Kann man ihm auch nicht verdenken.» Nervös warf sie die Zeitschrift auf den Tisch. «Es wurde *Der Wechselbalg* gespielt. Es war gut. Wissen Sie, was ein Wechselbalg ist?» Trotz Jurys Nicken fuhr sie fort: «Ein Wechselbalg ist, wenn man ein falsches kleines Kind anstelle des richtigen unterschiebt.» Sie runzelte die Stirn und setzte ihre Erklärung mit einem Vergleich fort: «Wie wenn jemand Kinder stiehlt und so tut, als gehörten sie ihm. Es ist nicht *ganz* dasselbe wie adoptieren.»

Jury merkte, wohin das führen würde. Er mußte sie hier unterbrechen. «Ist Mr. Farraday gestern abend noch ausgegangen?»

«Ja. Aber wenn Sie denken, er war's, dann spinnen Sie. Der würde so was nie tun. Niemals.»

«Du scheinst dir ja ziemlich sicher zu sein.»

«Bin ich auch. Das heißt aber noch lange nicht, daß ich mit allem einverstanden bin, was er tut –» fügte sie schnell hinzu.

«Was ist mit Miss Dew?»

Sie zuckte die Achseln. «Ich nehme an, sie ist schlafen gegangen.»

«Hast du ihre Tante gesehen? Oder sonst einen von der Gruppe? Cholmondeley, Schoenberg?»

Die Hände hinterm Kopf verschränkt, schaute sie zur Decke. «Nö. Dieser blöde Harvey war auf der anderen Seite des Flusses... er meinte, er wolle sich die Kathedrale in Southwark ansehen.»

«Aber das muß doch früher gewesen sein.»

«Vermutlich.» Penny stützte den Kopf auf eine Hand. Es war schwer zu sagen, ob sie wegen Amelia betroffen war oder ob sie die Fragerei einfach nur langweilte. Als sie aber schließlich zu Jury aufsah, wußte er, was der ängstliche Blick zu bedeuten hatte. «Was ist mit Jimmy? Niemand sucht mehr nach Jimmy, nicht, solange das hier andauert.» Und kaum hörbar fügte sie hinzu: «Jimmy ist tot, nicht wahr?»

«Nein», sagte Jury. «Wenn dem so wäre, hätten wir das inzwischen erfahren. Und glaube ja nicht, daß wir die Suche aufgegeben haben. Die Polizei von Warwickshire kämmt die ganze Grafschaft durch.»

Jury hoffte nur, als er das Mädchen ansah, daß er sich da nicht täuschte.

27

Die Bücher lagen in Stapeln auf dem Boden.

James Carlton hatte das oberste, ungefähr einen Meter fünfzig lange Regalbrett auf den Schreibtisch gehievt. Dann kletterte er selbst auf den Schreibtisch, drehte es um und schob es durch die Öffnung, die entstanden war, als einer der Gitterstäbe schließlich nachgegeben hatte. Da die Öffnung schmaler war als das Brett, mußte er es kippen, was es ziemlich schwierig machte, das andere Ende auf einen Ast des Baumes vor dem Fenster zu manövrieren. Der Schweiß lief ihm herunter, und einmal dachte er schon, das Brett würde ihm aus den Händen rutschen und hinunterfallen. Dann wäre alles aus gewesen. Aber nichts dergleichen passierte. Es gelang ihm schließlich, das Brett so auf den Ast zu legen, daß es einen einigermaßen ebenen Steg bildete. Das ihm zugewandte Ende legte er auf einen mehrere Zentimeter breiten Mauervorsprung. Die Konstruktion machte einen ziemlich stabilen Eindruck. Zentimeter um Zentimeter schob er seinen Oberkörper durch die Fensteröffnung und lehnte sich probehalber auf das Brett, so fest er konnte; es schien zu halten. Natürlich war das keine richtige Probe; er wußte immer noch nicht, ob das Brett sein ganzes Gewicht tragen würde. Er blickte zum Himmel hoch und war froh, daß es so dunkel war. Nur die oberen Äste des gegenüberliegenden Baumes waren in kaltes Mondlicht getaucht.

Die graue Katze saß neben ihm auf dem Schreibtisch und dachte anscheinend, das Ganze werde zu ihrem Vergnügen inszeniert. Sie schlüpfte durch die Öffnung, spazierte auf dem Brett auf und ab, ließ sich schließlich auf dem dicken Ast nieder und begann ihre Krallen daran zu wetzen.

Es war vier Uhr morgens. James Carlton hatte den Zeitpunkt seiner Flucht so kalkuliert, daß er noch im Schutz der Dunkelheit entkommen konnte, aber nicht allzu lange im Dunkeln herumtappen mußte. Außerdem war es eine Zeit, in der seine Entführer – wie viele es waren, wußte er nicht – fest schlafen würden.

James Carlton ging in die Hocke und streckte zuerst die Beine durch die Öffnung. Dann – wobei er die Gitterstäbe ergriff, um eine feste Stütze zu haben – wand und drehte er sich so lange, bis er mit dem ganzen Körper die Öffnung passiert hatte und halb auf dem Vorsprung, halb auf dem Brett lag. Er bewegte sich mit äußerster Vorsicht, damit das Brett nicht verrutschte. Seine Füße baumelten über die Kante des Vorsprungs. Er sah nicht hinunter, als er sich langsam aufrichtete und auf dem Vorsprung einen Halt für seine Füße suchte, während er sich an den Gitterstäben festhielt.

Das Brett hatte sich nur um wenige Millimeter verschoben. Aber schließlich war es kaum mehr als einen Meter zu dem Ast. Zwei große Schritte, und er säße mit der Katze im Baum. Doch dann sah er zum schwarzen Himmel und den kalten Sternen empor und fühlte die schreckliche Leere der Nacht um sich.

Die graue Katze saß im Mondlicht wie ein Gespenst auf dem Ast. Sie schien diesen nächtlichen Ausflug mehr zu genießen, als zusammengerollt auf James Carltons Bett herumzuliegen. *Mach schon*, schien sie zu sagen.

Doch James Carltons Hände klebten an den Gitterstäben, wie die Sterne unbeweglich am Himmel zu kleben schienen. Er fragte sich, ob Gott das Universum geschlossen hatte. Ging seine Uhr noch? Und sein Herz? Oder hatte alles aufgehört zu schlagen?

Vielleicht sollte ich beten, dachte er, während er auf das Brett sah, das einen ebenso weiten Raum überspannte wie das Universum, zu dem er eben hochgeblickt hatte. Er mußte seinen Kopf gar nicht freimachen – er schien ein Teil der großen Leere da draußen zu sein. Er wußte nicht, welches Gebet er sprechen sollte. Und dann schwirrten ihm allerlei Bilder durch den Kopf. Sein Vater als Kriegskorrespondent, Flieger-As, Baseballspieler. Natürlich war sein Vater auch ein toller Fallschirmspringer gewesen... Sein Vater wäre nicht stolz auf ihn... ebenso wenig wie der Mann mit der eisernen Maske, der wahrscheinlich nicht einmal ein Brett bräuchte. Der würde einfach springen.

Ein Finger löste sich von den Stangen und bohrte sich ihm

in den Rücken. Eine Schwertspitze! In seinem Kopf grölte es: «Jo, ho, ho und eine Buddel Rum...» Dann hörte er eine grausame, herrische, betrunkene Stimme brüllen: «Tja, mein Junge! Heute nacht wirst du den Fischen zum Fraß vorgeworfen!»

Immer tiefer bohrte sich der Finger in seinen Rücken. Und er konnte nichts machen, er hatte keine Wahl. Entweder das Schwert oder die Haie... Unter ihm peitschte und schäumte die See, die Flossen der Haie zogen schnelle Kreise; er sah bereits sein Blut das Wasser rot färben.

Er war im Baum, bevor er noch merkte, daß er die Stangen losgelassen hatte.

Und nun kletterten sie hinunter – ein Kinderspiel für James Carlton, der fast jeden Baum zwischen West Virginia und Maryland bezwungen hatte.

Nicht so für die graue Katze. Auf einem Brett hin und her zu spazieren war eine Sache, einen Baum hinunterzuklettern eine andere. Hätte James Carlton nicht gezogen und gezerrt, wäre die Katze wohl die ganze Nacht in luftiger Höhe sitzengeblieben und hätte jämmerlich den Mond angeschrien.

Zusammen landeten sie auf dem weichen Boden am Fuß des Baumstamms.

Das Haus lag genauso im Dunkeln wie die Landschaft jenseits der Baumgruppe. James Carlton trat ein paar Schritte zurück, um besser sehen zu können. Die Katze wich ihm nicht von der Seite. Das Haus ragte kalt und abweisend vor ihm auf, ein Gefängnis von außen wie von innen. Nichts bewegte sich, nirgendwo brannte Licht. Als er das Haus umrundete, entdeckte er aber doch einen matten Lichtschimmer. Leise schlich er sich an. Durch das erleuchtete Fenster war die Silhouette eines auf und ab schreitenden Mannes zu sehen.

James Carlton versäumte keine Zeit damit, sich dem Mann vorzustellen. Er nahm die Katze unter den Arm und begann zu laufen.

28

Melrose Plant nahm auf dem Sofa Platz, das Lady Violet Dew vor kurzem geräumt hatte. Er war ebenso erschossen wie Jury, der neben ihm saß.

«Wo ist Schoenberg?» fragte Jury ohne lange Vorrede.

«Großer Gott, könnten Sie mich wenigstens einen Augenblick lang meine gemarterten – obgleich gutbeschuhten – Füße ausstrecken lassen, bevor Sie loslegen?»

«Nein», sagte Jury.

«Ich vermute, er läuft noch immer in Pepys Park herum. Die belegten Brötchen da sehen aber lecker aus. Agatha würde umkommen –» Er wählte eines, das mit Brunnenkresse belegt war.

«Was ist denn Pepys Park?»

Melrose seufzte. «Das ist eine Neubausiedlung, von den Stadtvätern vor einigen Jahren dort errichtet, wo einst vermutlich Marlowes altes Deptford Strand lag. Harvey kamen natürlich die Tränen. Aber das ist der Lauf der Dinge. Fortschritt, Fortschritt.» Melrose nahm sich ein Fischbrötchen von dem vollbelegten Teller.

«Wann sind Sie aufgebrochen?»

«Ich würde sagen, so gegen 1568 – warum?»

Als Jury ihm erzählte, was Amelia Farraday zugestoßen war, hörte Melrose auf zu essen, saß einen Moment lang schweigend da und beantwortete Jurys Frage dann ernster:

«Wir haben das Hotel um neun verlassen. Nach einem gemeinsamen Frühstück.»

Jury dachte kurz nach: «Wer immer den Mord an Amelia Farraday begangen hat, nahm ein ziemliches Risiko auf sich, als er in den frühen Morgenstunden ins Hotel zurückkehrte. Wiggins sagt, keiner der Hotelangestellten habe ein Schäfchen aus unserer Herde nach Mitternacht zurückkehren sehen. Außer Cholmondeley. Aber das wußten wir bereits.»

«Ich weiß nicht; man kann das Hotel von zwei Straßen aus betreten. Ich habe den Nebeneingang benutzt, und ich glaube nicht, daß mich jemand gesehen hat. Wenigstens nicht beim Hineingehen.»

«Das konnte der Mörder aber nicht mit Sicherheit wissen. Er ging ein Risiko ein.»

Plant sah ihn an. «Jemanden zu ermorden ist immer riskant, mein Bester.»

Jury grinste. «In der Tat.» Nach einer Weile sagte er müde: «Wir müssen mit Harvey sprechen. Wann kommt er zurück?»

«Ziemlich bald, nehme ich an. Er ist mit seinem Bruder Jonathan zum Dinner verabredet. Der Bruder kommt im Laufe des Nachmittags in Heathrow an. Mit der Concorde, sagte er.»

«Wie nobel», sagte Jury. «Er scheint nicht gerade knapp bei Kasse zu sein.»

«Nun, wenn ich richtig verstanden habe, hat er das gesamte Familienvermögen geerbt. Übrigens hat Harvey mich ebenfalls zum Essen eingeladen, aber ich –»

«Fabelhaft», sagte Jury und erhob sich. «Sie können Harvey die richtigen Fragen stellen. Und um sicherzugehen, daß Sie die dazu nötigen Informationen haben, werde ich Wiggins zum Kaffee vorbeischicken. Schoenberg dürfte nicht allzusehr unter der Zeitverschiebung leiden.»

Melrose zog ein Gesicht. «Vielen Dank auch. Sie gehen doch hoffentlich nicht davon aus, daß die beiden sich ähneln? Können Sie sich vorstellen, mit zweien von dieser Sorte ein Gespräch zu führen?» Melrose stellte seine Teetasse hin. «Wissen Sie, da ist noch etwas, was ich Ihnen sagen wollte –» Er zuckte mit den Schultern. «Na ja, das kann auch warten.»

«Ich gehe zum Yard zurück. Ich möchte mit Lasko sprechen, unter anderem.» Mit diesen Worten entfernte sich Jury.

Melrose saß da und überlegte, ob er die Sache nicht doch besser erwähnt hätte. Aber es kam ihm irgendwie ein bißchen unpassend vor, in diesem Augenblick über die Beziehung zwischen Thomas Nashe und Christopher Marlowe zu reden; Jury würde denken, Harvey Schoenberg hätte ihn langsam angesteckt. Vielleicht hätte er da gar nicht so unrecht, dachte Melrose.

«Fehlanzeige», sagte Lasko am anderen Ende der Leitung in Stratford-upon-Avon. «Wir haben die ganze Gegend durchkämmt, Busse und Züge kontrolliert – kurz, wir haben alles getan, was in unserer Macht stand. Der Junge ist wie vom Erdboden verschluckt.»

Selbst am Telefon war Laskos Gesichtsausdruck eines geprügelten Hundes zu erahnen. Jury berichtete ihm vom Schicksal Amelia Farradays und schloß aus seiner geheuchelten Anteilnahme, daß er erleichtert war, mit diesem Fall nichts mehr zu schaffen zu haben. Jury konnte es ihm wahrlich nicht verübeln. «Such weiter nach Jimmy Farraday.»

Mit diesem weisen Ratschlag legte er auf. Die streunende Katze (mittlerweile im ganzen Soctland Yard als Racers Katze bekannt) hatte sich durch die einen Spaltbreit offene Tür in Jurys Büro geschlichen; nun strich sie um die spartanischen Möbel und durch Jurys Beine, um schließlich mit einem Satz auf seinen Schreibtisch zu springen.

Wenn das so weiterging, würden sie sich noch um Mitternacht gegenseitig anstarren. Jury hatte mehrmals seine Unterlagen durchforstet, ohne auf einen neuen Hinweis zu stoßen. Und es gab auch keinen – außer der Mitteilung, die ihm Chief Superintendent Racer am Nachmittag mit dem üblichen, nichtssagenden Wortlaut per Hauspost zugeschickt hatte: *Jury. Obwohl ich in den letzten Stunden nichts von Ihnen gehört habe, ist mir doch zu Ohren gekommen, daß ein weiterer Mord verübt wurde, was Sie aber nicht veranlaßt hat, mir umgehend Bericht zu erstatten. Weshalb ich das ziemlich merkwürdig finde, mag vielleicht an meiner verqueren Vorstellung von –*

Und es folgten – glücklicherweise nicht direkt aus seinem Munde, dachte Jury – die üblichen Tiraden, Verwünschungen und Variationen über das Thema von Jurys Fehlbarkeit; sie endeten mit dem Befehl, bis Sonnenuntergang Bericht zu erstatten. Er nahm an, das Exekutionskommando würde bis dahin bereitstehen. Er schleuderte das Papier beiseite.

Die Katze hörte auf, sich zu putzen, starrte auf das Memo und gähnte.

Zum x-tenmal nahm Jury sich das Gedicht vor. Daß er zwischen ihm und den Morden keine Verbindung herzustellen vermochte, ließ ihn an sich und seinen Fähigkeiten zweifeln. Fest stand nur, daß die Opfer alle Frauen waren, und die betreffende Strophe handelte ebenfalls vom ewig Weiblichen: Sie handelte von der Vergänglichkeit der Schönheit. Von strahlenden Königinnen. Von der schönen Helena. Von verwelkenden Blumen. Vom Tod schöner Frauen. Jury starrte auf die kahle Wand. Gwendolyn Bracegirdle war keine Schönheit gewesen – dicklich, Dauerwelle im Haar und mit fünfunddreißig bereits eine Matrone. Wäre Gwendolyn nicht gewesen, hätte Jury geschworen, daß es jemand auf die Farradays abgesehen hatte.

Aus den Papieren auf seinem Schreibtisch zog er James Farradays Paß hervor und betrachtete das winzige Foto. Dann sah er sich die Vergrößerung von dem Teil des Paßfotos an, der James Carltons Gesicht zeigte. Das Familienfoto im Paß – Jimmy mit James Farraday und Amelia – betrachtend, dachte er, wie intelligent der Junge doch aussah. Er nahm den Hörer von der Gabel.

«Flughäfen?» fragte Lasko schläfrig. «Zum Teufel, nein, warum sollte er außer Landes geschafft worden sein?... Hör mal, Richard. Ich sag das ungern, aber du weißt doch so gut wie ich, daß der Junge tot ist und auf irgendeinem Feld da draußen liegt, das wir bisher noch nicht abgesucht haben –»

«Nein, er ist nicht tot», beharrte Jury.

«Wieso zum Teufel bist du dir da so sicher?» seufzte Lasko.

Jury war sich keineswegs sicher. «Die Opfer waren alle Frauen, Sammy.»

«Aber Richard, er hätte doch einen Paß gebraucht, um das Land zu verlassen.»

«Es ist nicht besonders schwer, sich einen Paß zu besorgen, Sam. Wie dem auch sei, wenn du mich sprechen willst, ich bin zu Hause.» Er gab Lasko seine Nummer in Islington, legte auf und schwang sich in seinem Drehstuhl herum, um auf die schmutzverkrusteten Scheiben seines Fensters zu starren.

Es mußte etwas mit den Farradays zu tun haben. Den weiblichen Farradays. Es war nur noch eine übrig: Penny.

«Mr. Jury –»

Es war Mrs. Wasserman aus der Kellerwohnung, die auf seiner Türschwelle stand, ihren dunklen Morgenrock am Hals zusammenhielt und ihm die Tageszeitung entgegenstreckte.

Jury sah, wie ihre Hand zitterte. «Kommen Sie rein, Mrs. Wasserman.» Er fragte nicht, wieso sie zu dieser (für sie) späten Stunde noch auf war, denn er wußte es bereits. Sie hatte vermutlich hinter ihren dunklen Vorhängen am Fenster gesessen und den ganzen langen Tag und die noch längere Nacht auf den Polizisten gewartet, der über ihr wohnte. Das kam häufiger vor.

Sie kam herein, immer noch mit der einen Hand ihren Morgenrock zusammenhaltend, schloß schnell die Tür und lehnte sich mit dem Rücken dagegen, während sie mit der anderen Hand den Türknauf umklammert hielt.

Jury unterdrückte ein Lächeln. Die Szene glich einer Einstellung aus einem alten Bette-Davis-Film. Doch Mrs. Wasserman schauspielerte nicht. Das wurde ihm klar, als er auf das Machwerk der Londoner Sensationspresse in ihrer Hand sah; das übliche Nacktfoto auf der Titelseite hatte der Nachricht vom «Schlächter» weichen müssen. Wenn sich Mrs. Wasserman in diesem Aufzug um ein Uhr morgens die Mühe machte, zwei Treppen hinaufzusteigen, dann war sie wirklich nervös.

Britische Zeitungen hatten sich lobenswerterweise immer um eine gute Zusammenarbeit mit der Polizei bemüht, indem sie zum Beispiel bei der Berichterstattung über Morde auf die grausigen Details verzichteten. Das war auch notwendig, weil da draußen zu viele potentielle Schlächter herumliefen, die alle nur auf einen *modus operandi* warteten, um sich vom Kuchen des öffentlichen Interesses ein Stück abzuschneiden. Die betreffende Zeitung bewegte sich jedoch in ihrer Schilderung in allzu großer Nähe der Blutlache, in der Amelia Farraday aufgefunden worden war. Oh, zugegeben, einiges blieb der Phantasie überlassen. Doch die ständige Wiederholung des Wortes «Verstümmelungen» würde sogar eine weniger phantasiebegabte Person als Mrs. Wasserman in Angst und Schrecken versetzt haben.

«‹Der Schlächter› – was für ein schrecklicher Name. Irgendwo, Mr. Jury, irgendwo da draußen lauert er. Läuft herum und sieht aus wie jedermann.»

Jury befürchtete, daß ihre maßlose Angst sich noch steigern würde, wenn sie erführe, daß der Schlächter genausogut eine Frau sein konnte. Ihre Verfolgungsangst war so schlimm, daß Jury sie immer wieder mit neuen Tips für Türriegel, Fenstergitter, Schlösser, Schlüssel und Ketten beruhigt hatte. Und mit immer neuen Lügen. Er wußte schon nicht mehr, wie viele Geschichten er über die Londoner Polizei erfunden hatte, insbesondere über deren Unfehlbarkeit, wenn es darum ging, Frauen auf den Straßen zu beschützen.

Er wußte, daß sie dort unten in ihrer verbarrikadierten Kellerwohnung in dem gelegentlichen Schritt eines Passanten auf dem Gehsteig eine Armee marschierender Füße vernahm. Und in dieser Armee marschierte auch immer ihr Verfolger mit – die Füße, die stehenblieben, die Gestalt, die auf der Lauer lag, der Schatten auf dem Gehsteig. Jury konnte in ihrem Geist all die sorgfältig ausgesuchten, Sicherheit symbolisierenden Gegenstände sehen – Riegel, Schlösser, Ketten –, die sämtlich zu einer dalíesken Landschaft verschmolzen und wie dunkles Blut an ihrer Tür herunterflossen.

Sein Gesichtsausdruck mußte ihn verraten haben. «Sie sehen, ich habe recht, Mr. Jury. Heutzutage ist es schon gefährlich, nur einen Fuß nach draußen zu setzen –»

Er nahm ihren Arm und drückte sie in den Ledersessel, das einzige gute Möbelstück im Zimmer. «Nein. Keineswegs.» Er schleuderte die Zeitung, aus der man fast das mit Druckerschwärze vermischte Blut riechen konnte, außerhalb ihrer Reichweite auf den Schreibtisch. «Und ich sage Ihnen auch, warum, aber nur, wenn Sie mir versprechen, morgen keine Zeitung zu kaufen. Versprechen Sie das?»

Sie faltete die Hände im Schoß und nickte. «Ich verspreche

es.» Dann lächelte sie ihr trauriges, altjüngferliches Lächeln und drohte ihm mit dem Finger. «Aber wir wissen doch beide, Mr. Jury, daß Sie mir nicht alles erzählen können. Auch wenn es Ihr Fall ist. Das steht jedenfalls da in der Zeitung.» Letzteres sagte sie so stolz, als wäre Jury ein schwarzes Schaf der Familie, das endlich einmal bewiesen hatte, daß etwas in ihm steckte.

«Lassen wir das beiseite. Soviel kann ich Ihnen jedenfalls sagen: Diese Person, die sie den Schlächter nennen und der angeblich in ganz London sein Unwesen treiben soll – das sind Lügenmärchen. Er tötet nicht unterschiedslos Fr-, ich meine Leute. Er weiß genau, was er will, und er kennt seine Opfer genau.»

Sie glaubte ihm. Wie immer. Nur – wie er sich zufrieden sagte –, diesmal stimmte es tatsächlich. Fast hatte er das Gefühl, dabei selbst der Wahrheit etwas nähergekommen zu sein. Jury lächelte. Es war sein erstes von Herzen kommendes Lächeln an diesem Tag.

Darauf zeigte ihr Gesicht den Ausdruck eines Ertrinkenden, der endlich an die Wasseroberfläche hochtaucht.

Luft, schien es zu sagen. *Gott sei Dank.*

29

Jury betrat Racers Vorzimmer und zwinkerte Fiona Clingmore zu, die daraufhin die Inspektion ihrer frisch lackierten Fingernägel unterbrach, um seinen Blick auf Wichtigeres zu lenken. Fiona rückte Busen und Beine zurecht und stützte ihr sorgfältig geschminktes Gesicht auf die verschränkten Hände. «Sie sind spät dran», sagte sie mit einem Blick auf Chief Superintendent Racers Tür.

«Was ihn angeht, immer.»

Jury öffnete die Tür (justament in dem Augenblick, als Racer sein Toupet zurechtrückte, was die Stimmung nicht gerade hob), durchquerte das Zimmer, machte es sich auf dem Stuhl vor Racers Schreibtisch bequem und sagte: «Hallo.»

Racer, der hierüber sogar sein Toupet vergaß, starrte Jury an, als habe der endgültig den Verstand verloren. «Ich muß doch sehr bitten, *Superintendent*.»

«Wieso?» Jury musterte sein Gegenüber unschuldig aus klaren, sanften, taubengrauen Augen. Er wußte, es lohnte nicht, Racer zur Raserei zu treiben, aber er geriet stets von neuem in Versuchung.

«*Wieso?*» Blut schoß ihm ins Gesicht, so daß es die Farbe der Nelke annahm, die sein Knopfloch zierte. «Wir begrüßen unsere Vorgesetzten nicht mit ‹Hallo›.»

«Oh, tut mir leid. Sir», fügte Jury hinzu, als wäre ihm das gerade noch rechtzeitig eingefallen.

Racer lehnte sich zurück, betrachtete Jury mit einem Mißtrauen, das Polizisten sich gewöhnlich für kriminelle Elemente vorbehalten, und meinte: «Einmal werden Sie den Bogen überspannen, Jury.»

Eine überflüssige Bemerkung, dachte Jury, der sich schon gar nicht mehr erinnern konnte, jemals nicht den Bogen überspannt zu haben. «Sie wollten mich sprechen?»

«Selbstverständlich wollte ich Sie sprechen. Gestern. Wegen dieser Farraday. Noch eine Amerikanerin, die auf offener Straße massakriert wird; die amerikanische Botschaft möchte wissen, was zum Teufel los ist. Verständlich, nicht? Also, was ist los, Jury?»

«Fragen Sie mich, ob ich diese Mordserie aufgeklärt habe? Die Antwort ist nein.»

«Ich will einen Bericht haben, Superintendent», zischte Racer durch die Zähne.

Jury tat wie befohlen und schilderte den Zustand, in dem man Amelia Farradays Leiche gefunden hatte, ohne auch nur ein einziges blutiges Detail auszulassen. «...irgendwann zwischen elf und kurz nach Mitternacht. Halb eins vielleicht.»

«Motiv?» schnappte Racer.

«Wenn ich das wüßte, würde ich auf der Straße tanzen!»

«Wiggins?» Racer hatte sich in letzter Zeit diese elliptische Ausdrucksweise zugelegt, zweifellos um seinen Untergebenen das Leben noch schwerer zu machen.

Jury runzelte die Stirn. «Was ist mit ihm?»

«Was er tut, Mann? Außer seine Umgebung mit allen möglichen Krankheiten anzustecken.» Racer sah auf die Papiere auf seinem Schreibtisch. «Dieses Gedicht. Die Pestilenz. Sergeant Wiggins ist für diesen Fall genau der Richtige.» Er lehnte sich zurück, um eine Lektion vom Stapel zu lassen. «Ich habe mich ein wenig sachkundig gemacht. ‹Gott erbarme dich unser› schrieben sie damals auf ihre Türen.» Er machte eine Bewegung mit dem Zeigefinger, als wäre die Luft die Tür, vor die er Jury am liebsten setzen würde. «Wußten Sie, daß es Zeichen gab, von denen man annahm, sie würden die Pest ankündigen? Die gleichen Zeichen sehe ich auch, wenn Wiggins den Flur entlanggeht – Kröten mit langen Schwänzen, eklige kleine Frösche und so weiter.» Racer hustete.

«Ich hoffe, Sie haben sich nicht –»

Jury unterbrach sich mitten im Satz. Chief Superintendent Racers Belehrung hatte in ihm einen schlummernden Gedanken geweckt. War es möglich, daß Racer zur Abwechslung einmal etwas Nützliches beigetragen hatte?

«Für meine Begriffe ein bißchen überdreht», sagte Wiggins, als sie den Piccadilly entlangfuhren. Sie sprachen von den Schoenbergs. Das heißt, Wiggins schwieg, während er das Auto zwischen zwei Doppeldeckern durchmanövrierte, die entlang des Green Park ein privates Wettrennen veranstalteten.

«Nun? Und was halten Sie von ihm?» drängte Jury.

Wiggins holte ein Taschentuch von der Größe eines mittleren Tischtuchs hervor. Seine Nasenspitze zuckte wie die eines Kaninchens, doch leider nicht (wie Jury befürchtete), weil sie etwas witterte. «Wen meinen Sie, Harvey oder den Bruder?»

«Harvey kennen wir doch in- und auswendig. Jonathan natürlich.»

«Er sieht aus wie –» Wiggins mußte so heftig niesen, daß Jury ihm ins Lenkrad griff, damit der Wagen nicht ins Schleudern geriet.

«Entschuldigen Sie, Sir. Aber ist Ihnen je aufgefallen, daß Green Park um diese Jahreszeit alle möglichen Allergien hervorruft?» Wiggins schneuzte sich und bog in die Albemarle Street ein.

«Nein, eigentlich nicht. Reden wir noch etwas über den Bruder.»

«Ich wollte gerade sagen, daß sie sich zwar sehr ähnlich sehen, sich aber ganz unterschiedlich benehmen. Harvey wedelt ununterbrochen mit der Gabel, während sein Bruder sie zum Essen benutzt. Sie verstehen, was ich meine.»

Jury lächelte. «Ja. Wie denkt Mr. Plant über ihn?»

«Genauso wie ich. Er hält diesen Jonathan für so gefühlskalt wie einen toten Fisch. Jonathan verachtet Harvey. Ich wette, die beiden können sich nicht riechen. Meiner Meinung nach hat die Eifersucht berufliche Gründe.»

«Kaum zu glauben, daß jemand auf Harvey eifersüchtig sein kann. Beruflich oder sonstwie.»

«Ich halte Harvey für den Eifersüchtigen. Dieser Jonathan ist Professor für englische Literatur. Lehrt an einem College in Virginia, das St. Mary heißt. Verbringt hier seine Zeit damit, im Britischen Museum alte Handschriften zu lesen.»

Wiggins hielt vor «Brown's Hotel», steckte den Kopf aus dem Wagenfenster und brachte einen silbergrauen Mercedes dazu, das Feld zu räumen.

Sie blieben noch ein paar Minuten im Wagen sitzen. «Wie hat Jonathan Schoenberg die Nachricht von den Morden aufgenommen?»

Wiggins zuckte die Achseln. «Ziemlich ungerührt. Lebt wohl in seinem Elfenbeinturm. Natürlich meinte er, das sei ja entsetzlich. Offen gestanden glaube ich, daß ganz andere Dinge passieren müssen, bevor er sich ernsthafte Sorgen um seinen Bruder macht. Oder um sonst jemanden.»

Als sie ausstiegen, sagte Jury: «Ich kann's kaum erwarten, ihn kennenzulernen.»

«Ich glaube, das Motiv ist Rache», sagte Jury in Melrose Plants Hotelsuite.

«Wieso nicht Geldgier?» fragte Plant.

«Scheint mir psychologisch falsch. Diese Morde liefen alle irgendwie zu rituell ab.»

«Aber auf wen hat der Mörder es abgesehen? Die Farradays – oder James Farraday – würden sich anbieten, wenn nicht dieser Mord an Gwendolyn Bracegirdle wäre. Er paßt nicht ins Bild, finden Sie nicht auch?»

Jury nickte. «Allerdings. Vielleicht ist sie ihm in die Quere gekommen.»

Plant zog eine Grimasse. «So eine Schlamperei aber auch.»

Jury zuckte mit den Schultern. «Niemand ist perfekt.»

«Rache also. Da fällt mir etwas ein, was Harvey gesagt hat, eine ziemlich blöde Bemerkung. Na, vielleicht nicht ganz so blöd, und zwar über *Hamlet*: ‹Eine Rachetragödie. Sie sind alle gleich; man bringt so lange die Falschen um, bis man schließlich an den Richtigen gerät.› Schwer vorstellbar, daß unser Freund sich mit dem ganzen Blutvergießen einfach nur genug Mut macht für den Mord an seinem eigenen Claudius.» Plant lächelte grimmig. «Sollte er es auf die Farradays abgesehen haben, dann würde ich mir wegen Penny wirklich große Sorgen machen.»

Jury überlief es heiß und kalt. «Darf ich?» Er goß sich aus Melroses Karaffe ein Gläschen Brandy ein. «Auch einen?»

«Ja, kann ich gebrauchen.» Melrose sah auf die Uhr. «Ist ja bereits Nachmittag. Agatha meint, daß ich mich im Eiltempo zum Alkoholiker entwickle. Das einzig Gute an der Sache ist, daß sie jetzt Angst hat, nach London zu kommen. Cheers.» Melrose hob sein Glas.

«Wo ist Schoenberg? Haben Sie ihn heute morgen gesehen?»

«In Deptford, selbstverständlich... oh, Sie meinen den Bruder?»

Auf Jurys Nicken sagte Melrose: «Im Britischen Museum natürlich. Sie sind zusammen weggegangen.»

«Wie fanden Sie Jonathan?»

«Eisig. Und Harvey nimmt der nicht die Bohne ernst.»

«Haben Sie Penny gesehen?» Als Plant den Kopf schüttelte, sagte Jury: «Ich will, daß Penny auf keinen Fall dieses verdammte Hotel verläßt.»

Das wurde so heftig hervorgestoßen, daß Melrose zusammenzuckte. «Wenn Sie nicht wollen, daß Leute sich frei bewegen, dann müssen Sie sie in – wie heißt es noch gleich? – Schutzhaft nehmen.»

«Penny sollte ich in einen Schrank sperren.» Jury leerte sein Glas und erhob sich.

«Wohin gehen Sie?»

«Jonathan Schoenberg einen Besuch abstatten.»

Er hatte die Tür fast erreicht, als Plant ihn noch einmal zurückrief.

«Hören Sie, da wäre noch eine Kleinigkeit –»

Jury drehte sich um. «Was für eine Kleinigkeit?»

«Nun, wahrscheinlich ist es nichts von Bedeutung, aber es geht um dieses verfluchte Gedicht. Es ist von Thomas Nashe.»

Jury kam ins Zimmer zurück. «Glauben Sie mir, ich weiß mittlerweile, wer es geschrieben hat.»

«Nun, das ist genau der Punkt, alter Knabe», sagte Melrose und leerte ebenfalls sein Glas. «Was ich nicht verstehe, ist, wieso Harvey Schoenberg es nicht wußte.»

Die Stille war mit Händen zu greifen. «Was meinen Sie damit?» sagte Jury schließlich.

«Zum Beispiel habe ich es Jonathan gezeigt. Er hat es sofort erkannt. Vor allem wegen der einen Zeile, ‹Ein goldner Schimmer in der Luft›.»

«Schoenberg hat einen Lehrstuhl für englische Literatur – es ist sein...» Jury verstummte.

«Genau. Sie wollten ‹Spezialfach› sagen. Aber überlegen Sie doch mal – ich kann Ihrem Gesicht ansehen, daß Sie das tun –, Jonathan Schoenberg kennt seinen Shakespeare, daran zweifle ich keine Sekunde. Und seinen Marlowe auch. Aber ich mache jede Wette, daß er Harvey nicht das Wasser reichen kann, was pure Fakten betrifft. Thomas Nashe war einer der besten Freunde Christopher Marlowes. Sie hatten noch nicht das Vergnügen, Harvey zuzuhören, wenn er mit elisabethanischen Namen um sich wirft. Ich bin in Stratford in der Bibliothek gewesen. Harvey hatte mir alle möglichen ausgefallenen Dinge aus Marlowes Leben erzählt. Marlowe war berüchtigt für seine Schlägereien und Duelle. Harvey hat mir alles haarklein erklärt – in Hog Lane gab es eine Schlägerei auf der Straße, die mit einem Duell endete. Harvey kannte die Namen aller Beteiligten. Dann müßte er eigentlich auch wissen, daß Nashe dabeigewesen war. Der Name Nashe zieht sich wie ein roter Faden durch Marlowes Leben. Er hat sogar eine Elegie geschrieben: *Über Marlowes frühen Tod* –»

Plant schwieg, zündete sich eine kleine Zigarre an und blickte zu Jury hoch. «Der Punkt ist, alter Knabe... warum hat er gelogen?»

«Miss Farraday?» Die hübsche Hotelangestellte an der Rezeption hatte sich mittlerweile so an die Anwesenheit der Polizei gewöhnt, daß es sie kaum noch interessierte. «Ich glaube, sie ist ausgegangen, Superintendent. Aber ich versuche es trotzdem in ihrer Suite.»

Niemand antwortete.

Jenseits der Themse sehnte der Wirt des «Halbmonds» die Sperrstunde herbei. An diesem Nachmittag hatte er kaum Gäste gehabt, abgesehen von den Jungs an der Theke, wo er die Drinks einen Penny billiger verkaufte. Schlägertypen und Rowdies.

Vom Umsatz des Nachmittags gelangweilt, schenkte er sich einen Drink ein und ging dann den Flur entlang zur Toilette. Auf dem Weg dorthin warf er zufällig einen Blick in das leere Zimmer links von der Toilette und wunderte sich, warum seine Frau das schummrige Deckenlicht angelassen hatte. Er streckte den Arm aus, um es auszudrehen. Die Augen traten ihm fast aus den Höhlen.

Und dann fiel er in Ohnmacht.

30

Noch bevor Wiggins den Wagen anhielt, hatte Jury bereits die Tür geöffnet und seinen Fuß auf den von Polizeiautos gesäumten Bürgersteig gesetzt. Ein paar uniformierte Polizisten hatten die Stelle abgesperrt und drängten die Schaulustigen zurück, die sich bei dergleichen Anlässen zu versammeln pflegen.

«Hier hinten, Superintendent», sagte der Sergeant, der sie angerufen hatte.

Drinnen verursachte die Polizei ein weitaus größeres Chaos als die Neugierigen draußen. Jury wurde Detective Inspector Hatch vorgestellt, der ihn durch den spärlich beleuchteten Flur in ein Zimmer zu ihrer Linken führte.

Jury war sich des Anblicks, der ihn erwartete, so sicher gewesen, daß er die Zeit während der Fahrt über die Southwark Bridge damit verbracht hatte, gegen Visionen von ihrem verstümmelten Körper anzukämpfen. Daher konnte er es zunächst gar nicht fassen, daß das Opfer nicht Penny Farraday war.

Der leblose Körper auf dem Stuhl, dessen Arme schlaff herunterhingen und dessen Gesicht von brutalen Schlägen entstellt war, gehörte Harvey Schoenberg. Die breiige Masse, die einmal Schoenbergs Augen gewesen war, brachte Jury auf den Gedanken, Harvey habe in einem Anfall von ödipaler Raserei das Schwert gegen sich selbst gerichtet. Das grausigste an diesem blutrünstigen Spektakel war jedoch in Jurys Augen ein kleines Blutrinnsal auf dem blinden Bildschirm von Harveys Ishi.

Der Polizeiarzt klappte gerade seine Tasche zu. «Hallo, Superintendent. Wie Sie sehen, war es nicht allzu schwer, die

Todesursache festzustellen. Die Kehle ist teilweise durchgeschnitten – komisch, als wäre ihm das erst nachträglich eingefallen –, der andere Stoß ging direkt ins Gehirn. Interessant ist, wie der Mörder an diese Waffe kam.» In seiner Hand, eingewickelt in ein Taschentuch, hielt der Arzt einen Dolch. «Mittelalterlichen Ursprungs, haben Sie nicht auch das Gefühl?»

«Elisabethanisch», antwortete Jury.

Der Arzt sah ihn zugleich erstaunt und amüsiert an. «Ich muß schon sagen, ihr Burschen kennt euch aus mit Waffen.» Er bedeckte den Dolch wieder mit dem Taschentuch. «Der Tod ist vor weniger als zwei Stunden eingetreten. Noch keinerlei Anzeichen von Leichenstarre.» Der Arzt zog seinen Regenmantel an. «Sie entschuldigen mich bitte, ich bin hier fertig und habe gerade die Auflösung eines ausgezeichneten Fernsehkrimis verpaßt. *Der weiße Teufel.*»

Das gelbliche, von einem Metallschirm abgeblendete Deckenlicht warf düstere Schatten über den Tisch. «Diese Rachetragödien sind doch alle gleich.»

«So meinen Sie», wunderte sich der Arzt. «Das würde ich nicht sagen.»

«Der Tote da hat das gesagt.»

Der Arzt drehte sich noch einmal um und betrachtete Harvey Schoenbergs Leiche. «Sie haben ihn also gekannt? Ich nehme an, das wird Ihnen die Arbeit sehr erleichtern.»

«Sehr», sagte Jury, ohne eine Miene zu verziehen.

Laut Detective Inspector Hatch hatte niemand das Opfer hereinkommen sehen.

«Er muß durch die Gasse und den Garten gekommen sein. Der Besitzer erinnert sich, ihn gestern zusammen mit einem anderen Mann hier gesehen zu haben. Sagt, er habe ihn nach einem alten Gasthaus namens ‹Zur Rose› gefragt. Soll hier in der Gegend gewesen sein. So wie der Arzt das sieht, muß er –»

Hatch machte eine Geste in Richtung des Stuhls, auf dem noch vor kurzem Harvey Schoenberg gesessen hatte – «kurz nachdem das Lokal geöffnet worden war, so gegen elf, reingekommen sein. Wir müssen den anderen Mann finden, der mit ihm zusammen war –»

«Ich kenne diesen Mann.»

Hatch sah den Superintendent an, als wäre er ein Hellseher. «So. Und zu guter Letzt», fügte er dann hinzu und reichte Jury ein Stück Papier, «dies hier.»

Als Jury die Hand danach ausstreckte, wußte er bereits, was es war:

> Ich bin krank, ich werde sterben,
> Herr, erbarm dich unser.

«Liest sich wie der Abschiedsgruß eines Selbstmörders. Obwohl es offensichtlich kein Selbstmord ist. Was bedeutet das? Haben Sie eine Ahnung?»

«Es ist der Schluß eines Gedichts.»

Jury hoffte zumindest, daß es der Schluß war.

«Weil ich die Kathedrale von Southwark sehen wollte», sagte Penny, die scheinbar mühelos mit einem äußerst ungehaltenen Superintendent von Scotland Yard fertig wurde.

Nachdem Jury ihr von Harvey Schoenberg erzählt hatte, war sie in ihr Zimmer gegangen und hatte die Tür hinter sich zugeschlagen. Dort blieb sie einige Minuten und kam dann mit fleckigem Gesicht zurück, aus dem alle Tränenspuren weggewischt worden waren.

Auch jetzt erwähnte sie Harvey Schoenberg mit keinem Wort, sondern verteidigte ihre Streifzüge durch London. «Ich meine – Scheiße! Wir sind doch keine *Gefangenen*, niemand hat uns festgenommen –»

«Die Kathedrale von Southwark», sagte Jury. «Seit wann hast du solche religiösen Anwandlungen?»

Penny ließ sich neben Melrose Plant auf das Sofa fallen. Daß er jetzt, da sie sich schließlich begegneten, keinerlei Anstalten machte, eine Kostprobe seines schillernden Charmes zu geben, hatte ihre Haltung ihm gegenüber nicht gerade günstig beeinflußt. «Seit der alte Harvey... hören Sie, es tut mir leid, daß er... jedenfalls, seit er mir die Geschichte über die Kirche erzählt hat.» Sie ergriff ein Kissen, schüttelte es auf und stopfte es sich dann mit Schwung in den Rücken, als wollte sie ihre Wut am Mobiliar auslassen.

«Eine Geschichte. Soso. Wenn du eine Geschichte hören willst, dann werde *ich* dir eine erzählen. Ich werde dich ins Kittchen stecken und dir in aller Ausführlichkeit erklären, warum ich nicht möchte, daß du in London allein herumläufst. In den Gassen gibt es genügend Kerle, die kleinen Mädchen die spannendsten Geschichten erzählen –»

«Ich bin kein kleines Mädchen –»

Jury überhörte ihren Einwand und fuhr mit erhobener Stimme fort: «Und vor allem will ich nicht, daß du mit irgendeinem Mitglied dieser Reisegruppe spazierengehst! Ist das klar?»

Sie senkte den Blick und verfiel in ein grimmiges Schweigen.

Jury wiederholte seine Frage: «Ist das klar, Penny?»

Wütend riß sie den Kopf herum und schrie ihn an: «Sie sind nicht mein Vater!»

Ihr Gesicht war rot angelaufen vor Wut, aber sie kam nicht von Herzen.

«Was für eine Geschichte?» erkundigte sich Melrose, als Jury in sein Büro zurückgefahren war.

«Ist doch egal», sagte sie bockig. «Großer Gott, inzwischen sind vier von uns ermordet worden. Und dann ist da noch Jimmy! Was ihm bloß zugestoßen ist?» Sie nahm wieder das Federkissen und drückte es an sich wie einen weichen Panzer. «Ich versuch mir einzureden, er wäre einfach nur abgehauen. Aber bestimmt steckt da noch was anderes dahinter.»

Um sie von diesem höchst unerfreulichen Thema abzulenken und auch, weil er neugierig war, bestand Melrose darauf, daß sie ihm Harveys Geschichte erzählte.

«Oh, sie handelte von diesem Mädchen, Mary Overs. Sie hatte einen Vater namens John, der die Themse-Fähre betrieb; er wurde sehr reich, weil er die einzige Fähre über den Fluß besaß. Aber er war ein alter Geizkragen und außerdem richtig gemein.» An ihrem Daumennagel kauend, drückte sich Penny noch tiefer in ihre Sofaecke, als versänke sie selbst in den Abgründen der Gemeinheit. Sie schleuderte die Schuhe von den Füßen. «Dieser John war dermaßen geizig, daß er Mary versteckt hielt, weil er nicht wollte, daß die Männer sie sahen. Sie war nämlich so schön, daß jeder Mann, sobald er sie sah, sich im Nu in sie verliebte.» Penny schnalzte mit den Fingern. «Und wenn sie sich in sie verliebten, hieß das, sie wollten sie auch heiraten, und der alte John hätte für die Mitgift aufkommen müssen.»

Melrose merkte, daß sie zu ihm hinschielte, um zu sehen, ob er in vollem Umfang begriff, wie herzlos diese Mitgiftforderungen damals waren.

Sie fuhr fort: »Ihr Daddy beschloß, sich einen Tag lang totzustellen, um das Geld für das Essen ihrer Dienerschaft zu sparen. So geizig war er. Aber alle waren so glücklich darüber, daß er tot war, daß sie sich über das Essen und den Alkohol hermachten und um seine Leiche – oder das, was sie dafür hielten – ein richtiges Fest veranstalteten. Da erhob sich John in seinem Leichenhemd, um die Gesellschaft zu verjagen; sie glaubten natürlich, er sei der Teufel, und durchbohrten ihn mit einem Schwert.» Penny machte eine Bewegung, als wollte sie jemanden abstechen. «Dann war Mary frei. Als aber ihr Geliebter im gestreckten Galopp zu ihr geritten kam, stürzte er vom Pferd und brach sich das Genick. Die arme Mary war darüber so unglücklich, daß sie Nonne wurde und dieses Kloster gründete, St. Mary Overies –»

«Das dann später die Kathedrale von Southwark wurde.»

Penny sah ihn erstaunt an. «Woher wissen Sie das?»

«Ich bin Lehrer», sagte Melrose achselzuckend.

Ihr Staunen verwandelte sich schnell in Ekel: «Igitt! *Lehrer!* Wie können Sie ein Graf sein und gleichzeitig Lehrer?»

«Ich bin kein Graf», sagte Melrose abwesend. In Gedanken ging er die Einzelheiten des Berichts durch, den ihm Jury über den Mord an Harvey Schoenberg gegeben hatte. Die Sache kam ihm überaus merkwürdig vor; irgend etwas stimmte da nicht.

«Kein Graf?» Penny war entrüstet. «Aber er hat mir erzählt –»

Sie zeigte auf die Tür, durch die Jury (dieser Lügner) gerade eben das Zimmer verlassen hatte.

«Tut mir leid. Ich habe den Titel nach einem 1963 vom Parlament verabschiedeten Gesetz abgelegt.»

Sein Lächeln galt einer zur Abwechslung sprachlosen Penny. «Aber warum?» brachte sie schließlich hervor.

«Darum.»

«‹Darum› ist keine Antwort. Man hört nicht einfach auf, ein Graf –»

Melrose aber dachte an ein Gespräch mit Harvey. «‹Als Friseure noch Chirurgen waren›», sagte er nachdenklich. «Southwark...»

Doch Penny fand mittlerweile die Kathedrale von Southwark schon genauso langweilig wie Melrose sein Grafentum. «Das bedeutet also, Ihre Frau wird keine – wie heißt das? –, keine Gräfin sein?»

«Gräfin.»

Ihr Gesicht strahlte Verachtung aus. «Sie haben also wahrhaftig auch auf das Recht Ihrer Frau auf einen Titel verzichtet?» Penny angelte sich mit den Zehenspitzen ihren Schuh und versetzte dem seidenen Kissen einen Schlag. «Ihr Egoismus kennt wohl keine Grenzen.»

Melrose, der aufbrechen wollte, nahm seinen Spazierstock und betrachtete ihn aufmerksam. «Also, da ich keine Frau habe, macht das wohl kaum einen Unterschied, oder?»

Sie kaute auf ihrer Lippe herum und sagte schließlich: «Nun, soviel kann ich Ihnen sagen: Wenn jemand, den ich liebe, sterben sollte, würde ich seinetwegen bestimmt nicht ins Kloster gehen.»

So saßen sie noch eine Weile in halb vertrautem Schweigen zusammen und dachten über den Verlust von Harvey Schoenberg, den Adelsstand und das mögliche Echo auf all dies im Staate West Virginia nach.

31

Es waren nicht so sehr die braunen Augen, der ungepflegte Schnurrbart und die schlaffe Körperhaltung, die Jonathan Schoenberg von seinem Bruder unterschieden – denn die Ähnlichkeit zwischen den beiden war offensichtlich –, sondern seine unterkühlte Art. Harveys überschäumendes Wesen fehlte dem älteren Bruder völlig; er wirkte eher wie abgestandener Champagner.

Sie fanden Jonathan Schoenberg im Britischen Museum. Auf seinen hängenden Schultern schien der Staub der ihn umgebenden Altertümer zu lasten.

«Tot.» Vielleicht lag es an der Umgebung – Sarkophage,

ägyptische Büsten –, daß seine Stimme so hohl klang. Dem Mann schien keine passende Bemerkung einzufallen. Obwohl er die Schultern noch mehr hängen ließ, verrieten weder seine Augen noch seine Stimme irgendwelche Gefühlsregung. «Ich kann es nicht glauben. Ich habe ihn heute morgen noch gesehen –» Er schüttelte den Kopf.

«Sie haben gemeinsam ‹Brown's Hotel› verlassen?»

Jonathan Schoenberg nickte. «Er wollte nach Southwark, nein, Deptford. Er war besessen von diesem Christopher Marlowe.»

«Ja. Das ist uns bekannt. Hören Sie, vielleicht könnten wir in die Cafeteria gehen und uns dort unterhalten.» Die Kälte in dem Raum wurde unerträglich. Jury konnte fast schon seinen Atem sehen.

Schoenberg saß vor einer Tasse Kaffee und lockerte seine Strickkrawatte. Krawatte und Anzug sahen nicht gerade billig aus, obwohl Jonathan Schoenberg keinen großen Wert auf Kleidung zu legen schien. Man hatte den Eindruck, als drückte der gewiß außergewöhnliche Verstand des Mannes seinen Körper nieder wie ein schweres Gewicht. Neben ihm hätte der arme Harvey beinahe geschniegelt ausgesehen.

«Sie sind Gelehrter, Mr. Schoenberg. War denn irgend etwas dran an dieser Sache, der Ihr Bruder nachging, etwas von Interesse?»

«Interesse –?» Schoenberg stieß ein kurzes Lachen aus. «Mein Gott, Superintendent, es war eine völlig absurde Theorie. Worauf wollen Sie hinaus? Daß ihn jemand deswegen umgebracht hat?» Schoenberg betrachtete seine Hände, mit denen er die Knie umschlungen hielt. Allein sein Tonfall verriet die Abwegigkeit dieser Annahme. Er hielt es deshalb auch gar nicht für nötig, Jury oder Wiggins zur Bekräftigung seiner Worte anzusehen.

«Sie glauben also nicht, daß Ihr Bruder irgendwelche Feinde hatte?»

«*Deswegen* bestimmt nicht. Auch sonst ist es kaum vorstellbar, daß jemand Harvey hassen könnte.» Ein Lächeln huschte über sein Gesicht.

Das Lächeln war ungekünstelt. «Gab es zwischen Ihnen irgendwelche Unstimmigkeiten?»

Schoenberg schien überrascht. Er lachte fast. «Welche Unstimmigkeiten könnte es zwischen uns schon gegeben haben?»

Offensichtlich machte Schoenbergs Gefühlskälte auch Wiggins zu schaffen. Er schob den Hustenbonbon, an dem er gerade lutschte, nach hinten in den Rachen und sagte: «Wissen wir nicht, oder? Deshalb fragen wir.»

Jonathan Schoenberg schien nicht geneigt, Wiggins überhaupt wahrzunehmen, wie er wahrscheinlich auch die Anwesenheit eines jüngeren, weniger scharfsinnigen Kollegen ignoriert hätte. Er richtete also weiterhin das Wort an Jury. «Also gut – Harvey plagte wohl die Eifersucht. Ich war der Begabtere, und unsere Eltern haben mich vorgezogen; ich war derjenige, der immer das größere Stück vom Kuchen abbekam. Harvey hat sehr viel Zeit und Energie darauf verwendet, sich zu beweisen, und ich bin sicher, diese fixe Idee Marlowe und Shakespeare betreffend zielte in dieselbe Richtung.» Er verkündete dies ohne großes Interesse für Harvey oder Harveys Theorie und mit tonloser Stimme, während sein Blick über die graubraunen Wände und die trostlose Einrichtung der Cafeteria glitt.

Vielleicht wird man an der Universität so, dachte Jury. «Haben Sie Ihren Bruder oft gesehen, Mr. Schoenberg?»

Jonathan schüttelte den Kopf. «Selten.»

«Aber Sie wohnten doch nicht weit auseinander.»

«Das ist richtig.»

«In London haben Sie sich jedenfalls getroffen.»

Schoenberg hob abrupt den Kopf. «Na und? Ich komme mindestens einmal im Jahr hierher, meistens im Sommer.» Er warf seinen Paß auf den Tisch und fuhr ungerührt fort: «Vermutlich wollte er mir sämtliche Beweise zeigen, die er gesammelt hatte.» Er lächelte frostig. «Oder mich damit bloßstellen. Aber in Anbetracht der jüngsten Ereignisse treten Harveys Theorien über Marlowe und Shakespeare ja wohl ziemlich in den Hintergrund – ich meine die Morde an den Mitgliedern dieser Reisegruppe.»

Er warf Jury einen Blick zu, der zu besagen schien, daß dieser seine Zeit mit Nichtigkeiten vergeudete.

Da Jury vorgehabt hatte, den Paß zu verlangen, stellte er sich vor, daß Schoenberg meinte, er hätte ihm etwas voraus. Er nahm den Paß zur Hand und blätterte ihn durch. Die Visa waren in den letzten fünf Jahren fast immer zur selben Zeit ausgestellt worden. Trotz allem, was er zu Lasko gesagt hatte, sah der Paß ganz echt aus. Er gab ihn zurück.

«Ich nehme an, Harvey hat Ihnen von den Eigenarten dieses Killers berichtet.» Jury zog seine Kopie des Gedichts aus der Tasche und gab sie Schoenberg. Die betreffende Strophe hatte er angestrichen. «Sergeant Wiggins sagte, Sie hätten das Gedicht erkannt.»

«‹Ein goldner Schimmer in der Luft› ... natürlich. Es ist von Nashe. Allein diese Zeile ist schon sehr berühmt.»

«Er schrieb das Gedicht, als die Pest wütete.»

Jonathan stieß wieder dieses kurze, überlegene Lachen aus. «Ja, ich weiß.»

Jury wartete vergeblich, daß Schoenberg fortfahren würde. Er ließ sich das Gedicht wiedergeben und steckte es ein.

Schoenberg war ungefähr der frostigste Typ, mit dem er jemals Kontakt gehabt hatte. Oder vielmehr keinen Kontakt. Er wurde aus dem Mann einfach nicht schlau.

32

«Armer Harvey», sagte Melrose. «Der verrückte Kerl fing an, mir ans Herz zu wachsen.» Mit einem fast schon nostalgischen Gefühl hatte er Jury und Wiggins von ihren Exkursionen nach Deptford erzählt. Er schob die zusammengehefteten Seiten, in denen er gerade las, beiseite. «Bringt das die Theorie von den schönen Damen nicht ins Wanken?»

«Nett, daß Sie mich daran erinnern», sagte Jury und rieb sich die Augen und lehnte sich auf seinem Stuhl in Plants Salon im «Brown's» zurück. Vor den drei Männern – Jury, Plant und Wiggins – lag ein Computerausdruck, den ein äußerst frustrierter Computerexperte des New Scotland Yard Harvey Schoenbergs widerstrebendem Ishi abgetrotzt hatte. Schoenberg hatte während seiner Reise mehr als sechzig Seiten eingegeben und vermutlich weitaus mehr zu Hause zurückgelassen.

Jury schob seinen Stapel Papiere beiseite und sagte: «Ich habe das Ganze dreimal durchgelesen und keinen einzigen Hinweis gefunden.»

«Das hab ich nicht gewußt», sagte Wiggins.

«Was?» fragte Jury.

«Wie abstoßend diese öffentlichen Hinrichtungen waren. Er spricht davon, wie die Leute sich an den letzten Zuckungen der Verurteilten ergötzten. Sie haben sogar den Henker aufgefordert, das Herz herauszuschneiden.» Wiggins sah unwohl aus. «Der Henker schlitzte sie noch bei vollem Bewußtsein auf, dann schnitt er ihnen das – ich meine nur, Sir, wie kann jemand noch am Leben sein, wenn –»

«Versuchen Sie es sich lieber nicht vorzustellen, Wiggins», sagte Jury düster.

Melrose hatte gerade die letzte Seite seiner Kopie gelesen

und sagte: «Jedenfalls ist die Welt etwas zivilisierter geworden, Sergeant Wiggins. Heutzutage läuft der Mob nur bei Verkehrsunfällen und Krankenwagen zusammen.»

«Ich würde das, was Schoenberg oder den anderen zugestoßen ist, nicht unbedingt ‹zivilisiert› nennen», meinte Wiggins hartnäckig. Krankheit, Störung, Gebrechen – damit konnte er es nicht abtun. «Und damals, zu Marlowes Zeiten, die Pest. Mein Gott, können Sie sich etwas Schrecklicheres vorstellen...?» Wiggins schauderte.

Jury hob langsam seinen Kopf aus der Hand, die auch nicht viel gegen seine Kopfschmerzen ausrichten konnte, und sagte: «‹Durch die Lande eilt die Pest›. Könnten Sie bitte diese Strophe vorlesen?» bat er Melrose.

Plant setzte seine Brille auf und las:

> «Ihr Reichen trauet nicht dem Geld,
> es kann Gesundheit euch nicht kaufen.
> Den Körper selbst der Tod schon hält,
> da alle Dinge endlich laufen.
> Durch die Lande eilt die Pest;
> ich bin krank und bald verwest.»

Jury sah Melrose an und sagte: «Als Sie sich mit Harvey unterhielten, war doch die Rede von einer Frau?»

«Ach, ja. ‹Das war in einem andern Land. Und außerdem, die Dirn' ist tot.›»

Jury, der seinen eigenen Gedanken nachhing, sagte zu Wiggins: «Wiggins, da war etwas dran an dem, was Sie sagten.»

Wiggins sah sich im Zimmer um, als könnte er dieses Etwas irgendwo finden. «Sir?»

«Die öffentlichen Hinrichtungen. Das Aufschlitzen der Körper. Daß das, was mit den Opfern geschah, kaum zivilisierter war als damals.»

Jury erhob sich. Der Gedanke, den er in Racers Büro noch nicht hatte formulieren können, war jetzt greifbar geworden. «Wir haben uns nur auf diese eine Strophe konzentriert – diejenige, die der Mörder uns hinterlassen hat – und dabei den Inhalt des ganzen Gedichts außer acht gelassen.» Jury ging auf die Tür zu.

«Wohin gehen Sie, Sir?»

«Zu James Farraday. Ich muß blind gewesen sein. Ich habe die einzige wirklich wichtige Person vernachlässigt.»

Melrose setzte die Brille ab. «Ich kann nicht folgen. Welche einzige wichtige Person?»

«Ihre Mutter», sagte Jury.

«Nell?» sagte James Farraday. «Was ist mit ihr?» Er saß in dem eleganten Speisesaal des «Brown's» und trank einen Whisky, bestimmt nicht seinen ersten. «Ich verstehe nicht.»

«Erzählen Sie mir, was Sie über sie wissen, Mr. Farraday», sagte Jury.

«Aber sie ist doch tot.» Farraday steckte sich eine schwarze Zigarre in den Mund, vergaß aber, sie anzuzünden.

«Das ist mir bekannt. Penny sagte, ihre Mutter sei an ‹Auszehrung› – wie sie das nannte – gestorben. Was für eine Krankheit es eigentlich war, hat sie nicht gesagt. Ich glaube, sie wußte es nicht. Können Sie mir das sagen?»

Farraday ließ sich sehr viel Zeit mit der Antwort: «An einer Geschlechtskrankheit.» Er machte eine Pause. «Syphilis.» Er schien nicht zu wissen, wohin er blicken sollte, zum Fenster hinaus oder auf sein Whiskyglas. «Und das ist nicht gerade das, was man Kindern erzählt, oder?»

«Nein.»

«Nell war ein dummes junges Ding vom Land. Sie hat zu lange gewartet, Sie verstehen? Als der Arzt es mir sagte, war es bereits zu spät.» Endlich zündete er sich seine Zigarre an.

«Sie mußte ins Krankenhaus. Das heißt, es war eher eine Art Sanatorium. Alles, was sie noch tun konnten, war, es ihr so angenehm wie möglich zu machen. Angenehm! Die Hölle war es. Haben Sie schon einmal einen an Syphilis Erkrankten gesehen?»

«Was haben Sie Penny und Jimmy erzählt?»

«Na, einfach nur, daß sie gestorben ist.»

‹Einfach nur›. Jury fand es merkwürdig, daß der Tod der Mutter so beiläufig abgetan worden war. «Und wie hat sie die Syphilis bekommen, Mr. Farraday?»

«Sie glauben, durch mich, stimmt's? Aber ich war es nicht, Superintendent. Ich nehme an, sie hat mit jedem geschlafen. Hören Sie, als ich Nell Altman traf, war sie drauf und dran, ihr Geld auf der Straße zu verdienen; die beiden Kinder hatte sie auch am Hals. Gedankt haben sie es mir nicht, das kann ich Ihnen sagen –»

Das klang weniger nach Selbstmitleid als nach dem Versuch, Zeit zu gewinnen, dachte Jury. «Als Sie von der Syphilis erfuhren, müssen Sie doch Fragen gestellt haben –»

«Ob ich sie gefragt habe – Sie sind vielleicht komisch. Ich habe, verdammt, eine Menge Fragen gestellt. Aber sie hat sie mir nicht beantwortet. Sie kannten Nell nicht. Großer Gott, sie war der Eigensinn in Person.»

«Wenn sie Ihnen nichts gesagt hat, woher wollen Sie dann wissen, daß sie mit jedem geschlafen hat?» Jury verspürte ein unerklärliches Verlangen, den Leumund dieser Frau zu verteidigen. «Es konnte doch auch ihr Mann gewesen sein, der –»

«Mann? Es hat nie einen gegeben.»

«Also gut. Nennen Sie diesen Herrn, wie Sie wollen –»

«Ich werde diesem verfluchten *Herrn* schon die passende Bezeichnung geben. Ein Hurensohn war er!» Farraday beugte sich über den Tisch und ließ Jury in den Genuß seiner

Whiskyfahne kommen. «Der Kerl war geschlechtskrank und hat ihr nichts davon gesagt.»

«Vielleicht wußte er auch nichts davon.»

«Vielleicht wußte er es aber doch, Mister! Vielleicht wollte er sie nicht damit *belästigen*. Vielleicht wollte er sich den Ärger ersparen.»

«Was passierte Ihrer Meinung nach mit dem Vater?»

Farraday zuckte die Achseln. «Weiß der Himmel. Ich nehme an, er hat sich aus dem Staub gemacht. Sie hat ihn nie erwähnt, und ich habe nie nach ihm gefragt. Auch nicht danach, woher sie diese widerliche Krankheit hatte.» Farraday fuhr sich mit der Hand übers Gesicht. «Das arme Luder hat mit allen gepennt und hatte keine Ahnung von Männern.»

«Sie hat mit allen geschlafen, nur nicht mit Ihnen, war es das?»

Farraday schwieg einen Moment lang. Dann sagte er: «Ich hatte vor, sie zu heiraten. Ich meine, bevor ich erfuhr...» Ihm versagte die Stimme.

Wie großmütig, dachte Jury, irritiert über seinen unprofessionellen Ärger. Doch der Ärger verflog, als Farraday niedergeschlagen fortfuhr: «Aber sie wollte mich nicht haben. Fragen Sie mich nicht nach dem Vater, dem Mann oder sonstwem. Sie kam aus irgendeinem gottverlassenen Kaff in West Virginia. Sie kennen vielleicht die Sorte: Sie blinzeln einmal, und schon haben Sie den Ort verpaßt. Er hieß Sand Flats oder so ähnlich. Der einzige Angehörige, den ich gesehen habe, war ihr Dad; der kam, um sie anzupumpen –» Farraday hob sein Glas, als wollte er Jury zuprosten; die Geste galt indessen dem Kellner, der aus dem Nichts herbeigeschwebt zu sein schien. «Sagen Sie mal, gibt's hier keinen guten alten Kentucky Bourbon?»

«Keinen Kentucky. Nur Tennessee Sour Mash. Wäre Ihnen der genehm, Sir?»

Farraday nickte, und der Kellner verschwand. «Nell hatte ein weiches Herz. Ich hätte das vorhin nicht sagen sollen, ich meine, daß sie dumm war. Nell war nicht dumm. Ganz und gar nicht. Gutgläubig ist das richtige Wort. Wenn jemand etwas von ihr wollte, bekam er es. Wie diese traurige Gestalt von einem Vater –»

«Wie hieß er?»

Verwirrt sah Farraday von seinem Teller auf. Er hatte das Essen nicht angerührt, sondern nur darin herumgestochert. «Wie er hieß?»

«Ich meine, hieß er Altman? Benutzte Nell Altman ihren Mädchennamen?»

Er überlegte kurz, dann sagte er: «Ich glaube, ja. Sie müssen verstehen, Nell hat nie viel über sich erzählt –»

«Fahren Sie fort.»

«Penny ist genau wie sie. Sieht aus wie sie und benimmt sich auch wie sie. Oh, Penny hat nur eine harte Schale, aber innendrin ist sie weich wie Kartoffelbrei. Und dieser Jimmy – wo hat der bloß seinen Verstand her? In der Schule hat er den bestimmt nicht geschärft. Ich wollte ihn auf eine Privatschule schicken – nun, eigentlich war das Amelias Idee.» Er fuhr sich mit der Serviette übers Gesicht, als wollte er verstohlen die aufsteigenden Tränen trocknen. «Aber Jimmy gefiel es weder an privaten noch an öffentlichen Schulen. Wir witzelten immer darüber, Jimmy und ich: ‹Die Schule ist noch nicht erfunden, die einen Jimmy Farraday halten kann.› Amelia hätte natürlich am liebsten alle drei in ein Internat gesteckt. Bei Honey Belle war das egal; sie hätte jede Schule in ein Tollhaus verwandelt. Penny ist anders. Die Kleine redet gern so, als käme sie direkt aus der Gosse, aber ich glaube, das tat sie aus Loyalität... Verstehen Sie, was ich meine?» Farraday hatte inzwischen seinen Whiskey bekommen und fast ganz ausgetrunken.

«Ich verstehe, was Sie meinen. Warum wollte Nell Altman Sie nicht heiraten?»

Farraday starrte einen Augenblick in sein Glas, bevor er antwortete. «Weil sie mich nicht geliebt hat, darum. Nell hätte niemals jemanden des Geldes wegen geheiratet.» Hier blickte er rasch weg, als sollte Jury nicht einen Gesichtsausdruck sehen, der besagte: *nicht wie gewisse andere.* Dann sah er ihn wieder an. «Es hat keinen Sinn, so zu tun, als wären Amelia und ich verliebte Turteltäubchen gewesen. Wir hatten jede Menge Probleme. Die Scheidung lag in der Luft, ja sie war im Grunde unausweichlich.»

«Das wußte ich nicht.»

«Amelia auch nicht», sagte Farraday leise. «Vielleicht ist es nicht besonders klug von mir, Ihnen das zu erzählen, nach allem, was geschehen ist.»

Jury lächelte. «Mr. Farraday, wenn jeder Mann, der sich scheiden lassen will, statt dessen seine Frau umbringen würde, hätte die Polizei alle Hände voll zu tun. Außerdem würde es nicht die anderen Morde erklären.»

«Verzeihen Sie. Ich denke nicht mehr klar.»

«Klar genug. Erzählen Sie weiter.»

«Glauben Sie mir, ich würde alles geben, um die Morde an Amelia, Honey Belle und den anderen ungeschehen zu machen. Sie halten mich vielleicht für ziemlich kaltblütig, aber ich versichere Ihnen, ich würde wirklich alles geben, und ich besitze einiges. Aber wenn ich ganz ehrlich bin –» er verstummte und sah Jury beinahe flehentlich an – «es mag brutal klingen...»

«Die Wahrheit ist oft brutal.»

«Am meisten tut es mir um Jimmy leid. Und um Penny. *Noch* ist ihr nichts zugestoßen –»

Seine Stimme hatte einen eisigen Klang angenommen.

«Wir werden Jimmy finden», sagte Jury mit einer Überzeugung, die nicht von Herzen kam. Aber der Mann hatte eine Menge durchgemacht. «Was Penny betrifft, so habe ich ihr befohlen, das Hotel nicht ohne Begleitung zu verlassen.»

Farraday rang sich ein Lachen ab. «Penny hat sich noch nie von irgend jemandem etwas befehlen lassen.»

«Doch. Von mir», sagte Jury lächelnd.

Sehr leise sagte James Farraday: «Ihr Burschen... ich glaube nicht, daß ihr mehr Ahnung habt, was hier vorgeht, als am Anfang.» Es hörte sich weniger wie ein Vorwurf als wie ein düsteres Gefühl an.

Jury sagte nichts dazu. Statt dessen stellte er eine weitere Frage: «Würden Sie sagen, daß Nell schön war?»

Farraday schien genau darüber nachzudenken. «Für mich schon. Ich hätte gedacht, jeder würde sie schön finden, ehrlich gesagt.»

Jury erhob sich. «Im übrigen denke ich, daß wir der Lösung ein wenig nähergekommen sind. Zumindest habe ich jetzt das Motiv gefunden. Nell – das ist doch ein Kosename. Hieß sie nicht eigentlich Helen?»

«Helen. Ja richtig.» Aber Farradays Blick spiegelte nur noch mehr Verwirrung. «Helen.»

33

Er war (vermutlich im Kreis) durch Wälder gelaufen und eine lange Straße hinunter (wo er zu dieser frühen Stunde nur wenige Autos sah). Er war fest entschlossen, auf die andere Seite des Flusses zu gelangen, den er von seinem Turmzimmer aus gesehen hatte. In der Ferne hörte er Verkehrslärm.

James Carlton ließ sich so wenig wie möglich blicken. Er

trug die Katze, die (wohl aus Mangel an Jell-O) ganz schwach war. Rechts von ihm wuchs leuchtendgrünes Gras. Zuerst dachte er, es wäre ein Golfplatz.

Er ging über die Kuppe eines Hügels und sah Reihen um Reihen von Grabsteinen. James Carlton wußte nicht, daß es so viele Tote auf der Welt gab. Reihe um Reihe. Und da unten eine kleine Gruppe von Leuten.

Dann hörte er es. Jemand spielte einen Zapfenstreich. Er hatte gedacht, das gäbe es nur im Kino. Mit der Katze auf einem Arm stand James Carlton so gerade, wie er konnte, und salutierte. Es war der langsamste, jammervollste Klang, den er im Leben gehört hatte. Und als hätte ihm jemand ein Bajonett mitten durchs Herz gestoßen, wußte er mit Sicherheit, daß sein Dad tot war.

Sein Dad war kein Baseballspieler oder etwas Derartiges: Sein Dad war als Held gestorben. Und dann dachte er: Vielleicht war die komische Vision von Sissy, wie sie hinter Toten und Blut und Pistolenschüssen herrannte, eine alte Erinnerung, die aus einem dunklen Ort in seinem Gehirn auftauchte.

Die graue Katze gab ein leises, gequältes Knurren von sich.

James Carlton machte kehrt und ging wieder auf den Fluß zu.

Er mußte es einfach akzeptieren: Sein Dad war tot, und an seiner Stelle gab es nur Farraday. Na ja, das war nicht *so* schlecht. Aber lieber würde er in eine Flammenhölle springen, als sich mit dieser Amelia Blue abzufinden.

Jedenfalls war seine richtige Mom in Hollywood, vielleicht.

Vielleicht erinnerte sie sich sogar daran, daß er vermißt war.

Als er die Brücke über den Fluß erreichte, war es taghell. James Carlton bog in die erste Straße ein, an die er kam. Immer noch trug er die Katze aus Angst vor den Autos.

Er fragte einen grauhaarigen Mann in engen Jeans mit einem Ring im Ohr nach dem Polizeirevier. Der Mann schien wie zu einer Musik in seinem Kopf leicht zu schwanken und sagte, er wüßte nicht, ob hier eines wäre. Die Straße war voller Geschäfte – schick aussehende Boutiquen und Feinkostläden –, die alle noch zu waren, manche mit Gittern davor.

Der nächste, den James Carlton ansprach, war ein über eine Mülltonne gebeugter alter Mann, der die Frage nicht zu verstehen schien und ihn um Geld bat.

Endlich bekam er Auskunft von einer bieder und matronenhaft aussehenden Frau in Weiß, die er für eine Krankenschwester hielt. Sie sagte, ja, sie wüßte, wo das Polizeirevier ist, aber warum er es wissen wollte, ob er Probleme hätte? Sie überragte ihn, ein weißer Berg voller Fragen und Krankenschwesternnettigkeit, was ihn an seine alte Haushälterin erinnerte. Er sagte, nein, alles wäre in Ordnung, sein Vater wäre Polizeichef, und nachdem er sie mit dieser kleinen Information verblüfft hatte, gab er zur Ausschmückung an, die Katze wäre von einem Auto angefahren worden. Als hätte sie sich mit ihrem Wohltäter verschworen, um so eine Zuflucht zu finden, miaute die graue Katze jämmerlich.

Mit Unfällen, Krankheit und Tragödien vertraut, zeigte die Frau eiligst die Straße hinauf, sagte ihm, um welche Ecken er biegen mußte, und wünschte ihm Glück. Bevor sie auseinandergingen, gab sie der Katze einen leichten Klaps, und James Carlton setzte seinen Weg fort.

Als James Carlton schließlich das Polizeirevier von Georgetown, Washington, D.C., betrat, sah der diensthabende Beamte, ein gutaussehender schwarzer Polizist, mit einem strahlenden Lächeln von seinem Schreibtisch auf.

James Carlton hatte schon immer gewußt, daß die Polizei ein Herz für vermißte Kinder und Tiere hatte, und sprudelte ohne Umschweife los: «Ich heiße James Carlton Farraday, und mein Vater – ich meine, mein Stiefvater – ist James C. Farraday. Er ist zur Zeit in Stratford-upon-Avon. Das liegt in England. Und ich bin vor fünf Tagen gekidnappt worden.»

Im Lauf seiner Erzählung wechselte der Ausdruck auf dem Gesicht des Polizisten von nachsichtiger Verwunderung zu ungläubigem Erstaunen. Dennoch machte er sich sorgfältig Notizen. Schließlich sagte er vorsichtig, James Carlton sei wirklich ein sehr tapferer Junge, und seine Geschichte sei gewiß aufregend und romantisch, aber... Und hier wurde er von einem tödlich beleidigten James Carlton unterbrochen.

«Daran ist überhaupt nichts *Romantisches*. Wenn Sie mir nicht glauben, der Beweis steht auf der Rückseite eines Bildes in dem Haus dahinten.» Er deutete vage in Richtung des Potomac. «Ich war fünf Tage lang gekidnappt und diese Katze hier auch –» Er hielt sie hoch, um zu zeigen, wie eine gekidnappte Katze aussah.

Den Tränen so nahe wie noch nie in seinem Leben, fügte James Carlton lauter als notwendig hinzu: «Haben Sie in dem Knast hier vielleicht so etwas wie Jell-O?»

34

Im «Brown's» ließ Jonathan Schoenberg Jury, Wiggins und Melrose Plant in sein Zimmer treten, ohne großes Interesse dafür zu bekunden, warum die Polizei ihn schon wieder sprechen wollte oder warum sich eine Privatperson in ihrer Begleitung befand.

«Wir haben da noch ein paar Fragen, Mr. Schoenberg», sagte Jury im Stehen, während sich die anderen setzten, Schoenberg auf seinen früheren Platz auf dem Sofa, Plant und Wiggins in bequeme Ohrensessel. Das Hotel war bei der Möblierung der Zimmer nicht knickerig gewesen.

«Diese Bitterkeit im Verhältnis zwischen Ihnen und Ihrem Bruder –»

«Harvey war der Verbitterte, Superintendent.»

«Mag sein. Ich habe mich nur gefragt, ob da nicht noch etwas anderes hineinspielte, Frauen vielleicht?»

Jonathan schien überrascht. «Frauen?»

«Vielleicht nur eine Frau –»

Schoenberg lachte. «Hören Sie, sollten Sie nicht besser Fragen stellen, die auch etwas mit dem Mord an Harvey zu tun haben?»

«Ich denke, diese Frage hat damit zu tun. Sie waren nie verheiratet?»

«Was, zum Teufel –» Er zuckte die Achseln. «Nein. Wieso sich fürs ganze Leben an eine einzige Frau binden? Man muß nicht erst heiraten, um eine Frau zu bekommen.» Er lehnte sich zurück und löste den Knoten seiner Krawatte, als würde bereits die ihn in seiner Freiheit einschränken. «Ich bin der Frau, die es wert wäre, noch nicht begegnet.»

Jury sah an ihm vorbei zum Fenster. Draußen wurde es langsam dunkel, und die Schatten ließen die Umrisse der Stühle und Tische verschwimmen. «Dachte Harvey da ähnlich?»

«Harvey? Woher soll *ich* das wissen?»

«Und dann wäre noch zu klären: Wieso die anderen drei Morde.»

«Sie haben es anscheinend mit einem blutrünstigen Psychopathen zu tun, Superintendent.» Schoenberg zündete sich an seinem Zigarettenstummel eine neue Zigarette an.

«Das glaube ich nicht.» Er machte eine Kopfbewegung zu Melrose hin. «Mr. Plant kennen Sie bereits. Er hat da eine interessante Theorie –»

«Es wäre mir lieber, Scotland Yard unternähme etwas, anstatt herumzutheoretisieren.»

«Der Tod Christopher Marlowes –» begann Melrose. Weiter kam er nicht, denn Schoenberg unterbrach ihn unter schallendem Gelächter.

«Hat Harvey Sie angesteckt?»

«Gewissermaßen. Aber haben Sie etwas Geduld.»

Schoenberg machte eine großmütige Geste mit der Hand. «Schießen Sie los. Ich dachte, ich hätte bereits alle Einzelheiten über Marlowes Tod gehört.»

Plant lächelte verbindlich. «Angenommen, Motiv und Gelegenheit wären vorhanden, dann hätten Sie genug gewußt, um den Mord an Ihrem Bruder wie den an Marlowe aussehen zu lassen.»

Schoenbergs Lächeln war so dünn wie eine Rasierklinge. «Aber es gibt kein Motiv, und sofern Sie nicht davon ausgehen, daß ein anderer die übrigen Morde begangen hat – ich war in den Vereinigten Staaten. Ein Dutzend Leute können das bezeugen.»

«Davon bin ich überzeugt», sagte Jury.

Schoenberg sah ihn an.

«Wissen Sie», sagte Melrose, «die Geschichte, die sich um Nashe rankt, ist äußerst interessant.»

«Kann ich nicht behaupten, aber Sie werden mir bestimmt erklären, auf was Sie hinauswollen.»

«Ja. Zum einen gibt es zu Marlowes Tod eine sehr interessante These; eine, die Ihr Bruder seltsamerweise nicht erwähnt hat.» Melrose hielt den Computerausdruck hoch. «Steht alles hier drin.»

«Soso. Und was steht drin? Der Name des Mörders?»

Wiggins holte ein Blatt Papier aus seiner Tasche. «Könnte man sagen, Sir.» Seine Stimme war heiser, zur Abwechslung mal nicht von einer Halsentzündung.

Plant fuhr fort: «*Ursprünglich* hieß es, Marlowe sei im Jahre 1593 an der Beulenpest gestorben. Interessant ist, daß im Lauf der folgenden fünfzehn Jahre nur die *Feinde* Marlowes die Geschichte, der zufolge er in einem Gasthof in Deptford erstochen worden sein soll, verbreitet haben. Seine Freunde haben nie daran geglaubt. Im Bericht des Leichenbeschauers war von einem Christopher Morley die Rede. Nun war Morley ein ziemlich häufiger Name. Es war wegen der damaligen Vielfalt von Schreibweisen fürchterlich kompliziert, Dokumente zu identifizieren. Shakespeare selbst hat seinen Namen verschieden –»

Schoenberg rutschte ungeduldig auf dem Sofa hin und her. «Mein Gott, ich weiß, daß es unterschiedliche Schreibweisen gab; seit Jahren lehre ich dieses Zeug.»

«Gelegentlich unterschrieb Marlowe mit ‹Morley› – aber nur bis zu einem bestimmten Zeitpunkt, danach nie wieder. Später benutzte er den Namen ‹Marley› oder eine andere Variante von ‹Marlowe›. Es gab jedoch einen *anderen* ‹Christopher Morley›, der zufällig ein Agent war und zwischen England und den Niederlanden hin und her pendelte. Was die anderen betrifft: Robert Poley – einer der drei Beteiligten – war angeblich an dem Tag, an dem Marlowe starb, in Den Haag. Das bedeutet, er muß heimlich nach Deptford gekommen sein. Es gab auch *zwei* Nicolas Skeres – mindestens zwei –, und im Bericht des Leichenbeschauers steht der Name ‹*Francis* Frazir›. Nicht Ingram Frazir –»

Nun ließ Schoenberg seinem Ärger freien Lauf: «Was zum Teufel hat das alles mit Harvey zu tun?»

«Wenn Sie mich einmal ausreden ließen.» Melrose zündete sich eine seiner dünnen Zigarren an. «Es ist durchaus möglich, daß dieser Mann, von dem seine Feinde behaupten, er sei Christopher Marlowe, mit der in dem Gasthaus in Deptford Strand getöteten Person nicht identisch ist. Und daß Marlowe in der Tat an etwas anderem gestorben ist.»

«Sechzehn Geschworene haben die Leiche identifiziert», beharrte Jonathan.

Melrose lächelte. «Sie haben eine Menge von Ihrem Bruder gelernt. Die Identifizierung dürfte jedoch ziemlich schwierig gewesen sein, da das Opfer die Dolchstiche ins Gesicht bekommen hat.»

«Warum ist Marlowe dann nicht auf den Plan getreten und hat sie aufgeklärt?» Schoenberg schien gegen seinen Willen fasziniert.

«Ganz einfach. Eine politische Intrige. Man hatte ihm befohlen, nicht in Erscheinung zu treten.»

«Und dann von den Toten aufzuerstehen?»

«Christopher Marlowe könnte Selbstmord begangen haben.» Melrose zog an seiner Zigarre. «Gründe genug gab es. Das Gefängnis von Newgate. Den Tod Tom Watsons. Den Verrat durch seinen besten Freund Walsingham. Marlowe muß ein äußerst verzweifelter junger Mann gewesen sein. Ein Selbstmord scheint mir durchaus im Bereich des Möglichen gelegen zu haben.»

Schoenberg hob die Hände. «Hervorragend. Sie haben also Christopher Marlowes Tod aufgeklärt. Würden Sie mir jetzt freundlicherweise verraten, was das mit Harvey zu tun hat? Wollen Sie damit andeuten, mein Bruder habe Selbstmord begangen?»

Melrose hob spöttisch die Brauen. «Haben Sie denn nicht begriffen, alter Junge? Die Leiche wurde nicht richtig identifiziert.»

«Ein fehlendes Motiv ist immer das größte Problem», sagte Jury in das nach Plants abschließender Feststellung entstandene Schweigen hinein. «Solange wir das Motiv nicht kannten, gab es zwischen den Morden keine Verbindung. Nell Altman schuf diese Verbindung. Ich glaube aber nicht, daß Farraday der Mann war, der sie ins Unglück gestürzt hat. Ihr Bruder war es, stimmt's?»

Schoenberg schien mit großem Interesse das Muster des Teppichs zu studieren. Als er schließlich zu sprechen anfing, klang seine Stimme völlig verändert. «*Farraday* hat sie rausgeschmissen, oder? Und sie in diesem verfluchten Krankenhaus verrecken lassen –»

«‹Das war in einem andern Land. Und außerdem, die Dirn' ist tot›», zitierte Plant.

«Eine meisterhafte Leistung, Harvey», sagte Jury. «Sie sollten Schauspieler werden. Das einzige Problem waren die Augen, nicht wahr? Beinahe die gleiche Körpergröße. Dann nur die Schultern etwas hängen lassen, ein Schnurrbart läßt sich ankleben. Mit dem Rasiermesser kann man dann das Massaker veranstalten und gleichzeitig Jonathan den Schnurrbart abnehmen. Ziemlich makaber, dauert aber kaum eine Minute. Und mit Hilfe von Kontaktlinsen lassen sich graue Augen ganz einfach in braune verwandeln. Aber die Augenfarbe Ihres Bruders konnten Sie nicht verändern. Dieses ganze Material über Marlowes Tod haben Sie zusammengetragen, um den Mord zu imitieren und uns auf eine falsche Fährte zu locken. Sie brachten sogar Jonathan in Verdacht, der, wie Sie sagten, jedes Detail kannte. Sie müssen Ihren Bruder ziemlich genau beobachtet haben, um Haltung und Stimme so gut nachahmen zu können. Haben Sie Tonbandaufzeichnungen gemacht?»

Harvey Schoenberg trat der Schweiß auf die Stirn. Er zerrte an der Strickkrawatte wie ein Erstickender.

«Sie mögen keine Krawatten, nicht?» sagte Melrose Plant. «Sie haben auch die ganze Zeit an Ihren Fliegen herumgefingert. Ich muß schon sagen, Harvey, *mich* zu diesem Abendessen mit Ihrem Bruder einzuladen, war wirklich bravourös. Denn Sie mußten zusammen von jemandem gesehen werden, der Sie kannte. Um noch einmal auf Thomas Nashe zurückzukommen, Harvey. Das war Ihr Fehler. Sie hätten zugeben sollen, daß Sie das Gedicht kannten, denn Thomas Nashe war ein guter Freund von Marlowe und einer seiner größten Bewunderer. Er hat einmal gesagt, er kenne keine göttlichere Muse als Christopher Marlowe. Zusammen haben sie die *Dido* geschrieben. Es liegt also auf der Hand, daß jemand, der einfach alles über Marlowe wußte, auch dieses berühmte Gedicht hätte kennen müssen.»

Wiggins zog die Fotokopie eines Dokuments aus der Tasche, räusperte sich und las: «James Carlton Altman, geboren im Juni 1974 in St. Mary, Virginia. Der Name des Vaters wird mit Jonathan Altman angegeben.» Wiggins betrachtete Harvey Schoenberg so unbeteiligt wie eine Fliege unter dem Mikroskop. «Vermutlich wollte sie ihrem Kind keinen anderen Familiennamen geben. Peinlich für Sie und für ihn natürlich.»

«Wo ist Jimmy Farraday, Harvey?» fragte Jury.

Plötzlich schien Harvey aus seiner Lethargie zu erwachen. «*Altman*, wollen Sie wohl sagen. Jimmy Altman –» Er verstummte und studierte wieder den Teppich.

Als ihm das Schweigen zu lange dauerte, fuhr Jury fort: «Ich weiß, daß Jimmy sich irgendwo in der Nähe von Washington, D.C. befindet. Die Concorde braucht nur vier Stunden dorthin. Sie konnten ihn an ein und demselben Tag hinüberbringen und selbst wieder zurückfliegen, ohne daß jemand etwas bemerkt hätte. Jimmy verschwand ja des öfteren, und niemand kontrollierte das Kommen und Gehen der anderen. Die Polizei von Stratford hat bereits Ihr und Jimmys Bild durchgegeben. Die Maschine startet vormittags um elf Uhr fünfundvierzig in London und landet vormittags um elf in Washington. Zwei Stunden später fliegt eine andere Concorde vom Dulles Airport in Washington zurück. Mindestens zwei Besatzungsmitglieder der ersten Maschine erinnern sich an einen schlafenden Jungen und seinen Vater. Wir haben uns bereits mit der Polizei in Washington und in Virginia in Verbindung gesetzt.»

Harvey hatte den Kopf immer weiter auf die Brust sinken lassen wie jemand, der langsam einnickt; schließlich stützte er ihn in die Hände. Jurys Stimme, die am Anfang leise gewesen war, wurde noch leiser, als er sagte: «Hören Sie, Harvey. Wir können die ganze Geschichte auch allein zusammenflicken, aber es würde jede Menge Nähte geben. Sie haben das alles wegen Nell Altman getan, weil sie von Jonathan getäuscht, betrogen und – wie ich vermute – verführt worden ist... Und dann dachten Sie, Farraday hätte sie vollends zugrunde gerichtet.» Jury schwieg einen Augenblick. «Sie haben sie geliebt.»

Harveys tränenerstickte Stimme kam irgendwo zwischen Sofa und Teppich hervor. «Ja, verdammt, ich habe sie geliebt!» Endlich richtete Harvey sich auf. «Jonathan hat sie mir genommen, genau wie alles andere auch. Ich kannte Helen – damals war Penny noch ein Baby –, und ich wollte sie heiraten, aber dann tauchte Jonathan auf, dieser Scheißkerl! Er hat sie benutzt, wie alle Frauen. Arme Helen...» Harvey stützte den Kopf wieder in die Hände.

Jurys Schweigen war so endlos, daß es schließlich brach: »Aber diese Vendetta gegen Farraday –»

«Er ließ sie krepieren, verdammt noch mal! Soviel kann ich Ihnen sagen: Ich wollte, daß auch er mal erfährt, wie das ist. Und die beiden waren ohnehin *Schlampen*... Ich hatte schließlich einen Privatdetektiv beauftragt, Helen zu suchen –

nachdem sie mit dem Baby abgehauen war. Aber erst nach Jahren.» Es entstand eine lange Pause. «Und ich hatte zu lange gewartet. Sie war tot.»

«Sie war todgeweiht, Harvey. Sie hat sich von irgend jemandem die Syphilis geholt», sagte Plant.

«Bestimmt von Farraday.»

Jury schüttelte den Kopf. «Nein. Wohl nicht. Aber was hatte Gwendolyn Bracegirdle mit James Farraday zu tun?»

«Nichts. Sie redete nur zuviel. Und sie hatte einen Blick für Gesichter. Sie fing immer wieder damit an, wie sehr Jimmy mir ähnelte – genauer gesagt, Jonathan ähnelte, doch das wußte Gwen nicht. Solange *sie* da war, konnte ich meinen Plan nicht durchführen. Ich mußte sie zum Schweigen bringen.»

«Und was hatten Sie mit Penny Farraday vor?» fragte Wiggins.

Harvey sah ihn an, als wäre er ein Fremder. «Mit ihr vor? Glauben Sie, ich hätte Penny etwas angetan? Sie ist Helens *Tochter*!» Er lehnte sich zurück und wischte sich den Schweiß von der Stirn. «Gar nichts. Mit Jimmy ist das etwas anderes. Zwischen Jimmy und mir hat es gefunkt. Jimmy hätte ich davon überzeugen können...»

Wieder Schweigen. Schließlich fragte Wiggins: «Wovon?»

Aber das flüchtige Lächeln auf Harveys Gesicht ließ erkennen, daß er gar nicht da war. «Ich mußte ihm natürlich ein Schlafmittel geben. Von Stratford nach Heathrow habe ich einen Mietwagen genommen, dann ging's ins Flugzeug. Der Junge hat vielleicht geschlafen, das können Sie mir glauben. Einmal ist er im Flugzeug aufgewacht und hat sich eine Weile den Film angesehen.» Harvey lachte vergnügt, als hätte er alles außer Jimmy Farraday vergessen. «Der Junge hat unglaublich viel Phantasie. Er war wie Helen –» Plötzlich schien er aus seinem Traum zu erwachen. «Ich mußte ihm noch eine

Spritze geben», fuhr er fort und rieb sich mit den Händen durch das Gesicht, als hätte er selbst lange geschlafen. «Er ist in meinem Haus in Virginia. In der Nähe des Potomac. Das Haus habe ich gekauft, als ich diesen kleinen Plan aushecke. Ein altes Haus mitten im Wald, und es hat ein Zimmer hoch oben unter dem Dach mit einem Gitter vor dem Fenster. Wie ein Schlößchen. Wie geschaffen für ein Kind. Der Mann, der dort lebt und es instand hält, ist ziemlich einfältig. Macht ja nichts. Man zahlt eben, und wenn man genügend zahlt, dann tun die Leute, was man ihnen sagt. Als ich mit Jimmy dort ankam, habe ich dem Mann erklärt, der Junge sei krank und dürfe auf keinen Fall das Zimmer verlassen; er solle ihm nur genügend zu essen geben, ich käme in ein paar Tagen zurück...» Sein Blick glitt leer über sie hin. «Farraday...» Es hörte sich an, als hätte er das Interesse an seinem eigenen Reden verloren.

«Ich glaube, Sie haben Ihren Claudius doch gefunden», sagte Melrose.

Harvey Schoenberg antwortete nicht.

Jury sah ihn eine Weile an. Dann sagte er: «Übernehmen Sie den Rest, Wiggins», und verließ das Zimmer.

35

James Carlton Farraday stand auf dem Dulles Airport neben dem großen schwarzen Polizisten, Sergeant Poole, den er spätestens dann ins Herz geschlossen hatte, als er losgezogen war und ihm und der Katze Jell-O besorgt hatte.

«Ich hab's ihm gesagt, Miss», wandte sich Sergeant Poole an die Stewardess. «Aber er glaubt mir nicht.» Sergeant Poole spähte in den Katzenkorb, der allen Vorschriften für Luftfracht entsprach. Das Tier, das sich seiner Sonderstellung ebenso bewußt war wie James Carlton, leckte sich genüßlich das Fell.

Die junge Dame in der Uniform der British Airways kniete nieder (James Carlton wünschte sich, erwachsene Frauen würden von ihrer normalen Höhe aus zu ihm sprechen) und lächelte (er wünschte sich auch, sie würden nicht so einschmeichelnd gucken) und sagte: «Es tut mir leid, mein Junge, aber das Vereinigte Königreich erlaubt wirklich keine Einfuhr von Tieren.»

James Carlton seufzte: «Also, das ist doch das Blödeste, was ich je gehört habe. In England laufen mehr Katzen herum, als ich je gesehen habe. Wollen Sie mir weismachen, daß die alle dort geboren wurden?»

Die Stewardess lachte gekünstelt und warf Sergeant Poole einen verzweifelten Blick zu. Doch der schüttelte nur lächelnd den Kopf und zuckte die Achseln. Er schien zu wissen, wann er geschlagen war.

Die junge Dame fuhr in beruhigendem Ton fort: «Es ist allerdings nicht so, daß keine Tiere hineindürfen –»

Jetzt kommt schon wieder eine dieser Lügen, dachte James Carlton und studierte die Gesichter der Leute, die mit ihm darauf warteten, an Bord der Maschine zu gehen. Er wollte möglichst schnell entscheiden, neben wen er sich auf keinen Fall setzen würde.

«– es gibt nämlich Quarantänebestimmungen. Die Katze müßte neun Monate in Quarantäne sein, verstehst du...»

«Was für eine blöde Bestimmung. Diese Katze hat weder die Tollwut noch sonstwas. Glauben Sie mir, sie und ich waren fünf Tage lang gekidnappt; ich müßte das also wissen. Können Sie sich überhaupt vorstellen, was das arme Tier durchgemacht hat?»

In Wirklichkeit hatte die Katze nicht soviel durchgemacht, außer daß sie diesen großen Baum heruntergezerrt worden war. Die geplagte junge Dame zuckte die Achseln. «Ich habe die Bestimmungen nicht gemacht, James.» Und mit diesen Worten tat sie etwas äußerst Ungebührliches, zumindest in James Carltons Augen: Sie heftete ein Schildchen an seinen Pullover und strich mit der Hand darüber.

Ein Schild? Er verrenkte den Hals, um es sehen zu können: Sein Name und Flugziel standen darauf. Diese Art von Bemutterung brachte ihn dermaßen auf, daß er seine gute Kinderstube vergaß. «Zum Donnerwetter! *Das* werde ich nicht tragen! Ich weiß genau, wer ich bin und wohin ich will!» Er riß das Schild ab und gab es ihr zurück.

Die arme Stewardess war ganz blaß im Gesicht und offensichtlich mit ihrem Latein am Ende. «Wir wollen doch bloß sichergehen, daß du nicht –» in dem Moment, als sie das Wort sagte, hätte sie sich auch schon am liebsten auf die Zunge gebissen – «verlorengehst.»

Sergeant Poole brach in schallendes Gelächter aus.

Als Jimmy Farraday abends um neun Uhr fünfundfünfzig in Heathrow landete, war schwer zu sagen, wer von den Farradays – Penny oder ihr Stiefvater – über das Wiedersehen glücklicher war.

Farraday versuchte es zunächst auf die männliche Tour – Zigarre im Mund und schulterklopfend –, aber dann schloß er ihn in die Arme. Penny tat ihre Freude kund, indem sie einen Schwall von Kraftausdrücken von sich gab und ungeschickt mit den Zigaretten herumhantierte (die Jury ihr zugesteckt hatte). Als Penny vor Begeisterung für Scotland Yard fast überschnappte, sah Jury sie an.

Sein Blick brachte Penny zum Schweigen, aber es war klar, daß Jimmy jenes geheime Einverständnis, das zwischen ihnen bestand, bemerkt hatte. Er streckte Jury die Hand entgegen. «Sehr erfreut», sagte er.

«Ganz meinerseits», sagte Jury und empfand zum erstenmal seit Tagen wirkliche Freude.

James Carlton Farraday, der die Vergangenheit mit ihren leidvollen Prüfungen sofort zugunsten der Gegenwart vergessen hatte, wandte sich im Ton eines Mannes, der keine Widerrede duldet, seiner Schwester zu.

«Achte auf deine Sprache, Penny. Ich habe dir immer gesagt, die Leute beurteilen dich danach.»

Und dann: «Wir haben übrigens eine neue Katze. Ich durfte sie allerdings nicht mitnehmen.»

Und schließlich: «Sie haben da so einen Film im Flugzeug gezeigt – ich könnte schwören, daß ich den schon mal gesehen habe –»

Sie waren schon im Weggehen, als Penny fragte: «Ach ja? Wie hieß er denn?»

«*Vermißt*», sagte James Carlton. «War irgendwie doof.»

Jury fiel auf, daß J.C. Farraday in respektvollem Abstand hinter den Geschwistern ging. Die Schwester nahm jetzt die Hand ihres Bruders, und Jimmy sagte: «Aber Sissy Spacek hat mitgespielt.» Dann schien er sich umzuschauen, um sich zu vergewissern, daß kein Computergehirn, das jahrelang zugehört hatte, dazwischenfunken würde. «Erinnerst du dich?»

Jury hatte Heathrow nie als so unbelebt, als so leer empfunden wie jetzt.

Penny antwortete: «Ich erinnere mich.»

Dritter Teil

Stratford

«Ein goldner Schimmer
in der Luft»

Thomas Nashe

36

«Der Computerfritze», wiederholte Sam Lasko und schüttelte ungläubig den Kopf. «Nicht zu fassen. Er machte einen so unscheinbaren Eindruck.»

Lasko und Jury saßen in der Einsatzzentrale der Polizeiwache von Stratford. «Dem hätte ich keinen Gebrauchtwagen abkaufen wollen», sagte Jury. «Er hat alles von langer Hand geplant, von sehr langer Hand.»

«Du scheinst dich aber nicht sonderlich zu freuen.»

«Nein. Sollte ich das?»

«Ich meine darüber, daß du den Fall gelöst hast. Ich habe ernsthaft geglaubt, es sei einer von den Schizos, die nichts Besseres mit ihrer Zeit anzufangen wissen.»

Jury lächelte. «Du hast eine Art, dich auszudrücken, Sammy...»

Lasko zuckte die Achseln. «Na, du weißt schon, was ich meine. Jedenfalls war ich sehr traurig, daß du uns verlassen mußtest.» Lasko setzte wieder seine gewohnte Trauermiene auf, als wäre Jury ein zu selten gesehener Freund.

«Ach wirklich, Sammy?»

«Woher hatte Schoenberg denn den Paß?»

«Aus den Staaten. Er hatte den Privatdetektiv auch damit beauftragt, ein Schulfoto von Jimmy zu beschaffen, eines von den kleinen, die sie zu solchen Zwecken drüben machen. Genau das richtige Format für einen Paß. Danach brauchte er noch eine Geburtsurkunde, die er ganz einfach bekam, indem er sich als Jimmys Vater ausgab. Außer Jonathan war er der einzige, der den Namen auf der Urkunde kannte.»

«Und dann hat er den Kleinen in die Staaten verfrachtet...» Lasko seufzte. «Warst du schon einmal –?»

«Nein, Sammy. Aber Penny Farraday ließ mich fast mit der Hand auf der Bibel schwören, daß ich sie demnächst besuchen werde.»

Lasko schüttelte den Kopf. «Ich kann es noch immer nicht glauben. Dieser Schoenberg, was er alles inszeniert hat –»

«Der Mann war besessen, Sammy. Er hat seit Jahren nichts anderes getan, als diese Morde zu planen.»

«Mein Gott. Diese Nell Altman muß ihn völlig aus der Bahn geworfen haben.»

«Allerdings.» Jury steckte seine Zigaretten ein und stand auf. «‹Staub legt sich auf Helens Auge›. Bis dann, Sammy.»

Jury war schon fast zur Tür hinaus, als Lasko (der die ganze Zeit bestimmte Papiere auf seinem Schreibtisch angestarrt hatte) sagte: «Hör mal, Richard...»

«Vergiß es, Sammy.»

37

Hinter dem Royal Shakespeare Theatre floß der Avon so ruhig und friedlich dahin, als wäre nichts geschehen.

«Schon wieder *Hamlet*», sagte Melrose Plant. «Kann ich Sie nicht doch überreden mitzukommen? Der erste Teil war ausgezeichnet.» Er wollte die Gründe nicht erwähnen, weswegen er den zweiten Teil des Stückes nicht nur einmal, sondern zweimal verpaßt hatte.

«Nein, danke», sagte Jury. «Ich habe für eine Weile genug von Rachetragödien.» Es war Abend, ein Gewitter zog auf, und das Licht war vom Wasser verschwunden. Jury beobachtete die Enten, die wie schwarze Kohlestückchen unter den dunklen Weiden im Wasser schaukelten. «Fahren Sie morgen nach Northants zurück?»

«Ich denke, ja. Wenn Agatha sich dort aufhält, muß man gelegentlich das Silber zählen. Die Vettern aus Amerika sind zum Glück wieder nach Wisconsin zurückgefahren. Ich vermute, sie sind Hals über Kopf abgereist, nach den letzten... na, Sie wissen schon. Nicht einmal die kalten Buffets, die die gute Agatha ihnen mit Sicherheit auf Ardry End in Aussicht gestellt hatte, konnten sie umstimmen. Die Biggets und Honeysuckle Tours sind also wieder heil zu Hause. Ich hätte nicht übel Lust, der Pferderennbahn in Hialeah einen Besuch abzustatten. Ich möchte wetten, daß Lady Dew dort die haushohe Favoritin ist. Nun, wenn Sie nicht ins Theater mitkommen, wie wäre es dann mit einem Drink in der ‹Ente› nach der Vorstellung?»

«Ich muß noch was erledigen.»

«Ich verstehe.»

«Nein, das tun Sie nicht.»

«Also gut, dann eben nicht.»

Jury lächelte. «Sie sind ein sehr entgegenkommender Mensch.»

«Ich weiß.»

Einen Moment lang schwiegen sie, und dann fragte Jury: «Glauben Sie wirklich, daß sie diesen Kerl heiraten wird?»

Unschuldig wiederholte Melrose: «Sie? Kerl?»

Jury ließ den Blick über das Wasser schweifen. «War er nicht fürchterlich? Ich hätte nicht gedacht, daß Vivian auf solche Typen steht.» Er warf Melrose einen verstohlenen Blick zu. «Finden Sie, daß sie sich sehr verändert hat?»

«Vivian? Vivian?!» Plant studierte eingehend sein goldenes Zigarettenetui.

«Manchmal können Sie aber auch sehr ermüdend sein. Ja,

Vivian-Vivian. Haben Sie nicht mit ihr über die alten Zeiten gesprochen?»

Melrose nahm sich eine Zigarette aus dem Etui und hielt es Jury hin. «Großer Gott, nein. Wir haben kaum zwei Worte miteinander gewechselt.»

Jury nahm eine Zigarette und sah ihn nur kopfschüttelnd an.

«Noch ist sie nicht verheiratet. Und wie ich Vivian kenne, wird auch nichts daraus werden. Bei wichtigen Dingen konnte sie sich noch nie entscheiden.» Melrose beließ es bei dieser Feststellung und sah auf die Uhr. «Ich muß gehen. sonst versäume ich *wieder* den zweiten Teil. Falls Sie es sich anders überlegen, ich bin nach der Vorstellung in der ‹Ente›...» Melrose schwieg einen Moment und sagte dann: «Ich nehme an, Sie werden die ganze Sache bald vergessen haben. Aber an einem Punkt der Vernehmung von Schoenberg waren Sie nicht gerade auf Draht. Sie konnten am Ende gar nicht schnell genug aus dem Zimmer kommen.»

«Ja. Vielleicht, weil mir meine eigenen Reaktionen nicht sehr angenehm waren: Ich meine, ich stand da und wußte, was Schoenberg getan hatte, und doch...» Jury sah hinaus auf das dunkel werdende Wasser. «Er liebte sie so sehr.»

38

Jury ging die Ryland Street entlang und klopfte bei Nummer zehn an die Tür. Eine kleine Frau öffnete und musterte ihn freundlich.

«Ich bin ein Freund von Lady Kennington. Ist sie zu Hause?»

Die kleine Frau sah ihn erstaunt an. Einen Augenblick lang dachte Jury, er hätte sich in der Hausnummer geirrt. Doch dann begriff sie: «Oh, Sie meinen Jenny?» Als Jury nickte, sagte sie: «Das tut mir aber leid. Sie wohnt nicht mehr hier –»

In ihren Worten lag eine solche Endgültigkeit, daß Jury gar nicht weiterzufragen brauchte. Doch sein Gesicht mußte so große Enttäuschung gezeigt haben, daß sie sich als Überbringerin der schlimmen Nachricht schuldig fühlte. «Es tut mir wirklich leid. Sie haben sie verpaßt. Sie ist gestern ausgezogen.»

Gestern. Es mußte natürlich gestern gewesen sein.

Als Jury weiter schwieg, schien die Frau zu denken, daß sie deutlicher werden müßte. «Ich glaube, sie erhielt einen Anruf von einer Verwandten. Sie ist früher abgereist, als sie geplant hatte.» Die Frau wollte offensichtlich Lady Kenningtons Handeln irgendwie verteidigen, das diesem Fremden auf der Türschwelle etwas kapriziös erscheinen mochte. «Und ich bin eben erst eingezogen.» Sie lachte gekünstelt auf. «Es herrscht noch ein ziemliches Durcheinander.»

«Tut mir leid, daß ich Sie gestört habe –»

Sie machte eine wegwerfende Handbewegung. «O nein, keine Ursache», sagte sie eilig. Sie trat versuchsweise einen Schritt zurück, um Jury hereinzubitten, als hätte sie das Gefühl, das Ganze noch schlimmer zu machen, wenn sie genauso wenig gastlich wie informativ war.

Er lehnte dankend ab. «Sie hat nicht zufällig eine Nachricht hinterlassen?»

Untröstlich, fast beschämt, schüttelte sie den Kopf. «Nein, bei mir nicht. Sie könnten aber beim Makler nachfragen.»

Er dankte ihr noch einmal, und erst nachdem sich die Tür hinter ihm geschlossen hatte, fiel ihm ein, daß er sie nicht nach dem Namen des Maklers gefragt hatte. Er hob die

Hand, um noch einmal anzuklopfen, überlegte es sich aber dann anders. Morgen...

Auf dem Rückweg überlegte er, ob er morgen wirklich zurückkommen würde oder ob das Schicksal in der Angelegenheit längst anders entschieden hatte.

Zwischen der «Torkelnden Ente» und dem Theater überquerte Jury die Straße und ging ohne bestimmtes Ziel auf den Fluß zu. Unter den Eichen, die mit ihren Lichtgirlanden wie Weihnachtsbäume aussahen, näherten sich die letzten Theaterbesucher. Mit ihren Regenschirmen, die sich schwarz von den Lichtspiegelungen abhoben, liefen die zur Vorstellung zu spät Kommenden durch den Regen.

Die Hände tief in den Manteltaschen vergraben und ohne auf den Regen zu achten, setzte er sich auf eine Bank. Es schien eine Ewigkeit herzusein, daß er mit Penny auf derselben Bank gesessen hatte. Als es völlig dunkel geworden war, stand er auf und ging zum Theater zurück. Der Parkplatzwächter lehnte gelangweilt an seinem Häuschen, während die Türhüter in ihren schwarzen Uniformen hinter den Glastüren des Theaters genauso gelangweilt herausschauten. Jury nahm den schmalen, dunklen Pfad hinter dem Theater, der am Fluß entlangführte.

Von dort kam dieses unterdrückte Gelächter, das zu einem schrillen Gekicher wurde, als er sich näherte, obwohl man ihn in dieser Finsternis nicht sehen konnte: Schulkinder, wie er an dem Gekicher und den glimmenden Zigaretten erkennen konnte. Als er näher trat, konnte er Jungen auf der Mauer des mit dorischen Säulen verzierten Gebäudes sitzen sehen. Sie bemerkten ihn erst, als er beinahe vor ihnen stand. Das Gelächter hörte schlagartig auf, und die Stimmen verstummten.

Wieder Kichern und Flüstern, als sie merkten, daß da jemand spazierenging. Während Streichhölzer aufflammten und Zigaretten angezündet wurden, fragte einer von ihnen: «Wer ist da?»

Jury spähte in die Dunkelheit des Gebäudes mit den Säulen, ohne jemanden oder etwas sehen zu können außer den glühenden Zigarettenenden. Er konnte die Schuluniform derer erkennen, die gesessen hatten (aber aufgesprungen waren, als sie ihn sahen). Die, die er sehen konnte, waren alle gleich angezogen. Als noch einige aus dem Dunkel hervortraten, nachdem ihre Neugier stärker geworden war als die Angst, erwischt zu werden, zählte er sechs oder sieben sowie ein paar andere, die in der sicheren Dunkelheit blieben und immer noch nervös kicherten.

In einem Ton, den einer der Jungen wohl für einen Beweis für Furchtlosigkeit hielt, wurde die Frage wiederholt: «Also, wer ist *da*?»

«Niemand», sagte Jury. Streichhölzer flammten auf, und Zigaretten wurden angezündet.

«Sie sind doch kein *Lehrer*, oder?» fragte eine mißtrauische Stimme aus dem Dunkel.

«Großer Gott, nein.»

Die Antwort wurde mit Erleichterung zur Kenntnis genommen. «Was machen Sie hier draußen?»

«Ich gehe spazieren.» Er lächelte in die Dunkelheit. «Und was treibt ihr hier in dieser Dunkelkammer zum Filmentwickeln?»

Wieder Kichern, und eine Kleinmädchenstimme antwortete: «Oh, hier wird was anderes als Filme entwickelt.» Auf das neuerliche Gekicher hin konnte Jury sich vorstellen, daß da einiges ungeschickte Gefummel stattfand.

«Nun sagen Sie uns doch, wer Sie sind», sagte ein Mädchen, das Jury auf ein oder zwei Jahre jünger schätzte als Penny. Sie war vorgetreten, als wollte sie zeigen, daß sie mit dem kichernden Haufen hinter sich nichts zu tun hatte.

«Wie ich schon sagte. Niemand.»

Aus irgendeinem Grund hielt sie es jetzt für nötig, von der Kante des Gebäudes auf die Erde zu springen und fest auf dem schwarzen Lehm herumzutrampeln, den ein Gärtner vermutlich in harter Arbeit bepflanzt hatte. «Das hat Odysseus auch gesagt.»

«So?»

«Sie haben doch sicher schon von Odysseus gehört», sagte sie altklug und in einem Ton, der anzeigen sollte, daß sie heute abend zwar Shakespeare vernachlässigte, aber nicht die Griechen. «Sie erinnern sich: Als er in die Höhle der Zyklopen kam. Er rettete sich, indem er sagte, er sei Niemand.»

«Vielleicht glaubte er das wirklich. Oder Homer glaubte es.»

Jurys Belohnung für diese unerwünschte Einsicht war ein gigantischer Seufzer, während das Mädchen mit schweren Schritten durch diesen neu erblühten Garten ging und dann wieder auf die Kante des Gebäudes kletterte. Er konnte nur wenig von ihrem Gesicht ausmachen, außer daß es gespenstisch weiß, herzförmig und von Strähnen langen Haars umgeben war.

Jury ging weiter den unbeleuchteten Weg entlang, ohne zu wissen, wohin er führte. Sie freuten sich sicher, ihn los zu sein, einen Erwachsenen, der in ihre wenigen gestohlenen privaten Augenblicke eindrang. Als er schon ein geraumes Stück Weg zurückgelegt hatte, hörte er, daß das Mädchen ihm einen Abschiedsgruß nachrief. Ihr Tonfall überraschte ihn; es klang, als würde sie ein Geheimnis mit ihm teilen.

Jury drehte sich um, winkte und grüßte zurück. Im Dunkel sah er eine Zigarette aufglimmen, als der Rauchende daran zog, ehe er sie wegwarf. Sie beschrieb einen kleinen leuchtenden Bogen, der langsam erlosch: Ein goldner Schimmer in der Luft.

Martha Grimes

Inspektor Jury bricht das Eis

———

Deutsch von
Uta Goridis und Jürgen Riehle

Für Pamela,
eine vorbildliche Freundin

Die weisen Männer

Im fernen Osten seh ich in Gedanken
sie kommen jedes Jahr zum selben Ort.
Sie tragen in den Händen, was sie fanden,
und im Gesicht, was sie erwartet dort.

Sie gehen schweigend, ruhig und sicher
wie Porzellanfigürchen durch den Wald,
die Farben der Gewänder leuchtend,
die feinen Züge kultiviert und alt.

Sie scheuen Wandel, deuten weder Krieg noch Frieden,
beenden nie die Reise, die sie so geprägt,
und warten sehnlich auf ein Zeichen, das
die Zukunft treu in ihre eignen Hände legt.

Edgar Bowers

Schwester! Oh, meine Schwester! Das ist der Grund:
Ob wir fallen durch Ehrgeiz, Blut, Lust oder Raub,
wie Diamanten schneidet uns der eigne Staub.

Die Herzogin von Malfi

Erster Teil

Old Hall

I

EINE BEGEGNUNG AUF DEM FRIEDHOF. Das war es, was ihm rückblickend immer wieder durch den Kopf ging, wenn er sich ohne jede Ironie sagte, daß ein solcher Ort nicht gerade auf jene dauerhafte Liebe schließen ließ, nach der er sich sehnte. Schneeverwehungen auf der Sonnenuhr. Zankende Spatzen in den Hekken. Die schwarze Katze, die in dem trockenen Vogelbecken thront. Erinnerungsfetzen. Ein zerbrochener Spiegel. *Pech, Jury.*

Es begann an einem windigen Dezembertag, dem fünftletzten vor Weihnachten, als Jury durch die Tore von Washington Old Hall zwei streitsüchtige Spatzen in einer nahen Hecke beobachtete. Sie flatterten unter wütendem Gezänke zwischen Hecke und Baum hin und her und pickten sich gegenseitig die Brust blutig. Jury war grausame Szenen gewohnt; dennoch schokkierte ihn der Anblick. Aber passierte das gleiche nicht überall? Sie unterbrachen die wilde Jagd schließlich auf dem Boden vor seinen Füßen. Er machte eine Bewegung, um den Kampf abzubrechen, aber schon waren sie wieder auf und davon.

Das Haus war verschlossen, und so stapfte er durch die alten Straßen Washingtons, während der Schnee allmählich in Regen überging. Es war nach drei Uhr, die Pubs hatten also zu – wieder Pech. Am Ende einer Dorfgasse fand er sich vor der katholischen Kirche wieder. *Tust du dir jetzt leid, Jury? Keine Freunde, keine Verwandten, keine Frau, kein...* Aber Weihnachten steht doch vor der Tür, widersprach etwas in ihm.

Jury hatte diesen Konflikt, der seine Einstellung zum Fest der Liebe belastete, noch nicht gelöst, als er die schwere Kirchentür aufstemmte und leise die Vorhalle betrat. Zu allem Überfluß mußte er nun auch noch feststellen, daß er mitten in eine Taufe geplatzt war. Der Pfarrer unterbrach zwar die Zeremonie nicht, aber die Gesichter der Eltern fuhren zu dem Eindringling herum, und das Baby schrie.

Jury meinte, seine innere Stimme boshaft kichern zu hören. *Du Tölpel.* Er fixierte das Anschlagbrett der Kirche und setzte eine Miene tiefster Versunkenheit auf, die den Leuten dort klarmachen sollte, wie dringend notwendig die Gemeindenachrichten für sein Seelenheil seien. Mit einem kurzen Nicken *(als würde das jemanden kümmern, du Trottel!)* drehte er sich um und ging hinaus, ungeläutert und ungetröstet.

Auch auf dem Kirchhof konnte er diese zänkische Stimme nicht zum Schweigen bringen. Sie hackte gnadenlos auf ihm herum: Es hatte ihn ja keiner *gezwungen* anzunehmen, als ihn seine Cousine mit Wimmerstimme eingeladen hatte, sie doch an Weihnachten zu besuchen. («*Wir kriegen dich doch sonst nie zu Gesicht, Richard...*») Newcastle-upon-Tyne. Ein scheußlicher Ort, gerade im Winter. *Ein netter Spaziergang über den Friedhof, das paßt zu dir, Jury... und dazu noch der Schnee... es schneit schon wieder...* Und so fort.

Und da sah er sie; über einen Grabstein gebeugt, das braune Haar, das der Wind in Strähnen unter der Kapuze ihres Capes hervorgeweht hatte, naß von Schnee und Regen. Alte Weiden senkten Vorhänge aus feuchten Blättern in seinen Weg. Moos kroch an den Grabsteinen hoch. Ansonsten lag der Ort verlassen da.

Sie stand vollkommen reglos. Wie sie sich so in einiger Entfernung vor ihm über den Stein beugte, erinnerte sie Jury an eines jener lebensgroßen Grabmale, die man gelegentlich selbst auf den kleinsten und schlichtesten Friedhöfen sieht, erstarrte Zeugen der Trauer, die Gesichter kapuzenverhüllt und düster, die Hände gefaltet.

Ihre Hände waren nicht gefaltet. Sie schien etwas in ein kleines Buch einzutragen. Entweder war sie so in das Studium der Inschriften vertieft, daß sie sein Herannahen nicht bemerkte, oder sie nahm einfach an, er wolle ungestört bleiben.

Er schätzte sie auf Ende Dreißig. Sie gehörte zu der Sorte Frauen, die sich gut hielt: Wahrscheinlich sah sie jetzt sogar besser aus als mit zwanzig. Sie hatte eines jener Gesichter, die Jury schon immer als schön empfunden hatte, ein Gesicht, in das der Ausdruck von Trauer und Schmerz so fest eingemeißelt schien wie in eine Grabskulptur. Ihr Haar hatte fast die gleiche Farbe wie seines, nur lag auf ihrem ein roter Schimmer, der selbst hier, in der grauen Düsternis eines verschneiten Dezembernachmittags, noch sichtbar war. Ihre Augen lagen im Schatten der Kapuze verborgen. Sie beugte sich über einen kleinen Stein mit herausgemeißelten Engeln, deren Flügel schon völlig verwittert waren.

Jury tat so, als betrachte er ebenfalls die Grabsteine, wobei er die gleiche Miene aufsetzte wie vor dem Anschlagbrett in der Kirche. Während er noch fieberhaft nach einem grabesdüsteren Einleitungssatz suchte, preßte sie die Hand auf ihre Stirn und ließ sie dann auf den Grabstein sinken, als suche sie Halt. Sie sah krank aus.

«Ist Ihnen nicht gut?» Seine Hand lag flugs auf ihrem Arm.

Sie schüttelte den Kopf, als wolle sie Klarheit hineinbringen, und schenkte ihm ein dünnes, verlegenes Lächeln. «Nur ein kleiner Schwächeanfall. Wahrscheinlich kommt das vom vielen Bücken und zu schnellen Aufrichten. Danke.» Hastig steckte sie das Büchlein und den Stift in eine der großen aufgesetzten Taschen ihres Capes. Der Einband des Notizbuchs war aus Metall – golden, und bestimmt nicht billig. Der Stift war ebenfalls aus Gold, das Cape aus Kaschmirwolle. Nichts an ihr wirkte billig.

«Sie schreiben doch nicht etwa ein Buch über Grabinschriften?» Wie banal, dachte er, irritiert von seiner eigenen Unbeholfenheit. Wäre sie die Hauptverdächtige in einem Mordfall gewesen, hätte er wohl eine bessere Figur gemacht.

Aber seine Vermutung schien sie nicht zu verärgern. «Nein.» Sie lachte auf. «Ich forsche ein bißchen herum.»

«Wonach? Ich weiß, es geht mich nichts an, aber – fühlen Sie sich auch wirklich ganz in Ordnung?»

Sie schwankte ein wenig und griff sich wieder an die Stirn. «Ehrlich gesagt, ich weiß nicht recht. Mir ist wieder schwindlig.»

«Sie sollten sich hinsetzen. Vielleicht auch einen Brandy oder so was trinken.» Er runzelte die Stirn. «Die Pubs haben allerdings geschlossen...»

«Mein Cottage ist ganz in der Nähe, auf der anderen Seite des Dorfangers. Ich weiß nicht, woher diese Schwindelanfälle kommen. Vielleicht von dem Medikament... Na, als nächstes zeig ich Ihnen noch meine Blinddarmnarbe...»

«Ich hätte nichts dagegen.» Er lächelte wieder. «Aber gestatten Sie mir wenigstens, daß ich Sie nach Hause begleite.»

«Danke. Das wäre sehr freundlich von Ihnen.» Zusammen liefen sie durch das alte Washington, das Jury jetzt mit ganz anderen Augen sah: es erschien ihm nun als Prachtstück von einem Dorf, mit seinen zwei Pubs und der winzigen Bibliothek jenseits des Angers.

«Ich habe noch etwas Whisky. Wenn Sie mir auf ein Glas Gesellschaft leisten wollen?»

Wieder sagte Jury – und beglückwünschte sich dabei zu seiner atemberaubenden Originalität: «Ich hätte nichts dagegen.»

Sie kamen an dem größeren der beiden Pubs vorbei, einem cremefarben gestrichenen Gebäude mit schwarzen Fensterläden und dem Namen «Washington Arms». Ihr Haus lag am Ende eines schmalen, heckengesäumten Wegs. Der kleine Eingangsvorbau lief ebenso wie das ziegelgedeckte Dach spitz zu; die zitronengelbe Haustür wirkte darin wie ein Flecken winterlichen Sonnenscheins.

Drinnen war es jedoch gar nicht sonnig; die Fensterkreuze waren zu schmal und lagen zu hoch, um selbst an hochsommerlichen Tagen genügend Licht hereinzulassen. Sie schaltete eine Lampe an. Der bunte Glasschirm warf einen verschwommenen Regenbogen auf den Mahagonitisch.

«Wir haben uns noch nicht vorgestellt», sagte sie lachend.

Das stimmte allerdings; auf dem Weg hierher hatten sie sich unterhalten wie zwei alte Freunde und dabei vergessen, etwas so Beiläufiges wie ihre Namen zu erwähnen.

«Ich heiße Helen Minton», sagte sie.

«Richard Jury. Sie sind nicht von hier, nicht wahr? Ihr Akzent klingt eher nach London.»

Sie lachte. «Sie müssen ein gutes Ohr haben. Ich kann höchstens den Unterschied zwischen Cornwall und Surrey und den Geordies hier oben raushören. Aber ich glaube kaum, daß ich einen Londoner Akzent zweifelsfrei erkennen würde.»

«Ich bin aus London.»

«Dann – aber bitte setzen Sie sich doch –, dann stelle ich Ihnen dieselbe Frage, die ich hier ständig zu hören kriege: Was hat Sie ausgerechnet hierher verschlagen? London erscheint einem hier so fern wie Timbuktu, und trotzdem kann man mit dem Schnellzug in drei Stunden dort sein.»

«Ich bin unterwegs nach Newcastle.»

Während sie ihm die Jacke abnahm – deren schweres Wildleder keineswegs einen ausreichenden Schutz gegen die hiesigen Stürme bot –, sah sie ihn nachdenklich an. «Sie scheinen nicht allzu glücklich darüber zu sein.»

Jury lachte. «O Gott, merkt man mir das an?»

«Hmm. Es ist zu schade, daß die Leute, wenn sie Newcastle hören, nur an Kohle denken. Die meisten Zechen sind längst stillgelegt. Die Stadt selbst ist eigentlich recht schön.» Sie legte sich die Jacke über den Arm, machte aber keine Anstalten, sie aufzuhängen, sondern stand einfach da und betrachtete ihn. Ihre Augen waren grau, nur eine Spur dunkler als seine eigenen, wie Zinn oder die Nordsee.

«Wir sind hier nicht weit vom Meer, oder?»

«Nein. Die Küste von Sunderland ist nur ein paar Meilen entfernt.» Sie legte den Kopf schräg und sah ihn weiter prüfend an. «Wissen Sie, daß wir fast die gleiche Haar- und Augenfarbe haben?»

«Ach, wirklich?» sagte er beiläufig. «Ja, jetzt, wo Sie es sagen, fällt es mir auf.» Er lächelte. «Sie könnten meine Schwester sein.»

Sein Lächeln hatte eine gänzlich andere Wirkung als gewöhnlich. Sie sah plötzlich unendlich traurig aus und wandte sich ab, um seine Jacke aufzuhängen. «Und warum fahren Sie nun nach Newcastle?» fragte sie, während sie die Jacke sorgfältig über einen Kleiderbügel drapierte.

«Um meine Cousine zu besuchen. Ich soll mit ihr Weihnachten feiern. Ich habe sie seit Jahren nicht mehr gesehen; früher hat sie in den Potteries gelebt. Die Familie ist in der Hoffnung auf bessere Arbeit hierhergezogen. Ein böser Irrtum.»

Helen Minton hängte ihren Mantel an einen Haken und fragte: «Ist sie Ihre einzige Verwandte?»

Jury nickte und setzte sich. Er hatte nicht das Gefühl, erst eine Aufforderung abwarten zu müssen. Er bot ihr eine Zigarette an. Während sie sich über die Flamme beugte, hielt sie mit einer Hand den Vorhang ihres rötlichbraunen Haars zurück. «Das ist ja seltsam. Ich habe einen Cousin. Der ist mein einziger Verwandter. Er ist Künstler, ein sehr guter.» Sie wies auf ein kleines Gemälde an der Wand gegenüber – eine abstrakte Komposition in leuchtenden Farben mit scharfen Konturen.

Jury lächelte. «Anscheinend verfügen wir so ziemlich über die gleiche Erbmasse. Das Haar. Die Augen. Die Cousins. Ihr Haus gefällt mir», sagte er, machte es sich in dem tiefen Sessel richtig bequem und zog zufrieden an seiner Zigarette.

«Wir wär's jetzt mit einem Whisky?»

«Großartig!»

Während sie mit der Ernsthaftigkeit eines Kindes, das nichts falsch machen will, die Drinks einschenkte, sagte sie: «Eigentlich ist es gar nicht mein Haus. Ich habe es nur gemietet.» Sie reichte ihm sein Glas.

«Dann stelle ich Ihnen jetzt die Frage, die Sie sicher ständig zu hören kriegen: Was hat Sie bloß hierher verschlagen?»

Das Glas in beiden Händen haltend, antwortete sie: «Nichts Bestimmtes. Ich bin zu etwas Geld gekommen, genug, um damit bequem leben zu können. Ich fand, daß dies ein schönes kleines Dorf ist, und beschloß, eine Weile hierzubleiben. Ich stelle ein paar Nachforschungen über die Familie Washington an.»

«Sind Sie Schriftstellerin?»

«Ich? Gott, nein! Es ist nur ein Zeitvertreib. Natürlich kommen auch viele Amerikaner vorbei; allerdings weniger um diese Jahreszeit. Die Washingtons sind eine recht interessante Familie; sie haben sich nach dem Dorf und dem Gut benannt, das sie mehrere hundert Jahre lang bewohnten, bevor Lawrence Washington dann Sulgrave Manor gebaut hat. Haben Sie Old Hall, das Herrenhaus, besichtigt? Ach nein, heute ging das ja gar nicht: Es ist kein Besuchertag. Sie müssen unbedingt wiederkommen. Donnerstags helfe ich dort aus: der Fremdenführer, der sonst die Besichtigungen macht, nimmt sich dann frei – und ich könnte Sie herumführen...» Ihre Stimme erstarb. «Aber wahrscheinlich werden Sie viel zu beschäftigt sein, mit Ihrer Cousine und mit Weihnachten...»

Er schüttelte den Kopf. «So beschäftigt nun auch wieder nicht.»

«Ich könnte Sie herumführen», wiederholte sie. «Das Haus gehört der Gesellschaft für Denkmalschutz. Mein Lieblingsraum ist das Schlafzimmer im Obergeschoß...» Sie hob den Blick zur Zimmerdecke und errötete heftig. Hastig fuhr sie fort: «Es gibt eine Küche, und manchmal mache ich den Leuten Tee, obwohl ich das wahrscheinlich gar nicht dürfte. Aber es gibt ein, zwei Leute, die schon öfter da waren...»

Mit argloser Miene (während er sich insgeheim diebisch darüber amüsierte, wie sie sich aus der Sache mit dem Schlafzimmer herauszureden versuchte) fragte er: «Und wenn Sie mir Old Hall gezeigt haben, darf ich Sie dann zum Dinner einladen?»

«Zum Dinner?» Sie hätte über die Einladung nicht überraschter sein können – als hörte sie das Wort «Dinner» zum erstenmal. Aber dann strahlte sie vor Freude, und ihre Befangenheit war verflogen. «Ja – gern. Das wäre nett.» Mit frisch erwachtem Eifer warf sie einen Blick ins Nebenzimmer. «Wir könnten hier zu Abend essen», sagte sie und breitete die Arme aus, als entdeckte Sie in Jurys Vorschlag ungeheure Möglichkeiten.

Er lachte. «Ich hatte gewiß nicht vor, Sie in der Küche schuften zu lassen. Gibt es hier keine Restaurants?»

«Das Essen ist nicht so gut wie bei mir», erklärte sie schlicht und einfach. «Von dem ganzen Gerede übers Essen hab ich übrigens einen Bärenhunger bekommen. Bevor ich aus dem Haus ging, hab ich ein paar Sandwiches gemacht. Möchten Sie eins?»

Jury hatte seit Tagen keinen Appetit mehr verspürt. Jetzt fühlte er sich plötzlich ausgehungert. Er fragte sich, ob ihnen wirklich bloß etwas zu essen fehlte, und lächelte. «Danke, gern. Soll ich nachschenken, während Sie die Sandwiches holen?»

«O bitte, tun Sie das. Die Flaschen stehen dort drüben. Ich bin gleich wieder da.»

Jury nahm die Gläser und sah sich im Zimmer um, in dem sich schon die Schatten der Dämmerung ausbreiteten, obwohl es erst vier Uhr nachmittags war. Es war ein hübsches Zimmer. Die Polstermöbel waren mit alten Rosendrucken bezogen, und im Kamin prasselte ein Feuer. Er bemerkte, daß es qualmte. Über dem Kaminsims hing ein gerahmter Druck von Old Hall. Die Tapete war in einem neun oder zehn Zentimeter breiten Streifen um das Bild herum eine Spur heller.

Helen kam mit einem silbernen Tablett zurück, auf dem ein Teller mit Sandwiches und eine Unzahl von Beilagen standen: Gewürzgurken, Meerrettich, Senf, Pfeffersauce und dergleichen mehr.

Er lachte: «Großer Gott! Sie scheinen Ihre Sandwiches ja üppig zu belegen.»

«Ich weiß. Gräßlich, nicht? Ich habe eine furchtbare Schwäche für scharfes Essen. Da fällt mir ein, daß es im neuen Teil des Dorfes ein indisches Restaurant gibt, in das wir gehen könnten.» Sie strich Senf und Meerrettich auf ihr Roastbeef und garnierte es zum Abschluß mit einem Stück Gewürzgurke. Sie biß herzhaft hinein und sagte dann: «Ach, ich könnte Feuer speien. Möchten Sie mal probieren? Es ist frischer Meerrettich. Eine Bekannte von mir hat ihn zubereitet.» Sie hielt ein kleines Steinguttöpfchen hoch.

«Nein, vielen Dank. Ich bin mit einem ganz gewöhnlichen Sandwich vollauf zufrieden.»

Ein paar Minuten lang aßen und tranken sie in einvernehmlichem Schweigen, dann lehnte sie sich zurück in die Polster der Couch und zog ein Bein unter ihren Rock.

«Wo arbeiten Sie?»

«In der Victoria Street.» Er wünschte, die Frage nach seinem Beruf wäre nicht in diesem frühen Stadium gefallen; die Antwort stieß manche Leute vor den Kopf.

«Was tun Sie dort?»

«Polizeiarbeit. Ich bin ein Bulle.»

Sie starrte ihn an und lachte. «Niemals!»

«Doch», sagte er.

Sie schüttelte immer noch ungläubig den Kopf: «Aber Sie sehen...»

«...nicht wie einer aus? Oh, warten Sie erst mal ab, bis Sie mich in meinem abgetragenen blauen Anzug und meinem Regenmantel sehen.» Immer noch lächelnd legte sie den Kopf schräg, so daß ihr Gesicht und ihr Haar in den Schein der bunten Glaslampe eintauchten. «Ich beweise es Ihnen, indem ich Ihnen ein paar schlaue Fragen stelle. Sind Sie bereit?»

Sie ging vergnügt auf das Spiel ein. «Schießen Sie los.»

«Okay. Warum sind Sie wirklich hier? Warum sind Sie so unglücklich? Und warum haben Sie das Bild über dem Kaminsims abgenommen?»

Bei der ersten Frage hatte sie abrupt den Blick abgewandt. Bei der dritten Frage schnellte er zu ihm zurück. «Wie...?»

«Der Kamin qualmt. Man merkt es an der Tapete: sie ist um den Rahmen herum heller. Sie machen keine sonderlich gute Figur bei meinem Kreuzverhör. Sie wirken so schuldbewußt wie...» Jurys Lächeln verschwand. Er hatte gewiß nicht vorgehabt, sie aus der Fassung zu bringen. Im bunten Widerschein des Lampenlichts war ihr Gesicht jetzt tiefrot.

«Ihnen entgeht wohl nichts.» Das war alles, was sie sagte.

«Das ist mein Job. Und es ist meine Schwäche. Namen, Daten, Orte, Gesichter... von denen ich einige am liebsten vergessen würde...» *Aber nicht Ihres*, hätte er gerne hinzugefügt. «Es tut mir wirklich leid. Ich wollte nicht in Ihren Angelegenheiten herumschnüffeln.»

«Nein, nein. Schon gut. Was das Unglücklichsein betrifft –» Ihr Lachen klang gezwungen. «Es liegt wohl daran, daß bald Weihnachten ist. Weihnachten deprimiert mich. Schrecklich, nicht? Aber ich glaube, es geht vielen Leuten so. Man fühlt sich tatsächlich schuldig, keine Familie zu haben, so als hätte man sie aus Nachlässigkeit verloren.» Sie wandte sich mehr an ihr Glas als an Jury. «Vermutlich stehen wir unter einem solchen Zwang, glücklich zu sein, daß wir uns schuldig fühlen, wenn wir's nicht können...» Sie tat die Sache mit einem Schulterzukken ab.

«Ich stelle meistens einen Antrag auf Weihnachtsdienst und bringe das Fest so hinter mich. Die Dinge, die ich dabei oft zu sehen bekomme, machen einem klar, daß man nicht der einzige ist, der Weihnachten nur mit Hängen und Würgen übersteht.» *Wie die alte Frau, klein und zerbrechlich wie ein Vogel, die sich in der Besenkammer erhängt hatte.* Die Erinnerung blieb unausgesprochen. «Das ist ganz heilsam.» *Wenn man solche Roßkuren mag.* «Falls Sie zu Weihnachten noch nichts vorhaben, essen Sie doch mit uns zu Abend. Meine Cousine würde sich sehr freuen. Sie brauchte sich dann zur Abwechslung mal nicht nur den Kopf darüber zu zerbrechen, wo ihr versoffener Mann steckt und ob ihre Kinder als Punks enden und sich die Haare lila färben werden.»

«Das ist furchtbar nett von Ihnen. Aber schließlich bin ich eine Fremde. Ich will mich Ihrer Familie nicht aufdrängen...»

«Aber, aber, Sie wollen doch wohl nicht sentimental werden. Paßt das zu dem, was Sie mir eben erzählt haben?»

Beide lachten.

«Apropos Weihnachten – ich muß noch ein paar Geschenke

einpacken. Für die Bonaventura-Schule. Sie nennt sich zwar Schule, ist aber in Wirklichkeit eher ein Waisenhaus.»

«Sie tun also auch etwas für die Armen.»

Helen wiegelte ab: «Oh, rechnen Sie mir das nicht allzu hoch an. Es ist nur ein Zeitvertreib.» Ihr Blick glitt über Jurys Schulter zum Fenster, wo Schneeflocken gegen die Scheiben wirbelten.

Aber warum, grübelte Jury, hat sie es bloß so nötig, die Zeit totzuschlagen? Seine Frage, warum sie so unglücklich sei, war unbeantwortet geblieben. Widerstrebend stellte er sein Glas auf den Tisch und stand auf. «Meine Cousine wundert sich bestimmt schon, wo ich bleibe. Ich mach mich wohl besser auf den Weg.»

Sie begleitete ihn zur Tür. Als sie sie öffnete, sah er hinaus in ein stürmisches Schneetreiben. Die Hecken raschelten im Wind, die jungen Bäume bogen sich unter ihrer feuchten Last. Der Schnee war wieder mit Regen vermischt.

Helen zog die Ärmel ihrer Strickjacke über die Hände und schlang die Arme um ihre Taille.

«Sie gehen besser wieder rein», sagte Jury und schlug den Kragen hoch. Der schneidende Wind fuhr ihm eisig durch Jacke und Pullover.

Doch ungeachtet der Kälte, die ihr durch alle Glieder drang, blieb sie stehen und sagte: «Sie sind für dieses Wetter nicht richtig angezogen. Haben Sie denn keinen Mantel?»

«Der liegt im Auto.»

Sie begleitete ihn zum Gartentor und suchte mit den Blicken die Straße nach seinem Wagen ab. «Wo steht er denn?»

Die Frage klang, als argwöhnte sie, daß er, leicht bekleidet, wie er war, den ganzen Weg nach Newcastle auf Schusters Rappen zurücklegen wollte. Er betrachtete lächelnd ihre Gestalt in der Dunkelheit: Die Beine dicht aneinandergepreßt stand sie da. Mit ihren dunklen Knöpfstiefeln und ihren Baumwollstrümpfen wirkte sie wie eine Frau auf einem Jugendstilplakat.

«Der Wagen steht vor dem Pub. Und Sie werden naß.» Der

Moment auf dem Friedhof fiel ihm wieder ein: «Woher kommen Ihre Schwindelanfälle?»

Der Wind fuhr ihr durchs Haar. «Das ist wahrscheinlich nur eine Nebenwirkung des Medikaments, das ich nehmen muß. Eine kleine Herzgeschichte. Nichts Ernstes. Aber Sie sollten jetzt besser gehen.» Dann machte sie plötzlich ein bekümmertes Gesicht, strich eine Haarsträhne aus dem Mundwinkel und fragte: «Werden Sie wiederkommen?»

Eine Böe hatte den Kragen ihrer Strickjacke aufgeschlagen, und er streckte die Hände aus, um ihn wieder zu schließen; dabei zog er sie gleichzeitig ein wenig näher zu sich heran. «Warum fragen Sie? Sie wissen doch, daß ich wiederkomme.»

Einen Moment lang schauten sie sich in die Augen, dann lächelte sie und sagte: «Ja, ich denke, ich weiß es.» Durch die Dunkelheit rannte sie den Weg hinauf zum Haus und winkte ihm von der Tür aus zu, ehe sie sie hinter sich schloß.

Jury blieb noch ein oder zwei Minuten auf dem Gehsteig stehen, die Schultern hochgezogen, die Hände in den Jackentaschen vergraben. Dieser verfluchte eisige Wind! Ein Licht wurde im Haus eingeschaltet; er sah sie am Fenster stehen. Das Fensterkreuz zerteilte ihr Gesicht in vier Segmente, die hinter den regennassen Scheiben verschwammen wie eine Traumerscheinung.

Mit einem letzten Winken marschierte er in Richtung seines Wagens und merkte plötzlich, daß seine Niedergeschlagenheit verschwunden und die zänkische Stimme in seinem Inneren endlich verstummt war. Der Schnee lag knöcheltief, aber er bemerkte es kaum. Die Autofahrt würde eine üble Rutschpartie werden, doch das kümmerte ihn wenig. Jury begann zu pfeifen.

Dennoch war ihm unbehaglich. Je weiter er sich von ihrem Haus entfernte, desto stärker wurde das Gefühl.

Und da kam ihm zum erstenmal der Gedanke, daß eine Begegnung auf dem Friedhof nicht der beste Beginn für eine Liebesgeschichte war. Seine innere Stimme wollte schon wieder loskrächzen, aber er ließ es nicht dazu kommen. Wenn er Helen das nächste Mal sähe, würde er bestimmt herausfinden, warum sie so unglücklich war.

Als er sie das nächste Mal sah, war sie tot.

2

JURY HÄTTE AUCH OHNE DAS GEJAMMER seiner Cousine gewußt, daß Newcastle, wie überhaupt der ganze Tyne and Wear-Distrikt die Heimstatt von Frustration, Armut, Arbeitslosigkeit und Suff war, trostlos und bedrückend. Aber er mußte es sich trotzdem an seinem ersten Abend in ihrer bescheidenen Mietwohnung anhören, während sie aus einer Wolle, die ebenso mausgrau war wie ihr Haar und ihre Augen, irgend etwas strickte und höchstens einmal die Nadeln sinken ließ, um hinaus in das Schneetreiben zu blicken, durch das Brendan wohl nie nach Hause stolpern und rutschen können würde, nachdem er wieder einmal seine Sozialhilfe versoffen hatte. Brendan war ihr arbeitsloser Mann, ein Ire mit trotzigem Blick, und im übrigen der einzige Ire ohne einen Funken Humor, den Jury kannte.

Hier konnte einem das Lachen allerdings auch vergehen: *Die Nietenbude nennen wir's*, hatte seine Cousine gesagt und damit das Arbeitsamt mit seinen vielen kleinen Zettelchen gemeint, auf denen Jobs angeboten wurden, die wundersamerweise genau in dem Moment schon vergeben waren, in dem der Arbeitssuchende sich nach ihnen erkundigte. *Letzte Woche haben sie eine einzige Stelle in den Minen angeboten, und über tausend Bewerber sind gekommen. Die ganzen Fabriken haben sich nur hier angesiedelt, weil die Regierung versprochen hat, sie ein paar Jahre lang zu subventionieren. Jetzt ist Schluß mit den Subventionen, und sie ziehen einem den Teppich unter den Füßen weg.* Brendan sei eben einer von denen, die dabei aufs Kreuz gefallen waren. Ihm könne man das bestimmt nicht vorwerfen.

Jury glaubte ihr aufs Wort. Aber es ging ihm nicht allzu nahe, denn er hatte seine Cousine nie besonders gemocht. Seine seltenen Besuche, seine Anrufe, seine kleinen Geldgeschenke, wenn der große Seelenjammer sie überkam – das alles geschah nur aus dankbarer und liebevoller Erinnerung an ihren Vater, seinen Onkel, der ihn aufgenommen hatte, nachdem seine Mutter gestorben war. Er mochte seine Cousine nicht, weil sie immer jenseits der Realität gelebt hatte, in jenem schönen Traumland der Kindheit, wo die zertanzten Schuhe über Nacht von Elfen repariert wurden, wenn einem nicht gerade eine Fee goldene Pantoffeln schenkte.

«Außerdem könnten die Kinder weiß Gott neue Schuhe brauchen», klagte sie mit einem Seitenblick auf Cousin Richard, der daraufhin gehorsam Schuhe auf seiner geistigen Geschenkliste vermerkte.

Die Kinder fanden Schuhe zwar langweilig, aber es entging ihnen nicht, wenn jemand ein weiches Herz hatte; sie witterten die Verheißung von Geschenken so deutlich wie eine frische Nordseebrise. Und so fanden sie sich beim Einkaufsbummel am nächsten Vormittag mit den Schuhen ab, um an die wahren Geschenke heranzukommen: eine Puppe, die *Star Wars*-Krieger aus Plastik, Malbücher und Süßigkeiten und ein gewaltiges Mittagessen. Die Kinder, die sich außerhalb der Reichweite ihrer Mutter sehr viel wohler fühlten, trugen alle so phantastische Namen wie Jasmine und Christobel – Namen, die man seinen Kindern gibt, wenn man ihnen nicht zutraut, daß sie sich als gewöhnliche Johns und Marys im Leben behaupten werden. Im Gewühl der Kaufhäuser hielten sie sich jedenfalls alle recht wakker, wenn auch der erwachende Forscherdrang des Jüngsten nervtötend war und die Älteste eine bedenkliche Entschlossenheit zeigte, ihrem Namen Chastity, die Keusche, Schande zu machen: Keck ließ sie ihren Blick über die Männer gleiten und machte ihnen schöne Augen wie eine rollige Katze.

Er fühlte keinerlei Bedauern, als er am Nachmittag Newcastle verließ und im Rückspiegel sah, wie die Stadt mit ihren großen grauen Steinmassen, ihren Rokokodächern, protzigen Schloten und verlassenen Werften am jenseitigen Ufer des Tyne kleiner und kleiner wurde, während er in Richtung Washington fuhr.

ALS JURY IN SICHTWEITE DES DORFANGERS KAM, mußte er feststellen, daß ihm zwei Polizeiautos vom Northumbria-Revier zuvorgekommen waren: sie standen im Vorhof von Old Hall, der normalerweise für offizielle Besucher des Herrenhauses reserviert war. Offenbar traf das für die Polizei jetzt zu. Jury war alarmiert. Die Polizeiautos sehen, anhalten und aus dem Wagen springen war eins.

Vor dem Tor von Old Hall hatte sich eine Gruppe Schaulustiger aus dem Dorf versammelt, von denen einige angesichts der dramatischen Ereignisse keine Zeit mehr gefunden hatten, sich noch einen Mantel überzuziehen. So standen sie frierend und mit verschränkten Armen im Schnee, warteten und rätselten.

Jury kämpfte sich zum Tor durch und hielt einem Polizisten, der ihn aufhalten wollte, seinen Ausweis unter die Nase. Die Entschuldigung des Polizisten ging ebenso wie der Name des diensthabenden Sergeanten im Pfeifen des Windes unter.

Es war Detective Sergeant Roy Cullen, der die Ermittlungen leitete, und der Klumpen Kaugummi, den er beim Reden mit der Zunge hin und her schob, trug nicht gerade dazu bei, seinen Sunderland-Akzent verständlicher zu machen. Er stellte Jury Detective Constable Trimm vor, dessen breiter Akzent auch ohne Kaugummi unverständlich genug war.

Bei Jurys Eintreten war Cullen gerade die Treppe heruntergekommen, und Trimm hatte mit einer schwarzhaarigen Frau gesprochen, die ein Taschentuch an die Lippen preßte. Abgesehen von Kopfschütteln bekam er nicht viel aus ihr heraus.

«Name des Opfers –» Cullen konsultierte sein Notizbuch.

«...Helen Minton.» Er blickte auf. «Sie liegt oben. Was ist denn los, Mann, Sie sehn ja aus... die Spurensicherung war noch nicht da. Also Finger weg von...»

Jury wartete die Erklärung, wie er aussehe und wovon er die Finger lassen solle, nicht ab. Es war eine kurze Treppe mit nur einer Biegung; sie erschien ihm endlos.

Sie lag in dem Schlafzimmer, das sie so geliebt hatte, auf dem brokatbezogenen Bett. Ihr braunes Haar, das im Flackerlicht zweier elektrischer Kerzen rötlich schimmerte, war ihr übers Gesicht gefallen. Ihre Beine lagen halb auf dem Bett, ein Arm war zum Kopfende hin ausgestreckt, der andere ruhte auf ihrem Bauch, die Hand baumelte seitlich herab. Auf dem Boden direkt unter der Hand lag ein Pillenfläschchen, aus dem ein paar Tabletten herausgefallen waren. Die Samtkordel, die normalerweise durch den Raum gespannt war, um die Besucher auf sicherer Distanz zu halten, hing schlaff herab. Jury trat näher an das Bett heran. Es war ein recht interessantes Möbelstück: das Kopfbett war getäfelt und hatte ein Geheimfach für eine Pistole, falls der Schläfer einen nächtlichen Überfall befürchtete. Das aufklappbare Fußende war gleichzeitig ein Gewehrständer.

Er betrachtete die Pillen auf dem Boden: vielleicht war dies das Medikament, von dem sie geglaubt hatte, es habe unangenehme Nebenwirkungen.

Die alten Fenster klapperten, und Jury spürte einen kalten Luftzug; wären die Kerzen nicht bloß elektrisch flimmernde Imitationen gewesen, hätte man annehmen können, sie flackerten im Wind, und auch Helens Haar, das halb ihr Gesicht verbarg, sah aus, als hätte der Wind es zerzaust. Mit einem Finger strich er es sanft zurück. Wie lange war sie schon tot? Nicht sehr lange; die Haut war kühl, aber nicht kalt. Der Tod hatte ihre Blässe vertieft, so daß ihr Gesicht sich fast weiß von dem dunklen Bettüberwurf und dem rotbraunen Haar abhob.

Wach auf! Gegen jede Vernunft versuchte er sich einzureden, daß in solchen Fällen immer wieder Irrtümer passierten. Vielleicht auch diesmal. Schnee wirbelte gegen die Scheiben und türmte sich auf den Fensterbrettern. Während er sie so liegen sah, inmitten dieses geschichtsträchtigen Raums, dieser mysteriösen und dramatischen Szenerie, drängte sich ihm der Gedanke auf, daß ihr Tod nur eine Art Theaterinszenierung sei. Gleich würde sie die Augen öffnen und lächelnd und quicklebendig aus dem Bett springen. *Steh auf*, befahl ihr seine innere Stimme, die es nicht wahrhaben wollte.

Aber die Toten stehen nicht wieder auf, auch nicht zu Weihnachten.

Zu der Frau im unteren Stockwerk – der Schwarzhaarigen mit dem zerknüllten Taschentuch – hatte sich inzwischen ein grobschlächtiger Mann in einem Schaffellmantel gesellt, der durch gewichtiges Herumstapfen einen furchtlosen Eindruck machen wollte. Sie seien Amerikaner aus Texas, gab er gerade zu Protokoll.

«Hörn Sie, wir wissen zunächst mal gar nichts, außer daß wir uns das Haus anschaun wollten. Es war kein Kartenverkäufer zur Stelle, aber na ja, wir dachten uns nichts dabei und sind eben hier rummarschiert, und dann ist Sue-Ann –» seine klobige Hand packte ihre Schulter; ob er damit sie oder aber sich selbst stützen wollte, war schwer auszumachen –, «jedenfalls ist Sue-Ann raufgegangen. Dann ging das Geschrei los. Sue-Ann sagt...»

Jury wußte, daß dies nicht sein Fall war und daß er dem Sergeanten besser nicht ins Handwerk pfuschte. Trotzdem fragte er Cullen, einen hochgewachsenen, wortkargen Mann, ob er dem Paar einige Fragen stellen könne. Cullen nickte mit einer Miene, der absolut nichts zu entnehmen war. «Vielleicht könnte Ihre Frau uns die Geschichte selber erzählen, Mr....?»

«Magruder. J. C. Magruder aus Texas.» Texaner, so schien seine Körperhaltung anzudeuten, waren alle groß und breitschultrig. Er blähte sich noch ein wenig mehr auf. «Wir sind jetzt schon seit fast einer Stunde hier, Sue-Ann und ich...»

«Verzeihung – Mrs. Magruder?»

Sue-Ann Magruder ließ nur widerwillig die Hand mit dem Taschentuch sinken, als beraube sie sich damit ihrer einzigen Sauerstoffquelle. Wundersamerweise hatte ihr sorgfältig aufgetragenes Make-up keinerlei Schaden davongetragen; nur ein paar winzige Mascaraflecken waren auf dem weißen Leinen zu sehen. Jury hatte genug hysterische Frauen erlebt, um zu wissen, daß sie auf das nächste Signal hin sofort mit einem neuen Anfall aufwarten würde.

«Ich könnte mir vorstellen, daß Ihnen, als Sie in das Zimmer kamen, alles, tja – fast unwirklich erschien.»

Sue-Ann meinte, Jury hätte ihr aus der Seele gesprochen, und fuhr dann fort: «Sie lag so still, so *still*, daß ich erst dachte, es wäre eine Puppe oder so was... Oh! Und *kein Mensch* war in der Nähe!» Angesichts eines neuerlichen Heulkrampfs warf Constable Trimm Jury einen eisigen Blick zu und sagte: «Wir ham heut noch was Besseres zu tun als das. Wenn Sie 'ne Aussage wolln, gehn Sie mit runter zum Revier und –»

Magruder fiel ihm ins Wort. «Revier!? Wir werden auf kein Polizeirevier gehn, Mister! Hören Sie, wir sind nur Touristen. Wir haben mit der Sache nichts zu tun. Wir waren in Edinburgh und dachten, es wär interessant, mal zu sehn, wo die Eltern des alten George Washington geboren wurden...»

«Sie liegen da ein bißchen falsch», sagte Cullen, der wohl hoffte, die Einwände des Mannes mit einer Geschichtslektion zerstreuen zu können. «Es war sein Ururgroßvater, der hier geboren wurde. Wir werden Sie nicht lange aufhalten, Sir, das verspreche ich. Es ist eine reine Formsache. Constable!» Cullen wies mit einem energischen Kopfnicken auf das Paar, woraufhin Trimm sich in Bewegung setzte, um Sue-Anns Mantel und Handtasche – und Sue-Ann selbst – einzusammeln. Ein herannahender Krankenwagen raste ohne jede Rücksicht auf Sue-Anns angegriffenes Gemüt mit gellender Sirene durch die Straßen. Jury hörte, wie matschiges Eis unter seinen Reifen knirschte, als er vor dem Tor stoppte. Magruder zog widerstrebend mit

Trimm ab, nicht ohne ein wenig vor sich hin zu schimpfen und etwas vom amerikanischen Konsulat zu murmeln.

Cullen wandte seine Aufmerksamkeit nun Jury zu. «Ist Scotland Yard an dieser Frau interessiert?»

«Scotland Yard nicht. Nur ich. Es tut mir leid, wenn es so aussieht, als wollte ich in Ihr Jagdrevier eindringen. Sie können mich jederzeit wieder rausschmeißen.» Jury lächelte. «Sie sehen aus, als wären Sie kurz davor.»

In Wirklichkeit sah Cullen ganz und gar nicht so aus. Sein spezieller Trick bestand gerade darin, sich nicht anmerken zu lassen, was er dachte; er stand einfach da, kaute Kaugummi und bot das Bild eines völlig unbedarften Bullen, an dessen Gerissenheit Jury allerdings keinen Augenblick zweifelte. Doch jetzt steckte Cullen in der Klemme: Einerseits war dies in der Tat sein Jagdrevier, und keiner hatte diesen Jury eingeladen, darin zu wildern; andererseits – Cullen stellte die Frage in einem übertrieben gleichgültigen Ton: «Und warum sind Sie an dem Fall interessiert? Ist es was Persönliches?»

«Ich kannte sie.»

Cullen verzog keine Miene, er kaute nur etwas schneller. Jury wußte, daß der Sergeant den Kuhhandel schon kommen sah. «Da brat mir gleich einer 'nen Storch», sagte Cullen ausdruckslos. «Wie gut? Wann haben Sie sie zum letztenmal gesehn?»

Jury betrachtete mit nachdenklichem Stirnrunzeln die Wände, als müsse er sich schwer konzentrieren, um seinem Gedächtnis dieses entscheidende Faktum zu entlocken. Er sagte nichts. Die Fahrer des Krankenwagens und der medizinische Sachverständige kamen zur Tür herein und wurden von Cullen nach oben gewiesen.

Cullen steckte das Notizbuch in seine Tasche, winkte Jury zu sich heran und sagte: «Kommen Sie mit aufs Revier, wenn wir hier fertig sind. Ich lad Sie dann zu 'ner Tasse Kaffee ein; Sie sehen aus, als könnten Sie eine brauchen, Mann.»

Das Polizeirevier von Northumbria war ein großer, funkelnagelneuer Glas- und Betonkasten in der Nachbarschaft eines ebenso neuen Einkaufszentrums mit einem klingenden Namen und einem riesigen Parkplatz. Jury verstand nicht, woher die Käuferscharen kommen sollten, die nötig waren, um diese gewaltige Ansammlung kleiner und großer Geschäfte am Leben zu erhalten. Der ganze Komplex, umädert von Schnellstraßen und Zubringern und kaum eine Meile von Washingtons Dorfanger entfernt, erinnerte ihn an einen Dinosaurier, der von einem Blatt satt werden muß.

Als sie auf dem Revier eintrafen, war Constable Trimm noch mit den Magruders beschäftigt. Sue-Ann zerknüllte ihr Taschentuch mit unverminderter Inbrunst; ihr Gatte schien inzwischen etwas geschrumpft zu sein.

Ein Polizist kam herein und stellte das Pillenfläschchen auf Cullens Schreibtisch. Cullen hielt es ans Licht, schüttelte es und warf dann einen Blick in den Bericht. «Kardiothymie. Herzrhythmusstörungen. Dieses Zeug reguliert den Herzrhythmus.» Er sah Jury an. «Was war los mit ihrem Herz?»

Jury zuckte die Achseln. «Sie sagte, das Medikament habe unangenehme Nebenwirkungen.»

«Die hatte es allerdings», sagte der Polizist.

Falls dies ein kleiner Scherz sein sollte, so fand Cullen ihn jedenfalls nicht witzig genug, um darüber das Gesicht zu einem Lächeln zu verziehen.

«Das Mittel sollte den Herzschlag *regulieren*, nicht anhalten», fügte Jury hinzu.

Cullen überflog das Blatt, das vor ihm lag, schob es beiseite und sagte: «Vielleicht eine Überdosis.»

«Nein.»

Cullen merkte auf. Er schob sich einen neuen Streifen Kaugummi in den Mund. «Und woher wissen Sie das so genau?»

«Schauen Sie sich das Datum und die Anwendungshinweise auf der Flasche an. Sie sollte die Tabletten nur im Bedarfsfall nehmen, und es fehlt kaum eine.»

«Also kein Selbstmord, wollen Sie damit sagen?»

«Das wußte ich ohnehin.»

Cullens Augenbrauen wanderten in gespielter Verblüffung aufwärts. «Seid ihr Burschen in London hellsichtig?»

«Nein. Wir hören Stimmen.» Er war drauf und dran, die Beherrschung zu verlieren. Aber es wäre dumm gewesen, sich mit Cullen anzulegen. Er lächelte. «Ich weiß es, weil ich mit ihr verabredet war. Wir wollten uns in Old Hall treffen und später gemeinsam zu Abend essen. Ganz abgesehen davon – selbst wenn es Selbstmord war, warum zum Teufel an so einem öffentlichen Ort?»

Genüßlich an seinem frischen Kaugummi mümmelnd, lehnte Cullen sich zurück und legte die Füße auf den Schreibtisch. «Tja, nach der Autopsie werden wir mehr wissen. Sie war noch nicht lange tot. Höchstens zwei, drei Stunden. Wie lange kannten Sie sie schon?»

Jury wußte: Wenn er Cullen erzählte, daß er sie erst gestern kennengelernt hatte, würden alle Informationen, mit denen er aufwarten konnte, bestenfalls als nebensächlich betrachtet werden. «Schon sehr lange», sagte er.

Er hatte das Gefühl, die Wahrheit zu sagen.

Und er war durchaus in der Lage, seinen Bericht so klingen zu lassen, als hätten sie sich seit Jahren gekannt. Schließlich hatte Helen Minton ihm einiges über sich erzählt – daß ihr einziger lebender Verwandter ein Cousin war, der Bilder malte; daß sie Nachforschungen über die Washingtons anstelle; und daß sie Wohltätigkeitsarbeit für die Bonaventura-Schule leistete.

«Aha, das Waisenhaus», sagte Cullen.

Im Verlauf ihrer Unterhaltung hatte der Sergeant aus den nach und nach einlaufenden Berichten ein sauberes kleines Dossier über Helen Minton zusammengestellt. Jury hätte gerne einen Blick hineingeworfen, bat aber nicht darum. Alles was er wolle, so sagte er, sei, mit Cullen zusammen diesen Fall zu bearbeiten.

Cullen grunzte. Es war vermutlich ein Laut des Einverständnisses. Das Telefon schrillte, und er nahm gleich beim ersten Klingeln ab. Wortlos hörte er zu, sagte dann: «In Ordnung», und legte auf. «Viel haben wir bisher nicht; selbst ihre Nachbarin – die Dorfbibliothekarin, heißt Nellie Pond – weiß nicht viel mehr über sie, als daß sie vor ein paar Monaten das Haus gemietet hat. Die Pond hat ausgesagt –» er hielt einen der Berichte hoch –, «daß sie vor etwa einer Woche einen Streit im Hause Minton gehört habe.»

«Hmm. Nun, wenn Sie nichts dagegen haben, würde ich gerne einigen Leuten ein paar Fragen stellen. Okay?»

Cullens Kaubewegungen gingen in einen anderen, langsameren Rhythmus über, während er Jury mit argwöhnischer Miene beäugte, als habe er den Verdacht, daß dieser ihm etwas verheimlichte. «Was für Leute? Was für Fragen?»

Jury lächelte. «Sobald ich die Leute finde, denk ich mir die Fragen aus.»

Die mahlenden Kiefer des Sergeanten nahmen wieder ihren früheren Rhythmus auf, als Trimm hereinkam und meldete: «Die wußten nicht mal soviel, daß man einen Fingerhut damit füllen könnte, diese Magruders. Er ist der größte Doofkopp, den ich je...» Als er Jurys gewahr wurde, hielt er inne und bemühte sich, seine Überraschung – oder Verärgerung – darüber zu verbergen, daß Scotland Yard seinen großen Fuß immer noch in der Tür des Northumbria-Reviers hatte. Er war ein rundgesichtiger Mann mit dunklen stechenden Augen, die flink hin- und herschossen wie Elritzen in einem Fischteich. Trimm, dachte Jury, war wohl nicht gerade besonders helle. Cullen dagegen schon.

«Werden Sie mir das Ergebnis der Autopsie mitteilen?» fragte Jury.

Cullen musterte ihn mit einem bohrenden Blick, der durch den Schädel ins Hirn zu dringen schien. Er nickte. Trimm war offensichtlich erbost.

«Solange auch Sie mich in Ihre kleinen Geheimnisse einweihen. Natürlich wäre da noch der Chief Constable. Aber ich denke, er wird mitspielen.» Cullen verschränkte die Arme und schob die Hände unter die Achselhöhlen. «Das letzte Mal, daß wir hier wichtigen Besuch hatten, war, als Jimmy Carter einen Baum auf dem Dorfanger gepflanzt hat, mit einem goldenen Spaten. Dann haben ihn irgendwelche Kerle geklaut. Den Baum, nicht den Spaten. Tja, hinterher wurde dann eben ein neuer Baum in das Loch gesteckt.» Cullens Mund verzog sich zu etwas, das entfernte Ähnlichkeit mit einem Lächeln hatte. «Sonst gibt's hier nur Fußball und die Besäufnisse in den Dorfkneipen. Mögen Sie Fußball? Sunderland ist in der ersten Liga. Das Team von Newcastle in der zweiten.»

Das Funkeln in seinen Augen schien anzudeuten, daß Mord hier ebenso zweitrangig war wie die Fußballelf von Newcastle.

3

DER PRIESTER HIELT SEIN MESSBUCH fest in beiden Händen, als er auf dem verschneiten Weg zwischen Pfarrhaus und Kirche stehenblieb. Seine Lippen bewegten sich lautlos, vielleicht in einem stillen Gebet, vielleicht auch in stummer Unterhaltung mit einer räudigen Katze, die, den Bauch dicht am Boden, in sicherer Entfernung an ihm vorbeischlich, mißtrauisch gegenüber jedermann, ob Christ oder Heide.

«Pater? Mein Name ist Jury.»

Durch stahlgeränderte Brillengläser sah der kleine Priester erst zu ihm auf, dann herab auf die Katze. Ihr Fell hatte fast die gleiche schmutzigweiße Farbe wie die spärlichen Haarbüschel auf seinem Kopf, die wie der Kamm eines Kakadus aufragten. Die Katze beobachtete den Priester, der ein Stück Käse unter seiner Soutane hervorzauberte – ganz offensichtlich aus einer sehr staubigen Tasche – und es ihr zuwarf. Die Katze schnappte es und wand sich im Davonschleichen geschmeidig an einem Grabstein vorbei.

«Ich weiß nicht, woher sie kommen, noch wohin sie gehen», sagte der Priester, den Blick suchend gen Himmel gewandt, als hoffte er, dort die Lösung des Rätsels zu finden. «Diese streicht schon seit Monaten hier herum. Aber sie ist noch genauso mißtrauisch wie zu Anfang. Sie sagten, Ihr Name sei Jury?» Er streckte Jury die Hand entgegen. «Ich bin Pater Rourke.»

«Superintendent Jury, um genau zu sein.» Er reichte dem Priester seine Karte.

«Oha, Scotland Yard?» Pater Rourkes Augenbrauen flatterten nach oben wie kleine Engelsflügel. Im Vergleich zu Trimm sprach er mit einem entschieden irischen Akzent. Ja, er stamme aus Kerry, antwortete er auf Jurys diesbezügliche Frage, und Jury fragte sich, ob unter der trüben Flut zahlloser Beichten das Blau des Himmels von Kerry in den Augen des Priesters verblaßt war.

«Helen Minton», sagte Pater Rourke traurig, als Jury ihm erzählte, warum er gekommen war. «Ja, ich habe davon gehört. Auf dem Land verbreiten sich Neuigkeiten rasch. Aber bitte, kommen Sie doch herein.» Es waren nur noch wenige Schritte bis zu seiner Haustür.

Das Pfarrhaus war recht gemütlich, für Jurys Geschmack vielleicht etwas zu vollgestopft. Während der Priester sich auf die Suche nach seiner Haushälterin machte, die ihnen Tee kochen sollte, setzte Jury sich in einen wuchtigen Sessel; die Cretonnerosen auf dessen Bezug hoben sich kaum noch vom Dunkel des Hintergrunds ab. Auf dem Tisch neben ihm lag ein Stapel Zeitschriften. Er nahm eine davon zur Hand: *Semiotique et Bible*. Er warf einen Blick hinein und legte sie eingeschüchtert wieder auf ihren Platz.

In diesem Moment kam Pater Rourke zurück. «Ah, Sie interessieren sich für Strukturalismus, Superintendent?» fragte er.

Jury lächelte. «Ich weiß nicht einmal, was das ist.»

«Verstehe. Nun, es ist einfach eine andere Art, das Evangelium auszulegen. Die Strukturalisten sind stärker interessiert an der Art und Weise, wie der Verstand sich an die Botschaft des Evangeliums herantastet, als an der Wahrheit selbst. Wenn Sie verstehen, was ich meine.»

Jury zuckte die Achseln. «Tue ich nicht. Könnten Sie's genauer erklären?»

Der Priester verzog die Lippen zu einem Lächeln. «Genauer gesagt heißt das vielleicht nur, daß nichts wirklich eine besondere Bedeutung hat.» Er deutete auf die Zeitschrift, in der Jury geblättert hatte. «Semiotik ist so etwas wie die Lehre von den Zeichen.» Er stöberte durch einige Broschüren, wobei er eine kleine Papierlawine auslöste, fand einen Füller und zeichnete etwas auf die Rückseite einer Zeitschrift. Er hielt seine Zeichnung hoch, die aus nichts als einem Quadrat mit zwei Diagonalen bestand, die sich im Mittelpunkt kreuzten. «Das Viereck als Grundmodell unseres Daseins. Wir leben in Gegensätzen, nicht wahr? Leben, Tod. Denken, Instinkt. Wir denken in Gegensätzen.» An jeder der vier Ecken notierte er einen Buchstaben, immer denselben: ein *R*.

«Eigentlich müßten gerade Sie an diesem Gedanken Gefallen finden.» Wieder dieses kleine Lächeln, dieser scharfe Blick durch die Brillengläser. «Vielleicht wird man eines Tages ein paradigmatisches Muster entwickelt haben, das umfassend genug ist, um allen Möglichkeiten Rechnung zu tragen.» Pater Rourke riß die hintere Umschlagseite der Zeitung ab und gab sie Jury. «Eine Struktur, die das Denken vereinfachen könnte.»

Jury lachte, faltete das dicke Papier zweimal und steckte es in die Hosentasche. «Pater Rourke, mich jedenfalls haben Sie eher heillos verwirrt. Wofür steht übrigens das *R*?»

Der Priester sah ihn belustigt an. «Nun kommen Sie, Superintendent! Für *Rätsel* natürlich. Finden Sie die Lösung. Es ist alles nur eine Auslegung von Zeichen.» Er zuckte die Achseln. So einfach war das.

«Und diese Methode bevorzugen Sie auch bei der Auslegung des Evangeliums?»

Der Priester faltete die Hände über seinem Bauch, ließ den Blick durch den Raum schweifen und schien zu überlegen, wie er sich Jury am besten verständlich machen könnte. «Nein. Ich ziehe die psychologische Methode vor. Träume, Phantasien – sind sie nicht wie Wunder und Gleichnisse? Da ist soviel, was an Freud gemahnt. Man muß nur die Römerbriefe des Paulus lesen. Oder die Geschichte vom Verlorenen Sohn – liest sie sich nicht wie eine Variante des Ödipus-Mythos? Wenn man die Heilige Schrift studiert und dabei auf Auslassungen, auf Schnitzer, auf Lücken stößt» – seine alten Augen funkelten wie Kristallglas, als er Jury zulächelte –, «sollte das auch für einen Polizisten interessant sein. Sie erleben das doch ständig – die kleinen Unstimmigkeiten in den Aussagen von Verdächtigen und so weiter. O ja, hätte ich nicht den Talar gewählt, wäre ich jetzt bestimmt ein Bulle; und wahrscheinlich kein guter. Aber was tue ich – ich halte Ihnen hier lang und breit Vorträge über Bibelauslegung, während Sie doch wegen einer ganz anderen Sache gekommen sind. Sie wollen etwas über Helen Minton erfahren.»

«Ja.»

Inzwischen hatte eine mürrische Haushälterin den Tee hereingebracht, die nun stirnrunzelnd und die Hände über ihrer großen weißen Schürze gefaltet dastand, wohl um zu sehen, ob die Rosinenbrötchen – kleine Dinger, so platt wie Pfannkuchen – dem Pater zusagten. Jury vermutete, daß dieser die Allgegenwart ihrer wachsamen Argusaugen gewohnt war, denn er dankte ihr nur und bedeutete ihr zu gehen, woraufhin sie davonschlich wie vorher die räudige Katze.

«Helen Minton», sagte der Priester, während er Marmelade auf ein Rosinenbrötchen strich. Er warf Jury einen pfiffigen Blick aus seinen blaßblauen Augen zu. «Es war ihr Herz, hab ich gehört. Aber Sie sind anderer Meinung?»

«Ja, ich bin anderer Meinung.» Er betrachtete das verblaßte Veilchenmuster am Boden seiner Teetasse. Wie die Augen des Priesters und das Veilchenmuster schien hier alles im Dahinschwinden begriffen – die Cretonnerosen des Sessels, das braune

Farnmuster der Vorhänge, das schlecht zu den Polsterbezügen paßte –, das Zimmer wirkte wie ein ungepflegter Garten, in dem die Pflanzen allmählich verwelkten. Und draußen kroch das Moos ungehindert an den Außenmauern des Hauses empor, um dann unter dem üppig wachsenden Efeu zu verschwinden. Etwas schien hier katzengleich zu schleichen, zu verharren, abzuwarten. Unwillkürlich mußte er an die Grabsteine denken, die Helen so eingehend untersucht hatte, als er sie zum erstenmal sah.

Er erzählte Pater Rourke, wie er sie kennengelernt hatte. Dabei vermied er jedoch zu erwähnen, daß das erst gestern geschehen war, um seine Bedeutung als «Freund» nicht zu mindern.

«Was hat sie auf dem Friedhof gesucht, Pater? Sie hat gesagt, sie interessiere sich für die Geschichte der Familie Washington.»

«Tja, wissen Sie, das bezweifle ich.» Der Priester bestrich ein zweites Brötchen mit Butter und kaute nachdenklich daran herum. «Mir hat sie das auch erzählt. Aber ich habe ihr nicht geglaubt.»

«Warum?»

Er lehnte sich zurück und schien seinen Blick diesmal nach innen zu richten. Er gab keine direkte Antwort. «Sie kam nie zum Gottesdienst, obwohl sie oft in der Kirche war. Die alte Katze dort draußen... Nun, mit mir will sie anscheinend nichts zu tun haben, so wie sie sich immer schlangengleich davonschleicht. Aber Helen ist sie überallhin gefolgt. Das sagt viel über einen Menschen aus. Aber was kann ich Ihnen schon über menschliche Eigenheiten erzählen? Sie wissen mehr darüber, als ich jemals wissen werde.»

Jury lächelte. «Das glaube ich kaum. Wonach hat sie denn Ihrer Meinung nach gesucht?»

«Sehen, Sie, Grabsteine sind eigentlich nichts anderes als Dokumente. Und sie fragte, ob sie sich das Kirchenregister anschauen dürfe. Sie suchte nach jemandem, aber mit den Vorfahren von George Washington hatte das wohl nichts zu tun.» Pater Rourke schob sich den letzten Rest des Brötchens in den Mund.

«Möchten Sie sich auf dem Friedhof umsehen? Vielleicht finden Sie dort etwas.»

«Ja, das könnte nicht schaden.»

Er war sicher, daß nichts dabei herauskommen würde, wie so oft bei Pflichtübungen dieser Art. Doch weil der Polizist in Jury sich der Routine nicht entziehen konnte, ging er mit dem Pater zu dem kleinen Grabstein mit den verwitterten Engeln. «Diese Inschrift hat sie notiert, Pater. Sie trug ein kleines Notizbuch bei sich.»

In seinen klobigen Stiefeln – der Schnee lag hier sehr tief – kniete der Priester nieder und putzte seine Brillengläser. «‹Lyte, Robert›. Das Geburts- und Sterbedatum ist nicht mehr zu erkennen.» Er stand auf. «Soweit ich mich erinnere, taucht im Stammbaum der Washingtons der Name Lyte ein paarmal auf.» Er zuckte die Achseln. «Vielleicht hat sie doch die Wahrheit gesagt.»

«War sie Katholikin?»

«Nein. Sie sagte, sie sei nicht gläubig.» Er seufzte und blickte hinauf in den düsteren Abendhimmel. «Nicht mehr lange, dann ist es stockdunkel. Es heißt, wir kriegen noch mehr Schnee. Die Gegend um Durham ist schon fast eingeschneit, und das ist nur ein paar Meilen von hier.»

«Hat sie nie einen Cousin erwähnt?»

Der Priester schüttelte den Kopf. «Nein, niemanden. Aber ich kannte sie eigentlich kaum. Ich glaube, keiner hier kannte sie richtig. Sie war ja auch nur kurz in der Gegend. Nun gut, ich hoffe, Sie werden finden, wonach Sie suchen, Superintendent.» Er schwieg einen Moment und streckte dann die Hand aus. «Könnte ich für einen Augenblick meine Zeichnung wiederhaben?»

«Natürlich.» Jury griff in die Tasche und reichte dem Priester das Blatt.

Pater Rourke zog einen Bleistiftstummel hervor, radierte etwas aus und kritzelte dafür etwas anderes hin. Dann gab er

Jury das Blatt zurück. «Ein *H*, Mr. Jury. An einer Ecke. Jetzt müssen Sie nur noch die drei anderen herausfinden. Reduzieren Sie das Rätsel auf seine Grundelemente.»

Jury blickte zur Kirchturmspitze von St. Timothy empor. Sein Bedarf an Rätseln war gedeckt. «Ich glaube, Sie wären eine gute Verstärkung für uns, Pater.»

Die blassen Augen des Priesters verdüsterten sich, während er ebenfalls zur Kirchturmspitze hinaufsah. «Ich wünschte, Er da oben fände das auch. Leben Sie wohl, Mr. Jury.»

Pater Rourke stapfte davon.

Als Jury dem Friedhofstor zustrebte, drang ein letzter Sonnenstrahl durch die Wolken, und Jurys hohe Gestalt warf einen langen Schatten über den Schnee. Daneben erschien ein zweiter Schatten. Jury wandte sich um und sah, daß die weiße Katze ihm folgte.

Er war froh, daß Pater Rourke sich nicht noch einmal umgewandt hatte.

Er ist Künstler, ein sehr guter. Das hatte Helen Minton über ihren Cousin gesagt. Ein Polizist, der vor ihrem Haus postiert war, informierte Jury, daß die Leute von der Spurensicherung bereits dagewesen seien.

Ohne erst seinen Mantel auszuziehen, begann Jury, die Schreibtischfächer zu durchstöbern in der Hoffnung, etwas zu finden – das kleine goldene Notizbuch, Briefe, irgend etwas. Aber außer ein paar Rechnungen, einem Scheckbuch, einigen Fotografien und etwas Schreibpapier entdeckte er nichts. Eines der Fotos schien erst vor kurzem aufgenommen worden zu sein – zumindest konnte man Helen gut darauf erkennen –, und er steckte es ein.

Auf diese Art arbeitete er sich durch das ganze Haus und stellte dabei fest, daß sie Sinn für Ordnung gehabt hatte, ohne jedoch pedantisch gewesen zu sein. Eine Strickjacke war nachlässig über einen Stuhl geworfen, ein wenig schmutziges Geschirr stand herum...

Jury ging zurück ins Wohnzimmer. Unter der Treppe gab es einen Abstellraum mit einer kleinen Tür. Er öffnete sie. Im schwachen Licht der Zimmerlampe entdeckte er zwischen Gummistiefeln, Gartengeräten und alten Farbeimern ein Porträt. Er nahm es heraus, setzte sich und betrachtete es.

Es zeigte eine viel jüngere Helen Minton. Sie saß auf einer Kiste unter der schrägen Wand einer Mansarde und blickte zu einer Dachluke hinaus, durch die Sonnenlicht hereinströmte, das ihre Gestalt überflutete und den Rest des Raums im Schatten ließ. Es war ein hinreißendes Gemälde. Jury trug es hinüber zum Kamin und hielt es vor den Druck von Washington Old Hall. Die Ränder des Porträts schlossen genau mit den helleren Streifen um den Druck herum ab.

Zunächst dachte er, daß Bild trage keine Signatur, aber dann entdeckte er sie in einer Ecke, verborgen im Schatten des Mansardenbodens und von der Zeit verwischt wie die Inschrift in alten Grabsteinen. Der Name war nachlässig hingeworfen und kaum mehr als ein gerader Strich. Der erste Buchstabe mochte ein *P* sein.

Er betrachtete das abstrakte Bild an der anderen Wand und entdeckte dort die gleiche unleserliche Signatur.

Jury zog den Zettel hervor, auf dem er sich die Angaben auf dem Pillenfläschchen notiert hatte. Die Apotheke lag am Sloane Square. Er wünschte, der Name des Arztes stünde ebenfalls auf den Medikamentenpackungen; es hätte die Dinge vereinfacht. Aber Cullen würde den Namen ihres Arztes und ihre Londoner Adresse früh genug herausfinden; er mußte lediglich den Apotheker und den Immobilienmakler befragen, der ihr das Haus vermietet hatte.

Jury betrachtete von neuem das Porträt und das *P* in der einen Ecke.

Es erinnerte ihn an Pater Rourkes Viereck.

Die winzige Dorfbücherei lag zwischen den beiden Pubs, dem «Cross Key» an der Ecke und dem «Washington Arms». Der Wind hatte sich endlich gelegt, und es schneite nicht mehr.

Überwältigt von einer plötzlichen Lethargie hatte Jury sich auf die Bank an der einzigen Bushaltestelle des Ortes gesetzt und starrte jetzt über den Dorfanger hinweg ins Leere. Er zündete sich eine neue Zigarette an der Glut der alten an. Im Sommer müßte er einmal so richtig Ferien machen; sein letzter längerer Urlaub lag schon Jahre zurück. Vielleicht würde er seinen Freund Melrose Plant auf Ardry End besuchen. Er überlegte, ob Plant wohl angelte. Sie könnten nach Schottland zum Angeln fahren. *Sie verstehn doch nicht die Bohne vom Angeln, Sie Doofkopp*, würde Trimm ihm wahrscheinlich erklären. Und woher auch, wenn sein ganzes Training darin bestand, daß er durch London pirschte und seine Freizeitvergnügungen sich auf gelegentliche Kneipenbesuche in Begleitung einer gelegentlichen Frauenbekanntschaft beschränkten? In den Pubs war er häufiger zu sehen, mit Frauen dagegen seltener. Die beiläufigen Affären, die jedermann hatte und die keinem das Herz brachen, schienen nicht seine Sache zu sein. Er sammelte immer nur die Bruchstücke des Lebens auf. Besser, er dachte nicht weiter darüber nach, sonst würde er noch den ganzen Tag hier sitzen bleiben.

Er warf seine Zigarette in den Schnee und stapfte über den Anger zur Bücherei.

Es war eine Bücherei, in der man am liebsten den Rest seines Lebens verbringen würde, um zu lesen – und zwar im Stehen, weil der Raum zu klein war, als daß noch Stühle oder Tische darin Platz gefunden hätten. Zwischen brechend vollen Bücherregalen, schwerbeladenen Bücherwagen und schwankenden Büchertürmen auf dem Boden blieb nur wenig Raum für die Besucher. Und Lesehungrige gab es hier genug – alte Leute und Schulkinder, und alle (so kam es einem vor) kannten einander. Als Jury an das Halbrund der Ausgabetheke gleich neben der Tür trat, legten gerade zwei kleine Kinder, die kaum mit dem

Kinn bis zur Tischplatte reichten, ihre Bücher dort ab. Sie kreuzten die Arme über ihrer Beute, als fürchteten sie, jemand könnte sie ihnen sonst wegschnappen. Das kleine Mädchen warf Jury einen abschätzenden Blick zu. Er zwinkerte. Sie verbarg ihr Lächeln, indem sie mit dem Kopf unter die Tischkante abtauchte.

Als eine der Büchereiangestellten sich ihm zuwandte, sagte er: «Könnte ich vielleicht Miss Pond sprechen?» Er zeigte ihr seinen Ausweis, worauf sie so erschrak, daß sie einen kleinen Stapel Leihkarten umstieß, bevor sie antwortete.

«Sie ordnet gerade Bücher ein. Ich hol sie.» Sie ergriff hastig die Flucht, wobei sie die hochgeklappte Thekenschranke hinter sich herunterknallen ließ.

Die Frau, mit der sie zurückkam, war sehr hübsch. Sie hatte glutrotes Haar, das wie ein leuchtender Fächer über ihre Schultern fiel. Ihre Haut war blaß und so glatt, daß er fast erwartete, sein Spiegelbild darin zu sehen.

Jury stellte sich vor. «Falls Sie einen Moment Zeit haben, würde ich gern mit Ihnen sprechen. Und wenn Sie mehr als einen Moment erübrigen könnten, würde ich Sie gerne zu einem Drink einladen. Die Pubs machen gerade auf.»

Sie war hinter die Theke getreten, und Jury bemerkte, daß sie ein oder zwei verstohlene Blicke in einen zerbrochenen Spiegel warf. Jury hatte diese Wirkung auf Frauen – sie griffen rasch nach Kamm und Lippenstift. Nellie Ponds Make-up bestand nur aus einem Hauch Lippenstift, dessen Rosa schlecht zu dem flammendroten Haar paßte, das sie mit einer Hand immer wieder unwillkürlich glattstrich. «Na ja... doch, eigentlich hätte ich nichts dagegen. Ich wollte sowieso gerade gehn.» Von einem Haken nahm sie einen alten braunen Mantel, und er half ihr hinein.

«Es geht um Helen Minton. Die Ortspolizei hat Sie sicher schon befragt.«Er stellte ein kleines Lagerbier mit Limonensirup für Nell und ein großes McGowan's Ale für sich selbst auf den Tisch. Die Sandwiches sahen am Rand schon etwas vertrocknet aus, aber sie machte sich heißhungrig darüber her.

«Ach, die arme Helen. Sie war ein nettes Mädel.»

Sie saßen an einem kleinen Kamin, in dem ein Feuer prasselte, das Nellie Ponds ohnehin schon flammendes Haar noch röter erscheinen ließ. Der Feuerschein fing sich darin und schlug Funken aus ihren bernsteinfarbenen Augen, und das Spiel der Flammen ließ Licht und Schatten auf ihren hohen Wangenknochen hin- und herflackern.

«Hat sie irgendwann einmal über jemanden gesprochen, den sie hier kannte? Oder überhaupt von jemandem erzählt? Sie scheint so eine Art Einzelgängerin gewesen zu sein.»

Nellie dachte lange über diese Frage nach, während sie genußvoll ihr Roastbeef-Sandwich verzehrte. Sie trank so, wie sie aß: mit fast beängstigender Hingabe. Ihr Bier und ihr Sandwich waren schon alle, als Jury gerade erst anfing. Er stand auf und bestellte Nachschub.

«Sie hat über niemand Bestimmten geredet, nur über die Dorfbewohner im allgemeinen.» Die Antwort erfolgte beiläufig, denn ihre Aufmerksamkeit galt in erster Linie ihrem zweiten Sandwich.

«Fanden Sie die Umstände ihres Todes nicht seltsam?»

«O doch, daß sie dort im Schlafzimmer von Old Hall lag, war schon ziemlich seltsam.»

«Waren Sie näher mit ihr befreundet, Nell?»

Daß es ihr gefiel, ihren Namen aus seinem Munde zu hören, war offensichtlich. Sie hielt im Essen inne und schaute ihm in die Augen. «Eigentlich nicht. Ich glaube, Helen war mit keinem näher befreundet. Sie hat nicht viel von sich gesprochen.»

«Sie haben der Polizei von einer Auseinandersetzung erzählt – Sie meinten, Sie hätten einen ‹Streit› gehört, der sich vor etwa einer Woche in ihrem Haus abgespielt hat.»

«Und ob. Der Mann hat ganz schön rumgebrüllt.»

«Es war die Stimme eines Mannes?»

«O ja. Ihre konnte ich nicht richtig hören. Sie hatte ja auch eine ziemlich leise, irgendwie sanfte Stimme. Na ja, ich ging zum Fenster, um rauszuschauen; es war dunkel...»

Jury zückte sein Notizbuch, was sie anscheinend etwas nervös machte. Er lächelte. «Keine Angst. Das ist reine Routine.»

Sie schien ihm zu glauben. «Es war nach elf, das weiß ich noch. Vergangenen Dienstag.»

«Also erst vor einer Woche.»

Sie nickte. «Jedenfalls kam er den Weg von ihrem Haus herauf und ist dann in Richtung Dorfanger abgebogen.»

«Wie sah er aus?»

Sie zuckte die Achseln. «Es war zu dunkel, um viel zu erkennen. Ziemlich groß, glaub ich.» Sie musterte Jury wie zum Vergleich, aber ihr Blick blieb etwas zu lange an ihm haften, denn sie errötete plötzlich. «Es war ziemlich stürmisch, genau wie heute, und der Mann ging vornübergebeugt. Er trug einen dunklen Mantel und eine Mütze. Er mußte sie festhalten, sonst wär sie davongeflogen.» Nell warf einen Blick auf ihre Armbanduhr. Das schwarze Band war ausgefranst.

«Reicht Ihre Zeit noch für ein Glas?» Er nutzte ihr Zögern aus, um noch zwei Glas Bier und eine neue Runde Sandwiches zu holen. Sie schien einverstanden. «Ich weiß nicht, wie Sie's bei Ihrem Appetit schaffen, so schlank zu bleiben.»

Nellie Pond errötete ein bißchen, war aber keineswegs beleidigt. «Liegt wohl am Stoffwechsel. Bei Mama ist es genauso.»

«Kam Ihnen an dem Mann irgendwas bekannt vor?»

Sie schüttelte den Kopf. «Ich habe Helen nie zusammen mit einem Mann gesehen. Und ich hab auch nie gehört, daß sie anders als freundlich über einen Mann sprach.»

«Fanden Sie das nicht seltsam? Sie war doch eine schöne Frau.»

Nellie hatte gerade ihr drittes Sandwich in Angriff nehmen wollen und starrte nun mit großen Augen darüber hinweg auf Jury. «Ich hab nie bemerkt, daß sie besonders...» Sie zuckte die Achseln. Jeder nach seinem Geschmack. Dann fragte sie: «Sie haben sie also gesehn?»

«Ja.» Funken sprühten aus einem kleinen Holzscheit. Es zerbarst und rollte vom Rost. Jury schob es mit dem Fuß zurück.

Nellie Pond senkte die Stimme. «Es heißt hier, daß sie Tabletten genommen hat. Eine Überdosis.»

Jury bestätigte das weder, noch leugnete er es. «Morgen findet eine Autopsie statt. Die genaue Todesursache steht noch nicht fest. Wissen Sie vielleicht, ob sie jemals verheiratet war?»

Die Frage überraschte sie. «Helen? O nein, das glaub ich nicht. Aber wie gesagt, sie hat nicht viel von sich gesprochen.» Sie kaute an ihrem dritten Sandwich und dachte nach. «Es gibt jemanden, der vielleicht was weiß: eine Frau, mit der sich Helen in Shields getroffen hat. In einem Hotel, dem Margate. Keine Ahnung, was sie ausgerechnet dorthin gezogen hat.»

Jury zückte wieder sein Notizbuch. «Wie hieß sie – diese Frau? Hat Helen Ihnen den Namen gesagt?»

Nellie nickte, während sie den Rest ihres Sandwiches verputzte. «Dunstun, glaub ich. Nein, warten, Sie, das stimmt nicht. Dunsany, ja, das war der Name.»

«Hat sie jemals ihre Familie erwähnt?»

«Sie hatte keine. Das heißt, doch, diesen Cousin. Sie hat, glaub ich, gesagt, daß er in London wohnt. Helen war aus London. Sie hatte dort ein Haus. Mit diesen neuen Schnellzügen ist man ja in Null Komma nichts da. In Durham wohnen Geschäftsleute, die ständig hin- und herzischen. Ich war noch nie in London», fügte sie wehmütig hinzu und betrachtete die Krümel auf ihrem Teller, als wäre Brosamen auflesen ihr Schicksal.

«Hat sie öfter Ausflüge gemacht, abgesehen von dem in dieses Hotel Margate?»

«Ich weiß nicht. Natürlich, sie fuhr nach Durham, wie alle, es ist hübsch dort.» Sie runzelte die Stirn. «Und nach Spinneyton. Das war freilich ein bißchen seltsam.»

«Wo liegt das?»

«Nicht weit von Durham. Ein runtergekommenes Kaff mitten in der Einöde. Aber sie hat gesagt, sie wolle dort in einen Pub. Und das war komisch, weil Helen fast nie in Pubs ging. Ich meine, warum hat sie sich ausgerechnet so eine Spelunke ausgesucht? Eine typische Arbeiterkneipe. Ziemlich schmuddelig. Nichts als Prügeleien und Besoffene. ‹Jerusalem Inn› heißt der Laden.»

4

FAHL WIE DURCH BESCHLAGENE oder schmutzverschmierte Scheiben schimmerten die Lichter der Bonaventura-Schule: Einige Räume im Erdgeschoß waren erleuchtet. Eine öde Atmosphäre der Stille und Verlassenheit lastete auf dem Haus und dem Grundstück. Durch die Gitterstäbe eines hohen Eisentors sah Jury auf die dunkle Auffahrt, an deren Ende sich das massiv wirkende Gebäude aus Steinquadern erhob.

Die Schulleiterin, mit der er vom Pub aus telefoniert hatte, nachdem Nellie Pond gegangen war, war nicht gerade erpicht darauf gewesen, sich ihren Zeitplan – der jetzt vermutlich ein Nachtmahl vorschrieb – durcheinanderbringen zu lassen.

An dem steinernen Torpfosten waren eine Klingel und ein Messingschildchen mit der Aufschrift «Bitte läuten» angebracht.

«Willst du mal 'nen Trick sehn?»

Jury sah sich um. Die Stimme klang schneidend in der kalten Luft, aber diejenige, der sie gehörte, war nirgends zu entdecken. Die Frage wurde wiederholt, und Jury schaute nach oben. Dort, in dem Baum direkt hinter dem verschlossenen Tor, bewegte sich etwas: eine Gestalt, in der Dunkelheit kaum auszumachen im dichten Gewirr der kahlen Äste. Geschickt wie ein kleines Äffchen begann sie herabzuklettern.

Er schätzte sie auf sieben oder acht, als sie, die Finger um die Eisenstäbe geklammert, vor ihm stand und fragte: «Na, willst du nun?»

Jury dachte einen Moment lang nach. «Klar. Wenn er gut ist.»

Die Unbestimmtheit in seiner Einwilligung schien ihr zu gefallen. Wahrscheinlich hatte sie ein Nein erwartet. Ein Ja wäre in Ordnung gewesen, wenn auch ziemlich phantasielos. Daß ihr Trick sich mit anderen, unbekannten und vielleicht sogar besseren Tricks messen mußte, machte die Sache so wunderbar riskant.

«Er ist gut.» Sie schloß die Augen und rief mit leise singender Stimme einen Waldkobold an. In dem trüben Lichtkegel einer einsamen Lampe sah er, daß ihre Wimpern lang und so hell waren wie ihr Haar; sie flatterten wie Mottenflügel. Sie hatte das schmutzigste Gesicht, das ihm je untergekommen war. «Jetzt mach die Augen zu.»

«Ich? Aber wenn ich die Augen zumache, seh ich ja gar nicht, was der Trick an der Sache ist.»

Sie ging mit sich zu Rate. Dieser zynische Fremde glaubte nicht an Waldkobolde. «Dann dreh dich einen Moment um.»

«In Ordnung.» Jury drehte ihr den Rücken zu und hörte Geklapper hinter sich. «Darf ich mich jetzt wieder umdrehen?» fragte er nach einem langen, jeder Magie baren Moment.

«Nein.» Sie schien ein wenig ungehalten. «Es ist ein langer Trick.» Schließlich erlaubte sie ihm, sich umzudrehen. Sie stand jetzt draußen vor dem Tor. Der lose Gitterstab war wieder an seinem Platz.

Er zeigte sich baß erstaunt, und sie lächelte. Ihre Zähne waren weiß und regelmäßig, wenn man die eine oder andere Lücke übersah.

«Ich kann immer raus, wenn ich Lust dazu hab. Das mach ich auch. Wirst du's verraten?»

«Bestimmt nicht», versprach Jury. Sie nickte. Er war also für die Kobolde noch nicht ganz verloren. «Drück die Klingel, dann lassen sie dich rein.»

Jury tat wie geheißen; als Antwort ertönte ein Summen. Es machte ihr Spaß, das Tor allein aufzustemmen, denn sie lehnte seine Mithilfe kategorisch ab. Kaum waren sie innerhalb der Festungsmauern, schloß sie das Tor wieder. Sie zog eine schmutzige kleine Papiertüte aus der Tasche und sah hinein. Es kam ihm vor, als zähle sie. Dann hielt sie ihm die Tüte hin. «Willst du eins?» Die Frage erfolgte mit der Gönnermiene eines Menschen, der unwillentlich großzügig ist. «Aber nicht die grünen. Die mag ich am liebsten.»

«Such du mir eins aus.»

Vorsichtig kramte sie ein Gummibonbon aus der zerknitterten Tüte und legte es ihm auf die Hand. «Ein schwarzes. Die mag ich nicht.»

Er dankte ihr, und sie marschierten auf das Schulgebäude zu. «Wie heißt du?»

«Addie», sagte sie und rannte plötzlich ein paar Meter voraus, als schäme sie sich, ein Geheimnis ausgeplappert zu haben.

Aber sie blieb stehen und wartete auf ihn, als er ihr hinterherrief: «Ich wette um doppelt so viele Bonbons, wie in deiner Tüte sind, daß ich weiß, wofür Addie steht.»

Sie hörte auf zu kauen und starrte ihn an. «Das kannst du nicht. Das hat noch keiner geschafft!»

«Na schön. Wenn's so schwierig ist, laß mich viermal raten.» Er wußte, daß sie niemals darauf eingehen würde.

«Viermal? Das ist zuviel.» *Du spinnst wohl*, gab ihm ihr Blick zu verstehen. «Dreimal.» *Oder laß es bleiben*, sagte ihr Blick. Um ihren eigenen Einsatz bei der Wette machte sie sich offenbar keinerlei Gedanken.

«Okay. Aber es ist 'ne ziemlich harte Nuß.»

«Ich weiß. Fang an.»

«Adelle.»

«Nein!» Sie tanzte rückwärts den Weg hinauf und ließ ihn nicht aus den Augen.

«Adelaide.»

«Nein!» Vor Aufregung drehte sie ihrer Tüte den Hals um.

«Annabelle.»

Sie schielte zu ihm hoch. War der verrückt? «‹Annabelle›? Da ist doch kein ‹d› drin!»

Er zuckte die Achseln. «Wie dumm von mir. Schätze, du hast gewonnen.»

Doch Addie war sich nicht sicher. Ihre Stirn legte sich in Falten, während sie sich heroisch zu einem großzügigen Opfer durchrang. Mußte man nicht so einem Obertrottel noch eine letzte Chance geben? Der Sieg war greifbar nahe... andererseits... «Du darfst noch einmal», flötete sie.

«Ich hab noch eine Chance? Das ist aber anständig von dir.»

Sie bestätigte das mit einem angespannten kleinen Nicken und zerdrückte nervös die Papiertüte in ihren Händen. Selbst seinem schlimmsten Feind würde man nicht wünschen, den Platz mit dieser Tüte zu tauschen, falls Addies eigener Großmut ihr nun eine Niederlage eingebracht hätte.

«Adeline.»

Ihr Nein schallte triumphierend durch die frostklare Luft. «Ich heiße Ariadne!»

«Was für ein schöner Name.» Eine Gedichtzeile fiel ihm ein: *Der Wind fing sich in Ariadnes Haar.*

Das Kompliment wurde ignoriert. «Wann krieg ich meine Bonbons?»

«Sobald ich welche kaufen kann. Morgen vielleicht.»

Sie hatten inzwischen die Eingangstür erreicht, die in diesem Augenblick von einem mageren Teenager mit aschblondem Haar geöffnet wurde. Das Mädchen wollte gerade etwas zu Jury sagen, als es Addie erblickte. «Wo hast du gesteckt? Ab ins Haus mit dir, na los, tu, was man dir sagt!» befahl sie in einem breiten Geordie-Akzent.

Doch Addie preschte davon und verschwand um die Hausecke. Ihre flinken Füße wirbelten die Schneeflocken hoch auf.

Das Mädchen, das seine Aufgabe äußerst ernst zu nehmen schien, sagte zu Jury: «Die Gnädige wartet.»

Miss Hargreaves-Brown wartete in der Tat. Die grobknochigen Hände auf dem wohlgeordneten Schreibtisch gefaltet, vermittelte sie den Eindruck, hier den Großteil ihres Lebens ausgeharrt zu haben, ein armes Opfer der Unpünktlichkeit und allgemeinen

Schlamperei der anderen. Als ihr später Besucher in das Büro geführt wurde, blickte sie betont lange auf die Uhr.

Hätte Addie ihn nicht aufgehalten, wäre er Punkt halb sieben zur Stelle gewesen, wie verabredet. Aber als er an Addie dachte und dabei Miss Hargreaves-Brown ansah, tat ihm die fünfminütige Verspätung nicht leid. «Entschuldigen Sie, Miss Brown. Ich...»

Ein herablassendes kleines Lächeln. «Miss *Hargreaves-*Brown», korrigierte sie ihn sanft.

Natürlich kannte er ihren Namen und hatte ihn absichtlich verstümmelt, um ihre Reaktion zu testen. Nach ihrem Erstarren zu urteilen, hatte er sich des versuchten Raubes an ihrem wertvollsten Besitz schuldig gemacht: nicht ihre Unberührtheit, nein, schlimmer, ihr Name, der, wie sie wohl hoffte, als Gütesiegel einer vornehmen und reichen Abstammung beeindruckte. Jury entschuldigte sich, zeigte ihr seinen Ausweis, bot ihr eine Zigarette an, die sie ablehnte, und nutzte die Zeit, um sie gründlich zu mustern. Miss Hargreaves-Brown hatte jene Grauzone des Lebens erreicht, in der das Alter nicht mehr bestimmbar ist. Sie hätte eine guterhaltene Siebzigerin oder eine ältliche Fünfzigerin sein können. Er wäre jede Wette eingegangen, daß das Kleid, das sie trug – ein dunkles Wollkleid mit Seidenkragen und -manschetten –, ihr bestes war. Eine Dame, so schätzte er, mit spärlichem Einkommen. Ihr Gehalt als Leiterin der Bonaventura-Schule konnte nicht allzu hoch sein. Sie sprach keinen nördlichen, sondern einen südlichen Akzent, und er fragte sich, was sie hierher in den Tyne and Wear-Distrikt verschlagen hatte.

Alles an ihr war gebändigt, geordnet und zugeknöpft, von der Chignonfrisur bis zu dem Taschentuch in ihrem Ärmel. Jury konnte fast hören, wie sie ihre kleinen Schützlinge ermahnte, in der Zeit zu sparen, um in der Not zu haben, oder wie sie ihnen einbleute, daß Reinlichkeit gleich nach der Gottesfurcht komme. Was das eine mit dem anderen zu tun haben sollte, war ihm allerdings, nebenbei bemerkt, ein Rätsel.

Jury hatte ihr am Telefon erklärt, warum er sie sprechen wollte. Ihre nächsten Worte bezogen sich daher auf Helen Minton. «Diese unglückliche Frau», sagte sie, und es klang mehr nach einem Urteil als nach einer Mitleidsbekundung.

«Soviel ich weiß, kam sie manchmal mit Geschenken für die Kinder.» Als Miss Hargreaves-Brown nickte, fuhr er fort: «Haben Sie sie dadurch näher kennengelernt?»

«Nein. Ich glaube, Helen Minton war keine Frau, die andere allzu nahe an sich heranließ.»

«Warum sagen Sie das?»

«Sie war – verschlossen, fand ich. *Sie* war diejenige, die Fragen gestellt hat.» Und das gehört sich nicht, drückte ihr Tonfall aus.

«Was für Fragen, Miss Hargreaves-Brown?»

«Über die Schule und die Kinder.»

«Aber bei einem Waisenhaus ist das doch nicht weiter verwunderlich, oder?»

Miss Hargreaves-Brown sank in ihren Stuhl zurück, als hätte Jury ihr einen Schlag in den Magen versetzt. «Bonaventura ist *kein* ‹Waisenhaus› –» sie spie das Wort wie einen ekligen Klumpen aus –, «sondern eine *Schule*. Es stimmt freilich, daß viele, ja sogar die meisten unserer Kinder aus sozial schwachen Verhältnissen und aus zerrütteten Familien kommen oder eben Waisen sind. Wir werden sowohl aus privater Hand wie von der Regierung finanziert. Wir haben ganz normale Lehrer. Zugegeben, unser Lehrkörper ist etwas unterbesetzt» – was nach Jurys Einschätzung bedeutete, daß halb soviel Lehrer da waren wie gebraucht wurden –, «und nicht alle Kollegen sind Cambridge-Absolventen» – war das bei der Polizei vielleicht anders? Warum erzählte sie das ausgerechnet ihm? –, «und als Schulleiterin muß man hier ziemlich auf Zack sein, wenn ich so sagen darf.» An dieser Stelle zog sie das Taschentuch aus ihrer Seidenmanschette und betupfte sich damit die Oberlippe. Jury kam es vor, als wäre er nicht von der Polizei, sondern vom Sozialamt.

«Ich bin sicher, daß man dazu sehr viel Erfahrung und Klugheit braucht, Miss Hargreaves-Brown. Tut mir leid, wenn ich falsch informiert war.»

Sie schob den Stuhl zurück und stand auf. «Vielleicht haben Sie ja Lust, sich die Schule anzuschauen.»

Jury nahm diese Einladung nur widerwillig an.

Die Bonaventura-Schule war so ziemlich der letzte Ort, den Jury besichtigen wollte. Bereits ihre steinerne Vorderfront hatte unbehagliche Erinnerungen in ihm geweckt, und der kalte Korridor vor dem Zimmer der Schulleiterin tat ein übriges, ihm einen Vorgeschmack von all den anderen kalten Korridoren und Sälen zu geben, in denen Schlafpritschen in militärischer Ordnung aneinandergereiht waren.

Während sie ihm mit einigem Stolz von den kleinen Sparmaßnahmen berichtete, durch die sie die Kosten niedrig halten konnte, schweiften seine Gedanken zurück zu einer anderen und doch ganz ähnlichen Schule. Er hatte dort mehrere Jahre seiner Kindheit verbracht, nachdem er seine Mutter bei einem der letzten Bombenangriffe auf England verloren hatte und auch der Onkel, der den verwaisten Jungen so freundlich bei sich aufgenommen hatte, gestorben war.

Sie durchquerten einen behördenbeige gestrichenen Flur, von dem links und rechts lange, freudlose Schlafräume abgingen, deren ordentlich gemachte Betten mit den glattgespannten grauen Decken an ein Lazarett oder eine Kaserne erinnerten. Beige, grau und das Braun von Miss Hargreaves-Browns Oberlehrerinnenkleid – die farblose Welt einer alten Daguerreotypie.

Sie jagte ihn kreuz und quer durch das Gebäude. «Sie sind gerade mit dem Abendessen fertig. Frühstück ist um sieben...»

Und die Welt ist in Ordnung, dachte er grimmig.

In einem der Räume saß ein Junge auf seiner Pritsche und las in einem Buch. Miss Hargreaves-Brown scheuchte ihn zur Abendandacht. Jurys Bett hatte damals, vor langer Zeit, in einer Ecke gestanden – er war dankbar dafür gewesen, denn so konnte er auf sein eigenes Stück Wand blicken und im Geiste Bilder darauf malen: Phantastisches, Abenteuerliches, wilde Nashörner und Elefanten und Dschungelmärsche. Er hatte Großwildjäger werden wollen und war als Polizist geendet. Die Stellen für Großwildjäger waren dünn gesät.

Sie schritten durch die fahle Welt der Bonaventura-Schule, einen weiteren Korridor hinunter, der sich vom letzten nur dadurch unterschied, daß er einen neuen Anstrich noch dringender nötig hatte, während Miss Hargreaves-Brown über sich selbst redete: «...als Schulleiterin hat man hier mit gewaltigen Problemen zu kämpfen. Allein die Heizkosten...» Sie hielt die Hände immer noch gefaltet, als bete sie um mehr Geld. «...habe in einer sehr guten Privatschule unterrichtet. Die Stelle hier war frei, und obwohl ich sehr jung für den Posten war, konnte ich die Verantwortlichen davon überzeugen, daß mein Herz für das Gemeinwohl schlug – und schlägt...» Jury machte eine passende Bemerkung und sehnte sich nach einer Zigarette oder, besser noch, einem Drink.

«Sie mochten Helen Minton also nicht?» fragte Jury, als sie wieder im Büro waren und auf bequemeren, wenn auch abgenutzten Stühlen vor einem kalten Kamin Platz genommen hatten.

Sie zog ihre sandfarbenen Brauen hoch. «Ob ich sie mochte? Darüber habe ich mir keinerlei Gedanken gemacht. Milch?» Sie hatte ihm eine Tasse Kaffee angeboten.

«Nein danke. Ich trinke ihn schwarz.»

Das Mädchen, das ihnen den Kaffee gebracht hatte – es war dasselbe Mädchen, das Jury ins Büro geführt hatte –, wurde gnädig entlassen: «Du kannst jetzt gehen, Lorraine.»

«Jawohl», murmelte Lorraine und nickte. Sie schien jedoch nicht gewillt, dem Befehl sofort nachzukommen, sondern spielte mit einer langen Haarsträhne und heftete den Blick hoffnungsvoll auf Jury. Er wußte nicht recht, worauf sie noch wartete, und bedachte sie daher mit einem Lächeln, wie schon einmal, als sie das Tablett auf den Tisch gestellt hatte. Damit schien er ins Schwarze getroffen zu haben, denn sie ging hinaus.

«Wie alt ist sie?»

«Sechzehn. Zugegeben, einige unserer Kinder sind wirklich Waisen. Lorraine ist schon ihr Leben lang bei uns. Sie ist ein wenig zurückgeblieben; wir haben große Mühe, ihr etwas beizubringen. Aber sie ist nicht die erste; wir hatten schon andere, traurigere Fälle hier.»

«Ich kann mir nicht vorstellen, daß Sie viele hatten, die man als ‹glücklich› bezeichnen würde.»

Sie zog es vor, den Einwand zu ignorieren. «Wir haben auch ganz gewöhnliche Schulkinder, die am Nachmittag nach Hause gehen.»

«Sie wissen nicht zufällig, ob Helen Minton Feinde hatte?»

«Nein, wieso? Ich meine, ich kann es mir nicht vorstellen. Wie kommen Sie bloß darauf?» Sie legte den Kopf schräg, und ihre Augen wurden schmal. «Sie wollen doch nicht etwa andeuten, daß an ihrem Tod etwas ungewöhnlich war?»

«Wenn jemand im Schlafzimmer von Old Hall tot aufgefunden wird, halte ich das zweifellos für ‹ungewöhnlich›, Sie nicht?»

«Sie war krank. Ich nehme an, ihr Herz hat in diesem Moment...» Miss Hargreaves-Brown zuckte die Achseln.

«Wie lange war sie hier in der Gegend?»

«Länger als zwei Monate, glaube ich. Halten Sie mich bitte nicht für undankbar, aber...»

Als sie sich anschickte, den Wert der kleinen wohltätigen Dienste, die Helen Minton geleistet hatte, herunterzuspielen, fiel Jury ihr ins Wort: «Hat sie sonst etwas über ihre Krankheit oder über ihre Lebensumstände gesagt, das... tja... Licht auf die Umstände ihres Todes werfen könnte? Sie dürften sie mindestens ebensogut gekannt haben wie jeder andere hier. Helen Minton scheint ein mehr oder weniger einsamer Mensch gewesen zu sein.»

«Ach, Sie haben sie also gekannt, Superintendent?»

«Flüchtig.»

«Dann haben Sie ja ein ganz persönliches Interesse an der Sache.» Diese Feststellung wurde in mißbilligendem Tonfall vorgetragen, so als habe ein Polizist kein Recht auf persönliche Motive.

Jury konnte ihr nicht recht widersprechen. «Ja.»

Sie steckte eine lose Haarsträhne in den Chignonknoten und sagte: «Es gibt nichts, was ich Ihnen sonst noch über Helen Minton erzählen könnte. Sie war aus London, mehr weiß ich nicht.» Und als sei es ihr gerade noch eingefallen, fügte sie hinzu: «Sie war recht attraktiv. Das heißt, ich könnte mir vorstellen, daß sie auf den einen oder anderen so gewirkt hat.» Sie vermied es, dabei Jury anzusehen, und nahm einen Schluck aus ihrer Tasse.

Vielleicht wußte sie wirklich nicht mehr, doch Jury hatte das Gefühl, daß sie etwas verschwieg. Es war ihm jedoch klar, daß er nicht ein einziges weiteres Wort aus ihr herausbringen würde.

«Vielen Dank, Miss Hargreaves-Brown. Es war sehr freundlich von Ihnen, daß Sie mir soviel Zeit geopfert haben. Da ich weiß, wie wertvoll Ihre Zeit ist, will ich Sie jetzt nicht länger belästigen.»

Lorraine führte ihn hinaus und sah ihm von dem dunklen Eingang aus nach.

Er marschierte die lange Auffahrt hinunter, und als er an die Pforte kam, ertönte wieder das Summen. Er zog das Eisentor auf, schritt hindurch und ließ es hinter sich ins Schloß fallen.

«Leb wohl!»

Er drehte sich um. Die Stimme kam – natürlich, woher auch sonst? – aus dem Baum. Dort oben, fast ganz verborgen im dichten Gewirr der Äste, lauerte die kleine dunkle Gestalt wie ein Gespenst aus der Kindheit.

Jury winkte.

«Leb wohl und Gott segne dich», sagte der Baum.

«Leb wohl.»

«...und Gott *segne* dich!» rief der Baum.

«Gott segne dich», sagte Jury, bevor er sich abwandte.

5

IN DER DUNKELHEIT konnte er die Straßenschilder kaum erkennen. Jury war von der A 1 auf eine Ausfallstraße abgebogen und, wie ihm schien, schon meilenweit gefahren; trotzdem wollte die öde Moorlandschaft zu seiner Linken kein Ende nehmen. Vielleicht hatte er etwas falsch verstanden, als man ihm an der Tankstelle den Weg beschrieben hatte. Der Tankwart hatte es sich außerdem nicht nehmen lassen, dem Fremden eine Neuauflage alter Schauergeschichten von den Unglücklichen aufzutischen, die sich ins Moor gewagt hatten und seither, wie er glaubhaft zu berichten wußte, nie wieder gesehen worden waren. Jury war es gelungen, sich in aller Höflichkeit loszueisen, aber allmählich kamen ihm die Geschichten gar nicht mehr so unwahrscheinlich vor.

Die Straße war schmal, stellenweise vereist und erst vor kurzem geräumt worden: kleine Schneehügel säumten sie zu beiden Seiten. Ein Stück voraus bewegte sich etwas: ein Mann, der ohne Hut und Mantel durch die Kälte stapfte. Ein abgehärtetes Volk hier oben, dachte Jury, während er anhielt und das Fenster herunterkurbelte. «Kennen Sie eine Kneipe namens ‹Jerusalem Inn›? Sie soll hier irgendwo sein.»

Das Gesicht des kleinen Mannes verzog sich zu einem Lächeln. «Ja schon... wenn man zur Kirche fährt, liegt's auf halbem Weg.»

«Gehen Sie auch in die Richtung?»

«Ja, schon...»

Es wird wohl einfacher sein, ihn gleich mitzunehmen, als lange mit ihm zu reden, dachte Jury und öffnete die Beifahrertür. «Steigen Sie ein.»

Das Männlein sprang fix ins Auto und lächelte Jury zahnlos an. Er hatte sich nicht die Mühe gemacht, sein Gebiß einzusetzen, und seine wasserblauen Augen waren trübe, als hätte der Frost sie mit Rauhreif bedeckt. Viel wahrscheinlicher allerdings war, daß er zu Hause schon ein paar Gläschen getrunken hatte, um sich für den Weg zum Pub zu stärken. Seine Hände umklammerten etwas, das wie eine mutierte Riesenzwiebel aus einem billigen Science-fiction-Streifen aussah. Er hielt sie auf seine Knie gestützt wie einen Koffer, während sie nordwärts fuhren.

«Was ist das?» fragte Jury.

Der Kleine blinzelte ihm zu. «Ein Lauch, mein Freund. Dies Jahr hab ich ihn mächtig groß gekriegt, und den Preis hab ich auch gewonnen. Letztes Jahr hätt ich schon gewonnen, wenn ich nich wieder so 'n Pech gehabt hätt. Ich war nich ganz da und hab's nich geschafft. Sind Sie aus dem Süden?»

Jury lächelte. Das war eine rein rhetorische Frage. Und sie war nicht als Kompliment gemeint.

Das «Jerusalem Inn» war ein schmuckloses, grau verputztes Gebäude mit einem ebenso schmucklosen Schild, das wie zufällig an der Seitenfront hing und dessen breite schwarze Lettern fahl von einer schwachen Lampe beleuchtet wurden.

Jury war es ein Rätsel, woher bei diesem Wetter die Kundschaft kam, doch hatte sich etwa ein Dutzend Gäste eingefunden. Und alle sahen so aus, als gehörten sie zum Inventar des Pubs wie das Schild draußen an der Mauer.

Dickie, Jurys neuer Bekannter, legte seinen Lauch und sein Geld auf die Bar und fragte Jury, was er trinken wolle. Jury bestellte ein Bier, als der Kneipenwirt sich ihnen zuwandte. Er hatte das rosige Gesicht einer Putte oder eines Trinkers.

Es waren noch vier Tage bis Weihnachten, und das «Jerusalem Inn» war bestens für das Fest gerüstet: es strotzte von Dekorationen – altersschwache Lichterketten, Lamettakaskaden, staubige Stechpalmenkränze und eine lebensgroße Krippe in der Nische neben dem Kamin. Inmitten all dieser Pracht fand gerade eine ganz unweihnachtliche Partie Pool statt, und zwar zwischen einem stämmigen untersetzten Kerl, an dem flächendeckende Tätowierungen und eine schwere Lederweste ins Auge fielen, und einem drahtigen, schwarzhaarigen Mann mit einem Goldring im Ohr. Der Ring schien allerdings mehr Ausdruck modischen Geschmacks als Hinweis auf bestimmte sexuelle Vorlieben zu sein. Rechts neben dem Billardtisch stand eine quadratische Box mit einem Videospiel, dem sich ein junger Mann hingebungsvoll widmete. Unter einem dürren Mistelzweig war eine junge Frau mit Haifischgesicht gerade dabei, einen großen, unangenehm aussehenden Kerl ausgiebig zu küssen. Aber ihre Showeinlage kam nicht gegen den Lauch an, der – wie Jury Dickies langatmigem Geschwätz schließlich entnommen hatte – den ersten Preis im jährlichen Lauchzüchterwettbewerb gewonnen hatte.

Mehrere Leute kamen herüber, um Dickie auf die Schulter zu klopfen.

«Letztes Jahr hättst du schon gewonnen, Dickie, wenn du ihn vorher nur 'n bißchen abgewischt hättst.» Drinks wurden ausgegeben, die offenbar alle auf Dickies Rechnung gingen. Nach Jurys Gefühl hätte es eher andersherum sein müssen. Er bezweifelte, daß Dickies Geldbörse oft Futter bekam, und doch war dieser die Großzügigkeit selbst. Aber knapp bei Kasse waren wohl alle hier.

Das «Jerusalem Inn» war trotz des ganzen Weihnachtsbrimboriums eine Arbeiterkneipe. In gewisser Weise war das ganz erfrischend nach dem Museumsmuff der Pubs im Londoner West End mit ihrem roten Plüsch, den elektrifizierten Gaslampen, den vergoldeten Spiegeln und dem sonstigen wurmstichigen Bombast der Viktorianischen Ära. Auch die Ramschkollektion ländlicher Gastlichkeit fehlte – weder gab es Zinnkrüge und Messingteller, noch hingen die unvermeidlichen Jagdszenen über bestickten Polstern. Hier standen lange Bänke an den Wänden. Drei alte Männer hatten sich auf einer dieser Bänke niedergelassen und sahen so aus, als gehörten sie zu dem Krippenensemble neben dem Kamin.

Die Gesichter an der hufeisenförmigen Bar in der Mitte des Raumes spiegelten alle ziemlich deutlich ein und dasselbe Schicksal wider – die hoffnungslose Existenz zwischen Arbeitslosigkeit und Geldmangel. Jury war sicher, daß manche dagegen aufbegehrten. Andere hatten sich zähneknirschend in ihr Los gefügt, und einige – die jüngeren – betrachteten die Arbeitslosigkeit als eine Art zu leben, die ihnen in die Wiege gelegt worden war. Arbeit und Wetter waren die vorherrschenden Gesprächsthemen.

Jury wußte, daß er von jedem hier eingehend gemustert worden war, und doch hatte er kein direkt auf sich gerichtetes Auge bemerkt. Nachdem sich ihr Interesse an dem Riesenlauch und dem knutschenden Liebespaar erschöpft hatte, nahmen die Leute ihre Gespräche wieder auf. Gedämpftes Gemurmel wie in einer Kirche kurz vor dem Gottesdienst erfüllte bald den ganzen Raum. Ein verkommener Geselle saß schweigsam über einem Wörterbuch und ließ gelegentlich ein lautes Räuspern vernehmen oder pochte mit seinem Stock auf die blanken Dielen, wenn er eine Seite umblätterte. Ein anderer Mann saß im Anorak da und las in einem dicken Buch; neben ihm hockte zitternd ein nervöser Windhund. Die Pool-Spieler entschlossen sich zu einem neuen Spiel und griffen wieder zu ihren Queues.

Der Wirt stand unentschlossen herum, in der Hand den Drink, den Dickie ihm spendiert hatte. Offenbar hatte Jury seine Neugier geweckt.

«Sind Sie von hier?» fragte er schließlich.

«Nein. Aus London.»

Der Wirt tat überrascht. «Zwei Straßen hinter Harrod's ist's für euch doch schon wie hinterm Mond, hab ich recht?» Er lächelte, um dem groben Scherz die Spitze zu nehmen.

«Haben Sie viele Gäste hier draußen?»

«Und ob. Sie würden sich wundern. Unten an der Straße liegt Spinneyton, da kommen die meisten her. Geld ist nicht viel da, nur eben das bißchen Arbeitslosenunterstützung. Die meisten Zechen sind geschlossen, und die Werften in Newcastle sind fast alle stillgelegt.» Er schüttelte weise den Kopf. «Ich selber komm aus Todcaster. Diesen Laden hab ich erst seit sechs Monaten. Es ist schwer, von dem Haufen hier akzeptiert zu werden. Ziemliche Sippenwirtschaft, wissen Sie?» Das letzte flüsterte er, als müßten London und Todcaster hier zusammenhalten; dann entfernte er sich, um die benutzten Gläser einzusammeln.

Während er darauf wartete, daß der Wirt wieder eine freie Minute hatte, schlenderte Jury hinüber zum Kamin, um die Weihnachtskrippe zu begutachten. Die Blicke der drei alten Männer folgten ihm argwöhnisch. Ob man mir den Polizisten ansieht? fragte sich Jury. Er stieß einen Seufzer aus, als er die Krippe näher in Augenschein nahm. Ihr Zustand war schlichtweg bejammernswert. Doch wie um den dürftigen Eindruck wieder etwas wettzumachen, schlief zwischen zwei Tierfiguren – einer dreibeinigen Ziege und einem schwanzlosen Lamm – ein echter Terrier mit einem schwarz umringten Auge.

Nur zwei der Heiligen Drei Könige waren anwesend, und denen hätte ein frischer Farbanstrich nicht geschadet. Maria war da, Joseph auch. Aber im Stroh, über das sie sich beugten, lag nichts.

Etwas zupfte ihn am Ärmel, und eine helle Stimme sagte: «Ich mußte sie baden.»

Jury drehte sich um und sah ein kleines Mädchen von sechs oder sieben Jahren, das zu ihm hochstarrte. Ihre Augen waren von dem gleichen klaren, fast glasigen Braun wie die der Puppe, die sie umklammerte. Die Puppe war sehr groß, hatte rot gefärbtes, verblichenes Haar und war von unbestimmbarem Geschlecht. Im Moment trug sie ein Kleid, das vermutlich einst dem Mädchen gehört hatte. Die Taille saß auf den Hüften, und der Saum hing ihr bis über die Zehen.

Als die Kleine sah, daß Jury ihre Bemerkung nicht verstand, deutete sie mit dem Kopf auf die Krippe. «Sie war schmutzig.»

«Oh», sagte Jury. Er blickte auf das Kleid. «Ist es denn ein Mädchen?»

Sie betrachtete stirnrunzelnd das verwaiste Stroh, als überdenke sie ihren Irrtum. «Jetzt gerade ist sie eins.» Sie glättete das alte Kleid, sichtlich daran gewöhnt, daß die Puppe ein Mädchen war, und unzufrieden darüber, daß sie zur Weihnachtszeit eine Doppelrolle spielen mußte.

Durch eine Hintertür erschien eine hübsche junge Frau mit einem Tablett voll Gläser. Als sie das Kind sah, schüttelte sie den Kopf, kam zur Krippe und flüsterte: «Chrissie! Leg das Jesuskind wieder zurück, Kleines! Wie oft muß ich dir das noch sagen?»

Ihr Haar hatte die gleiche Farbe wie das des Kindes, doch ohne dessen Glanz; ihr Gesicht ließ ahnen, wie das kleine Mädchen später einmal aussehen würde.

«Ich mußte sie doch baden!» sagte Chrissie mit quengelnder Stimme.

«Tu sie wieder ins Stroh!» Die Frau warf Jury einen Blick zu, als gebe es zwischen Erwachsenen ein natürliches Bündnis, schüttelte den Kopf und seufzte: «Diese Gören!» Dann ging sie hinter die Bar und begann Gläser ins Regal zu stellen.

Traurig knöpfte Chrissie das Puppenkleid auf, wobei sie Jury den Rücken zuwandte, um das Schamgefühl der Puppe nicht zu verletzen. Dann stieg sie über das Seil, das zum Schutz der Figurengruppe gespannt worden war, legte das nackte Puppenkind ins Stroh und kam wieder zurück. Das nun komplette Arrangement fand jedoch nur ihre stirnrunzelnde Mißbilligung. «Es sieht blöd aus.» Sie kreuzte ihre rundlichen Ärmchen auf Altfrauenart vor der Brust.

«Na ja...» meinte Jury.

Da er ihr nicht auf der Stelle recht gab, fügte sie in noch entschiedenerem Ton hinzu: «Sie sieht häßlich aus ohne Kleider.»

Jury trank einen Schluck Bier. «Sie sieht nicht aus wie das Jesuskind, das find ich auch. Was ist denn mit dem richtigen passiert?»

«Es ist bei 'ner Prügelei kaputtgegangen. Hier gibt's ständig Prügeleien. Futsch!» Sie gab ein schmatzendes Geräusch von sich, dessen Klang ihr offenbar Spaß machte. «Deshalb haben sie gesagt, ich soll Alice hinlegen. Sie ist ein Mädchen.» Sie schielte zu Jury hoch, um zu sehen, ob er ihr widersprechen würde.

«Das ist wirklich Pech. Aber nach Weihnachten kriegst du sie ja wieder, oder?» Sie nickte. «Weißt du, Jesus würde nämlich kein Kleid tragen.»

Sie kratzte sich am Ellbogen. «Er hat Tücher getragen. Ich hab Bilder gesehn.»

«Aber erst, als er älter war. Was du brauchst, sind Windeln.»

«*Was?*» Das war der größte Quatsch, den sie je gehört hatte.

«Windeln. Ein Paar alte Lumpen würden's auch tun. Wenn deine Mama dir ein Stück Stoff gäbe, das sie nicht mehr braucht, könntest du's zerreißen und Alice damit wickeln.» Er wies mit seinem Glas auf die armseligen und ramponierten Darsteller in dem Stück hinter dem Absperrseil. «Sie waren arm. Sie hatten nichts Besseres zum Anziehen für ihn.»

Chrissie schaute hinab auf ihr eigenes Kleid, ein verschossenes, geflicktes Stück, wie das Puppenkleid. Es stammte offensichtlich aus zweiter Hand und war ihr viel zu groß. «Dann sind sie hier ja richtig.» Sie drehte sich um und rannte zur Tür hinaus, wahrscheinlich, um nach Windeln zu suchen.

Jury spendierte dem Wirt – Hornsby hieß er – erst mal einen Drink, bevor er ihm seinen Ausweis und das Foto von Helen Minton zeigte.

Nachdem der Drink Hornsby die Zunge gelockert hatte, stellte sich heraus, daß der Wirt nicht viel zu sagen wußte. Er kratzte sich im Nacken und schüttelte den Kopf. «Die hab ich hier noch nie gesehn, Mann – äh, Superintendent.» Hornsby zeigte seiner Frau das Bild. Mrs. Hornsby strich ihr langes Haar hinters Ohr, als könnte sie so besser sehen, und beäugte das Gesicht auf dem Schnappschuß, das halb im Schatten eines Baumes verborgen war. Mrs. Hornsby war offensichtlich keine Frau, die zu übereilten Antworten neigte, was entweder bedeuten mochte, daß sie ihre Gedanken nur unter langwierigen Mühen faßte, oder aber, daß sie eine sehr gewissenhafte Denkerin war.

Sie ließ ihren Blick durch das Lokal über jeden einzelnen ihrer Gäste schweifen, als könnte sie auf ihren Gesichtern den Schlüssel zu diesem Rätsel entdecken. Und tatsächlich schien sich in ihrem Gedächtnis etwas zu regen, als ihr Blick zwischen den drei alten Stammgästen, dem Billardtisch, der Krippe und Helens Bild hin und her sprang. Sie biß sich auf die Lippen, und Jury fürchtete schon, sie würde die Aussage ihres Mannes bestätigen. Aber sie überraschte ihn: «Sie war letzten Dienstag hier, das muß so ungefähr um neun oder zehn gewesen sein. Sie hat ein Newcastle Brown Ale bestellt, und ich hab irgendwie gelacht und auch gefragt, ob sie denn weiß, wie stark das ist, und dann hat *sie* gelacht und gesagt, ja, sie hätt es schon mal getrunken. Ich wußte, daß sie nicht von hier war, wegen ihrem Akzent – sie hat genauso geredet wie Sie –, und ich dachte, sie kommt wahrscheinlich aus London. Mir hat's gefallen, wie sie an der Bar stand und sich gar nichts draus zu machen schien, daß das ‹Jerusalem› nicht das Ritz ist. Dann hat sie 'ne Weile beim Pool zugeschaut, und Clive» – hier wies sie mit dem Kopf auf eine Tür, die wohl in ein Hinterzimmer führte – «hat ihr noch 'n Bier spendiert. Sie hat sich ein bißchen mit der Göre unterhalten, mit Chrissie» – über ihr Gesicht huschte ein Lächeln, das mindestens so strahlend war wie die Weihnachtsbeleuchtung im Raum –, «und dann hat sie Clive auch einen Drink spendiert. Das dritte Bier wollte sie wohl schon nicht mehr; sie hat kaum was davon getrunken, aber sie wußte, was sich gehört. Ich meine, als Frau hätte sie das natürlich nicht tun brauchen, aber sie hat's trotzdem getan, und das find ich gut. Sie hat auch mit Robbie geredet...» Sie sah den großen jungen Mann an, der immer noch mit dem Videospiel beschäftigt war. Robbie ist 'n bißchen – einfältig.» Das Wort kam Mrs. Hornsby nur schwer über die Lippen. «Aber er ist der hilfsbereiteste Junge, den man sich vorstellen kann. Er hat hier sein Zimmer und kriegt ein bißchen Geld dafür, daß er saubermacht.» Sie runzelte die Stirn. «Tut mir leid, aber sonst fällt mir nichts ein.»

Jury starrte sie mit großen Augen an, und ihr Mann klopfte ihr auf die Schulter. «Schlaues Mädel, meine Nell. Der macht keiner was vor.»

«Wenn jeder Zeuge so wäre wie Sie, Mrs. Hornsby, hätten wir in London bald alle Verbrecher hinter Gittern.»

Mrs. Hornsby errötete heftig und versuchte, ihre Augen von Jury loszureißen, stellte dann aber offenbar fest, daß er – verglichen mit dem Rest der Welt – einen durchaus angenehmen Anblick bot. Sie lächelte wieder ihr strahlendes Lächeln. Jury gab auch ihr einen Drink aus.

«Vielleicht weiß Clive was.» Sie deutete auf die Tür, durch die ihre Tochter eben hinausgerannt war. «Im Hinterzimmer ist gerade ein Spiel im Gange. Clive ist auch dabei. Und vielleicht hat Marie mit ihr gesprochen. Marie quatscht jeden Neuen an, um Zigaretten zu schnorren und zu erzählen, wie schwer sie's hat.»

Marie entpuppte sich als die Frau mit dem Haifischgesicht; sie sah gar nicht so übel aus, aber in ihrer Gegenwart beschlich einen das dumpfe Gefühl, man müsse seine Brieftasche festhalten. Als Jury sich ihr vorstellte, rückten die anderen neugierig näher. Man konnte ihnen das wohl kaum übelnehmen: in der Eintönigkeit ihrer Tage, die sie mit Pool, Darts und Nichtstun verbrachten, war jede Abwechslung willkommen. Sogar ein herumschnüffelnder Bulle war besser als die Nietenbude, solange er seine Nase nicht in ihre privaten Angelegenheiten steckte. Jury hätte wetten können, daß die meisten von ihnen Alkoholiker waren, die unaufhaltsam dem Ruin entgegenstürzten. Der Suff war alles, was sie hatten, und die wöchentliche Stütze nur ein anderes Wort für Freibier.

«Sie hat gesagt, daß sie in Washington wohnt.» Marie nahm bereitwillig eine Zigarette entgegen und lehnte sich halb an die Bar, halb an Jurys Schulter. Für einen Drink, so hoffte Jury, würde ihr bestimmt etwas einfallen, das immerhin einen gewissen, wenn auch fragwürdigen Informationswert hätte. Er spendierte ihr ein Carlsberg, aber es half ihrem Gedächtnis leider nicht auf die Sprünge.

Jury durchbrach den Halbkreis der Neugierigen, ging hinüber zum Videospiel und setzte sich zu Robbie, dessen schlaffes Gesicht einen Hauch von Schönheit vermuten ließ, unausgeprägt und vage wie ein Spiegelbild auf der Wasseroberfläche. «Heißt du Robbie?» Der Junge lächelte. Er war um die Zwanzig und sah dumpf drein, machte aber einen sehr freundlichen Eindruck. Jury zeigte ihm das Foto. Robbie fuhr aufgeregt mit den Fingern durch sein glanzloses braunes Haar, als sei dies ein Test, den er unbedingt bestehen müsse. «Erinnerst du dich an diese Frau?»

Die Antwort war ein gestottertes «J-j-jaa-a». Und er nickte mehrere Male heftig, sichtlich erfreut darüber, daß er sich an sie erinnern konnte.

«Worüber hat sie mit dir gesprochen?»

Robbie ließ seinen Blick durch den Raum wandern, nicht zielstrebig wie Nell Hornsby, sondern verlegen und ratlos wie jemand, der einer Aufgabe nicht gewachsen ist. Nach einer Weile versuchte Jury so sanft wie möglich seiner Erinnerung nachzuhelfen. «Ich möchte nur wissen, ob sie ihren Namen genannt hat. Oder ob sie gesagt hat, was sie hier wollte. Anscheinend kann keiner sich mehr an etwas erinnern.»

Das erleichterte Robbie sichtlich. Er schaute hinunter auf den Videoschirm und sah zu, wie die bunten Monster vor Pac-Man davonflitzten.

«Lust auf ein Spiel?» fragte Jury und fischte ein paar Münzen aus seiner Tasche.

Robbie nickte. «I-ich b-bin nich be-besonders g-g-gut», sagte er verzagt.

«Ich auch nicht.»

Robbie jagte Jury kreuz und quer über das Spielfeld, fraß alle seine Monster auf und war gerade dabei, ihm endgültig den Garaus zu machen, als Hornsby von der Bar herüberrief, der Superintendent werde am Telefon verlangt.

Kaum hörte er die Stimme des Deputy Assistant Commissioner Newsome am anderen Ende der Leitung, bereute Jury auch schon, daß er beim Northumbria-Revier hinterlassen hatte, wo er zu erreichen sei.

Nicht daß er Newsome, einen entwaffnend wortkargen

Mann, nicht gemocht hätte; es war dessen Mitteilung, die ihn ärgerte. «Schauen Sie, ich will Sie ja nicht kritisieren. Aber Racer schlägt Krach, weil Sie da oben eigentlich Ferien machen sollten, und jetzt ruft der Chief Constable des Distrikts bei uns an und fragt, warum Scotland Yard... Sie wissen schon, was ich meine.»

«Ich habe das mit Cullen abgeklärt.»

Er konnte sich plastisch vorstellen, wie Newsome bei der Antwort mit den Achseln zuckte. «Warum machen Sie dem Chief Superintendent nicht eine Freude und kommen zurück?»

«Mein Anblick hat ihm noch nie große Freude bereitet. Okay. Ich wollte morgen sowieso noch London kommen. Ich werde einen Frühzug nehmen.» Hornsby, dem offenbar kein Wort entgangen war, während er ein und dasselbe Glas ein ums andere Mal polierte, verkündete, daß es um 8 Uhr 30 einen Schnellzug ab Newcastle gebe.

Jury informierte Newsome, daß er den Zug um 8 Uhr 30 nehmen werde, und legte auf.

Nell Hornsby spülte Gläser und beobachtete Robbie, der jetzt am Billardtisch eine einsame Partie Pool spielte. «Schrecklich traurige Sache mit dem Jungen. Mutter tot, Vater verduftet. Er war in der Bonaventura-Schule.»

«Bonaventura?» Jury wandte sich nach Robbie um.

«Ja, diese sogenannte Schule in Washington. ‹Waisenhaus› wäre treffender. Als er sechzehn wurde, schickten sie ihn fort. Das ist da so üblich. Die glauben anscheinend, daß Kinder ab sechzehn ihren Unterhalt selbst verdienen können. Ein Witz, wenn man bedenkt, daß in dieser Gegend nicht mal erwachsene Männer das schaffen.»

«Wie heißt er? Robbie – und weiter?»

«Robin Lyte.»

Robbie schaute von dem zerschlissenen Grün des Billardtisches auf, als Jury mit zwei Gläsern Bier und einer Handvoll Zehnpencestücke zu ihm trat. «Ich spiel nicht besonders gut Pool.»

Er wies mit dem Kinn auf das Videospiel. «Wie wär's mit Pac-Man?»

Der Junge versuchte mühsam, sich eine Antwort abzuringen. Er schloß die Augen, als könne der verbale Kontakt mit der Welt nur hergestellt werden, wenn der Blickkontakt unterbrochen war. Er wand sich geradezu unter der Anstrengung, ein Ja hervorzuwürgen und ein Danke hinzuzufügen.

Sie spielten schweigend. Nur Robbies Kichern unterbrach dann und wann die Stille, wenn er gewann. Er gewann immer.

Jury versuchte es nicht noch einmal mit dem Foto von Helen Minton. Die Erinnerung ließ sich nun mal nicht zwingen. Falls irgendeine nützliche Information im Gedächtnis des Jungen eingeschlossen sein sollte, würde Jury einen anderen Schlüssel finden müssen.

«Du bist auf die Bonaventura-Schule gegangen, nicht wahr?» Robbies Gesicht war über den Videoschirm geneigt, wo die Monster darauf warteten, ein weiteres Zehnpencestück zu verschlingen. Er nickte. «Ich wette, da hat's dir nicht besonders gefallen.» Der Junge schaute von dem kleinen Lichterlabyrinth auf und schüttelte den Kopf. In seinen Augen lag ein tiefer Schmerz, als könne die Wunde, die ihn hervorgerufen hatte, niemals verheilen. Jury warf ein paar Münzen so heftig in den Schlitz, daß der Tisch erbebte. «Ich kann's dir nachfühlen. Ich war auch mal in so einem Heim. Eiserne Pritschen, schlechtes Essen, kalte Flure. Vier Jahre lang. Das war nach dem Tod meiner Mutter.»

Robbie achtete plötzlich nicht mehr auf das pulsierende Monster, das sie zum Spielen einlud, sondern zog seine alte Brieftasche hervor und zeigte Jury ein Foto. «M-Mutter.»

Das Bild zeigte drei junge Frauen, die untergehakt nebeneinander standen. Robbies Finger deutete auf die mittlere. Sie hatte blondes Haar mit einer frischen Dauerwelle darin und lächelte keck in die Kamera.

«Sie war hübsch.» Jury gab das Bild zurück, starrte gedankenverloren auf das kleine Monster und fügte hinzu: «Meine war auch hübsch.»

Nell Hornsby verkündete die Sperrstunde. Jury trug die Gläser zurück zur Bar.

«Es klingt vielleicht albern», sagte Nell, «aber manchmal denk ich, der Junge ist der glücklichste von uns allen.» Sie kippte den Rest ihres Brandys hinunter.

«Darauf würde ich keinen Eid schwören», sagte Jury, bevor er zur Tür hinausging.

Zweiter Teil

Einkehr

6

Es schlug Mittag in der «Hammerschmiede», und der mechanische Schmied draußen hoch oben auf dem Balken begann seinen Hammer auf und ab zu bewegen. Der hölzerne Gesell sah ziemlich schmuck aus in seiner frisch gestrichenen Kluft – der blauen Hose und der Jacke, die ebenso blaugrün leuchtete wie der grelle Anstrich, den Dick Scroggs, der Wirt, kürzlich zwischen Gebälk und Flügelfenster geklatscht hatte. Auf der Hauptstraße von Long Piddleton, ohnehin schon ein farbenfrohes Sammelsurium von eng aneinandergedrängten Wohnhäusern und Geschäften, erstrahlte die «Hammerschmiede» als auffälligster Farbtupfer in der Wintersonne.

Die Gäste drinnen waren genauso kunterbunt zusammengewürfelt. Eine Frau und zwei Männer saßen an einem Tisch in der Nähe eines lustig prasselnden Kaminfeuers. Zwei von ihnen waren von Hause aus millionenschwer; der dritte verkaufte Antiquitäten an Touristen – mit demselben Ergebnis. Letzterer gab mit seinem lavendelfarbenen Halstuch und der jadegrünen Sobranie-Zigarette ein passendes Gegenstück zu dem Schmied draußen auf seinem Balken ab, wenn auch freilich kein ganz so hölzernes. Nicht weniger schillernd – jedoch mehr im übertragenen Sinn – war die alte Frau am Kamin, die zahnlos vor sich hin brabbelte und Gin in sich hineinkippte. Ab und zu putzte sie für Dick Scroggs. Wenn ihr nicht nach Putzen zumute war, unterhielt sie sich mit der steinernen Katze neben dem Kamin und versoff ihren Lohn.

«Glauben Sie, Scroggs' Verschönerungswut wird sich jemals wieder legen?» fragte Marshall Trueblood, dem der Antiquitätenladen nebenan gehörte. Er betrachtete kritisch den polierten Zinn- und Messingtinnef und die erst kürzlich aufgehängten

Jagdvogeldrucke, bevor er eine weitere Balkan Sobranie – diesmal eine zartviolette – in eine lange Zigarettenspitze steckte.

Melrose Plant fand es ziemlich unangebracht, diese Frage ausgerechnet aus Truebloods Mund zu hören, aber er war zu höflich, dies auch zu äußern. Für ihn war Trueblood eher ein Spektakel als eine Person. Er konzentrierte sich weiter auf sein *Times*-Kreuzworträtsel und nahm gelegentlich einen Schluck aus seinem Krug Old Peculier.

«Ach, ich weiß nicht. Mir gefällt's eigentlich ganz gut», sagte Vivian Rivington. «Früher war es so eine düstere alte Höhle. Und seit die ‹Büchse der Pandora› geschlossen ist, können wir doch froh sein –»

Marshall Trueblood schloß gequält die Augen. «Oh, hör bitte auf, so leutselig zu sein, Darling. Ich finde das ermüdend. Lieber Gott, schau dir doch nur den alten Scroggs an – neuerdings trägt er sogar einen Mittelscheitel und klatscht sich das Haar mit irgendeiner scheußlichen Pomade an den Schädel. Und jetzt kocht er auch noch!» Er nippte an seinem Campari Limone.

«Mir gefällt's trotzdem. Wenn man keine Lust hat, selbst zu kochen, kann man jetzt hier eine Kleinigkeit essen...»

Trueblood ließ Zigarettenasche in einen blechernen Aschenbecher fallen. «Wenn man richtig *essen* gehen will, Darling, dann fährt man nach London.»

«Was bist du nur für ein Snob», sagte Vivian trocken.

«Jemand muß ja diese Rolle übernehmen. Sieh dir Melrose an, der von Rechts wegen ein Snob sein sollte und statt dessen so ekelhaft gleichmacherisch denkt. Der Lebensstil eines Gentleman, Darling» – dieses «Darling» galt Melrose – «ist mit dem Empire untergegangen.»

Melrose vermutete, daß mit Empire der Möbelstil und nicht der Kolonialismus gemeint war.

«Sie gehören einer aussterbenden Rasse an, Melrose. Und ich finde es mit Verlaub gesagt langweilig von Ihnen – von euch beiden –, daß Sie so kurz vor Weihnachten verreisen wollen. Und ausgerechnet nach *Durham*! In die Nähe von Newcastle! Wo jede Menge besoffenes, grölendes Pack die Straßen unsicher macht, randaliert und bei Fußballspielen mit Bierflaschen um sich schmeißt. Außerdem schneit es dort.»

«Hier schneit es doch auch. Erinnern Sie sich? Dieses weiße Zeug, das heute morgen vom Himmel rieselte», sagte Plant, während er in einem Zug zwei Waagrechte und drei Senkrechte ausfüllte.

«Ich rede von echtem Schnee, Darling. Tonnen von Schnee. Berge von Schnee. Solche Schneemassen kennt man hier gar nicht. – Was ist los, Vivvie? Du siehst ein bißchen blaß aus.»

Ihr Gesicht wirkte im Schein des Feuers tatsächlich kreidebleich. «Dieses ganze Gerede über Schnee erinnert mich an die starken Schneefälle, die wir vor ein paar Jahren hatten. Und an die Morde damals.» Sie wandte sich an Melrose. «Hast du eigentlich in letzter Zeit etwas von Superintendent Jury gehört, Melrose?»

Kennt ihn seit Jahren und bekommt seinen Vornamen immer noch nicht über die Lippen, dachte Plant. Wahrt immer hübsch die Form, die Dame. «Meistens nur telefonisch. Jury hat wohl nicht viel Zeit zum Briefeschreiben.»

Trueblood schlug mit der Hand auf den Tisch, daß die Gläser klirrten. «Na, das war doch mal ein absolut *hinreißender* Mann! Ich hab ein- oder zweimal bei ihm vorbeigeschaut, als ich in London war. Aber er ist einfach nie zu Hause. Bringen wir doch jemanden um und holen ihn wieder her...» Er drehte sich nach der alten Frau am Kamin um. «Withers, du altes Schlachtschiff», rief er, «würdest du dich gegen lebenslange Versorgung mit Gin und Wermut eventuell kaltmachen lassen?» Er wandte sich wieder seinen Tischgenossen zu. «Wie wär's mit 'ner Zigarette?» Er hielt den anderen seine schwarze Schachtel mit Sobranies hin.

«Danke ergebenst, aber ich rauche keine Buntstifte», sagte Melrose und zog eine dünne Zigarre hervor.

Der Klang des magischen Wortes «Gin» hatte Mrs. Withersby aus ihrer Aschenbrödel-Haltung auffahren lassen und ihre geselligen Instinkte geweckt. Sie raffte sich auf und kam in ihren Pantoffeln zum Tisch herübergeschlurft. Mrs. Withersbys Vorstellungen von Geselligkeit entsprachen jedoch nicht ganz den feineren Umgangsregeln. Sie hielt Trueblood fordernd ihr Glas vor die Nase und sagte: «Gin mit Bier, Süßer. Dein Tuntenpalast wird eines schönen Tages noch total ausgeräubert, wenn du immer hier rumhockst.» Sie wies mit dem Daumen in Richtung von Truebloods Antiquitätenladen. Dann wandte sie sich Melrose Plant zu, der ihr bereits drei Drinks spendiert hatte, und ihr verschrumpeltes Gesicht mit den dünnen bläulichen Lippen verzog sich zu einem Grinsen.

«Eins muß man dem da ja lassen» – ihr Blick folgte Trueblood, der aufgestanden war, um ihr einen Drink zu holen –, «wenigstens sitzt er nicht den ganzen Tag in einem Riesenkasten von Haus und tut nichts, während andere sich krumm und bucklig schuften.»

«Withers, altes Haus», sagte Trueblood und reichte ihr das frisch gefüllte Glas, «wir haben vor, eine Riesenfete in Harrogate steigen zu lassen. Mit Orchester und allem Drum und Dran. Abendkleidung erwünscht. Du könntest dein Chiffonkleid tragen, das zitronengelbe.»

«Verpiß dich, Süßer», sagte Mrs. Withersby dankbar, bevor sie schlurfenden Schrittes abzog.

Trueblood zuckte die Achseln, betrachtete seine tadellos manikürten Fingernägel und sagte: «Jetzt sagen Sie schon. Warum fahren Sie denn nun da rauf in diese gottverlassene Gegend? Sie verreisen zu Weihnachten doch sonst nie, sondern bleiben schön brav zu Hause und sitzen bei einem Glas Cockburn's Port vor einem prasselnden Kaminfeuer. Und was wird die liebe Tante Agatha ohne ihre Weihnachtsgans anfangen?»

«Wir könnten sie ja mitnehmen», sagte Vivian.

Melrose ignorierte diesen Vorschlag. Wenn Vivian unbedingt so hirnrissig sein wollte...

Wenn man vom Teufel spricht – plötzlich stand die in ein schwarzes Cape gehüllte Gestalt der lieben Tante in der Tür.

«Agatha, altes Haus», sagte Marshall Trueblood und schob ihr mit seiner blankpolierten Schuhspitze den vierten Stuhl entgegen. «Setzen Sie sich zu uns.»

Lady Agatha Ardry, die, abgesehen von sich selbst und dem neuen Vikar, fast niemanden in Long Piddleton leiden konnte, hegte einen ganz besonderen Widerwillen gegen Marshall Trueblood. Ihrem Neffen Melrose gegenüber hatte sie mehrfach die Meinung geäußert, Trueblood sollte geteert und gefedert und dann aus der Stadt gejagt werden.

Melrose hatte dem entgegengehalten, daß so etwas vielleicht in ihrer Heimat Amerika üblich sei, während hierzulande die Narrenfreiheit Tradition habe. Sein bedeutungsvoller Blick, so hoffte er, sprach Bände.

«Nein, danke vielmals – wie ich sehe, ist wieder diese Withersby hier.» Sie baute sich vor dem Tisch auf. «Was soll denn dieser Unsinn von einer Reise in nördliche Gefilde? Weihnachten steht doch vor der Tür.»

Und wenn es nicht Weihnachten wäre, wäre es Ostern oder Pfingsten, dachte Melrose. Ohne von seinem Kreuzworträtsel aufzusehen, sagte er: «Da muß ich dir ausnahmsweise zustimmen, Tante. Es ist blanker Unsinn.» Er ignorierte Vivians finsteren Blick.

«Hab ich mir's doch gedacht.» Die Nachricht schien sie zu erleichtern, denn sie ließ sich aufatmend auf den angebotenen Stuhl plumpsen.

Aber als Melrose fortfuhr: «Es ist blanker Unsinn, aber die Reise wird dennoch stattfinden», klappte ihr das Kinn herunter.

Die Worte hatten sie offenbar ebenso ratlos wie durstig gemacht. Sie bestellte einen doppelten Sherry bei Dick Scroggs. Der hob den sorgfältig gescheitelten und pomadisierten Kopf, sah, wer gerufen hatte, und las weiter in der Zeitung, die vor ihm auf dem Tresen lag.

«Ich verstehe das alles nicht. Du verreist doch sonst nie über die Feiertage. Ein eingefleischter Junggeselle wie du geht doch nicht so leicht von seinen Gewohnheiten ab... Mr. *Scroggs*!» rief sie ein zweites Mal.

«Junggeselle vielleicht, aber kein eingefleischter. Landpartien gehören zwar nicht gerade zu meinen Gewohnheiten, aber da es Vivian ist, die mich gebeten hat...» Er sah auf und schenkte seiner Tante ein allerliebstes Lächeln, das sie zur Weißglut trieb. Sie hatte schon immer gefürchtet, daß sich zwischen Melrose und Vivian etwas anbahnen könnte. Daß Vivian mit einem anderen verlobt war, trug wenig zu Agathas Beruhigung bei, denn dieser andere war in Italien. Und Italien war weit. «Ein Wochenende auf dem Land. So eine Art Stelldichein für Kunst- und Kulturschaffende. Vivian dachte wohl, geteiltes Leid ist halbes Leid, und hat mir eine Einladung verschafft.»

Unterdessen brachte Dick Scroggs den Sherry. Die «liebe» Tante Agatha machte jedoch keinerlei Anstalten, sich zu bedanken, geschweige denn, den Drink zu bezahlen. Das überließ sie stets anderen. Statt dessen nahm sie nun Vivian aufs Korn. «Warum? Plant ist doch gar nicht künstlerisch tätig. Wer hat dich denn eingeladen?»

Vivian zog einen Brief aus ihrer Handtasche. Das Papier war cremefarben, die Schrift prangte in erhabenen Lettern. «Charles Seaingham. Der Kritiker. Sie kennen ihn sicher, er schreibt Artikel über Kunst und Literatur, die in allen möglichen Zeitungen erscheinen.»

Allzuviel konnte er nicht geschrieben haben, denn Agatha hatte nie von dem Mann gehört.

«Ich habe ihn auf der kleinen Party kennengelernt, die mein Verleger gab, als das Buch mit meinen Gedichten herauskam...»

Agatha, die es sich nie nehmen ließ, ein Haar in der Suppe zu finden, schnaubte verächtlich. «Ach, *diese* unverkäuflichen Dinger! Du solltest Liebesromane schreiben wie Barbara Cartland, Vivian.» Sie nahm ihr den Brief aus der Hand und las ihn durch die Lorgnette, die sie gelegentlich benutzte, um sich ein würdevolles und imposantes Aussehen zu geben.

Ob mit oder ohne Lorgnette, dachte Melrose, es dürfte ihr schwerfallen, nicht den Eindruck eines groben Klotzes zu machen. Und wie sie so schwer und massiv in ihrem dunkelbraunen Tweedkostüm dasaß, erinnerte sie ihn tatsächlich an einen dikken Baumstumpf. Ihr Haar hätte ein ausgezeichnetes Vogelnest abgegeben.

«MacQuade? Wer ist das?»

«Ein Schriftsteller. Ausgezeichnet mit dem...»

Agatha interessierte weder, was er geschrieben hatte, noch womit er ausgezeichnet worden war. «Parmenger. Noch nie gehört», sagte sie und ließ den Mann damit zur Nichtigkeit schrumpfen.

«Ein Maler.»

«Wahrscheinlich Nackedeis. Oder große farbige Vierecke. Solches Zeug hab ich nie verstanden.» Sie runzelte die Stirn. «Aber dieser Name. St. Leger. *Lady* St. Leger... die kenn ich doch...»

«Nein, das tust du nicht», sagte Melrose, ohne von seinem Kreuzworträtsel aufzuschauen.

«Woher willst denn *du* das wissen?»

«Wenn du sie kennen würdest, könntest du ihren Namen richtig aussprechen: ‹Sen-Le-sche›, nicht ‹Sanktleger›. Genauso wie ‹St. John› ‹Sen-Dschon› ausgesprochen wird.»

«Das werde ich bis zum Sen-Nimmerleinstag nicht verstehen. Warum schreibt ihr eure Namen nicht so, wie sie klingen?»

Sie gab Vivian den Brief zurück und versuchte es mit einer neuen Taktik: «Warum verbringst du die Feiertage eigentlich nicht mit deinem Verlobten, Vivian. Das kommt mir denn doch höchst eigenartig vor.»

«Weil ich offen gestanden keine Lust habe, den langen Weg bis nach Venedig zu fahren, und weil ich mich offen gestanden nicht besonders gut mit seiner Familie verstehe, und...»

«Und offen gestanden», fiel ihr Melrose ins Wort, «mag Graf Dracula Weihnachten nicht. Überall diese Kreuze...»

Vivians Gesicht wurde feuerrot. «Würdest du bitte aufhören,

ihn ‹Graf Dracula› zu nennen!» Wütend knallte sie ihr Glas auf den Tisch, daß das Ale überschwappte. Melrose fand dies einen recht beachtlichen Zornausbruch für die sanfte Vivian; allerdings schien sie während der Monate in Italien ein wenig südländisches Temperament abbekommen zu haben.

«Dracula war doch kein Italiener, Melrose, er war Transsylvanier», sagte Trueblood.

«Aber er ist viel herumgekommen.»

«Ach, laßt mich in Ruhe!» Vivian drehte den beiden den Rücken zu.

Mit zuckersüßem Lächeln fragte Trueblood: «Aber ein Graf ist er doch, nicht wahr, Vivvie?»

«Hör auf, mich Vivvie zu nennen. Ja, er ist allerdings ein Graf.»

«Ein Ausländer», sagte Agatha voller Abscheu und vergaß dabei geflissentlich, daß sie selber aus Milwaukee, Wisconsin, stammte. «Hier hätte er nichts zu melden, ob Graf oder nicht. Er ist Ausländer.»

«Das haben Italiener nun mal so an sich, liebe Tante.»

Trueblood zündete sich eine Zigarette an, die zum Farbton seines Halstuchs paßte, wedelte das Streichholz aus, als schwenke er eine Fahne, und sagte: «*Ich* fand ihn ganz reizend.»

Das ist nicht gerade eine Empfehlung, dachte Melrose.

Agatha war offenbar zu dem Schluß gekommen, daß Vivian entschieden zuviel Glück hatte – erst schnappte sie sich einen italienischen Grafen von den Gestaden des Mittelmeers, und dann wurde sie auch noch zu Literatenparties eingeladen. «Vergiß nicht, was ich dir gesagt habe: Nimm dich in acht vor Mitgiftjägern, besonders vor ausländischen.»

Melrose wußte, daß sie nichts dergleichen gesagt hatte. Agatha war im Gegenteil überglücklich gewesen, ihren Neffen außer Gefahr zu wissen. «Niemand, der Vivian kennt, würde sie nur wegen ihres Geldes heiraten», sagte er mit seinem bezauberndsten Lächeln.

«Wie oft habe ich dir gesagt, du sollst deinesgleichen heiraten,

Vivian –» Agatha hätte sich am liebsten die Zunge abgebissen, denn «ihresgleichen» saß neben ihr am Tisch und löste Kreuzworträtsel. Melrose konnte Agathas Hirn förmlich ticken hören, während es den Wert von Haus und Mobiliar, von Grund und Boden von Ardry End überschlug und zusammenrechnete wie eine Rechenmaschine. Sie war seine einzige lebende Verwandte und hatte nicht die Absicht, ihre Rechte von so ärgerlichem Zuwachs wie Ehefrauen und Kindern schmälern zu lassen.

«Andererseits wirst du ja auch älter, und der Mann scheint ein durchaus ehrbarer Italiener zu sein –» fuhr sie fort.

Als hätte sie schon eine ganze Gondel voll ehrloser Italiener kennengelernt, dachte Melrose.

«– der vermutlich Verstand genug haben wird, seinen Titel zu behalten. Ganz im Gegenteil zu gewissen anderen Leuten.»

Melrose fühlte, wie sie ihn mißbilligend ansah, während er ungerührt fünf Wörter in schneller Folge eintrug. Gleich einem Schachspieler, der mehrere Züge vorausdenkt, erkannte er mit einem Blick, wie die restlichen Lösungswörter lauten mußten. Er legte seinen Stift weg und meinte: «Sag ihm, daß er sich an seinen Titel klammern soll, wenn ihm sein Leben lieb ist, Vivian. Denk daran, wie großartig sich dein Name ausnehmen wird: Contessa Giovanni...»

Vivian sah so gequält drein, daß er innehielt und das Thema wechselte. Stirnrunzelnd wandte er sich an Agatha. «Woher weißt du übrigens von dieser Reise? Wir haben das Ganze selber noch kaum besprochen.»

«Ich war gerade im Haus –»

In *seinem* Haus, nicht in ihrem strohgedeckten Cottage in der Plague Alley.

«– und habe mit Martha über die Weihnachtsgans gesprochen.»

Plants Köchin hatte schon ein- oder zweimal angedeutet, sie werde kündigen, falls Lady Ardry noch einmal ihre Küche betreten sollte. Aber natürlich würde Martha nichts dergleichen tun. Sie und Ruthven standen schon so lange in den Diensten der Earls of Caverness, daß sie gar nicht mehr wegzudenken waren. «Martha mag es nicht, wenn du in ihre Küche kommst.» Er leerte sein Bierglas. «Außerdem weiß ich nicht, was es da zu besprechen gab. Dieses Jahr fällt der Gänsebraten aus.»

Als sei dies plötzlich der Stein des Anstoßes, ließ Agatha sich erstaunt zurücksinken. «Red keinen Unsinn. Wir haben immer Gänsebraten zu Weihnachten.»

«Die Zeiten sind hart. Diesmal müssen wir uns mit Rinderhaxe, kalten Kartoffeln und Armen Rittern begnügen.»

«Aus welchem Dickens-Roman haben Sie denn diese köstliche Mahlzeit?» fragte Trueblood. «Aus dem *Raritätenladen*?»

Melrose schaute in die Runde und dachte, daß er seinen Raritätenladen nicht erst bei Dickens zu suchen brauchte. «Du hast mir immer noch nicht erklärt, wie du von dieser Reise erfahren hast.»

«Von Ruthven. Der Mann konnte mich noch nie leiden. Als ich in die Küche gehen wollte, habe ich ganz zufällig gehört, wie er mit Martha darüber sprach.»

Agatha hätte sogar an der Tür eines Affenkäfigs gelauscht, wenn sie sich davon etwas versprochen hätte. «Ruthven kommt auch mit», sagte Melrose.

Würde sie jetzt einen Schlaganfall bekommen? Einen Schreikrampf? Oder würde es bei dem Sprühregen von Sherry bleiben, der aus ihrem Mund kam, als sie keuchte: «*Ruthven!* Plant, was zum Teufel...! Du mußt ihn hierlassen!»

Melroses Butler hätte ebensogut ein überzähliges Gepäckstück sein können. «Nein, das kann ich nicht. Weißt du, es ist recht kompliziert. Martha will die Feiertage bei ihren Verwandten in Southend-on-sea verbringen. Er ist mit ihrer Familie nie besonders gut ausgekommen» – hier sah Melrose Vivian an, die eingehend ihre Hände betrachtete –, «aber weil er ein Gentleman ist, will er sich natürlich nicht rundheraus weigern, nach Southend zu fahren. Also sage ich einfach, ich brauche ihn.»

«Aber du brauchst ihn nicht! Wofür brauchst du ihn denn?»

«Er kann mein Badewasser einlassen.»

«Dein Badewasser! Du entwickelst dich Tag für Tag mehr zu einem Snob, Plant.»

«Warum machst du nicht selber eine kleine Reise?» schlug Melrose vor. «Fahr nach Milwaukee oder Virginia und besuch diese Biggets, mit denen du letztes Jahr Stratford-upon-Avon unsicher gemacht hast.»

«Warum nicht, Agatha?» sagte Vivian, die aus ihren dumpfen Grübeleien über venezianische Kanäle und fette verwitwete Contessas aufgewacht war.

«Ihr habt gut reden! Weihnachten einfach so abzuhauen!» Sie kramte in ihrer großen Handtasche, förderte ein Taschentuch zutage und preßte es gegen ihre Augen. «Und ich bleibe hier, allein und verlassen.» Sie funkelte Melrose böse an. «Wer wird mir meine Gans braten?»

Der Letzte aus dem Geschlecht der Earls of Caverness richtete seinen Blick über ihren Kopf hinweg und lächelte, zu sehr Gentleman, um zu antworten.

Zu Melroses Leidwesen lachte mal wieder seine Tante zuletzt. Bereits am nächsten Morgen stand sie wieder auf der Matte – oder saß, genauer gesagt, auf seinem Queen Anne-Sofa, trank Kaffee und eröffnete ihm, daß ihr schließlich doch noch eingefallen sei, warum ihr der Name bekannt vorkam.

«Welcher Name? Wovon redest du?» fragte er mürrisch. Er war noch im Morgenmantel und in Pantoffeln und hatte sich auf eine geruhsame Frühstückslektüre der *Times* bei frischem Haferkuchen und Rosinenbrötchen gefreut, die jetzt nach und nach Agathas Heißhunger zum Opfer fielen.

«St. Leger, mein lieber Plant. Ja, erinnerst du dich denn nicht?» Sie ließ ihrer Frage einen jener Blicke und traurigen Seufzer folgen, mit denen sie ihm stets zu verstehen gab, daß er langsam senil wurde. «Elizabeth St. Leger. Ich kenne sie ja eigentlich nur flüchtig, aber Robert, dein Onkel...»

«Ich weiß, daß er mein Onkel war. Was haben die beiden miteinander zu tun?»

«Robert war ein guter Freund von Lady St. Legers Mann – Rudy hieß er, glaub ich. Sicherlich hast du von ihm gehört? Er war ein ziemlich bekannter Künstler. Er ist tot. Jedenfalls hat Robert – du weißt ja, was für ein künstlerisch begabter Mensch er war –»

«Nein, das ist mir vollkommen neu. Onkel Bob hat die meiste Zeit am Roulettetisch verbracht.» Und mit polyglottem Saufen in London, auf dem Kontinent und in Amerika, wo er Agatha kennengelernt hatte. Vielleicht war Agatha früher einmal hübsch und lustig gewesen, aber Melrose konnte sich beim besten Willen nicht daran erinnern oder es sich auch nur vorstellen. «Worauf willst du eigentlich hinaus?»

«Einfach darauf, daß Elizabeth St. Leger und ich uns bei der einen oder anderen Gelegenheit begegnet sind, und daß ich mir dachte, es wäre nett, sie mal anzurufen.»

Alarmiert setzte Melrose sich auf; ihm schwante Übles. «Und warum hast du das getan, Agatha?» Als ob er das nicht schon wüßte.

«Nun ja, als wir gestern über sie sprachen, hab ich eben gedacht, es wäre schön, eine alte Freundschaft aufzufrischen. Du solltest eines von diesen Rosinenbrötchen probieren, Plant. Sie sind Martha diesmal viel besser gelungen als sonst. Wahrscheinlich hat sie meinen Rat befolgt, das Backpulver...»

«Vergiß das Backpulver. Worüber habt ihr beide gesprochen?»

«Oh, über dies und das. Und weißt du was? Als ich diese Party erwähnte, und daß mein Neffe dazu eingeladen sei, hat sie geradezu darauf bestanden, Charlie Seaingham anzurufen –»

Sie hatte bis gestern noch nie von dem Mann gehört, und jetzt nannte sie ihn schon «Charlie».

«– und dann hat er darauf bestanden, daß ich mitkomme, und,

na ja...» Sie hob die Hände in einer hilflosen Geste, die ausdrücken sollte, daß sie es eben einfach nicht übers Herz brachte, eine freundschaftliche Bitte abzuschlagen.

Melrose betrachtete verdrossen diese Klette, die nun ein weiteres Rosinenbrötchen mit Marmelade bestrich und sich die Hälfte davon auf einmal in den Mund stopfte. «Das heißt also, daß du auch bei den Seainghams sein wirst.»

«Nun, unter Künstlern und Schriftstellern bin *ich* gewiß nicht fehl am Platz.»

«Wie schön. Ich dagegen werde mich höchstwahrscheinlich ziemlich fehl am Platze fühlen.»

«Du schreibst ja auch nicht, mein lieber Plant.»

Er blickte sie über seine Goldrandbrille hinweg an. «Willst du mir etwa erzählen, daß du immer noch an diesem Krimi schreibst, Agatha? Ich meine deinen ‹semidokumentarischen Roman› über die seltsamen Vorgänge damals in Long Pidd. Das ist vier Jahre her, und ich habe noch keine einzige Zeile gesehen.» Er widmete sich wieder seiner *Times*.

«Ich habe beschlossen, einen Artikel für die *Long Pidd Press* zu schreiben. Das heißt, es soll eigentlich eine Kolumne werden. Der Gedanke kam mir, als ich mich einmal per Leserbrief darüber beschwert habe, daß diese Withersby wieder sturzbetrunken mitten auf der Hauptstraße rumlag.»

«Mrs. Withersby ist meistens sturzbetrunken, aber ich sehe nicht, was dich das angeht. Außerdem bringt die *Long Pidd Press* nicht gerade die heißesten Nachrichten. Ich kann mir jedenfalls Interessanteres vorstellen als die prächtige Rosenzucht des Vikars oder die Ermahnungen, keine Bierflaschen in den Pidd River zu werfen. Wie soll deine Kolumne denn heißen?»

«Ich dachte, ich nenne sie vielleicht ‹Augen und Ohren›.»

«Das spricht bestimmt viele an. Augen und Ohren hat schließlich jeder.»

«Sei nicht so miesepetrig. Es soll eine Art soziologische Studie über Long Pidd werden. Immerhin ist es ein sehr altes Dorf, eines der ältesten in Northants. Und wenn ich die Leute interviewe und – tja, Augen und Ohren offenhalte...» Sie lachte verschmitzt.

«Klatsch, mit anderen Worten», sagte Melrose.

«Das ganz gewiß nicht! Ich kann wohl Besseres mit meiner Zeit anfangen.»

«Ich auch», sagte Melrose und raschelte mit seiner *Times*.

Dritter Teil

Schauplatz London

7

DER KATER CYRIL saß auf dem Fensterbrett hinter Fiona Clingmores Schreibtisch und beobachtete einen kleinen Käfer, der sich abmühte, vom Fensterrahmen in die lichteren Gefilde der Scheibe hinaufzukrabbeln, ohne zu ahnen, welch grausames Schicksal Cyril ihm zugedacht hatte. Chief Superintendent Racer hätte darin einen zutreffenden Analogiefall gesehen, dachte Jury – er, Racer, läge auf der Lauer, um Jury, den Käfer, in einem passenden Augenblick zu zerquetschen.

Fiona Clingmore, Racers Sekretärin, saß wie gewohnt auf ihrem Stuhl und widmete sich ihrer vormittäglichen Schönheitspflege. Es war eine erschöpfende Prozedur, die nicht einfach nur darin bestand, daß man etwas Rouge auftrug und sich das Haar toupierte, sondern vielmehr einer vollständigen Außenrenovierung gleichkam. Ihr schwarzes Wollkleid war über der Brust mit einem neuen Abnäher versehen worden, der offensichtlich dazu diente, die wogenden Massen darunter ein wenig zu bändigen. Jury bemerkte, daß ihre übliche schwarze Garderobe heute durch modische Strümpfe ergänzt wurde, die mit winzigen schwarzen Schmetterlingen verziert waren.

Fiona ließ ihre Puderdose mit einem kleinen Klicken zuschnappen und schenkte Jury ein strahlendes Lächeln. Dazu schlug sie herausfordernd ihre schick bestrumpften Beine übereinander, wodurch der Saum ihres Kleides ein paar Zentimeter nach oben rutschte. «Ich finde, es ist eine Schande, Sie so einfach aus Ihren Weihnachtsferien zurückzupfeifen. Wann haben Sie eigentlich das letzte Mal so richtig Urlaub gemacht?»

«Mit fünf. Da war ich in Brighton und habe Sandburgen gebaut. Aber keine Sorge. Ich mußte sowieso zurückkommen. Ist Wiggins im Lande?»

Sie nickte. «Ich hab ihn vor einer Weile im Gang rumschleichen sehn. Brauchen Sie ihn?»

«Ja, er könnte mir helfen.»

Sie seufzte. «Manchmal glaube ich, da sind Sie der einzige. Außer Ihnen scheint keiner mit ihm zusammenarbeiten zu wollen. Armer Al.»

Jury lächelte. «Vielleicht haben die anderen Angst, sich anzustecken.» Er warf einen Blick auf Racers Tür. «Vermutlich hat er mich schon vor zwei Stunden erwartet?»

Sie zog eine Grimasse. «Jetzt wird er Ihretwegen zu spät zum Lunch in seinem Club erscheinen. Sie wissen doch, wie er es haßt, wenn er nicht Punkt zwölf seinen Whisky-Soda bekommt.»

Kein Fall hatte Scotland Yard mehr Rätsel aufgegeben als Racers geheimnisvoller Aufstieg zum Chief Superintendent. Man hatte lange von Vetternwirtschaft gemunkelt, denn irgend jemand hatte herausgefunden, daß Racers Frau mit einem hohen Tier verwandt war. Dann war die Mär umgegangen, er wolle seinen Abschied einreichen. Und nun lag ein neues Gerücht in der Luft, und dieses Gerücht stank zum Himmel – es hieß, daß Racer die Treppe noch weiter hinauffallen und zum Deputy Assistant Commissioner ernannt werden sollte.

Die Aussicht, daß Racer seinen Mund bald noch weiter aufreißen durfte, schreckte alle außer Jury, der sich bereits daran gewöhnt hatte, wie Sisyphus seinen Stein den Berg hinaufzurollen, bis Racer ihm kurz vor dem Gipfel ein Bein stellte.

Als Jury eintrat, schlüpfte Cyril unbemerkt durch die Tür und nahm seinen Lieblingsplatz auf dem Fensterbrett hinter Racers Schreibtisch ein. Racer verabscheute «das räudige Vieh», wie er zu sagen pflegte. Cyril war alles andere als räudig. Er hatte weiße Pfoten und ein kupferfarbenes Fell, das er ausgiebig pflegte, wenn er nicht gerade damit beschäftigt war, den Chief Superintendent zu überlisten.

Racer nahm gerade seinen nagelneuen maßgeschneiderten

Mantel vom Kleiderständer. Es war Zeit für den Lunch in seinem Club. «Sie sind's!» Es klang, als bräche mit Jurys Erscheinen eine Naturkatastrophe über ihn herein. Er zog den eleganten Mantel über seinen perfekt sitzenden Maßanzug und fügte mit samtweicher Stimme hinzu: «Was für ein Jammer, daß wir Sie aus Glasgow, oder wo immer Ihre Schwester wohnt, zurückbeordern mußten, nicht wahr?»

Jury machte keinerlei Anstalten zu gehen, im Gegenteil, er setzte sich. Daß Racer seinerseits im Aufbruch war, kümmerte ihn nicht im geringsten. «Cousine. Und sie wohnt in Newcastle, nicht in Glasgow.»

«Welch ein Pech für die armen Glasgower», höhnte Racer. Dann wütete er: «Sie sollten sich heute morgen bei mir melden. Jetzt habe ich keine Zeit, ich muß zum Lunch.»

«Heute morgen saß ich noch im Zug.»

«Wenn Sie schon einmal in Urlaub gehen, können Sie da nicht wenigstens die Bezirkspolizei in Ruhe lassen? Sie haben Ihre Nase in deren Angelegenheiten gesteckt. Sie sollten es eigentlich besser wissen.»

Jury ließ sich Zeit für seine Antwort und sah aus dem Fenster. Cyril saß in majestätischer Ruhe da, den Schwanz um die Vorderpfoten drapiert. Sein Fell glänzte im fahlen Licht der Wintersonne. An der Wand neben dem Fenster hing das offizielle Porträt der Königin. Jury überlegte verträumt, ob Cyril immer noch dort sitzen würde, wenn alle Könige dieser Erde schon längst zu Staub zerfallen wären.

«Nun?» polterte Racer. «Ich hab nicht den ganzen Tag Zeit, Mann!»

Jury erwachte aus seinen Träumereien von katzenhafter Anmut. «'tschuldigung. Ich bin dort in Tyne und Wear auf etwas gestoßen, das wir uns ein bißchen näher ansehen sollten.»

Die Nachahmung eines Lächelns spielte um Racers Lippen. Wenn es etwas gab, das ihn mehr erfreute als der Lunch im Club und Mädchen, deren Vater er hätte sein können, dann waren das die langatmigen Vorträge über den Zustand der englischen Polizei, die er Jury zu halten pflegte. Er begann seine Ausführungen stets mit den Wachtruppen des frühen 19. Jahrhunderts, beschrieb die Aufstellung der lokalen Polizeieinheiten und ging dann zu den Fortschritten in puncto Verbrechensaufklärung über. «Sogar mit Mord werden sie dort fertig, Jury. Stellen Sie sich vor, auch im Nordosten Englands gibt es eine Polizei. Selbst im Tyne und Wear-Distrikt. Warum also stecken Sie Ihre Nase in Dinge, die Sie einen feuchten Kehricht angehen?»

Jury sagte nichts. Cyril ließ seinen Schwanz wie eine Peitsche durch die Luft sausen und gähnte.

«Nun? Sie halten mich seit einer guten Viertelstunde auf; ich sollte schon längst im Club sein. Was haben Sie zu Ihrer Entschuldigung zu sagen?»

Die gute Viertelstunde hatte Racer gebraucht, um Jury über die Geschichte der englischen Polizei in Kenntnis zu setzen, den Bau des Polizeigerichts in der Bow Street zu erwähnen und von den Gebäuden zu berichten, die früher in Whitehall für die schottischen Könige reserviert waren und später Scotland Yard seinen Namen gegeben hatten. «Nicht viel, außer daß ich nicht verstehe, was all das mit der Sache zu tun hat.»

«Na hören Sie mal! Das habe ich Ihnen doch eben lang und breit erklärt, junger Mann. Die Polizei von Northumbria ist durchaus in der Lage, mit einem Mord fertig zu werden – falls es Mord ist –, der vor ihrer eigenen Haustür stattgefunden hat. Auf *Sie* können die ganz bestimmt verzichten.» Und ich auch, klang es deutlich zwischen den Zeilen. Er schickte sich an zu gehen.

Aber Jury blieb sitzen und zündete sich mit stoischer Ruhe eine Zigarette an, was Racer sichtlich verärgerte, denn es bedeutete, daß Jury sich auf ein längeres Tauziehen einstellte. Die schnellste Methode, zum Ziel zu kommen, bestand darin, Racers Lunch hinauszuzögern. «Also, folgendes ist passiert...»

Jury begann zu erzählen, wie Helen Mintons Leiche gefunden worden war. Nach drei oder vier Minuten unterbrach Racer ihn. «Schon gut, schon gut. Sie brauchen mir nicht jede verdammte Einzelheit aufzuzählen. Sagen Sie schon, was Sie wollen. Sie wissen doch ganz genau, daß wir unsere langen Nasen nicht in die Angelegenheiten von Northumbria stecken können, wenn die uns nicht um Hilfe bitten.»

«Der Sergeant, mit dem ich gesprochen habe, scheint nichts dagegen zu haben – wie der Chief Constable dazu steht, weiß ich nicht. Jedenfalls kann es sein, daß sie meine Hilfe brauchen.»

«Ihre Hilfe, daß ich nicht lache!» Racer stutzte; er hatte Cyril entdeckt, der anmutig von seinem Sitzplatz hintergesprungen war. Der Chief Superintendent brüllte in die Sprechanlage, Fiona solle ihm den Mäusefresser vom Hals schaffen. Cyril umkreiste unterdessen den Schreibtisch und rieb sich an Jurys Bein, schnurrend wie ein kleiner Motor.

«Meine Hilfe», fuhr Jury ungerührt fort, «weil ich vielleicht der letzte war, der mit Helen Minton gesprochen hat. Ich warte noch auf das Ergebnis der Autopsie. Aber vorderhand würde ich mir gerne Helen Mintons Londoner Haus anschauen.»

«Sie wollen also einen Durchsuchungsbefehl?» Racer klopfte auf seine goldene Armbanduhr und hielt sie an sein Ohr, als habe Jurys Erscheinen womöglich sämtliche Uhren Scotland Yards zum Stillstand gebracht. «Dann holen Sie sich doch einen. Das ist kein Problem.»

«Wahrscheinlich brauche ich gar keinen, wenn das Haus bewohnt ist. Immerhin haben wir den Cousin bis jetzt noch nicht ausfindig machen können.»

In diesem Moment stieß Racer mit Fiona Clingmore zusammen, die in der Tür erschienen war, um Cyril zu holen. Racer wich nicht zurück, sondern blieb auf Körperkontakt und sagte mit der ihm eigenen Liebenswürdigkeit: «Wehe, wenn ich dieses räudige Mistvieh noch ein einziges Mal in meinem Büro vorfinde...» Hier gewann sein Interesse an Fionas üppigem Vorbau die Oberhand, und er lehnte sich noch fester gegen ihren Busen.

«Cyril gehört schließlich nicht mir, oder?» Sie ließ eine

Kaugummiblase dicht vor dem Gesicht ihres Chefs zerplatzen. «Ich kann nicht ständig auf ihn aufpassen.»

Jury wollte das Ende dieses Wortwechsels nicht abwarten und fragte, wo Wiggins sei.

«Im Krankenrevier», sagte Racer und zog sein Revers zurecht.

Jury seufzte. «Wir haben kein Krankenrevier.»

«Brauchen wir auch nicht. Wir haben ja Wiggins.»

Cyril schlüpfte zwischen Racers Beinen hindurch und baute sich vor der Tür zum Gang auf. Er leckte seine bereits makellos saubere Pfote, bis Racer nahe genug war, daß er zu einem Tritt ausholen konnte, dem Cyril mit einem graziösen Satz auf Fionas Schreibtisch entging, wo er sich gelassen wieder seiner Pfote widmete.

«Nur noch zwei Einkaufstage bis Weihnachten, und ich spür genau, daß ich mir was eingefangen habe», sagte Detective Sergeant Alfred Wiggins, dessen untere Gesichtshälfte mit einem Taschentuch maskiert war, als sei der bakteriologische Krieg ausgebrochen. «Ich muß noch Geschenke besorgen.»

Sie hatten den Wagen in einer sichelförmigen Seitenstraße der King's Road geparkt und waren auf den Sloane Square zumarschiert, als die glitzernd dekorierten Schaufenster von Peter Jones Wiggins daran erinnerten, daß er noch keine Geschenke gekauft hatte. In einem Schaufenster sah man gesichtslose Puppen, deren Körper in silbrig und schwarz schimmernden Kleidern steckten, was offenbar der diesjährigen Wintermode entsprach. Im nächsten hell erleuchteten Fenster war eine Krippe aufgebaut worden, die – wie in so schicken Stadtteilen wie Chelsea und Kensington nicht anders zu erwarten – um einiges prächtiger aussah als das ärmliche Ensemble im «Jerusalem Inn». Die Heiligen Drei Könige trugen fließende Gewänder aus Goldlamé und seidigem Stoff, als wären sie nicht gekommen, um dem Kind in der Krippe zu huldigen, sondern als rasteten sie hier auf dem Weg zu einem Rendezvous mit den gesichtslosen Mädchen im Nebenfenster.

«Es ist für meine Verwandten in Manchester – alles in allem haben sie wohl ein Dutzend kleiner Rangen. Ach, ich weiß nie so recht, was ich Kindern eigentlich schenken soll. Geht's Ihnen nicht genauso – ich meine, wo Sie doch auch keine haben?» Wiggins steckte sich eine Halspastille in den Mund. «Jedenfalls bin ich froh, daß die Schaufenster auch eine gewisse religiöse Note haben.» Marias Porzellangesicht sah aus, als sei es in Peter Jones' Kosmetikabteilung geschminkt worden.

«Wenn Sie's so nennen wollen», sagte Jury.

«Es ist ein bißchen übertrieben, nicht? Schauen Sie mal, wie die Geschenke der Heiligen Drei Könige eingepackt sind. Man könnte meinen, sie hätten sich in Bethlehem noch schnell Geschenkpapier und Schleifchen besorgt.» Wiggins nieste.

«Ein wenig von der Myrrhe würde Ihnen guttun», sagte Jury.

Die Erwähnung jedes ihm unbekannten Heilmittels ließ Wiggins aufhorchen. «Myrrhe? Ich hab immer gedacht, das wäre irgend so ein Parfumzeug. Sie wissen doch, wie allergisch ich gegen Parfums bin.» Seine Stimme klang vorwurfsvoll.

Jury wußte es. Wiggins war gegen fast alles außer Fish and Chips allergisch. «Ich glaube, Myrrhe wird auch als Medizin verwendet. Früher jedenfalls. Gut gegen Erkältungen. Und Grippe.» Jury hatte keine Ahnung, wozu das Zeug gut war, aber die Vorstellung, daß die Drei Weisen so vernünftig gewesen waren, eine Art Heilmittel mitzubringen, schien Wiggins ein wenig aufzuheitern. Jury merkte, daß er die Krippe mit neu erwachtem Interesse betrachtete: Er trat näher an das Fenster heran und war höchstens ein kleines bißchen traurig darüber, daß dort drinnen irgendein Säftchen, ein Amulett, ein Mittel gegen seine vielfältigen Gebrechen verborgen sein könnte, das für ihn unerreichbar war.

«Glauben Sie daran, Sir?» fragte Wiggins.

Vielleicht meinte er die Myrrhe, vielleicht Gott. Jury dachte an

Pater Rourke, der sein Leben damit verbrachte, solche Fragen zu beantworten. Und er grübelte darüber nach, ob der Dekorateur mit seinen Arrangements aus Flitterkram und neongrellen Heiligenscheinen nicht auch unbewußt eine große Hoffnungslosigkeit ausgedrückt hatte, indem er die Partyszene direkt neben den Drei Weisen angesiedelt hatte, als seien diese Teil eines einzigen, kitschigen Blendwerks.

Als Jury nicht antwortete, fügte Wiggins hinzu: «Man kommt ins Grübeln, nicht wahr?»

Jury blieb stumm. Er empfand plötzlich den Verlust von etwas Unersetzbarem, als sei ein Dieb auf leisen Sohlen aus der Dunkelheit herangeschlichen und habe ihm unbemerkt gestohlen, was immer es auch gewesen sein mochte, um sich dann über den Platz mit seinen bunten Lichterketten davonzumachen.

8

DAS HÜBSCHE HAUSMÄDCHEN, das ihnen am Eaton Place öffnete, trug eine adrette flaschengrüne Uniform mit weißen Manschetten, die ebenso blitzsauber wirkte wie der Türklopfer aus Messing. Aber die Augen des Mädchens waren rotgeweint, ihr Gesicht blaß und betrübt. Beim Anblick von Jurys Ausweis wurde ihre Miene noch trauriger. Ja, sie sei von der Polizei in Northumbria benachrichtigt worden. Die Eingangshalle hinter ihr lag im Dunkel, nur die trüben Strahlen einer Hängelampe mit Rauchglasschirm erhellten die Finsternis.

Ihr Name, sagte sie, sei Maureen Littleton, und sie sei die Haushälterin. Das überraschte Jury – sie war wirklich noch ausgesprochen jung. Er entschuldigte sich für die späte Störung und drückte sein Bedauern über die Umstände aus, die sie hierher geführt hatten. Doch vielleicht wäre es besser gewesen, sich weniger mitfühlend zu zeigen. Denn als Wiggins zu allem Überfluß auch noch sein Taschentuch hervorzog, war das Mädchen den Tränen gefährlich nahe. Um sie abzulenken, bat Jury um eine Tasse Tee.

«Sergeant Wiggins scheint krank zu werden, und mir täte eine Tasse auch ganz gut. Vielleicht könnten wir uns in der Küche unterhalten?»

Jurys sanftes Drängen und die Aussicht, eine kleine Routinearbeit zu erledigen, ließen Maureen bald ihre Selbstbeherrschung zurückgewinnen. Die warme, vertraute Umgebung der Küche im Souterrain tat ein übriges.

Bei der Zubereitung des Tees verschonte Jury sie mit unbequemen Fragen. Sie plauderten einfach über das Wetter und darüber, daß die Kinder sich wohl auf das schönste Weihnachtsgeschenk überhaupt freuen konnten: auf Schnee.

Sie nahmen an einem runden Tisch im Wohnzimmer der Haushälterin Platz, wo ein wärmendes Kohlenfeuer glühte. Maureen schenkte den dampfenden Tee in andächtigem Schweigen ein, ein Schweigen, das ihr bei dieser rituellen Handlung offenbar geboten erschien. In dem helleren Licht im Wohnzimmer wirkte sie älter, als Jury zunächst gedacht hatte, aber das mochte zum Teil auch an ihrer altmodischen Frisur liegen – sie trug ihr dunkelbraunes Haar ringsherum zu einer Rolle hochgesteckt wie eine Gouvernante aus der Zeit um die Jahrhundertwende. Dazu kamen das ungeschminkte Gesicht und, natürlich, die streng geschnittene Uniform. Diese hätte gut und gern eine ganz persönliche Form von Trauerkleidung sein können.

«Wie lange sind Sie schon bei Miss Minton?»

«Nun, eigentlich waren die Parmengers meine Dienstherren. Ich bin seit neunzehn Jahren hier im Haus. Helen – Miss Minton – war Mr. Parmengers Mündel. Ich war damals noch sehr jung. Ich habe als Küchenmädchen angefangen. Damals lebte Mr. Edward Parmenger noch. Mr. Frederick ist sein Sohn. Der Maler. Wir waren damals vier Bedienstete.» Es klang, als spräche sie über eine längst vergangene Epoche. «Es war zu der Zeit, als Miss Minton aufs Internat kam.»

Wiggins wollte schon sein Notizbuch zücken, steckte es aber auf Jurys Kopfschütteln hin wieder ein und zog statt dessen eine Tüte mit Hustenbonbons hervor.

«Sie kam also aufs Internat. Und Mr. Frederick?»

«O nein, Sir. Der ging in London zur Schule.»

Maureen Littleton konnte damals nicht viel älter als Helen Minton gewesen sein. «Ihr Dienstherr war also Helens Vormund.»

Maureen nickte. Ihr Gesicht nahm hinter dem Dampfschleier, der aus ihrem Teebecher aufstieg, wieder einen verschlossenen und traurigen Ausdruck an.

«Kannten Sie Miss Mintons Eltern?»

«Nur ihre Mutter. Ihren Vater nicht.»

«Schien ihr Onkel sie – gern zu haben?»

Sie senkte den Blick auf ihre Tasse, noch Jahre über den Tod des älteren Parmenger hinaus die treue Dienerin. Maureen war offensichtlich keine Klatschbase, schon gar nicht unter Umständen wie diesen. «Er war ein sehr... strenger Mann –»

Eine vorsichtige Umschreibung für Leuteschinder oder Sklavenhalter, dachte Jury.

«– und zeigte selten Gefühle, außer –»

Als sie stockte, half Jury nach: «Außer?»

Sie zuckte leichthin die Achseln, während sie Sergeant Wiggins, der ihr seine Tasse hinhielt, Tee nachschenkte. «Nun ja, ab und zu konnte er schon ein bißchen wütend werden.»

Ein Choleriker, mit anderen Worten. Aber Maureen ließ sich nicht dazu bewegen, weiter ins Detail zu gehen. «Was Miss Helen betrifft – ich glaube, die anderen Bediensteten und ich haben nie ein böses Wort von ihr zu hören bekommen. Weder als sie jung war, noch als sie...» Wieder mußte sie das Gesicht abwenden.

«Es ist doch ein wenig seltsam, daß Mr. Parmenger das Haus Helen Minton und nicht seinem eigenen Sohn vermacht hat.»

Maureen sah das nicht so. «Sehen Sie, Mr. Frederick...» Sie machte eine Handbewegung, als wäre Mr. Fredericks berufliche und finanzielle Stellung Erklärung genug. «Er hat seine eigene Wohnung. In St. John's Wood. In der Nähe von Keats' Haus. Keats, der Dichter», ergänzte sie zu Jurys besserem Verständnis. «Die Wohnung ist zwar ziemlich klein, aber er meint, das Licht darin sei gut. Er kam manchmal zum Abendessen zu Miss Helen. Er ist ein großer Maler, aber ich versteh nicht viel von solchen Sachen.» Maureen hatte sichtlich Ehrfurcht vor Mr. Frederick – wie wahrscheinlich vor all jenen Größen, deren Namen aus irgendwelchen Gründen in der Zeitung standen, ob es sich nun um Künstler, Rockmusiker oder Filmstars handelte.

«Die beiden standen also in gutem Einvernehmen miteinander?»

Sie schien ganz verdutzt darüber zu sein, daß Jury eine andere Möglichkeit überhaupt in Betracht zog. «Ihr Tod wird ihn umbringen», sagte sie schlicht.

Das überraschte Jury. Helen Minton hatte nicht den Eindruck gemacht, als glaubte sie, daß von ihrer Existenz oder Nichtexistenz das Leben eines anderen abhinge. «Und weiter?» fragte er.

«Nichts weiter.»

Redselig war Maureen bestimmt nicht. Jury lächelte ihr zu. Er hatte damit bei verstockten Frauen schon oft Erfolg gehabt und sie in Plauderstimmung versetzt. Und Maureen war dafür ebenso empfänglich wie Wiggins für die Verlockungen des federleichten Biskuitkuchens, den sie zum Tee gereicht hatte. Er verdrückte bereits sein zweites Stück.

«Sie glauben also, Frederick Parmenger hat – hatte – seine Cousine sehr gern.»

«Ja, das glaube ich.» Sie schenkte sich und Jury noch etwas Tee ein und hing ihren Erinnerungen nach. Von dem Augenblick an, als Helen das Haus betrat, seien die beiden ein Herz und eine Seele gewesen. Einfach unzertrennlich. «Bis sie aufs Internat kam. Er hat ihr das Malen beigebracht oder es zumindest versucht. Sie bekam aber nie so richtig den Dreh raus. Aber er, er war ein Genie, schon als kleiner Junge. Ich war damals natürlich noch nicht hier, aber Mrs. Petit – die Köchin – hat's mir erzählt. ‹Er ist ein Genie.› Das waren ihre Worte.»

Ob Maureen oder Mrs. Petit verstanden hatten, was das bedeutete? Das Wort allein genügte; es schwebte im Raum wie der Wohlgeruch guten Essens.

«Oben hängen viele Bilder von ihm. Sie sollten sie sich einmal anschauen.»

«Ich würde mir gerne das ganze Haus ansehen, wenn es Ihnen nicht zu viele Umstände macht.»

Für ihn, sagte ihr Blick, wäre ihr nichts zuviel. Das Geplauder mit Jury und der Anblick des Kuchen essenden Wiggins hatten Maureen merklich beruhigt. Die Tatsache, daß ein Inspektor von Scotland Yard den Tod ihrer Herrin untersuchte, schien sie nicht weiter zu verwundern. Für Maureen waren plötzlicher Tod und Polizei gleichbedeutend.

Als Jury erneut auf den älteren Parmenger zu sprechen kam, nahm ihr Gesicht wieder den verschlossenen Ausdruck an.

Aber Jury glaubte, den Schlüssel zu dieser Tür zu kennen. «Wissen Sie, Maureen, ich kannte Helen Minton.»

SIE SETZTE SICH KERZENGERADE AUF. Jury war nun nicht mehr der Polizist, der eine Routineuntersuchung durchführte, sondern so etwas wie ein Seemann, der von einem Törn gekommen ist, um seinem Zuhörer die erstaunliche Mär zu erzählen, er sei in einem fremden Hafen auf dessen lange verschollenen Bruder getroffen. «Es war eine zufällige Begegnung. Ich kannte sie im Grunde nur flüchtig.»

«Ach, sie war ja so ein liebenswerter Mensch.» Sie fixierte Jury mit einem beunruhigten Blick. «Aber warum stellen Sie mir eigentlich all diese Fragen?» Erst jetzt schien ihr aufzugehen, daß wohl kaum ein Superintendent von New Scotland Yard zu ihr käme, wenn die Frau eindeutig eines natürlichen Todes gestorben wäre.

Jury antwortete ihr nicht direkt. «Ich wollte etwas über ihr Verhältnis zu ihrer Familie erfahren – zu ihrem Onkel, ihrem Cousin oder sonst jemandem, der vielleicht einen Groll gegen sie gehegt haben mag.» Wiggins zog jetzt diskret sein Notizbuch hervor, ohne daß Jury ihn diesmal daran gehindert hätte.

«‹Groll›?» Maureen blickte von einem zum anderen, sah, daß sie es ernst meinten, und lachte gezwungen. «Das klingt ja fast, als glaubten Sie, Miss Helen sei...» Sie brachte das Wort nicht über die Lippen.

Jury sprach es aus. «Ermordet worden? Diese Möglichkeit besteht, ja.»

«Das ist doch Unsinn!» Ihr dünnes Lachen klang weit weniger überzeugend als ihre Worte. «Niemand hätte Helen Böses gewünscht.» Freundschaft siegte über Förmlichkeit, sie vergaß, «Miss» zu sagen. «Sie hatte keine Feinde; allerdings auch kaum Freunde. Ich meine, sie ging nicht viel aus und bekam selten Besuch.»

«Sie hatte ihren Cousin.»

«Mr. Frederick? Das ist was anderes.»

«Wissen Sie, wo er ist? Wir haben ihn bisher noch nicht ausfindig machen können. Die Polizei in Northumbria würde sich gerne mit ihm unterhalten.»

Sie schüttelte den Kopf. «Er ist oft im Ausland. In Frankreich und so.» Maureen schien nicht viel vom Ausland zu halten.

«Als Helen nach dem Tod ihrer Eltern hier aufgenommen wurde – kam sie da gut mit Edward Parmenger aus?»

Maureen antwortete nicht; sie beobachtete Wiggins, der mit seinem Füller eifrig drauflos kritzelte, und nahm es ihm sichtlich übel. Wiggins sah auf, bemerkte ihren mißbilligenden Blick und legte sein Notizbuch beiseite. «Haben Sie den Kuchen selbst gebacken, Miss? Es ist der beste, den ich je gegessen habe. Und ich bin ziemlich wählerisch, was das Essen angeht, besonders bei süßen Sachen.»

Jury wandte das Gesicht ab, um ein Grinsen zu verbergen. Als getreuer, gewissenhafter und unermüdlicher Schreiber von Notizen war Wiggins unersetzlich. Und in letzter Zeit hatte er zudem noch seinen Charme aufpoliert.

Sein Lob schien zu wirken, denn Maureen legte ihm geschmeichelt ein neues Stück Kuchen auf den Teller. Mit vollem Mund nahm Wiggins das Gespräch dort auf, wo Jury steckengeblieben war: «Dieser Mr. Edward Parmenger – ich hab irgendwie das Gefühl, daß er das Mädchen nicht besonders mochte. Was meinen Sie?»

Sergeanten waren ihr offenbar weniger unheimlich als Superintendenten – zumindest wenn sie schon die dritte Portion Kuchen verspeisten –, jedenfalls antwortete sie: «Wie gesagt, er schien ihr ein bißchen die kalte Schulter zu zeigen. Aber er war eben ein sehr harter Mann, wenn ich ehrlich sein soll.»

«Sie meinen, er war zu jedem so?» fragte Wiggins, während er mit der Gabel die letzten Kuchenkrümel aufpickte.

«Nein, das nicht gerade.»

«Was meinen Sie dann, Miss?»

«Er mochte sie nicht. Mrs. Petit sagte immer, er habe sie nicht leiden können.»

«Mrs. Petit ist die Köchin, nicht?»

«Ja, aber sie lebt nicht mehr. Jedenfalls sagte sie immer, Miss Helen täte ihr leid.»

Jury rauchte, starrte ins Feuer und wartete auf die entscheidende Frage: Warum hatte Parmenger sie dann überhaupt aufgenommen?

«Könnte ich vielleicht noch eine Tasse Tee haben?» Wiggins konnte mitunter in seinem Bestreben, Zeugen durch Schmeicheleien Antworten zu entlocken, zu weit gehen.

Während Maureen dem Sergeanten den Rest des Tees einschenkte, fragte Jury: «Wie alt war sie damals? Und wo lag dieses Internat?»

«In Devon. Es war eine sehr *teure* Schule», sagte sie mit einer Betonung, die andeuten sollte, daß Edward Parmenger zwar mit seiner Liebe geknausert haben mochte, aber nicht mit seinem Geld. «Miss Helen war ungefähr fünfzehn. Sie war ein oder zwei Jahre dort. Dann hat Mr. Edward sie wieder vom Internat genommen.»

«Warum?»

Sie schüttelte den Kopf. «Ich weiß nicht. Ich kam damals kaum je aus der Küche heraus. Mrs. Petit hat zwar so einiges erzählt, aber ich habe nie erfahren... Jedenfalls hab ich mir nichts dabei gedacht.»

O doch, das haben Sie, dachte Jury. «Hatten Sie nicht das Gefühl, daß vielleicht ein... Skandal dahintersteckte?»

«Nein, Sir, gewiß nicht!»

Jury mußte lächeln. Sie war so viel jünger als die altvertrauten Vertreter ihrer Zunft – etwa eine Mrs. Petit oder Melrose Plants Butler Ruthven. Dennoch glich sie ihnen. Ein Verehrer alten Stils, fand Jury, hätte ihr gut angestanden. Ihr Anblick gemahnte ihn irgendwie an die längst vergangenen Tage des gloriosen Empire. In Wiggins brachte sie offenbar eine andere Saite zum Klingen: Seinem faszinierten Blick nach zu urteilen, stand zu vermuten, daß er ihretwegen sogar sein Füllhorn von Medikamenten vergessen hätte.

«Falls unser Verdacht zutrifft... um es klipp und klar zu sagen: Falls Miss Helen ermordet wurde, wollen Sie doch sicherlich, daß der Schuldige seiner Bestrafung zugeführt wird.» Nun benutzte er selbst einen altertümlichen Ausdruck.

Sie richtete sich empört auf. «Natürlich will ich das! Aber ich kann doch nicht...» Sie unterbrach sich.

Jury wartete, aber Maureen schwieg.

«Ich habe den Eindruck, daß Edward Parmenger das Mädchen gegen seinen Willen bei sich aufnahm. Fühlte er sich aus irgendeinem Grund dazu verpflichtet?» fragte Jury schließlich.

«Wenn *ich* noch ein Kind wäre und *meine* Mutter stürbe» – sie bekreuzigte sich –, «dann würde ich doch auch hoffen, daß jemand mich bei sich aufnimmt. Ich habe kaum noch Verwandte. Bloß eine alte Tante in der Grafschaft Clare.» Sie errötete. Die

Maureens dieser Welt blieben nüchtern und sachlich und belästigten andere nicht mit ihren Problemen. Sie räusperte sich und fuhr mit leiser Stimme fort. «Ich wollte nur sagen, ja, es war eine Art Verpflichtung.» Sie sah Jury aus traurigen Augen an. «Es hieß, Helens Vater hätte sich umgebracht. Und dann ist ihre Mutter gestorben, wahrscheinlich an gebrochenem Herzen.» Auch das war typisch: der Hang zur romantischen Verklärung.

«Edward Parmenger hat sie also bei sich aufgenommen, schien das aber nicht gerne zu tun?» Jury beugte sich über den Tisch und legte ihr die Hand auf den Arm. «Ich vermute, daß Edward Parmenger Helen Minton loswerden wollte», fuhr er fort, «und sie auf dieses teure Internat schickte, weil er sie nicht gerne in der Nähe seines Sohnes sah. Die beiden mochten sich sehr – und sie waren Cousin und Cousine. Zudem war Helen ein hübsches Mädchen. Und ihr Vater war wohl kein sehr charakterfester Mann...» Er wartete; seine Hand blieb auf ihrem Arm liegen. Wiggins machte seine Notizen und warf Jury zwischendurch ganz gegen seine Art finstere Blicke zu.

Sie seufzte und ergriff den Schürhaken, um im Kamin herumzustochern. Doch Jurys Hand hielt sie am Platz fest, so daß sie nicht an das Feuer herankam und ihre Bemühungen schnell wieder aufgab. «Ihr Vater war Mr. Edwards jüngerer Bruder. Er trank zuviel und spielte. Er arbeitete für Mr. Edward und hinterging ihn, indem er – wie sagt man? – ‹die Bücher frisierte›.»

«Sie meinen also, der gute Onkel Edward hat dann Miss Minton dafür büßen lassen?» fragte Wiggins.

«Es sah jedenfalls so aus. Andererseits mochte er seine Schwägerin wirklich gern. Das war auch kein Wunder. Helen – ich meine Miss Helen war ihr in allem sehr ähnlich. Auch im Aussehen. Sie war ein stiller Typ. Und als alles über ihren Mann herauskam, hat es Miss Helens Mutter einfach umgebracht, und dann drohte Mr. Edward auch noch mit dem Gericht und...» Maureen hob die Hände in einer hilflosen Geste.

«Und als alles so tragisch endete, wollte er vielleicht sein Gewissen beruhigen, indem er sich Helens annahm», sagte Jury.

«Aber er wollte sie nicht um sich haben. Deswegen hat er sie aufs Internat geschickt.» Aber das ist noch nicht die ganze Geschichte, dachte er.

Sie wandte das Gesicht ab. Jury hatte Mitleid mit ihr. Er bemerkte erst jetzt, daß im Verlauf des Gesprächs die Jahre zusammen mit der ganzen Förmlichkeit von ihr abgefallen waren: unsichtbare Hände schienen ihren Kragen und ihre Haarnadeln gelöst zu haben; eine dunkle Haarsträhne hing über ihre Wange, und der Kamm, der die Frisur am Hinterkopf hielt, war verrutscht. Sie starrte ins Feuer und sagte leise: «Ach, das arme Mädchen.»

«Er wollte seinen Sohn Frederick von ihr fernhalten.»

Sie schüttelte müde den Kopf. «Ich bin wirklich ganz offen zu Ihnen. Ich weiß es nicht.»

Es mochte noch nicht die ganze Geschichte sein, aber Maureen Littleton war am Ende ihrer Kräfte. Jury erhob sich. Wiggins tat es ihm widerstrebend nach. Er hatte sich so sehr an Maureens Anblick geweidet und hingebungsvoll seine Füße am prasselnden Feuer gewärmt, daß er sogar vergessen hatte, sich weiterhin Notizen zu machen. «Danke, Maureen. Sie haben uns ein gutes Stück weitergeholfen. Bemühen Sie sich nicht. Wir finden allein hinaus.»

Augenblicklich verwandelte sie sich wieder in die adrette, pflichtbewußte Haushälterin. Frisur, Kragen und Uniform wurden zurechtgerückt, das Gesicht nahm wieder einen dienstbeflissenen Ausdruck an, und ein *Auf gar keinen Fall, Sir* hing unausgesprochen in der Luft.

Es war ein schönes Haus; die Schatten in der schwach erleuchteten Eingangshalle fielen ebenso schwer herab wie die dunklen Vorhänge an den hohen Fenstern von Helen Mintons Wohnzimmer, an dem ihr Weg zur Haustür vorbeiführte. Auch im Wohnzimmer brannte ein Feuer, und Jury sah den kleinen Kopf eines Dackels in die Höhe fahren, der den Geruch von Fremden witterte.

«Er gehört ihr», sagte Maureen. Sie betraten das Zimmer, und der kleine Hund rappelte sich mühsam auf, als wäre sein Gewicht oder seine Trauer zu schwer für seine Beine. Er hatte auf einer alten Decke vor einem ledernen Ohrensessel gelegen, der am Feuer stand. «Er will einfach nicht dort weg. Ich bringe ihn immer in mein Wohnzimmer, damit er da vor dem Feuer liegt, aber sobald ich mal nicht aufpasse, quält er sich die Treppe rauf und kommt wieder hierher. Sie hat nach dem Abendessen immer dort gesessen. Und was für große Stücke sie auf den alten Hund gehalten hat!» Maureen warf dem Dackel einen hilflosen Blick zu. «Er ist fast blind. Er wird bald sterben.» Sie sagte es mit der Entschiedenheit eines Arztes, dessen Diagnose unerschütterlich ist.

Sie standen vor der Tür in der Dunkelheit. Maureen hatte die Arme über der Brust verschränkt und zitterte in ihrer dünnen Uniform. Wiggins drängte sie, doch wieder hineinzugehen, bevor sie sich den Tod holte. Jury blickte über die Straße auf die schlichte Fassade der Church of Scotland. Ihr gelblichweißer Anstrich hatte im Mondlicht etwas ungesund Fahles. Er störte sich an ihrer Schmucklosigkeit. Nicht die Spur einer Verzierung, keine bunten Fensterscheiben, nur diese Krankenzimmerfarbe. Der Gott der Schotten, dachte er voller Widerwillen, hätte sich ruhig etwas mehr Mühe geben können. Diese Presbyterianer, dachte er verächtlich, und fragte sich dann ein wenig beschämt, ob das überhaupt stimmte. Waren wirklich alle Schotten Presbyterianer? Hätte er das nicht wissen sollen? Er war wütend auf sich. Wenigstens soviel Allgemeinbildung mußte ein Superintendent haben. Wußte er denn überhaupt etwas Nützliches? Er konnte sich beim besten Willen auf nichts besinnen. Aber diese eine Frage mußte jetzt und auf der Stelle geklärt werden. Er würde Wiggins fragen, der kannte sich mit so etwas aus. «Wiggins!»

Sergeant Wiggins fuhr herum. Jury hatte ihn aus einem anregenden Gespräch über das bevorstehende Weihnachtsessen aufgescheucht. «Sir?»

«Ach, nichts.»

Wiggins nahm sein Gespräch mit Maureen wieder auf. «In meinem Beruf muß man natürlich immer mit allem rechnen, aber falls ich Weihnachten hier bin... ich würde mich freuen. Aber ich esse am liebsten ganz einfache Gerichte...»

Jury überlegte, wer da wen zum Essen einlud, was seinen Hader mit Gott immerhin so weit besänftigte, daß er sogar ein wenig lächelte.

«...fritierte Scholle mit Chips, damit liegen Sie bei mir immer richtig», fuhr Wiggins fort. «Ich weiß, das klingt einfallslos, aber...»

«Mit Erbsenpüree», sagte Maureen fröhlich.

Jurys Blick fiel wieder auf die Kirche, und die beruhigende Wirkung der harmlosen Debatte über die Vorzüge von pürierten gegenüber ganzen Erbsen verflog. *Nur ein einziges lausiges Buntglasfenster, wäre das etwa zuviel verlangt? Ist Dir denn jedes bißchen Schmuck zuwider? Wie kannst Du erwarten, daß die Leute angesichts dieser kahlen käsebleichen Fassade Hoffnung schöpfen?* Er hatte den beiden noch immer den Rücken zugewandt, als er sich plötzlich sagen hörte: «Sie war wie eine Schwester für Sie.»

Das Gespräch verstummte. Er hörte Maureen aufschluchzen und drehte sich beschämt um. Er hatte das nicht laut sagen wollen. Aber während ihres Gesprächs vorhin hatte er immer wieder daran denken müssen: zwei gleichaltrige Mädchen, die eine Hausmädchen, die andere Waise, beide hübsch, freundlich und ernsthaft und beide – da war er sicher – einsam. «Tut mir leid», murmelte er, schmerzlich berührt von der Unzulänglichkeit seiner Worte, und wandte sich ab, um mit wiedererwachtem Zorn die Church of Scotland zu betrachten. *Schau, was Du angerichtet hast!*

Er merkte, daß Maureens Hand sanft wie der herabrieselnde Schnee seinen Arm berührte, und in ihrer Stimme schwangen Trauer, Zärtlichkeit und Zorn mit, als sie sagte: «Es stimmt, sie war wie eine Schwester für mich. Aber ich schwöre, daß ich nicht weiß, was geschehen ist. Wenn Sie recht haben, und jemand hat – hat schuld an ihrem Tod, nun, ich halte mich für eine gute Katholikin, aber ich glaube nicht, daß ich auf Gottes Rache warten würde. Nein, wenn mir der Mörder in die Finger geriete, ich würde ihn eigenhändig umbringen. Und das ist die Wahrheit.»

Jury starrte auf die Church of Scotland und dachte nach. Er wurde immer ungehaltener, weil er spürte, daß zwar sein Zorn nachließ, nicht aber seine Traurigkeit. Dieses Haus erinnerte ihn zu sehr an jenes andere Haus am Dorfanger von Washington.

«Wer zum Teufel», sagte er und räusperte sich, «wer zum Teufel ißt schon gerne Erbsenpüree?»

9

«Natürlich feiere ich Weihnachten nicht», sagte Mrs. Wasserman, während sie Jury eine Tasse von ihrem starken Kaffee einschenkte. «Sie wissen ja...» Und sie lächelte und zuckte die Achseln, als hätte sie ihre eigene Religion aus einer Laune heraus beim Einkaufsbummel erstanden. «Aber das heißt nicht, daß ich anderen, denen Weihnachten etwas bedeutet, keine Geschenke mache.»

Sie saßen in Mrs. Wassermans Kellerwohnung, tranken Kaffee und aßen Kuchen. Er war müde nach dem langen Besuch am Eaton Place, und doch hatte er nicht bedauert, daß sie ihn vom Fenster aus gesehen und eingeladen hatte. Jury mochte die zwei Etagen zu seiner leeren Wohnung nicht hinaufgehen. Vielleicht sollte er Cyril adoptieren; Mrs. Wasserman würde ihn bestimmt gerne füttern, so wie sie es auch mit Jury tat, wann immer sie Gelegenheit dazu hatte.

Sie war erstaunt gewesen, ihn zu sehen, denn er hatte ihr erzählt, er verbringe die Feiertage bei seiner Cousine in Newcastle.

Erstaunt und erfreut. Jury garantierte nämlich ihre Sicherheit. Die Riegel, Schlösser, Ketten und Gitter an ihrer Tür – die er in der Mehrzahl eigenhändig angebracht hatte – waren kein Vergleich zu einem leibhaftigen Superintendent von Scotland Yard, der über einem wohnte und nun sogar am selben Tisch mit einem saß.

Eine Weile lang war sie behaglich auf ihrem Stuhl hin und her gerutscht und hatte über das Weihnachtsfest geplaudert; jetzt beugte sie sich zu ihm herüber und senkte die Stimme zu einem Flüstern, als hielten die Riegel und Gitter nicht nur Diebe fern, sondern auch Jahwe, den Gott der Juden: «Ehrlich gesagt, ich mag Ihr Weihnachten.» Als hätte Jury das Fest erfunden. «All diese Dekorationen, die bunten Lichter, und dann sehe ich immer so gerne, wie Prinz Charles die Lichter an dem großen Weihnachtsbaum einschaltet... Und Selfridge's! Haben Sie die Schaufenster gesehen?» Jury schüttelte den Kopf. «Sie müssen sie sich einfach ansehen! Ich weiß ja, Sie haben viel zu tun, aber nehmen Sie sich mal ein bißchen Zeit. Die haben dort die ganze Weihnachtsgeschichte aufgebaut, von Fenster zu Fenster, und man geht um das Gebäude herum und sieht die Drei Weisen aus dem Morgenland, das Christkind und so weiter!»

Jury lächelte. «Bei Peter Jones haben sie die Drei Weisen auch. Die kommen ganz schön in der Weltgeschichte rum.»

Mrs. Wasserman winkte verächtlich ab. «Ach, dieser Laden... Nur weil er am Sloane Square ist... nein, nein. Selfridge's müssen Sie sich ansehen. Das sind vielleicht Schaufenster, Mr. Jury.»

Er dachte an die Drei Weisen und an Maureen und die Church of Scotland.

«Entschuldigen Sie, aber Sie sehen ein bißchen niedergeschlagen aus. Das liegt bestimmt an Ihrer Arbeit. Hier, nehmen Sie noch ein Stück Kuchen.»

Er schüttelte den Kopf und lächelte. «Wahrscheinlich liegt es wirklich an meiner Arbeit. Tut mir leid.»

«Es tut Ihnen leid? *Sie* entschuldigen sich bei *mir*?» In gespieltem Entsetzen spreizte sie die Finger über ihrem ausladenden, in

Schwarz gehüllten Busen. Ihr Haar war ebenso schwarz wie ihr Kleid und wie immer straff nach hinten gekämmt und in einem Knoten zusammengefaßt, der so fest war, daß Jury oft dachte, der Kopf müsse ihr davon weh tun. «Bei mir entschuldigt er sich», sagte sie zu dem leeren Stuhl neben Jury wie zu einem dritten Besucher. Sie schenkte Kaffee nach. «Nach allem, was Sie für mich getan haben, müssen Sie sich bestimmt nicht entschuldigen, wenn Sie einmal niedergeschlagen sind.»

«Danke. Aber so viel habe ich ja gar nicht getan. Ich habe Ihnen lediglich geholfen, ein paar Fenstergitter und ein Riegelschloß anzubringen.»

Mrs. Wasserman stellte die Kaffeekanne ab und wandte sich erneut an den unsichtbaren Dritten. «Nur ein Schloß, sagt er.» Sie schüttelte traurig den Kopf über Jurys scheinbare Einfalt. «Sie haben mir schon so viel geholfen, seitdem Sie hier eingezogen sind. Hatte ich nicht sogar Angst, mit der U-Bahn zu fahren?» Sie nippte an ihrem Kaffee. «Und eines Tages werden Sie ihn finden, das weiß ich.»

Nach all dem Geplauder über weihnachtliche Schaufenster dauerte es einen Augenblick, bis Jury klar wurde, wen sie meinte: nicht Gott sollte er finden, sondern den gnadenlosen Verfolger, der nach Mrs. Wassermans Überzeugung seit Jahren hinter ihr her war. Jury wußte jedoch, daß es diesen Mann gar nicht gab.

Aber für Mrs. Wasserman existierte er. Seit ihrer Flucht aus Polen während des Zweiten Weltkrieges hatte sich sein Bild unauslöschlich in ihre Seele eingebrannt. Sie nannte ihn den Alten Krieg, als würde sie zwischen bedeutsamer Vergangenheit und flüchtiger Gegenwart unterscheiden. Den Vietnamkrieg hielt sie für ein dummes und überflüssiges Scharmützel. Die haben alle eine Schraube locker, hatte sie über die Verantwortlichen in Amerika gesagt. Verglichen mit dem Zweiten Weltkrieg zählte Vietnam nicht. In Jury aber sah sie trotz des Altersunterschiedes einen Verbündeten. Er hatte den Alten Krieg als Kind erlebt, sie selbst war damals eine junge Frau gewesen. Er fragte sie nie nach ihren Erlebnissen in Polen, und sie hatte ihm nur ein paar belanglose Familienfotos gezeigt, die nichts mit dem Krieg zu tun hatten. Was immer auch die Ursache für ihren Verfolgungswahn war, er lag schwer auf ihrer Seele und nährte sich von der Dunkelheit wie die Pflanze dort in der Zimmerecke, die selten Licht bekam. Und deshalb hielt Mrs. Wasserman die Vorhänge geschlossen und die Tür verriegelt und mit Ketten gesichert.

Es war jedoch ein gewaltiger Trost für sie, daß Jury ihr zu glauben schien. Jedesmal wenn sie ihren Jäger wieder gesehen hatte – und das kam sehr häufig vor –, hatte Jury sich den Mann beschreiben lassen. Die Beschreibung paßte allerdings auf jeden Dritten, der die Straße hinunterlief.

Nun erklärte sie dem unsichtbaren Besucher, daß der Inspektor viel zu bescheiden sei. Und daß sie stets eine Todesangst gehabt habe, ihre Wohnung zu verlassen, bevor er oben im zweiten Stock eingezogen war.

Das stimmte. Bis sie einmal in seiner Begleitung zur Camden Passage, zu den Märkten und zur U-Bahn gelaufen war, hatte sie sich höchstens einmal die Woche auf die Straße getraut, um ins nächstgelegene Geschäft zu huschen und das Notwendigste einzukaufen.

Und obgleich sie gewohnheitsmäßig durch einen Spalt im Vorhang nach Jury Ausschau hielt und immer wußte, ob er zu Hause war oder nicht, hatte Mrs. Wasserman stets größtes Taktgefühl bewiesen und seine Privatsphäre respektiert. Nicht ein einziges Mal hatte sie versucht, sich in seine Privatangelegenheiten einzumischen – im Gegensatz zu seiner Cousine und seinen Kollegen mit ihrem ewigen *Was du brauchst, ist eine Frau, ein Mädchen, eine Katze, ein Hund oder sonstwas.*

«... in gewisser Weise ist es auch deprimierend.» Sie sprach wieder über das Weihnachtsfest. «So viel Flitterkram, so viel Rauschgold.» Sie zuckte die Achseln. «Ist es wahr, daß zu Weihnachten mehr Leute Selbstmord begehen als sonst?»

Jury nickte. «Es ist wahr.»

Sie trank ihre Tasse leer. «Das ist traurig. Viel zu traurig, als daß man an Weihnachten wirklich glücklich sein könnte. Das muß doch schwer sein für euch Christen.»

Es war mehr eine Frage als eine Feststellung, und da sie befürchtete, taktlos gewesen zu sein, wandte sie sich errötend ab.

Jury lächelte. «Ich weiß ja nicht mal, ob ich einer bin. Ich war seit Urzeiten nicht mehr in der Kirche.»

«Wir könnten doch gehen», sagte sie unvermittelt.

«Was?»

Sie war schon aufgesprungen. «Kommen Sie. Nur für ein paar Minuten, das wird Ihnen nicht schaden. St. Stephens ist gleich um die Ecke.»

Jury traute seinen Ohren nicht. «Aber Mrs. Wasserman! Ich meine – dürfen Sie das denn?»

Flehend wandte sie sich mit ausgestreckten Armen an den leeren Stuhl. «Ob ich *darf*, fragt er allen Ernstes. Ob ich *darf*! Wer sollte es mir denn verbieten – die Polizei vielleicht?» Sie konnte gar nicht mehr aufhören zu lachen, so gut gefiel ihr der Witz. Während sie ihren Hut mit einer Nadel feststeckte und sich dann von Jury in den Mantel helfen ließ, sagte sie: «Mr. Jury, nach allem, was wir beide durchgemacht haben, können wir uns solche Haarspaltereien doch sparen, oder?»

Das schrille Klingeln des Telefons riß Jury am nächsten Morgen aus dem Schlaf. Als er zum Hörer griff, fiel sein Blick auf den Wecker – es war fast Mittag! Das kann doch nicht sein, dachte er. Das alte Ding mußte kurz vor Mitternacht stehengeblieben sein. Er packte und schüttelte ihn, um ihn wieder zur Vernunft zu bringen, aber der Wecker tickte ungerührt vor sich hin, als habe er überhaupt nichts damit zu schaffen, daß sein Besitzer den Frühzug nach Newcastle verpaßt hatte.

«Verdammt», schimpfte dieser leise in den Hörer, direkt in das muschelförmige Ohr von Chief Superintendent Racer am anderen Ende der Leitung.

«Es ist schon schlimm genug, daß Sie bis Mittag schlafen, Jury», fauchte Racer, «aber daß Sie auch noch Ihren Vorgesetzten anschnauzen, ist eine Unverschämtheit!»

«Ich habe mit meinem Wecker gesprochen.»

Es folgte ein kurzes Schweigen, währenddessen Racer, wie Jury sehr wohl wußte, fieberhaft nach einer möglichst schlagfertigen Erwiderung suchte.

Das Ergebnis seiner Überlegungen war matt: «Legen Sie sich doch 'ne Katze zu, Jury.» Dann folgte ein dumpfes Geräusch in Racers Büro, und Jury glaubte ein leises, aber drohendes Fauchen zu hören. «Es ist nicht gut, so ganz alleine zu leben. Sie können Fionas Mäusefresser haben.»

«Cyril hängt doch viel zu sehr an Ihnen. Haben Sie mich etwa deswegen angerufen? Weil Sie meine und Cyrils Zukunft mit mir besprechen wollten?» Jury hielt sich den Kopf. Warum fühlte er sich nur so verkatert? Er hatte gestern nicht ein einziges Bier getrunken. Aber vielleicht war der Kirchgang dran schuld. Die Galle kam einem da hoch, das ganze Gift, das man mit sich herumgetragen hatte... Racer ließ unterdessen seinerseits Schmähungen vom Stapel.

«Wie bitte?»

«Ich sagte – wenn Sie sich bloß eine Minute auf das Thema konzentrieren könnten, Mann – dieser Kerl von der Bezirkspolizei Northumberland...»

«Northumbria», berichtigte Jury. «Dazu gehören Northumberland, Sunderland...»

«Ich brauche keinen Geographie-Unterricht. Seitdem Sie es zum Superintendent gebracht haben...»

Das ging etwa eine Minute so weiter. Jurys Beförderung lag dem Chief Superintendent wie ein Stein im Magen. Jury schnitt ihm schließlich das Wort ab. «Sie sagten etwas von einem Mitarbeiter der Polizei von Northumbria, Sir.»

Racer prüfte dieses «Sir» auf Widerhaken, bevor er es schluckte: «Sein Name ist... warten Sie mal.» Papiergeraschel. «Colin Soundso...» Wieder Geraschel.

Jury hörte auf zu gähnen und richtete sich auf, wobei er die Füße auf den Boden stellte. Sein Kopf dröhnte. «Vielleicht Cullen? Sergeant Roy Cullen?»

«Ja, ja, genau», sagte Racer ungeduldig. «Was zum Teufel denkt der, wer ich bin? Ihr Anrufbeantworter?»

Jury kämpfte sich bereits in sein Hemd, wobei ihm die Telefonschnur ständig in die Quere kam. «Würden Sie mir bitte sagen, was für eine Nachricht er hatte, Sir?»

«Ah, hier ist es ja: es geht um eine Frau namens Minton.» Racer wußte sehr gut, was es mit dieser Frau auf sich hatte, aber weil er nicht selbst auf den Fall gestoßen war, ließ er sich nun Zeit. «Helen Minton. Autopsiebericht. Er meinte, es würde Sie interessieren. Sie wurde vergiftet.»

Es knackte in der Leitung, dann war sie tot. Jury starrte auf den Hörer.

Vierter Teil

Schneeblind

10

Schneeflocken rasten wie ein Sperrfeuer von Leuchtspurgeschossen gegen die Windschutzscheibe und nahmen ihnen jede Sicht.

«Wir haben uns verirrt», sagte Lady Ardry, die schon bei den ersten Anzeichen von Schneefall zur Landkarte und einer füllhaltergroßen Taschenlampe gegriffen hatte. Neben ihr auf dem Rücksitz des Flying Spur kauerte Ruthven, eingemummt in seine Reisedecke.

«Red keinen Unsinn, Agatha», sagte Vivian. «Wir haben uns überhaupt nicht verirrt. Wir fahren nur etwas langsamer, weil Charles gesagt hat, wir müßten hier irgendwo abbiegen.»

«Du kannst in diesem Schneesturm nicht fahren, Plant. Du mußt auf der Stelle anhalten.»

Aber wo, das war Melrose ein Rätsel. Es war halb sechs und bereits stockfinster. Er konnte höchstens zwei Meter weit sehen. «Gern, sobald du eine schöne Wiese siehst, wo wir unser Zelt aufschlagen können.» Er wischte die beschlagene Windschutzscheibe mit seinem Lederhandschuh ab.

«Da war eben eine Stelle, wo du von der Straße hättest runterfahren können – was steht auf dem Schild da?» Sie rieb an ihrer Scheibe ein Guckloch frei und spähte hinaus in die tiefe Dunkelheit. «‹Spinney Moor›.» Mit der Taschenlampe verfolgte sie die Straße auf der Landkarte. «Um Himmels willen, Plant, du hast uns mitten in ein Moor kutschiert!»

«Dann sind wir nicht weit von Seainghams Haus. Er meinte, es sei nördlich von Spinneyton», sagte Vivian.

«Sümpfe und Moore sind mir zuwider», sagte Agatha erschauernd.

Melrose steuerte den Wagen sicher durch eine scharfe Kurve

und sagte: «Dieses Moor ist in der Tat recht interessant. Kennt ihr die Geschichte vom Schlächter von Spinneyton? Nein? Nun, der Schlächter hat Leute in Stücke gehackt und die Leichenteile in den hiesigen Moorlöchern versenkt.»

«Melrose!» sagte Vivian entsetzt, und Ruthven murmelte: «Also wirklich, Mylord.» Danach herrschte im Auto Totenstille, vielleicht zum erstenmal, seit sie Ardry End verlassen hatten.

«Du versuchst doch nur, uns Angst einzujagen», sagte Agatha. Aber ihre Stimme klang unsicher.

«Nein, wirklich, der Schlächter war ein Beilfetischist...»

«Hör um Himmels willen auf, Melrose», sagte Vivian und wischte über die Windschutzscheibe, die schon wieder beschlagen war.

In Gedanken spann Melrose seinen makabren Faden weiter: *Die Morde im Spinney Moor. Der stille Jäger vom Spinney Moor...* Vielleicht sollte er ein paar Schlagzeilen dieser Art seiner Freundin Polly Praed zu ihrer Erbauung übermitteln.

«Wir sind gerade an einem Schild vorbeigefahren, auf dem ‹Spinneyton› stand.» Vivian seufzte erleichtert auf. «Da muß es doch irgendwo einen Pub geben, von dem aus wir Charles Seaingham anrufen können.»

«Vivian hat recht», sagte Agatha. «Halt beim ersten Pub an.»

«Der erste wird vermutlich auch der letzte sein. Ich fürchte, Spinneyton ist kaum bewohnter als ein Potemkinsches Dorf. Wie sollte sich da eine Wirtschaft halten?»

«Was ist ein Potemkinsches Dorf?» fragte seine Tante. Man hörte Papiergeraschel. Die bloße Erwähnung einer Wirtschaft schien sie hungrig gemacht zu haben, denn sie kramte wieder nach den von Martha zubereiteten Sandwiches.

Die Arme über dem Lenkrad verschränkt, spähte Melrose angestrengt durch die beschlagene Windschutzscheibe und fragte: «Hast du noch nie von Potemkin, dem Schrecken der Dörfer, gehört –?»

«Licht! Licht!» rief Agatha.

«Du hörst dich an wie Othello. Ich sehe es.»

In der Ferne schimmerten die erleuchteten Fenster eines Hauses wie fahle Sterne durch das Schneetreiben. «Scainghams Landhaus liegt nur eine oder zwei Meilen nördlich von Spinneyton. Was Scott in der Antarktis geschafft hat, schaffen wir doch allemal.» Seine Bemerkung rief einstimmiges Protestgeschrei hervor. Selbst Ruthven sah sich zu einem matten Protest genötigt, weniger aus Angst, in der glucksenden Bodenlosigkeit eines Moorlochs zu versinken, als aus Sorge, Seine Lordschaft könnte sich eine Lungenentzündung holen.

«Wenn das da ein Dorf ist», sagte Agatha, den Mund voller Sandwich, «dann gibt's da auch einen Pub. Kein Dorf ohne Pub.»

Es gab tatsächlich einen Pub. Die erleuchteten Fenster gehörten zu einem gedrungenen, quadratischen Gebäude, das einsam und verlassen dastand. Daneben befand sich ein kleiner Parkplatz mit schneebedeckten Autos. Als sie aus dem Flying Spur ausstiegen, wurde die Tür des Pubs aufgestoßen, und ein Mann beförderte einen anderen unsanft hinaus in den Schnee. Dieser rappelte sich auf, klopfte sich ungerührt den Schnee von Hemd und Stiefeln und marschierte wieder hinein.

«O Gott!» sagte Agatha. «Was ist denn das für eine Spelunke?»

Melrose warf einen Blick auf die fensterlose Seitenmauer, wo eine trübe Lampe einen schwachen Lichtschein auf das Wirtshausschild warf. «Wie passend», sagte er, «‹Jerusalem Inn›.»

«Na, hier herrscht doch wenigstens noch Stimmung!» Melrose zündete sich eine Zigarre an und beobachtete die Prügelei, von der sie draußen bereits einen Vorgeschmack bekommen hatten und die nun im Schankraum fortgesetzt wurde. Der Kampf schien um der puren Rauflust willen geführt zu werden. War sie verraucht, würde er einfach aufhören – gleich einer Silvesterrakete, die nur so lange weitersaust, wie der Zündstoff reicht, und dann abstürzt.

Agatha klammerte sich an den Arm ihres Neffen und bestand darauf, sofort zu gehen. Vivian betrachtete die Szene mit vor Staunen aufgerissenem Mund. Ruthven zog den Kopf ein, als ein Stuhl an ihm vorbeizischte.

Irgend jemand stand am Eingang Schmiere – aber was hätte der Dorfpolizist hier schon ausrichten können? –, während der eine der Kontrahenten, ein Schwarzhaariger mit einem Ring im Ohr, einen Tisch hochhob, um ihn auf dem Schädel des anderen, eines tätowierten Fettkloßes in Lederjacke, niedersausen zu lassen. Ein Kerl mit Sonnenbrille und nietenbesetzter Weste hinderte ihn daran.

Zum Dank bekam er ein «Ich schlag dir die Fresse ein, du Arsch!» zu hören, bevor der mit dem Ring im Ohr sich von ihm losriß.

«Ach, Nutter, schlag dir doch deinen eigenen Hohlkopf ein!» kreischte ein alter Mann und pochte mit seinem Stock dreimal auf den Boden, als würde er damit dem ganzen Spuk ein Ende bereiten.

Nutter dachte nicht im Traum daran, dergleichen zu tun. Doch bevor er sich dem Fettkloß wieder zuwenden konnte, wurde er von einem großen Rotschopf herumgewirbelt und bekam dessen Faust direkt ins Gesicht. Nutter packte den Störenfried bei seinen roten Locken und rammte ihm seinen Schädel gegen die Nase. Mit blutüberströmtem Gesicht stürzte der Rothaarige über eine Bank.

«Na los, steh auf, ich hau dir die Birne zu Brei!» schrie der Bursche, der Nutter genannt wurde.

Der Mann hinter dem hufeisenförmigen Tresen, den Melrose für den Wirt hielt, wirkte wie ein General, dessen Truppen verrückt spielten und der machtlos zusehen mußte, wie nun ein weiterer Tisch unter dem Anprall zweier Männer zusammenkrachte, die hingebungsvoll mit den Schädeln zusammenkrachten. Das schien in diesen Gefilden ein überaus beliebter Zeitvertreib zu sein.

Mehrere Unbeteiligte, darunter ein paar Frauen, waren auf

den harten Holzbänken an der Wand sitzen geblieben und verfolgten von dort aus interessiert das Geschehen. Das Ganze hat etwas von einem Schaukampf, dachte Melrose. Unterdessen war es dem Mann, der an der Tür Schmiere gestanden hatte, anscheinend zu langweilig geworden, denn er bewegte sich jetzt mit einem abgebrochenen Tischbein in der Hand drohend auf ihn zu. Melrose drückte einen Knopf am Silberknauf seines Stockes und zog den Stockdegen aus der Scheide. Der heranrückende Angreifer schien daraufhin seinen Irrtum einzusehen, jedenfalls wandte er sich ab und probierte das Tischbein am Kopf eines anderen aus.

Das Handgemenge endete so abrupt, wie Melrose es erwartet hatte. Stühle und Tische wurden wieder aufgestellt, und ehe man sich's versah, waren die Scherben weggefegt, volle Gläser standen auf den Tischen, und alle saßen friedlich beim abendlichen Drink.

Mehrere Augenpaare wandten sich nun den vier Eindringlingen zu, und Melrose schoß der Gedanke durch den Kopf, daß seine kleine Gruppe in dieser Arbeiterkneipe bestimmt einen recht seltsamen Anblick bot: Vivian im Nerz, einem Geschenk des italienischen Grafen; Agatha in ihrem schwarzen Cape; Ruthven mit seiner Melone, die er immer noch unter die Armbeuge geklemmt hielt; Melrose in einem Mantel mit Samtkragen und mit seinem außergewöhnlichen Spazierstock. Sie paßten so gut hierher wie ein Streichquartett auf den Jahrmarkt.

«Haben Sie ein Telefon?» fragte Melrose den Wirt. «Und eine Flasche Remy?»

Der Wirt, der etwas blaß, aber sonst recht unbeeindruckt wirkte – vermutlich war er derlei Dinge gewohnt –, antwortete: «Das Telefon ist hinter der Bar, Kumpel, da an der Wand.» Vivian ging Charles Seaingham anrufen.

«Da hast du uns ja in ein schönes Lokal gebracht, Melrose», schimpfte seine Tante und marschierte mit ihrem Cognacschwenker zu einem leeren Tisch am Kamin. Ruthven ließ sich einen winzigen Schluck einschenken und setzte sich ergeben auf eine harte Bank, als sei dies das Los eines jeden Butlers. Aber bald war er in ein lebhaftes Gespräch mit seinem Banknachbarn vertieft.

Melrose wartete auf Vivian und sah sich in der Kneipe um. Trotz der Schlägerei, der spartanischen Einrichtung und der schlichten Holzmöbel bewies der Weihnachtsschmuck, daß das «Jerusalem Inn» redlich bemüht war, seinem Namen Ehre zu machen.

«Was trinken Sie?» fragte Melrose den Wirt und legte einen großen Geldschein auf den Tresen. «Worum ging's eigentlich bei der Prügelei?»

Der Wirt, der sich als Hornsby vorstellte, dankte Melrose für den Drink und zuckte die Achseln. «Keine Ahnung, Mann. Passiert hier ständig. Nutters dummes Geschwätz hat irgend jemand gestunken, und dann gab's eben Krach. Wenn Nutter die Schnauze nicht halten kann, dann soll sich der blöde Hund nicht wundern, wenn er mal eine verpaßt kriegt.» Er tat das Ganze mit einem erneuten Schulterzucken ab, warf einen Blick auf Melroses Stock und fragte: «Ist das Ding da erlaubt?»

«Eigentlich nicht. Kennen Sie einen gewissen Charles Seaingham? Wir wollen nämlich zu seinem Haus.»

«Mr. Seaingham? Na klar. Sie fahren durch Spinneyton – verirren können Sie sich da nicht – und nehmen dann die erste Straße nach rechts. Aber ich glaub nicht, daß Sie in diesem Schneetreiben sehr weit kommen.» Er ging zum Zapfhahn am anderen Ende des Tresens, denn der Kerl mit den Tätowierungen und ein kleiner Mann, der Melrose an eine Natter erinnerte, hatten nach Bier verlangt. Hornsby war bald wieder zurück. «Schlimme Nacht. Sind Sie aus dem Süden?»

«Aus Northants.»

Hornsby verzog das Gesicht, als gäbe es keinen südlicheren Ort auf weiter Flur.

Im «Jerusalem Inn» herrschte eine Atmosphäre verschlafener Festlichkeit. Staubiger Weihnachtsschmuck war aus Kisten gekramt und an Wänden und Decken aufgehängt worden. Auf dem großen Spiegel hinter dem Tresen klebten große grüne und rote Pappbuchstaben, die «Fröhliche Weihnachten» wünschten. Bunte Lichterketten waren an den Deckenbalken befestigt, von denen zusätzlich kleine Lamettakaskaden herabhingen.

Die auffälligste Dekoration jedoch war eine fast lebensgroße Krippe, die in der Nische neben dem Kamin aufgebaut worden war. Die billigen Gipsfiguren mit ihrer abblätternden Farbe boten einen jämmerlichen Anblick: es gab dort eine Ziege mit abgebrochenen Ohren und ein Lamm, dem ein Vorderbein fehlte, was den Eindruck vermittelte, es sei im Begriff, niederzuknien. Zwischen Lamm und Ziege schlummerte ein Hund von unbestimmter Rasse, dem es anscheinend zu Herzen gegangen war, daß die Tierwelt hier nur so dürftig vertreten war. Man konnte fast meinen, er sei der Stickerei über dem Kamin entsprungen. Diese verkündete allen, die es noch nicht wußten, den Tod von Treu und Glauben, den wohl allein jene verschuldet hatten, die ihre Zeche nicht bezahlten. Maria und Joseph beugten sich mit gütigem Lächeln über eine Art Kiste, die außer Stroh nichts enthielt als ein Kätzchen, das seine Chance gewittert und genutzt hatte. Sein Fell war häßlich gescheckt, das Mäulchen so schief und verzerrt wie das eines Wasserspeiers.

Melrose wurde auf einmal traurig, weil Maria und Joseph nicht wußten, daß ihr Kind fehlte. Und warum waren die Heiligen Drei Könige nur zu zweit? Er gesellte sich zu Agatha und Vivian.

«Hör auf, Löcher in die Luft zu starren und setz dich, Melrose. Vivian hat gerade Charles Seaingham angerufen...»

«Er kommt und holt uns ab», sagte Vivian. «Er meinte, es sei das beste bei diesem Schneetreiben.»

«Wir sollten ihm nicht solche Ungelegenheiten bereiten. Wir könnten ja auch hier übernachten und morgen früh weiterfahren.»

«*Übernachten?*» protestierte Agatha. «In einer *Kneipe*?»

Während sie warteten, schlenderte Melrose mit seinem Glas ins Hinterzimmer, wo ein paar Pool- und Snooker-Tische einige Leute in verschiedenen Stadien der Trunkenheit angelockt hatten, die nun ihr Talent beim Billardspiel unter Beweis stellen wollten. Die einzigen, die nüchtern aussahen, waren ein hübscher junger Mann mit dunklem Hemd und Lederweste, der gerade die Spitze eines Queues einkreidete, und ein anderer, hochgewachsener junger Mann mit braunen Haaren, dem trüben Blick und dem schlaffen Mund eines Debilen. Die beiden unterhielten sich.

Melrose beobachtete einen Spieler dabei, wie er die Kugeln zurechtlegte, eine Weile überlegte, Maß nahm und dann die weiße Kugel mit einem kräftigen Stoß im hohen Bogen über die Bande beförderte. Schließlich schaffte er es auch noch, etwas Bier auf der Tischbespannung zu verschütten. Sofort brach ein Streit aus, doch bevor er sich zu einer Neuauflage der Prügelei von vorhin steigern konnte, verließ Melrose den Bierdunst der Spielstätte zugunsten des milderen Klimas im Vorderraum. Dort erblickte er zu seiner großen Freude einen Gentleman, der in einer Schneewolke zur Tür hereintrat und nur Charles Seaingham sein konnte. Der Mann wechselte ein paar Worte mit Hornsby, und der deutete auf ihren Tisch am Kamin.

Charles Seaingham entschuldigte sich wortreich und dankte ihnen für ihre Geduld, als trüge er allein die Verantwortung für das Wetter. Er war groß, Ende Sechzig, hatte eisengraues Haar und würde, wie Melrose ihn einschätzte, auch noch seinen Mann stehen, wenn die restliche Welt längst aufgegeben hatte. Zwar schien er seiner Erscheinung und seinem Auftreten nach ausgezeichnet in diese ländliche Abgeschiedenheit zu passen, doch Melrose wußte, daß Charles Seaingham ein Mann von Welt mit einem äußerst verfeinerten Geschmack war und als Kritiker so viel Respekt genoß, daß er den Ruhm eines Künstlers so schnell vergessen machen konnte wie eine Nachricht von vorgestern. Vivian durfte sich geschmeichelt fühlen, daß Seaingham nicht allein von ihren Gedichten, sondern auch von ihrer Person so viel hielt, daß er sie in sein Haus einlud. Man machte sich gegenseitig bekannt, und Agatha nutzte die Gelegenheit, um zu einer Aufzählung der Titel der Earls of Caverness anzusetzen. Melrose stopfte ihr zu Seainghams Verwirrung rasch den Mund.

«Tja, wir sollten vielleicht aufbrechen. Ich habe den Landrover mitgebracht, mit anderen Fahrzeugen kommt man zur Zeit nicht durch.» Auf dem Weg zur Tür fügte er hinzu: «Wir sind nur ein kleiner Haufen; alte Freunde, die Ihnen, glaube ich, gefallen werden.» Er lachte. «Die werden froh sein, ein paar neue Gesichter zu sehen. Wir sind da oben schon seit drei Tagen eingeschneit.»

Na prächtig, dachte Melrose.

11

NATÜRLICH WAR ES EINE ALTE ABTEI, wie konnte es anders sein.

«Spinney Abbey» verkündete das Bronzeschild an dem steinernen Torpfosten. Die Steinmassen, die sich in der Ferne auftürmten, als «Haus» zu bezeichnen, war, gelinde gesagt, eine Untertreibung. Plant stellte sich schon darauf ein, daß ihn am Ende der langen, nur wenig geräumten Auffahrt eine kalte, ungemütliche Zelle erwartete. Das Gebäude war riesengroß, abweisend, düster, mittelalterlich. Aus mächtigen Schornsteinen ragten hohe Abzugsrohre mit spitzen Kappen wie Speere in den Nachthimmel. Als Seaingham seinen Gästen auch noch erklärte, die Umgebung der Abtei sei ein beliebter Drehort für Gruselfilme, wurde Melroses Laune nicht besser.

Sie kletterten aus dem Landrover und kämpften sich durch den Schneesturm zu einer Eingangstür, die aussah, als könnte allenfalls eine Schar Gallier oder Goten sie aufstemmen. Wunderbarerweise wurde sie jedoch von einem einzigen Butler geöffnet.

«Marchbanks», sagte Seaingham, während man ihnen aus Mänteln, Schals und Stiefeln half, «sehen Sie zu, daß Lord Ardrys Diener versorgt wird, ja? Und sagen Sie der Köchin, daß wir in einer halben Stunde zu Abend essen.» Er lächelte. «Die Leute hier brauchen einen Drink zum Aufwärmen.»

Was Melrose betraf, würde es mehr als nur eines Drinks bedürfen. Die Vorhalle war zwei Stockwerke hoch, ihre tiefen Fensternischen waren mit je zwei Oberlichtern versehen und unten durch Läden verschlossen. In der Mitte des Raums befand sich ein riesiger offener Kamin. Ein mächtiger, mit weißen Lichtern geschmückter Weihnachtsbaum ragte zu der gewölbten Decke empor. In früheren Zeiten mußten hier Banketts zu Ehren fürstlicher Besucher und deren Gefolgschaft stattgefunden haben. Heute diente dieser Saal nur noch als Durchgangszimmer, das eine Anzahl Statuen beherbergte und auf dem Weg zu anderen, zweifellos ebenso feudalen Räumlichkeiten passiert werden mußte.

Marchbanks, der Butler, paßte perfekt hierher. Er hätte geradewegs aus einer der Wandnischen getreten sein können, in denen schmucklose Büsten und Statuen mit geistlich anmutenden Gewändern traurig die Köpfe hängen ließen.

Während Ruthven Marchbanks hinterhertrottete, setzte Seaingham seinen kleinen Trupp in Bewegung und führte ihn zu einer weiteren Tür – einer großen Doppelschiebetür, deren blankgewienertes Holz durch den Rauch von Kerzen und Kamin mit den Jahren tiefdunkel geworden war.

Eigentlich waren nicht allzu viele Leute versammelt; dennoch machte der Raum einen fast überfüllten Eindruck. Vielleicht lag es an der Art, wie die Gäste im Zimmer verteilt waren – gleich den Statuen in der Vorhalle schienen sie allein zum Zweck einer ausgewogenen Komposition auf ihren Sitz- und Stehplätzen postiert worden zu sein. Die Stimmung war hier allerdings eher alkoholisiert als vergeistigt. Der Martinikrug war offenbar schon einige Male herumgereicht worden, und auch die Whiskyflaschen und der Sodasiphon waren nicht unberührt geblieben.

Dieses Wohn- oder Empfangszimmer erinnerte nur noch vage an die Vorhalle. Auf einem Fries, der den Sims des prächtigen Kamins stützte, prangte das Wappen eines verblichenen Lords. Es gab hohe Fenster mit mehrfach unterteilten Scheiben und steinernen Fensterbänken. Doch abgesehen davon herrschte eine Atmosphäre behaglicher Eleganz: Samt und Brokat, pastellgrüne Wände, eine cremefarbene Decke mit Stuckgirlanden. Melrose liebte schöne Zimmerdecken; auf Ardry End gab es viele von Adam gestaltete Decken, deren Feinheiten Melrose besonders in jenen müßigen Stunden studierte, wenn Agatha zum Tee vorbeikam.

Aus einem entfernten Gebäudeflügel drangen die schrägen Klänge des schlechtesten Klavierspiels, das Melrose je gehört hatte.

Grace Seaingham, Charles' Frau, erwies sich als perfekte Gastgeberin: Sie stellte Agatha und Vivian allen vor, ohne daß man etwas von ihrer diskreten Führung gemerkt hätte. Sie war eher zierlich und von einer kühlen Schönheit, die das weiße Seidenkleid und das platinblonde Haar noch unterstrichen. Als einzigen Schmuck trug sie einen Mosaikanhänger.

Alle hatten sich feingemacht, die Damen waren in Abendgarderobe, die Herren im Smoking erschienen. Melrose fiel ein, daß Ruthven bestimmt auf der Stelle tot umfallen würde, wenn er den Earl of Caverness im Tweedanzug zum Dinner Platz nehmen sähe. Aber als er die anderen Gäste betrachtete, bereute er fast, nicht in Reithosen und einem Pullover mit durchgewetzten Ellenbogen gekommen zu sein. Agatha würde tausend Tode sterben, weil sie ihr purpurnes Samtkleid und ihre Perlenkette nicht mitgenommen hatte. Die Perlenkette seiner Mutter, besser gesagt. Die Countess of Caverness hatte ihren Schmuck Agatha nicht vermacht. Aber das kümmerte Agatha nicht. Im Augenblick trug sie einen Opal, der zum Ardry-Plant-Familienschmuck gehörte.

Während sie den Anwesenden vorgestellt wurden, bemerkte Melrose, daß nicht alle ihre Abendgarderobe mit der gleichen lässigen Selbstverständlichkeit trugen wie Lady St. Leger, die eindeutig für das fürstliche Purpur wie geschaffen war, das Agatha so gern getragen hätte. Elizabeth St. Leger reichte Melrose die Hand, deren Finger ein wenig gichtig waren, was bei einer Frau ihres Alters nicht verwunderte. Sie trug eine lange Perlenkette, und ihr Kleid war tatsächlich aus Samt, aber grau und mit Rücksicht auf ihre untersetzte Figur sehr schlicht geschnitten. Es war allerdings von einer Schlichtheit, die einer Stenotypistin ein Jahresgehalt gekostet hätte.

Der Vergleich mit der Stenotypistin drängte sich Melrose beim Anblick der nächsten Dame auf, Lady Assington («Susan», flüsterte sie ihm ins Ohr, als sei ihr Vorname ein wohlgehütetes Geheimnis). In Lady Assingtons teurem grünem Kleid im Stil der zwanziger Jahre steckte unverkennbar der Typ einer kleinen Büroangestellten mit hochfahrenden Plänen, was sie vor ihrer Ehe mit Sir George Assington zweifellos auch gewesen war. Ihr Mann war dreißig Jahre älter als sie, hatte einen Schnurrbart und sah aus wie ein Herrenreiter. Er war, wie Melrose erfuhr, ein angesehener Arzt. Es mußte ja auch einen Grund geben, warum Seaingham die Anwesenheit dieser Frau in Kauf nahm. Als Sir George ihm vorgestellt wurde, betrachtete er aufmerksam Melroses Ohr oder das Gebiet um Melroses Ohr herum, legte dann wieder die Hände auf den Rücken und wandte den Rücken dem Feuer zu.

Zum Glück war das Zimmer gut beheizt, denn sonst wäre die Dame, die Melrose als Beatrice Sleight vorgestellt wurde, bereits erfroren gewesen: Ihr schwarzes Kleid hatte hinten einen tiefen Ausschnitt, vorne ein spitz zulaufendes Dekolleté bis zur Taille und an den Seiten Schlitze wie drohende Pfeile. Sie hatte eine prächtige, schimmernde mahagonibraune Mähne, in der zahlreiche Lack- und Bernsteinkämmchen steckten. Eines der Kämmchen krönte ein goldener Drachen mit Rubinaugen und Saphirflügeln. Die Kämme verliehen ihrem Haar ein zerzaustes

Aussehen, als käme sie soeben aus dem Bett. Wenn man sie sich so ansah, verbrachte sie auch sonst viel Zeit darin, dachte Melrose. Um den Hals trug sie ein Collier aus großen quadratischen Smaragden in emaillierten Fassungen; in dem gedämpften Licht wirkten die Steine fast schwarz. In krassem Gegensatz zu diesem Überfluß an Juwelen stand Mrs. Seainghams Anhänger: in das Mosaik eingelegt war das Symbol ☧ – das christliche Chi Rho. Beatrice Sleight war das Gegenstück zu Vivian, die in ihrem einfachen Rock und dem Kaschmirpullover wie ein Aschenputtel aussah und sich so unwohl fühlte, als sei sie soeben auf einem Kamel in den Saal geritten.

Beatrice Sleight bot Melrose mehr als nur ihre Hand zur Begrüßung. Sie rückte ihm so nah, daß nur noch ihr Cocktailglas ihre Körper voneinander trennte. Sie war Schriftstellerin, und ihre Spezialität war ein Genre, das sie selbst erfunden zu haben schien: Schlüsselromane, deren Hauptthema der britische Adel war. Zwei ihrer Bücher – *Ein Graf am Galgen* und *Ende eines Earls* – waren kometenhaft an die Spitze der Bestsellerlisten aufgestiegen. «Für das Privatleben des Adels interessiert sich doch jeder, stimmt's?» sagte sie.

«Wenn Sie meinen», entgegnete Melrose lächelnd, bevor Seaingham ihn von Beatrice befreite und ihm einen jungen Mann vorstellte. Es war William MacQuade, der Schriftsteller, den Vivian bewunderte. MacQuade hatte kürzlich mehrere Preise für einen Roman gewonnen, den selbst Charles Seaingham gelobt hatte. Und das wollte einiges heißen. Melrose mochte ihn, sowohl wegen seines schlechtsitzenden Smokings als auch wegen seiner offenkundigen Intelligenz: Nach zehnminütigem Geplauder hatte Melrose immer noch keine Platitüden à la «Scheußliches Wetter draußen» von ihm gehört oder genialische Angebereien ertragen müssen.

Der große schweigsame Bursche, der am Fenster gelehnt hatte, als sie hereingekommen waren, entpuppte sich als der Maler Parmenger. Er machte einen schlechtgelaunten Eindruck, und die Tatsache, daß Melrose und Agatha ihm vorgestellt wurden, schien ihn nicht aufzuheitern. Mit der einen Hand umklammerte er ein großes Whiskyglas, die andere ließ er in der Hosentasche stecken, während er die beiden Neuankömmlinge mit einem knappen «Hallo» begrüßte. Er schien nicht im mindesten daran interessiert, daß Melrose ein richtiger Lord und gar noch der Neffe dieser Dame war, die sofort das Wort ergriff, als Seaingham sie miteinander bekannt gemacht hatte und wieder gegangen war. Wie vernünftig von ihm, dachte Melrose.

«Mein Neffe, Lord Ardry», wiederholte Agatha.

«Melrose Plant», korrigierte ihr Neffe sie zum x-tenmal.

Frederick Parmenger sah von einem zum anderen, und ein amüsiertes Lächeln umspielte seine Mundwinkel. Sein Blick jedoch blieb kalt. «Sie scheinen sich ja schwer darauf verständigen zu können, wer dieser Mann ist.»

Da Melrose durchaus wußte, wer er war, kümmerte ihn die Geringschätzung im Ton des Mannes nicht im geringsten. Er nahm sogar an, daß dieses Gespräch das Interessanteste gewesen war, was Parmenger im Verlauf der gesamten Cocktailstunde erlebt hatte – eine Stunde, aus der zwei geworden waren, da Charles Seaingham seine letzten Gäste vom Inn abholen mußte.

«Melrose erzählt den Leuten gerne, daß er seinen Titel aufgegeben hat», sagte Agatha in einem Tonfall, der nahelegte, daß Melrose log wie gedruckt. Sie nippte an ihrem Gin Bitter.

«Liebe Tante, ich glaube eher, daß *du* es bist, die den Leuten gerne erzählt, daß ich gerne herumerzähle...»

Sie unterbrach ihn mit einer unwilligen Handbewegung wie einen ungezogenen Jungen. «Hör auf, in Rätseln zu sprechen, Plant.» Sie wechselte jäh das Thema und begann, über Malerei zu fachsimpeln. Parmenger, der soeben begonnen hatte, sich für den kleinen Familienzank zu interessieren, verfiel sogleich wieder in Lethargie und sehnte sich sichtlich nach einem neuen Whisky, während sie ihm lang und breit ihre Kunst-ist-was-mir-gefällt-Philosophie erläuterte.

Das Klaviergeklimper – stellten die Seainghams sich das etwa unter mittelalterlicher Hausmusik vor? – war verstummt, und

Melrose wollte gerade Vivian aus Lady Assingtons Klauen befreien, als Charles Seaingham hinter ihm auftauchte und sagte: «Mein Lieber, hier ist jemand, den Sie kennenlernen müssen.»
Melrose drehte sich um.
«Lord Ardry. Der Marquis von Meares.» Seaingham kicherte und blinzelte Melrose zu. «Wir nennen ihn Tommy. Familienname Whittaker.»
Melrose starrte den Jungen an. Es war der Billardspieler aus dem «Jerusalem Inn».
Tommy Whittaker, Marquis von Meares, starrte zurück. Seinem Gesichtsausdruck nach zu urteilen, hatte auch er Melrose bemerkt, als dieser in das Hinterzimmer der Kneipe spaziert war. Tommy sah ein wenig bleich aus.
Melrose fragte sich, wie in aller Welt dieser Junge es geschafft hatte, noch vor dem Landrover in Spinney Abbey anzukommen, sich in einen Abendanzug zu werfen und ans Klavier zu setzen (von dem er sich nun zum Glück wieder erhoben hatte).
Tommy Whittaker räusperte sich: «Ich wünschte, die Leute würden mich nicht immer mit diesem Titel vorstellen.»
«Ihm geht's genauso», sagte Vivian, die sich hinzugesellt hatte.
«Ich bin zu jung, um schon Marquis zu sein.»
Vivian, die nach zwei Martinis zu schnippischen Bemerkungen aufgelegt war, entgegnete: «Und er hier ist zu alt, um noch Earl zu sein. Ihr habt also etwas gemeinsam. Aber dafür hast du dich in dieser Arbeiterkneipe doch recht gut amüsiert, nicht wahr, Melrose?»
«Ich wäre an deiner Stelle vorsichtig, Vivian. Schließlich warst du es, die unbedingt beim ‹Jerusalem Inn› anhalten wollte.» Er hielt inne, als er Tommy Whittaker erröten sah. Die Schamröte stand dem Marquis von Meares ausgezeichnet. Er war einer der schönsten jungen Männer, die Melrose je gesehen hatte. Die Mädchenherzen mußten ihm nur so zufliegen.
Vivian rauschte vom Alkohol beflügelt davon, und Tommy Whittaker räusperte sich ein weiteres Mal und bat inständig: «Sie

werden doch nichts davon erzählen, daß Sie mich dort gesehen haben?»

«Eher würde ich mich erschießen lassen. Aber eins mußt du mir sagen: Wie zum Teufel hast du es bloß geschafft, *vor* uns hierzusein? Wir haben's ja kaum mit dem Landrover geschafft.»

Tommy Whittaker warf ihm ein strahlendes Lächeln zu, aber bevor er antworten konnte, erschien Lady St. Leger an seiner Seite, gestützt auf einen Gehstock mit Silberknauf. «Wie ich sehe, haben Sie meinen Neffen bereits kennengelernt», sagte sie zu Melrose, indes ihr Blick liebevoll auf Tommy Whittaker ruhte. «Du kommst ein wenig spät, mein Lieber. Ich weiß ja, du mußt üben...» Dann wandte sie sich an Melrose und erklärte ihm, wie musikalisch ihr Neffe sei.

In diesem Moment öffnete Marchbanks die Schiebetür und verkündete, das Dinner sei serviert. Er schien ein wenig ungehalten, denn erstens hatte das Dinner sich erheblich verzögert, und zweitens hatte er auch noch den Butler des Butlers spielen und sich um Ruthven kümmern müssen.

Das Speisezimmer war mit Eichenholz vertäfelt, seine Sprossenfenster hatten blaßrote und amethystfarbene Scheiben. Im Zusammenspiel zwischen dem Licht der vielen Kerzen und den dunklen Tönen des Raums schien es, als läge eine feine Patina aus poliertem Kupfer auf dem gedeckten Tisch.

Susan Assingtons Stimme wirkte wie ein Kratzer auf dieser schönen Oberfläche. «Ich finde», sagte Lady Assington plötzlich, als sie beim Dessert waren, «jetzt müßte ein Mord geschehen.»

Ihr Blick wanderte über die Dinnertafel, auf der glänzendes Porzellan und funkelndes Kristall standen, Mittelpunkt einer eher trüben Unterhaltung.

«Ich meine», erklärte sie und klopfte mit einem silbrig schimmernden Fingernagel an ihr Weinglas, «es *paßt* einfach alles zu gut.» Nachdem sie so zum erstenmal die Aufmerksamkeit der gesamten Gesellschaft auf sich gezogen hatte – und sie waren bereits beim Dessert –, wartete sie gespannt auf eine Reaktion.

Da niemand sonst antwortete, fragte Melrose, der ihr gegenübersaß, höflich: «Warum denn das?»

«Na ja, wir sitzen hier im kleinen Kreis und sind eingeschneit! Da könnten einem doch leicht die Nerven übergehen...»

Übergehen? dachte Melrose. Stilsicherheit war offenbar nicht Lady Assingtons Stärke. Das galt auch für ihr Aussehen. Ihr dunkles Haar war zu einem Bubikopf im Stil der zwanziger Jahre geschnitten. Das Kleid hing ihr seltsam schief am Körper, als habe die Schneiderin bei der Arbeit plötzlich durchgedreht und unter Mißachtung aller menschlichen Proportionen mit Schere und Nadel drauflosgewütet. All das fiel Melrose auf, während sie fortfuhr, von Mord und Totschlag zu plappern, und dabei mit ihrem Löffel herumfuchtelte, an dem noch ein Rest Grand Marnier-Soufflé klebte, das wahrscheinlich in einer ebenso düsteren Küche wie ihre Gedanken zusammengerührt worden war. Das Soufflé war jedoch weitaus genießbarer.

«... wir sind genau zwölf, oder? Da drängt sich einem ein Mord doch geradezu auf! Das ist genau wie in diesem Buch, wo die Leute auf einer Insel stranden und sich dann gegenseitig umbringen...»

«Ach, ich erinnere mich. Die waren zwar nur zu zehnt, aber wir finden schon noch eine Leiche im Kaminschacht oder draußen im Treibhaus. Ringsherum natürlich keinerlei Fußspuren im Schnee...»

MacQuade lachte und deutete hinter sich auf das Fenster. «Dabei muß ich an die verschneiten Moore da draußen denken – dunkle Fußspuren auf einer weiten verschneiten Ebene... ich liebe solche Symbole.»

«Ich fürchte, ein Mord würde kaum Ihrem Sinn für Ästhetik entsprechen, Mr. MacQuade», griente Melrose. «Wie sollten denn diese hübschen dunklen Fußstapfen mitten ins Moor gekommen sein...»

Lady Assington erschauerte. «Wollen Sie nicht mal das Thema wechseln?» Offenbar hatte sie bereits vergessen, daß sie es erst aufgebracht hatte. «Offen gesagt, ich lese eigentlich keine Krimis, Lord Ardry.» Nachdem sie so ihren literarischen Hochgeschmack ins rechte Licht gerückt hatte, sah sie beifallheischend in die Runde.

«Ich schon», fiel ihr MacQuade in den Rücken. Er schwenkte den Wein in seinem Glas. «Ich hab sogar mal versucht, einen zu schreiben, aber es wurde nichts draus. Mir fehlt einfach die mörderische Ader. Und dann all die losen Enden, die man am Schluß verknüpfen muß...»

Melrose dachte an seine Freundin Polly Praed, die Krimiautorin. «Manche Kriminalromane sind einfach wirklich gut. Übrigens müssen Sie mich nicht mit ‹Lord Ardry› anreden, Lady Assington. Ein schlichtes ‹Plant› genügt.»

Doch damit war er an die Falsche geraten, wie er feststellen mußte, als er ihre Gazellenaugen verständnislos auf sich gerichtet sah. Wenn Susan Assington etwas liebte, dann waren das Adelstitel – sie hatte ja auch lange genug gebraucht, um selbst einen zu ergattern. Susan (geborene Breedlove, wie Melrose von Beatrice Sleight erfahren hatte) war Verkäuferin in einer Boutique gewesen, bis eines Tages das große Geld hereinspaziert war. Lady Assington wäre eher gestorben, als auf ihren Titel zu verzichten.

«Aber wenn Sie der Earl of Caverness sind – nun, dann ist die Anrede doch eindeutig ‹Lord›.» Ein Buch hatte sie mit Sicherheit Zeile für Zeile gelesen – den *Debrett's*. «Ich verstehe nicht ganz...» sagte sie.

«Wer tut das schon?» bellte Agatha von ihrem Tischende herüber. «Können Sie sich vorstellen, daß jemand darauf verzichtet, ein Earl zu sein? Aber Melrose war ja schon immer ein komischer Vogel.» Seufzend ließ sie sich von Marchbanks eine zweite Portion Grand Marnier-Soufflé auftun und machte Ruthven

Zeichen, ihr Wein nachzuschenken. Plants Butler hatte die gnädige Erlaubnis erhalten, Marchbanks zu sekundieren – sehr zur Freude Agathas, die ihn als ihr persönliches Eigentum betrachtete.

Melrose fragte sich, ob nun sein Passierschein, der ihm Zugang zu diesem illustren Kreis verschafft hatte, ungültig geworden war, denn alle wandten sich ihm zu und verlangten nach einer Erklärung für sein seltsames Verhalten. Nur MacQuade lächelte versonnen, und Vivian studierte betont eifrig die Zimmerdecke. Bea Sleight indessen beugte sich ihm so weit über den Tisch entgegen, daß ihr kammgespicktes Haar der Kerzenflamme gefährlich nahe kam. Die Rubinaugen des Drachen glitzerten.

«Da gibt es nicht viel zu erklären», sagte Melrose. «Ich wollte den Titel nicht mehr. Und das Getue», fügte er hinzu.

Tommy Whittaker mischte sich zum erstenmal ein. «Sie meinen, man kann einfach damit – *aufhören*?» Es klang, als sei Melrose alkohol- oder drogenabhängig gewesen.

«Natürlich. 1963 wurde ein Gesetz verabschiedet, das es erlaubt, einen Titel abzulegen. Es sei denn, man ist Ire. Dann muß man sein Kreuz auf Lebenszeit mit sich herumschleppen.»

Beatrice Sleight beugte sich noch weiter vor, wohl um ihr Dekolleté besser zur Geltung zu bringen. «Warum haben Sie es nun wirklich getan?» fragte sie in einem Ton, der unterstellte, daß Lord Ardry mit den wahren, verabscheuungswürdigen Gründen für die Aufgabe seines Titels noch hinter dem Berg hielt. Ihre Stimme triefte vor Sarkasmus, als sie ihrem Groll gegen die gesamte Adelskaste die Zügel schießen ließ: «Waren Sie neidisch auf all die Privilegien, die uns gemeinen Sterblichen vorbehalten sind? Ich meine, wollten Sie *wählen* oder so was?»

«Wählen? Ja wen denn bloß?»

Parmenger lachte laut auf, Vivian senkte den Kopf und schmunzelte in ihre Dessertschale, und Susan Assington strich sich eine Strähne ihres glatten Haars aus dem Gesicht und schien die Frage gern beantworten zu wollen, hätte sie es nur gekonnt.

Aber so leicht ließ Bea Sleight Melrose nicht davonkommen.

In einem ihrer Bücher gab es auch einen Earl, der seinen Titel loswerden wollte. «Ihr macht alle den gleichen Fehler», sagte sie und schnippte Zigarettenasche auf den Adventskranz in der Mitte des Tisches. «Ihr geht augenzwinkernd über die Dekadenz des Adels hinweg.» Ihr Blick glitt von Melrose hinüber zu Tom Whittaker, Lady St. Leger und Sir George und heftete sich dann auf eine empörte Susan Assington.

«Der Adel ist sicherlich auch nicht dekadenter als der Rest der Welt», sagte Charles Seaingham begütigend vom anderen Tischende, wo er neben Agatha saß. (Der Mann mußte Nerven wie Drahtseile haben.) Es ging das Gerücht, daß er demnächst geadelt werden sollte; ein Ritterschlag hätte allerdings nur ihn selbst getroffen – nicht auch noch seine arme Nachkommenschaft.

«Nein? Dann schauen Sie sich mal Leute wie Lucan und Joslyn Erroll an.»

Lady St. Leger sagte kühl: «Die sind wohl kaum repräsentativ für den Adel. Schwarze Schafe finden sich überall.»

«Schwarze Schafe? Sie würden die beiden als schwarze *Schafe* bezeichnen? Ihr haltet alle zusammen, was? Da sagt keiner was, wenn einer von euch Kindermädchen ermordet oder nach Belieben auf seinen Mitmenschen herumtrampelt und...»

«Ich glaube, wir können auf diese Aufzählung von Entgleisungen des Adels verzichten.»

«Ich würde Errolls Verhalten kaum als bloße Entgleisung bezeichnen. Immerhin hat er...»

Melrose versuchte, die Gemüter zu beruhigen, indem er ein oder zwei Geschichten über Adlige zum besten gab, die für ihre Verrücktheit ein weniger blutrünstiges Ventil gefunden hatten – weniger blutrünstig jedenfalls als die mörderischen Umtriebe eines Lord Lucan. «Ich mag den alten Poachy ganz gerne – Lord Ribbenpoach ist sein Hoftitel; er ist Erbe eines Herzogtums oder so etwas. Der Gute ist ein bißchen verschroben. Er marschiert durch seine eigenen Wälder und spielt dort den Wilderer. So heißt es jedenfalls.»

Charles Seaingham griff den Faden auf und erzählte von den

Problemen, die er auf seinem eigenen Land mit Wilderern gehabt hatte, wohl ebenfalls in der Hoffnung, das Gespräch auf unverfänglicheres Terrain zu lenken.

«Die meisten von euch sind doch nicht ganz dicht...» begann Bea Sleight. Gemurmel vom anderen Tischende signalisierte, daß Agatha hierin ganz ihrer Meinung war. «Kein Wunder bei der jahrhundertelangen Inzucht.»

«Ich bitte Sie», sagte Melrose lachend. «Der Inzucht verdanken wir doch höchstens, daß wir alle ähnliche Nasen und vorstehende Zähne haben.» Sie waren inzwischen bei Stilton-Käse und Portwein angelangt (Grace Seaingham hatte mit der ehrwürdigen Tradition gebrochen, daß die Damen sich bei diesem letzten Akt des Dinners zurückzogen), und MacQuade, dem die ganze Unterhaltung großen Spaß zu machen schien, reichte Melrose die Flasche, während dieser fortfuhr: «Schade, daß ich *decessit sine prole* sterben werde.»

Seine Tante hörte entsetzt auf zu kauen und sagte mit vollem Mund: «Wenn du noch kein Testament aufgesetzt hast, dann solltest du das augenblicklich nachholen, Melrose!»

Beatrice Sleight lachte. «Er meint kinderlos.»

«Ich finde, Mr. Plants Titel ist allein seine Angelegenheit», sagte Grace Seaingham. Sie schob ihre unberührte Dessertschale beiseite.

Melrose lächelte ihr dankbar zu und sagte zu Beatrice: «Es scheint eine Ihrer Leidenschaften zu sein, dem Adel gehörig auf die Finger zu klopfen. Da kann man von Glück sagen, daß ich nicht mehr dazugehöre.»

«*Sie* persönlich nehme ich von meinem Urteil aus. Sie faszinieren mich.»

Melrose hoffte inständig, daß dem nicht so war.

«Ich habe Ihren Namen im *Burke's* nachgeschlagen.»

«So schnell? Ich bin doch eben erst angekommen.»

Bea Sleight lächelte. «Charles hat uns erzählt, daß Sie kommen würden. Sie stehen überall, im *Burke's*, im *Debrett's* und im *Landed Gentry*.»

«Im *Almanach de Gotha* haben Sie nicht nachgesehen?»
«Das hätte ich gern. Aber der ist auf französisch.»
«Wie schade.»
Da das Gespräch sich nun schon einmal um Agathas Lieblingsthema drehte, ergriff sie nur zu gerne die Gelegenheit, mit düsterer Grabesstimme all die schönen verlorenen Titel aufzuzählen, als handelte es sich um die Namen einer Schar ertrunkener Kinder: Baron Mountardry of Swaledale... aus dem 16. Jahrhundert... Viscount of Nitherwold, Ross and Cromarty... Clive D'ardry De Knopf, vierter Viscount...

So leierte sie ihren Text herunter. Melrose hatte das Gefühl, dem Ansager beim Rennen in Ascot zuzuhören, während die Pferde ihren Platz in den Startboxen einnahmen: *Das Feld ist ab! Viscount of Nitherwold setzt sich an die Spitze...* Melrose gähnte. Inzwischen kreiste das Gespräch um das historisch-politische Thema der Rosenkriege. Er betrachtete den aus rosa und weißen Christrosen geflochtenen Adventskranz. Im ganzen Haus waren Christrosen verteilt.

Während am Tisch der Kampf zwischen den Häusern Lancaster und York tobte (Parmenger war in der richtigen Laune, einen – wenn auch längst beendeten – Strauß auszufechten, und favorisierte auf seine wunderbar verquere Art Richard III.), unterhielt Melrose sich mit Lady St. Leger über Gärtnerei und Rosenzucht, um sie vom Nachdenken über Beatrice Sleights taktlose Bemerkungen abzuhalten.

«Susan hat die Blumen mitgebracht», sagte sie mit einem Blick auf den Kranz. «Lieb von ihr. Man sieht es ihr vielleicht nicht an, aber sie ist eine ausgezeichnete Gärtnerin.» Ihre Stimme klang angespannt. «Wir haben selber ausgedehnte Gärten in Meares. Früher habe ich dort so gerne selbst mit Hand angelegt. Aber jetzt –» Sie zuckte die Achseln. «Mögen Sie geometrische Gartenanlagen? Mir sind sie ein Greuel.»

«Nein, aber ich kann meinen Gärtner einfach nicht davon abhalten, die Hecken in alle möglichen Formen zu zwingen.»

«Wie schrecklich. Ich hasse beschnittene Hecken und Büsche. Wie kann man den Pflanzen nur so etwas antun!»

«Ich wette, daß Tante Betsy mehr über Parks und Lustgärten weiß, als Miss Sleight jemals über Adlige erfahren wird», warf Tommy Whittaker mit einem ironischen Seitenblick auf Bea Sleight ein.

Seine Tante lächelte ihn verschwörerisch an. Doch Beatrice war die Bemerkung nicht entgangen. «Da wäre ich nicht so sicher, Schätzchen», sagte sie spitz. Ihre Augen funkelten boshaft im Kerzenlicht. Melrose fand allmählich, daß Susan Assington recht hatte: Ein Mord wäre vielleicht doch keine so schlechte Idee.

Zuerst das Klavier, und jetzt auch noch die Oboe. Die meisten, die sich schließlich mit ihren Drinks und Zigarren in den Salon geflüchtet hatten, waren diesem musikalischen Genuß nicht gewachsen gewesen; außer Lady St. Leger hatte nur Grace Seaingham Tommys Darbietung gelauscht – ein sicherer Beweis für ihre Engelsgeduld.

Fasziniert von ihrer bleichen, madonnenhaften Schönheit nahm Melrose seinen Brandy und setzte sich neben sie. «Danke, daß Sie mir vorhin beigesprungen sind», sagte er.

«Ich bin sicher, Sie wären auch allein mit ihr fertig geworden.» Grace Seaingham warf einen Blick auf Beatrice Sleight, die ihr Möglichstes tat, Parmenger auf sich aufmerksam zu machen. «Wir kennen Bea seit Jahren. Sie kann ziemlich unausstehlich sein.» Sie sagte es in einem so mitfühlenden Ton, daß man hätte meinen können, noch der abscheulichste Charakter sei liebenswert, wenn man es nur versuchte. «Kennen Sie eigentlich Freddie Parmenger? Ich meine, haben Sie seine Arbeiten gesehen?»

«Ich habe von ihm gehört. Er stellt doch zur Zeit in London aus, in der Akademie, nicht wahr? Ich muß gestehen, daß mir jeglicher Zugang zur modernen Kunst fehlt.»

«*Das* würde Freddie bestimmt nicht gerne hören.» Sie lachte glockenhell. «Er hält sich auch nicht für modern; er hält sich für unsterblich.»

«Ist er so arrogant?»

«Arroganz hat doch nichts mit Kunst zu tun, oder? Ich meine bei Künstlern von Freddies oder Bill MacQuades Kaliber. Obwohl man *ihm* kaum vorwerfen könnte, er sei arrogant.» Sie deutete mit dem Kopf auf MacQuade, der ihr zulächelte. Dann schweifte ihr Blick hinüber zu Parmenger, der lesend auf einem Stuhl saß. «Schauen Sie, wie er dasitzt: ein Bollwerk gegen jede Geselligkeit.»

Da es Bea Sleight war, deren Gesellschaft Parmenger entfliehen wollte, konnte Melrose leicht über seine schlechten Manieren hinwegsehen. Ihr geheucheltes Interesse an seinem Buch war schnell verflogen, und sie schwebte wie eine dunkle Wolke auf Charles Seaingham zu.

Ihr Blick und die Vertraulichkeit, mit der sie ihren Arm unter seinen schob, ließen deutlich erkennen, warum sie überhaupt eingeladen worden war. Melrose bemerkte auch, daß Grace die beiden mit einem Blick bedachte, in dem kein Zorn, sondern bloß tiefe Trauer lag.

Er konnte diesen Ausdruck in ihren Augen nicht ertragen und kam hastig auf ihre Bemerkung über die Kunst zurück. «Arroganz hat nichts damit zu tun? Da mögen Sie recht haben. Sie räumen mithin ein, daß für Künstler andere moralische Maßstäbe gelten als für normale Sterbliche?» Sogleich bereute er seinen Fauxpas.

Sie lächelte ihn an: «Ich glaube, es ist völlig bedeutungslos, was ich ‹einräume› oder nicht ‹einräume›. Vermutlich würde auch meine Moral keiner näheren Untersuchung standhalten.»

Auf diese überraschende Feststellung fiel Melrose keine passende Antwort ein.

Sie stellte ihren Sambuca ab und erhob sich. «Würden Sie mich jetzt bitte entschuldigen, Mr. Plant. Ich möchte gerne mein Cape holen und zur Kapelle gehen.»

«Ihr Cape? Heißt das, Sie wollen jetzt noch nach draußen gehen? Gibt es hier keine Hauskapelle –?»

Seine Besorgnis amüsierte sie. «Ich gehe in die Marienkapelle. Keine Angst; sie liegt direkt gegenüber dem Ostflügel, und der Weg ist überdacht. Der Flügel steht mehr oder weniger leer, bis auf das kleine Arbeitszimmer meines Mannes und die Waffenkammer. Und an seinem hinteren Ende habe ich ein Sonnenstudio einrichten lassen. Morgen werde ich Ihnen das alles zeigen.»

Sie ging hinaus, und während er ihr nachsah, stellte er fest, daß er seltsam verwirrt war. Er fragte sich tatsächlich, wie es wäre, mit ihr verheiratet zu sein. Würde dieses Übermaß an Tugend – deren Echtheit Melrose nicht bezweifelte – einen Jahr um Jahr umspülen wie das Meer die Küste, bis die Umrisse der eigenen Persönlichkeit ausgewaschen und ausgehöhlt waren?

«Ich weiß, was Sie denken, Mr. Plant, aber ich habe wirklich keine tauben Ohren.» Lady St. Leger warf ihm einen schelmischen Blick zu.

«Der Marquis braucht wahrscheinlich nur ein wenig Übung», sagte Melrose, ohne eine Miene zu verziehen.

«Nur ein wenig? Verzeihen Sie, wenn ich vermute, daß Sie das aus reiner Höflichkeit sagen. Wären wir befreundet, würde Ihr Urteil gewiß offener ausfallen.» In ihrem Schoß lag ein Stickrahmen. Sie arbeitete an einem komplizierten Muster. «Alle denken, ich hätte Tom zum Musikunterricht gezwungen. In Wirklichkeit besteht Tom darauf, nicht ich. Ich weiß nicht, was er sich da in den Kopf gesetzt hat. Aber solange es ihm Spaß macht, spiele ich da gern mit. Bitte verzeihen Sie mir den Kalauer.»

«Sowohl den Kalauer als auch das Klavier, Lady St. Leger.»

Den Blick auf ihre Stickarbeit gerichtet, sagte sie: «Aber die Oboe wohl nicht.»

«Äh, nein, ich fürchte, das wird mir schwerfallen – aber Ihr Neffe wird sicherlich noch ein Gebiet finden, auf dem er sein Talent beweisen kann.»

«Das hoffe ich sehr. In der Schule zeigt er leider wenig Neigung zum Lernen – aber die Geschichte des Altertums interessiert ihn aus irgendeinem Grund. Der Direktor von St. Jude's...»

«St. Jude's Grange? Er geht doch hoffentlich nicht auf *diese* Schule?» Melrose war schlichtweg entsetzt.

«Doch, wieso?» Sie sah ihn mit leuchtenden Augen an. «Sie kennen sie also?»

Er kannte St. Jude's in der Tat, obgleich er eher zugegeben hätte, Verbindung zu einem Satansorden zu haben. Nicht daß in dieser Zuchtanstalt geistigen Mittelmaßes die Jungen (und inzwischen wohl auch Mädchen) verprügelt oder schlecht ernährt worden wären, es sei denn in intellektueller Hinsicht. Aber St. Jude's war einer der größten Anachronismen auf den Britischen Inseln. Wer heute dort Schüler war, folgte einer Tradition, die auf den Ururururgroßvater zurückging – es war wie ein Familienfluch. Die Schule hatte hohe Mauern und Glockentürme, und Melrose hätte sich während seines kurzen Aufenthalts dort nicht gewundert, auch einen Burggraben vorzufinden. Es gab keine Wärter, keine Zuchtmeister und keine guten Lehrer, die diese Bezeichnung verdient hätten. Er war einmal dorthin eingeladen worden, um einen Vortrag über die französischen Romantiker zu halten, und die Handvoll bebrillter sommersprossiger Jungen, die erschienen war, um ihn in seiner schwarzen Robe reden zu hören, hatte sich auf den hinteren Bänken prächtig mit ihren Gummizwillen amüsiert. Das eigentlich Unglaubliche aber war, wie St. Jude's es fertigbrachte, im Ruf einer ausgezeichneten Lehranstalt zu stehen, während doch jeder wußte, daß die Absolventen allenfalls klug genug waren, um das Geld in ihren Brieftaschen zu zählen. Das einzige, womit St. Jude's sich brüsten konnte, waren ein erstklassiges Cricket-Team und ein Haufen spendierfreudiger Ehemaliger, die ihre Cricketbegeisterung noch nicht abgelegt hatten. Melrose hatte einmal tief durchgeatmet, als er der muffigen Atmosphäre der Schule mit ihren Zinnen, dem Efeu und den schwarzen Roben endlich entronnen war. Er hätte sich lieber von Poe einmauern lassen, als dort ein Trimester zu verbringen.

«Sie halten mich bestimmt für sehr altmodisch, Mr. Plant», sagte Lady St. Leger, die über junge Leute im allgemeinen und ihren Großneffen im besonderen gesprochen hatte.

«Ich bin selber ziemlich altmodisch», sagte Melrose und stellte den italienischen Likör weg, den Grace Seaingham ihm empfohlen hatte. Sie behauptete, er wirke wahre Wunder nach dem Essen, vor allem dank der Kaffeebohnen, die an seiner Oberfläche schwammen. *Sambuca con mosca* nannte sie das Getränk.

Agatha, die immer auf der Höhe der Zeit sein wollte, was Essen und Trinken betraf, war von diesem Sambuca recht angetan gewesen und hatte gefragt, was *con mosca* bedeutete.

«‹Mit Fliegen›», hatte Grace mit todernstem Gesicht gesagt, worauf Tante Agatha angeekelt ihr Glas beiseite gestellt hatte.

Melrose mochte klebrige Liköre nicht und rauchte eine Zigarre, um den Geschmack loszuwerden. Alle hier schienen ihren Lieblingslikör zu haben: Beatrice Sleight sprach dem mit der grausigsten Farbe zu – einem preiselbeerroten Zeug; Grace Seaingham trank ihren kristallklaren Sambuca, und Agatha blieb letztlich doch lieber bei Crème de violette.

Lady St. Leger bevorzugte vernünftigerweise teuren Courvoisier. Sie hielt die ihr von Melrose angebotene Zigarette vorsichtig zwischen Daumen und Zeigefinger wie jemand, der selten raucht. «Vielleicht nehme ich das alles auch zu genau, weil Tom nicht mein eigener Sohn ist. Sein Vater, der zehnte Marquis, und seine Mutter starben, als er zehn war, und da ich ihre engste Freundin war... Besser gesagt, *wir* waren ihre engsten Freunde, aber Rudolph lebt nicht mehr.» Ihre Augen verschleierten sich. Sie waren von einem irisierenden Perlgrau wie das kristallene Cognacglas in ihrer Hand.

«Sie starben beide zur gleichen Zeit?»

«Ja, an Malaria. Es war in Kenia. Die beiden reisten viel.»

Insgeheim dachte Melrose, daß er schon sehr großes Fernweh

würde haben müssen, bevor es ihn nach Kenia triebe. Er dachte sehnsüchtig an Ardry End und starrte Vivian an, die sich mit Charles Seaingham unterhielt. Sie blinzelte und winkte ihm zu, schien aber kaum zu bemerken, daß er ihre Zeichen nicht erwiderte.

«... Safari.»

Melrose erwachte aus seinen Träumen. «Verzeihung... Toms Eltern waren auf einer Safari?» Er rutschte tiefer in seinen Sessel.

«Ja. Sie starben auf einer Safari.»

«Und er war erst zehn? Das muß eine traumatische Erfahrung für ihn gewesen sein.» Melrose begann heftige Abneigung gegen Toms Eltern zu empfinden. Dagegen schien es ihm weitaus ehrenwerter, sturzbetrunken im offenen Sportwagen von einer Eisenbahn überrollt zu werden.

«Es war schlimm für Tom. Besonders der Tod seines Vaters, glaube ich. Jedenfalls haben sie uns den Jungen hinterlassen.»

Es klang, als sei der junge Marquis von Meares ein testamentarisch vermachtes Erbstück. Melrose war nahe daran, für Beatrice Sleights Ansichten über den Adel Verständnis aufzubringen.

«Ich fand sie manchmal ein wenig... leichtfertig», gestand Lady St. Leger leise.

Gelinde gesagt, dachte Melrose.

«Deswegen neige ich vielleicht dazu, in der Erziehung ein bißchen zu übertreiben und eher zu streng mit dem Jungen zu sein. Ich habe Tom sehr lieb; er ist ein guter Junge. Aber er hat eben auch einen Namen, dem er verpflichtet ist, und aus dieser Pflicht kann er sich nicht so einfach davonstehlen – oh, entschuldigen Sie bitte vielmals. Ich wollte Sie nicht verletzen.»

Schon war sie wieder die feine Lady. Melrose akzeptierte ihre Entschuldigung, aber mit innerlicher Belustigung.

Sie kam schnell auf ihre Pläne für ihren Neffen zurück, die ein Studium im Christ Church College in Oxford und eine Karriere als Arzt oder Jurist vorsahen. Und falls Tom partout den

Bohemien spielen wollte – hier warf sie einen abfälligen Blick zu Parmenger und MacQuade hinüber, die auf Melrose keineswegs den Eindruck von Bohemiens machten –, dann sollte er sich in Gottes Namen eine Zeitlang als Musiker oder Schriftsteller versuchen.

Armer Tommy Whittaker. Sein Leben schien bereits verbrieft und versiegelt und auf Bahnen gebracht, die schnurstracks in die Bürohochhäuser in der Londoner City führten und allenfalls einen kurzen Abstecher in den Bordellbezirk gestatteten.

«Sie halten mich bestimmt für zu streng?»

Melrose war ein wenig erstaunt, wie wichtig es ihr war, daß er ihre Erziehungsmaßnahmen billigte.

«Darüber kann ich mir kein Urteil erlauben. Aber ich neige zu der Ansicht, daß jeder sein Leben so leben sollte, wie es ihm gefällt. Man lebt schließlich nur einmal.»

«Aber genau das haben Toms Eltern ja getan. Allerdings habe ich wohl nicht das Recht, sie dafür zu kritisieren: Rudy – mein Mann – und ich sind früher selbst oft nach Kenia auf Safari gefahren. Inzwischen finde ich dergleichen ziemlich albern. Von Gefahr und Abenteuer kann keine Rede sein. Du lieber Himmel, man zieht sich bei diesen Spritztouren in die Savanne ja sogar zum Dinner um. Und ich bin heute auch der Meinung, daß die Jagd zu unserem Vergnügen unmenschlich ist. Ich brauche nur an unsre Fuchsjagden zu denken... brrr...» Sie schüttelte sich.

«Sie sympathisieren also mit den Jagdgegnern?»

«So ist es.»

«Und was halten Sie davon, daß kürzlich einige Jagdhunde fast erschossen worden wären, weil sie zwei Hirsche getötet hatten? Das Ganze jedoch nur, da sogenannte Jagdsaboteure mit Hupen und Trillerpfeifen die Hunde wild gemacht hatten. Würden Sie diese Art von Tierschutz gutheißen?»

Sie schien irritiert. «Sie billigen also diesen blutigen Sport, Mr. Plant?»

Melrose hatte keine große Lust, über die Jagd zu reden, zumal er Tante Agatha auf sie zupirschen sah.

«Ich habe selbst einmal eine Antilope geschossen. Scheußliches Gefühl.» War es purer Zufall, daß er, sobald Agatha auftauchte, ans Schießen dachte? Ob Tante oder Antilope, das machte doch keinen großen Unterschied. «Ihr Neffe macht im übrigen keineswegs einen leichtfertigen Eindruck auf mich.» Tommy Whittaker stand andächtig vor dem Feuer. «Im Gegenteil, er scheint mir viel zu ernst für sein Alter.»

Sie schüttelte den Kopf. «Sie irren sich, Mr. Plant. Er schlägt seinen Eltern nach. Abgesehen von seiner Musik – immerhin nimmt er die wenigstens ernst ...»

Gott sei's geklagt, dachte Melrose.

«Er ist ziemlich leichtfertig.»

Melrose neigte zweifelnd den Kopf. Vielleicht irrte er sich wirklich. Aber eigentlich glaubte er das nicht. «Und wie äußert sich das?»

Sie bürstete ein wenig Zigarettenasche von ihrem Samtkleid. «Er spielt Pool.» Ihre silbrigen Augen nagelten Melrose in seinem Sessel fest.

«Du liebe Güte!» sagte er. Aber dann kam Agatha, und er stand schnell auf. Agatha ließ sich auf den freigewordenen Platz fallen, als habe sie vor, die nächsten Jahre dort sitzen zu bleiben.

«Na so was, Betsy! Wie ich sehe, stickst du auch!»

Auch? wunderte sich Melrose, der in ihrer linken Hand noch nie etwas anderes gesehen hatte als eine Tasse Tee oder ein Törtchen.

«Ihr Buch hat mir gefallen», sagte Melrose zu William MacQuade.

«Mein Buch?» Der junge Mann schien irritiert.

Melrose lächelte nachsichtig. «Sie erinnern sich doch bestimmt daran. Das, für das Sie den Booker-Preis bekommen haben.»

MacQuade errötete. Er war mit den Gedanken offenbar ganz woanders gewesen, und nach der Richtung seines Blicks zu schließen, hatten sie bei Grace Seaingham geweilt, als Melrose zu ihm getreten war. «Entschuldigung. Ich wollte nicht den Bescheidenen spielen.»

Den mußte er nach Melroses Einschätzung auch gar nicht erst spielen: er war offenbar die Bescheidenheit in Person. Aber vielleicht erkannte man gerade daran wahres Talent. Wenn diese Theorie stimmte, mußte es der Autorin von *Ende eines Earls* notgedrungen fehlen. «Charles Seaingham hat das Buch in den höchsten Tönen gelobt. Und in der Regel tut er eher das Gegenteil. Bitte verstehen Sie mich richtig; das soll nicht heißen, daß ich Seaingham für einen Mäkler und Beckmesser halte. Er ist bloß aufrichtig. Was zur Zeit an junger Literatur erscheint, reißt einen ja nicht gerade zu Begeisterungsstürmen hin. Aber es ist doch ziemlich schwer, Seainghams Ansprüchen zu genügen. Ich glaube, seit *Krieg und Frieden* hat ihm kaum mehr etwas gefallen.» Melrose redete einfach drauflos, um MacQuade über seine Verlegenheit hinwegzuhelfen. Es mußte scheußlich sein, die Frau des Mannes zu lieben, der einen so förderte.

MacQuade grinste. «So alt ist er nun auch wieder nicht!»

«Das habe ich auch nicht damit sagen wollen.» Charles Seaingham ging zwar schon auf die Siebzig zu, aber seine asketische Lebensführung schien ihn verdammt gut in Form zu halten. Anders seine Frau, die den durchsichtigen Teint einer chronisch Kranken hatte und recht abgemagert aussah. Melrose meinte, sie erinnere ihn ein wenig an die Hauptfigur in Wilkie Collins' Roman *Die Frau in Weiß*.

«Ja, das stimmt», sagte MacQuade und wurde wieder rot, als befürchtete er, der andere könnte seine Gedanken lesen. «Sie dürfte bei dieser Kälte nicht nach draußen gehen. Das müßte er verhindern.»

Melrose versuchte, ihn zu besänftigen: «Nun, wenn jemand religiös ist und Weihnachten vor der Tür steht...» Ihn persönlich allerdings hätten zu dieser Stunde keine zehn Pferde dazu gebracht, selbst die wenigen Schritte zur Kapelle zu eilen – nicht einmal, wenn er einen hermelingefütterten Mantel gehabt hätte.

«Kennen Sie sie denn schon lange?»

«Ich... nein, das nicht. Aber ich glaube, ich kenne sie besser als ihr eigener Mann.» MacQuade räusperte sich und bedachte Melrose mit einem Blick, der endgültig alles verraten hätte, wäre es nicht schon klargewesen.

M‌ELROSE HATTE SICH zu den Bücherregalen zurückgezogen, blätterte in einem Band mit französischer Lyrik und beobachtete Frederick Parmenger und Beatrice Sleight. Bea hatte Vivian rücksichtslos verdrängt, sobald diese es geschafft hatte, Parmenger von seinem Buch abzulenken. Vivian rauschte nun an Melrose vorbei – offenkundig auf der Suche nach jemandem, der sie mehr interessierte als er.

«Die kann blaues Blut zur Wallung bringen, was, mein Süßer?» sagte sie im Vorbeigehen.

Es war schon imposant, wie Parmenger Beatrice abblitzen ließ. Nachdem sie Vivian, an der er interessierter gewesen zu sein schien, erfolgreich aus dem Feld geschlagen hatte, drapierte sie ihren Leib über seinen Sessel und wucherte mit ihren Pfunden. Doch Parmenger machte sich nicht einmal die Mühe, von seinem Buch aufzublicken, als er sie mit ein paar Worten von der Sessellehne vertrieb. Ein ruppiger Hund, dachte Melrose, aber irgendwie liebenswert, vielleicht gerade weil er sich weigert, mit...

«Falls Sie sich wundern, warum er sich mit uns abgibt – er porträtiert mich gerade», unterbrach ihn eine Stimme. Grace Seaingham war von ihrer Andacht zurückgekehrt. Sie gehörte offenbar zu den Leuten, in deren Gegenwart es gefährlich war zu denken. «Ich kann mir niemanden vorstellen, der im Zusammenhang mit Ihnen von ‹sich abgeben› sprechen würde, Mrs. Seaingham.»

«Ich bitte Sie, Mr. Plant. Sie sind doch kein Schmeichler.» Sie lachte ebenso glasklar wie sie sprach.

«Ich weiß. Deswegen habe ich es auch so vorsichtig formuliert.»

Sie errötete ein wenig. Auf ihrem blassen Gesicht wirkte der plötzliche Anflug von Rot beinahe unnatürlich, so als habe ihr nicht das Blut die Wangen gefärbt, sondern die Christrose, die sie – einer plötzlichen Eingebung folgend – aus dem Adventskranz gepflückt und sich an den Ausschnitt gesteckt hatte – eine Art Dank an Susan Assington für die Blumen und gewiß eine für Grace typische Geste, voller Liebreiz und Anmut. Melrose fand es schwer, bei ihrem Anblick nicht in solch ätherischen Begriffen zu denken. Andererseits aber hatte sie ihn mit der Rose in der Hand sehr an die Feen auf den Bildern des Malers Rackham erinnert, zarte, fast durchsichtige Elfenwesen, die mit zerbrechlichen Flügeln über einem Märchengarten schwebten. «Dieses Porträt würde ich gern einmal sehen. Ist es denn schon fertig?»
«Ja. Es war Charles' Idee», fügte sie achselzuckend hinzu, als wollte sie damit ausdrücken, daß ihr selbst solch eitle Hoffart natürlich fremd sei. «Charles hält ihn für ein Genie ersten Ranges. Er malt gewöhnlich keine Porträts. Ich habe keine Ahnung, wie Charles ihn dazu überreden konnte.»
Das war glatt gelogen. Sie mußte sehr genau wissen, daß Seaingham einfach kein Mann war, dem man so etwas abschlug. Hatte er denn nicht dafür gesorgt, daß MacQuade kein armer unbekannter Schreiberling mehr war? Und Vivian, die Gesellschaften eigentlich nicht mochte – hatte er die nicht auch überredet, hierherzukommen?
Sie entschuldigte sich, als Susan Assington ihr zuwinkte. Während sie auf ihre anderen Gäste zusteuerte, fragte sich Melrose, ob sie nicht einfach zu gut für diese Welt war.

12

«Akonit», sagte Cullen. «Die Königin der Gifte. Schon zu Mittag gegessen?» fragte er und reichte Jury den Autopsiebericht über den Tisch wie einen gefüllten Teller.

Jury hatte Cullen und Trimm in einem kleinen Restaurant in Washington namens «The Geordie Nosh» aufgestöbert. Trimm schaufelte riesige Portionen Fleisch und Gemüse in sich hinein. Die Uhr hatte bereits drei geschlagen, die Lunchzeit war vorbei; sie waren die einzigen Gäste.

«Danke, ich habe im Zug gegessen.» Eine freundlich aussehende Frau kam an ihren Tisch. Jury bestellte Kaffee.

«Im Zug? Das ist doch der letzte Fraß dort, Mann. Was gibt's Neues in London?»

«Alles beim alten. Erzählen *Sie* mir mehr.»

Kauend begann Cullen zu berichten. «Ein mörderisches Zeug. Der Leichenbeschauer meint, daß schon ein fünfzigstel Gramm ausreicht, um einen Mann zu töten. Schon die Griechen haben es auf Pfeile und Speere geschmiert. Haben Sie *Ich, Claudius, Kaiser und Gott* gesehn? Da ist einer von den alten Ganoven auch so abgemurkst worden...»

«Ich interessiere mich eigentlich mehr für die Gegenwart», sagte Jury.

«Benommenheit, Prickeln, Brennen, Herzrasen – das sind die Symptome, sagt der Leichenbeschauer», fuhr Cullen fort. «Mit anderen Worten, sie muß gemerkt haben, daß etwas nicht stimmte, hatte aber keine Zeit mehr, was zu unternehmen – das Zeug wirkt schnell. Die richtige Dosis, und *bong*, es haut einen um...» Er hieb Trimm mit der Faust auf die Schulter. Der Constable aß unbeirrt weiter. Mit großer Konzentration trug er Berge von Rübenbrei, Schmorbraten und Gemüse ab; die Welt jenseits des Tellerrands schien er vergessen zu haben.

Jury überflog den Autopsiebericht. «Könnte sie das Zeug aus Versehen geschluckt haben?»

Cullen schüttelte den Kopf. «Ausgeschlossen. Es kommt nur in den Wurzeln des Eisenkrauts vor. Die sehn in etwa aus wie Steckrüben oder so.»

Trimm verputzte unverdrossen seinen Brei aus Steck- oder Kohlrüben. «Wird auch Wolfsgift genannt. Die Wölfe graben das Zeug im Winter aus, wenn sie nichts anderes zu fressen haben.» Die Gabel fest in der Faust, säbelte er heftig an seinem Steak herum, das so zart war, daß er es auch mit dem Finger hätte schneiden können. Auch eine Art, seine Aggressionen loszuwerden. Er stopfte sich ein großes Stück Fleisch in den Mund und wies mit der Gabel auf den Bericht.

«Ich glaube, ich erinnere mich an einen ähnlichen Fall», sagte Jury. «Ist reines Akonit nicht ein kristallines Pulver?»

Cullen nickte mit vollen Backen. «Stimmt. Es braucht nur auf die kleinste Wunde zu kommen, um einen zu töten.»

Jury schob ihm die Zuckerdose zu. «Sieht es aus wie Zucker?»

Cullen runzelte die Stirn. «Weiß nicht. Soll irgendwie süßlich schmecken, meinte der Leichenbeschauer.»

«Helen Minton sagte, daß sie Besuchern von Old Hall gelegentlich Tee anbot.»

«Und ein Besucher tut es in die Zuckerdose? Hm, das würde für eine Handvoll amerikanischer Touristen reichen.» Er kaute nachdenklich auf einem Stück Fleisch herum. «Schon mal Football gesehn? Die Washington Redskins, vielleicht?»

«Ich habe dabei nicht an die Zuckerdose gedacht.»

Die Bedienung kam wieder an den Tisch und nahm die Bestellungen für den Nachtisch entgegen. Trimm tunkte mit einem Stück Brot sorgfältig die letzten Reste der fetten Bratensauce auf. Nachdem das erledigt war, legte er Messer und Gabel ordentlich auf den Teller und verlangte nach Apfelauflauf. Als Jury wieder nichts bestellte, sagte Cullen: «Wenigstens einen Nachtisch müssen Sie essen, Mann. Hier ist alles frisch zubereitet. Das beste Essen im Umkreis und billig dazu. Haben Sie eigentlich diesen Maler gefunden?»

Jury schüttelte den Kopf. «Ich habe jemanden auf ihn angesetzt. Der Bursche ist schwer greifbar.» Er beschäftigte sich wieder mit dem Bericht. «Ist der Tod sofort eingetreten?»

«Mit Akonit könnte es Minuten gedauert haben, aber auch Stunden, je nach der Dosis.»

«Kennen Sie einen Pub namens ‹Jerusalem Inn›?»

Trimm griff nach einem Zahnstocher und rülpste. «So 'n Schuppen mitten in der Pampa? Liegt Richtung Spinneyton. Nichts als Keilereien und Besäufnisse.»

«Da treibt sich ein Junge namens Robin Lyte rum.»

Trimm zuckte die Achseln. «Sagt mir nichts», brummte er mürrisch, um ja keine falschen Vorstellungen über seine Hilfsbereitschaft aufkommen zu lassen.

Jury wandte sich an Cullen. «Ist der Name Lyte häufig in dieser Gegend?»

«Nicht daß ich wüßte.» Er lachte kurz auf. «Wenn Sie in *der* Spelunke nach dem Mörder von Helen Minton suchen, wundert mich das kein bißchen. Nur ist um Durham herum viel mehr Schnee runtergekommen als hier. Soviel ich gehört habe, ist Spinneyton eingeschneit.» Seine Miene verdüsterte sich. «Sogar das Spiel gegen Sunderland ist ausgefallen.»

«Wollen Sie damit sagen, daß es nicht möglich gewesen wäre, durch den Schnee von Spinneyton nach Washington zu kommen?»

«Es sei denn auf Skiern», sagte Cullen. «Sie glauben, es war jemand von dort, was?»

Jury zuckte die Achseln. «Ich weiß nicht, was ich glauben soll. Hier in der Gegend gibt es ein Hotel, das Margate...»

«In Shields», sagte Trimm. «Sunderland-Küste.» Er deutete mit dem Daumen über seine Schulter, als läge die Küste von Sunderland auf der anderen Straßenseite.

«South Shields», sagte Cullen. «Ich kenn das Hotel. Ist jetzt 'n bißchen runtergekommen; früher war's richtig elegant. Übrigens, Ihr Sergeant hat angerufen. Wiggins – so heißt er doch? Der Mann hat in einem fort geniest, er war so schlecht zu verstehn. Sie sollen Scotland Yard anrufen.»

«Danke. Gehen Sie zurück aufs Revier?»

«Ja. Na los, Trimm, wir haben nicht den ganzen Tag Zeit.»

Trimm löffelte den Rest von Cullens Vanillesauce aus und ließ den Löffel klirrend in die Schale fallen. «Geschafft!» sagte er mit der Selbstzufriedenheit eines Mannes, der eine schwierige Aufgabe bewältigt hat.

«SIE WAR SCHWANGER DAMALS», sagte Wiggins. Es knisterte in der Leitung; entweder war die Verbindung schlecht, oder Wiggins riß gerade das Zellophan einer neuen Tüte Hustenbonbons auf. «Natürlich konnten sie sie nicht auf der Schule behalten, sagt die Direktorin. Die ehemalige Direktorin, meine ich. Ich hab ziemlich lange gebraucht, um sie ausfindig zu machen. Und dann wohnt sie auch noch an der Küste.» Es folgte eine Pause, um Jury Gelegenheit zu geben, ihn wegen seiner aufopfernden Arbeit zu bemitleiden.

Aber Jury schwieg. Er konnte es in Wiggins' gequälten Nebenhöhlen pfeifen hören. Manchmal schien es fast, als führten sie ein Eigenleben.

Sergeant Wiggins fuhr beherzt fort. «Maureen hat mir erzählt..., ach ja, ich bin noch einmal auf einen kleinen Plausch bei ihr gewesen. Ich weiß, Sie haben mich nicht ausdrücklich beauftragt, noch einmal zum Haus von Helen Minton zu gehen...»

Jury lächelte. Es war sicherlich nicht Wiggins' letzter Besuch bei Maureen gewesen. «Nein, aber ich bin froh, daß Sie es trotzdem getan haben. Ich glaube, Maureen weiß mehr, als sie uns erzählen wollte.»

«Das stimmt; sie wußte auch, daß Helen Minton schwanger war. Sie wollte es uns nicht sagen, weil das in ihren Augen einem Vertrauensbruch gleichgekommen wäre. Aber da ich es sowieso herausgefunden hatte, meinte sie wohl, es könnte nicht schaden, wenn sie es bestätigte.»

«Was weiter?»

«Parmenger, ihr Onkel, ist damals vor Wut fast geplatzt. Die Sache hat ihn völlig um den Verstand gebracht.»

Jury schwieg eine Weile. «Aha, da liegt also der Hase im Pfeffer...» Er sprach nicht weiter. Wiggins war mucksmäuschenstill. «Wiggins? Was hat sie Ihnen noch erzählt?»

Wiggins räusperte sich. «Ich habe versprochen, nichts weiterzusagen...»

Jury hielt sich den kühlen Hörer einen Moment gegen die Stirn, um nicht loszubrüllen. Dann sagte er ganz ruhig: «Ich arbeite für Scotland Yard. Sie wollen gegenüber Maureen nicht wortbrüchig werden. Aber ich kann eine Vermutung äußern, und Sie sagen mir, ob ich richtig liege. Sie denkt, Frederick Parmenger war der Vater, richtig?»

«Entschuldigung, Sir. Ja, das ist richtig. Sie ist ziemlich sicher, daß er der Vater war.»

«Das würde die Reaktion des alten Parmenger erklären. Trotzdem... ob er wohl an all die Ammenmärchen über die schrecklichen Folgen des Inzests zwischen Cousin und Cousine geglaubt hat?»

«Ich weiß es nicht. Aber wir haben den jungen Parmenger ausfindig gemacht, Sir.»

Jury zündete sich eine Zigarette an. «Na, Gott sei Dank. Wo ist er? In einer Einsiedlerhöhle?»

«In einer Abtei. Spinney Abbey heißt sie – sie liegt ganz in der Nähe von dort, wo Sie gerade sind. Ungefähr zehn Meilen von Durham.»

Jury verbrannte sich fast die Finger an seinem Streichholz. «Spinney Abbey? Und das nächste Dorf heißt Spinneyton?»

«Stimmt, Sir. Die Abtei gehört einem Mann namens – Sekunde – Charles Seaingham. Er schreibt Bücher oder Artikel...»

«Ich weiß. Er ist ein bekannter Kritiker. Reden Sie weiter.»

«Nun, Frederick Parmenger ist anscheinend vor ein paar Wochen dahin gefahren, um zu malen. Dieser Seaingham hat ihm den Auftrag gegeben, seine Frau zu porträtieren.»

Jury dachte schweigend nach.

«Sir?»

«Danke, Wiggins. Sie haben ausgezeichnete Arbeit geleistet.»

Normalerweise hätte ein Kompliment von Jury Wiggins' verstopfte Nebenhöhlen augenblicklich freigemacht. Aber im Moment schien er zu sehr von gewissen bösen Vorahnungen erfüllt. «Werden Sie mich dort brauchen, Sir?» Seine Stimme verriet, daß er nicht gerade darauf brannte, seinem Vorgesetzten zu folgen.

«Ja, sicher.»

Schweigen. «Es liegt bei Newcastle-upon-Tyne.»

«Das weiß ich.»

«Ein Kohlerevier. Kennen Sie den alten Spruch ‹Kohlen nach Newcastle und Eulen nach Athen tragen›?» Wiggins erstickte fast an seinem gekünstelten Lachen. «Mit dem Zug? Sie wissen, wie ich Bahnhöfe verabscheue.» Als Jury immer noch schwieg, fügte er wehmütig hinzu: «Weil ich morgen doch dienstfrei habe, wollte ich eigentlich mit Maureen nach Stevenage fahren, um ihren Bruder zu besuchen.»

«Okay. Da mir so weihnachtlich ums Herz ist, können Sie den Zug von Stevenage aus nehmen.» Jury ließ Wiggins noch eine Weile über Kohle, Rauch und Ruß jammern und sagte dann: «Schön. Ich erwarte Sie also morgen. Nehmen Sie einen Schnellzug.»

«Vor denen muß man sich in acht nehmen. Ihr Sog ist so stark, daß er einen vom Bahnsteig auf die Gleise reißen kann.»

«Dafür haben sie die dicken gelben Linien auf die Bahnsteige gemalt. Hinter denen sind Sie sicher.»

13

JURY SAH DEN STRAND HINUNTER auf das Margate Hotel, ein langgestrecktes, weißgetünchtes Gebäude, das sich vor einem steilen felsigen Abhang aus dem nassen Sand erhob wie das Skelett eines von der Flut ausgespülten Schiffsrumpfes. Der Wind hatte den Schnee zu hohen Dünen aufgetürmt, die sich gegen die Felswand drückten. Der Strand war menschenleer. Nur hinten, zwischen den Felsen, gingen Arm in Arm ein Mann und eine Frau spazieren, schwarze Schatten vor der versinkenden Sonne.

Auf der Veranda des Margate standen vereinzelt Schaukelstühle herum und wiegten sich knarrend im Wind oder unter dem Gewicht von Geistern längst verstorbener Gäste. Alles Leben schien von hier geflohen zu sein. Zugegeben, man konnte kaum erwarten, daß es zur Winterszeit in einem Badeort zuging wie in einem Bienenstock. Aber über diesem Hotel schwebte eine solche Aura der Verlassenheit, daß Jury sich fragte, ob der Sommer etwas daran ändern oder ob nicht auch dann die Scharen bunt gekleideter Gäste, das Kreischen planschender Kinder, kurz: das ganze leuchtende, wimmelnde Strandleben nur eine fahle Erinnerung an längst vergangene Zeiten sein würde.

Nur die großen offenstehenden Eingangstüren sagten ihm, daß das Haus über die Feiertage nicht geschlossen war. Und dann bemerkte er auch noch andere Lebenszeichen: laute Stimmen vom Ende der dunklen Vorhalle, und in einem Raum hinter der Rezeption gingen Schubladen auf und zu. Als er linker Hand durch eine halboffene Tür blickte, erkannte er die Gestalten von zwei oder drei älteren Leuten, die regungslos wie Ölgötzen dasaßen. Von einer der Gestalten sah er nur einen grauen, geflochtenen Zopf über einer Sessellehne liegen. Eine andere war wohl eingeschlafen, denn das Kinn war ihr auf die Brust gesunken. Und dann bemerkte er noch die huschende Bewegung einer Hand, die in einer Illustrierten blätterte.

Ein Mädchen kam mit einem Stapel Aktendeckel aus dem

Zimmer hinter der Rezeption und blieb überrascht stehen – sie hatte zu dieser Jahreszeit offenbar keinen neuen Gast mehr erwartet. Sie war gewiß die Jüngste im Haus, Ende Zwanzig und von einer vernachlässigten Schönheit. Wahrscheinlich dachte sie, daß es hier nicht der Mühe wert sei, zu Puder und Lippenstift zu greifen. Aber nun taxierte sie Jury ab und betrachtete sich dann kritisch in einem zerbrochenen Spiegel, der in einer Ecke hinter dem Empfangspult hing. Sie biß sich auf die Lippen und strich sich mit der freien Hand übers Haar. «Sie wollen ein Zimmer, ja?» Sie steckte eine Anmeldekarte in einen kleinen Klemmhefter und schob sie ihm hinüber. Ihr Lächeln war kokett, aber leider durch schlechte Zähne entstellt.

Jury ließ ihr für eine Weile die Illusion, daß er ein Gast sei. «Nicht viel los um diese Jahreszeit, was?»

Tiefe Verdrossenheit breitete sich auf ihrem Gesicht aus. «Allerdings. Und wenn schon mal Leute kommen, dann höchstens steinalte Rentner. Und alle haben sie irgendwelche Wehwehchen, aber Mrs. Krimp – das ist die Besitzerin – läßt sie hier billig wohnen.» Sie zuckte ihre mageren Schultern. «Warum auch nicht... sonst kommt ja sowieso keiner.» Sie nahm ihre Handtasche vom Pult, kramte einen Lippenstift hervor und begann sich zu schminken. Als nächstes griff sie zu Kamm und Nagellack, als wäre Jury nur gekommen, um sie zu einer flotten Tour durch sämtliche Pubs des Ortes abzuholen. Und für einen kleinen Schwatz war er ihr vorerst allemal willkommen. «Na ja, jedenfalls kann ich hier ein bißchen Geld verdienen, warum soll ich mich also beklagen? Ich bin zwar ausgebildete Stenotypistin, aber versuchen Sie mal, in dieser Gegend einen Job zu bekommen. Sie sind wohl nicht von hier, ich hör's an Ihrer Aussprache.»

«Ich bin aus London.»

«London.» Er hätte ebensogut Atlantis sagen können. «Da war ich noch nie. Haben Sie ein Glück!»

Jury lächelte. «Es hat seine Nachteile. Keine frische Seeluft zum Beispiel.»

«Im Sommer ist es gar nicht mal so übel hier. In Shields gibt's ein paar Läden, wo man ein bißchen Spaß haben kann.» An welche Art Spaß sie dabei dachte, überließ sie Jurys Vorstellungsvermögen. «Und dann geh ich manchmal nach Washington, in dieses neue Einkaufszentrum. Da gibt's 'ne Disko, wo ab und zu Rockgruppen spielen, das ‹Silver Spur›. War'n Sie da schon mal?» Jury schüttelte den Kopf. «Mögen Sie keine Diskomusik? Heute abend spielen *Kiss of Death*.»

«Wer?»

«Ach, kommen Sie. *Kiss of Death*! Eine der besten Gruppen, die's gibt. So alt sind Sie nun auch wieder nicht.»

«Leider doch.»

Sie schmiegte ihr Kinn in ihre Hände und lächelte ihn an. «Das sieht man Ihnen aber nicht an. Mir sind sowieso...»

...ältere Männer lieber. Er kannte die Leier. «Übrigens brauche ich kein Zimmer. Ich brauche eine Auskunft.»

Sie reagierte, als hätte er ihr nach einer langjährigen Beziehung den Laufpaß gegeben. Unter der Schminke verhärtete sich ihr Gesicht. «Was für eine Auskunft?»

Jury zog das Foto von Helen Minton hervor. «Diese Frau. Ich glaube, sie war einige Male hier. Erkennen Sie sie wieder?»

Aber das Mädchen würdigte das Bild keines Blickes. Ihre Augen wurden schmal. «Sind Sie von der Polizei, oder was?»

«Ja.» Jury legte seinen Ausweis auf den Tisch, den sie stirnrunzelnd begutachtete.

«Scotland *Yard*?» Was er auf romantischem Gebiet in ihrer Gunst an Boden verloren hatte, machte sein Beruf wieder wett. Die Vorstellung, daß Scotland Yard sich für das Margate Hotel interessierte, zauberte kindliches Erstaunen auf ihr Gesicht. Sie warf einen Blick auf das Bild, schüttelte den Kopf und sah dann noch einmal genauer hin. «Ja, stimmt. Sie war zwei- oder dreimal hier.»

«Wann zum letztenmal?»

«Ich erinnere mich nicht genau – vielleicht vor einer Woche.»

«Wie lange ist sie geblieben?»

Sie zuckte die Achseln. «Ein paar Tage.»

«War sie mit irgendwelchen anderen Gästen befreundet?»

«Komische Frage. Mit wem soll man sich hier schon anfreunden? Aber halt, warten Sie... Sie hat, glaub ich, manchmal mit Miss Dunsany geredet. Aber meistens ist sie nur am Strand auf und ab gelaufen. Ich glaube, sie kam wegen der Seeluft.» Sie beugte sich über das Empfangspult; ihre ansonsten leer blickenden Augen glitzerten scharf wie Glasscherben. «Warum interessiert sich die Polizei für sie?»

«Haben Sie sie irgendwann einmal mit einem Mann gesehen? Ich meine, kam sie gelegentlich in Männerbegleitung hierher?»

«Nein, nicht während ich hier war. So was passiert in diesem langweiligen Kasten sowieso nie. Wenn *mich* ein Mann übers Wochenende in so einen Schuppen bringen würde...»

Jury unterbrach sie, bevor sie ihre erotischen Phantasien zum besten geben konnte. «Sie kam also allein, blieb auch die meiste Zeit für sich und machte lange Spaziergänge. Fanden Sie das nicht ein wenig seltsam?»

Sie zuckte die Achseln. «Ich kapier sowieso nicht, warum jemand, der noch so jung ist – ich meine jung im Vergleich zu denen da» – sie gestikulierte in Richtung Salon –, «warum so jemand ausgerechnet ins Margate kommt.»

Sie schraubte ihr Fläschchen Nagellack auf und begann, ihren kleinen Fingernagel blutrot anzumalen. Da von Jury offenbar keine obszönen Enthüllungen über Helen Minton zu erwarten waren, hatte sie jedes Interesse an ihr verloren.

«Sie sagten, sie habe sich mit einem der Gäste angefreundet.»

«Ja, mit Miss Dunsany.»

«Und wo ist Miss Dunsany?»

«Wahrscheinlich im Salon. Maxine wird jetzt gleich mit dem Kaffee kommen. Nach dem Abendessen halten sie sich alle gern dort auf.»

In diesem Moment kam ein schlampiges Mädchen in einer Schürze – vermutlich Maxine – mit einem Tablett den Flur herunter. «Heißes Wasser, heißes Wasser», rief sie wie ein orientalischer Straßenhändler. «Die ganze Zeit auf Achse für diese Alten, mir steht's langsam bis hier, Glo.» Offenbar sprach sie mit der Empfangsdame. Die schien an Maxines Gejammer gewöhnt zu sein, denn sie sah nicht einmal von ihren glänzenden Fingernägeln auf. Sie zuckte lediglich die Achseln, während das Mädchen in den Salon schlurfte.

«Wären Sie so freundlich, mir Miss Dunsany zu zeigen?» bat Jury.

Glo machte keine Anstalten, sich zu erheben. «Sie finden sie schon selber. Sie sitzt immer in dem Sessel am Kamin.»

Falls Miss Dunsany es gerne warm hatte, so nützte ihr der Platz am Kamin nicht viel. Der Rost sah aus, als hätte seit einem halben Jahrhundert kein Feuer mehr darauf gebrannt. Die Holzscheite, die Jury zunächst für feuersichere Attrappen hielt, erwiesen sich jedoch als echt.

Der Raum war mit planlos verteilten Sofas und Sesseln möbliert, deren dunkelbraune Polster teilweise unter zerschlissenen Schonbezügen verschwanden. Im winterlichen Dämmerlicht wirkte das Zimmer noch kälter, als es ohnehin schon war.

Die alte Dame, die sich vielleicht noch aus ihrer Jugend daran erinnerte, daß Salons von einem prasselnden Feuer erwärmt wurden, saß in einem Ohrensessel am Kamin. Sie trug ein Kleid aus dunkelblauem Crêpe de Chine und einen Schal um ihre Schultern. Als Jury auf sie zutrat, nahm sie gerade ihre Tasse in beide Hände und führte sie vorsichtig zum Mund. Es waren noch zwei weitere Gäste im Raum, eine kleine magere Frau und ein Mann mit vorquellendem Bauch, der schnaufend seine Kanne mit heißem Wasser inspizierte. Keiner sprach.

«Miss Dunsany», sagte Jury und setzte sich ihr gegenüber in einen klobigen Sessel. «Mein Name ist Richard Jury. Ich bin von Scotland Yard.» Als sie ihn erschrocken ansah, fügte er rasch hinzu: «Und ein Bekannter von Helen Minton.»

Das beruhigte sie nicht. «Helen. Ihr ist etwas zugestoßen, nicht wahr?»

«Leider ja.»

Sie starrte auf den kalten Rost – eine Frau, die an schlechte Nachrichten gewöhnt war. «Hätten Sie gerne eine Tasse Kaffee, Mr. –? Es tut mir schrecklich leid, aber mein Gedächtnis ist nicht mehr so gut wie früher.»

«Jury. Aber nennen Sie mich Richard.»

«Ich heiße Isobel. Was ist denn geschehen?»

«Ein Unfall. Helen ist tot.»

Sie warf einen Blick in den trostlosen Raum, als wollte sie damit sagen, daß dies genau die Art Nachricht sei, die man im Margate erwarten würde. «Das tut mir furchtbar leid. Ich mochte Helen. Ich weiß, daß sie wegen einer Herzschwäche Medikamente nahm. Aber deswegen sind Sie wohl nicht hier?»

«Wir sind noch nicht sicher, was ihren Tod verursacht hat. Ihre Nachbarin sagte, daß Helen Sie kannte.»

Isobel Dunsany starrte wieder in den kalten Kamin. «Wissen Sie, ich habe mich immer gewundert, warum sie ausgerechnet ins Margate kam. Es ist ziemlich scheußlich hier, finden Sie nicht?» Ihr Gesicht war alt und faltig, aber ihr Lächeln war jung geblieben. «Ich glaube, es ist nur die Gewohnheit, die mich hier hält. Es war nicht immer so, wie es heute ist. Natürlich könnte ich mir etwas Besseres leisten.»

Einen Moment lang dachte Jury, daß dies nur eine Ausrede sei, wie sie alte Leute gebrauchten, die einst bessere Tage gesehen hatten und die das ärmliche Leben, das sie nun fristen mußten, verabscheuten – die gräßlichen Möbel, die gleichgültige Bedienung, die leeren Zimmer, die Einsamkeit, die ihnen sagten: *Das habt ihr nun aus eurem Leben gemacht; ihr habt's nicht besser verdient.* Aber mit einem Blick auf ihre Kleidung – die Qualität des Crêpe de Chine, die feine Wolle des Schals – und angesichts ihrer Silberbrosche und der Ringe an ihrer Hand wurde ihm klar, daß sie die Wahrheit sagte: Sie hätte sich leicht etwas Besseres leisten können.

Sie spielte mit ihrer leeren Tasse herum. «Ich kenne dieses Hotel seit meiner Jugend. Ich war noch ein Mädchen, als ich mit meinen Eltern zum erstenmal hierherkam. Sie wären überrascht, wie beliebt das Margate damals war. Und wie fröhlich es hier zuging.» Ihre Augen – die von jenem Blau waren, das bei alten Menschen immer so erstaunlich hell aussieht – streiften durch den Raum. «Die Möbel in diesem Raum waren Louis Quinze, burgunderrot und vergoldet ... dort drüben stehen noch ein oder zwei Stühle» – Jurys Blick folgte dem ihren zu den verblichenen Stühlen, die zwischen zwei Fenstern an der Wand standen –, «und mitten im Zimmer stand eine große kreisförmige Couch. Dort saß ich oft und träumte davon, daß ein schöner junger Mann kommen und mich zum Tanz auffordern würde. Im hinteren Teil gibt es einen Ballsaal. Jetzt ist er geschlossen. Zu schwer zu beheizen.» Sie zog den Schal enger um ihre Schultern. «Aber wenigstens *hier* könnten sie ein Feuer anzünden.»

«Das ist nicht weiter schwierig», sagte Jury und zog Streichhölzer aus der Tasche. Das Papier und die Kienspäne fingen Feuer, und kurz darauf begannen die Scheite Funken zu sprühen.

Dieses völlig unerwartete Ereignis riß die beiden anderen Anwesenden aus ihrer Lethargie; sie erhoben sich ächzend und steuerten auf Sessel zu, die näher am Feuer standen. Dann saßen sie ganz still, wie um diesem wundersam warmen Glanz in ihrer kalten Kammer zu huldigen.

Die Wärme im Salon mußte sich bis in die Halle ausgebreitet und die Aufmerksamkeit der Hoteldirektorin erregt haben – falls es Mrs. Krimp war, die in diesem Augenblick zur Tür hereinrauschte, um nachzusehen, was zum Teufel hier los war und welchen ihrer Gäste sie für diesen Bruch der Hausordnung zur Rechenschaft ziehen konnte.

Mrs. Krimps Erscheinung vermittelte in der Tat den Eindruck, als wäre jede künstliche Wärme in ihrem Falle Verschwendung. Über kokaltblauen Hosen leuchtete ein orangefarbener Pullover. Ihr dauergewelltes Haar war rot und züngelte in feurigen kleinen Locken um ihren Kopf. Ihre katzengelben Augen glühten vor Empörung. «Was ist denn hier los! Mr. Bradshaw!» – als wäre er der Brandstifter – «Sie wissen doch, daß wir nach dem Abendessen kein Feuer mehr anzünden. Das lohnt sich nicht. Sie gehen sowieso bald ins Bett. Mrs. Gibbs, ich bin überrascht...» Beim Anblick des Fremden verstummte sie. Es war bestimmt nicht gut fürs Geschäft, wenn sie alte Herrschaften vor einem möglichen neuen Gast herumkommandierte. Bei dem Gedanken, frisches Blut in die greisen Adern des Hotels zu bekommen, leckte sie sich die Lippen. Mrs. Krimp hatte etwas von einem Vampir. Inzwischen war Glo hinter ihr aufgetaucht und flüsterte ihr etwas ins Ohr.

«Polizei!» rief Mrs. Krimp. «Das gibt Ihnen noch lange nicht das Recht, in mein Hotel einzudringen und alles in Unordnung zu bringen...»

Langsam erhob Jury sich aus seinem Sessel. Gewöhnlich legte er es nicht darauf an, Eindruck zu schinden, aber er hatte eine Art kultiviert, sich aufzurichten, die ihn größer als seine 186 Zentimeter erscheinen ließ, und er konnte einen samtweichen Ton anschlagen, der einem Schauer des Entsetzens den Rücken herabrieseln lassen konnte. Mrs. Krimp wich ein oder zwei Schritte zurück, als er zu ihr sagte: «Sie wissen doch, Mrs. Krimp, daß es gewisse Richtlinien gibt, an die jedes Hotel sich zu halten hat. Wann hat in diesem Kamin dort zum letztenmal ein Feuer gebrannt? Heute nach dem Frühstück? Ich würde mich schon sehr wundern, wenn es in der letzten Woche überhaupt angezündet worden wäre.» Er zückte sein Notizbuch, blätterte darin herum (als hätte er bereits umfangreiche Aufzeichnungen über die Vorgänge im Margate gemacht) und kritzelte etwas hinein. «Zugegeben, ich bin nicht von der Aufsichtsbehörde. Aber ich werde jemanden von dort kommen lassen» – er lächelte zuckersüß –, «und zwar schleunigst.»

Der alte Mann unterdrückte ein Kichern, und die andere alte Dame sah Mrs. Krimp erwartungsvoll an, als wollte sie sagen: Na, wie schmeckt dir das, du alte Hexe.

Mrs. Krimp wurde feuerrot. Ihre Lippen bewegten sich, doch sie brachte keinen Laut hervor.

Miss Dunsany ließ sich die günstige Gelegenheit nicht entgehen und sagte im Tonfall eines Menschen, der gewohnt ist, mit Personal umzugehen: «Ja, Mrs. Krimp. Und da wir gerade dabei sind: Könnten wir zum Abendessen vielleicht einmal etwas anderes bekommen als Tomatensuppe aus der Dose?» Dann fügte sie mit beiläufiger Grandezza hinzu: «Und wir hätten alle gerne ein Glas Port.»

«*Port*? Was soll das nun heißen? Die Bar ist im Winter geschlossen...»

«Meine gute Frau, ich spreche von *meinem* Port. Die Kiste Cockburn's, die ich Ihnen anvertraut habe, damit sie in Ihrem Keller gelagert wird.»

Jury hätte wetten können, daß Mrs. Krimp sich schon seit geraumer Zeit die trübe Winterlaune mit dem Cockburn's vertrieb. Das Netzwerk feiner roter Äderchen in ihrem Gesicht sprach Bände. Cockburn's und Gin, schätzte er.

Mrs. Krimp fegte wutentbrannt aus dem Zimmer.

Nach ein paar Minuten erschien Maxine, die jetzt um einiges eilfertiger wirkte und Jury ansah, als fürchtete sie, er werde ihr auf der Stelle Handschellen anlegen. Sie trug ein Tablett mit einigen zusammengewürfelten Gläsern und einer Flasche Bristol Cream darauf.

Miss Dunsany lächelte. «Bestimmt aus ihren Privatbeständen. Ich kann mir schon vorstellen, was aus meinem Cockburn's geworden ist.»

Während der nächsten halben Stunde wurde es richtig gemütlich. Sie tranken jeder zwei Gläschen (Jury sah, wie Bradshaw ein drittes kippte, während Miss Dunsany ins Feuer starrte) und unterhielten sich.

Bradshaw und Miss Gibbs nickten schließlich sanft ein, während Miss Dunsany die alten Zeiten im Margate Hotel wiederaufleben ließ: die Strandpromenade, deren Planken längst verrottet waren, die Badekarren, die Damen mit Sonnenschirmen und die Herren mit weißen Hosen und gestreiften Jacketts. Während sie erzählte, hörte Jury den Wind ums Haus heulen.

Irgendwo knallte ein Fensterladen zu, eine unverriegelte Tür knarrte, als wolle der Wind sich einen Weg ins Haus suchen. Miss Dunsany spann ihre Vergangenheit aus, und das Zimmer summte vor Erinnerungen.

«Helen Minton», nahm Miss Dunsany das unterbrochene Gespräch wieder auf, nachdem sie genüßlich an ihrem Glas genippt hatte. «Sie war ganz anders als die Leute, die man gewöhnlich hier im Margate antrifft.»

«Wie war sie denn?» Er zog seine Zigaretten hervor, bot auch Miss Dunsany eine an und gab ihr Feuer.

«Unglücklich. Im übrigen hat sie wohl mehr über mich erfahren als ich über sie. Ich glaube, sie hatte kaum Angehörige. Einen Cousin, den sie selten sah; er ist Künstler. Über ihre Eltern weiß ich nichts Genaues. Soviel ich mir zusammenreimen konnte, war der Vater in eine ziemlich unangenehme Sache verwickelt. Vielleicht in eine Unterschlagung?» Sie sah Jury fragend an, als könnte er aus den dürftigen Anhaltspunkten, die sie zu bieten hatte, möglicherweise die genauen Fakten ableiten. «Jedenfalls nahm er sich das Leben, und die Mutter starb kurz danach. Es sieht so aus, als wäre der Skandal zuviel für sie gewesen. Sie muß demnach ein ziemlich empfindsamer Mensch gewesen sein. Wenn ich da an meinen eigenen Mann denke – aber lassen wir das. Helen kam auf ein Internat und fand es dort gräßlich. Es muß ein schwerer Schlag für sie gewesen sein, erst die Eltern zu verlieren und dann einfach irgendwohin abgeschoben zu werden. Sie hat einmal gesagt: ‹Wenn die anderen herausbekommen, daß einer allein ist, dann werden sie todsicher alles daransetzen, ihn noch einsamer zu machen.› So, wie sie über die Schule redete, konnte man meinen, all das sei ein böser Alptraum gewesen. Die anderen Mädchen waren kaltherzig, die Flure ein einziger Irrgarten. Und als sie dann sechzehn oder siebzehn war, hat sie der Onkel, dem sie das alles zu verdanken hatte, plötzlich vom Internat genommen.»

«Und warum?»

«Ich weiß es nicht.»

Jury dachte einen Moment nach. «Sie haben gesagt, daß Helen eine Menge über Sie wußte. War sie denn so neugierig?»

Isobel Dunsany schien ein wenig verwirrt, als hätte sie über diesen Gesichtspunkt noch gar nicht nachgedacht. «Neugierig war sie bestimmt nicht. Eher andersherum: Sie hat meine Geschwätzigkeit immer mit viel Geduld ertragen. Aber das haben Sie ja auch.» Sie schnippte lässig ihre Zigarette in den Kamin.

Hinter ihnen entbrannte zwischen Bradshaw und Gibbs ein kleiner Streit um die Sherryflasche.

«Wäre es möglich, daß Helen Minton Ihretwegen hergekommen ist?»

Sie sah ihn nachdenklich aus ihren kühlen blauen Augen an. «Wenn ich es mir so recht überlege – wäre das schon möglich. Damals war ich einfach froh, daß jemand zuhörte, wenn ich meine langweiligen Geschichten erzählte – über die alten Zeiten, meine Familie und so weiter. Sie schien sich sehr für die Dienerschaft zu interessieren, obwohl mir das zu dem Zeitpunkt nicht weiter aufgefallen ist. Ich hatte ein Dienstmädchen, Danny. Richtig hieß sie Danielle. Ihre Mutter muß entweder Französin oder ziemlich dumm gewesen sein, ihr so einen ausgefallenen Namen zu geben.»

«Wie kam das Mädchen zu Ihnen?»

«Vor ihrer Ehe hatte sie jahrelang als Bedienstete gearbeitet. Ihre Referenzen waren ausgezeichnet, und ein liebes Mädchen war sie auch. Ihr Mann war durchgebrannt, und sie hatte ein Kind zu ernähren. Ich vermute, sie saß in der Patsche, weil er ihr Erspartes hatte mitgehen lassen. Deswegen mußte sie sich wieder nach einer Anstellung umsehen.»

«Wann war das?»

Sie lachte leise und ein wenig verlegen. «Ich habe ein schlechtes Zeitgefühl. Vor zwölf Jahren ungefähr, es kann auch länger her sein.»

«Und was ist später aus Danny geworden?»

«Ich habe sie aus den Augen verloren. Tut mir leid.» Sie preßte die Finger gegen ihre Stirn, sah dann plötzlich auf und sagte, als sei ihr plötzlich eine Erleuchtung gekommen: «Lyte. Natürlich!»

«L-y-t-e?»

«Ja, genau. Danny Lyte. Jetzt fällt's mir wieder ein. Es war der Name einer alten Familie aus Washington. Seltsam, aber für sie hat Helen sich besonders interessiert.»

«Erinnern Sie sich an das Kind?»

Aber der Sherry und das behagliche Feuer schienen Miss Dunsanys Erinnerungsvermögen eingelullt zu haben. «Danny wohnte in Washington. Den kleinen Jungen habe ich nur ein einziges Mal gesehen. Wie hieß er doch gleich?»

Jury wartete, aber Miss Dunsany schüttelte nur den Kopf.

«Robin?»

Er hatte ins Schwarze getroffen. «*Robin*! Sie haben recht! Er wurde nach seinem Vater benannt. Jetzt sehe ich ihn auch wieder vor mir.» Sie beschrieb den Jungen: braunes Haar, braune Augen, ziellos schweifender Blick. «Es war traurig. Der Junge war ein wenig... zurückgeblieben. Eine traurige Geschichte.»

«Und für den Jungen hat Helen Minton sich auch interessiert?»

Wieder ein Treffer für Scotland Yard. «Ja, stimmt. Woher wissen Sie das bloß alles?»

Jury lächelte. «Ich hab einfach geraten.»

Mr. Bradshaw und Miss Gibbs hatten sich so intensiv mit der Sherryflasche beschäftigt, daß sie nun eine Art dissonanten Weihnachtskanon anstimmten, jeder mit einem anderen Lied.

Jury bedankte sich bei Isobel Dunsany und erhob sich. Zum Abschluß versprach er ihr, daß ein Aufsichtsbeamter demnächst das Hotel inspizieren werde. Die Wiedereröffnung des Tanzsaals sei damit zwar noch nicht gesichert, aber mit den Dosensuppen werde es wahrscheinlich ein Ende haben.

«Ich hoffe, Sie finden, was Sie suchen. Leben Sie wohl, Mr. Jury.»

Sie wandte sich wieder dem Feuer zu, das nun langsam herunterbrannte.

14

«Ich werde mich heute etwas früher zur Ruhe begeben», sagte *Lady Stubbings.* Normalerweise hätte Melrose über so etwas gerade noch hinweglesen können – in Krimis begab man sich eben gerne früh zur Ruhe –, aber in diesem Fall empfand er den Satz als absolut unerträglich und wünschte, sämtliche handelnden Personen würden schleunigst ihre Betten aufsuchen.

Bis jetzt hatte er ein halbes Dutzend Leichen gezählt, die entweder im Studierzimmer, auf der Terrasse oder im Treibhaus entdeckt worden waren. Melrose gähnte und legte *Die Morde auf Stubbings* beiseite. Er hatte schon nach ein paar Seiten gewußt, wer die Mörderin war, und war nur allzu froh, daß sie sich nun endlich zur Ruhe begab... Anstatt sich jeden Abend wieder früh in ihre Zimmer zurückzuziehen, sollten alle Romangestalten es ihm gleichtun und lieber gleich ganz im Bett bleiben. Dann bliebe allen eine Menge Mühe und Ärger erspart: die Opfer müßten sich nicht umbringen lassen, der Mörder müßte nicht morden, der Leser müßte das Buch nicht lesen, und vor allem müßte der Autor gar nicht erst mit dem Schreiben anfangen. Daß Melrose im allgemeinen trotzdem gern in Krimis schmökerte, ging auf seine Bekanntschaft mit Polly Praed zurück. Er hatte jedes ihrer Bücher zweimal gelesen, um es in seinen Briefen einer kritischen Würdigung unterziehen zu können. Seine Kritik war jedoch nicht mit ungeteilter Begeisterung aufgenommen worden, wie Pollys letzter Brief an *Mr. M. Plant (Lord Ardry? Euer Gnaden??)* bezeugte. Also wirklich!

Melrose klopfte die Kopfkissen zurecht, um sich eine bequemere Leseposition zu verschaffen. Dann nahm er *Die Fußspur an der Decke* von dem Bücherstapel auf seinem Nachttisch und las den Namen der Autorin – Wanda Wellings Switt. Grund genug, das Buch ohne Umschweife auf den Stapel abgelehnter Romane zu legen. Es interessierte ihn nicht die Bohne, von wem der blutige Fußabdruck an der Decke stammte.

Die dritte Taube, von Elizabeth Onions. Der Schutzumschlag zeigte einen Schwarm Tauben, die auf einen dunklen, wolkenverhangenen Himmel im Bildhintergrund zuflogen. Eine Taube, die zu blöd gewesen war, sich rechtzeitig aus dem Staub zu machen, stürzte wie ein Stein auf ein Gebüsch im Vordergrund herunter, aus dem finster ein Gewehrlauf lugte. Warum zum Teufel schrieb jemand über den Mord an Tauben, wenn ihm potentiell vier Milliarden Menschen als Opfer zur Verfügung standen?

Es wurde langsam Zeit, daß er aufstand. Die Migräne, die er am Morgen vorgeschützt hatte, konnte ihn ja nicht auf ewig bei den anderen Gästen entschuldigen – und Agatha nahm auf sein Ruhebedürfnis ohnehin keine Rücksicht. Mit schöner Regelmäßigkeit tauchte ihr grauhaariger Kopf in seiner Tür auf, um immer neue Vermutungen über seine Krankheit anzustellen: Die tödlichen Krankheiten waren inzwischen abgehakt, denn Ruthven hatte sich standhaft geweigert, einen Priester zu rufen; akute Erkrankungen fielen ihr offenbar keine mehr ein, und so begnügte sie sich nun mit einer Aufzählung chronischer Leiden.

Melrose stand auf und trat an das hohe schmale Fenster. Vielleicht hatten die Götter ja das kleine Wunder eines Wetterumschwungs vollbracht, und er konnte seine Taschen in den alten Flying Spur werfen und...

Schnee.

Schnee, Schnee und noch mal Schnee. Lady Assington hatte erklärt, dies sei «endlich mal ein echtes Abenteuer», als wären sie gezwungen, sich in arktischem Klima von Lebertran zu ernähren und Stöckchen aneinanderzureiben, um Feuer zu machen, während in Wirklichkeit prasselnde Kaminfeuer, Zigarren, Grand Marnier und Sambuca für ihr leibliches Wohl bereitstanden.

Ruthven klopfte, trat ein und fragte, ob Seine Lordschaft zum Nachmittagstee erscheinen würde.

Melrose studierte die Decke, fand sie kalt, klösterlich und bar jeder Fuß- oder Blutspur, und beinahe wäre er wie die besagte dritte Taube aus dem Bett gestürzt.

Zum Nachmittagstee wurde eine Vielfalt von Speisen gereicht, an denen jeder außer Agatha sich auf Tage hinaus hätte satt essen können: Räucherlachs, Rebhuhnpastete mit Trüffeln und natürlich eine Kuchenplatte, die Agatha sofort nach Sahnetörtchen absuchte.

Da die interessanteren Gäste wie Parmenger und MacQuade anscheinend Schweigegelübde abgelegt hatten, dominierten wieder Beatrice Sleight und Agatha das Gespräch.

Nachdem Agatha sich tags zuvor erschöpfend über die Titel der Ardry-Plants ausgelassen hatte, ging sie heute zu deren Besitztümern über. Da sie kein eigenes Vermögen besaß, gab sie um so mehr mit Melroses Reichtum an: «...und auf Ardry End haben wir eine der besten Lalique-Sammlungen. Nächsten Monat gehen wir zu der Auktion bei Christie's...»

Von dieser Auktion wußte Melrose noch gar nichts, und er hatte auch nicht vor, hinzugehen. Irgendeine beiläufig gestellte Frage erwiderte Agatha mit einem Lachen, das eher zu einem Rollkutscher als zu einer Lady paßte.

«Mein verstorbener Mann, Honorable Robert Ardry...» plapperte Agatha weiter und garnierte ihr Thema mit einer erneuten Aufzählung von Adelstiteln. Unterdessen floh Melrose aus dem Speisesaal in die Halle, hörte aber noch, wie sie auf eine Frage von Beatrice Sleight antwortete: «Ich? O nein, meine Liebe, keinen Penny.» Sie lachte. «Ich hab nur noch meinen Schmuck und, äh – *ma devise*.»

Da der Schmuck aus dem Besitz seiner Mutter stammte, blieb ihr lediglich ihr Anteil am Familienwappen. Aber den würde sie mit Zähnen und Klauen verteidigen.

Melrose schlenderte in den Salon, wo er Tommy Whittaker vor dem Feuer sitzen sah. «Verbrenn dir nicht die Finger», sagte er. «Sonst ist es aus mit dem Oboespielen.»

Tommy sah auf und lächelte. Sein Gesicht war von makelloser Schönheit, aber ihm selbst schien das kaum bewußt zu sein. Den Barockspiegel über dem Kamin ignorierte er vollständig. «Ich spiele erbärmlich, nicht wahr? Ich müßte mehr üben.»

«Aber bitte nicht jetzt.»

Tommys düstere Miene hellte sich auf; er begann zu lachen. «Tut mir leid, daß Sie meine Katzenmusik ertragen mußten.»

«Schon gut.»

«Interessieren Sie sich für Bücher?»

«Manchmal sogar für das, was drinsteht.» Melrose zündete sich eine Zigarre an.

«Mir ist die Lust am Lesen vergangen.» Er sah sich vorsichtig um. «All diese Schreiberlinge hier...»

«Aber, aber! Du weißt ja gar nicht, was dir entgeht! Ich denke da an so herrliche Bücher wie *Die dritte Taube* oder all die übrigen Werke von Elizabeth Onions.» Tom sah ihn verwirrt an, und Melrose fuhr fort: «Nur eine Krimiautorin. Keine Sorge, die Onions wird nicht auch noch hier auftauchen. Wahrscheinlich liegen Krimiautoren unter Mr. Seainghams Niveau.»

Tommy stieß einen Seufzer aus. «Wahrscheinlich wäre ein Mord wirklich keine so schlechte Idee. Ich würde mich gerne als Opfer anbieten.» Er stützte sein Kinn in die Hände und sah wieder so aus, als wollte er sich jeden Augenblick in die Flammen stürzen.

«Deine Opferbereitschaft ist edel, aber unnötig. Trotzdem, ich verstehe, was du meinst.»

«Ich bin froh, daß wenigstens einer mich versteht.»

Melrose wußte nicht genau, ob er wirklich den Seelentröster spielen wollte. So etwas konnte zu allerlei Komplikationen führen.

Tommy stand auf. «Machen wir doch einen kleinen Spaziergang. Haben Sie Lust?»

«Einen Spaziergang? Wohin?»

Tommy zuckte ungeduldig die Achseln. «Einfach raus. Wir könnten in den Ruinen rumlaufen.»

«Na prächtig. Hast du nicht bemerkt, daß der Schnee knietief liegt?»

«Wir könnten auch durch den Kreuzgang laufen und uns dann in die Kapelle setzen.»

Kreuzgang, Kapelle – das waren ja schöne Aussichten. Melrose hatte nichts weiter vorgehabt, als zurück auf sein Zimmer zu gehen und sich mit der *Dritten Taube* krank ins Bett zu legen.

«Ich wollte mit Ihnen über heute abend sprechen. Unter vier Augen.»

«Heute abend? Steht heute abend etwas Besonderes an?»

«Ja.» Tommy Whittaker war bereits unterwegs, um ihre Mäntel zu holen.

Mit jedem Schritt die lange Galerie hinunter, an deren hinterem Ende Charles Seainghams Arbeitszimmer lag, spürte man, wie die Kälte einem mehr und mehr in die Glieder drang. Die Galerie lag im Ostflügel des Hauptgebäudes, dessen Räume in vergangenen Tagen dem Abt als Unterkunft gedient hatten. Das vordere Ende der Galerie war in einen Wintergarten umgebaut worden, in dem es im Sommer ganz angenehm sein mochte, der aber im Winter nichts als ein ungemütlicher Glaskasten mit einer trostlosen Aussicht war. Melrose glaubte schon zu fühlen, wie ihm der Schnee in die Schuhe drang. Die Marienkapelle, in der Grace Seaingham abends zu beten pflegte, stand am Ende eines überdachten Wegs zu ihrer Rechten. Linker Hand lagen die Klosterruinen. Der Kreuzgang beziehungsweise dessen Überreste war immerhin noch gedeckt. Von der Basilika aber war kaum noch etwas zu sehen, so daß zwischen dem augenblicklichen Standort der Männer und dem Haupteingang eine unberührte Schneefläche lag, die nur von der halbherzig geräumten und schon wieder zugeschneiten Auffahrt zerteilt wurde.

Die Luft war frisch, der Wind hatte sich gelegt. Melrose fühlte sich plötzlich um Jahrhunderte zurückversetzt und meinte, die Zisterziensermönche zur Morgenandacht schreiten zu sehen. Die Vorstellung ließ ihn frösteln.

Dann sagte Tommy Whittaker etwas, das ihn jäh in die Gegenwart zurückholte. «Auf *Skiern*?» rief Melrose. «Du erwartest doch nicht etwa, daß ich mir Skier an die Füße schnalle und mit dir zum ‹Jerusalem Inn› laufe?»

«Ach, kommen Sie schon. Das wird ein Heidenspaß. Wenn Sie wollen, können Sie auch Schneeschuhe nehmen. Die haben hier ein ganzes Arsenal von Sportgeräten. In der Waffenkammer, gleich neben dem Solarium. Mr. Seaingham ist bestens ausgerüstet, also...»

«Moment mal! Ich hab noch nie im Leben auf Skiern gestanden und erst recht nicht auf Schneeschuhen.»

«Ich auch nicht, bevor ich hier festsaß. Sieht ja aus, als müßten wir den Rest unseres Lebens hier verbringen.»

«Beschrei's nicht.» Melrose sandte ein stummes Stoßgebet gen Himmel.

«Skilaufen ist wirklich ganz einfach», sagte Tommy beruhigend, und um Melroses Vorbehalte gegen das Unternehmen vollständig zu zerstreuen, fuhr er fort: «Sie haben doch gesagt, Sie hätten *Auf Skiern* gelesen. Das Buch ist praktisch eine Anleitung zum Skilaufen. Ich hab daraus gelernt, wie man sich auf den Dingern bewegt. MacQuade ist Experte für Skilanglauf. Und das ist die einzige Möglichkeit, von hier wegzukommen.» Tommy wies auf die endlose Schneefläche vor ihnen, als wollte er Melrose plastisch vor Augen führen, daß man hier nicht mit Hausschuhen durchkam.

«Das ist mir durchaus klar. Aber wenn du dich unbedingt auf dieses Wagnis einlassen willst, warum fragst du dann nicht Mac-Quade, ob er dich begleitet?»

«Weil man mit Erwachsenen nicht reden kann.»

Was, fragte sich Melrose, bin denn dann ich? «Wieso willst du eigentlich partout im Schnee rumschlittern?»

«Heute abend findet ein Match statt. Im ‹Jerusalem Inn›. Ich spiele dort schon seit einiger Zeit Snooker; Meares Hall liegt nicht weit von dort, am anderen Ende von Spinneyton. Wußten Sie das nicht? Tante Betsy und die Seainghams sind schon seit Ewigkeiten miteinander befreundet. Sonst ist hier ja auch kaum jemand, oder?»

«Der Schlächter von Spinneyton vielleicht.»

«Nie von gehört.» Angst war ihm offenbar auch nicht einzuflößen. Tommy Whittaker interessierte sich für nichts als sein Snooker-Match. «Jedenfalls find ich's super im ‹Jerusalem Inn›. Natürlich mußte ich mir was einfallen lassen, damit niemand merkt, daß ich dorthin gehe, und die Leute da wissen selbstverständlich nicht, wer ich bin.»

«Das ist mir auch nicht ganz klar», sagte Melrose und wandte sich ab, um wieder ins Haus zu gehen.

«Ich kann Ihnen in fünf Minuten beibringen, wie man Ski läuft. Wir müssen nur bis nach dem Abendessen warten. Dann ist es stockdunkel, und keiner wird sehen, wie wir verschwinden.»

«Man wird mich beim Brandy vermissen», sagte Melrose, obwohl er genau wußte, daß zu so später Stunde und mit dem Drink in der Hand sich keiner mehr um den Verbleib des anderen scheren würde.

«Erfinden Sie eine Ausrede. Sagen Sie, Sie seien krank. Genau wie heute morgen.»

Sie hatten inzwischen die Tür zur Kapelle erreicht. «Ich bin kein Lügner.»

«Natürlich sind Sie einer. Sie haben anscheinend vergessen, wie es ist, jung zu sein und nicht tun zu dürfen, was einem gefällt. Alles ist verboten – Zigaretten, Drinks, Snooker. Zu Hause darf ich auch nicht spielen, obwohl wir ein riesiges Spielzimmer haben. Als Tante Betsy nämlich gesehen hat, wieviel Spaß es mir macht, hat sie Angst gekriegt, daß... also, ehrlich gesagt, glaube ich, sie hat Angst, daß ich so werde wie mein Vater. Sagen würde sie das allerdings nie. Es ist im Grunde ihr einziger schwacher Punkt. Sie hat's tatsächlich geschafft, Parkin – das ist unser Butler – so weit zu bringen, daß er ständig neue Gründe dafür erfindet, warum er den Raum verschlossen halten muß.»

«Das klingt wirklich ein bißchen übertrieben. Hübsch ist es hier.» Sie standen im Mittelschiff. Vor der blaßblau und gold bemalten Figur der Jungfrau Maria brannten Kerzen.

Aber Tommy Whittaker hatte anderes im Kopf als Gott und

die Heiligen. «Übertrieben? Das kann man wohl sagen. Wenn ich Ihnen erzählen würde, was ich durchmache, um im Training zu bleiben... ach, lassen wir das. Jedenfalls muß ich jeden Tag Snooker spielen, um nicht aus der Übung zu kommen.»

«Und wofür brauchst du dann ausgerechnet mich? Wenn du schon die letzten zwei Nächte auf Skiern...»

«Als Alibi.»

«Wie bitte?»

«Es ist auf die Dauer zu riskant für mich allein. Bis jetzt hat mich zwar noch keiner gesehen. Aber wenn Tante Betsy es rauskriegt, komme ich in Teufels Küche. Sind Sie aber dabei, dann kann ich erzählen, wir hätten uns die Ruinen angesehen oder so was. Ihnen wird schon was einfallen.»

Melrose betrachtete das unbewegte Gesicht der Jungfrau Maria. Er hätte schwören können, daß sie ihm eben aufmunternd zugelächelt hatte.

«Na schön», sagte er so barsch wie möglich, damit der junge Marquis sich nicht etwa einbildete, er könne jetzt frei über ihn verfügen und ihn zu weiteren unbesonnenen Abenteuern überreden.

Aber als Tom ihm einen kameradschaftlichen Klaps auf die Schulter gab, mußte Melrose zugeben, daß er einem Abend mit der *Dritten Taube* alles andere vorziehen würde, sogar eine Skifahrt zum «Jerusalem Inn».

15

ALLES WAR WIE GEWOHNT: Robbie spielte Pac-Man, und Nell Hornsby stand hinter der Bar. Das Kätzchen lag wieder in der Krippe – die Puppe Alice war vermutlich für andere, wichtigere Aufgaben gebraucht worden.

In Jurys Kielwasser erschienen nach und nach ein paar Stammgäste an der Bar. Dickie stand bereits am Tresen, den Lauch wie einen ständigen Begleiter neben sich; er entblößte seine zahnlosen Kiefer zu einem freundlichen Grinsen, als er Jury ansprach: «Ich brauch 'n Bier, Mann. Woll'n Sie auch eins?» Jury nahm dankend an. Dickie war kein Geizkragen, soviel stand fest.

Nell Hornsby warf sich das Geschirrtuch über die Schulter und zapfte zwei Glas Bitter.

«Gießen Sie sich auch was ein, Nell», sagte Jury. Sie nahm eine Flasche aus dem Regal und schenkte sich einen kleinen Whisky ein. «Wissen Sie, wo Spinney Abbey liegt?»

«Klar. Die Hauptstraße weiter bis zum Ortsausgang und dann nach rechts. Sie etwa auch?»

«Ich etwa auch? Was meinen Sie denn damit?»

«Gestern abend haben vier Leute nach dem Weg gefragt. Aus Northants, meinte Joe. Einer von ihnen war ein richtiger Earl. Sie sind mitten in eine Prügelei geplatzt – gleich, du alter Saftsack!» schrie sie zu Nutter hinüber. «Ich hab bloß zwei Hände.»

«Wie sah er aus?»

«Groß, aber nicht ganz so groß wie Sie. Helles Haar, grüne Augen. Gutaussehender Bursche.» Fast hätte sie noch «Nicht ganz so gutaussehend wie Sie» hinzugefügt.

«Wer waren die anderen?»

Sie zuckte die Achseln. «Ich selber hab sie nicht gesehn. Joe sagte, der eine sah aus, als wäre er der Dienstbote vom andern. Eine alte Dame war auch dabei. Und eine junge. Joe meint, sie sei ziemlich hübsch gewesen. Hat ihn an diesen Filmstar erinnert – wie heißt sie doch gleich?»

«Vanessa Redgrave», sagte Jury mehr zu seinem Glas als zu Nell.

«Genau. Sie kennen diese Leute also.»

Jury nickte. «Wollten sie zu den Seainghams?»

«Ja.»

Jury hatte keine Ahnung, was Melrose Plant in Spinney Abbey trieb, aber er war froh, daß er dort war. Das würde ihm eine

Menge Zeit und Ärger ersparen. Plant hatte ihm schon bei so manchem Fall weitergeholfen.

Nell Hornsby leerte ihr Whiskyglas und fragte: «Mögen Sie eigentlich Snooker? Im Hinterzimmer findet gerade ein Match statt. Clive macht auch mit.»

«Danke. Vielleicht seh ich's mir mal an.» Jury verschob seinen Besuch in der Abtei auf später. Je später die Stunde, desto größer der Überraschungseffekt.

Und desto später käme es zu der Begegnung mit Vivian Rivington.

Der hintere Teil des Pubs bestand aus einem langen Zimmer mit Steinfußboden, das ein Radiator in dem großen, kalten Kamin nur äußerst unzureichend beheizte. Das Zimmer war im Moment für die Snooker-Partien reserviert; den niedrigeren Pool-Tisch hatte man in den Vorderraum gestellt. Die Kälte schien keinen zu stören, weder die Spieler noch die Zuschauer, die zum größten Teil von dem Spiel am ersten Tisch zum zweiten Tisch hinüberwanderten, wo soeben eine neue Partie begann.

Clive, der eine Sonnenbrille trug, setzte in einer Art Boxerpose zum ersten Stoß an. Jury fragte sich, wie er durch die dunklen Gläser noch die Kugeln erkennen konnte. Obwohl er von Snooker etwa soviel Ahnung hatte wie von der Hundepflege, kam ihm Clives Haltung doch ein wenig nachlässig vor. Seine linke Hand bildete eine wacklige Brücke für das Queue. Allerdings war er mit seinen kurzen Stummelfingern ohnehin im Nachteil. Wenn man jedoch danach ging, wie die Leute sich um den Tisch drängten, um ihm zuzusehen, dann schien Clive der Dorfchampion zu sein. Er fixierte lange das Dreieck mit den roten Kugeln und visierte dann die linke hintere an. Er versenkte sie in der linken Ecktasche. Der Spielball prallte von der Bande ab und kam hinter den farbigen Kugeln fast wieder auf der Feldlinie zum Stehen. Für Jury, den Laien, sah das nach einem verdammt guten Stoß aus, denn Clive hatte jetzt keine Schwierigkeiten, die gelbe Kugel in der mittleren Tasche zu versenken. Er konnte abwechselnd noch drei rote und drei farbige einlochen, bevor ihm bei einem Stoß auf eine rote Kugel, die an der Bande lag, das Queue abrutschte. Aber er hatte eine hübsche Serie hingelegt, so daß er sich beruhigt zurücklehnen konnte.

Jury ging hinüber zu Clive, der sich gerade selbst mit einem Bier zuprostete. Er zeigte ihm seinen Ausweis und das Foto von Helen Minton. «Tut mir leid, daß ich Sie stören muß, aber Mrs. Hornsby hat mir erzählt, Sie hätten sich mit dieser Frau hier unterhalten.»

Clive beäugte mißtrauisch das Bild und zuckte die Achseln. «Ich hab ihr nur einen Drink ausgegeben. Sie hat kaum ein Wort geredet.» Er schaute zum Snooker-Tisch hinüber. «Ich bin wieder dran.» Er schob sich an Jury vorbei und trat an den Tisch.

In Höhe von Jurys Ellbogen sagte eine Stimme: «Ich hab die Kleider.»

Es war Chrissie. Im Arm hielt sie die große Puppe, die jetzt mit Stoffstreifen umwickelt war und wie ein Fall fürs Leichenschauhaus aussah.

«Schön», sagte Jury. «Jetzt sieht sie schon eher wie das Jesuskind aus.»

Chrissie war offenbar mit diesem mageren Kompliment noch nicht zufrieden, aber als Jury dem nichts weiter hinzuzufügen hatte, drehte sie sich um und sah gleichfalls dem Spiel zu. «Spielen Sie das auch?» Ihre Kinderstimme drang hell durch den rauchgeschwängerten Bierdunst.

«Psst», machte jemand, denn Clive konzentrierte sich gerade auf einen schwierigen Bandenstoß.

In diesem Moment wurde die Hintertür aufgerissen, ein eisiger Wind fegte eine dichte Schneewolke herein und mit ihr zwei Gestalten in Skimützen.

Clive landete einen Fehlstoß und fluchte.

Jury war im Vorteil gegenüber Melrose Plant. Der riß beim unverhofften Anblick seines Freundes in sprachlosem Erstaunen Mund und Augen auf.

«Was ist das?» fragte Jury und sah von Melrose zu Tom. «Die Olympia-Auswahl von Spinneyton?»

«Ich frage am besten gar nicht erst, was das zu bedeuten hat», sagte Jury.

«Ich bitte darum», sagte Melrose. «Aber wir sind tatsächlich auf Skiern gekommen.»

«Was Sie nicht sagen.»

Melrose beobachtete Tommy, der sich mit den anderen Spielern unterhielt, als wäre er hier zu Hause. «Sie, äh... sind wohl mit dem Auto hier?»

«Ja. So ist das eben mit uns Stadtmenschen. Wenn Sie bei Seaingham zu Gast sind, kennen Sie wahrscheinlich den Mann, nach dem ich suche – Frederick Parmenger.»

«Parmenger? Was wollen Sie denn ausgerechnet von dem?»

«Vorgestern wurde im Schlafzimmer von Old Hall eine Frau tot aufgefunden...»

«Old Hall? Sagt mir nichts.»

«Das Herrenhaus in Washington. Es gehört der Gesellschaft für Denkmalschutz... lesen Sie denn keine Zeitungen?»

«Zeitungen. Wie denn? Spinney Abbey ist seit drei Tagen eingeschneit. Wir sind mehr oder weniger von der Welt abgeschnitten.» Melrose hielt seine Skimütze hoch. «Sie glauben doch nicht etwa, daß ich jeden Tag mit dieser Polarausrüstung durch die Gegend streife, oder?»

«Ich hoffe es jedenfalls nicht. Parmenger ist der Cousin der Frau, die gefunden wurde. Ihr Name ist Helen Minton.»

«Wie wurde sie gefunden?»

«Tot.»

Melrose zündete sich eine Zigarre an. «Das habe ich mir beinahe gedacht. Ich wollte eigentlich wissen, wie sie gestorben ist. Wer hat sie gefunden? Die Denkmalschützer?»

«Touristen», sagte Jury knapp.

«Sie wurde also ermordet. Ansonsten hätte man Sie wohl kaum hierhergeschickt.»

«Man hat mich nicht geschickt, ich war schon hier.»

«In dieser Einöde? Wieso denn das?»

Jury erzählte ihm von seinem vorzeitig abgebrochenen Besuch in Newcastle und seiner Begegnung mit Helen Minton.

Melrose schwieg eine Weile, blies auf die Glut seiner Zigarre und sagte dann: «Das tut mir leid.»

Jury zuckte die Achseln und trank einen Schluck Bier. «Es muß Ihnen nicht leid tun. Ich kannte sie kaum.» Ein schreckliches Gefühl, sie verraten zu haben, überkam ihn, während seine Augen abwesend das Spiel verfolgten, das gerade zu Ende ging. Clive hatte haushoch gewonnen; sein Gegner gab entnervt auf.

«Was ist mit Parmenger?»

«Er ist Helen Mintons Cousin. Wir haben zwei Tage gebraucht, um ihn ausfindig zu machen. Anscheinend ist er nicht gerade der gesellige Typ.»

«Ha! Darauf trink ich einen, wenn Sie mich einladen. Übrigens ist Parmenger der einzige, der seine Sinne noch alle beisammen hat: Er ist nicht zum Vergnügen in der Abtei, sondern beruflich. Er hat Grace Seaingham porträtiert. Allerdings finde ich es ziemlich erstaunlich, daß er dafür die lange Reise in den kalten Norden in Kauf genommen hat. Parmenger ist nämlich ganz und gar nicht der Typ, der anderen Gefälligkeiten erweist. Und außerdem würden Sie bei diesem Sauwetter nicht extra nach Spinney Abbey fahren, wenn Sie Parmenger lediglich bitten wollten, die Leiche seiner Cousine zu identifizieren. Was ist also los?»

Jury sah Clive dabei zu, wie er die Kugeln für ein neues Spiel zurechtlegte. «Sie wurde vergiftet.» Er starrte auf die drei Kugeln, die Clive auf die Feldlinie gelegt hatte – gelb, braun, grün. «Was trinken Sie?»

Melrose sah ihn einen Moment lang schweigend an. «Das Übliche.»

Während Hornsby ein Old Peculier und ein Newcastle Ale zapfte, bemerkte Jury, daß die in Lumpen eingewickelte Puppe inzwischen wieder in die Krippe gelegt worden war. Der Anblick machte ihn unsagbar traurig; er dachte an Mrs. Wasserman und Pater Rourke.

«Kann man die Abtei nur auf Skiern erreichen?» fragte er und reichte Melrose das Bier.

«Lustig wär's ja. Nein, man kommt auch mit dem Geländewagen durch, aber auf Skiern geht's am schnellsten. Und es ist die einzige Fluchtmöglichkeit, wenn man» – er deutete auf Tommy Whittaker – «sich einem so lasterhaften Zeitvertreib wie Pool nur heimlich hingeben darf.»

«Snooker», wies Jury ihn zurecht.

«Für mich ist das ein und dasselbe.»

«Snooker ist komplizierter, soviel ich weiß.» Er sah, daß Clive sein Queue neu einkreidete. Wenn ihn nicht alles täuschte, würde Clive jetzt gegen den Jungen spielen, der mit Melrose gekommen war. Er wollte sich gerade nach Whittaker erkundigen, als er Plant sagen hörte: «...die Straße wird bestimmt bald wieder frei sein; ich werde also demnächst mein Auto startklar machen und Agatha und Viv...» Melrose verstummte und begutachtete wieder die Spitze seiner Zigarre.

«Was tut Vivian denn hier? Ich dachte, sie hätte diesen italienischen Herzog geheiratet.»

«Er ist ein Graf. Und gondelt nach wie vor als Junggeselle durch Venedig. Ich habe den Verdacht, Vivian hat kalte Füße bekommen. Oder besser: nasse Füße.»

Jury sagte nur: «Aha.» Seine letzte flüchtige Begegnung mit Vivian hatte in Stratford-upon-Avon stattgefunden. Sie war damals mit dem anderen, diesem Italiener, zusammengewesen. Als er nun von der veränderten Situation erfuhr, wallten alte Gefühle mit einer Heftigkeit in ihm hoch, die ihn überraschte. Zum Teufel, warum konnte er nicht in Ruhe seinen Angelegenheiten nachgehen, statt andauernd über Leute zu stolpern, die dann doch bloß wieder aus seinem Leben verschwanden? Er beschloß, nicht weiter darüber nachzudenken, und deutete auf den zweiten Tisch. «Wird der Junge jetzt gegen Clive spielen?»

«Welchen Clive?»

«Den Sieger der letzten Runde. Wieso begleiten Sie ihn eigentlich auf seinen Skiwanderungen? Und was sollte das Geflachse von wegen ‹Herr Marquis› vorhin, bevor er Sie ans Schienbein getreten hat?»

«Ihnen entgeht aber auch nichts, was? Ich will den Jungen nur ein wenig aufmuntern.» Melrose seufzte schicksalsergeben. «Er tut mir leid, obwohl ich mir eigentlich eher selbst leid tun sollte. Es ist wahrlich kein Vergnügen, in diesem kalten Gemäuer festzusitzen und sich anhören zu müssen, wie Tom auf Klavier und Oboe dilettiert. Aber es ist nicht seine Schuld. Es ist die Tante...»

«Jetzt verstehe ich.»

«Tja. Ich muß allerdings sagen, daß *seine* Tante ihn wirklich gern hat. Das Dumme ist nur, daß sie ihn nicht nach seiner Fasson selig werden läßt: sie hat Angst, daß er so wird wie seine Eltern – ein Playboy, der sich ständig in Kenia rumtreibt, seine Frau betrügt, Orgien feiert, und was solche Typen sonst noch so anstellen. Der Kleine ist der Marquis von Meares, und sie will, daß er seinem Namen Ehre macht.»

«Armer Kerl, er ist doch noch viel zu jung für einen Marquis.»

«Nicht hier», flüsterte Melrose mit einem Blick auf Tommy, der gerade einen Schluck aus seinem Bierglas nahm. Die Kugeln waren aufgelegt, das Spiel konnte beginnen. «Dummerweise ist Großtantchen wiederum zu nachsichtig, was seine musikalischen Darbietungen betrifft. Er spielt einfach grauenhaft – was zum Teufel will er hier eigentlich mit diesem verfluchten Oboenkasten? Den hat er sich vorhin also über die Schulter geschnallt.»

In der Tat hatte Tommy Whittaker seinen Oboenkasten mitgebracht. Er entnahm ihm zwei dünne Rundhölzer, schraubte sie behende zusammen und kreidete die Spitze ein.

«Ein Queue! Du hattest ja ein Queue in deinem Oboenkasten», rief Melrose.

Tommy sah von Plant zu Jury. Mit unbewegter Miene entgegnete er: «Haben Sie schon mal versucht, mit 'ner Oboe Snooker zu spielen?»

Fünfter Teil

Sicherheits-Spiel

16

Mit dem Queue konnte er eindeutig besser umgehen als mit der Oboe.

Clives Nerven begannen bereits zu flattern, bevor Tommy nur einen Stoß gemacht hatte. Nach einer Serie von 24 Punkten verpatzte Clive einen einfachen Direktstoß. Allein auf Rot und Schwarz spielend schaffte Tommy eine Serie von 40, wozu ein erstaunliches Repertoire an Stößen notwendig war. Ein Stoß auf die letzte rote Kugel führte dazu, daß der Spielball zur Feldlinie und in eine günstige Position zu den farbigen rollte. Er versenkte die gelbe mit einem Rückläufer, desgleichen die grüne und die braune und machte dann einen Sicherheitsstoß über zwei Banden.

Als Clive wieder an den Tisch trat, hatte Tommy eine Serie von 54 Punkten hingelegt, ein Ergebnis, auf das selbst ein professioneller Spieler hätte stolz sein können. Aber es war nicht die Präzision, die Jury erstaunte, es war die Geschwindigkeit. Tom schien es nicht nötig zu haben, erst lange über einen Stoß nachzudenken, und doch war es klar, daß er nach einem bestimmten Plan spielte wie ein Schachspieler, der mehrere Züge vorausdenkt. Nur in seinen Bewegungen ähnelte er eher einem Tornado als einem Schachspieler.

«Wo hast du gelernt, so zu spielen?» Melrose bot ihm eine Zigarre an.

«Übung», sagte Tommy schlicht, dankte Melrose für die Zigarre und ging zurück an den Tisch. Clive hatte den Spielball ungünstig an die Bande gespielt und konnte nicht an seine farbige herankommen. Er versuchte, Tommy den Zugang zur blauen zu verbauen, aber es gelang ihm nicht, und Tommy versenkte sie und gleich darauf die rosa Kugel. Die schwarze einzulochen war danach nur noch Routine, und dann war das Spiel zu Ende.

«Übung ist gut! Du mußt schon in der Wiege damit angefangen haben.»

Tommy lächelte. «Mit fünf, um genau zu sein. Wissen Sie, mein Vater spielte gern Billard. Ich mußte mich immer auf eine Kiste stellen, damit ich über den Tisch reichen konnte.»

«Ich habe noch nie jemanden so schnell spielen sehen», sagte Jury.

«Dann haben Sie noch nie Hurricane Higgins gesehen.»

«WAS SOLL DAS HEISSEN, ich kann nicht mitfahren?» Melrose dachte schaudernd an die Skier.

Hornsby hatte schon vor einer halben Stunde die Sperrstunde verkündet, aber da ein paar Stammgäste auf ihren Ohren zu sitzen schienen, mußte er sich nun lautstark wiederholen.

«Es wäre besser, wenn wir nicht zusammen in Spinney Abbey auftauchten. Außerdem sollten Sie den Jungen nicht allein durch dieses Schneegestöber...» Er nickte Tommy zu, der sich mit Clive unterhielt. Clive zeigte sich trotz seiner Niederlage gegen den Jungen als guter Verlierer.

«Der liefe sogar bis zur Antarktis, wenn es dort einen Snooker-Tisch gäbe. Und überhaupt: Glauben Sie etwa, daß unsere Freundschaft ein Geheimnis bleibt, wenn Agatha Sie erst einmal gesehen hat? Unsere gemeinsamen Erlebnisse werden in ähnlich epischer Breite dargestellt werden wie die von Euryalus und Nisos.» Er kannte Jurys Vorliebe für Antike und Klassik.

«Ich weiß, daß wir kein Geheimnis daraus machen können. Trotzdem werden Sie mir eine größere Hilfe sein, wenn gar nicht erst der Eindruck entsteht, daß wir zusammen an diesem Fall arbeiten.»

«Dann sagen Sie mir wenigstens, an was für einem Fall wir arbeiten. Was hoffen Sie in der Abtei zu finden?»

«Zunächst einmal Frederick Parmenger. Also los, rauf auf

die Skier. Sie werden wahrscheinlich vor mir dort sein. Bis zum Ortsausgang und dann nach rechts, stimmt's?»

«Ja. Sie können die Abtei gar nicht verfehlen. Außenrum ist nichts als Dunkelheit; halten Sie einfach auf den einzigen beleuchteten Punkt zu. Aber ist es nicht selbst für Scotland Yard schon ein bißchen zu spät, um harmlose Leute in einer dienstlichen Angelegenheit aufzusuchen?»

«Schon möglich. Aber manchmal ist mir der Überraschungseffekt wichtiger als meine gute Erziehung.» Lächelnd steckte Jury seine Zigaretten ein. «Hoffentlich komme ich mit dem Wagen durch. Sie werden schon hübsch warm in den Betten liegen.»

«Wahrscheinlich. Hier auf dem Lande ist eben nicht viel los.»

«Täuschen Sie sich da nur nicht», sagte Jury.

ER HÄTTE ES TOM GEGENÜBER mit keinem Wort zugegeben, aber trotz des eisigen Windes fand Melrose Vergnügen daran, lautlos durch Schnee und Dunkelheit zu gleiten. Vielleicht schlummerte in einem verborgenen Winkel seines Herzens ein Rest Jack London-Romantik, denn er sah sich schon als Held von *Auf Skiern*. Aber während in seiner Phantasie noch Bilder von Alaska und Goldgräberlagern herumspukten, schweiften seine Gedanken allmählich zurück zu Ardry End, zu seinem bequemen Sessel vor dem Kamin und einem Glas Port, und er kam zu dem Schluß, daß ihn von MacQuades Held doch einiges unterschied.

Tommy dachte ebenfalls an das Buch. «Es ist wirklich spannend», sagte er. «In dem ganzen Buch tritt nur eine einzige Figur auf, und trotzdem wird es nie langweilig. Es muß schwierig sein, so etwas zu schreiben.»

«Ein großer Wurf, das Buch», sagte Melrose. «Kein Wunder, daß er den Booker-Preis dafür bekommen hat. Und er selber ist auch ganz in Ordnung.»

Der fahle Mond verschwand hinter einer Wolkenbank, einzig Toms fluoreszierender Kompaß schimmerte in der Dunkelheit. «Die Richtung stimmt. Es ist nur noch eine halbe Meile bis zur Abtei. Ich erkenne die Mauer dort drüben. Ich glaube, es ist ein altes Bauernhaus oder so was.»

Melrose sah nur eine schwarze Silhouette. «Apropos Mauer – wie schaffst du es, auch in St. Jude's zu trainieren? Denn um so spielen zu können wie du, muß man doch bestimmt wie ein Verrückter üben. Da bleibt dir doch wenig Zeit zum Lernen.»

«Das Lernen hab ich mir abgewöhnt. Die Pauker wundern sich zwar manchmal, wo ich abgeblieben bin – aber nur ein bißchen, als hätten sie ihre Pfeife oder Brille verlegt. Ich glaube, die würden keinen vermissen, der nicht gerade ein Cricket-As ist. Ich klettere immer so früh ich kann über die Mauer und gehe in die Spielhalle unten im Dorf. Und natürlich lese ich viel abends, nachdem die Lichter gelöscht werden, damit ich nicht ganz den Anschluß verpasse. Mein Spezialgebiet ist Mesopotamien, da bin ich inzwischen eine echte Autorität, und deswegen denkt jeder, daß ich über alles andere auch eine Menge weiß. Es ist schon komisch: wenn man sich gut mit einer Sache auskennt, die keinen besonders interessiert, halten die Leute einen gleich für hochgebildet. Nein, in St. Jude's hab ich genug Gelegenheit zum Trainieren; schwierig wird es erst, wenn ich in den Ferien nach Hause komme.» Melrose hörte jemanden seufzen; vielleicht war es Tom, vielleicht aber auch nur der Wind, der ihm um die Ohren blies. «Tante Betsy ist strikt dagegen, daß ich spiele. Ich glaube, es erinnert sie an Vater. Außer am Billardtisch hat er sich nie viel um mich gekümmert. Sie hat schon recht, er war wirklich so eine Art Playboy. Hat nie gearbeitet und das Geld mit beiden Händen ausgegeben. ‹Leichtfertig›, so nennt sie ihn. Ihn und meine Mutter. Ich will aber nicht sagen, daß sie schlecht von meinen Eltern spricht, das bestimmt nicht. Jedenfalls muß ich mir in den Ferien alle möglichen Tricks ausdenken, um nicht aus der Form zu kommen. Die Klavierstunden nehm ich zum Beispiel, damit meine Finger geschmeidig bleiben. Ich bin ein ziemlich miserabler Klavierspieler, oder?» Er schien auf seinen Mangel an Talent fast stolz zu sein.

«Einem miserableren bin ich noch nicht begegnet.»

Tom lachte. «Na ja, und dann die Oboe. An der interessiert mich eigentlich nur der Kasten. Ich meine, es ist nicht ganz einfach, mit einem Queue durch die Gegend zu laufen, ohne daß jemand dumme Fragen stellt. Außerdem schieße ich ziemlich gut.»

Melrose blieb stehen. «Du schießt? Womit?»

Tom blieb ebenfalls stehen. «Mit dem Gewehr natürlich. Oder mit Pistolen. Wir haben einen Schießstand. Vater hat ihn bauen lassen, um üben zu können. Aber seit Tante Betsy ihre Tierliebe entdeckt hat, darf auf unserem Land nicht mehr geschossen werden. Mr. Seaingham versucht sie manchmal umzustimmen, weil er ganz verrückt auf die Vogeljagd ist. Denn hier gibt's jede Menge Fasanen, Rebhühner und Wachteln. Jedesmal wenn die Seainghams zu Besuch kommen, sieht er große Vogelschwärme aus dem Unterholz auffliegen...»

«Aber was hat Schießen denn mit Snooker zu tun?» fragte Melrose, während er sich eine sanfte Steigung hocharbeitete.

Vor ihnen lag ein Abhang. Sie stießen sich mit ihren Skistöcken ab und fuhren Schuß. Über ihnen glänzten ein paar Sterne so kalt wie Stahl. «Der linke Arm wird dabei genauso benutzt wie beim Schießen», rief Tom. «Mit dem Gewehr trainiere ich ganz einfach eine ruhige Armhaltung. Wenn man bei einem Schuß auch nur das kleinste bißchen zittert, kann die Kugel das Ziel schon weit verfehlen.»

«Deine Snooker-Leidenschaft hält dich ja ganz schön auf Trab.»

«Der ganze Aufwand wäre nicht nötig, wenn ich jeden Tag spielen dürfte. Aber wenn man nicht tun kann, was man will, muß man eben versuchen, auf Umwegen ans Ziel zu kommen.»

Tante Betsy hatte einen Neffen, der seiner Berufung ebenso ergeben war wie nur irgendein Maler oder Schriftsteller, aber sie war blind für sein Talent. Der Gedanke stimmte Melrose traurig.

Tommy begann von dem Pub in der Nähe seiner Schule zu erzählen. «Natürlich weiß dort keiner, daß ich von St. Jude's komme und diesen verdammten Titel trage.»

Sie glitten eine Weile schweigend dahin, bis Tom plötzlich fragte: «War Ihre Familie böse, als Sie auf Ihren Titel verzichteten?»

«Meine Eltern waren schon tot. Lady Ardry ist meine einzige Verwandte.»

«Meine Eltern sind gestorben, als ich zehn war.»

«Erinnerst du dich noch gut an sie?»

«Ja. Mutter war wunderschön. Ich glaube, ich bin ihr manchmal ziemlich auf die Nerven gegangen. Besonders zärtlich war sie jedenfalls nie. Mit Vater war es oft lustig, vor allem am Billardtisch.» Er lachte. «Mann, hatten wir einen Spaß! Aber ich habe sie selten gesehen; sie trieben sich meistens in der Weltgeschichte herum.» Nach einem kurzen, wehmütigen Schweigen fuhr er fort: «Sie hätten mich ruhig mal mitnehmen können. Aber ich mußte immer bei Tante Betsy bleiben.» Als hätte er eben einen Verrat an seiner Großtante begangen, fügte er schnell hinzu: «Das heißt nicht, daß ich sie nicht liebe. Mal abgesehen vom Snooker ist sie schwer in Ordnung. Für Tante Betsy würde ich alles tun», sagte er mehr zu sich selbst, bevor er sich wieder an Melrose wandte. «Sie waren wahrscheinlich schon ziemlich alt, als Sie Ihren Titel abgelegt haben.»

«Ich finde nicht, daß man mit Ende Dreißig *alt* ist.»

Tom ging nicht weiter darauf ein. «Ich würde meinen Titel auch gerne loswerden, aber ich will Tante Betsy nicht weh tun. Sie lebt für die Familienehre – was immer die damit zu tun hat.»

«Aber es ist *dein* Leben; kein anderer kann dir die Verantwortung dafür abnehmen.»

Als hätte Melrose ihm damit einen Ausweg aus der Misere gezeigt, legte Tommy zu einem Spurt los. Spinney Abbey lag immer noch eine Viertelmeile entfernt.

Melrose fühlte sich wie ein Walroß auf Schlittschuhen, als er zehn Minuten später keuchend das kleine Tor in der Klostermauer erreichte. Er kam gerade noch rechtzeitig, um den Schrei zu hören und zu sehen, wie Tommy Whittaker der Länge nach hinschlug, als hätte ihn jemand von hinten niedergeschossen.

Die Skier ragten schräg nach oben, und Tommy lag bäuchlings im Schnee, als Melrose sich endlich bis zu ihm vorgearbeitet hatte.

«Verdammt noch mal!» rief Tom. «Helfen Sie mir doch hoch!»

Zu Melroses unendlicher Erleichterung schien er quicklebendig zu sein.

Es war kein leichtes Stück, jemandem aufzuhelfen, der Skier an den Füßen hatte, zumal wenn man selber auf Skiern stand, aber schließlich brachte Melrose den Jungen wieder auf die Beine. Tommy zerrte sich die Skimütze vom Kopf und wischte sich den Schnee aus dem Gesicht. «Was zum Teufel war denn *das*? Hat sich angefühlt wie ein Baumstumpf.» Er stellte die Skier parallel, ging in die Hocke und tastete im Schnee herum. «Haben Sie denn keine Taschenlampe dabei?» fragte er Melrose.

«Nein. Ich bin schließlich noch Anfänger im Überlebenstraining.»

«Es scheint ein Tierkadaver zu sein oder so was – o Gott...»

«Was ist los?»

«Das ist doch Mrs. Seainghams Hermelincape –»

«Laß es liegen», sagte Melrose rasch. Er hatte es endlich geschafft, die Bindungen seiner Skier zu öffnen. Hier, in der Nähe des überdachten Fußwegs, lag der Schnee nur knöcheltief.

«Wieso?»

Melrose kniete nieder und betastete vorsichtig das Cape. Das weiche Fell war schnee- und eisverkrustet. Der Körper darunter lag mit dem Gesicht im Schnee. «Weil», sagte er langsam, «weil du nicht über ein Cape gestürzt bist, alter Junge.»

Er fragte sich, wer in aller Welt den Wunsch gehabt haben konnte, Grace Seaingham zu ermorden.

DER ZWEITE SCHOCK ließ nicht lange auf sich warten, denn die erste, die in weißen Satin gehüllt auf der Treppe der Vorhalle erschien, nachdem Marchbanks und Ruthven Alarm geschlagen hatten, war Grace Seaingham.

Warum sie denn so dreinstarrten, wollte sie wissen. Ob irgend etwas nicht in Ordnung sei?

Melrose wählte seine Worte vorsichtig. «Ich denke, Mrs. Seaingham, Sie werden feststellen, daß einer Ihrer Gäste... fehlt.»

Lady Ardry war es jedenfalls nicht.

Sie kam im Morgenmantel und Schlafhaube die Treppe heruntergestürzt und überschüttete sie mit einem Schwall von Fragen. Warum hatte man sie aus dem Schlaf gerissen? Wieso lief Melrose in dieser komischen Aufmachung herum? Warum, wieso, weshalb?

Lady St. Leger, die mit großen Augen ihren Neffen anstarrte, verlangte ebenfalls nach einer Erklärung. «Wo in aller Welt kommst du jetzt her, Tom?»

«Ich war Ski laufen», sagte Tommy. Beim Anblick seines schuldbewußten Gesichtsausdrucks brach MacQuade in Gelächter aus.

Erst als Melrose Vivian sah, bemerkte er, wie groß seine innere Anspannung gewesen war. Ihr Haar war völlig zerzaust, ihr Morgenmantel einige Nummern zu groß; sie gehörte zweifellos nicht zu jenen Frauen, die kurz nach dem Erwachen am schönsten aussehen. Zudem war sie ziemlich benebelt. Zuviel Brandy, vermutete er. Als sie ihn gähnend fragte, ob er vorhabe, eine Art Gesellschaftsspiel zu veranstalten, sagte er kein Wort.

Alle Bewohner des Hauses, Gastgeber und Gäste, hatten sich inzwischen im Salon eingefunden. Die meisten steuerten unverzüglich auf den Tisch mit den Getränken zu.

Melrose sah von einem zum anderen und sagte dann ohne Umschweife: «Beatrice Sleight ist ermordet worden.»

Außer Susan Assington, die erschrocken ihren Drink verschüttete – und selbst das schien in Zeitlupe zu passieren –, erstarrten alle in verschiedenen Posen der Verblüffung und des Unglaubens.

Es war Frederick Parmenger, der mit einem gezwungenen Gelächter die Anspannung löste. «Wirklich ein verdammt origineller Scherz – was immer Sie auch damit bezwecken mögen.»

Es kam wieder Bewegung in die Anwesenden; die einen lachten nervös mit, andere ließen sich erleichtert in die Sessel fallen. Agatha seufzte und steckte einen Lockenwickler unter die Schlafhaube, die ihrem Kopf das Aussehen eines riesigen Pilzes verlieh. «Achten Sie am besten gar nicht auf Melrose. Er liebt seltsame Scherze.»

Nur Charles Seaingham hatte seine Sinne so weit beisammen, daß er Beatrice Sleights Abwesenheit bemerkte. Er warf Melrose einen prüfenden Blick zu und erbleichte. «Das ist kein Scherz. Aber, mein Gott, was... wo...?» Er sah sich suchend um, als könne die Leiche plötzlich auf dem Fußboden auftauchen.

«Draußen», sagte Melrose. «Tom und ich haben sie gefunden. In der Nähe des Wegs, der zur Kapelle führt.»

Wieder erstarrten alle. «Treiben Sie bitte nicht solche makabren...» begann Grace Seaingham, doch als sie sah, daß Melrose und Tommy keineswegs zu Scherzen aufgelegt waren, griff sie haltsuchend nach dem Arm ihres Mannes.

«Sind Sie sicher, daß sie tot ist?» fragte Sir George Assington.

«Ja.»

«Bitte – schauen Sie nach, George», bat Seaingham.

Melrose hielt ihn auf. «Es wäre vielleicht besser, auf die Polizei zu warten.»

«Die braucht doch Stunden, um herzukommen», sagte Seaingham.

«Das glaube ich eigentlich nicht», entgegnete Melrose.

17

JEMAND POCHTE MIT DEM RIESIGEN MESSINGRING an der Tür zweimal gegen das Holz. Das Geräusch ließ alle auffahren.

Als Ruthven – der in seinem alten gestreiften Morgenrock so würdevoll einherschritt, als trüge er einen Cut – Jury in den Salon führte, wünschte Melrose, er hätte etwas mehr Zeit gehabt, seine Gedanken zu ordnen.

Die arme Lady Ardry stellte Jurys Erscheinen offensichtlich vor ganz andere Probleme: Sie riß den Mund auf, hievte sich aus dem Rosenholzsofa, achtete nicht mehr auf die Lockenwickler, die unter ihrer Haube hervorsprossen, und machte mit einem Schrei ihrer Verwunderung Luft: «Großer Gott! Inspektor Jury!» Bei ihrer letzten Begegnung war er noch «Herr Oberinspektor» gewesen. Und obgleich Melrose ihr mehr als einmal erzählt hatte, daß Jury jetzt Superintendent sei, kaufte sie ihm das nicht ab, weil sie von der Beförderung nicht persönlich unterrichtet worden war. Jury schüttelte ihr die Hand, und Agatha, die offenbar schon vergessen hatte, daß draußen im Schnee eine Tote lag, begann ihn den anderen vorzustellen.

Bei Vivian Rivingtons Anblick leuchteten Jurys Augen auf. Vivian schenkte ihm ein so nervöses, gekünsteltes Lächeln, daß man hätte glauben können, sie habe etwas zu verbergen. Sie entfernte sich schnell wieder und trat hastig aus dem Feuerschein in einen dunkleren Winkel des Raums.

Melrose beschloß, Agathas unaufhörlichem Geplapper ein Ende zu bereiten: «Sie sollten sich einmal anschauen, was da draußen im Schnee liegt, Superintendent.»

Jury richtete sich auf, warf einen letzten Blick auf die Tote und klopfte den Schnee von seiner Hose. «Der Schuß kam aus einer Schrotflinte.» Er ließ den Strahl der Taschenlampe, die Marchbanks ihm besorgt hatte, über den Boden um die Leiche herumkreisen. «Schöne Sauerei.»

«Tut mir leid, daß wir den Schnee zertrampelt haben. Wir wußten ja nicht, daß hier eine Leiche liegt.»

«Ich mache Ihnen doch keine Vorwürfe. Wo mag nur die Waffe geblieben sein?» Er schien die Frage mehr in die Nacht hinein als an Melrose zu stellen.

«Ich würde mal in Seainghams Gewehrständer nachsehen. Die Waffenkammer – dort bewahrt er seine gesamte Sportausrüstung auf – liegt dort drüben; es ist das erste Zimmer hinter der Galerie.» Er sah wieder auf die Leiche hinab. «Wie lange ist sie wohl schon tot?»

Jury schüttelte den Kopf. «Noch nicht lange. Gesicht und Nacken sind trotz des Frostes noch nicht erstarrt. Eigentlich müßten aber Sie doch den Zeitpunkt des Todes besser abschätzen können.» Er knipste die Taschenlampe aus. «Wann haben Sie sie zuletzt gesehen?»

«Gegen neun. Tom und ich sind gleich nach dem Dinner aufgebrochen. Die anderen gingen alle in den Salon, um ihren Schlummertrunk zu nehmen.»

Jury zuckte die Achseln. «Man kann wohl noch eine weitere Stunde dazurechnen. Ich denke, daß der Täter gewartet hat, bis die anderen ins Bett gegangen sind. Wahrscheinlich ist sie nicht länger als eine Stunde tot. Was wissen Sie über die Frau?»

«Daß sie nicht sehr beliebt war.»

«Das», sagte Jury, «ist mir auch schon aufgefallen.»

Von Charles Seainghams Arbeitszimmer aus rief Jury das Northumbria-Revier an. Cullen hatte Nachtdienst und setzte zu einer bitteren Klage über eine Horde Rabauken an, die eben aus einem Pub im Einkaufszentrum Kleinholz gemacht hatten. Jury brachte ihm schonend bei, daß die Nacht für ihn noch nicht zu Ende war.

«Herrgott! Passieren solche Sachen immer, wenn Sie irgendwo auftauchen?»

«*Ich* habe sie nicht erschossen.»

Einen Moment lang schien Cullen diese Möglichkeit in Erwägung zu ziehen, aber dann sagte er: «Na schön. Ich benachrichtige Durham und sage, sie sollen ein paar Leute zu Ihnen rausschicken. Wahrscheinlich werden sie früher dasein als ich. Ist die verfluchte Straße zu diesem gottverlassenen Ort geräumt?»

«Ja.»

«Mist.» Cullen legte auf.

Als Melrose erfuhr, daß sie auf Cullen warten mußten, runzelte er die Stirn. «Wieso? Wir haben doch einen ausgezeichneten Polizisten hier.»

«Niemand hat mich um meine Hilfe gebeten», entgegnete Jury. «Wir warten auf Cullen. Und in der Zwischenzeit... wer von den Anwesenden ist Parmenger?»

Melrose machte Jury mit Gastgebern und Gästen bekannt. Susan Assington versuchte, seine Aufmerksamkeit auf sich zu lenken, indem sie sich so geschickt vor ihm aufbaute, daß ihm die Sicht auf die anderen versperrt war. Sie reichte ihm ein Glas Brandy. «Das können Sie jetzt brauchen», sagte sie und senkte dann ihre affektierte Kleinmädchenstimme zu einem kehligen Gurren. «Einfach grauenvoll, was hier geschehen ist.» Ein anmutiger Schauder überlief ihren Körper und ließ ihr dünnes Satinneglige noch ein Stück weiter über die Schultern hinabrutschen. Susan stand im vollen Schein des Feuers, an ebenjenem Platz, den Vivian vor kurzem geräumt hatte.

Aber Jury lächelte ihr nur flüchtig zu, nahm weder ihr Negligé noch ihr schimmerndes Haar zur Kenntnis, sondern starrte auf Vivian, die ihrerseits betrübt an ihrem schäbigen Morgenrock hinunterschaute wie ein Kind, das in den Matsch gefallen ist.

«Wie geht es Ihnen, Miss Rivington? Es ist lange her, seit wir uns das letzte Mal gesehen haben.»

Melrose stieß einen Seufzer aus. *Miss Rivington*, Allmächtiger! Und vermutlich würde sie ihn *Superintendent* nennen...

«Superintendent Jury», sagte sie mit leiser, gepreßter Stimme, während sie verlegen in ihrem Haar herumnestelte. «Es ist Jahre her. Na ja, genaugenommen ein Jahr. Wenn man das überhaupt mitzählen kann... ich meine, es waren ja höchstens ein paar Minuten...»

Melrose kippte seinen Brandy hinunter. Die beiden würden sich vermutlich noch als Greise so aufführen. Manchmal kamen sie ihm vor wie eine Gleichung mit zwei Unbekannten, die beim besten Willen nicht zu lösen ist. Welches Klischee würden sie wohl als nächstes abhaken? Ach ja.

«...darf ich überhaupt noch *Miss* zu Ihnen sagen...?»

Die hilfreiche Agatha nahm Vivian die Antwort ab: «Ja, Sie dürfen. Und ob Sie das dürfen. Noch ist sie nicht mit diesem gräßlichen Italiener verheiratet!»

Melrose befreite Jury aus Agathas Klauen und machte ihn mit Frederick Parmenger bekannt, der, allein mit seinem Whisky-Soda, sich mit dem Rücken gegen ein Bücherregal lehnte und düster vor sich hin starrte.

«Könnte ich mich kurz mit Ihnen unterhalten, Mr. Parmenger?» fragte Jury.

«Mit mir? Wieso? Sehe ich denn heute besonders mordlüstern aus? Zugegeben, ich konnte das Weib nicht ausstehen, aber...»

«Es geht nicht um Miss Sleight.»

Parmenger war sichtlich verblüfft. «Nicht? Ja, was zum Teufel wollen Sie denn dann von mir?»

Jury empfand eine heftige Abneigung dagegen, Parmenger über Helens Tod aufzuklären. Das lag zum Teil daran, daß er den Tatsachen nicht noch ein weiteres Mal ins Auge blicken wollte.

Sie hatten sich in Seainghams Arbeitszimmer zurückgezogen. Es war ein ziemlich kleiner Raum, ein Zufluchtsort, der um einiges behaglicher war als Grace Seainghams Kapelle. Die Wände waren mit glänzendem dunklem Holz getäfelt; in den Bücherschränken standen seltene Ausgaben geschützt hinter Glas; auf dem Schreibtisch stapelten sich Zeitungsausschnitte und Zeitschriften neben einer großen Karaffe Whisky und einer Apothekerlampe; den offenen Kamin schmückten wunderschöne Kacheln; die Couch war mit hellbraunem Leder, der Lehnstuhl mit abgewetztem dunkelbraunem Samt bezogen. Abgesehen von ein paar holzgeschnitzten Enten und Fasanen fehlte jeder überflüssige Zierat. Nichts sah hier nach künstlichem Arrangement aus; die Möbel, die Bücher, die Bilder – sie paßten wie zufällig perfekt zusammen und zeugten von Charles Seainghams selbstverständlicher Sicherheit in Geschmacksfragen.

Allein die Bilder waren schon ein kleines Vermögen wert. Ein Manet, ein Druck von Picasso, ein Munch. Und ein Parmenger. Das Bild stand auf einer Staffelei in der Mitte des Raums. Offenbar hatte Parmenger in diesem Zimmer daran gearbeitet.

«Es geht um Helen Minton», begann er zurückhaltend.

«Um *Helen*? Was ist mit ihr?»

Jury war nicht ganz sicher, ob das Zittern in Parmengers Stimme echt oder nur gespielt war. Aber er scheute sich immer noch, mit der Wahrheit herauszurücken, und fragte ausweichend: «Haben Sie nicht die Zeitungen gelesen?»

«Welche Zeitungen? Wir waren hier eingeschneit. Was ist denn mit Helen?»

«Ich muß Ihnen leider eine traurige Mitteilung machen. Es hat einen Unfall gegeben. Helen ist tot.» Parmenger rutschte tiefer in seinen Sessel. Er erinnerte Jury an einen Menschen, der in einer Taucherglocke gefangen ist. Einen Moment lang hatte er den Eindruck, Parmenger würde gleich in Ohnmacht fallen.

Statt dessen erhob er sich, griff nach der Karaffe auf dem Tisch, füllte sein Glas mit Whisky, stürzte ihn hinunter und schenkte sich sofort einen neuen ein. Er hielt das Glas so fest umklammert, daß das Blut aus seinen Knöcheln wich.

«Unmöglich. Wie kann Helen tot sein?»

Jury betrachtete dies als rhetorische Frage. «Wann haben Sie sie zuletzt gesehen?»

«Vor zwei Monaten.» Parmenger sah Jury aus tränenfeuchten Augen an. «Wie kann Helen tot sein?»

«Sie war Ihre Cousine?»

Als könnte ihn die Nähe seiner Arbeit von der bedrückenden Anwesenheit des Todes und der Polizei befreien, trat Parmenger vor sein Porträt von Grace Seaingham. «Ja», sagte er.

Jury wartete ab.

Nach einer Weile drehte Parmenger sich um. «Was zum Teufel hat das alles zu bedeuten? Wieso kommt ein Mann von Scotland Yard hierher und will mit mir über Helen reden?»

«Ich kannte sie. Leider nur sehr flüchtig. Sie war eine... charmante Frau.» Er beobachtete Parmengers Gesicht, als erwartete er, es im nächsten Moment zersplittern zu sehen wie eine Windschutzscheibe.

Parmenger schien ein wenig zurückzuweichen, aber darüber hinaus zeigte er keinerlei Gefühlsregung. «Charmant. Ganz recht.» Er starrte Jury an, als wollte er nach altrömischer Sitte den Überbringer der schlechten Nachricht mit eigenen Händen erwürgen. Sein schönes scharfgeschnittenes Gesicht hätte sicher gut auf die Rückseite einer alten Münze gepaßt.

Sie musterten einander stumm. Schließlich brach Jury das Schweigen: «Sie haben mich noch gar nicht gefragt, wie sie gestorben ist.»

«Ihr Herz?»

«Nein. Sie wurde vergiftet.»

Frederick Parmenger wandte ihm abrupt den Rücken zu und studierte erneut sein Gemälde. Nach einer Weile sagte er leise: «Ich kann das einfach nicht glauben.»

Jury warf einen Blick auf seine Uhr. Zwanzig Minuten waren vergangen, seit er Cullen angerufen hatte. Es würde noch einmal so lange dauern, bis Cullen eintraf. Er hatte viel Zeit, Parmenger aus der Reserve zu locken. Er könnte warten.

Das Porträt zeigte Grace Seaingham in einem langärmeligen elfenbeinfarbenen Kleid, dessen schlichter Schnitt in reizvollem Kontrast zu dem kostbaren Stoff stand. Parmenger hatte die Textur der Moiréseide wunderbar wiedergegeben und mit gleicher Meisterschaft das Wintersonnenlicht eingefangen, das durch die Fenster strömte und in Streifen auf den chinesischen Teppich zu ihren Füßen fiel. Das Licht verlieh ihr ein überirdisches, schemenhaftes Aussehen. Jury glaubte fast, den dunklen Umriß des Bücherschranks durch ihre Gestalt hindurch sehen zu können.

Parmenger stand zigarrerauchend vor dem Bild und betrachtete es unverwandt, als gelte ihm beider ausschließliches Interesse. «Meine letzte Herzogin. Ist das nicht von Robert Browning? Jedenfalls ist dies hier hoffentlich mein letztes Porträt.»

«Sehen Sie sich in der Rolle des Herzogs von Ferrara?»

Es schien Parmenger zu überraschen, daß ein Polizist Browning kannte. «Nein. Ich glaube, Herzog Ferdinand liegt mir eher. Ich meine den, der in der *Herzogin von Malfi* verrückt wird, weil er glaubt, er würde sich in einen Wolf verwandeln. Seltsames Stück.» Der Blick, den er Jury zuwarf, war der eines tollwütigen Tieres. Doch er beherrschte sich und wandte sich mit einem Stirnrunzeln wieder dem Porträt zu, als habe er darin eine Unzulänglichkeit entdeckt.

«Der Tod von Beatrice Sleight scheint Ihnen ja nicht allzu nahe zu gehen.»

«Ehrlich gesagt, nein. Im Gegenteil, ich war unglaublich erleichtert, daß es nicht Grace getroffen hat. Grace ist wirklich ein guter Mensch. Ihre Bigotterie kann einem zwar auf die Nerven gehn, aber schließlich ist niemand vollkommen.» Er stürzte seinen Drink hinunter. «Dagegen war Beatrice Sleight ein Miststück. Ich kann mir keinen vorstellen, der es auch nur eine Stunde mit ihr allein ausgehalten hätte, ohne daß er Lust bekam, sie in Stücke zu reißen. Und wir waren ganze drei Tage zusammen mit ihr eingeschneit – Mann, mich wundert's, daß erst jetzt einer auf die Idee gekommen ist, ihr den Garaus zu machen.»

«Wer hätte Ihrer Meinung nach einen handfesten Grund gehabt, sie zu töten?»

«Alle.» Er trank den Whisky aus und goß sich einen neuen ein.

«Aber einer ganz besonders.»

«Ich jedenfalls nicht. Werden Sie jetzt wissen wollen, wo ich zur fraglichen Zeit war und so weiter?» Er ließ sich wieder in den Sessel fallen, neigte den Kopf zur Seite, wie um das Porträt schärfer ins Auge fassen zu können, und beantwortete seine Frage gleich selbst. «Ich war auf meinem Zimmer.» Seine Augen, die unverwandt auf das Bild gerichtet waren, verengten sich zu Schlitzen. «Irgendwas stimmt da doch nicht.» Künstlerische Probleme interessierten ihn scheinbar über alles. «Ich war auf meinem Zimmer, genau wie alle anderen. Wir sind früh nach oben gegangen. Hatten wohl alle genug davon, Abend für Abend in die gleichen langweiligen Gesichter zu starren.»

«Haben Sie nichts gehört? Keinen Schuß, nichts?» fragte Jury. Parmenger schüttelte den Kopf, stand auf, trat ohne sein Glas abzusetzen an das Bild, nahm einen Pinsel aus einem Glastopf, mischte ein wenig Ocker mit einer Idee Schieferweiß und zog eine Linie, die so hauchdünn war, daß Jury sie kaum wahrnahm. Dann tat er den Pinsel zurück in den Topf und setzte sich wieder.

«Gar nichts. Die Schlafzimmer liegen auf der von der Kapelle abgewandten Seite des Hauses. Außerdem hat's ziemlich gestürmt. Bei dem Wind hätte man nicht mal eine Kanone gehört.»

«Sie waren aber noch nicht zu Bett gegangen», sagte Jury mit einem Blick auf Parmengers Anzug.

«Natürlich nicht. Ich mußte ja angezogen bleiben, damit ich mich nicht erkältete, während ich Bea Sleight auflauerte.» Er betrachtete Jury mit dem gleichen ungeduldigen Blick, mit dem er sein Bild begutachtet hatte.

«Ist es denkbar, daß jemand hier im Haus auch Helen Minton den Tod gewünscht haben könnte?»

«Hier im Haus?» Er lachte verächtlich. «Großer Gott, nein. Keiner von denen kannte sie.»

«Könnte vielleicht sonst jemand in Frage kommen?»

Parmenger schüttelte nachdenklich den Kopf. «Helen war zu anständig; sie hatte mit Sicherheit keine Feinde.»

«Mit einer Ausnahme», sagte Jury und erhob sich. In der Ferne hörte er das gedämpfte Geräusch eines Automotors.

18

DETECTIVE SERGEANT ROY CULLEN war in Sunderland geboren und aufgewachsen. Darum hatte er grundsätzlich nichts gegen Gewalt, wenn er sie auch nicht unbedingt begrüßte. Bei den zahlreichen handgreiflichen Auseinandersetzungen im Fußballstadion von Newcastle fühlte er sich jedenfalls durchaus in seinem Element. Aber mit einem Mordfall, in den Angehörige der Oberschicht verwickelt waren, gab er sich nur äußerst widerwillig ab. In Cullens Augen konnte man die in Spinney Abbey Versammelten größtenteils als Arbeitslose (oder, nach anderen Maßstäben, als Asoziale) bezeichnen, die auf eine Art zu Geld gekommen waren, die ihn mehr oder weniger an Falschmünzerei erinnerte. Daß jemand mit Bücherschreiben Geld verdiente (und zwar nicht zu knapp), war eine Sache, die er nicht ganz mit seinem eigenen undankbaren und schlechtbezahlten Job in Einklang bringen konnte.

Zu diesem Unbehagen gesellte sich nun auch noch der verdammte Schnee, der ihm in die Schuhe gedrungen war; die Tote, die er sich gerade angeschaut hatte; das Fußballspiel, das am Samstag wahrscheinlich wegen des schlechten Wetters ausfallen würde; und nicht zuletzt war da der Mord in Old Hall aufzuklären. Es war also durchaus verständlich, daß es mit Sergeant Cullens Laune nicht gerade zum besten stand. Er war ohnehin selten gut gelaunt, und der Butler, der ihm hochnäsig und mit spitzen

Fingern Hut und Mantel abgenommen hatte, als gehörten sie erst einmal gründlich entlaust, hatte seine Stimmung bestimmt nicht gebessert.

Was die Hausgäste betraf, die im Salon versammelt waren, so brachte er ihnen in etwa die gleichen freundlichen Gefühle entgegen wie den Fußballrowdies in der Fankurve des Stadions von Newcastle. Charles Seaingham verdiente mit seiner Schreiberei wahrscheinlich in einer einzigen Woche mehr als er selbst in einem ganzen Jahr; der Doktor – sicherlich mit Praxis in der feinen Londoner Harley Street – trug einen seidenen Morgenmantel; der jüngere Mann, der so interessiert dreinschaute, sah aus wie ein Landadeliger und Rennstallbesitzer; der Intellektuelle (jeder, der eine Hornbrille trug, wurde so von ihm klassifiziert) schrieb vermutlich zugkräftige Stücke mit viel Sex oder ging sonst einer unnützen, aber gut bezahlten Beschäftigung nach. Ein Sechzehn- oder Siebzehnjähriger war ebenfalls mit von der Partie. Der sah ganz erträglich aus, war aber eindeutig nicht der Typ des Fußballfans und bestimmt ein verzogener Schnösel. Und um dem Ganzen die Krone aufzusetzen, war da noch der Kerl von Scotland Yard. Nicht, daß Cullen sein Revier verteidigen wollte – es ging ihm einfach zutiefst gegen den Strich, daß Scotland Yard vor ihm am Tatort eingetroffen war. Diese vornehmen Pinkel schienen zu denken, daß für sie das Feinste gerade gut genug war: Gemüse kaufen bei Fortnum's, bei Todesfällen Scotland Yard.

All das ging Roy Cullen durch den Kopf, während er einen nach dem anderen musterte. Nach einem verlegenen Lächeln, das niemand im Raum erwiderte, sagte er: «Und das ist Constable Trimm.»

Cullen schätzte Trimm. Er schätzte ihn wegen seiner kleinen Statur und seines offenen, arglosen Gesichtsausdrucks. Doch dieser Eindruck kindlicher Harmlosigkeit war trügerisch und wurde von Cullen gern bei Verhören ausgenutzt, um den Verdächtigen in Sicherheit zu wiegen. Denn Trimm konnte wesentlich brutaler werden als Cullen, wenn es Ärger mit dem «Gelump» gab, wie sie die Schlägerbanden von Sunderland und Newcastle nannten. Er griff dann zu Methoden, die nicht immer ganz den Dienstvorschriften entsprachen, aber dafür blitzschnell das gewünschte Resultat erbrachten. Bei den Leuten hier in der Abtei würden sie etwas behutsamer vorgehen und sich mehr an die Regeln der Kunst halten müssen.

«Tut mir leid, aber wir müssen Ihre Zeit noch ein wenig in Anspruch nehmen», sagte er schadenfroh. Er konnte nichts dagegen tun; sie sahen einfach so verdammt... *privilegiert* aus. «Die Polizei von Durham sucht inzwischen die Umgebung ab. Wer hat die Tote gefunden?»

«Ich, oder besser gesagt wir.»

Der Rennstallbesitzer. Und der Junge. Mit dem Jungen würden sie keine Probleme haben, aber dem anderen war möglicherweise nicht so leicht beizukommen. «Darf ich um Ihren Namen bitten, Sir?» fragte Cullen übertrieben höflich.

«Melrose Plant.»

«Earl of Caverness», raunzte die Alte mit der Schlafhaube.

Ein Earl. Er hatte mit dem Rennstall wohl richtig getippt.

«Melrose Plant», berichtigte der Earl.

Cullen steckte sich einen Streifen Kaugummi in den Mund und sagte mit falscher Liebenswürdigkeit: «Was denn nun? Könnten Sie sich bitte einmal einigen?»

«Sie dürfen mir ruhig glauben, daß ich meinen eigenen Namen kenne», sagte der Rennstallbesitzer.

Cullen zuckte die Achseln. Wenn die ihre Titel nach Belieben trugen oder ablegten wie ein altes Hemd, so war das nicht sein Problem. «Sie und der Junge da haben sie also gefunden?»

«Jawohl», sagte Tommy Whittaker und buchstabierte ungefragt seinen Namen. Trimm zückte seinen Notizblock.

Das wiederum alarmierte die andere Alte – die um einiges vornehmer wirkte als die erste. «Er ist der *Marquis von Meares*!»

Mein Gott, dachte Cullen. Noch feucht hinter den Ohren, aber schon Marquis.

«Auf *Skiern*?» Cullen schob die Notizen beiseite, die der Mann von der Spurensicherung auf den Tisch in Seainghams Arbeitszimmer gelegt hatte, und starrte Melrose ungläubig an. «Wollen Sie mir erzählen, Mr. Plant, daß Sie und der junge Whittaker auf Skiern unterwegs waren?»

Plant hielt ihnen sein Zigarrenetui hin, bekam von beiden einen Korb und zündete sich dann selbst eine an. «Ganz recht. Wir kamen zurück aus dieser Kneipe; ‹Jerusalem Inn› heißt sie...»

«Kenn ich. Am Ortsrand von Spinneyton. Aber könnten Sie mir bitte erst mal erklären, warum Sie sich überhaupt veranlaßt fühlten, diese Spelunke aufzusuchen?»

«Im ‹Jerusalem Inn› fand ein Snooker-Match statt, das wir uns ansehen wollten. Auf dem Rückweg sind wir dann über die Leiche gestolpert.» Cullen fixierte ihn mit zusammengekniffenen Augen. «Als wir die Abtei verließen, lag sie noch *nicht* da, Sergeant.»

«Woher wissen Sie das?»

«Wir haben zurück die gleiche Route genommen wie auf dem Hinweg. Tommy kannte sich ja aus...» Melrose verstummte. Es hatte keinen Sinn, ihnen mehr zu erzählen als unbedingt nötig.

«Aber die beiden Polizisten waren nicht auf den Kopf gefallen. Trimm sah auf und wandte Melrose sein rosiges Puttengesicht zu. «Er kannte sich aus? Was soll das heißen?»

«Ach nichts. Er hatte sich nur die Route gut eingeprägt, um sicherzugehen, daß wir uns auf dem Rückweg nicht verirren würden.»

«Um welche Zeit sind Sie aufgebrochen?»

«Gegen neun. Nach dem Dinner.»

«Und wann haben Sie sich wieder auf den Heimweg gemacht?»

«Als der Pub schloß. Um elf war Feierabend, und wir sind dann noch etwa zehn Minuten geblieben. Für den Rückweg haben wir ungefähr zwanzig Minuten gebraucht, es war also –»

«Elf Uhr dreißig», soufflierte Trimm zuvorkommend.

«Sie sagen es.»

«Was geschah dann?» fragte Cullen.

«Der Junge ist mit seinen Skiern über die Leiche gestolpert und gestürzt. Ich bin ihm zu Hilfe gekommen.»

Cullen schüttelte beinahe traurig den Kopf, als hätte er Melrose eine bessere Lügengeschichte zugetraut. «Fangen wir noch mal von vorne an. Sie sagen, Sie und der junge Whittaker bekamen ganz plötzlich Lust, sich Skier anzuschnallen» (erneutes Kopfschütteln) «und querfeldein zum ‹Jerusalem› zu laufen. Aber warum kam Ihnen dieser spontane Einfall ausgerechnet heute nacht?»

«Ich fand die Idee nicht schlecht. Es war mal eine Abwechslung.»

«Eine Abwechslung, soso.» Cullen blickte von seinen Papieren auf. «Sie und der Junge stecken mittendrin, ist Ihnen das klar? Sie waren zur fraglichen Zeit als einzige in der Nähe des Tatorts. Keiner der anderen war jedenfalls auf Skiern unterwegs.» Er lächelte mit schneidendem Charme.

«Dann wissen Sie mehr als ich, Sergeant. Wollen Sie nicht erst einmal abwarten, bis der Arzt den Zeitpunkt des Todes bestimmt hat? Und haben Sie sich schon einmal gefragt, was Beatrice Sleight dort draußen eigentlich wollte, noch dazu um diese Zeit?»

«Ich stelle hier die Fragen, wenn Sie erlauben.»

Das gleiche hätte auch der Inspektor in *Die dritte Taube* gesagt. Melrose seufzte.

«Sie wurde mit einer Schrotflinte, Kaliber .041, in den Rücken geschossen. Und nun raten Sie mal, wo wir die Waffe gefunden haben. Na?»

Die Frage war zweifellos rhetorisch. «In der Waffenkammer.»

«An der Sie zweimal vorbeikamen: als Sie die Abtei verließen und dann wieder bei Ihrer Rückkehr.»

«Sie glauben doch nicht etwa, daß wir eine Schrotflinte ins ‹Jerusalem› mitgeschleppt haben?»

«Warum sollte ich diese Möglichkeit ausschließen?» Cullen stopfte sich grinsend einen neuen Kaugummi in den Mund. Dann studierte er wieder die Notizen auf dem Schreibtisch. «Sie sind der Earl of Caverness?»

«Nicht mehr. Mein Familienname lautet Plant.»

«Warum führen Sie Ihren Titel nicht mehr?»

«Weil ich nicht will.»

Das schien diesen Verächtern der Aristokratie gar nicht zu schmecken: Ein Aristokrat hatte gefälligst dem Kodex seiner Kaste zu gehorchen. Aber vielleicht dachten sie auch, sie seien mit ihrer Frage auf irgendein dunkles Geheimnis in Plants Vergangenheit gestoßen, das mit den gegenwärtigen Vorgängen eng zusammenhing. «Tut mir leid, daß Sie damit nicht einverstanden sind.»

«Aus politischen Gründen wohl? Wollen Sie sich etwa ins Unterhaus wählen lassen oder so was?»

«Nein. Im übrigen verstehe ich nicht ganz, warum Sie sich so brennend für meinen Titel interessieren, während dort draußen eine Tote liegt, Sergeant.»

«Können Sie gut mit Schußwaffen umgehen, Mr. Plant? Als Earl haben Sie doch sicherlich einen Landsitz und gehen viel auf die Jagd?»

«Nein.»

Es war ihnen deutlich anzusehen, daß sie ihm nicht glaubten. Wieviel würden sie wohl auf die Worte des Marquis von Meares geben, wenn sie erfuhren, daß er ein geübter Schütze war?

Tommy kam jedoch bester Laune von seiner Vernehmung zurück. «Ich glaube, ich war ihnen sympathisch, besonders dem Pausbäckigen.»

«Wie bitte? *Sympathisch*? Mein lieber Junge, es geht hier nicht um Sympathie oder Antipathie. Die sind bestimmt nicht gekommen, um herauszufinden, wer von uns der Netteste ist. Wie kommst du überhaupt darauf?» Melrose fühlte ein Ziehen in seinen Beinen. Er war sicher, daß er am nächsten Morgen mit

Muskelkater erwachen würde – falls man ihn überhaupt noch einmal ins Bett gehen ließ.

«Ich hab ihnen erklärt, daß ich in meinem Oboenkasten kein Gewehr versteckt hatte, sondern nur ein Queue. Constable Trimm war ganz hingerissen. Sie sind beide Snooker-Fans. Ich hab allerdings das Gefühl, daß sie nicht so sehr auf Leute wie Hurricane Higgins stehn, sondern mehr auf die reinen Techniker. Ray Reardon zum Beispiel. Natürlich hab ich sie gebeten, die Sache mit dem ‹Jerusalem› für sich zu behalten.»

«Natürlich», sagte Melrose.

«Hoffentlich halten Sie mich nicht für gefühllos, weil ich hier über Snooker rede, während die arme alte Beatrice Sleight...»

«Hauptsache, Cullen und Trimm finden nichts dabei», sagte Melrose. «Meinetwegen brauchst du dir keine Gedanken zu machen.»

SCHON NACH FÜNF MINUTEN mit Charles Seaingham war Jury froh, daß er weder Schriftsteller noch Maler war. Seaingham war ein Mann, der aus tiefster Überzeugung heraus handelte und es einem durch seine unbestechliche Art, den Dingen gnadenlos auf den Grund zu gehen, fast unmöglich machte, seinen Urteilen zu widersprechen. Er war offenbar der Auffassung, daß man ein Kunstwerk erst jeglichen schmückenden Beiwerks entkleiden müsse, um dann das nackte Gerüst in Augenschein zu nehmen. Falls dabei nichts übrigblieb als ein klappriges Konstrukt, so konnte der Künstler nicht mit Seainghams Mitleid rechnen.

In diesem Fall jedoch verdiente er selbst Mitleid, und ohne Umschweife kam er darauf zu sprechen, daß er ein Verhältnis mit Beatrice Sleight gehabt hatte. «Es war eine Dummheit. Ich habe schon eine Menge Dummheiten begangen, aber noch nie wegen einer Frau. Das Ganze ist unentschuldbar. Ich kann nur hoffen, daß Grace es nie herausfindet. Sie wäre schrecklich verletzt. Tja, jetzt wissen Sie's.» Er hob kraftlos die Arme, als wollte er den Himmel um Hilfe anflehen, und ließ sich dann in seinen Ledersessel fallen.

Eine Dummheit, vielleicht. Aber Jury konnte durchaus nachvollziehen, warum Seaingham ausgerechnet auf Beatrice Sleight verfallen war. Er war ziemlich sicher, daß ihn weniger ihr reizvoller Körper in Bann geschlagen hatte als vielmehr ihre Gewöhnlichkeit. Vielleicht war Seaingham es manchmal leid, sich mit Künstlern und gelegentlich sogar mit Genialität auseinandersetzen zu müssen.

Sie saßen in dem kleinen Arbeitszimmer vor dem Porträt seiner Frau. Jurys Blick fiel auf ein Buch, das auf dem Tisch neben Seainghams Sessel lag. «*Auf Skiern*», sagte Seaingham. «Es ist das beste Erstlingswerk seit langem. Ich hoffe, MacQuades unerwiderte Liebe wird seiner Arbeit nicht schaden.»

Jury lächelte. «Was wollen Sie damit ausdrücken?»

«Er ist in Grace verliebt. Und er ist nicht der erste. Manchmal denke ich, sie hätte in den zwanziger Jahren leben sollen. Sie hätte dann einen Salon geführt und den Literaten als Muse gedient. Grace versteht es, Menschen Mut zu machen. Im Gegensatz zu mir. Zigarette?» Er hielt Jury ein schwarzes Lederetui hin. «Nein, ich fürchte, ich entmutige die Leute eher. Manchmal hasse ich meine Arbeit. Ich bilde mir längst nicht mehr ein, daß ich derjenige bin, der Künstler ‹entdeckt›. Ein echter Künstler schafft es früher oder später auch ohne meine Hilfe.»

«Ich habe auch ein wenig in MacQuades Buch gelesen. Es ist ausgezeichnet. Er könnte sicherlich Überlebenstraining unterrichten. Was halten Sie von ihm als Mensch?»

Seainghams Blick ruhte auf dem Manet, als hoffe er in dieser schwierigen Situation auf den Beistand großer Kunst.

«Sympathischer Bursche. Und gutmütig, jedenfalls nach meinem Eindruck. Ich wage sogar zu behaupten, daß er mit einem Gewehr umgehen kann. Das können allerdings die meisten von uns. Wir schießen Moorhühner, Tauben und so weiter.»

«Verzeihen Sie, aber der Mord an Beatrice Sleight scheint Sie nicht sonderlich erschüttert zu haben –»

Seaingham fiel ihm ins Wort. «Der *Mord* schon. Ihr Tod weniger. Sie wurde allmählich... nun ja, lästig. Das klingt schrecklich, aber es ist nun mal so. Sie fing an, Ärger zu machen.»

«Ärger? Inwiefern?»

«Sie dachte anscheinend, sie könnte mich unter Druck setzen oder zumindest meine Meinung über ihre Schundromane beeinflussen. Sie drohte, Grace alles über uns zu erzählen.»

«Und hätten Sie das um jeden Preis verhindert?»

«Sie wollen wissen, ob ich sie umgebracht habe? Wahrscheinlich wäre ich dazu in der Lage gewesen. Aber ich hab's nicht getan.»

Die nächste Frage schien Seaingham zu überraschen. «Kommt Ihnen der Name Helen Minton bekannt vor?»

Seaingham stand auf und schenkte sich einen Whisky ein. «Darf ich Ihnen einen Drink anbieten?»

Jury vermutete, daß er Zeit gewinnen wollte. «Nein danke.»

«Wie war der Name noch...?»

«Helen Minton.»

«Nein, tut mir leid.»

«Haben Sie heute Zeitung gelesen?»

«Ich habe seit Tagen keine Zeitung mehr gelesen. Wir waren eingeschneit. Wieso?»

«Helen Minton stammte aus London und lebte in Washington. Vor zwei Tagen wurde im Schlafzimmer von Washington Old Hall ihre Leiche gefunden.»

«Schrecklich.» Seaingham sah ihn verdutzt an. «Aber warum erzählen Sie mir das? Besteht denn irgendein Zusammenhang zwischen dem Tod dieser Frau und dem Mord an Beatrice Sleight?»

«Helen Minton war Frederick Parmengers Cousine.»

Jury hatte zum erstenmal den Eindruck, daß Seaingham Mühe hatte, eine Information zu verarbeiten: Er schüttelte nur ratlos den Kopf.

«Hat Parmenger sie nie erwähnt?»

«Nein, nicht daß ich wüßte. Parmenger redet wenig über sich. Haben Sie Grace schon gefragt? Ihr vertrauen die Leute sich eher an als mir.»

Jury ließ diese Frage unbeantwortet. «Ich bin nicht etwa rein zufällig hier vorbeigekommen, wie Sergeant Cullen Ihnen sicherlich bestätigen wird. Ich wollte Frederick Parmenger ein paar Fragen stellen. Und seltsamerweise finde ich eine Leiche vor Ihrer Haustür.»

Als Seaingham aufstand, um sich einen neuen Drink einzuschenken, bemerkte Jury, daß seine Hand zitterte. Es mußte wohl einiges zusammenkommen, bevor Charles Seaingham nervös wurde.

MacQuade dagegen war wesentlich leichter zu verunsichern – zumindest gewann Jury diesen Eindruck. Bei den einfachsten Fragen geriet der Schriftsteller bereits ins Stottern. Nein, er habe nichts gehört, jedenfalls keinen Schuß oder dergleichen.

Jury deutete auf Seainghams Exemplar von *Auf Skiern*. «Ich habe ein bißchen in dem Buch gelesen und kenne ein paar Rezensionen. Soviel ich weiß, ist es inzwischen für zwei weitere Preise nominiert worden. Sie scheinen im Aufwind zu sein.»

«Und die Kritiker warten darauf, daß ich mit meinem nächsten Buch eine Bauchlandung mache.» Er lehnte sich zurück und entspannte sich ein wenig. «Sie scheinen sich in der Literaturszene auszukennen, Superintendent. Seaingham hätte Sie zu seiner Party einladen sollen.»

«Das hat er nun ja.» Jury lächelte. «Von Beatrice Sleights Arbeit halten Sie gewiß nicht sonderlich viel, habe ich recht?»

«Ja.» MacQuade rieb ein Streichholz an, und im Licht der Flamme glühten seine dunklen Augen wie Kohlen. «Haben Sie schon mal etwas von ihrem billigen Geschmier gelesen? Jeder Schriftsteller, der etwas auf sich hält, hätte sie dafür niederschießen müssen – schon weil sie damit unseren Beruf verunglimpfte.»

Clevere Antwort, dachte Jury. Er war erleichtert, daß MacQuades Verstand nun die Oberhand über sein etwas unreifes Benehmen gewann.

«Aber», fuhr MacQuade fort, «wenn Bea Sleight ein Verhältnis mit Charlie hatte, dann wäre ich doch der letzte gewesen, der...» Er merkte, daß er zu weit gegangen war, und verstummte, um seine Gefühle gegenüber Grace Seaingham nicht zu verraten. Bill MacQuade konnte in so viele verschiedene Rollen schlüpfen, daß er für Jury schwer einzuschätzen war. Bemüht, wieder den Gleichgültigen zu spielen, fuhr er fort: «Und warum hätte ich sie auch umbringen sollen? Weil sie miese Groschenromane schrieb? Wohl kaum. Ich will Ihnen nichts vormachen, Superintendent. Ich könnte Ihnen aus dreißig Metern Entfernung das Auge ausschießen, und ich bin ein guter Skilangläufer. Ich habe mir dieses verdammte Buch hier nicht einfach aus den Fingern gesogen» – er gab dem Buch einen wütenden Stoß, daß es quer über den Tisch schlitterte und zu Boden fiel –, «und eine nächtliche Skifahrt nach Washington und wieder zurück wäre ein Kinderspiel für mich. Falls jemand diese Theorie verfolgt, komme also nur ich in Frage. Ich und vielleicht noch Tommy Whittaker – aber nicht einmal ein Dummkopf käme auf diesen Verdacht...» Er legte eine Pause ein, die Jury reichlich dramatisch vorkam. Es ging hier schließlich nicht darum, Leser bei der Stange zu halten. «... nein, nicht einmal der größte Dummkopf wäre so hirnverbrannt, den Jungen zu verdächtigen. Zudem hat seine Tante etwas gegen Schußwaffen – wahrscheinlich hat er noch nie ein Gewehr in der Hand gehabt.»

«Wahrscheinlich», sagte Jury. «Wer hat Ihnen von Helen Minton erzählt?»

«Parmenger.» Er blickte Jury an, und wieder verwandelte er sich in eine andere Person, vielleicht sogar in den echten MacQuade. «Ich habe ihren Namen vorher noch nie gehört.»

EINE WEILE SPÄTER betrat Jury wieder das Arbeitszimmer, in dem Cullen gerade Sir George Assington vernahm, und setzte sich nach einem zustimmenden Nicken von Cullen auf einen Stuhl, der abseits an der Wand stand.

Er hatte das Gefühl, in eine Theateraufführung geraten zu sein. Nicht, daß Cullen oder gar Trimm in irgendeiner Weise theatralisch agiert hätten. Aber Sir George liebte es, zu monologisieren. Er war offenbar nicht ganz frei von beruflich bedingter Eitelkeit, und sein ausführlicher Vortrag über Hämatologie und Blutgruppen wäre gewiß noch um einiges länger ausgefallen, wenn Trimm ihn nicht unsanft unterbrochen hätte. «Sie sind doch hier, um zu schießen, oder?»

«Aber doch nur auf Fasanen und Rebhühner, nicht auf Menschen. Und falls Sie wissen wollen, ob ich mit einem Gewehr umgehen kann, so lautet die Antwort: Ja, *Constable*.» Sir George betonte das letzte Wort gerade genug, um Constable Trimm wissen zu lassen, daß Welten sie voneinander trennten.

Cullen hielt es nun für geraten, selbst die Befragung zu übernehmen, und Trimm lehnte sich gegen den Bücherschrank. «Sie sind Mrs. Seainghams Arzt, ist das richtig?» Als Sir George nickte, fuhr Cullen fort: «Und was fehlt der Dame, wenn ich fragen darf?»

«Sie dürfen nicht», sagte Sir George. «Über den Gesundheitszustand meiner Patienten diskutiere ich nicht mit Außenstehenden.»

Jury sah zu, wie Cullen sich einen neuen Streifen Kaugummi in den Mund steckte und eine Engelsmiene aufsetzte. «Nicht einmal mit der Polizei?»

«Wollen Sie meine Akten beschlagnahmen?» fragte Sir George scharf.

«Nicht unbedingt. Ich meine, es wäre doch viel unkomplizierter, wenn Sie einfach meine Frage beantworteten.»

Da war er bei Sir George an den Falschen geraten. «Sergeant, ich habe morgen eine wichtige Besprechung im Royal Hospital –

besser gesagt, heute. Kann ich jetzt gehen? Oder stehen wir unter Arrest?»

«Wer weiß», sagte Cullen, knüllte das Kaugummipapier zusammen und warf es zielsicher in den Papierkorb. «Es ist nur so: Als ihr Arzt wollen Sie doch sicher, daß sie am Leben bleibt. Ich meine, das ist doch Ihre Aufgabe, nicht?»

Sir George stieß einen Seufzer aus. «Mrs. Seainghams Gesundheitszustand ist zugegebenermaßen nicht gut.»

«Tja, aber er könnte sich noch um einiges verschlechtern, wenn nämlich noch einmal jemand auf sie schießt.»

«Ich bin ein wenig verwirrt, Sergeant. Ich dachte, es sei auf Miss *Sleight* geschossen worden.» Der süffisante Unterton in der Stimme sollte zeigen, was er von der Polizei aus Northumbria hielt, die nicht einmal den Namen eines Opfers behalten konnte.

Cullen lehnte sich zurück und legte die Füße auf Charles Seainghams blankpolierten Schreibtisch. «Oh, aber das war doch nur ein Versehen. Der Schuß galt eigentlich Mrs. Seaingham. Das ist der entscheidende Punkt an der ganzen Sache.» Er konzentrierte sich auf seinen Kaugummi.

Jury wippte im Gleichtakt mit Cullens Kinnladen auf seinem Stuhl und lächelte versonnen in sich hinein. Einen Moment lang herrschte Schweigen. Dann räusperte sich Sir George und sagte mit trockener Kehle: «Grace? Warum in aller Welt sollte jemand Grace Seaingham ermorden wollen?»

«Das frage ich Sie. Nach allem, was ich über Mrs. Sleight gehört habe, war sie nicht gerade der Typ, der nachts zum Beten in die Kirche geht. Und sie trug Grace Seainghams Cape. Ein Schuß, im Dunkeln abgegeben... Wenn Sie also etwas über Mrs. Seaingham wissen, das für uns interessant sein könnte, dann raus mit der Sprache. Sie könnten uns damit eine Menge Schereien ersparen. Stimmt's, Superintendent?»

Einschüchterungsversuche dieser Art waren nicht Jurys Stil, und während er durchdringend von Sir George gemustert wurde, sagte er kurz angebunden: «Stimmt. Aber ich würde Sir

George lieber eine ganz andere Frage stellen. Erinnern Sie sich an einen gewissen Doktor Lamson? Er lebte im 19. Jahrhundert.»

Sir George lachte gekünstelt. «Ganz so alt bin ich nun auch wieder nicht, Superintendent.»

Jury lächelte ihm mit entwaffnender Freundlichkeit zu. «Gewiß nicht, Sir George. Hat dieser Lamson damals nicht einen jungen Burschen vergiftet...?»

«Ja, richtig», fiel ihm Sir George ins Wort. «Mit Akonit. *Aconitum napellus*», fügte er hinzu, als seine Verblüffung über die Belesenheit dieses Polizisten sich gelegt hatte. «Damals war es fast unmöglich, eine Akonitvergiftung nachzuweisen. Lamson erzählte seinem Opfer, es sei ein Medi...» Sir George verstummte erschrocken.

«Ein Medikament, ganz recht. Ein berühmt-berüchtigter Fall. Das Gift wurde in einer Gelatinekapsel verabreicht, nicht wahr?»

Sir George bedachte Jury mit einem wütenden Blick und erhob sich langsam. «Sie wollen doch nicht etwa andeuten, die Medikamente, die ich Mrs. Seaingham verabreiche...» Er wurde puterrot, ballte die Fäuste und beugte sich zu Jury hinab. «Was erlauben Sie sich! Mrs. Seaingham fühlt sich seit ein paar Monaten nicht wohl. Sie hat in dieser Zeit zusehends abgenommen, und ich hatte zunächst den Verdacht, es handele sich um Magersucht. Diese Diagnose hätte allerdings völlig dem Bild widersprochen, das ich mir in der Zeit unserer Bekanntschaft von Grace gemacht habe.»

«Sie leidet also unter Appetitlosigkeit?» fragte Jury.

Sir George warf ihm einen scharfen Blick zu. «Richtig. Ansonsten ist ihr nur zu entlocken, daß sie sich irgendwie krank fühlt.»

«Sicherlich würde eine Blutuntersuchung...»

Sir George stemmte die Arme in die Hüften. In dieser Feldwebelhaltung machte er einen imposanten Eindruck. «Grace will sich nicht untersuchen lassen. Obwohl ich mit allem Nachdruck darauf bestanden habe. Sie meint, mit Gottes Hilfe wird es schon wieder gut.» Er steckte sich erregt die Pfeife in den Mund, sichtlich erzürnt darüber, daß Grace sich lieber auf Gottes Ratschluß verließ als auf seinen.

«Sicher, Gott wird's schon richten. Alles hat ja mal ein Ende», bemerkte Cullen ironisch.

19

GRACE SEAINGHAM war ihm ein Rätsel.

Sie saßen vor ihrem Porträt im Arbeitszimmer. Parmenger war es gelungen, die kühle, glatte Oberfläche zu durchdringen und die so gegensätzlichen Eigenschaften dieser Frau in seinem Bild festzuhalten: ihre frostige Schönheit und ihre warme Ausstrahlung, ihre Empfindsamkeit und ihre innere Stärke, ihre schwärmerische Ader und ihre nüchterne Art, die Dinge zu sehen.

Zum Beispiel schien sie keineswegs erschüttert, als Jury sie auf das Verhältnis ihres Mannes mit Beatrice Sleight ansprach. «Ich weiß schon seit einiger Zeit davon.»

Ihre Direktheit war verwirrend. Es war, als verschlösse sie alle wirklich wichtigen Geheimnisse so tief und unantastbar in ihrem Inneren, daß es keine Rolle spielte, wie offen sie in bezug auf unbedeutende Dinge war.

In ihrer sanften Art fuhr sie fort: «Eigentlich konnte ich's ihm nicht mal verdenken. Nachdem der erste Schmerz vorbei war und ich mich damit abgefunden hatte.» Es klang, als schäme sie sich dafür, etwas so Kindisches wie Eifersucht empfunden zu haben.

«Warum haben Sie sich überhaupt damit abgefunden? Warum haben Sie nichts dagegen unternommen?» Jury hatte sein Notizbuch gezückt, machte sich aber keine Aufzeichnungen. Er kritzelte nur darin herum. Das half beim Denken.

Grace Seaingham neigte den Kopf zur Seite und lächelte nachsichtig. «Glauben Sie nicht auch, daß wir unser Schicksal gelassen hinnehmen sollten?»

Er lächelte zurück. «Sie meinen, wir sollten unser Kreuz tragen und alles verzeihen, weil Gott es so will?»

Sie lächelte noch immer. «Ja. Weil Gott es so will.»

«Ich kenne Gottes Gedanken nicht.»

Sie senkte den Blick auf ihre Hände, die gefaltet in ihrem Schoß lagen. Ihr eleganter weißer Morgenmantel aus Satin paßte gut zu ihrem blonden Engelshaar. Er fragte sich, ob sie immer Weiß trug.

«Es war bestimmt nicht leicht für Sie, Miss Sleight hier im Haus zu haben. Ehrlich gesagt bin ich auch ziemlich überrascht, daß Sie sich so kurz vor Weihnachten noch Gäste eingeladen haben, Mrs. Seaingham.»

«Es war mir im Grunde nicht recht. Aber Charles ist an London gewöhnt. Ich liebe die Einsamkeit hier, mein Mann nicht. Er hat gerne viele Leute um sich. Man kann einen Mann wie Charles nicht... einsperren.»

Beim Gedanken an die hohen Steinmauern der Abtei kam Jury der Verdacht, daß sie ebendies gerne getan hätte. Sie hatte ihm erzählt, daß sie das Haus entdeckt und gekauft hatte. Ihr verstorbener Vater, ein wohlhabender Geschäftsmann, wie sie sagte, hatte ihr offensichtlich ein recht ansehnliches Vermögen hinterlassen.

«Mrs. Seaingham, können Sie sich erklären, warum Miss Sleight in Ihrem Cape zur Kapelle wollte? Soviel ich gehört habe, war sie nicht besonders fromm.»

«Ich habe keine Ahnung. Ich weiß nur, daß sie mich um dieses Cape sehr beneidet hat. Glauben Sie, daß der – der Mörder es über sie geworfen hat, um ihre Leiche im Schnee zu verbergen?» Grace Seaingham sah ihn unsicher an. «Ich kann mir einfach nicht vorstellen, warum sie ermordet wurde.»

«Sie war anscheinend nicht sehr beliebt... aber das ist nicht der Punkt. Ich will Ihnen bestimmt keinen Schrecken einjagen, aber es war doch *Ihre* Gewohnheit, spätabends noch in die Kapelle zu gehen, nicht wahr?»

Nun kam ihre Selbstbeherrschung ins Wanken. «Sie wollen doch nicht etwa andeuten, daß *ich* diejenige war, die...?»

Jury nickte. «Ihr Gedanke, daß der Pelz zur Tarnung über die Leiche geworfen wurde, wäre gar nicht so schlecht, wenn der Schuß nicht durch das Cape hindurchgegangen wäre. Sie muß es folglich getragen haben. Wie Sie schon sagten, wird die Galerie im Winter kaum betreten. Es war also dunkel. Nehmen wir an, jemand hat in der Dunkelheit gewartet, bis die Person, auf die er oder sie es abgesehen hatte, auftauchte, um die Schultern ein langes weißes Cape mit Kapuze: Sie. Nur waren Sie es nicht.»

«Ich habe keine Feinde, Superintendent. Und gewiß nicht unter unseren Gästen. Das ist ganz ausgeschlossen.»

«Was wissen Sie über Ihre Gäste? Kennen Sie sie schon lange?»

«Einige ja, andere noch nicht so lange. Die Assingtons zum Beispiel habe ich erst vor kurzem kennengelernt. Und Bill Mac-Quade ist eigentlich weniger mein Freund als der meines Mannes.» Ein leichter Anflug von Röte auf ihrem Gesicht strafte sie Lügen. Jury fragte sich, ob sie bewußt gelogen oder die Wahrheit nur ihren Wünschen angepaßt hatte. Grace Seaingham machte auf ihn nicht den Eindruck einer Frau, die sich einen Liebhaber nahm – schon gar nicht unter den Augen ihres Mannes. «Er ist ein großartiger Schriftsteller», fuhr sie fort. «Charles lobt ihn in den höchsten Tönen. Und Charles ist unbestechlich. Keine Macht der Welt könnte ihn dazu bewegen, etwas gegen seinen Willen für gut zu befinden.»

«Nicht einmal Ihre Majestät?» Jury lächelte und kritzelte vor sich hin.

Sie sah ihn verdutzt an. «Entschuldigung, ich verstehe nicht.»

«Ich habe gerüchteweise gehört, er soll zum Ritter geschlagen werden.»

Grace lächelte. «Ihre Königliche Hoheit hat sich meines Wissens noch nie als Malerin oder Autorin versucht; deshalb dürfte sie kein berufliches Interesse an der Meinung meines Mannes haben.»

Jury betrachtete sie amüsiert. Sie ließ sich nicht so leicht aufs Glatteis führen. «Ich meinte nur, daß jeder irgendeinen wunden Punkt hat. Und wenn man den Finger drauflegt – wer weiß, was dann passiert?»

Sie schwieg.

«Wie war MacQuades Verhältnis zu Beatrice Sleight?» fuhr Jury fort.

«Verhältnis? Von einem Verhältnis kann man da wohl kaum sprechen. Ich glaube nicht, daß er ihr vor unserer Party schon einmal begegnet ist. Bill ist ziemlich» – sie schien nach dem richtigen Wort zu suchen – «introvertiert.»

«Aha. Und die Assingtons? Kannten die sie vorher?»

«Höchstens ganz flüchtig. Es kann sein, daß sie ihr bei einer ihrer Signierstunden begegnet sind. Wie vermutlich jeder, der sich in Literatenkreisen bewegt – falls man Bea als Literatin bezeichnen kann», fügte sie wegwerfend hinzu. «Über die Assingtons weiß ich nicht viel mehr, als daß Sir George ein ziemlich bekannter Arzt und Susan seine dritte Frau ist.»

«Und die anderen – mal abgesehen von Mr. Plant und seiner Begleitung – sind vermutlich gute Freunde von Ihnen?»

«Ja. Charles hat Vivian Rivington auf einer kleinen Party ihres Verlegers kennengelernt. Ihre Gedichte haben großen Eindruck auf ihn gemacht. Als sie fragte, ob sie ein paar gute Freunde mitbringen dürfe, war er natürlich hocherfreut. Je voller das Haus, desto wohler fühlt sich Charles. Lady Ardry ist, soviel ich weiß, eine alte Freundin von Betsy – von Lady St. Leger.»

Jury schmunzelte. Er hatte da seine Zweifel.

«Betsy kennen wir seit Jahren. Noch aus der Zeit, bevor sie Meares Hall übernommen hat.»

«Übernommen?»

«Nun, als Tommys Eltern – Irene und Richard – starben, war

Betsy die einzige, die sich um den Jungen kümmerte. Sie übernahm seine Erziehung und die Leitung von Meares Hall. Sie tat das beileibe nicht aus Geld- oder Prestigegründen. Das hätte sie gar nicht nötig. Die St. Legers haben einen Stammbaum, der so lang ist wie Ihr Arm. Betsy ist die Schwester von Tommys Großvater. Er war der elfte Marquis von Meares.»

«Eine alte Familie.»

Sie nickte. «Und Betsy ist ganz vernarrt in den Jungen. Sie hat keine eigenen Kinder. Ihr Mann, Rudy, ist vor ein paar Jahren gestorben. Er war auch Maler. Obgleich Freddie da wohl anderer Meinung wäre.»

«Wie lange ist denn Parmenger schon hier?»

«Seit mehreren Wochen. Ich habe mich von ihm porträtieren lassen, wie Sie sehen.» Sie errötete ein wenig, als fürchtete sie, daß Jury sie nun für eitel hielte. «Charles hat darauf bestanden.»

«Das Bild ist wundervoll.»

«Freddie hat als Künstler einen ziemlich guten Namen.»

«Kennen Sie irgend jemanden aus seiner Verwandtschaft?»

Sie schüttelte verwundert den Kopf. «Warum sollte ich? Außerdem spricht er nie über seine Familie.»

«Auch nicht über seine Cousine? Ihr Name war Helen Minton.»

Offensichtlich fand Grace Seaingham es ausgesprochen seltsam, daß Jury Parmengers Cousine kannte. «Nein, er hat nie etwas von einer Cousine erzählt. Sie sagten, ihr Name ‹war› Helen Minton. Ist sie gestorben?»

Jury bemerkte, daß er unbewußt Pater Rourkes Viereck in sein Notizbuch gezeichnet hatte. «Ja. Die Polizei fand sie vor zwei Tagen in Washington Old Hall. Sie wurde vergiftet.»

Grace Seaingham wurde so blaß wie ihr Morgenrock. Sie erhob sich langsam aus ihrem Sessel. Die Nachricht vom Tod dieser Fremden schien sie mehr aufzuwühlen als die Gefahr, in der sie möglicherweise schwebte. «Das ist ja schrecklich. Der arme Freddie... weiß er es schon?»

«Ja. Ich habe es ihm gesagt. Hat Mr. Parmenger Spinney Abbey während seines Aufenthalts irgendwann einmal verlassen?»

Sie runzelte die Stirn. «Natürlich ist er manchmal nach Newcastle oder Durham gefahren, wie wir alle, bevor wir einschneiten. Warum?»

«Ich habe mich gerade gefragt, ob er auch einmal in Washington war. Es ist ja nicht weit.»

«Sie meinen, um seine Cousine zu besuchen. Wenn er das getan hätte, hätte er uns doch sicherlich davon erzählt. Ich wäre auch über ihren Besuch sehr erfreut gewesen.»

Aber Frederick Parmenger vielleicht nicht, dachte Jury.

«ES HAT JA LANGE GEDAUERT, bis Sie endlich zu uns gefunden haben, Inspektor», sagte Lady Ardry und deutete mit einer weitausholenden Handbewegung auf Lady St. Leger und Vivian, die ihren Morgenrock enger um sich zog und sich nach Kräften bemühte, Jury nicht in die Augen sehen zu müssen. «Ich stehe Ihnen aber gerne als Zeugin zur Verfügung, und –»

«Vielen Dank, Lady Ardry. Ich bin sicher, daß Sie Augen und Ohren offengehalten haben. Aber zunächst einmal möchte ich mich mit Lady St. Leger unterhalten.»

Agatha war schon halb aufgestanden und ließ sich nun wieder in den Sessel plumpsen, sichtlich betrübt, daß sie die zweite Geige spielen mußte.

Elizabeth St. Leger brachte offenbar weniger Enthusiasmus für die Kriminalistik auf; sie wollte die Sache so schnell wie möglich hinter sich bringen. «Ich beantworte natürlich gerne Ihre Fragen, Superintendent. Ich fürchte nur, daß ich Ihnen nicht viel zu erzählen haben werde.»

Sie wollte sich erheben, aber Agatha hielt sie mit ihrer plumpen Hand zurück. «Mr. Jury kann uns doch beide zusammen befragen. Schließlich kennt er mich seit Jahren und weiß, daß *ich* mit diesem schrecklichen Vorfall nichts zu tun habe.»

Lady St. Leger schüttelte ihre Hand ab und stand auf. «Das mag auf Sie zutreffen, Agatha, aber ich habe leider keine langjährigen Beziehungen zu Scotland Yard aufzuweisen.» Sie zwinkerte Jury schelmisch zu.

«Es tut mir leid, wenn es den Anschein hat, daß ich diese Angelegenheit auf die leichte Schulter nehme», sagte Lady St. Leger, als sie Jury in Seainghams Arbeitszimmer gegenübersaß. «Offen gestanden bereitet mir Beatrice Sleights Tod weit weniger Kopfzerbrechen als die Tatsache, daß mein Neffe in den Fall verwickelt ist. Wie sagt man so schön: Ich weine ihr keine Träne nach.» Sie klopfte mit ihrem Stock auf den Boden. Er hatte einen Silberknauf und ähnelte auch sonst dem von Melrose Plant. Jury bezweifelte allerdings, daß er einen Degen enthielt.

«Sie konnten Miss Sleight nicht besonders gut leiden?»

Elizabeth St. Leger schien sich ihre nächsten Worte sorgfältig zu überlegen. «Ich konnte sie nicht ausstehen. Wenn Sie also nach einem Motiv suchen, hier haben Sie's.»

Jury lächelte zuvorkommend. «Wenn Abneigung ein hinreichendes Motiv wäre, lägen an jeder Straßenecke Leichen herum. Da müssen Sie sich schon etwas Besseres einfallen lassen.»

Amüsiert beobachtete er, wie Lady St. Leger die Stirn runzelte, als suche sie tatsächlich nach einer besseren Lösung, ihn zu überzeugen. Wie weit würde sie gehen, um ihren Neffen zu schützen, der sich immerhin am Tatort aufgehalten hatte? Jury unterbrach seine Gedanken. «Falls Sie sich aber Sorgen um Ihren Neffen machen, so kann ich Sie beruhigen. Es spricht einiges dagegen, daß er der Täter ist. Er war ja zur fraglichen Zeit mit Mr. Plant zusammen. Und ich kenne Mr. Plant. Schon seit Jahren.»

Sie musterte ihn von oben bis unten, als sei seiner beruflichen Qualifikation nicht mehr ganz zu trauen, nun da er zugegeben hatte, mit diesem abtrünnigen Adeligen befreundet zu sein, von dem man anscheinend nichts anderes erwarten konnte, als daß er Leichen aufstöberte und überhaupt Ärger ins Haus brachte.

«Mr. Plant ist ein netter, aber ausgesprochen ketzerischer junger Mann.»

«Das mag durchaus sein. Aber er versorgt Tom mit einem Alibi. Beurteilen Sie ihn also nicht zu streng.»

Sie lächelte. «Ja, da haben Sie recht. Kommen wir also zu mir: Ich bin kurz nach dem Dinner mit den anderen nach oben gegangen.»

Jury zückte sein Notizbuch. «Wann war das ungefähr?»

«Gegen zehn, halb elf. Halb elf, richtig. Ich erinnere mich, daß ich die Uhr schlagen hörte. Wir hatten alle keine Lust, lange aufzubleiben, und ich darf sowieso nicht allzu spät zu Bett gehen.» Sie tippte sich gegen die Brust. «Das Herz. Die Ärzte meinen, ich bräuchte meinen Schlaf. Sonst wär's bald ganz vorbei mit dem Wachbleiben», fügte sie mit makabrem Humor hinzu. «Mein Schlafzimmer liegt am anderen Ende des Hauses. Wie alle Schlafzimmer übrigens.»

«Haben Sie irgendwelche Geräusche gehört? Ich meine Schritte oder das Auf- und Zugehen von Türen.»

«Ja, natürlich. Wir haben nicht alle unsere eigenen Badezimmer. Die Abtei ist nicht vollständig modernisiert. Ab und zu ist jemand über den Flur gelaufen. Aber ich habe nicht darauf geachtet. Ich bin sogar selbst einmal nach unten gegangen, um mir ein Buch zu holen. Meine Ärzte hätten das bestimmt nicht gerne gesehen. Das Treppensteigen soll ich nämlich möglichst auch vermeiden, sagen sie. Jedenfalls ging ich in die Bibliothek.»

Die Bibliothek lag hinter der großen Eingangshalle neben dem Eßzimmer.

«Wann war das?»

«Kurz nachdem ich mich zurückgezogen hatte.» Sie schien an ihren Fingern nachzuzählen. «Fünfzehn Minuten später vielleicht.»

«Haben Sie da jemanden gesehen? Jemanden aus der Dienerschaft vielleicht?»

«Keine Seele, Superintendent.» Sie breitete die Arme aus.

«Nichts zu machen, kein Alibi. Aber Tom...» Sie machte ein besorgtes Gesicht.

«Der hat eins.»

«Ich würde zu gerne wissen, was er dort draußen im Schnee eigentlich getrieben hat – mit Ihrem Freund Mr. Plant.» Wieder sah sie Jury prüfend an.

Er grinste. «Sieht ganz nach Wintersport aus. Wie lange kennen Sie die Seainghams schon?»

«Seit Ewigkeiten. Ich kannte sie schon, als Toms Eltern noch lebten. Die Seainghams waren mit ihnen befreundet; die Männer sind oft zusammen auf die Jagd gegangen.»

«Und Sie? Waren Sie manchmal mit von der Partie?»

«Wie raffiniert, Superintendent! Ja, ich kann schießen, falls Sie das wissen wollten.»

Jury fiel auf, daß sie offenbar versuchte, ihren Stock so zu halten, daß man die Gichtknoten an ihren Fingern nicht sah.

Mit ihren Schießkünsten war es wahrscheinlich nicht mehr weit her. Dennoch imponierte ihm Lady St. Leger. Nicht nur wegen ihrer Selbstbeherrschung und ihres inneren Feuers, sondern vor allem wegen ihrer Entschlossenheit, sich schützend vor den Marquis von Meares zu stellen, falls sein Alibi ins Wanken geraten sollte.

Ihre grauen Augen funkelten ihn an. Sie erinnerten ihn ein wenig an Helen Mintons Augen. Er fragte sich, ob eine Frau ihn jemals so lieben würde, wie Tommy Whittaker von seiner Tante geliebt wurde.

«Wären Sie so freundlich, Miss Rivington zu mir zu bitten, wenn Sie auf Ihr Zimmer gehen?»

SAH MAN EINMAL DAVON AB, daß sie einen viel zu großen Flanellmorgenrock trug und ihr Haar völlig zerzaust war, hatte sich Vivian Rivington seit ihrer allerersten Begegnung vor etlichen

Jahren, die unter ganz ähnlichen Umständen stattgefunden hatte, überhaupt nicht verändert. Es kam ihm mit einemmal vor, als habe er sich ihr letztes Zusammentreffen, das wegen des italienischen Verlobten an Vivians Seite kurz und peinlich ausgefallen war, nur erträumt. Damals war sie wie ein Model von de la Renta einherstolziert. Jetzt sah sie eher aus wie eine Vogelscheuche.

Im Kamin zerbarst funkensprühend ein Scheit. Aus irgendeinem unerfindlichen Grund erinnerte er sich plötzlich an sein Lieblingsbuch aus der Kindheit, in dem Maulwurf und Dachs zusammen in einem hohlen Baum saßen. Kein sehr schmeichelhafter Vergleich für sie beide, dachte er lächelnd. Fehlte nur noch Melrose Plant als Ratz, und das Trio wäre komplett. Er malte ein Herz und einen Pfeil, der es durchbohrte, in sein Notizbuch, und plötzlich war ihm nicht mehr nach Lächeln zumute. Er spürte eine unerträgliche Sehnsucht nach einer Geborgenheit, die er nie gekannt hatte.

Sie sah so verdammt menschlich aus, wie sie in ihrem schäbigen Morgenrock und den alten Pantoffeln da stand, daß er sie am liebsten umarmt und geküßt hätte. Und wahrscheinlich nicht nur das.

«Hallo, Vivian.»

«Hallo. Falls Sie sich wundern: das Ding gehört Agatha.»

«Welches Ding?» fragte er verdutzt. Es war nett, geradeso als hätten sie sich in den letzten Jahren täglich getroffen und könnten nun unbeschwert miteinander reden.

«Dieser Morgenrock», sagte sie, und ihre Augen wurden schmal. «Sie starren ihn so komisch an. Ich habe meinen vergessen und mir deshalb einen von Agatha geliehen. Sie hat immer genug Kleidung für drei dabei.» Zum erstenmal in den vergangenen Stunden sah sie ihm nun offen ins Gesicht und deutete ein Lächeln an, das ihr jedoch anscheinend unangemessen erschien, denn gleich darauf runzelte sie die Stirn.

«Er steht Ihnen. Aber bitte, setzen Sie sich doch.»

Er verspürte große Lust, über ihren verdrießlichen Gesichtsausdruck zu lachen. Sie saß auf dem äußersten Rand des Sessels, den Grace Seaingham vor kurzem verlassen hatte. Beiden Frauen war anscheinend gemeinsam, daß sie sich für Sünden bestrafen mußten, die sie nicht begangen hatten, denn es standen weitaus bequemere Sessel im Raum. Aber wahrscheinlich war sogar eine Vergnügungsreise, zum Beispiel nach Italien, für Vivian eine ernste Angelegenheit. Und hier ging es immerhin um Mord.

Er nahm sein Notizbuch vom Schreibtisch und bemerkte aus den Augenwinkeln, daß sie verstohlen ihr Haar ordnete. Als er aufsah, ließ sie schnell die Hände sinken. Ihre persönliche Form der Eitelkeit bestand in der steten Sorge, sie könne eitel erscheinen. «Ich weiß nicht, warum Sie ausgerechnet mich verhören wollen. Die ganze Sache ist natürlich schrecklich. Aber Sie wissen doch genau, daß ich nichts damit zu tun habe.» Sie legte ihren Arm auf die kunstvoll geschnitzte Lehne. Was eine anmutige Bewegung hätte sein können, wurde von den zu kurzen Ärmeln des Morgenmantels zunichte gemacht.

«Sind Sie nervös?» Jury malte ein weiteres großes dickbauchiges Herz und durchbohrte es mit einem Pfeil.

«Ach, Unsinn. Wir sind erst seit gestern hier, oder besser gesagt seit vorgestern. Die Leute hier waren uns bis dahin vollkommen fremd. Charles Seaingham war der einzige, den ich kannte.» Er sah interessiert auf, und sie sagte hastig: «Aber nur ganz flüchtig. Wir sind uns nur ein einziges Mal vorher begegnet.»

«Aha. Ich habe Sie auch nicht zu einem Verhör hergebeten. Was mich vor allem interessiert, ist Ihr Eindruck von den Leuten. Genauer gesagt: Wer hat es *Ihrer* Meinung nach getan?»

Sie kratzte sich am Kopf und brachte ihre Frisur noch mehr in Unordnung. «Ich bin ganz... ich kann es einfach nicht fassen. Gestern beim Dinner saß sie mir noch gegenüber. Und jetzt ist sie tot.»

Der traurige, verlorene Ausdruck, den Jury so gut kannte, brannte sich förmlich wie ein Abbild ihrer selbst in seinem Gesicht ein. Er senkte den Blick und starrte auf eine leere Seite in seinem Notizbuch. «Ich kenne das. Ein schreckliches Gefühl. Tut mir leid.» Er klappte das Notizbuch zu. «Vielleicht ist es sogar gut, daß Sie die Gäste nicht näher kennen. Dadurch können Sie objektiv urteilen.»

Ihre Anspannung ließ wieder ein wenig nach; sie lehnte sich zurück und schlug die Beine übereinander. Ihre Pantoffeln waren ebenfalls einige Nummern zu groß. «Sie war nicht besonders sympathisch. Na ja, warum soll ich's nicht unumwunden sagen? Sie war einfach ein Ekel.»

«Beatrice Sleight?»

«Wer sonst? Ist noch jemand ermordet worden?»

«Nein. Aber sie trug Grace Seainghams Cape.»

Vivian fuhr hoch. «Sie wollen doch nicht etwa sagen, daß jemand *Grace Seaingham* ermorden wollte?»

«Es sieht so aus. Beatrice Sleight wurde in den Rücken geschossen, als sie in Grace Seainghams Hermelincape zur Kapelle ging.»

«Mein Gott», sagte Vivian leise. «Aber Grace ist doch so... so gut. Fast wie ein Heilige.»

«Mag sein. Sie haben also nichts gehört? Keinen Schuß, keinen Schrei, nichts?»

Vivian schüttelte den Kopf. «Die Schlafzimmer liegen ziemlich weit entfernt auf der anderen Seite des Hauses. Ich kann mir Beatrice gar nicht draußen im Schnee vorstellen. Sie war absolut keine Frischluftfanatikerin.»

«Sie sind alle ungefähr zur gleichen Zeit zu Bett gegangen?»

«Ja.» Sie spielte mit dem troddelverzierten Gürtel des Morgenrocks. Dann zuckte sie mit den Achseln. «Ich kann das alles nicht begreifen. Ich hatte nie das Gefühl, daß irgend jemand Grace nicht mochte. Ich hätte eher das Gegenteil angenommen. Außerdem war sie eine perfekte Gastgeberin. Als Beatrice Sleight pausenlos über Adelstitel räsonierte und auch Melrose nicht aussparte – übrigens, dies sind seine Hausschuhe –», fügte sie zusammenhanglos hinzu, «da wechselte Grace das Thema.

Ich versteh das alles nicht. Aber sicherlich kann Ihnen Melrose mehr sagen. Sein gutes Gespür hat Ihnen ja schon häufiger weitergeholfen.»

«Ja, es ist tragisch. Nun denn, danke, Vivian. Sie sind sicher müde und wollen ins Bett.»

Aber sie blieb sitzen. «Wollen Sie's nicht wissen?»

«Was?» Er durchbohrte ein neues Herz mit einem neuen Pfeil.

Die einsilbige, gleichgültige Frage brachte sie völlig aus dem Konzept.

«Warum ich nicht geheiratet habe.» Sie wandte sich wieder den Troddeln zu.

«Steht das in irgendeinem Zusammenhang mit dem Mord?» fragte Jury mit Unschuldsmiene. Warum er diesen Drang verspürte, sich für etwas zu rächen, das sie ihm in Wirklichkeit nie angetan hatte, wußte er selber nicht. Sadist, dachte er. Eigentlich war ihm eher zum Lachen zumute, als sie aufstand und in dem zu weiten Morgenmantel und den übergroßen Hausschuhen einen würdevollen Abgang versuchte. «Er schien doch ein ganz netter Bursche zu sein. Natürlich, ich habe ihn nur dieses eine Mal gesehen...»

Doch da fiel schon die Tür hinter ihr ins Schloß.

Die anderen waren zu Bett gegangen. Das Team aus Durham hatte die Leiche abtransportiert. Cullen, Trimm und Jury saßen im Arbeitszimmer. «Mann, bin ich fertig.» Cullen gähnte und ließ sich in einen der Sessel in Seainghams Arbeitszimmer fallen. «Was haben wir in der Hand, Trimm?» Er drehte sich träge zu seinem Constable um.

Trimm untersuchte die Schrotflinte, die sie in dem kleinen Raum gefunden hatten, wo die Waffen und Sportgeräte aufbewahrt wurden.

«Das da zum Beispiel.» Er kippte den Lauf des Gewehrs ab

und linste hinein, als wären dort möglicherweise weitere Indizien zu finden. Dann ließ er ihn wieder einschnappen und legte die Flinte auf den Schreibtisch.

«Geben Sie die Knarre in die Ballistik.»

«'ne andere kann's gar nicht sein», sagte Trimm. «Sonst gibt's hier keine .041. Nur ein paar Elefantenbüchsen und Kleinkalibergewehre.»

«Machen Sie hier keine weisen Sprüche, was sein kann und was nicht, sondern geben Sie die Knarre –»

Jury unterbrach den kleinen Familienstreit. «Aus welcher Entfernung wurde der Schuß ungefähr abgegeben?»

«Nach der Streuung der Schrotkugeln war es mindestens ein Meter.» Er nahm die Aufzeichnungen des Sachverständigen zur Hand. «Wohl eher anderthalb oder zwei. Die Wunde war ziemlich groß. Außenrum ein paar kleinere Einschußlöcher. Aber das Cape war ja auch dick.» Cullen zuckte die Achseln.

«Führte der Schuß sofort zum Tod?»

«Darauf können Sie Gift nehmen.»

«Der Mörder könnte in der Tür des Wintergartens gestanden haben», sagte Jury. «Aber keiner hat den Schuß gehört. Die Schlafzimmer liegen zwar auf der anderen Seite, trotzdem...»

«Schalldämpfer», sagte Trimm mit gewohnter Einsilbigkeit.

«Was? Wie zum Teufel sollen diese Herrschaften hier zu einem Schalldämpfer für eine Schrotflinte kommen?» meinte Jury.

«Seaingham behauptet, er hätte des öfteren Ärger mit Wilderern. Sein Jagdaufseher hat das Ding mal gefunden.» Cullen deutete auf den kurzen Stahlzylinder, der auf dem Schreibtisch lag. «Irgend jemand hat ihn wohl verloren.» Er widmete sich wieder seinem Kaugummi. «Keiner von ihnen hat ein Alibi. Und das Motiv ist auch noch unklar...» Er schloß schläfrig die Augen.

«Jedenfalls scheiden Plant, Lady Ardry und Miss Rivington aus...»

Cullen schlug die Augen wieder auf. «Ach ja? Und wieso, Mann?»

«Weil ich sie schon seit vielen Jahren kenne.» Er erwähnte nicht, daß Plant ihm bei mehreren Fällen geholfen hatte. Cullen war vermutlich kein großer Freund von hergelaufenen Amateurschnüfflern.

«Wen kennt man schon wirklich?» Wieder fielen ihm die Lider zu.

Jury ging nicht auf diese Bemerkung ein. «Der junge Whittaker scheidet ebenfalls aus... Warum schütteln Sie den Kopf?»

«Weil in seinem Alibi zehn Minuten fehlen. Nämlich die zehn Minuten, die er vor Ihrem Freund am Tatort war.»

«Gut, Roy, wenn Sie mir erklären können, wie ein Mann auf Skiern es in zehn Minuten geschafft haben soll, in die Waffenkammer zu marschieren, dafür zu sorgen, daß sein Opfer ihm noch rechtzeitig und mit dem richtigen Mantel bekleidet vor die Flinte läuft, zu schießen, die Waffe wieder an ihren Platz zu legen, und dann, immer noch auf Skiern, über die Leiche zu stolpern...» Er ließ den Satz unvollendet.

«Das heißt gar nichts», sagte Trimm.

Es war fast sechs, aber er wußte, daß er keinen Schlaf mehr finden würde. Jury stand im geheimnisvollen Purpurlicht der Morgendämmerung des Wintergartens und sah hinab auf die Stelle, an der vor kurzem noch Beatrice Sleight gelegen hatte. Nur die tiefen Fußspuren, die Cullens Männer im Schnee hinterlassen hatten, deuteten darauf hin, daß hier etwas vorgefallen war. Er machte sich auf den kurzen Weg zur Kapelle und stieß die schwere Tür auf.

Die Zugluft brachte die Kerzenflammen zum Flackern, und eine oder zwei verloschen. Er dachte an Grace Seaingham, die Morgen für Morgen und Abend für Abend hierherkam wie jemand, der eine regelmäßige Verabredung einhält.

Er setzte sich und betrachtete die Gipsstatue der Jungfrau

Maria. Irgendwie hatte Grace Seaingham deren ätherisches Aussehen angenommen, so wie man das Aussehen von Menschen annimmt, mit denen man lange zusammengelebt hat.

Er dachte an Pater Rourkes paradigmatisches Viereck. Was der Priester beschrieben hatte, war ein Glaubenssystem von solcher Komplexität, daß Jury es auch nicht annähernd verstehen konnte. Mußte denn alles so rätselhaft sein? Lag die Weisheit nicht vielmehr im Einfachen? *Widersprüche*, hatte der Priester gesagt, *Gegensätze*. Aus seiner Gesäßtasche zog er den Zeitschriftenumschlag, auf den Pater Rourke sein Viereck gezeichnet hatte, jenes Viereck, das umfassend genug war, um für alles ein Erklärungsmuster abzugeben. Er betrachtete das H in der einen Ecke. Dann zeichnete er in zwei andere Ecken ein D und ein R. Helen, Robin, Danny. Er dachte an die kecke junge Blondine auf Robbies Foto, die nicht die geringste Ähnlichkeit mit ihrem angeblichen Sohn hatte, und er dachte an die Bonaventura-Schule, die Kinder aufnahm, um die sich sonst niemand kümmerte.

Er betrachtete das Viereck. Seine Gedanken kreisten jetzt um die vierte Ecke, die noch leer war: Er dachte an den Mörder.

Wie lange er dort gesessen hatte, wußte er nicht, aber als er die Kapelle schließlich verließ, war es schon hell. Draußen, jenseits der verfallenen Mauer, lag ein dünner blaßgoldener Sonnenschimmer über dem verschneiten Moor, und der Schnee erstrahlte in einem zarten Violett, während das Licht langsam kräftiger wurde.

«STEHEN SIE AUF», sagte Jury im Feldwebelton und reichte Melrose eine Tasse Tee. Der fuhr hoch und blinzelte schlaftrunken ins Licht.

«Aufstehen? Was reden Sie da? Ich habe mich doch eben erst hingelegt. Mein Gott.» Er warf einen Blick aus dem Fenster. «Verdammt, es ist ja noch nicht mal richtig hell.» Er nippte an dem Tee. «Und diese Brühe ist kalt. Kalter Tee im Morgengrauen. Steht das Erschießungskommando bereit?»

«Ruthven hat Sie mit seinen Rosinenbrötchen und heißen Bädern viel zu sehr verwöhnt. Na los, stehen Sie schon auf! Wir fahren zum ‹Jerusalem Inn›.»

Plant ließ sich wieder in die Kissen sinken. «Sie sind verrückt. Den Verdacht hatte ich ja schon immer. Was haben Sie vor? Ein Snooker-Spiel im Morgengrauen? Bei Ihnen piept's doch! Haben Sie vergessen, daß Sie und diese beiden spanischen Folterknechte uns bis fünf Uhr morgens auf Trab gehalten haben? Und jetzt ist es höchstens sechs. Und dann bringen Sie mir auch noch kalten Tee. Außerdem kann ich mich vor Müdigkeit kaum rühren.»

«Ihr Mundwerk funktioniert aber schon wieder ganz gut. Also auf. Es ist schon nach sieben.»

«Ohne meinen Tee stehe ich *nicht* auf.» Er reckte sich, beugte sich zum Klingelzug hinüber und läutete nach dem Mädchen. «Erst mal eine schöne heiße Kanne Tee. Und dann überleg ich mir, ob ich aufstehe. Wie können Sie nach der vergangenen Nacht überhaupt einen klaren Kopf haben? Was hat übrigens unser altes Mädchen, Vivian, erzählt? Hoffentlich gibt's auch Toast zu meinem Tee.»

Jury lächelte. Die scheinbar so beiläufige Frage nach Vivian war natürlich ein Köder. Jury biß bereitwillig an.

«Unser ‹altes› Mädchen? Sie ist gut zehn Jahre jünger als wir.»

«Ich kenne sie jedenfalls seit einer Ewigkeit», gab Plant gereizt zurück. «Wundern Sie sich nicht, daß sie diesen ‹gräßlichen Italiener›, wie Agatha ihn nennt, noch nicht geheiratet hat? Sie sind ihm damals in Stratford begegnet. Der Kerl mit den Fangzähnen.»

«Doch, ich wundere mich.» Es hatte keinen Sinn, Melrose Plant anzutreiben. Der würde wie ein Stein im Bett liegenbleiben, bis man ihm seinen Tee gebracht hatte.

«Sie platzen ja geradezu vor Neugier, wie? *Mir* will sie's jedenfalls nicht erzählen. Aber ich glaube nicht, daß sie ihn jemals heiraten wird.»

Es klopfte an der Tür, und ein hübsches Stubenmädchen trug ein Tablett herein. Als sie sah, daß Melrose nicht allein war, sagte sie: «Oh, entschuldigen Sie, Sir. Ich hole gleich noch eine Tasse.»

Jury stand von seinem Platz am Fenster auf und nahm ihr das Tablett ab. «Nicht nötig. Mr. Plant braucht keine.»

Das Mädchen sah entsetzt zu ihm hoch – der Größenunterschied war beträchtlich –, und ihre Hand nestelte unsicher an ihrer weißen Haube. Sie lächelte verlegen. «Sehr wohl, Sir. Vielen Dank, Sir.»

Als sie davongeeilt war, sagte Melrose: «Sehr witzig. Geben Sie mir jetzt mein Tablett.»

«Sehr wohl. Und außerdem gebe ich Ihnen zehn Minuten, um Ihren verdammten Tee zu trinken.» Jury nahm eine Scheibe Toast von dem Silberteller und lehnte sich kauend ans Fenster.

Nachdem Plant schweigend seinen Tee getrunken hatte, stellte er die Tasse ab und sah Jury an. «Ins ‹Jerusalem Inn› wollen Sie? Lieber Freund, der Laden macht doch frühestens um elf auf.»

«Ich weiß. Aber Robbie wird schon dasein. Er macht dort sauber. Außerdem wollte ich später noch nach Durham. Erinnern Sie sich? Heute ist Heiligabend. Und Grace Seaingham wollte zum Gottesdienst in die dortige Kathedrale. Ich möchte noch einmal mit ihr allein sprechen.»

«Aha. Aber wer zum Teufel ist Robbie?»

«Robin Lyte, der Junge, nach dem Helen Minton wahrscheinlich gesucht hat. Ich glaube, er ist ihr Sohn.» Jury sah versonnen über den Schnee auf die Kapelle. Seine Gedanken kreisten immer noch um den vierten Buchstaben.

20

Das kleine Dorf Spinneyton lag, vielleicht weil es Heiligabend war, noch in tiefem Schlaf. Außer einem schmuddeligen kleinen Kind war weit und breit keine Menschenseele zu sehen. Das Kind baute einen genauso schmuddeligen, traurig dreinblickenden Schneemann, der sich bedrohlich mit dem flachen, halbverfallenen Haus hinter ihm um die Wette zur Seite neigte.

Das Spinney-Moor lag öde und nebelverhangen da; einzelne Nebelfetzen drifteten über die Straße.

Tommy starrte auf diese trostlose Leere und zog fröstelnd die Schultern ein. «Ich bin ja gerne mitgefahren, aber was soll schon dabei herauskommen, wenn *ich* mit Robbie rede?»

«Na, du hast doch gesagt, du würdest ihm das Spiel beibringen. Ich nehme an, er hat Vertrauen zu dir. Vielleicht erinnert er sich doch an mehr, als er denkt. Und vielleicht erzählt er dir was», sagte Jury.

«Das bezweifle ich. Armer Robbie...» Er starrte wieder auf das Moor hinaus. «Sieht aus, als würden da Gespenster umgehen, was?»

«Tun sie wohl auch», sagte Melrose schläfrig vom Rücksitz.

«Eine Grabesstille», sagte Tommy.

«Das Dorf ist wahrscheinlich völlig ausgestorben, weil alle im Torfmoor abgesoffen sind. Aufgedunsene Leichen mit grünlichen Gesichtern werden aus den Sümpfen steigen und uns alle im Schlaf erwürgen. Solange sie auch Agatha den Garaus machen, will ich mich da gar nicht beklagen.»

«Sie schäumen ja geradezu über vor guter Laune, was?» bemerkte Jury, als er den Wagen im Hof des «Jerusalem Inn» zum Stehen brachte.

Dach und Regenrinne des Hauses waren wie eine Hochzeitstorte mit Zuckerguß überzogen. Ein einzelner Sonnenstrahl brachte den unberührten Schnee zum Glitzern und ließ das Eis auf den unterteilten Fensterscheiben wie Sterne aufglänzen. Dahinter erschien Robbies Gesicht, das durch das gewellte alte Glas zu einer Fratze verzerrt wurde. Als Jury klopfte, verschwand es, doch es dauerte eine Weile, bis Robbie ihnen schließlich die Tür öffnete.

«Hallo, Robbie», sagte Jury. «Ich weiß, ihr habt noch nicht auf, aber wir müssen dringend mit den Hornsbys sprechen. Wir sind von der Polizei, verstehst du?» Jury zeigte dem verstört dreinsehenden Jungen seinen Ausweis und sagte beruhigend: «Routine, nichts weiter, Robbie.»

Das braune Haar, das sich der Junge aus der Stirn strich, die hellbraunen Augen, das Gesicht, das ihm anfangs nur leer vorgekommen war, vielleicht weil es so weich und formbar war wie Wachs – in alldem glaubte Jury nun – oder bildete er sich das nur ein? – Spuren einer Ähnlichkeit mit Helen zu entdecken, gerade als würde ihr Gesicht unter der Wasseroberfläche vorübertreiben.

Nell Hornsby kam durch den Vorhang, der den kleinen Nebenraum im hinteren Teil der Bar abtrennte. «Oh, hallo! Ist was passiert?»

«Keine Sorge. Es ist nichts passiert. Ich würde mich nur gern ein bißchen mit Ihnen unterhalten.»

«Klar. Ich schau nur schnell nach Chrissies Brei.» Sie verschwand wieder durch den Vorhang.

Der ungelenke, kräftig gebaute Robbie fegte lethargisch den Boden. Robin... ein häufiger Deckname für Kriminelle, Außenseiter, Vogelfreie, dachte Jury. Erst als Tommy etwas von einer Runde Snooker sagte, hellte sich seine Miene auf, und er arbeitete schneller.

Melrose zündete sich eine Zigarre an und fragte leise: «Wo ist da der Zusammenhang? Ich meine, zwischen diesem ungeschlachten Jungen, Ihrer Helen Minton und... allem anderen?»

«Frederick Parmenger ist das Bindeglied.»

«Parmenger? Und wieso?»

«Ich denke, er ist Robbies Vater. Von einer Haushälterin, die jahrelang bei den Parmengers gearbeitet hat, wissen wir, daß Edward Parmenger – das ist Fredericks Vater, der die Pflegschaft für Helen übernommen hatte – Amok lief, als er erfuhr, daß sie schwanger war. Ihm sträubten sich die Haare angesichts der Vorstellung, daß sein Sohn und Helen –»

«Das ist nicht gerade verwunderlich, bedenkt man ihr Alter und die Umstände. Kaum jemand wäre erfreut, wenn er entdeckt, daß sein Mündel guter Hoffnung ist.»

«Vor allem, wenn er noch viktorianische Moralvorstellungen hat. Aber wir leben nicht mehr im 19. Jahrhundert. Und wieso dann nach Jahren diese Gewissensbisse, die Edward dazu veranlaßten, Helen das Haus zu vermachen, statt es seinem eigenen Sohn zu hinterlassen? Zuerst wollte er Helen einfach nur loswerden, und dann holt er sie wieder zurück. Ziemlich merkwürdig, das muß ich schon sagen.»

Nell kam in die Bar zurück. «Nun also. Was wollen Sie von mir?»

«Old Peculier», sagte Melrose und legte eine Pfundnote auf den glänzenden Tresen.

Sie machte einen verwirrten Eindruck. «Es ist noch zu früh für die Bar. Ich fürchte, ich kann Ihnen nichts Alkoholisches ausschenken. Das heißt –» Sie warf Jury einen schnellen Blick zu. «Ich werde ausnahmsweise ein Auge zudrücken.» Sie zapfte Melrose sein dunkles Ale.

«Erzählen Sie uns ein bißchen von Robbie.»

Sie setzte das Glas abrupt ab. «Robbie? Was ist denn mit ihm?»

Jury hielt ihr sein Zigarettenpäckchen hin. «Woher soll ich das wissen? Deshalb frage ich ja.»

Sie fischte eine Zigarette aus dem Päckchen und zündete sie an. «Na ja, er geht uns halt ein bißchen zur Hand. Dafür kriegt er was zu essen und etwas Taschengeld. Armer Junge. Wie gesagt, er kam hierher, als er von der Schule abging. Ein herzensguter Kerl. Wir haben ihn aufgenommen. Er gehört zur Familie.»

«Er ging auf die Bonaventura-Schule?»

«Ja.»

«Auf dem Friedhof der katholischen Kirche in Washington liegt ein Robert Lyte begraben. Könnte das ein Verwandter von ihm gewesen sein?»

Auch wenn es noch etwas zu früh dafür war, so sagte Nell Hornsby doch nicht nein zu einem Drink. Während sie eine Flasche aus dem Regal nahm, meinte sie: «Robert? Möglich wär's. Ich weiß nicht. Aber warum haben Sie's denn so auf Robbie abgesehen? Hat er denn was angestellt? Er doch nicht, das kann ich mir nicht vorstellen.»

«Nein, natürlich nicht.»

Melrose, dessen Laune sich durch den Old Peculier wesentlich gebessert hatte, ließ Jury mit Nell Hornsby plaudern und ging in das kalte Hinterzimmer, um Tommy Whittaker und Robbie beim Spielen zuzuschauen. Robbie hielt das Queue zwar wie seinen Besen, aber doch mit sehr viel mehr Begeisterung. Tommy machte einen Sicherheitsstoß und ermöglichte Robbie einen langen, direkten Stoß auf eine rote Kugel. Nicht zu einfach und nicht zu kompliziert. Der Stoß mißlang.

Doch Tommy war ein zu guter Spieler, um nicht alles um sich herum zu vergessen – auch Robbie, zumindest für den Augenblick. Er versenkte dieselbe rote Kugel mit einem so raffinierten Effetstoß, daß die weiße in günstiger Position zur schwarzen liegenblieb.

Melrose war völlig in das Spiel vertieft, als jemand in Höhe seines Ellbogens sagte: «Er könnte doch einfach gleich die schwarze spielen.»

Er sah sich um, konnte aber niemanden entdecken, bis er den Blick senkte. Die Eigentümerin der Stimme hielt eine Puppe im Arm, die beinahe so groß war wie sie selbst. Ein Kind! Er warf der Kleinen einen Blick zu, der jeden anderen auf der Stelle verscheucht hätte.

Sie aber blieb nicht nur stehen, sondern verteidigte auch noch ihre Meinung. «Warum spielt er nicht einfach mit der schwarzen weiter, statt immer mit der weißen, wenn er sie doch loswerden will?» Sie sah stirnrunzelnd zu Melrose auf, als wäre er verantwortlich für diese lächerlich umständlichen Spielregeln. Melrose überlegte. Sie konnte nicht älter als fünf oder sechs sein, stand einfach da mit dieser übergroßen, blöden Puppe im Arm – und wollte schon neue Spielregeln aufstellen. «Weil», erwiderte Melrose bissig, «es bestimmte Regeln gibt. Und jetzt gehst du wieder schön brav zurück und ziehst deine Puppe an.»

«Sie ist doch angezogen», sagte die Kleine, die seine Bemerkung offensichtlich als Einladung auffaßte, ihm Gesellschaft zu leisten. Sie rutschte neben ihn auf die Bank und fügte vielsagend hinzu: «Oder besser: *er*.» Der Blick, den sie der Puppe zuwarf, ließ Zweifel erkennen.

Er versuchte Tommys Spiel zu verfolgen und verwünschte sich insgeheim dafür, daß er die Puppe überhaupt erwähnt hatte. Die Kleine hielt seine Bemerkung für ein Zeichen echten Interesses und ließ nun nicht mehr locker.

«Sie hat 'n hübsches Kleid an, oder?»

Ihre einschmeichelnde Stimme und strahlenden Augen ließen Melrose jedoch kalt. Er wandte den Blick nicht von Tommys Queue – Robbie war zurückgetreten und stand vergessen da wie eine einarmige Statue in einem Park – und hütete sich, ihr darauf zu antworten.

«Die Windel darunter macht ihn 'n bißchen dick.»

Wenn er Agathas Geplapper ertragen konnte, dachte Melrose, warum nicht auch das dieser kleineren und, wie er zugeben mußte, weitaus attraktiveren Ausgabe. «Ich bin etwas durcheinander», gab er zu und zündete sich eine Zigarre an in der Hoffnung, das Nikotin würde verhindern, daß sein Gehirn sich im Strudel eines zu früh genossenen Old Peculiers auflöste. «Ich dachte, die Puppe sei ein Mädchen.»

«Ist sie auch», mischte Jury sich ein, der soeben mit einem Glas vom besten Bitter in der Hand hereinspazierte. Er setzte sich auf die harte Bank, so daß die Kleine noch näher an Melrose heranrücken mußte. «Sie heißt Alice.»

«Also schön, Alice, was ist los mit deiner Puppe?»

Die braunen Augen betrachteten ihn mitleidig: «*Ich* doch nicht! Sie!» Sie hielt ihm die Puppe unter die Nase und fügte auf ihre kryptische Art hinzu: «Oder er. Ich heiße *Chrissie*.»

Eine Serie von 147 Punkten war gewiß einfacher zu bewerkstelligen, als aus Chrissie schlau zu werden. Ihre Mutter hätte ihr den Unterschied zwischen den Geschlechtern erklären sollen, dachte Melrose und lehnte sich zurück, um das Wunderkind dabei zu beobachten, wie es eine Serie von fünfzig Punkten herunterriß und sich erst dann wieder an seinen Freund Robbie erinnerte. Tommy verkorkste absichtlich einen ziemlich einfachen Stoß und trat zurück, um Robbie ans Spiel zu lassen. Robbie verpatzte seinen Stoß ebenfalls. Sie unterbrachen ihr Spiel, und Tommy gab eine Runde Zigaretten aus Jurys Päckchen aus. Dann nahmen sie jenseits des Tisches auf einer Bank Platz und unterhielten sich, das heißt, Tommy führte ein etwas einseitiges Gespräch mit seinem Freund.

«Was hoffen Sie denn hier herauszufinden?» fragte Melrose Jury, während Chrissie ihre Puppe auszuziehen begann.

«Weiß ich selbst noch nicht. Ich habe keine Ahnung, ob er sich überhaupt noch an Danielle Lyte erinnert. Sie ist vor Jahren gestorben, wie mir eine Bekannte von Helen Minton sagte.»

Die Puppe war, wie Melrose bemerkte, in Stoffstreifen gehüllt, die von einem Bettuch zu stammen schienen. Chrissie machte sich daran, sie von neuem einzuwickeln.

«Ich kann immer noch keinen Zusammenhang mit den Morden sehen. Angenommen, er ist der Sohn...» Melrose warf Chrissie einen mißtrauischen Blick zu, da er grundsätzlich von der Annahme ausging, daß Kinder alles hörten und einen im richtigen Augenblick damit erpreßten. Vorsichtig fuhr er fort: «Sie wissen schon, der Sohn dieser beiden. Mußte sie deswegen gleich sterben?»

«Vielleicht war sie einfach nur böse», meinte Chrissie.

Er hatte doch gewußt, daß ihr kein Wort entging. «Wir fragen dich schon, wenn wir deine Meinung hören wollen», sagte Melrose und übersah geflissentlich die rote Zunge, die sie ihm plötzlich entgegenstreckte. Die strahlend braunen Augen auf Jury gerichtet, meinte sie: «Schätze, ich sollte ihn wieder zurücklegen.»

Jury nickte. «Ja, das solltest du tun. Maria und Joseph vermissen ihn bestimmt schon.»

Maria und Joseph? Melrose gab es auf, den Sinn dieser dunklen Andeutungen ergründen zu wollen. Chrissie griff sich ihre Puppe, zwängte sich an Jury vorbei und rannte hinaus.

«Wenn ich aus Durham zurück bin, muß ich noch nach Newcastle zum Bahnhof, um Wiggins abzuholen.»

«Sergeant Wiggins! In diesen nördlichen Breiten? Weiß er, auf was er sich da eingelassen hat?»

«Ich fürchte, ja.»

In diesem Augenblick kam Tommy zurück und reichte Melrose ein Queue, das er aus der Halterung an der Wand genommen hatte. «Warum versuchen Sie's nicht mal mit Robbie? Vielleicht haben Sie ja Glück.»

«Vielen Dank», sagte Melrose eisig, nahm das Queue und trat an den Tisch.

«Er erinnert sich kaum noch an seine Mutter. Sie ist gestorben, als er noch ziemlich klein war; wie klein, weiß er aber nicht mehr. Er hat ein Foto von ihr», sagte Tommy zu Jury.

«Ja, ich kenne es.»

«Klingt alles ziemlich vage.» Tommy betrachtete traurig sein Queue. «Im Vergleich zu ihm bin ich ein richtiges Glückskind.» Ganz sicher schien er sich da allerdings nicht zu sein. «Das Problem ist nur, daß ich der letzte Marquis von Meares bin – falls ich nicht heirate und Kinder bekomme. Ich glaube, Tante Betsy hat schon eine der Töchter eines Herzogs ins Auge gefaßt – keine bestimmte, die sehen sowieso alle wie Kobolde aus. Aber ich sollte mich nicht beklagen. Niemand macht mir Vorschriften außer Tante Betsy und vierzehn Anwälten.» Er sagte das ohne jede Ironie. «Man kann also sagen, daß ich genügend Freiheit habe und tun und lassen kann, was ich will.»

«Klingt eigentlich nicht so.»

Tommy verteidigte seine Tante. «Sie ist nicht schuld. Ich versage schon auf St. Jude's Grange in allen Fächern und ziehe den Namen der Familie in den Dreck. Ich weiß doch bloß über Mesopotamien einigermaßen Bescheid, aber das kommt leider nur so selten dran. Ich laß die Nachhilfestunden ausfallen, um Snooker zu spielen, und hoffe im Grunde nur, daß sie mich einfach für blöd halten und in Ruhe lassen. Sonst bin ich erledigt. Das bedeutet, ich lande auf dem Christ Church College – das ist 'ne Art Sammelbecken für Leute wie mich.»

Jury lachte. «Man könnte meinen, du sprichst von dem Hochsicherheitsgefängnis außerhalb von Durham.»

Tom balancierte das Queue auf der Handfläche. Es stand wie eine Eins. «Oxford ist ein ödes Kaff. Da gibt's nur Buchläden und Herrenausstatter, in denen sie Schals in den College-Farben verkaufen. Und von mir würde man wahrscheinlich erwarten, daß ich das Blau des Ruderclubs trage. Ich hasse Rudern. In dem gottverdammten Nest gibt es nicht mal eine Billardhalle. Ich hab's überprüft.»

«Wenn du nicht aufpaßt, fällt dir der Stock noch aus der Hand.» Jury steckte seine Zigaretten ein und sah auf die Uhr.

«Mir? Mir fällt nie was aus der Hand. Wissen Sie, daß Tante Betsy dem Butler befohlen hat, das Billardzimmer abzuschließen? So wie manche Leute die Flaschen wegschließen, wenn sie einen Säufer in der Familie haben.»

«Das ist ein starkes Stück.»

«Na ja, irgendwie kann ich sie auch verstehen. Eine Sucht ist eine Sucht.»

«Aber so verderblich ist deine Sucht nun auch wieder nicht», meinte Jury lächelnd.

Tommy ließ den Stock fallen, fing ihn mit der anderen Hand und legte ihn an wie ein Gewehr. «Wissen Sie, wie ich in das Billardzimmer komme? Während der Führungen. Man kann nämlich das Schloß besichtigen, vor allem auch den Park, der wirklich toll ist. Ich verkleide mich mit einem alten Mantel, Hut und Sonnenbrille. Und bei der letzten Führung bleib ich dann zurück, verstecke mich in einem Wandschrank und warte, bis alle weg sind. So kann ich ungefähr eine Stunde täglich üben. In das Billardzimmer kommt nie jemand. Dann schleich ich mich durch die Verandatür wieder hinaus und geh ums Haus herum. Bis jetzt ist noch niemand draufgekommen, warum die Verandatür morgens manchmal aufsteht.»

«Deine Entschlossenheit ist wirklich erstaunlich!» Jury lachte.

Irgendwie war es Robbie gelungen, den Spielball mit einem Sicherheitsstoß an die Bande zu spielen. Melrose kreidete sein Queue ein. Wenn er nicht danebenstieß – die Wahrscheinlichkeit war allerdings sehr hoch –, konnte er die schwarze Kugel einlochen.

«Nehmen Sie das Kinn runter», sagte Tommy, der hinter ihn getreten war.

Melrose richtete sich seufzend auf. «Ich brauche kein Publikum.»

«Wenn Sie mit einem Champion spielen, müssen Sie sich an so was gewöhnen. Beeilen Sie sich, ich muß noch nach Durham», warf Jury ein.

«Dann stören Sie mich nicht.»

Das hatte ihm gerade noch gefehlt – dieses Paar brauner Augen, das ihn über die Tischkante hinweg anblickte.

«Husch, weg mit dir», sagte Melrose.

Chrissie rührte sich nicht vom Fleck. Sie starrte ihn weiterhin unverwandt an.

Es blieb ihm nichts anderes übrig, als den Versuch zu wagen. Mit der linken Hand machte er auf dem Rand des Tisches eine Brücke.

«Strecken Sie die Finger. Dieser Ansatz ist falsch bei einem Bandenstoß.»

O zum Teufel mit ihnen allen! Er hatte das Gefühl, sein Arm wäre völlig erstarrt, und er schämte sich insgeheim, daß ihm soviel daran lag, Tommy Whittaker zu imponieren, der ihn jetzt noch einmal aufforderte, das Kinn auf die Höhe des Queues zu bringen.

«Und schauen Sie nicht immer auf die Tasche, schauen Sie auf die Kugel.»

Verdammt, woher wußte er, daß Melrose den Blick zur Tasche hatte wandern lassen. Er sah vom Spielball zur schwarzen Kugel – ein prima Stoß, wenn nichts danebenging.

In dem Augenblick, als er das Queue zurückzog und wieder vorschnellen ließ, sagte die Piepsstimme: «Es wäre doch viel einfacher, gleich die schwarze zu spielen.»

Er fluchte. Die Spitze des Queues glitt von der weißen Kugel ab, und Chrissie – ihre Mission war offensichtlich erfüllt; der Stoß war mißlungen – suchte mit Alice im Arm das Weite.

Jury griente. Tommy verlieh seinem Mitgefühl Ausdruck. Melrose starrte die weiße und die schwarze Kugel an. Er richtete sich auf und warf einen wutentbrannten Blick auf die Tür, durch die Chrissie soeben verschwand. «Jede Wette», sagte er, «daß Beatrice Sleight gemeint war und niemand anderes.»

Vielleicht hatte er sich beim Snooker als Niete erwiesen, aber das Grinsen aus Jurys Gesicht verschwinden zu sehen bot ihm Entschädigung genug dafür.

S<small>IE STANDEN DRAUSSEN</small> neben dem Granada, den die Ortspolizei Jury zur Verfügung gestellt hatte. Melrose zog fröstelnd die Schultern unter seinem dicken Anglerpullover ein. «Er hat das so eingefädelt, damit keiner dachte, daß er es tatsächlich auf Beatrice Sleight abgesehen hatte. Im wahrsten Sinne des Wortes ein Mord unter dem Deckmantel der Verwirrung: unter Grace Seainghams weißem Cape. Der Mörder hat die schwarze Kugel mit der weißen eingelocht. So einfach ist das. Allerdings mußte die gute alte Bea erst mal dazu gebracht werden mitzuspielen.»

Jury lehnte sich gegen die Wagentür und sah zu den Fenstern des Pubs hinüber. «So was ist kinderleicht, wenn man ein Gewehr in der Hand hält.»

«Sie glauben also auch, daß jemand Beatrice in den Wintergarten gelockt und sie gezwungen hat, das Cape umzulegen?»

«Ich könnte mir vorstellen, daß es ein bißchen raffinierter eingefädelt war, aber im großen und ganzen, ja.»

«Sie teilen also meine Meinung?»

«Hundertprozentig. Es ist so viel einsichtiger als jede andere Erklärung für Beatrice Sleights merkwürdiges Verhalten – es wäre ihr doch nicht im Traum eingefallen, diese Kapelle aufzusuchen, und dann noch mit Grace Seainghams Cape. Irgendwer scheint mit aller Gewalt verhindern zu wollen, daß die Polizei gewisse Schlüsse zieht.»

Melrose zog sich die Ärmel seines Pullovers über die Hände. Der Himmel war von einem unglaublich tiefen Blau; der Schnee begann in der Sonne zu schmelzen, und der Wind hatte sich gelegt. «Sie war ja nicht eben beliebt. Und wenn die Dame des Hauses nicht das *Opfer* sein sollte... na ja, Grace Seaingham hatte ein handfestes Motiv, sie umzubringen.»

Jury schüttelte den Kopf.

«Ach, kommen Sie schon! Sie halten sie für einen Engel und übersehen dabei das Nächstliegende.»

«Nein, das ist es nicht», sagte Jury. «Selbst wenn sie Beatrice Sleight lieber tot gesehen hätte, welchen Grund hätte sie gehabt, Helen Minton umzubringen?»

Melrose, der im Schnee auf und ab geschritten war, um sich warm zu halten, blieb stehen. «Wer sagt denn, daß es nicht zwei Mörder gibt?»

Jury warf seine Kippe auf den vereisten Boden. «Ich.» Er blickte zum stahlblauen wolkenlosen Himmel empor. «Viele Gifte sind sehr unzuverlässig – sie machen einen einfach nur krank. Und so wirkt auch Akonit, wenn die Dosis nicht tödlich ist. Der Mörder dachte anscheinend, er könne es dem Zufall überlassen, *wann* Helen Minton die tödliche Dosis bekam. In diesem Fall hätte ein Besucher von Old Hall ihr Medikament mit dem Gift präparieren können, und ihr Tod hätte nach Herzversagen ausgesehen. Dann aber fand Helen Minton etwas über Robin Lyte heraus. Doch das hilft uns auch nicht viel weiter, stimmt's?»

«Wenn er wirklich Parmengers Sohn ist...?»

«Hm. Parmenger bestärkt mich ebenfalls in der Annahme, daß wir es hier nur mit einem Mörder zu tun haben. Parmenger kannte sowohl Helen als auch Beatrice. Er ist das Bindeglied.»

«Hätte Helen Minton seinem Ruf schaden können, wenn sie die Sache publik gemacht hätte?»

«Das scheint mir nicht ihre Art – weder seine noch ihre. Sie hätte so was nicht getan, und ihm hätte es nichts ausgemacht. Wen haben wir denn sonst noch? Lady St. Leger? Eigentlich kaum anzunehmen, daß sie eine Bürgerliche abknallt, nur weil diese den Adel haßt...»

«Da wäre immer noch Tante Agatha», sagte Melrose hoffnungsvoll.

Jury überging diesen Einwand. «William MacQuade? Ein unbeschriebenes Blatt, keiner, der sich leicht unterkriegen läßt, aber ich sehe kein Motiv.»

«Er konnte Beatrice Sleight nicht ausstehen. Sie machte ständig schnippische Bemerkungen über ‹literarische› Autoren. Und was ist mit den Assingtons? Sie scheinen sich nur am Rande des Geschehens zu bewegen. Kein Motiv weit und breit. Er ist der berühmte Arzt, und sie scheint von dem Schund, den Beatrice Sleight schrieb, beeindruckt zu sein. Spatzenhirn. Genau die Sorte, die Elizabeth Onions in *Die dritte Taube* zum Mörder auserkoren hätte.»

«Wie bitte?»

«Nichts. Ich finde es ziemlich unfair, Unzurechnungsfähige als Mörder auftreten zu lassen. Sie sind ja nicht für ihre Taten verantwortlich zu machen.»

Jury stieg ins Auto. «Ich fahre jetzt nach Durham und bringe Sie vorher schnell in Spinney Abbey vorbei. Grace für mich, Susan für Sie.» Er ließ den Motor an.

«Danke bestens. Zyankali wär mir lieber.» Der Motor lief,

doch Jury machte keinerlei Anstalten, loszufahren, sondern starrte an Melrose vorbei ins Leere.

«Was ist? Haben Sie was entdeckt?» Plant wandte sich um. Chrissie drückte ihr Gesicht gegen die Scheibe eines der winzigen Fenster des Lokals.

«Ein Paar brauner Augen», sagte Jury und winkte ihr zu, bevor er losfuhr.

Melrose sah das Augenpaar schnell unter der Fensterbank verschwinden. Das Schmelzwasser tropfte von den Scheiben.

21

AN EINEM NEBLIGEN TAG WIE DIESEM schien die Kathedrale von Durham aus der Ferne betrachtet über der in einer engen Schleife des Wear gelegenen Halbinsel zu schweben.

Der Gottesdienst war schon seit fünf Minuten zu Ende, doch Grace Seaingham kniete noch immer auf einer der Bänke. Wie lange kann eine Frau es in einer solchen Stellung aushalten? fragte sich Jury. Im Stehen ging's ja noch einigermaßen, aber auf den Knien mußte einem jede Minute wie eine kleine Ewigkeit vorkommen.

Jury betrachtete das geometrische Muster der Steinquader, aus denen die Säulen bestanden, behielt Grace Seaingham aber immer im Auge. Ein Weilchen später erhob sie sich endlich, ging durch das leere Gestühl und trat auf den Mittelgang. Sie hielt den Blick gesenkt und bemerkte Jury erst, als sie vor ihm stand. Bei seinem Anblick schlug sie den Kragen ihres weißen Wollmantels hoch, als hätte sie ein kalter Windstoß getroffen. Sie sah ihn mißtrauisch an.

«Entschuldigen Sie, Mrs. Seaingham. Ich bin nicht hier, weil ich Sie beschatte.» Sein Lächeln kam ihm gezwungen vor, wie immer, wenn er in ihrer Nähe war. «Aber Sie hatten gesagt, Sie würden heute vormittag hiersein; da ist etwas, das ich Ihnen erzählen möchte... Aber wollen wir nicht lieber woanders hingehen?» Ihr Lächeln gab ihm das unbestimmte Gefühl, er werde um etwas betrogen.

«Ich habe nichts gegen diesen Ort einzuwenden. Wenn wir schon über den Tod sprechen müssen» – sie sah ihn achselzuckend an –, «dann am besten hier. Wir können uns ja ein bißchen die Beine vertreten und dabei die Kirche ansehen.» Mit einer typischen, eleganten Armbewegung bedeutete sie ihm, ihr zu folgen.

Jury fühlte sich in der Kathedrale irgendwie im Nachteil. Ihm war jedoch nicht ganz klar, warum er Grace Seaingham unbedingt etwas voraushaben wollte. Er wandte sich ihr zu und betrachtete das scharfgeschnittene Profil, das helle Haar. Sie war vor dem Fresko des heiligen Cuthbert stehengeblieben. «Freddie Parmenger sollte sich das mal anschauen. Er mag nur leider keine Kirchen. Wußten Sie, daß die Mönche im Laufe der Jahrhunderte die Gebeine des heiligen Cuthbert immer wieder verlegt haben? Zuerst Lindisfarne, dann Chester-le-Street. Das ist nicht weit von hier. Hier ist seine endgültige Ruhestätte.» Immer noch dem Fresko zugewandt, fragte sie ihn: «Was wollten Sie mir denn erzählen?»

«Sie waren nicht gemeint, Mrs. Seaingham. Ich habe mich geirrt. Der Mörder hatte es doch auf Beatrice Sleight abgesehen.»

Ihm war nicht wohl in seiner Haut. Die Nähe dieser Frau, die Fremdheit dieses Orts mit seinen kolossalen Dimensionen – all das verunsicherte ihn. Er fühlte sich klein und schutzlos. Wie lächerlich!

Nichts, was sie sagte oder tat, rechtfertigte jedoch seine Gefühle. Die abrupte Bewegung, mit der sie sich ihm zuwandte, drückte nur Überraschung und Erleichterung aus. «Aber warum um Himmels willen sollte Bea mein Cape genommen haben?»

«Wer immer sie erschossen hat, wollte den Eindruck erwekken, daß Sie...» Er beendete den Satz nicht. «Wie der Killer sie dazu brachte, sich das Cape umzulegen und nach draußen zu gehen, weiß ich allerdings auch nicht. Irgendein plausibler Vorwand, zum Beispiel ein kleines Gespräch unter vier Augen an einem Ort, wo man nicht gesehen würde. In der Kapelle vielleicht...»

Ihre Augen schimmerten feucht; Jury konnte jedoch nicht sagen, ob sie den Tränen nahe oder einfach nur erleichtert war.

«Es war also nicht...» Sie unterbrach sich abrupt und wandte sich wieder dem Bild des heiligen Cuthbert zu.

«Nicht was? Oder wer?»

Sie schwieg.

«Sie meinen, Ihr Mann? Ich halte Ihren Mann auf keinen Fall für verdächtig.»

«Sie glauben nicht, daß er sie erschossen hat?»

Jury zögerte mit der Antwort. «Sie war doch seine...»

Sie lächelte frostig. «Sprechen Sie es ruhig aus. Geliebte. Er hätte doch beispielsweise Angst haben können, sie würde reden?» Ihre Stimme klang beklommen.

«Erpressung?»

«Charles hatte doch keine Ahnung, daß ich davon wußte.»

Jury bohrte weiter. «Eben waren Sie sehr erleichtert darüber, daß niemand versucht hat, *Sie* umzubringen. Dachten Sie dabei ebenfalls an Ihren Mann?»

«Nein, natürlich nicht.» Die Antwort kam viel zu hastig.

«Mrs. Seaingham, als Sie von dem Mord an Beatrice Sleight erfuhren, nahmen Sie sogleich an, der Anschlag habe in Wirklichkeit Ihnen gegolten. Keiner von den anderen kam auf diese Idee.» Außer Melrose Plant, aber das sagte er ihr nicht.

«Nun, dieses Cape...» Das klang nicht sehr überzeugend.

«Auf den ersten Blick schienen Sie recht zu haben. Aber irgendwie finde ich es seltsam, daß Sie sofort diesen speziellen Verdacht schöpften. Warum tragen Sie eigentlich immer Weiß?»

Sie wirkte verunsichert. «Warum? Ich weiß es nicht, ich hab noch nie darüber nachgedacht.» Sie sah an ihrem Mantel herunter.

«Es steht Ihnen nicht sonderlich. Es betont Ihre Blässe; es

macht Sie noch durchscheinender. Sie sollten Farben tragen. Pastelltöne zum Beispiel. Offensichtlich wollen Sie nicht, daß man Sie für krank hält. Aber Sie *sind* krank, nicht wahr?»

Sie hatte Ihre Fassung wiedergewonnen und meinte kühl: «Todkrank, um genau zu sein.»

«Und was ist das für eine Krankheit?»

An ihrer Wange zuckte ein kleiner Muskel. «Ich weiß es nicht. Selbst Sir George ist ratlos. Er kann nichts feststellen. Die Untersuchungen haben nichts ergeben.»

«Sie lügen, Grace. Es wurden überhaupt keine Untersuchungen durchgeführt. Sie haben sich geweigert.»

Ihre Porzellanhaut bekam etwas Farbe, während sie ihm einen prüfenden Blick zuwarf. «Wenn Sie bereits wußten, daß –»

«Weil Sie nämlich befürchten, Ihr Mann könnte dahinterstecken, ist es das? Viele Gifte wirken erst allmählich. Man verabreicht sie in kleinen Dosen, immer nur ein bißchen. Arsen zum Beispiel. Und auch Akonit, nur würden Sie bei Akonit sofort bemerken, daß etwas nicht stimmt. Benommenheit, Kribbeln...»

«O hören Sie auf! Wie kommen Sie nur darauf...» Ihre Stimme zitterte.

Jury nahm ihren Arm. «Sie irren sich, was Charles betrifft.»

Sie wußte darauf offenbar keine Antwort und wandte sich wieder dem Heiligen auf dem Fresko zu. Sie schien vor den dunklen Steinquadern wie ein Geist zu leuchten, der seine Ruhe nicht finden kann. «St. Cuthbert mochte keine Frauen. Er ließ die galiläische Kapelle, in der ich vorhin war, nur für Frauen erbauen, damit sie sich nicht seinem Altar näherten.»

Jury lachte. «Niemand ist vollkommen. Lassen Sie uns gehen.»

Die Prinzessin war aus ihrem Turmverlies heruntergestiegen, um einen Blick aus der Tür auf die wirkliche Welt zu werfen. Der Knoten, der Grace Seainghams in der Sonne schimmerndes Haar im Nacken zusammenhielt, hatte sich gelockert; ein paar Strähnnen hatten sich gelöst und umspielten ihre Schläfen. Das zarte Rot ihrer Wangen war echt, und ihre Haut schimmerte beinahe bernsteinfarben in dem schummrigen Licht des Hofes, den auf drei Seiten Gebäude der Universität von Durham umgaben.

Grace schien wie ausgewechselt. Zusammen mit der Angst und der Unsicherheit waren ihr ätherisches Gehabe und ihre manierierten Gesten verschwunden: Sie leckte sich die Lippen, ohne sich Gedanken um ihren hellen Lippenstift zu machen; ihre Augen funkelten lebhaft; sie spielte mit dem Riemen ihrer Tasche. Jury meinte ein junges hübsches Mädchen vor sich zu haben. Und nun erzählte sie ihm von der Übelkeit, die sie immer wieder überkam, von ihrer Weigerung, mehr zu essen als unbedingt notwendig, und von der peinlichen Sorgfalt, mit der sie jede Flüssigkeit untersuchte, die sie zu sich nahm. «Schauen Sie sich gerne alte Filme an?»

«Wenn ich Gelegenheit dazu habe.»

«Erinnern Sie sich an *Verdacht*? Ich kam mir vor wie Joan Fontaine – Sie wissen schon, in der Szene, in der Cary Grant mit einem Glas Milch die Treppe hochkommt.» Ihr Lächeln kam von Herzen; die Tränen, die ihr beim Verlassen der Kathedrale übers Gesicht geströmt waren, hatten befreiend gewirkt. «Man hatte wirklich Angst, ihr Mann könnte es gewesen sein. Aber natürlich glaubte man nicht im Ernst, Cary Grant würde den Bösewicht spielen. Weil er einfach zu charmant ist – und weil er eben Cary Grant ist. Aber mein Mann ist nicht Cary Grant.»

«Nein. Er versucht allerdings genausowenig wie Cary Grant damals, Sie zu vergiften.»

«Wieso sind Sie sich da so sicher?»

«Ganz einfach. Er liebt sie.»

Sie warf ihm einen schon beinahe koketten Blick zu. «Und woher wollen Sie das nun wieder wissen?»

«Erstens, weil er es selbst gesagt hat. Zweitens, weil er Beatrice Sleight nicht geliebt hat. Drittens, weil er Sie auf eine ganz bestimmte Art anschaut! Und viertens – ein sehr stichhaltiger

Hinweis: Ich kann mir nicht vorstellen, daß ein Mann wie Ihr Gatte Sie in seinem Arbeitszimmer, seinem ureigensten Territorium, einem Maler Modell sitzen ließe, wenn Sie ihm nicht sehr viel bedeuteten.»

Sie sah ihn bewundernd an. «Sie haben mir eine Last von der Seele genommen. Sie sind entweder ein phantastischer Detektiv oder ein schrecklicher Romantiker.»

Er lächelte. «Oh, beides.» Er nahm wieder ihren Arm. «Kommen Sie, gehen wir etwas essen.»

Das winzige Restaurant mitten in der Altstadt Durhams war brechend voll. Sie bestellten ein wundervolles Menü: mit Käse überbackene Pilze in Weißweinsoße und Kalbsragout; danach Stilton-Käse und Stachelbeerkuchen. Jury paßte auf, daß Grace auch alles aufaß, was keine großen Überredungskünste seinerseits erforderte. Beim Essen erzählte sie von sich und Charles: daß sie gehofft habe, die Sache mit Bea sei eine dieser Affären, die Männer in seinem Alter brauchten; daß sie sich immer Kinder gewünscht habe, aber dieser Wunsch sei nicht in Erfüllung gegangen. «Und dann gibt es Frauen wie Tommys Mutter, für die Kinder einfach nur lästig sind.» Sie steckte ein Stück Kuchen in den Mund und schwieg einen Augenblick. «Ich habe Tommy oft beobachtet, wenn er mit seiner Mutter zusammen war. Er liebte sie abgöttisch; sie war schön, doch es fehlte ihr an Charakter. Offen gesagt hatten beide nicht viel davon, weder Irene noch Richard waren charakterfest. Sie waren amüsant, charmant und reich, das ja...» Achselzuckend wechselte sie das Thema. «Hier in der Nähe ist übrigens ein alter Trödelladen, in dem ich oft herumstöbere. Dies hier habe ich auch dort gefunden...» Sie hob den Anhänger an ihrer Kette hoch, die sie stets zu tragen schien. «Später fand ich dann heraus, wie wertvoll er wirklich ist. Der arme alte Kerl in dem Laden hatte keine Ahnung; er wollte ein Pfund dafür haben, dabei ist er ungefähr tausend wert.» Sie ließ den Anhänger wieder fallen. «Wie wär's, wenn wir da mal kurz reinschauen?»

«Einverstanden.» Jury bezahlte, und sie spazierten hinaus auf die Straße.

«Es beruhigt mich, daß Sie nicht ganz so vollkommen sind, wie Sie scheinen, Grace.»

«Was meinen Sie?»

«Der Trödler. Seine Unwissenheit hat ihn tausend Pfund gekostet.» Jury lachte.

Sie blieb abrupt stehen. «Also hören Sie, Mr. Jury. Ich bin natürlich zurückgegangen und hab ihm das Geld gegeben.»

«Teufel auch. Und ich dachte schon, Sie wären doch kein ganz hoffnungsloser Fall.»

Sie lächelte verschmitzt. «Das heißt – ich habe das Geld mit ihm geteilt. Also vielleicht besteht noch Hoffnung für mich?»

Wer weiß, ob noch Hoffnung besteht, dachte Jury. Denn wenn ihr Mann sie nicht vergiftet, wer tut es dann? Aber vielleicht bildet sie sich das auch alles bloß ein...

22

«Woran denken Sie, Ruthven?» fragte Melrose. Sein Butler, der gerade dabei war, Melroses Jackett auszubürsten, schien die Rätsel der Schöpfung vor seinem inneren Auge Revue passieren zu lassen.

«Haben Sie bemerkt, Sir, wie Mr. Marchbanks gestern abend den Bordeaux dekantiert hat?»

Jeder andere hätte sich zu den traurigen Ereignissen der letzten Nacht etwas Passenderes einfallen lassen. Doch Melrose kannte ja Ruthvens starrsinnige Haltung in Fragen der Etikette zur Genüge und hätte von seiner Bemerkung eigentlich nicht allzu überrascht sein dürfen. «Hat er ihn nicht atmen lassen, oder was?» Melrose betrachtete sich prüfend in einem Drehspiegel, nicht aus Eitelkeit, sondern weil er nach ersten Anzeichen von

Verfall und frühem Tod suchte. In letzter Zeit fragte er sich auffallend häufig, ob er nicht eine widerstrebende Schönheit dazu bringen könnte, Ardry End mit ihm zu teilen, bevor es zu spät war. Er dachte seufzend an Polly Praed und ihren idiotischen Brief (*Euer Gnaden?*). «Ehrlich gesagt beschäftigt mich eher das Ungemach, das Miss Sleight widerfahren ist, und nicht Mr. Marchbanks Ungeschicklichkeit.»

«Schrecklich, wirklich schrecklich, Mylord. Ich hab kaum ein Auge zugetan heute nacht wegen dieser Sache.» Das eilige Zugeständnis ließ vermuten, daß in Ruthvens Augen der Mord an Beatrice Sleight Mr. Marchbanks Frevel sozusagen nur die Krone aufsetzte.

Melrose entfernte eine mikroskopisch kleine Fussel von dem ansonsten untadelig gebürsteten Jackett und zog es an. Wenn sein Butler bloß auf dieses «Mylord» verzichten würde. Er hatte es jedoch schon längst aufgegeben, ihn zu korrigieren: einmal Earl of Caverness, immer Earl of Caverness. Es mußte auch ein harter Brocken für Ruthven sein, daß der Earl in der Rangfolge erst nach dem Marquis kam. Und dazu noch nach diesem minderjährigen Lümmel von einem Marquis.

Ruthven, der die bereits von Seainghams Hausdiener blankpolierten Stiefel noch einmal nachwienerte, seufzte und murmelte undeutlich so etwas wie «Die arme Mrs. Seaingham».

Überrascht wandte Melrose sich nach ihm um; seine Bemühungen, ein widerborstig abstehendes Haarbüschel glattzustreichen, gab er resigniert auf. «Was ist denn mit Mrs. Seaingham?»

«Diese Stiefel waren nicht ordentlich poliert, Mylord.»

Melrose fand, daß sie wie Messing glänzten. Geduldig wiederholte er: «Was ist mit Mrs. Seaingham?»

«Nun ja, sie sieht sehr angegriffen aus, Sir. Ihnen mag noch nicht aufgefallen sein, daß sie ihr Essen kaum anrührt. Ich habe gesehen, daß sie ihren Teller zurückgehen ließ, ohne auch nur einen Bissen zu sich genommen zu haben. Andererseits ist das so verwunderlich nicht, wenn man sich's recht überlegt. Wir, die wir Mrs. Ruthvens Küche gewohnt sind –»

«*Marthas*. Sie kocht für uns, seit ich denken kann. Sie brauchen also nicht so förmlich zu sein.»

«Sehr wohl, Sir. Vielen Dank, Sir. Aber was ich sagen wollte – wenn man weiß, was *haute cuisine* bedeutet, dann braucht man sich über Mrs. Seainghams mangelnden Appetit nicht zu wundern. Alles was recht ist, Sir. Die Cumberland-Sauce kaschierte doch nur eine ziemlich verkochte Keule.» Ruthvens normalerweise unbewegliches Gesicht verzog sich zu einem fast hämisch zu nennenden Grinsen. «Und die Béarnaise...»

«Mein lieber Ruthven. Ich glaube nicht, daß das, was auf Spinney Abbey geschehen ist, sich auf zwei, drei mehr oder weniger gelungene Soßen zurückführen läßt.»

«Nein, Mylord. Da haben Sie recht», sagte er, ohne sich jedoch von seinem Gedanken abbringen zu lassen. «Es wird wohl eher was mit den Leuten zu tun haben.»

«Das möchte ich auch glauben, Ruthven.» Melrose zündete sich die obligatorische Zigarre vor dem Lunch an und sah zu, wie Ruthven die Stiefel auf den Boden stellte und sie kopfschüttelnd begutachtete, als hätten sie schon weitaus bessere Tage gesehen.

«Sie werden nie wieder so sein wie früher, Sir.»

«Die Stiefel? Oder die Gäste? Ich nehme an, beide erregen Ihr Mißfallen?»

«Das zu äußern stünde mir nicht zu, Mylord. Aber es läßt sich nicht leugnen, daß einige dieser Leute, nun ja, nicht eben gesellschaftsfähig sind. Ich meine, haben Sie gesehen, was Lady Assington mit dem Stilton gemacht hat?»

«Sie hat ihn auf den Boden geworfen, stimmt's?»

Ruthven ließ sich nicht beirren: Sein junger Herr (in Ruthvens Augen würde Melrose immer jung bleiben) nahm wieder einmal Dinge von gravierender Bedeutung auf die leichte Schulter. «Sie hat einen Löffel benutzt, Sir. Wenn irgendwelche Neureichen...»

«Sie werden die Seainghams doch nicht als ‹neureich› bezeichnen wollen, und wenn sie den Käse mit Löffeln servieren – Ruthven, warum, zum Teufel, sprechen wir über Käselöffel? Kommen wir zu wichtigeren Dingen: Was sagt das Personal über die Seainghams?»

Ruthven war schlichtweg schockiert. «Also wirklich, Mylord, ich werde doch nicht den Klatsch der Dienstboten kolportieren.»

In der Ferne läutete es. Es hörte sich wie eine Kuhglocke an. «Lunch, Ruthven. Kommen Sie, geben Sie –» Melrose schneuzte sich in sein Taschentuch.

«Ich hoffe, Sie haben sich bei Ihrem Ausflug gestern abend nicht erkältet. Sie sind nicht in der richtigen Verfassung für diese Art von Wintersport, Mylord.» Ruthven war wirklich ein Meister der Untertreibung.

«Für *jede* Art von Sport. Ich gehöre zu besagter Sorte reicher Müßiggänger.»

«Das stimmt keineswegs. Sie haben doch Ihre Pflichten als Professor an der Universität.»

«Irgend etwas muß Ihnen doch zu Ohren gekommen sein. Sie bewegten sich doch nicht die ganze Zeit zwischen Messern, Gabeln und Branston Pickles, ohne etwas mitzubekommen.»

Während Ruthven ein letztes Mal mit seiner Bürste über Melroses Jackett fuhr, sagte er: «Nur, daß die Seainghams sich ein paarmal heftig gestritten haben und daß er sich scheiden lassen wollte. Aber Mrs. Seaingham, strenggläubig, wie sie ist, wollte nichts davon wissen.» Er machte eine nachdenkliche Pause. «Ist Ihnen das mit Mr. MacQuade aufgefallen, Sir? Ich meine, gestern abend beim Dinner?»

«Was soll mir aufgefallen sein? Sein Interesse für Mrs. Seaingham ist ja nicht zu übersehen.»

«Das entzieht sich meiner Kenntnis, aber er hat die Portweinkaraffe nicht angehoben, er hat sie *gekippt*.»

Und mit dieser sensationellen Enthüllung verließ Ruthven den Raum.

Melrose entdeckte Susan Assington in der Bibliothek; in ihrem flaschengrünen Batistkleid wirkte sie an diesem Ort verloren wie ein vom Baum gefallenes Blatt. Offensichtlich nicht an den Umgang mit Büchern gewöhnt, stand sie vor einem Regal und blätterte mit einem Ausdruck so vagen Erstaunens in einem Band, daß man hätte meinen können, Gutenbergs Erfindung der Buchdruckerkunst läge gerade einen Tag zurück.

«Sie sind auf der Suche nach Lektüre, Lady Assington?»

Er hatte sie anscheinend überrascht, denn sie errötete und stellte das Buch hastig wieder an seinen Platz. «Nur etwas über Gärten.»

Melrose konnte sie sich kaum mit einer Hacke in der Hand vorstellen. Er zeigte ihr *Die dritte Taube*. «Elizabeth Onions; das Buch kann ich Ihnen empfehlen, falls Sie das Ambiente einer Vogeljagd in Schottland mögen.»

Offensichtlich war das keine Empfehlung für sie. «Ich kann Krimis nicht leiden. Ich kapier auch nicht, wie Sie darüber jetzt Witze reißen können.» Sie schien den Tränen nahe. «Schöne Bescherung.» Hinter der hochvornehmen Lady Assington aus Hampstead Heath kam in kritischen Phasen wie dieser wieder das Ladenmädchen Susan aus Lambeth zum Vorschein.

«Tut mir leid. Ich habe mir nichts dabei gedacht. Möchten Sie eine Zigarette?» Melrose hielt ihr sein goldenes Etui hin und hoffte, sie würde sich in einen der alten Ledersessel setzen und mit ihm plaudern.

«Ja, warum nicht», sagte sie schmollend und ließ sich tatsächlich nieder.

Melrose nahm in dem Sessel ihr gegenüber Platz und gab erst ihr, dann sich selbst Feuer. Ihm fiel auf, daß sie nervös mit ihrer Zigarette herumspielte.

«Hier oben festzusitzen... wie im Gefängnis, genauso fühl ich mich. Wann, denken Sie, kommen wir hier je wieder weg? George ist zu einer seiner Versammlungen nach London gefahren und hat mich einfach hier hocken lassen.» Über dem elegant beschuhten Fuß, mit dem Susan Assington nervös auf und ab wippte, glaubte Melrose eines dieser schlichten Laura Ashley-Kleider zu erkennen, die hundert Pfund und mehr kosten, die Trägerin aber wie ein einfaches Mädchen vom Lande aussehen lassen, das gerade ein goldenes Kalb gemolken hat. Ansonsten aber hatte Susan Assington nichts mit dem Typ jenes schlichten Landmädchens gemeinsam, der in Melroses romantischen Träumen bukolische Idyllen bevölkerte.

«Haben Sie sie gut gekannt?»

«Wen?» Sie schnippte ihre Zigarettenasche auf den Kaminrost.

Die Frau hatte entweder wirklich ein Spatzenhirn, oder sie war eine gute Schauspielerin.

«Beatrice Sleight.»

«Oh», sagte sie, als sei ihr die Ermordete so gleichgültig wie Elizabeth Onions Tauben. «Nun, wir sind ihr hin und wieder begegnet. Eine, die mit allen Wassern gewaschen war, wenn Sie mich fragen, obwohl George sie für völlig harmlos hielt. ‹Harmlos›, hab ich zu ihm gesagt. ‹Sieh dir doch bloß mal die Bücher an, die sie schreibt.› Nicht, daß ich solchen Schund wirklich lese», beeilte sie sich hinzuzufügen.

Aus dem Musikzimmer drangen die gequälten Klänge einer von Tommy Whittaker malträtierten Klavieretüde.

Susan Assington preßte eine mit Smaragden beladene Hand gegen die Stirn. «Wenn der Junge doch bloß die Finger davon lassen würde. Ist mir ein Rätsel, wie seine Tante dazu kommt, ihn für musikalisch zu halten.» Sie blätterte in einer Modezeitschrift und reichte sie Melrose. «Was halten Sie von dieser Frisur?» Als wäre er ihr Friseur.

Geduldig zog Melrose seine Brille hervor und studierte das Foto. Das Haar des Models stand senkrecht in die Höhe, seine Augenränder waren schwarz nachgezogen. Sie machte auf Melrose den Eindruck, als wäre sie dem Ungeheuer von Spinney Moor begegnet. Oder vielleicht war sie es gar selbst? «Nicht für Sie, Lady Assington. So wie Sie Ihr Haar jetzt tragen, steht es Ihnen bestimmt besser.»

Sie fuhr sich über den glatten, dunklen Helm ihres Haars und sagte: «Und Sie sollten keine Brille tragen. Sie haben so hinreißende Augen. Grün», fügte sie hilfsbereit hinzu, falls ihm die Farbe entfallen sein sollte.

Melrose dankte ihr und steckte seine Brille wieder ein. Die Haarkreation schien vergessen zu sein. Sie beugte sich auf dem Sessel vor und ließ Melrose neben dem glänzenden Haar noch andere ansehnliche Dinge bewundern, während sie ihm tief in die Augen sah. «Seltsam, daß Sie immer noch Junggeselle sind.» Der Mord war plötzlich unwichtig geworden.

«So seltsam nun auch wieder nicht. Ich habe einfach noch nicht die Kurve gekriegt.» Im Hintergrund versuchte Tommy sich beharrlich an einer Tonleiter und scheiterte immer wieder an der gleichen Stelle. Um das Gespräch wieder auf den Mord zu bringen, bemerkte er: «Sie dürften sich eigentlich nicht beklagen.» Sie warf ihm einen verständnislosen Blick zu. «Nun, Sie sagten doch neulich beim Essen, unsere kleine Gesellschaft biete sich geradezu an für einen Mord.»

«Schon, aber das war doch nicht ernst gemeint», sagte sie betroffen.

«Aber natürlich», beschwichtigte Melrose sie. «Wie haben Sie denn Beatrice Sleight eigentlich kennengelernt?»

«Sie fragen, als wären Sie bei der Polizei», sagte sie, und Melrose staunte, daß sie der Wahrheit so nahe gekommen war. Doch sie stand ihm Rede und Antwort. «Bei einer Autogrammstunde in einer Buchhandlung. George dachte, es würde vielleicht Spaß machen, hinzugehen und sie eines ihrer Bücher signieren zu lassen. Er kannte sie nur ganz flüchtig.»

«Flüchtig» – das hatte Sir George auch der Polizei von Northumbria gesagt. Lady Assington schien diesen dehnbaren Begriff nicht in Zweifel zu ziehen. «Aber eigentlich hatte man es doch auf Grace Seaingham abgesehen, oder?» fragte sie und warf Melrose einen überraschend scharfen Blick zu. «Bei solchen Geschichten denkt man bekanntlich sofort an... den Ehemann.»

«Ich hatte bei den Seainghams eigentlich den Eindruck, sie würden ganz gut zueinander passen; ein glückliches Paar.»

«Da kann man sich leicht täuschen», meinte Susan. «Aber was *ich* nicht verstehe: Warum tut die Polizei so, als hätte einer von uns das getan? Wo es doch genausogut ein Einbrecher oder vielleicht ein Landstreicher gewesen sein kann. Beatrice wird ihn gesehen haben, und dann...» Sie hatte jedes Kleid und jede Frisur in ihrer Zeitschrift genau studiert. Nun stand sie auf, warf sie auf den Tisch und schickte sich an zu gehen.

Um erwiesene Sachverhalte schien sie sich mit ihrer These nicht zu scheren. Melrose beschloß, sie freundlich darauf hinzuweisen: «Wissen Sie, das kommt mir bei dem Schnee eher unwahrscheinlich vor. Wir waren doch bis heute morgen so gut wie eingeschneit.»

Sie drehte sich im Hinausgehen zu ihm um. «Ach ja?» sagte sie. «Aber es waren doch auch gewisse andere Leute auf Skiern unterwegs.»

«Komm, spiel den Strohmann, Melrose», sagte Lady Ardry und klatschte eine Karte auf den Tisch, als Melrose das Spielzimmer betrat. Agatha, Lady St. Leger und Vivian spielten, Bridge zu dritt. «Du brauchst überhaupt nichts zu tun. Das Kartenspiel gehörte ja noch nie zu deinen Stärken.»

Er sah den *Debrett's* herumliegen und dachte, sie hätten besser *König, Dame, Bube* spielen sollen. «Deine Einladung, mich zu euch zu gesellen, ist einfach unwiderstehlich, Agatha, aber trotzdem vielen Dank. Wenn ihr zu dritt spielt, habt ihr sowieso keine Verwendung für einen Strohmann.»

«Ich schon», sagte Vivian mit diesem süffisanten Lächeln, das man in letzter Zeit öfter von ihr sah. Sie plante wohl einen Stich.

«Die Damen scheinen die Ereignisse des gestrigen Abends ja mit großer Fassung zu tragen. Ich möchte Ihnen meine Bewunderung ausdrücken.»

Lady St. Leger lief unter der Rouge- und Puderschicht rot an, als wäre sie bei verbotenen Spielen ertappt worden. «Wir versuchen lediglich, uns etwas abzulenken von dieser – dieser unerfreulichen Geschichte.»

Zu diesem Zweck hatte sie auch wohl gerade die Vorzüge der Marqueterien von Miln und Abbisford gegenüber dem Titel eines Earl of Dunleith gerühmt, als Melrose eingetreten war. Seine Tante biß nun bereitwillig auf diesen Köder an.

«Es ist nicht zum Aushalten dort», sagte Agatha, die in der Nähe des Serviertischchens saß. «Die Affen klettern auf den Autos herum... Wenn du nicht mitspielst, Melrose, warum bist du dann immer noch hier, während wir uns zu konzentrieren versuchen?»

Affen? wunderte sich Melrose. «Ich dachte, ich hätte mein Buch hier liegengelassen. Ich warte eigentlich nur auf Superintendent Jury.» Er nahm einen Billardstock aus der Halterung und ging um den Tisch, um einen Blick in Agathas Karten zu werfen. Er hatte schon häufiger mit ihr gespielt.

Sie preßte die Karten wie einen Fächer gegen ihren Busen, und ihr Gesichtsausdruck ließ keinen Zweifel daran, daß sie es vorgezogen hätte, wenn er seine Wartezeit anderswo verbracht hätte. «Es geht mich natürlich nichts an», sagte sie, legte eine Trumpfkarte auf Vivians König und kassierte ihren Stich, «aber was hat Jury eigentlich hier zu suchen? Was kümmert Scotland Yard der Tod von Beatrice Sleight?» Sie verzog das Gesicht zu einer Grimasse, als Elizabeth St. Leger Karo ausspielte. «Schließlich hat ihn die Polizei von Northumbria nicht um Hilfe gebeten, oder?» Vivian legte eine Kreuz-Zwei auf den Tisch.

«Was soll das heißen, ‹Affen›?» fragte Melrose.

«Wovon redest du?» Agatha bekam plötzlich einen Hustenanfall und zog ein Taschentuch aus ihrem Ärmel; Melrose ließ den Blick an seinem Billardstock entlangwandern und bemerkte, daß ihr ein Herzkönig in den Schoß gefallen war. Agatha hüstelte erneut, schob das Taschentuch wieder zurück und sagte: «Wir sprachen nur darüber, was sich unser Adel alles einfallen lassen

muß, um seinen Besitz zusammenzuhalten.» Sie knallte den Herzkönig auf die Dame des nicht vorhandenen vierten Spielers. «Natürlich hat man mit einem kleineren Besitz wie Ardry End nicht solche Probleme wie auf einem so riesigen Anwesen wie Meares.»
Melrose hatte sie nie zuvor von Ardry End als einem «kleineren Besitz» sprechen hören.
«Also, ich weiß nicht», sagte Melrose, der fasziniert beobachtete, was seine Tante beim Mischen alles mit den Karten anstellte. Mindestens zwei waren schon unauffällig in ihrem Ärmel verschwunden. «Ardry End ist zwar nicht so groß wie Spinney Abbey, aber...»
«Es ist gar kein Vergleich!» Sie fächerte ihre Karten auf, betrachtete sie und spielte einen Karo-Buben aus. Dann schien sie sich wieder daran zu erinnern, daß es sowohl in ihrem eigenen Interesse wie auch in dem ihres Neffen lag, den Stammsitz der Familie ins beste Licht zu rücken. «Von den kleineren ist Ardry End immer noch einer der hübschesten», meinte sie. «Außerdem brauchen wir keine Eintrittskarten an Busladungen von Touristen zu verkaufen, um ihn instand halten zu können, oder uns mit Kindern abzuplagen, die mit ihren schmutzigen Fingern alles anfassen und den Rasen und die Beete zertrampeln.»
Melrose unterdrückte die Bemerkung, daß *sie* gar nichts instand zu halten brauchte, da ihr ja nichts gehörte. Ihn interessierte viel mehr, was mit dem As in ihrem Ärmel geschehen würde.
Elizabeth St. Leger war unbeeindruckt. Sie legte eine Karte auf den Tisch und sagte: «Da haben Sie Glück. Die meisten von uns» – Melrose lächelte; er wußte, daß dieses «uns» Agatha auf ewig ausschloß – «müssen sich tatsächlich einiges einfallen lassen, um die Kosten zu decken. Aber mir gefällt das sogar. Es freut mich, wenn die Leute meine Gärten bewundern. Ich habe auch nichts gegen Gartenarbeit... ist das schon *wieder* ein As, Agatha?»
Agatha ignorierte diese Frage geflissentlich. «Oh, wir haben

auch sehr hübsche Gärten. Aber wir erfreuen uns selbst daran. Ein Jammer, daß es mit dem englischen Adel so weit gekommen ist. Denken Sie bloß an Woburn Abbey. Überall Imbißbuden, Antiquitätenstände und was weiß ich nicht alles. Und dann Bath!» Lady St. Leger spielte ihren letzten Trumpf aus – eine Kreuz-Fünf. «Dort sind die Affen», erklärte sie Melrose, «in Longleat. Und Löwen und so weiter. Das Ganze ist ein *Zoo*.» Jäh überkam sie ein weiterer Hustenanfall, und dann stach sie die Fünf mit einem Buben. «Aber ich habe natürlich Verständnis für solche Maßnahmen», fügte sie hinzu.

Das wär das erste Mal, dachte Melrose.

«Es gibt eben Zeiten, in denen man vor nichts zurückschrekken darf, um die Familientradition aufrechtzuerhalten. Melrose wird mir da sicher beipflichten.»

«Gewiß», sagte Melrose und sah sie auch noch den letzten Stich einheimsen, bevor sie sich der Kuchenplatte zuwandte.

Elizabeth St. Leger hatte entweder die Lust am Spiel selbst oder an Agathas speziellen Varianten verloren; sie hatte sich am Kaminfeuer im Salon niedergelassen und widmete sich ihrer Stickerei.

Melrose, der auf Jurys Anruf wartete, war baß erstaunt, als Agatha aus einem Körbchen, das sie wahrscheinlich bei ihrer Gastgeberin abgestaubt hatte, einen Stickrahmen hervorholte.

«Du, Agatha? Ich habe dich noch nie sticken gesehen.»

«Dabei ist das eines meiner liebsten Hobbies. Du hast dich ja auch nie danach erkundigt», sagte sie mit der ihr eigenen Logik und stieß einen tiefen Seufzer aus. «Es ist ein Weihnachtsgeschenk für dich, wenn du's partout wissen willst.»

Das war erst recht erstaunlich. Soweit er sich zurückerinnern konnte, hatte ihm seine Tante noch nie etwas geschenkt. Statt mit Geschenken hatte sie ihn immer nur mit Entschuldigungen überhäuft. Er sah ihr über die Schulter und betrachtete die wenigen Stiche, die man bestenfalls als unbeholfen bezeichnen konnte. «Sieht aus wie eine Maus.»

Sie stieß ihre Nadel energisch durch den cremefarbenen Untergrund. «Unsinn. Es ist ein Einhorn.»

«Ich finde, es sieht aus wie ein Mauseohr.»

«Es ist das Horn eines Einhorns.»

«Aber warum, um Gottes willen, stickst du Einhörner?»

«Wenn du's unbedingt wissen und dir die Überraschung verderben willst...»

Nichts würde sie davon abhalten, ihm diese Überraschung nunmehr ihrerseits zu verderben, denn sie war fest entschlossen – davon war er überzeugt –, Lady St. Leger mit ihrem ehrgeizigen Projekt zu beeindrucken. Sie wollte schon loslegen, doch Melrose kam ihr zuvor.

«Nein, nein, Agatha, mir wäre lieber, es bliebe eine Überraschung», und dann lenkte er das Gespräch auf den nächstbesten Gegenstand, der ihm ins Auge fiel: eine Schale mit Christrosen. «Sehr hübsch, diese Blumen», sagte er und wandte sich an Elizabeth St. Leger, die Gärtnerin unter ihnen. «Es ist schön, zu Weihnachten weiße Blumen zu haben.» Er wußte nicht genau, warum das so sein sollte, aber es lenkte von Agathas Stickerei ab.

«Ja, nicht wahr», sagte Lady St. Leger. Sie betrachtete die Schale mit den Christrosen. «*Helleborus niger*, schwarze Nieswurz. Komischer Name. Wahrscheinlich wird sie wegen ihrer Wurzel so genannt. Die ist schwarz und hochgiftig.» Sie schnitt mit ihrer Schere einen dunkelgrünen Faden ab. «Nett, daß Susan all diese Blumen mitgebracht hat. Wenn ich ganz ehrlich bin, hätte ich ihr das gar nicht zugetraut.»

Nett von Susan, in der Tat. Melrose starrte gedankenverloren die Blumen an, bis Elizabeth St. Leger die Hände vor die Ohren schlug. «Ach, du liebe Güte», stöhnte sie. «Er hat wieder angefangen.» Sie warf Melrose einen hilfesuchenden Blick zu. «Was meinen Sie, Mr. Plant, könnten Sie ihn nicht eine Weile vom Üben abhalten? Alle wären Ihnen unendlich dankbar, glauben Sie mir, mich eingeschlossen.»

Melrose überlegte kurz und sagte dann zuvorkommend:

«Jetzt, wo die Straßen wieder frei sind, wäre es mir ein Vergnügen, wenn er mich nach Durham begleiten würde.»

Lady St. Leger fädelte einen neuen Faden ein. «Wohin hat Superintendent Jury ihn heute morgen mitgenommen?» fragte sie. «Aus Tom konnte ich nur herauskriegen, daß es eine reine Routineangelegenheit gewesen sei. Dürfen wir überhaupt das Haus verlassen? Die Polizei schwirrt doch überall herum...»

Was maßlos übertrieben war. Draußen suchten lediglich zwei Polizeibeamte den Schnee um die Kapelle ab. Er war froh, daß sie ihm gleich noch eine zweite Frage gestellt hatte und er die erste somit nicht zu beantworten brauchte. «Wir stehen nicht unter Hausarrest, Lady St. Leger. Ich bin überzeugt, daß wir uns frei bewegen können, solange wir das Land nicht verlassen.» Er stellte sich wieder hinter Agatha, um zu sehen, welche Fortschritte das undefinierbare Einhorn machte.

«Durham?» warf Agatha ein. «Was willst du denn da?»

Melrose kannte seine Tante zur Genüge und wußte, daß Agatha es vorziehen würde, bei ihrer lieben Freundin am Kamin zu sitzen, statt eine großartige Kathedrale zu besichtigen, und antwortete bereitwillig: «Es ist ein hübsches kleines Städtchen. Ich möchte die Kathedrale besichtigen.»

«Na schön», sagte sie, als erteilte sie ihm gnädig ihre Erlaubnis. «Ich bleibe hier und mache damit weiter. Das ist eine zeitraubende Arbeit.» Sie wartete zweifellos, daß er sich für dieses Opfer – das ihr größere Ausgaben ersparte – bedankte. Doch er schwieg, und sie fuhr fort: «Wenn du es partout wissen willst: Ich sticke das Wappen der Earls of Caverness.»

Er zwinkerte. «Weihnachten ist bereits morgen, liebste Tante. Meinst du, du schaffst es bis dahin?»

«Bei solch kompliziertem Unternehmen wirst du wohl etwas Geduld aufbringen können. Zwei Löwen in Hermelin und ein Einhorn in Waffen, das zu der Familie der Ungaluten gehört.»

Elizabeth St. Leger biß sich auf die Lippen.

«Ungulaten, Agatha.»

Er ging ins Musikzimmer, um Tommy zu sagen er solle aufhören, Chopin zu vergewaltigen, sich etwas überziehen und sich mit den wesentlichen Dingen des Lebens zu befassen.

Tommy zerquetschte sich beinahe die linke Hand, so schnell ließ er den Klavierdeckel heruntersausen. «‹Jerusalem Inn›? Das ist doch wohl nicht Ihr Ernst? Tante Betsy –»

«Heute nachmittag verlegen wir das ‹Jerusalem Inn› in die Kathedrale von Durham.»

23

EIN CHRIST IM CIRCUS MAXIMUS hätte den ausgehungerten Löwen nicht mutiger ins Gesicht sehen können als Detective Sergeant Wiggins dem Bahnhof von Newcastle. Er war nicht schlimmer und nicht besser als Victoria Station, King's Cross oder St. Pancras, nur kleiner. Architektonisch nicht uninteressant, hatte er doch nicht das Flair (ein Wort, das Sergeant Wiggins wohl kaum gebraucht hätte) von St. Pancras, dem seltsamsten aller Bahnhöfe.

Der Bahnhof von Newcastle bot das übliche Bild von Gleisen, Pennern, Dreck und Würstchenbuden. Wiggins hatte Bahnhöfe schon immer als gigantische Müllcontainer betrachtet, als etwas, das man nach Möglichkeit mied. Das galt ganz besonders für die Londoner U-Bahn, deren Benutzung jedoch leider unumgänglich war, da sie eindeutig die schnellste Verbindung zwischen seiner Wohnung in Lambeth und dem New Scotland Yard darstellte. Jury erinnerte sich, wie erleichtert Wiggins gewesen war, als er etwa ein Jahr zuvor die Entdeckung gemacht hatte, daß ein Spezialwagen die Tunnels regelmäßig reinigte. Wiggins mußte die Bakerloo-Line nehmen und behauptete steif und fest, die Bakerloo und die Northern seien mit Abstand die verdrecktesten.

Jurys Schicksal war die Northern, woran ihn sein Sergeant nicht oft genug erinnern konnte.

Da Wiggins ohne seine nachmittägliche Tasse Tee nicht zu gebrauchen war, ließ er sich von Jury dazu überreden, sich an einen der verklebten, papierübersäten Tische des Bahnhofscafés zu stellen. Natürlich nicht, ohne ihn vorher mit Papierservietten zu reinigen.

Gewisse Rituale waren einfach unumgänglich, um eine gewisse anfängliche Widerspenstigkeit in ihm zu besänftigen, bevor er dazu aufgefordert werden konnte, sich an die Arbeit zu machen. Und Jury drängte ihn nie, denn das verärgerte seinen Sergeanten nur, der, alles in allem, ein unerschöpflicher Informationsquell war und an Sorgfalt und Gründlichkeit selbst Boswell in den Schatten stellte. Er notierte sich gewissenhaft jedes – auch das nutzloseste – Detail, das selbst das stärkste Teleskop nicht am nächtlichen Sternenhimmel hätte herausfiltern können. Doch gewisse Tatsachen waren einfach von unschätzbarem Wert, und Jury hatte gelernt, sie aus dem Schwall von Informationen zu isolieren.

Im Augenblick lag Wiggins' aufgeschlagenes Notizbuch neben einem unappetitlich aussehenden Stück Apfelstrudel mit durchweichtem Boden. «Annie Brown», las er. «Geboren 1925 in Brixton – natürlich lange vor den Unruhen, aber auch damals schon eine ziemlich heruntergekommene Gegend.» Es folgte eine detaillierte Beschreibung Brixtons sowie der Brownschen Wohnung. «Keine nennenswerte Ausbildung – sie hat zwar einen Abschluß, machte aber nicht weiter.» Es schloß sich eine vorbildliche Aufzählung der schulischen Leistungen an, die Annie erbracht hatte. Zum Glück wurde der Rest dann etwas schneller abgehandelt. «Sie bekam eine Assistentenstelle an einer Realschule; danach zog sie nach Dartmouth und unterrichtete die ersten Klassen einer Mädchenschule namens Beedle. Schätze, daß Ellbogeneinsatz einen dort weiterbringt als Geistesblitze. Schließlich landete sie dann an der Laburnum School.» Wiggins wischte sich den Mund mit einer Papierserviette ab. «Die Schulleiterin dort meinte, sie sei in Ordnung gewesen, mehr aber auch nicht. Zumindest hatte ich diesen Eindruck. Eines Tages brach sie dann ihre Zelte ab und kündigte mit der Begründung, sie habe was Besseres gefunden.»

«Wir sollten hier auch unsere Zelte abbrechen und sie den Rest der Geschichte selbst erzählen lassen. Sie haben gute Arbeit geleistet, Wiggins – so viele Informationen auszugraben, während Ihnen der kalte Seewind um die Ohren pfiff.» Jury warf einen bedeutungsschwangeren Blick auf den unappetitlichen Apfelkuchen. «Hoffentlich überleben Sie dieses Zeug hier so lange, daß Sie Maureen noch davon erzählen können.»

IN DER BONAVENTURA-SCHULE wurden sie von dem Jury bereits bekannten schmächtigen Mädchen empfangen. Jury gewann jedoch nicht den Eindruck, daß sie hier besonders willkommen waren.

Schon die Haltung, die Miss Hargreaves-Brown an ihrem Schreibtisch einnahm, signalisierte den Besuchern, daß sie nur ihre Zeit hier vergeudeten. Aber immerhin stand sie auf, als Jury Sergeant Wiggins vorstellte. Die Begrüßung, die Wiggins zuteil wurde, fiel jedoch auch nicht entgegenkommender aus als die Jurys zwei Tage zuvor.

Sie trug dasselbe schwere Wollkleid, aus dessen Ärmel ein Zipfel ihres weißen Taschentuchs hervorragte, dieselben dunklen Strümpfe und altjüngferlichen Schuhe. Ihre Augen waren kalt und ausdruckslos wie zwei auf Hochglanz polierte Pennies. Aber hinter ihrem kühlen, distanzierten Äußeren glaubte Jury die innere Anspannung zu spüren. Immerhin konnte das Auftauchen von zwei Polizisten bedeuten, daß die Angelegenheit nun langsam ernst wurde.

Er kam ohne Umschweife zur Sache. «Es geht um Helen Minton, Miss Brown, und Ihr Verhältnis zu ihr. Sie hießen doch einst schlicht und einfach Annie Brown, nicht wahr?»

Sie schien die Hände noch fester ineinander zu verkrampfen, sagte jedoch nichts, sondern starrte nur an ihm vorbei durch das hohe, breite Fenster, das auf den Hof hinausging. Keine Kinderstimmen drangen von draußen herein.

«Die Kinder», sagte Jury, «sind wohl in ihren Klassenzimmern, vermute ich. Was immer Sie hier an Kindern haben.» Langsam wandte sie den Kopf; der ausdruckslose Blick war einem unsteten gewichen. «Ich nehme an, Sie hätten aus dieser Schule am liebsten eine zweite Laburnum School gemacht. Aber hier...» Jury zuckte die Achseln. Sie schwieg noch immer. Jury zog ein Päckchen Zigaretten aus der Tasche, zündete sich eine an und gab Wiggins ein Zeichen.

Mit unbewegter Miene leierte Wiggins aus seinem Notizbuch dieselben Dinge herunter, die er Jury bereits im Bahnhofscafé vorgelesen hatte. «...und Sie verließen Laburnum zur selben Zeit wie Miss Helen Minton. Auf den Tag genau. Parmengers Anwälte haben uns nach sanfter Überredung» – Wiggins lächelte auf seine typische schmallippige Art – «erzählt, daß der Bonaventura-Schule ein paar tausend Pfund überwiesen wurden. Nicht gerade viel für einen Kasten von dieser Größe. Hat wohl kaum die Heizkosten gedeckt.» Wiggins entnahm seiner Taschenapotheke eine Tüte Hustenpastillen und riß den winzigen Plastikstreifen ab, als hätte ihn diese Bemerkung an die Heerscharen von Viren gemahnt, denen er sich in diesem schlecht beheizten Raum aussetzte.

Nun begann Jury wieder zu reden: «Edward Parmenger hat Ihnen den Posten verschafft. Oder vielmehr gekauft. Ich habe den Eindruck, daß ein hübsches Sümmchen in diese Schule gepumpt worden ist. Den Löwenanteil aber bekamen Sie. Damit Sie schweigen.»

Sie versuchte noch einmal in aller Hargreaves-Brown-Manier aufzutrumpfen, aber ihre Courage hatte sie längst im Stich gelassen. «Ich habe nichts Ungesetzliches getan», sagte sie.

«Das kommt darauf an.»

«Ich weiß nicht, was Sie meinen.»

«Ich dachte an Robin Lyte.»

«Robin? Was ist mit ihm?» Ihr Gesicht erstarrte zu einer ausdruckslosen Maske.

«Er ist doch Helen Mintons Sohn, oder? Sie waren die Lehrerin, der Helen ihr Herz ausgeschüttet hat. Das war Helens Pech. Denn Sie liefen schnurstracks mit der Nachricht zu Edward Parmenger. Parmenger war ein hartgesottener alter Puritaner und hütete seinen Sohn wie seinen Augapfel. Schlimm genug, daß sein Mündel schwanger war. Aber schwanger vom eigenen Cousin...»

Konvulsivisches Gelächter unterbrach ihn. «Cousin!» keuchte Annie Brown, als sie sich von ihrem Lachanfall erholt hatte. «Die Blutsbande waren sehr viel enger, Superintendent. Sie waren Halbgeschwister.» Daß sie ihrerseits mit einer Enthüllung aufwarten konnte, schien ihr enormes Vergnügen zu bereiten. «Anscheinend wissen Sie doch nicht alles.»

«Dann wären wir Ihnen sehr dankbar, wenn Sie uns aufklären könnten.»

Mit gespielter Ruhe studierte sie ihre Fingernägel. «Sie haben recht, was das Geld, die Schule und das Vertrauen betrifft, das beide, sowohl Helen als auch ihr Vater, in mich setzten.»

Wie jemand dieser Frau vertrauen konnte, war Jury ein Rätsel. «Mit ‹ihrem Vater› meinen Sie wohl Edward Parmenger?» fragte er.

«Natürlich. Weder Helen noch der Junge – hieß er nicht Frederick? – wußten etwas von dem Verhältnis, das Edward Parmenger mit seiner Schwägerin gehabt hatte. Sie können sich jetzt vielleicht vorstellen, warum er so außer sich geriet.»

«Hat Parmenger Ihnen das erzählt? Aber warum bloß?»

«Mr. Jury, ich bin auch nicht auf den Kopf gefallen...»

«Daran habe ich keinen Augenblick gezweifelt», sagte Jury.

Entweder bemerkte sie seinen eisigen Tonfall nicht, oder es war ihr gleichgültig, weil sie nun wieder die Oberhand zu haben glaubte.

«Als ich ihm mitteilte, was mit Helen los war...»

«*Sie* teilten es ihm mit?»

«Ja, natürlich. Warum? Das Mädchen konnte ja wohl kaum auf der Schule bleiben, wo denken Sie hin. Die Familie mußte benachrichtigt werden.»

«Aber das wäre doch wohl Aufgabe der Schuldirektorin gewesen, oder?»

Sie schien über seinen Einwand ernsthaft nachzudenken. «Daran hab ich natürlich auch gedacht. Aber schließlich – man möchte einem jungen Mädchen in dieser Situation soviel wie möglich ersparen...»

«Man möchte», sagte Jury, «es auch zu was bringen.» Er kam ihrem Protest mit einer weiteren Frage zuvor: «Und Edward Parmenger hat Ihnen dann erzählt, welche Familienbande zwischen Helen und Frederick bestanden? Das überrascht mich.»

Annie Brown zuckte die Achseln. «Die Sache hat ihn wohl etwas aus dem Gleichgewicht gebracht. Und ich bin eben ein Mensch, dem sich die Leute gern anvertrauen. Helen hat das ja auch getan.»

Das schien die Wahrheit zu sein. Jury hatte auch den Eindruck, daß es sich bei dieser Dame um ein vielseitiges Chamäleon handelte, das es offensichtlich verstand, sich bei allen möglichen Leuten einzuschmeicheln.

«Mein Eindruck von Mr. Parmenger war, daß er sich die Sache einfach vom Hals schaffen wollte. Gar kein Mann von großer Charakterfestigkeit. Er tobte wie ein Berserker. Ich hatte das Gefühl, daß sein Sohn sehr viel mehr Charakter besaß. Auf seine Art. Zumindest war er fest entschlossen zu kriegen, was er wollte.» Sie lehnte sich auf ihrem alten knarrenden Stuhl zurück. «Sie sehen ja, wie weit er es gebracht hat.»

«Ja, in der Tat, Miss Hargreaves-Brown», sagte Jury diplomatisch. «Es wäre allerdings zwecklos, ihn unter Druck zu setzen. Kein Pfennig würde dabei herausspringen. Er ist der Typ, der sich der Meute stellt.»

Ihre Augen wurden hart. «Was wollen Sie damit sagen?»

«Erzählen Sie lieber weiter von Helen.»

«Nun... ich wollte eben gern Schulleiterin werden. Und ich brauchte Helen nur so lange zu behalten, bis das Kind geboren war, dann sollte ich mich um die Adoption kümmern und Helen wieder nach Hause schicken.»

Wie ein Paket mit Stempel «Annahme verweigert», dachte Jury. «Kein Wunder, daß sie hier aufgetaucht ist.»

«Eine unangenehme Situation, das können Sie mir glauben. Wir hatten ausgemacht, daß sie nie wieder hierher zurückkommen sollte. Mr. Parmenger hat sie gleich danach auf eine Weltreise geschickt.»

«Wenn man unglücklich ist, fühlt man sich überall elend.»

Miss Hargreaves-Brown zuckte die Achseln. «Ein dummes, unerfahrenes Ding. Sie hätte heiraten, sich irgendwo niederlassen und Kinder kriegen sollen.»

«Sie hatte bereits eins. Sie haben ihr kein Wort gesagt, stimmt's?»

«Ja. Sie halten mich wohl für ein Ungeheuer, weil ich mich auf diese Sache eingelassen habe. Mal abgesehen von dem moralischen Aspekt – glauben Sie, sie hätte sich besser gefühlt, wenn ich ihr erzählt hätte, daß das Kind, na ja, zurückgeblieben ist? Ein erblich bedingter Defekt. Sie waren zu nahe verwandt.»

«Ammenmärchen.»

«Ammenmärchen enthalten oft sehr viel Wahres», fuhr sie ihn an.

«Und was war mit Danielle Lyte?»

Sie zuckte zusammen. Jury gewann wieder die Oberhand. «Eine junge Frau und ihr Mann – ein Alkoholiker, was ich leider zu spät herausfand – erklärten sich bereit, Robin zu nehmen. Natürlich nur gegen eine stattliche Summe.»

«Das ist also das Geld, mit dem der Mann abgehauen ist? Und Sie haben Robin dann wieder zu sich genommen, als Danielle starb. Die Kinder scheinen hier ja von Hand zu Hand zu gehen!»

Sie hatte das Kinn auf die gefalteten Hände gestützt und lächelte dünn. «Wie gesagt, ich bin nicht herzlos. Natürlich hat ihn die Schule wieder aufgenommen. Wer hätte es sonst tun sollen?

Aber als er alt genug war, um selbst für sich zu sorgen, konnten wir ihn nicht länger behalten. Sechzehn ist unsere Altersgrenze, es sei denn, es bestehen außergewöhnliche Umstände.»

«Komisch, ich hätte in seinem Fall eigentlich genau das angenommen.»

Sie erhob sich. «Ich habe wirklich sehr viel zu tun. Gibt es sonst noch etwas zu klären?»

«Im Augenblick nicht», sagte Jury.

«Trinken wir was im ‹Cross Keys›», schlug Jury vor, als sie auf das eiserne Tor zugingen. «Ich brauche was, um die Kälte in den Knochen zu verjagen.»

Es summte, und das Tor öffnete sich; hinter ihnen raschelte es in den Zweigen.

«Leb wohl», sagte der Baum. «Gott segne dich.»

«Was war das?» fragte Wiggins und sah sich nach allen Seiten um.

«Die Bäume hier sind anders als die in London. Sie reden.» Jury zog einen kleinen Beutel aus der Tasche, verschnürte ihn fest und rief dem Baum zu: «Fang!»

Wiggins zog sich fröstelnd seinen Schal um den Hals und betrachtete seinen verrückt gewordenen Vorgesetzten, der zusah, wie der weiße Beutel zwischen den Zweigen verschwand.

«Leb wohl, und Gott segne dich.»

Wiggins, der mit sanfter Gewalt zwei junge Frauen von dem gemütlichsten Tisch am Kamin verdrängt hatte, saß nun einigermaßen zufrieden vor einem dicken Sandwich und einem mit Zimt und Butter gebrauten Bier. «Nach allem, was Sie mir erzählt haben», sagte er, «gibt's eigentlich kaum jemanden mit einem besseren Motiv.»

«Um Helen Minton am Reden zu hindern? Ich traue Miss Brown zwar durchaus einen Mord zu, wenn für sie etwas dabei herausspringt. Aber in diesem Fall hätte sie einfach ihre Sieschulden-mir-Methode ausprobiert und Helen unter Druck setzen können. Erpressung vielleicht. Aber wer hätte denn nichts erfahren dürfen?»

«Ausgezeichnet, dieses Sandwich», sagte Wiggins. «Chips auf Brötchen, wer hätte das gedacht. Glauben Sie, es war Frederick Parmenger?»

«Vielleicht hat sie versucht, ihn zu erpressen. Er ist aber bestimmt nicht darauf eingegangen. Ich weiß, daß nicht alles stimmt, was sie uns erzählt hat; Danny Lyte ist nicht einfach zufällig aufgekreuzt. Ich werde noch mal zu Helen Mintons Cottage gehen, und Sie sollten sich auf dem Northumbria-Revier die Unterlagen über diese Frau ansehen. Sie arbeitete für eine Isobel Dunsany. Miss Dunsany meinte, sie wäre sehr tüchtig gewesen und hätte beste Referenzen gehabt. Ich frage mich, ob sie die vielleicht von Edward Parmenger bekommen hat.»

Wiggins notierte sich das und widmete sich dann wieder seinem Sandwich. «Wollen Sie nichts essen, Sir? Würde Ihnen guttun.»

«Ich esse nur Erbsenpüree», sagte Jury und leerte sein Glas.

24

Es wurde langsam dunkel. Durch ein Fenster von Helen Mintons Cottage fiel schwaches Licht, und die Haustür stand offen.

Mit einem Drink in der Hand stand Frederick Parmenger vor dem Bild von Washington Old Hall und betrachtete es. Als Jury eintrat, wandte er sich zu ihm um, als hätte er ihn erwartet oder als wäre es ihm, da Jury nun einmal da war, egal, daß man ihn hier antraf. Er deutete auf die Wand über dem Kaminsims. «Sie hat mein Bild abgenommen.»

«Vielleicht wollte sie nicht ständig mit sich selbst konfrontiert werden.»

Parmenger schwieg einen Augenblick. «Was», fragte er dann dumpf und machte eine weit ausholende Armbewegung, «soll ich nun mit alldem anfangen?»

Jury holte sich ein Glas aus dem Schrank und setzte sich ihm gegenüber in einen Sessel. «Sie könnten noch einen trinken.» Er füllte ihre Gläser. Aber Parmenger war nicht der Typ, den man mit Alkohol zum Sprechen brachte. Die Stille senkte sich über sie wie die Abenddämmerung über den winterlichen Garten, in dem die kahlen Stengel der Dahlien in die Luft ragten und der Frost die Pflanzen mit einer dünnen Eisschicht überzogen hatte. Nur das Ticken der alten Uhr war zu hören. Parmengers Schweigen zehrte stärker an den Nerven, als ein Schwall von Klagen es getan hätte. Eine abrupte Handbewegung ließ erahnen, wie gern er sein Glas gegen das Bild geschleudert hätte, das den Platz des von ihm gemalten eingenommen hatte. Jury hörte förmlich schon das Glas klirrend an der Wand zerschellen, als er das Schweigen mit einer bewußt vorsichtigen Frage brach: «Sie haben sie wohl sehr gemocht?»

«Gemocht? Ja.» Parmengers Stimme klang hölzern. Er leerte sein Glas zur Hälfte und verfiel wieder ins Brüten.

«Sie haben sie aber nicht sehr häufig besucht?»

«Helen lag nicht so viel an meinen Besuchen.» Er griff nach der Flasche und goß sich etwas nach. «Sie hat mich nicht wirklich gemocht.»

Um seine Lippen spielte die Andeutung eines Lächelns. «Sie denken wohl, ich bin betrunken – zu Recht, ich bin's oft genug – und werde in diesem berauschten Zustand lauter Katzen aus dem Sack lassen, all die Geheimnisse, die ich so lange gehütet habe?» Er rutschte etwas tiefer in seinen Sessel. «Eines muß ich Ihnen lassen: Ihre Methode ist wesentlich angenehmer als die von Sergeant Cullen.»

Jury schwieg.

Parmenger fixierte ihn mit dem klaren Blick des Künstlers.

«Die Geduld in Person, stimmt's? Sie warten einfach nur ab.» Er trank einen Schluck.

«Würde ich vielleicht. Wenn ich nur wüßte, worauf.»

«Das weiß anscheinend keiner von uns beiden, nicht wahr?» Es war eine einfache Feststellung ohne Groll und ohne seine sonstige Ironie. «Stümperhafte Arbeit.» Er wies mit dem Kopf auf das Gemälde von Old Hall. «Ich habe Helen nie ganz verstanden. Obwohl ich doch derjenige war, der immer alles wußte. Das Genie.» Er hob das Glas, schien aber nicht betrunkener, sondern immer nüchterner zu werden.

«Sie sagen das, als wäre Ihnen das völlig gleichgültig.»

«Ich wiederhole nur, was die Kritiker sagen. Und wenn schon Seaingham nicht weiß, wer eines ist und wer nicht, wie zum Teufel, soll dann ich es wissen?» Seine Stimme veränderte sich, als er hinzufügte: «Netter Kerl, dieser Charlie.»

«Helen Minton schien viel von Ihrer Malerei zu halten.» Jury betrachtete das abstrakte Bild an der gegenüberliegenden Wand. «Komisch, daß jemand, der so gute Porträts malt, vor allem wegen seiner abstrakten Bilder bekanntgeworden ist...»

«Sie haben keine Ahnung von der Malerei, Superintendent», sagte Parmenger nüchtern. «Wie übrigens die meisten Leute, die ich kenne, selbst Kollegen...»

«Ihr Vater war mit Rudolph St. Leger befreundet, sagte seine Frau. Haben Sie ihn auch gekannt?»

«Ich erinnere mich an ihn. Er war ein Narr. Hielt sich für den Whistler des 20. Jahrhunderts – düstere Szenen mit Bäumen, Wiesen und Kühen. Sentimentaler Quatsch, Imitationen von irgendwelchen Spätromantikern aus dem 19. Jahrhundert. Er haßte meine Sachen und wollte verhindern, daß ich in die Akademie aufgenommen wurde. Hielt mich wohl für eine Krähe, die zu hoch hinauswollte. Oder für einen Hornochsen. Dabei kriegte er nicht einmal eine richtige Kuh hin. Und er hätte überhaupt nichts hingekriegt, wenn *sie* nicht gewesen wäre. Sie war diejenige, die Kohle und Beziehungen hatte. Sie hat seine Ausstellungen finanziert und die Kritiker so weit gebracht, daß sie kamen und einigermaßen passable Rezensionen schrieben. Nur Charlie hat sich geweigert. Er hüllte sich in Stillschweigen wie Thomas Morus bei der Eheschließung von König Heinrich. Ich hielt das damals für sehr taktvoll. Zugegeben, der gute alte Rudy verfügte über eine gewisse Technik, der es zu verdanken war, daß seine Malerei nicht ganz und gar als peinlich empfunden wurde. Ich meine, setzte man ihm eine Pistole auf die Brust, hätte er auch eine Kuh zustande gebracht. Leute wie Sie – nehmen Sie's mir nicht übel – würden sich seine Kühe und Pferde bestimmt ansehen und sie ganz nett finden. Aber Elizabeth St. Leger war überzeugt davon, daß er wirkliches Talent besaß. Ich weiß nicht, ob einem so was guttut. Viele Leute lügen aus Liebe. Vielleicht nicht absichtlich. Sie wissen es einfach nicht besser. Aber warum erzähle ich Ihnen das bloß alles? Ich habe in den vergangenen Jahren nie an den alten Rudy gedacht.»

«Es interessiert mich durchaus.»

Parmenger bedachte Jury mit einem forschenden Blick. «Kann ich mir vorstellen», sagte er. «Der Junge tut mir ja ein bißchen leid. Ich weiß, wie es ist, wenn man ständig unter Aufsicht steht – wollen Sie noch was?» Er hielt die Whiskyflasche hoch und schien überhaupt nicht zu bemerken, daß Jury nur an seinem Glas genippt hatte. Jury hielt es ihm dennoch entgegen. Parmenger fuhr fort: «Mein eigener Vater hat versucht, mich mit allen Mitteln vom Malen abzuhalten. Einmal hat er sogar in blinder Wut meine Farben aus dem Fenster geworfen. Er gab mir auch kein Geld für die Kunsthochschule, aber das hat auch nicht weiter geschadet. Ich sollte in seine Fußstapfen treten und nicht nur – wie er sich ausdrückte – auf der Leinwand herumklecksen.» Parmenger lächelte traurig. «Als er diesen Wutanfall bekam, flog alles zum Fenster raus, sämtliche Farben und Pinsel.»

Jury schmunzelte. «Ich glaube, Tommy Whittaker weiß sich schon zu helfen. Sie haben es ja auch geschafft.»

«Ich mußte. Mein Vater kriegte zwar nicht *mich* unter seine Fuchtel, aber dafür Helen. Womit hätte sie sich denn schon gegen ihn zur Wehr setzen können?» Er stellte sein Glas neben den Sessel auf den Boden und machte es sich bequem.

«Er hat ihr aber ziemlich viel Geld und auch das Haus hinterlassen. Hat ihn vielleicht doch das Gewissen geplagt?»

Parmenger ging nicht darauf ein. «Wer spricht denn von Geld? Helen hatte sehr viel kreative Energie, fand aber keine Ausdrucksform. Ich brachte ihr sämtliche Fertigkeiten bei, die ich selbst beherrschte. Wir versteckten uns auf dem Dachboden, um dort zu malen. Ich war schon immer Maler – schon seit ich überhaupt in der Lage war, einen Stift zu halten.» Er sagte das mehr zu sich selbst als zu Jury. «Selbst wenn ich mich auf etwas anderes verlegt hätte, wäre ich... aber das ist idiotisch. Wunsch und Begabung müssen Hand in Hand gehen. Dieser Dachboden...» Er sah zur Decke hoch, als gäbe es ihn immer noch, ein paar Stockwerke über ihnen, von der Zeit verschont – hier in Helens kleinem Cottage. «...diesen Dachboden durchflutete an schönen Tagen das Sonnenlicht. Wir saßen direkt am Fenster. Es hatte die Form eines gotischen Kirchenfensters, und ganz oben waren kleine rote Scheiben eingesetzt. Wenn die Sonne da durchfiel, waren unsere Gesichter und Arme rot gesprenkelt. Ich habe Helen oft beobachtet, wie sie sehr konzentriert vor einem Bild saß, das blasse Gesicht voll blutroter Flecken. Wir malten, was wir vom Fenster aus sahen: die Baumwipfel auf dem Eaton Square; die Gärten; die Leute, die unten auf den Parkbänken saßen.» Er hielt inne. «Ist alles schon sehr lange her.»

Jury ließ ihn noch ein Weilchen in der Vergangenheit verweilen, bevor er erwiderte: «Sie sagten doch, Helen hätte Sie nicht besonders gemocht. Den Eindruck habe ich aber nicht.»

Parmenger leerte sein Glas und stellte es neben sich auf den Boden. «Das war später. Wir haben uns zerstritten.»

«Worum ging es?»

«Geht Sie das was an?» Parmenger erhob sich aus seinem Sessel, trat an die Verandatür und starrte in den verschneiten Garten hinaus.

«Allerdings. Ich will Ihnen sagen, worum es ging: Sie hatte

etwas herausgefunden. Kennen Sie zufällig Miss Hargreaves-Brown, die Leiterin der Bonaventura-Schule?»

Frederick Parmengers Antwort kam zögernd. «Nein, noch nie von ihr gehört. Worauf wollen Sie hinaus?»

«Helen wollte damals wohl keine direkten Fragen stellen, um niemanden in Verlegenheit zu bringen. Aber ich glaube, sie hat gefunden, wen sie suchte.»

«Wen?»

«Ihren Sohn.»

Parmenger drehte sich langsam um. Er schien vulkanische Kräfte zu besitzen, obwohl der Whisky seine Sinne getrübt hatte. Während er sah, wie sich Parmengers Gesichtsausdruck veränderte, mußte Jury an einen aufkommenden Sturm, einen grauen, bleiernen Himmel denken. Parmenger blickte entsetzt.

«Es ist Ihr Sohn, Mr. Parmenger. Ich weiß Bescheid. Kommen Sie, setzen Sie sich, bevor Sie mir hier noch umkippen.»

Parmenger ließ sich wieder in den Sessel fallen und verbarg das Gesicht hinter seinen verschränkten Händen. «Ich wußte nichts davon, zumindest damals nicht. Helen war...» Er verstummte, unfähig, es auszusprechen.

«Ihre Halbschwester. Ist mir bekannt.»

Parmenger stand wieder auf und ging zur Vitrine mit den Getränken. «Sie sind verdammt gut informiert, Superintendent.»

«Miss Hargreaves-Brown – oder schlicht Annie Brown – hat mir das alles erzählt.»

Parmenger erbleichte. «Dieses Miststück. Mein bigotter Vater hat ihr genügend Geld gegeben, damit sie den Mund hält.»

«Sie ist auch nicht gerade mein Fall. Wie haben Sie denn herausgefunden, was zwischen Ihrem Vater und seiner Schwägerin vorgefallen ist?»

«Einer seiner überaus liebenswürdigen Kollegen war damit beauftragt worden, mir nach dem Tod meines Vaters diese freudige Nachricht zu überbringen. Wahrscheinlich damit ich in Zukunft die Finger von Helen lasse –» Er schien mit seinen Blicken den Raum abzusuchen, die immer dunkler werdenden Schatten durchdringen zu wollen, und meinte schließlich fassungslos: «Von meiner Schwester...» Jury meinte, in diesen Worten einen schrillen, hysterischen Ton mitklingen zu hören. Doch Parmenger hatte sich sofort wieder in der Gewalt, wie das wahrscheinlich bei jeder Gefühlsaufwallung der Fall war, die er sich nicht leisten konnte.

«Wie können Sie nur sich die Schuld geben? Sie wußten doch gar nicht –»

«Hören Sie auf, Mann! Ich brauche das Beileid der Polizei nicht. Ich hab ihr Leben ruiniert.»

«Helens Leben ruiniert? Vielleicht hat sie ja Ihres ruiniert?»

Diese Frage und ihre Implikationen schienen ihn zu ernüchtern. «Was soll das heißen?» fragte er herausfordernd.

«Hätten Sie gewollt, daß das an die Öffentlichkeit kommt?»

Er warf Jury einen verächtlichen Blick zu. «Das ist doch absurd. Helen hätte nie etwas gesagt. Außerdem liegt mir nichts an meinem ‹guten Ruf›. Darum sollen sich ruhig die Kritiker kümmern, dann haben sie wenigstens was zu tun.» Mit dem Glas in der Hand wanderte er durch das Zimmer. Ab und zu nahm er von den Dingen, die Helen einmal gehört hatten, etwas in die Hand und stellte es nur widerstrebend auf seinen Platz zurück, als wäre es ein Stück von ihr, von dem er nicht lassen wollte.

«Jemand versucht, Grace Seaingham umzubringen», sagte Jury.

«Stellt sich aber nicht sehr geschickt dabei an.» Parmenger leerte sein Glas.

«Ich spreche nicht von dieser angeblichen Verwechslung, dem Mord an Beatrice Sleight. Was übrigens gar keine Verwechslung war. Nennen Sie es ein Ablenkungsmanöver, wenn Sie wollen. Der Mörder hatte es auf Beatrice Sleight abgesehen. Und er versucht immer noch, Grace Seaingham aus dem Weg zu räumen.»

Parmenger lachte. «Einfach lächerlich.» Aber dann begriff er, daß es Jury Ernst war. «Warum? Sie denken doch nicht etwa an Charles?»

«Und Sie?»

«Nein. Ich weiß nur, daß Grace sich nie von ihm scheiden lassen würde.»

«Es ist also allgemein bekannt, daß Seaingham und Beatrice Sleight ein Verhältnis hatten?»

Parmenger blieb stehen. «Nein. *Ich* weiß es, aber ich bin auch ein guter Beobachter. Wie zum Teufel kommen Sie überhaupt darauf? Bis jetzt ist Grace doch nichts passiert.»

Jury überging die Frage. «Helen Minton, Beatrice Sleight, Grace Seaingham... Helen hat, soviel ich weiß, die anderen beiden Frauen nicht gekannt.»

«‹Helen›? Sie reden sie mit dem Vornamen an?» Seine Miene verfinsterte sich.

Jury dachte an die Bemerkung, die in einem anderen Gespräch gefallen war und sich auf Ferdinand, den bis zum Wahnsinn eifersüchtigen Bruder der Herzogin von Malfi, bezogen hatte, der seine Schwester lieber tot als in den Armen eines anderen Mannes gesehen hätte. «Ich kannte sie nur einen Nachmittag lang, aber ich stand ihr nahe. Ist das jetzt noch wichtig?»

Parmenger schwieg. Er starrte auf das Bild von Old Hall, als wäre die stümperhafte Ausführung ein unerschöpflicher Quell seelischer Pein für ihn.

«Helen hatte eine Woche bevor sie starb Besuch.» Jury zog sein Notizbuch heraus und blätterte darin. «...‹eine heftige Auseinandersetzung›. So hat es Nellie Pond beschrieben, ihre Nachbarin. Mal hörte sie gar nichts und dann wieder laut erhobene Stimmen... Das waren Sie, nicht wahr? Sie haben sie besucht?»

«Eine sehr scharfsinnige Folgerung. Nein.»

«So scharfsinnig nun auch wieder nicht. Sie haben gefragt, warum sie das Bild abgenommen hat. Woher wußten Sie überhaupt, daß Ihr Porträt hier hing? Wo Sie sie doch monatelang nicht gesehen haben?»

Sein Blick blieb an dem Bild hängen. Er seufzte. «Okay, ja, *ich* hab Helen besucht. Und es hat auch eine Auseinandersetzung gegeben. Ich wollte, daß sie damit aufhörte.»

«Womit aufhörte?»

«Mit ihrer Suche. Ich hab gewußt, daß sie hierherkommen würde. Maureen, Helens Haushälterin –»

«Ist mir bekannt.»

Parmenger drehte sich wieder zu ihm um, aber in seinem Gesicht und in seiner Stimme lag kein Groll mehr. «Gibt es denn irgend etwas, das Ihnen nicht bekannt ist, Superintendent?»

«Vieles», sagte Jury und zündete sich eine Zigarette an. Parmenger schüttelte den Kopf, als Jury ihm auch eine anbot.

«Erwarten Sie nicht von mir, daß ich Sie aufkläre. Maureen hatte nur gesagt, daß Helen hierherkommen wollte. Das ist Wochen her. Dachten Sie etwa, daß ich die ganze Zeit bei den Seainghams herumhänge, nur um ein Porträt zu malen?»

«Fahren Sie fort.»

«Das ist alles. Helen hatte sich diese Suche in den Kopf gesetzt, und ich wollte sie davon abbringen.»

«Warum?»

Parmenger zögerte. «Ich hatte Angst», sagte er einfach.

«Daß Sie Ihren Teil der Verantwortung übernehmen müßten?»

«Seien Sie doch nicht so verdammt moralisch. Vielleicht hatte ich einfach nur Angst vor dem, was sie vorfinden würde. Ich meine, wie das Kind sein würde.»

Falls Parmenger von Robin Lyte wußte, so würde er bestimmt nicht mit Jury darüber reden wollen. «Sind das nicht Ammenmärchen, Mr. Parmenger? Die engen Blutsbande, das geistig behinderte Kind – Antigone konnte man kaum als geistig behindert bezeichnen.»

Parmenger war überrascht. «Oho, auch noch in der griechischen Mythologie bewandert, was? Superintendent, Sie sind ja ein richtiges Universalgenie.» Aber dann wurde er wieder ernst: «Helen fühlte sich sowieso schon schuldig genug.» Er schüttelte langsam den Kopf, als sei der noch voller Staub und Spinnweben von dem alten Dachboden, wo sie zusammen am Fenster gesessen und die Bäume auf dem Eaton Square gemalt hatten... Parmenger nahm seinen Spaziergang durch das Zimmer wieder auf.

Jury sah ihm dabei zu und hing seinen eigenen Gedanken nach. Er dachte an Pater Rourkes theologische Betrachtungen; er dachte an Isobel Dunsany, an Annie Brown und an die Farben, die Edward Parmenger aus dem Fenster geworfen hatte; aber vor allem dachte er an das «Jerusalem Inn».

25

NELL HORNSBY wischte gerade die Flaschenregale ab, als Jury hereinkam. Sie begrüßte ihn freudig, zapfte ihm ein Newcastle und wünschte ihm ein frohes Fest.

«Vielen Dank, Nell. Nicht viel los heute abend. Ich bin überrascht.»

«Wir haben doch eben erst aufgemacht. Die kommen später, keine Sorge. Am Heiligabend geht's hier immer rund.»

Auf den Bänken saßen nur ein paar ältere Dorfbewohner. Marie und Frank, Wange an Wange, ebenso der Kerl im Anorak mit seinem Buch und dem nervösen Rennhund.

«Wo ist Robin?» fragte Jury.

«Robbie? Ich hab ihn eben noch im Hinterzimmer gesehen.» Während sie mit der Hand, in der sie das Wischtuch hielt, nach hinten deutete, sah Jury gerade noch einen Rockzipfel durch die Tür nach oben verschwinden.

«Chrissie!» rief Nell. Keine Antwort. Sie seufzte. «Das verdammte Gör kann die Puppe einfach nicht in Ruhe lassen.»

Jury lächelte. «Sie wird sie schon wieder zurückbringen. Wahrscheinlich brauchte die Puppe ein Bad.»

Nell schüttelte den Kopf und begann die Zapfhähne zu polieren; Jury nahm sein Glas und ging zu dem Tisch am Kamin. Im Augenblick wollte er nichts weiter tun als nachdenken.

Er hatte keine Ahnung, wie lange sie schon dagestanden hatte, mit Alice im Arm, die in eine Decke gewickelt war, an der hier und da noch Strohhalme hingen. «Übermorgen krieg ich sie wieder zurück, sagt Mam.»

«Na wunderbar. Freust du dich denn auf Weihnachten?»

«Ach ja. Ich krieg Smurfs, 'ne Barbie-Puppe, 'n paar Malbücher und 'n neues Kleid.» Sie setzte sich und hüllte Alice noch fester in ihre Decke.

«Du weißt also schon, was du kriegst?»

Sie nickte. «Ich hab geguckt. Es ist alles oben im Schrank. Aber ich hab alles wieder eingepackt. Werden Sie's petzen?»

«Seh ich aus wie jemand, der petzt?»

Sie zuckte die Achseln. «Weiß nicht.» Sie musterte ihn kritisch. «Mam sagt, Sie sind von der Polizei.»

«Stimmt. Wir Polizisten sind verschwiegen wie ein Grab. Aus uns kriegt man nicht so schnell was raus.»

Ihr frisch gewaschenes, noch feuchtes Haar umrahmte ihr Gesicht wie dunkles Laub. Sie starrte ihn aus ihren braunen Augen an. «Ich hab ihn wieder ausgewickelt. Die Windeln waren drekkig. Und hab dafür diese Decke genommen. Denken Sie, das ist okay?»

Chrissie wurde mit all diesen Geschlechtsumwandlungen spielend fertig. «Ganz sicher», sagte Jury. «Maria und Joseph macht es bestimmt nichts aus, solange du das Baby wieder zurücklegst.»

Sie legte den Kopf schief. «Sind die denn so dumm, daß sie nicht merken, daß es Alice ist?»

Mit dieser gotteslästerlichen Bemerkung rutschte sie von ihrem Stuhl und kroch unter dem Seil durch, um die Puppe in die Krippe zu legen.

Jury blieb einen Augenblick sitzen und starrte auf die Krippenszene. Er fragte sich, wie er ein und dieselbe Sache immer wieder hatte hören können, ohne daß ihm etwas aufgefallen war...

Da legte Melrose Plant ihm die Hand auf die Schulter und

schüttelte ihn. «Wo haben Sie denn gesteckt? Tommy ist längst dahinten» – Melrose deutete in Richtung Hinterzimmer – «und schlägt sie alle vernichtend. Ich brauche länger für ein Kreuzworträtsel als der Bursche für eine Partie Snooker. Er hat Tattoo ein paarmal schwer in die Klemme gebracht, das hätten Sie sehen sollen. Ich trage mich mit dem Gedanken, sein Manager zu werden. Aber Sie hören ja gar nicht zu... Warum starren Sie denn dauernd auf die Krippenfiguren?»

«Wie konnte ich nur so blöd sein und nicht merken, daß es Alice war?» Er stand auf und ging auf das Telefon neben der Bar zu.

«Ich verstehe kein Wort.»

Jury drehte sich um. «Ich rufe jetzt Grace Seaingham an und bitte sie, mich zum Abendessen einzuladen. Natürlich werde ich vorsichtig sein und mir das Essen vorher genau ansehen.»

Nach dem Telefonat kam Jury mit dem Rest seines Biers und einem frischen Krug Old Peculier für Melrose an den Tisch zurück. Dafür, daß er sich nur zum Abendessen hatte einladen wollen, war er erstaunlich lange weggeblieben.

«Zum Glück gibt's das Old Peculier hier vom Faß», sagte Melrose. «Ist sehr viel stärker. Was trinken Sie da? Lager?»

Jury lächelte. «Newcastle Brown Ale. Ist genauso stark.»

«Ich bin Ihrer Bitte gefolgt und habe ein wenig mit Susan Assington geplaudert. Und ich habe mich über Gifte informiert.»

Jury starrte immer noch auf die ramponierten Krippenfiguren, dachte an Skier, Priester und Malerpinsel. «Und was haben Sie herausgefunden?»

«Ich habe mir Gedanken über das Eingeschneitsein gemacht, wissen Sie, über die These, derzufolge keiner von uns diese Minton getötet haben kann. Und dann dachte ich an Skilanglauf. MacQuade. Wer sonst könnte wochenlang mit einem Gewehr in der Wildnis leben?»

«Sie wollen sagen, sein Held könnte es?»

Melrose zuckte die Achseln und hob sein Glas. «Auf das Leben: Es ist doch nur eine Geschichte.» Er fuhr fort: «Nachdem ich mich mit den Eigenschaften des Akonits vertraut gemacht hatte, war mir eigentlich klar, daß derjenige, der sie vergiften wollte, sich erstens viel Zeit damit ließ und zweitens nicht unbedingt dabeigewesen sein muß, als sie die tödliche Dosis nahm.»

«Ich weiß. Darauf bin ich auch schon gekommen.»

«Eine nicht tödliche Dosis scheidet der Körper schnell wieder aus. Vielleicht kamen davon diese anderen Beschwerden. Es könnte zum Beispiel in ihrer Arznei gewesen sein, oder?»

«Auf diese Weise hat einmal vor langer Zeit ein Kerl namens Lamson sein Opfer getötet. Das fiel mir auch gleich ein. Und weiter?»

Melrose malte mit seinem Bierkrug feuchte Ringe auf den Tisch. «Also gut, streichen wir MacQuade wieder. Die Gelegenheit war für ihn auch nicht günstiger als für die anderen. Und kein Motiv weit und breit.» Er strich die Asche von seiner Zigarre. «Und nun zu Grace Seaingham. Sie meint also, wie Sie sagten, auch sie wolle jemand vergiften?»

«Glauben Sie, sie lügt?»

«Sie will sich partout nicht von Assington untersuchen lassen, was?»

«Richtig. Aber sie ist tatsächlich krank.»

«Es ist ja schon vorgekommen, daß Leute sich selbst kleine Dosen verabreicht haben – auf jeden Fall würde so was den Verdacht ablenken. Aber lassen Sie mich meinen Gedanken weiterspinnen...» Melrose schob sich die Zigarre in den Mund, legte ein Buch auf den Tisch und schlug es auf einer mit einer kleinen weißen Blüte gekennzeichneten Seite auf. «Wie der amerikanische Dichter Robert Frost sagen würde: ‹Was kümmert's diese Blume, daß sie weiß ist?› *Helleborus niger*, die schwarze Nieswurz. Die Christrose mit der tödlichen Wurzel. Äußerst giftig. Von Susan Assington frei Haus geliefert, wie finden Sie das? Etwa nach dem Motto: Gärtnern einmal anders.»

«Meinen Sie damit, daß Akonit auch in Blumengärten zu finden ist?»

«Ich meine nur, was ich *sage*. Vielleicht hatte Sir George auch was mit Beatrice Sleight. Und möglicherweise mit Grace Seaingham? Mord aus Eifersucht, frei nach unserem Gartenbuch. Gift frisch aus dem eigenen Garten.»

«Aber wie bringen Sie Susan Assington mit Helen Minton zusammen?»

«Gar nicht. Aber sie ist genau der Typ, den Polly Praed bevorzugen würde. Dieses ganze dümmliche Verkäuferinnengetue, hinter dem sich ein zutiefst psychopathischer Charakter verbirgt.»

Jury grinste. «Dazu halte ich besser meinen Mund. Polly zuliebe.» Er ergriff sein Glas. «Gehen wir und sehen uns mal an, was Whittaker, der Wirbelwind, macht.»

«Ich habe mich lange mit Pater Rourke unterhalten», sagte Jury, während er Tommys Gegner bei einem Stoß zusah, der nicht entschlossen genug ausgeführt wurde und deshalb mißlang. «Das ist der Dorfpfarrer von Washington. Er hat Helen Minton gekannt. Rourke ist Strukturalist...»

«Tatsächlich? Dann schon lieber Manager.»

«...und er hat mir von verschiedenen Auslegungen des Evangeliums erzählt. Absolut faszinierend. Ich wünschte, ich hätte ihm besser zugehört.»

Plant zündete sich eine Zigarre an. «Gott sei Dank haben Sie das nicht getan, sonst säßen wir morgen noch hier. Aber fahren Sie fort.»

«Ich erinnere mich vor allem an etwas, was er über die psychologische Interpretation gesagt hat. Er sprach vom verlorenen Sohn und den ödipalen Hintergründen dieser Geschichte.» Tommys Gegner lochte eine rote Kugel ein, aber es gelang ihm nicht, die weiße günstig zu einer farbigen zu plazieren.

«Der verlorene Sohn. Ach, diese Geschichte, die einen glauben machen will, man wäre besser von zu Hause abgehauen.»

«Es ist weniger das als der Bezug, den er zu Ödipus hergestellt hat.»

«Ödipus wäre wohl besser zu Hause geblieben, der arme Kerl. Er hätte sich nicht von der Stelle rühren sollen.»

«Er wurde aber nicht gefragt, oder?» sagte Jury.

Mit einem Seitenblick auf Robin, der wie alle Anwesenden gespannt dem Spiel zusah, sagte Plant: «Eine traurige Geschichte. Muß schlimm für sie gewesen sein, als sie diese Entdeckung machte – ich meine Helen Minton.»

Sie sahen schweigend zu, wie Tommy mit einem verblüffenden Stoß eine rote Kugel einlochte und die grüne genau da plazierte, wo er sie haben wollte. «Können Sie sich vorstellen, wie gerissen der Kleine sein mußte, um sich diese Geschicklichkeit aneignen zu können?» fragte Jury.

«Gerissen? Gerissen würde ich das nicht nennen», nahm Plant den Jungen in Schutz.

Jury lächelte. «So habe ich das auch nicht gemeint. Er ist eben einfach ein cleverer Bursche. Eigentlich hätte mir das sofort auffallen müssen.»

«Was hätte Ihnen sofort auffallen müssen?»

«Ich dachte wieder an Ödipus: Sie mußten ihn loswerden, oder? Der König von Theben konnte kaum jemanden in seiner Nähe dulden, der ihn eines Tages um die Ecke bringen würde.»

«Erst Alice, jetzt Ödipus. Sie bringen mich ganz durcheinander.»

«Machen Sie sich nichts daraus. Ich habe Wiggins und mich heute abend zum Dinner eingeladen.» Jury sah auf die Uhr.

«Sie hatten ein ewig langes Telefonat mit Grace. Aber das wissen Sie ja selbst.»

Jury drückte seine Zigarette in einem der alten, blechernen Aschenbecher aus. Inzwischen waren keine roten Kugeln mehr im Spiel. «Ich glaube, unser Killer wird versuchen – um mit Tommy zu sprechen –, jemanden in eine üble Position zu manövrieren.»

«Und wen?»

«Grace Seaingham.»

«Das habe ich vermutet», sagte Plant.

Jury sah ihn erwartungsvoll an. «Warum?»

«Nun, bei solchen Methoden.»

«Von welcher Methode sprechen Sie?» fragte Jury. «Gift oder Gewehr?»

«Ich halte Gift für das Mittel der Wahl; das Gewehr bemühte der Täter meiner Meinung nach nur, weil Beatrice Sleight auf der Stelle zum Schweigen gebracht werden mußte. Gift ist gewöhnlich nicht so sicher, wenn man nicht gerade Zyankali oder etwas Ähnliches nimmt, was das Opfer sofort außer Gefecht setzt.» Plant schlug das Buch auf einer anderen Seite auf, die mit einem Streichholz markiert war, und zeigte auf eine kleine Abbildung. «Wie das hier zum Beispiel»

Jury starrte darauf. «Verdammt, bei dem Zeug braucht man allerdings keine Angst zu haben, daß man den gesamten Braten vergiftet und das Haus bis unters Dach mit Leichen füllt. Wirklich verdammt raffiniert, diese Dosierung.» Jury las die beiden Absätze unter der Abbildung und gab Plant kopfschüttelnd das Buch zurück.

Tommy Whittaker versenkte die letzte Kugel, die schwarze, trat bescheiden zurück und zog seine Weste glatt.

«Er hat reinen Tisch gemacht; Sie haben dasselbe mit meinem Kopf bewerkstelligt», sagte Jury. «Heißen Dank.»

«Bitte, bitte. Wollen Sie sich nicht revanchieren und mir sagen, wer es nun auf all diese Frauen abgesehen hat? Auf Helen Minton, Beatrice Sleight und jetzt auch noch, wie Sie sagen, Grace Seaingham? Ein wild gewordener Weiberfeind? In dem Falle würde ich auf Parmenger tippen.»

«Sie nehmen es mir hoffentlich nicht übel, wenn ich mich noch nicht dazu äußere. Warten Sie noch bis zum Abendessen!»

«Doch, das nehme ich Ihnen allerdings übel, aber ich möchte mich nicht mit Ihnen streiten.» Plant nickte in Tommys Richtung. «Ich habe ein Weihnachtsgeschenk für unseren Champion parat. Das zu arrangieren war beinahe so schwierig, wie das

Familienwappen zu sticken, an dem sich meine Tante gerade versucht.»

Jury schwieg einen Augenblick.«Gut. Er wird's gebrauchen können. Kommen Sie, lassen Sie uns fahren.»

Sechster Teil

Das Spiel ist aus

26

ALS GRACE SEAINGHAM IHREN GÄSTEN während des Cocktails aus heiterem Himmel ankündigte, daß der Herr von Scotland Yard mit ihnen dinieren würde, goß sich Vivian Rivington ihren halben Martini über das hochgeschlossene, jadegrüne Kleid, in dem sie einer Geisha mehr ähnelte als der Anwärterin auf einen italienischen Adelstitel.

Die anderen hatten sich ebenfalls in Schale geworfen, um Heiligabend zu feiern: Lady St. Leger war ganz in Spitze gehüllt, Lady Ardry in ein nicht näher definierbares Gewebe; Susan Assington fummelte am losen Saum eines hauchdünnen braunen Stoffes herum, dessen Farbe Melrose an ein verdorrtes Getreidefeld erinnerte. Um so kräftiger leuchteten die frischen Frühlingsfarben von Grace Seainghams Kleid. Ja, wirklich: Susan schien in dem Maße zu welken, wie Grace erblühte.

Diese Nachricht bewirkte eine Veränderung in der Haltung und den Mienen der Anwesenden, als wären sie der Aufforderung eines imaginären Fotografen gefolgt, sich neu zu gruppieren. MacQuade sah neugierig drein, Parmenger gelangweilt. Tommy starrte gebannt die solchermaßen verwandelte Grace an.

Charles Seaingham war offensichtlich verärgert. «Davon hast du mir ja gar nichts erzählt, mein Liebes.»

«Nein, ich hab's nur dem Koch erzählt», sagte Grace liebenswürdig. Sie lächelte ihm zu, als wollte sie betonen, daß in diesem Falle nur einer den Vorrang hatte haben können. Grace trug ein teerosenfarbenes Kleid, das ihr in weichen Falten um den Körper fiel und Parmenger zu begeisterten Komplimenten hinriß – wie sehr es ihrem Teint schmeichelte und die Farbe ihres Haars zur Geltung brachte –, und er ging um sie herum, als wollte er ihr Porträt auf der Stelle neu malen. Grace dankte ihm, bemerkte, daß der Ton ihres Kleids zu dem der Christrosen paßte, nahm eine aus der flachen Kristallschale und steckte sie sich an den Ausschnitt. Sie schenkte Susan Assington ein strahlendes Lächeln. Susan wandte schnell den Blick ab.

Von allen Anwesenden schien Grace Seaingham die einzige zu sein, die völlig gelassen war, einmal abgesehen von Frederick Parmenger und den Damen St. Leger und Ardry. Letztere flankierten mit ihren Stickrahmen den Kamin wie zwei unverrückbare Felsen.

Melroses Vermutung, daß Grace etwas im Schilde führte, hatte sich zur Gewißheit verdichtet, als sie auf das wiederholte *Sie sehen so viel besser aus, meine liebe Grace* antwortete: «Ich fühle mich auch sehr viel besser. Wahrscheinlich verdanke ich das diesem wundervollen Lunch, den ich heute mittag mit Superintendent Jury in Durham eingenommen habe.»

Dieser «wundervolle Lunch» wurde nun mit allem Drumherum, dem Auflauf sowie den eingelegten Pilzen, in den schillerndsten Farben beschrieben. Melrose bemerkte, daß diese einseitige Konversation bei den Gästen Unbehagen auslöste. Die Gläser mußten häufiger als sonst nachgefüllt werden. Bei dieser erlesenen Gesellschaft war das etwa so wie ein Ölwechsel bei einem Rolls-Royce.

«Wie dem auch sei, meine Liebe», bemerkte Charles, «ich glaube, daß wir alle der Polizei reichlich überdrüssig sind. Diese Bürokraten schwirren noch immer mit ihren verdammten Laternen und Taschenlampen in der Gegend herum. Ich habe sie nun lange genug ertragen und möchte mich nicht auch noch mit einem von ihnen an einen Tisch setzen müssen.»

Als Marchbanks die große Doppeltür aufschob, erhob Grace sich lächelnd und meinte: «Sich an einen Tisch zu setzen, scheint mir in diesem Haus unproblematisch zu sein. Wieder aufzustehen schon eher. Gehen wir hinein!»

Es war schon beschämend genug, sich in einem durch einen großen Fleck verunzierten Kleid an die festliche Tafel setzen zu müssen. Daß aber Superintendent Jury auch noch ihr Tischherr war, brachte Vivian Rivington fast zur Verzweiflung. Jury war nach einer vorzüglichen Consommé mit Verspätung erschienen, und den Blicken der Anwesenden nach zu urteilen, waren sie offenbar einhellig der Meinung, daß ihnen das Dinner ohne Jury weitaus besser bekommen wäre.

Jury trug es mit Fassung. Er entschuldigte sich, auf dem Revier der Polizei von Northumbria aufgehalten worden zu sein, widmete sich ausgiebig dem exzellenten warmen Austernsalat in Weinschaum und äußerte sich beifällig über die köstliche Champagnersoße und den Chardonnay. Danach gab es Lammrücken, und Jurys und Graces amüsiertes Geplänkels über die Schwierigkeit, im Dezember ein Frühlingslamm zu finden, beherrschte das Tischgespräch.

Überhaupt schien Grace Seaingham und Richard Jury die Zeit nicht lang zu werden, während sie sich ausführlich über Essen, Trinken, Fisch und Wildbret verbreiteten: über den Lachs in Pitlochary und die diesjährige Fasanenjagd, die eher enttäuschend ausgefallen war; über den St. Emilion im Vergleich zu dem Chardonnay, Rules im Vergleich zu White's, das Browns im Vergleich zum Ritz, das Boodles im Vergleich zum Turf Club.

Dabei würde Richard Jury, das wußte Melrose nur zu gut, keinen Fuß in diese Clubs setzen, es sei denn aus beruflichen Gründen. Und Melrose bezweifelte, daß sich dort jemals etwas ereignete, was Scotland Yard auf den Plan rufen würde. Allenfalls konnte die Massierung all dieser hinter den Ausgaben des *Punch* oder des *Guardian* zu steifen Posen erstarrten Achtzigjährigen hier und da den Besuch eines Leichenbeschauers erforderlich machen.

Grace Seaingham und Jury machten die anderen offensichtlich reichlich nervös. Niemand schien zu verstehen, warum dieser *bon vivant* von einem Superintendent mit ihnen an einem Tisch saß; außer Agatha, die – allerdings erfolglos – versuchte, dem

Gespräch eine andere Wendung zu geben, machten alle einen schuldbewußten Eindruck; insbesondere Vivian, die in den letzten Tagen von einer Rolle in die andere getaumelt war: Würde sie am Trevi-Brunnen vorbeigehen oder würde sie hineinspringen? Schuldgefühle nagten an ihrem Herzen und kribbelten in den Spitzen ihrer langen, sensiblen Finger.

Nachdem das Obstsorbet serviert und verspeist worden war, legten die Gäste ein für sie völlig uncharakteristisches rüdes Benehmen an den Tag – rüde sogar nach den Maßstäben eines Parmenger, der sich – ohne abzuwarten, bis die Gastgeberin die Tafel aufhob – entschuldigte und sagte, er müsse unbedingt noch einmal einen Blick auf Graces Porträt werfen; Charles Seaingham meinte, er müsse sich um das Dekantieren einer neuen Flasche kostbaren Portweins kümmern; Lady St. Leger schützte Migräne vor und ging ihre Medizin holen, Tommy Whittaker sagte, er wolle sich ins Musikzimmer zurückziehen; Susan Assington, erschöpft von ihrer Fachsimpelei mit Lady Ardry über Gärten und ihre Pflege, wollte sich einen Augenblick auf ihrem Zimmer erholen.

Zurück blieben Vivian, die es tatsächlich fertigbrachte, ein weiteres Weinglas umzuwerfen, Agatha, Melrose, Jury und MacQuade.

«Na also, da haben wir's», sagte Jury zu Grace.

Was hatten Sie? wollte Melrose eben fragen, als auch Grace sich erhob und alle anderen den Tisch verließen.

Nach dem Essen nahmen sie wie gewöhnlich, aber mit Verspätung, ihre Drinks im Salon ein; Marchbanks reichte das Tablett herum; Jury rauchte mit Genuß eine von Charles Seainghams exzellenten Zigarren und schlürfte seinen ausgezeichneten Cognac.

Die anderen tranken, wie Melrose bemerkte, was sie immer zu

trinken pflegten. Agatha ihre fürchterliche Crème de violette; Parmenger und MacQuade Remy; Vivian ebenfalls Cognac, da sie sich mit dem bauchigen Schwenker wohl sicherer fühlte; Lady Assington und Lady St. Leger Crème de menthe; Grace Seaingham ihren Sambuca con mosca und Tommy wie üblich nichts – bis Grace Seaingham ihm zur größten Überraschung seiner Tante etwas von ihrem Sambuca anbot. «Ach, lassen Sie ihn doch, Betsy», lächelte Grace. «Das bißchen Alkohol wird ihm nicht schaden.»

Doch Elizabeth St. Leger hatte sich bereits des Glases bemächtigt: «Weiß der Himmel, was Tom alles auf der Schule treibt. Aber hier, meine liebe Grace, sollte er besser nicht in Versuchung geführt werden.» Als sie ihrer Gastgeberin das Glas zurückgeben wollte, stieß sie mit der Hand gegen die Schale mit den Christrosen, und der Likör schwappte heraus. «Oh, tut mir furchtbar leid. Heute scheint der Abend zu sein, an dem alle ihre Drinks verschütten.» Doch bevor sie auch nur ihr Spitzentaschentuch zücken konnte, hatte Jury den Likör bereits aufgewischt.

Grace lächelte versöhnlich. «Aber ich bitte Sie, es ist doch nichts passiert.» Sie stellte das leere Glas auf den Tisch zurück. «Tut mir leid, Betsy. Alles meine Schuld. Aber ehrlich gesagt, ich kann mir kaum vorstellen, daß Tommy es in der Schule wirklich so wild treibt.» Sie warf Jury einen verschwörerischen Blick zu. Jury steckte sein Taschentuch wieder ein.

Keiner hatte bemerkt, was sich hier vor aller Augen abspielte, außer den dreien, die es direkt betraf, und Melrose, der alles genau beobachtete. Ihn beeindruckte jedoch weniger der Vorgang selbst, als vielmehr die eiserne Selbstbeherrschung, mit der Lady St. Leger sich erhob und erklärte, sie wolle sich heute früh zur Ruhe begeben.

Diese Floskel drang gar nicht bis in sein Bewußtsein, weil sie hinzufügte, sie wünsche vorher noch mit dem Superintendent zu sprechen.

Elizabeth St. Leger schien nichts dagegen zu haben, daß Melrose Plant ihnen auf einen Wink von Jury hin in Seainghams Arbeitszimmer folgte. Sie schien vielmehr an einem Punkt angelangt, an dem ihr alles gleichgültig geworden war.

Melrose ärgerte sich, weil er so dumm gewesen war und sie nie richtig ernst genommen hatte. Es mußte wohl an Agathas erfolgreichen Verbrüderungsversuchen mit «Betsy» liegen, daß die beiden für Melrose gleichsam eine Einheit bildeten – zwei wackere alte Damen mit Stickrahmen und Spielkarten, die sich über nichts als den englischen Adel unterhielten.

Er musterte sie eingehend; sie stand vor dem Kamin und lehnte es rigoros ab, sich zu setzen. In ihrer Jugend war sie bestimmt eine Schönheit gewesen. Mit ihren feinen Zügen und ihrem klaren Teint war sie das in gewissem Sinne immer noch. Die streng um den Kopf geflochtenen grauen Haare glänzten, als wären sie stundenlang gebürstet worden; die grauen Augen leuchteten ebenfalls in einem beinahe metallischen Schimmer, den das graue Spitzensatinkleid noch betonte. Wenn sie sich nicht in Agathas Gesellschaft befand, hatte sie bislang den Eindruck einer warmherzigen, mütterlichen Frau auf ihn gemacht; jetzt spürte er auch die Kälte, die von ihr ausging. Sie erinnerte ihn an eine Gedenkmünze, die für ungültig erklärt und aus dem Verkehr gezogen wurde, als man Mängel entdeckte.

«Das war eine interessante kleine Scharade, Superintendent», sagte sie mit sanfter Ironie, als ginge es für sie nicht um alles oder nichts, als sähe nicht auch sie das Buch, das Plant Jury gezeigt hatte, aufgeschlagen auf dem Tisch liegen. Sie würdigte es keines Blickes. «Mein Glück, daß Susan Assington soviel vom Gärtnern versteht», sagte sie zu Melrose gewandt. «Aber Sie haben mich ganz schön nervös gemacht mit ihrem Exkurs über Christrosen, Mr. Plant. Diese Pflanzen gehören, wie Sie sicher wissen, zu derselben Familie der Hahnenfußgewächse wie der Eisenhut. Sie sind der Sache schon gefährlich nahe gekommen.»

«Ich weiß nicht, ob im Augenblick Komplimente angebracht sind, Lady St. Leger», sagte Melrose, «aber Sie haben sich sehr elegant aus der Affäre gezogen, indem Sie mein Augenmerk auf Lady Assington lenkten.»

Elizabeth St. Leger zuckte die Achseln. «Alle Achtung vor der Guten, sie hat Sie ja ganz schön abblitzen lassen.»

Jury entfaltete sein Taschentuch. «Nun gut. Fangen wir doch hiermit an. *Ricinus communis*. Man braucht nur auf eine einzige Rizinusbohne zu beißen, um einen anaphylaktischen Schock zu bekommen. Das Zeug hat es in sich. Sie sind heute abend ein ziemliches Risiko eingegangen, als Sie versuchten, Grace Seaingham umzubringen.»

«Not macht eben erfinderisch, Mr. Jury. Sie verstehen das, nicht wahr?»

«Grace Seaingham gehört doch zu denen, die lieber sterben als ein Geheimnis preiszugeben. Sie hätte nie jemandem etwas erzählt...»

«Aber sie wußte schon lange Bescheid. Irene, die geschwätzige Nudel, muß es ihr einmal erzählt haben. Sie war immer eine Gefahr mit ihrem religiösen Dünkel, finde ich. Und heute abend plante sie offensichtlich etwas. Sie hat *Sie* hierher zitiert. Und aus irgendeinem Grund hatte sie plötzlich keine Angst mehr, zu essen und zu trinken. Richtig aufgeblüht war sie. Entschuldigen Sie bitte dieses makabre Wortspiel – bei all der Pflanzenkunde...»

«Und da nur *sie* Sambuca mit Kaffeebohnen trinkt, haben Sie die Bohnen ausgewechselt, als Sie Ihre Medizin holen gingen. Sie haben sie einfach auf den Teller gelegt, der auf dem Tablett bereitstand. Dachten sie denn nicht daran, daß Grace vielleicht schon mit mir darüber gesprochen haben könnte?»

«Diese Möglichkeit bestand natürlich. Aber ich hielt es für unwahrscheinlich. Allerdings dachte ich, daß sie es im Verlauf des Abends noch tun würde.»

«Und woher haben Sie die Rizinusbohnen?»

«Sie kommen sehr häufig vor, in allen möglichen Größen und Formen.»

Das hörte sich an, als spräche sie von Konfektionskleidung.

«Manche sind gesprenkelt, manche grau. Die meisten kann man eigentlich gar nicht mit Kaffeebohnen verwechseln. Aber die aus dem Garten von Meares waren zufällig von der kleinen, dunklen Sorte. Wie sie schmecken, kann ich Ihnen leider nicht sagen», fügte sie sarkastisch hinzu. «Ich weiß nur, daß man sie kauen muß. Schluckt man sie ganz, passiert seltsamerweise gar nichts. Aber Grace mochte den Geschmack von Kaffeebohnen.»

«Schade, daß Beatrice Sleight keinen Sambuca trank!»

Elizabeth St. Leger funkelte ihn zornig an. «Diese unerträgliche Person. Sie war gefährlicher als alle anderen, dabei kannte ich sie nicht einmal.»

«Erpressung also?» fragte Jury.

«Erpressung – meinen Sie *Geld*?» Es klang, als hätte sie sich mit diesem Zeug noch nie die Hände schmutzig gemacht. «Machen Sie sich nicht lächerlich. Es war ihr neuer Schlüsselroman. Sie glauben doch wohl nicht, ich hätte so etwas zugelassen. Nicht, nachdem ich solche Mühe mit Grace und Helen Minton hatte. Und die waren viel ungefährlicher. Reine Unsicherheitsfaktoren. Aber bei Beatrice Sleight sah das anders aus. Ganz anders. Sie hat mir einfach die Pistole auf die Brust gesetzt.»

«Und da Sie und Charles Seaingham gelegentlich zusammen auf die Jagd gegangen sind – Fasane, Moorhühner und so weiter –, wußten Sie genau, wo die Gewehre stehen, und Sie kannten sich mit Feuerwaffen aus. Und da haben Sie Beatrice Sleight zu einem Gespräch unter vier Augen nach unten gelockt...»

Sie nickte steif. Ihr Gesicht wurde aschfahl. Sie tastete nach dem Stuhl, der hinter ihr stand, und setzte sich nun schließlich doch. «Die Polizei durfte natürlich nicht anfangen, nach einem Zusammenhang zwischen Beatrice Sleights Büchern und... und jemandem, der sie möglicherweise am Schreiben hindern wollte, zu suchen. Andererseits gab es nicht den geringsten erkennbaren Grund, warum ich Grace Seaingham aus dem Weg räumen sollte. Kein Motiv.»

Sie holte tief Luft. «Das Kind wurde auf einer von Irenes und Richards Reisen geboren: Kenia. Ach, diese Safaris waren ja keineswegs gefährlich, sie brauchten sich nicht durch den Dschungel zu kämpfen oder vor Nashörnern davonzurennen: Sie hatten einen Führer, alles war im voraus geplant und gut organisiert. Üppige Bankette und so weiter...» Ihre Verachtung für dergleichen Unternehmungen war offenkundig. «Jedenfalls hat Irene mich angerufen, völlig hysterisch, als sie von den Ärzten erfuhr, daß das Kind einen Dachschaden hatte. Sie war schon immer ein flatterhaftes, kopfloses Ding gewesen, unfähig, ihre Probleme selbst in die Hand zu nehmen. Und Richard war auch nicht besser. Ich versprach ihnen, die Sache zu regeln.»

«Sie fackeln nicht lange, Lady St. Leger, wenn es darum geht, das Leben anderer Menschen zu regeln, habe ich recht?»

Das Blut schoß ihr ins Gesicht. «Zufälligerweise liebe ich meinen Neffen. Auch wenn Sie mich vielleicht eines solchen Gefühls nicht für fähig halten – trotzdem ist es so.»

«Wo sind Sie Helen Minton begegnet?» fragte Jury weiter, ohne auf ihre Beteuerungen einzugehen.

«Auf einem Ausflug nach Old Hall. Sie hatte mich noch nicht gesehen, aber ich habe sie sofort erkannt an Hand der Fotos, die Edward mir gezeigt hatte. Ich konnte es kaum glauben – ich meine, daß sie es war. Daß sie in Washington wohnte, konnte ich mir nur damit erklären, daß sie Nachforschungen über den Verbleib ihres Kindes anstellte. Ich... ich habe mich mit ihr angefreundet...»

Die Kälte in Jurys Stimme war förmlich mit Händen zu greifen: «Eine seltsame Art, sich mit jemandem anzufreunden. Akonit ist also auch eine Pflanze, die man in jedem Garten findet. Eisenhut, nicht wahr? Die Wurzel, die das Gift enthält, sieht aus wie ein Meerrettich. Oder eine Rübe. Helen aß gern so scharfes Zeug wie Meerrettich.»

«Ich weiß. Ich brachte ihr immer etwas mit, wenn ich sie besuchte.»

«Es war also nicht ihr Medikament?»

«Nein. Auch bei Grace nicht. Akonit schmeckt leicht süßlich, hinterläßt aber einen bitteren Nachgeschmack. Ich habe es in das

Saccharinpulver getan, das Grace immer nimmt. Das Problem ist dabei natürlich die Dosierung. Eine ziemlich unsichere Angelegenheit. Aber in Helen Mintons Fall habe ich eine andere Sorte benutzt, die ich auf einer Indienreise entdeckt habe. In Nepal, soweit ich mich erinnere...» Sie ließ ihren Blick schweifen, als gingen ihr vergnügliche Reiseerlebnisse durch den Kopf. «Ja, Nepal. *Nabee* heißt es dort. Es enthält Pseudoakonitin. Eines der tödlichsten Gifte überhaupt. Entschuldigen Sie diesen toxikologischen Exkurs –»

«Schon gut. Man gewöhnt sich an alles, jedenfalls an fast alles. Helen Minton litt an Herzkammerflimmern. Wenn sie nicht gerade in Old Hall gestorben wäre, hätten alle an einen natürlichen Tod geglaubt.»

Elizabeth St. Leger sah ihn verwundert an. «Sie scheinen sie gekannt zu haben?»

Jury schraubte seinen Füllfederhalter auf und zog ein Blatt Papier aus der Tasche. «Ja, ich kannte sie.»

«Tut mir leid», sagte sie vollkommen aufrichtig.

Jury ließ diese Beileidsbezeugung unkommentiert. «Ich mache Ihnen ein Angebot – weil Weihnachten ist.» Er lächelte kühl. «Wenn Sie hier unterschreiben wollen, können wir vielleicht warten, bis die Feiertage vorbei sind. Für Tom wird das ein harter Schlag sein.»

«Ich danke Ihnen.» Genausogut hätte er ihr ein Tablett mit Drinks gereicht haben können. Mit Hilfe ihres Pincenez überflog sie die Schriftstücke, nickte Jury kaum merklich zu und unterschrieb.

Jury schraubte seinen Füllfederhalter wieder zu und sagte: «Einer von unseren Leuten in Northumbria wird leider nach Meares Hall mitkommen müssen, um – Sie verstehen – ein Auge auf Sie zu haben.»

Ihr Lächeln war genauso kühl wie seines. «Ja, ich verstehe.»

«Polizeischutz – falls Tommy fragen sollte.»

«Kann ich mich jetzt zurückziehen? Ich verspreche Ihnen, daß ich nicht aus dem Fenster klettern und mich am Efeu hinunterhangeln werde. Ich kann ohnehin nirgendwo hingehen.» Ihre Stimme klang plötzlich sehr alt.

«Gewiß.»

Sie mußte sich etwas mehr als sonst auf ihren Stock stützen. «Sie sind ein kluger Kopf. Sie sind beide kluge Köpfe. Wollen Sie mir nicht noch erzählen, wie Sie auf Tom gekommen sind?»

«Durch Frederick Parmenger», sagte Jury. «Sein Charakter, sein Enthusiasmus, sein Wille, sich durchzusetzen, als er jung war, und es – genau wie Tommy – mit jedem aufzunehmen. Sie haben seinen Vater ja gekannt.»

«Und ob. Sich Edward gegenüber durchzusetzen, erforderte schon sehr viel Willenskraft.»

«Noch lange nicht soviel, wie es braucht, sich Ihnen gegenüber zu behaupten, Lady St. Leger.»

Mit der Spitze ihres Stocks zeichnete sie das Muster des Teppichs nach. Dann sah sie auf. «Gute Nacht, Superintendent. Mr. Plant.» Sie ging hinaus.

«Da laust mich doch der Affe», sagte Melrose, als die Tür hinter ihr zugefallen war. «Deswegen also die Bemerkungen über Alice. Das richtige Kind hatte einen Dachschaden und wurde durch ein anderes ersetzt.»

«Sie hätten den armen Robin Lyte wohl kaum als zehnten Marquis von Meares gebrauchen können. Das geistig behinderte Kind der Marquise wurde der Kammerzofe Danielle übergeben. Kein Wunder, daß sie bei Isobel Dunsany mit ausgezeichneten Referenzen aufwarten konnte. Ein anderes Kind – der Sohn von Helen und Parmenger – kam dafür als Erbe nach Meares Hall. Edward Parmenger und Elizabeth St. Leger haben diesen Tauschhandel organisiert. Als Vermittler fungierten Danny Lyte und Annie Brown.»

«Eigentlich sollte man annehmen, die Leiterin der Bonaventura-Schule wäre als erste fällig gewesen, wenn dem so war.»

«Aber wußte sie denn, wo Helen Mintons Kind schließlich landete? Sie hat es doch nur als Findelkind in der Bonaventura-Schule aufgenommen. Und als Danny kurz darauf mit einem dicken Batzen Geld auftauchte und ihr ein Angebot machte – nun, da bestand für sie zwischen Danny, den St. Legers, den Parmengers und den Meares' nicht die geringste Verbindung. Miss Hargreaves-Brown ist schon immer sehr zugänglich für gewisse Angebote gewesen», fügte Jury trocken hinzu. «Oh, sie hat bestimmt gewußt, daß an der Sache was faul war – es war ihr absolut klar, daß Robin Lyte nicht Helen Mintons Kind war, aber sie hatte vor Jahren ihre Unterlagen, sagen wir mal, entsprechend geordnet. Und als Helen Robins Akte las, hielt sie natürlich ihn für ihren Sohn. Im ‹Jerusalem Inn› ist sie ihm dann begegnet. Das Hausmädchen Danny Lyte hatte ein weicheres Herz als ihre Dienstherren – sie ist zurückgekehrt und hat Robin adoptiert. Wie der gute Hirte von Sophokles.»

«Mann, die bedienten sich ja wie im Kaufhaus.» Melrose streckte die Beine aus und hielt Jury die Hand mit dem Whiskyglas entgegen. Jury füllte es nach. «Was nun? Ich meine, was passiert mit Tommy?»

«Nichts. Er ist und bleibt der Marquis von Meares.»

Plant verschluckte sich beinahe. «Nun mal langsam! Was wollen Sie ihm denn sagen, wenn diese siamesischen Zwillinge, Cullen und Trimm, Großtante Betsy abführen?»

Geistesabwesend mischte Jury einen Stoß Karten, der auf dem Tisch gelegen hatte. «Nun, ich glaube, daß es nicht dazu kommt, Sie verstehen?» Er deckte eine Karte auf, eine Dame.

«Nicht dazu kommt? Darum also all das Gerede über ihre Rückkehr nach Meares Hall? *Ich kann ohnehin nirgendwo hingehen, Superintendent.* Glauben Sie wirklich, sie wird sich das Leben nehmen?»

Jury sagte nichts; er mischte langsam die Karten und starrte in die blauen Flammen des erlöschenden Feuers.

«Also hören Sie, ich meine, ist das nicht ein bißchen unmoralisch und unprofessionell oder unyardgemäß oder so was?»

«Bestimmt», sagte Jury. «Racer würde ausrasten. Wenn er das nicht sowieso schon dauernd täte.»

«Aber was ist mit Tommy? Er muß es doch erfahren.»

Jury blickte von den Karten auf. «Großer Gott, Sie nehmen es aber genau mit der Wahrheit, was? Glauben Sie, es würde ihm was nützen, wenn er wüßte, daß seine Tante zwei Frauen ermordet und es bei einer dritten versucht hat?»

Eine leichte Röte überzog Plants Gesicht. «Gewiß nicht. Aber gibt es nicht eine andere Lösung? Ich meine, er *muß* doch erfahren, daß er nicht der rechtmäßige Erbe ist.»

Tonlos meinte Jury: «Ich wüßte nicht, warum.»

«Ja, zum Teufel, ich aber. Zum einen will er gar kein Marquis sein; der Fortbestand des Hauses liegt ihm keineswegs am Herzen. Er möchte einfach nur Snooker spielen.»

«Dem steht nun nichts mehr im Wege.»

«Meinen Sie? Wenn seiner Tante Betsy etwas... etwas zustieße, hätte er bestimmt schreckliche Gewissensbisse», sagte Plant, den das Gespräch und der Alkohol immer mehr in Fahrt brachten. «Er würde wahrscheinlich für immer die Flinte ins Korn werfen – ich meine, das Queue wegstellen.» Er stand erregt auf und trat an den Kamin.

Jury legte die Karten aufgefächert auf den Tisch und trank einen Schluck. «Übertreiben Sie mal nicht. Er ist genau wie Parmenger. Nichts kann ihn aufhalten. Ziehen Sie eine.»

«Nein.»

«Na machen Sie schon. Sie werden sich gleich viel besser fühlen. Es ist ein Trick.» Jurys Lächeln verschwand, als er an das Tor der Bonaventura-Schule dachte. «Wenn auch kein sehr guter.»

«Ich verstehe einfach nicht, wie Sie den jungen Whittaker in eine solche Lage bringen können.»

«Deswegen hat er seine Partie noch lange nicht verloren. Er doch nicht. Ganz im Gegenteil.»

Plant schwieg; er hatte die Hände um das Glas gefaltet und starrte mit gerunzelter Stirn ins Feuer, als suche er nach neuen

Argumenten. «Ich hätte gedacht, daß Sie – diese Frauen gerne gerächt sehen würden.»

Jurys Hand mit dem Glas darin verharrte mitten in der Bewegung. «Das ist das Dümmste, was ich je aus Ihrem Mund gehört habe. ‹Gerächt›. Wenn ich auf Rache aus wäre, dann hätte mir ein Blick auf Lady St. Leger genügt.»

«Ich spreche von Gerechtigkeit.»

«Sie sprechen von der Gerechtigkeit des Gesetzes.» Jury schnaubte verächtlich. Er hatte den Eindruck, daß sie beide schon ziemlich betrunken waren. Er sollte besser Cullen verständigen. Und Racer. Doch er goß sich lieber einen weiteren Drink ein und schob die Flasche seinem Freund hinüber.

«Vielleicht nicht gerade diese Sleight. Aber was ist mit Helen Minton? Wird ihr Tod einfach ad acta gelegt? Ich hatte eher den Eindruck, daß Sie... ach, schon gut.»

Jury starrte in sein Whiskyglas und schwenkte es, so daß kleine, bernsteinfarbene Wellen entstanden. Er dachte an Isobel Dunsany, die in diesem verlassenen Kaff an der Nordsee von ihren Erinnerungen an glanzvolle alte Zeiten lebte.

«Ihr Tod wurde nicht einfach ad acta gelegt. Ich habe sie doch nur ein paar Stunden gekannt.» Jury hatte das Gefühl, sich verteidigen zu müssen. Als ob die Dauer einer Bekanntschaft das Maß des persönlichen Engagements bestimmen könnte! Er wich Melrose Plants forschendem Blick aus.

Plant bemerkte nur einfühlsam: «Aber Sie mochten sie.»

«Ich habe schon viele Frauen gemocht», sagte Jury lässig und hoffte, damit den Anschein eines knallharten Detektivs aufrechtzuerhalten, der sich seinen Weg durch Scharen von schönen Frauen bahnte. Natürlich vergeblich. «Haben wir das nicht alle?» Er sah Melrose an.

«Lenken Sie nicht ab.»

Jury tat es trotzdem, da ihm dieses Thema widerstrebte. «Ich konnte mir anfangs einfach nicht zusammenreimen, warum der Marquis und die Marquise nicht einfach einen Erben *adoptierten* – statt einen zu klauen, um es mal so lapidar zu formulieren.»

«Weil ein Adelstitel sich so nicht übertragen läßt. Keine Adoptionen, keine zweifelhafte Herkunft.» Melrose starrte auf das glühende Ende seiner Zigarre wie das sprichwörtliche Kaninchen, das hypnotisiert in das Auge der Schlange blickt. «Noch nie was von dem alten Needwood, Graf Dearing, gehört? Er behauptete, das Kind, das die Gräfin zur Welt gebracht hatte, sei nicht von ihm. Versuchte ungefähr drei Dutzend Zeugen beizubringen, die das bestätigen sollten. Da die Gräfin aber eiserne Nerven und versiegelte Lippen besaß, wenn es um Schlafzimmergeschichten ging, entschied das Gericht, daß entweder der Graf der Vater des Kindes sei oder es sich um eine unbefleckte Empfängnis gehandelt haben müsse.» Melrose warf seine Zigarre in den Kamin und legte einen Arm auf den Sims. «Wie Sie sehen, alter Knabe, muß man absolut lupenrein und aus dem echten Holz geschnitzt sein, sonst läßt sich da nichts machen.» Um seine Lippen zuckte ein Lächeln. «Können Sie sich vorstellen, daß jemand einen Namen so durch den Dreck zieht, noch dazu, wenn es sich um die eigene Familie handelt? Ich nicht.»

Jury sah ihn nachdenklich an. «Nein. Wahrscheinlich läuft es eher umgekehrt, stimmt's? Wenn's mal zu einem Ehebruch kommt, wird die Familie dichthalten.»

«Ja, so ist es.» Plant setzte sich wieder und schenkte sich einen neuen Drink ein. «Ich glaube, wir sind dabei, uns zu besaufen.»

«Das glaube ich auch.»

Plant schaute auf seine Uhr. «Wir sollten im Pub weiterzechen, ich muß da noch was erledigen...»

«Was meinen Sie damit?»

«Nichts. Nichts. Sie rufen Cullen an; ich hole Tommy. Ich glaube nicht», sagte er grinsend, «daß es sehr schwierig sein wird, die Erlaubnis seiner Tante einzuholen, um mit ihm einen letzten Ausflug ins ‹Jerusalem Inn› zu machen.» Melrose hob sein Glas. «Frohes Fest, Superintendent.»

Sie stießen an; Plants Glas glitt ab, und der Whisky schwappte auf seine Krawatte. «Schlimmer als Vivian.» Er wischte die Tröpfchen weg. «Ich bin gespannt, was dieses Weib – ich meine unsere gute alte Vivian – mit ihrem Graf Dracula zu tun gedenkt.» Er rutschte tiefer in seinen Sessel. «Also Polly Praed...»

«Sie sind ein Narr, wissen Sie das?»

Plant runzelte die Stirn. «Was soll das heißen? Ach, was soll's. Noch mal, frohes Fest!»

«Frohes Fest, mein Freund.»

Und wieder stießen sie an.

Siebter Teil

«Jerusalem Inn»

27

«Ja was haben wir denn hier?» fragte Melrose Plant, als er beim Einsteigen in Jurys Dienstwagen zwei Pakete auf dem Rücksitz entdeckte, ein ziemlich großes und ein etwas kleineres.

«Weihnachtsgeschenke für die Hornsbys», sagte Jury. «Hab ich heute in Durham gekauft.» Er hörte das Papier rascheln. «Es ist nicht für Sie. Finger weg.»

Tommy Whittakers Begeisterung, heute abend auch mit von der Partie zu sein, wurde etwas gedämpft durch seine Sorge um Lady St. Leger. «Was ist eigentlich los mit Tante Betsy? Sie sah richtig angegriffen aus, als sie auf ihr Zimmer ging.»

Einen Augenblick lang herrschte Schweigen, bevor Jury antwortete: «Sie ist eine alte Frau, Tommy. Du weißt, daß es mit ihrer Gesundheit nicht zum besten steht. Nach alldem, was vorgefallen ist...»

«Das wird's wohl sein. Haben Sie denn inzwischen was rausgefunden? Verdächtigt Sergeant Cullen mich immer noch?»

«Du gehörst nicht zu den Verdächtigen.»

Tommy stieß einen erleichterten Seufzer aus.

«Vielleicht», sagte Jury, «ist es einer von diesen Fällen, die ungelöst bleiben.»

«Was? Das ist doch wohl nicht Ihr Ernst?» Tommy hatte sich noch seinen Kinderglauben an die Allmacht von Scotland Yard bewahrt.

«Ist alles schon vorgekommen. Im Augenblick interessiert mich aber vor allem, was Mr. Plant mit dem Paket macht», sagte er in Richtung des leisen Raschelns, das vom Rücksitz kam.

Das grosse Paket war geöffnet und sein Inhalt, eine im Lauf der Jahre etwas verblichene Figur eines der Weisen aus dem Morgenland, neben die beiden anderen gestellt worden. Das kleinere Geschenk war für Chrissie; es enthielt ein ähnlich verblichenes Jesuskind, das sie liebevoll ins Stroh bettete.

Chrissie stand mit Alice im Arm vor der um zwei Figuren angewachsenen Krippe. Ihre schmalen Augenbrauen berührten sich beinahe, so kritisch musterte sie die Szene. «Der neue ist aber kleiner als die beiden andern. Und er bringt auch Gold mit, genau wie der da.» Sie deutete auf den Weisen neben Jurys etwas zu klein geratener Figur. «Ich glaube, es ist der gleiche. Und der Mohr fehlt.» Sie warf Jury einen vorwurfsvollen Blick zu, als hätte er nun wirklich besser über die Weihnachtsgeschichte Bescheid wissen können.

Ohne das Stimmengewirr der zwei Dutzend Jerusalem-Pilger zu beachten, die sich schon seit den späten Nachmittagsstunden in die richtige Stimmung für den Abend brachten, meinte Jury: «Du hast recht. Aber sie hatten nur den. Ich habe ihn und das Jesuskind in einem alten Laden gefunden. Wahrscheinlich sind es Überbleibsel von einer anderen Krippe.» Jury merkte, daß seine Bemühungen, die Krippe Chrissies Wünschen gemäß zu vervollständigen, nicht sehr erfolgreich gewesen waren. Er lächelte. «Ist ja auch nicht einfach, einen Weisen aufzustöbern...»

Chrissie strich Alices Kleid glatt. «Das kann ich mir denken. Ist ja auch sehr nett von Ihnen.» Das klang grimmig. «Nur... das Jesuskind hat keine Windeln an.» Inmitten des allgemeinen Lärms – der aus voller Kehle gesungenen Weihnachtslieder und gebrüllten Bestellungen – war die friedliche Krippenszene eine kleine Oase der Ruhe. «Glauben Sie, Maria und Joseph hat es was ausgemacht, daß es nicht drin lag?»

«Bestimmt. Aber jetzt ist es ja wieder da. Und das ist die Hauptsache.»

Ihrem schmalen Brustkorb entrang sich ein tiefer, resignierter Seufzer. «Na, dann muß ich ihm wohl oder übel ein paar Windeln besorgen.»

Melrose und Tommy hatten sich an den Tresen vorgedrängt und standen nun eingeklemmt zwischen Nutter und einem Fremden mit langen dunklen Ringellocken und einem Ohrring – also ganz offensichtlich nicht Nutters Typ. Hätten Tommy und Melrose sich nicht dazwischengedrängelt, so hätte sich die knisternde Spannung in der Luft wohl bald auf dramatische Weise entladen.

Tommy brüllte Hornsby ihre Bestellung zu und grinste dabei Dickie an, dessen riesige Lauchstange festlich mit einer roten Schleife geschmückt war. Dickie grinste und machte eine Bemerkung, die im allgemeinen Radau unterging. Der Raum war voller Leute: Stammgäste, Laufkundschaft und auch der eine oder andere, der nur zum Weihnachtenfeiern im «Jerusalem Inn» aufgetaucht war.

Der dunkelhaarige Fremde neben Melrose trug ein graues Hemd und eine schwarze Weste, rauchte eine Zigarette und trank ein Lager. Er sah Tommy irgendwie ähnlich – so mochte Tommy in zwanzig Jahren aussehen. Er nickte Melrose freundlich zu, und Melrose nickte zurück.

«Viel los hier, was», sagte der Fremde und strich sich das lokkige schwarze Haar aus der hohen Stirn.

«Kann man wohl sagen. Wollen Sie was trinken?»

«Ja, warum nicht. Vielen Dank.» Er schob sein Glas über den Tresen und deutete mit der Zigarette auf den Oboenkasten, den Tommy an den Tresen gelehnt hatte. «Was ist denn da drin? Du hältst ihn ja fest, als würde gleich der Teufel persönlich über den Tresen springen und ihn dir wegnehmen.»

«Das? Da ist nur mein Queue drin.» Tommy sah sich den Mann etwas genauer an. «Sie waren schon mal hier, stimmt's?»

«Nein, liegt nicht gerade auf meinem Weg.» Der Mann lachte. «Spielst du Pool? Ich hätte nichts gegen eine Partie.»

«Snooker.»

«Okay, warum nicht. Ist mir gleich.» Der Fremde streckte die Hand aus. «Ich heiße Alex. Du bist also dabei?»

Tommy, dem nie etwas aus der Hand fiel, ließ seinen Queuekasten auf den Boden fallen und bückte sich schnell danach. Er schüttelte den Kopf.

Nutter, der ungern unbeachtet blieb, versetzte Tommy einen Rippenstoß. «Mach schon, Junge, zeig's ihm. Wir wollen hier keine Fremden, die das große Wort führen.» Er schob sich näher an Alex heran und war sichtlich irritiert, daß dieser einfach stehenblieb und sein Bier trank.

«Nein, danke, keine Lust», sagte Tommy und verdrückte sich mit dem Glas in der Hand und den Kasten gegen die Brust gepreßt in der Menge. Zum erstenmal, dachte Jury, sieht er wie ein Sechzehnjähriger aus, ein bißchen schüchtern und einsam.

«Will sonst vielleicht jemand? Sagen wir einen Fünfziger das Spiel?» bot Alex an.

Von einem Moment zum anderen war Nutters Feindseligkeit verschwunden – er witterte ein gutes Geschäft. «Clive. Für fünfzig Mäuse läßt er sich vielleicht überreden.»

Alex lächelte. «Na schön. Ihr macht aber nicht den Eindruck, als würdet ihr die fünfzig Kröten zusammenbringen, nicht mal, wenn ihr alle zusammenlegt.»

Dickie begann schon in seinen Taschen zu kramen, da zog Melrose gelassen seine Geldklammer hervor. «Dickie soll die Börse verwalten.» Er drückte Dickie ein paar Scheine in die Hand.

Clive lachte. «Wer sie verwaltet, ist mir völlig gleichgültig, solange ich sie nur hinterher bekomme.»

Clive bekam gar nichts.

Clive kam kaum an den Tisch heran.

Es gelang ihm lediglich, den Pulk der roten Kugeln so ungeschickt zu sprengen, daß Alex 81 Punkte in Folge machen konnte und eine Viertelstunde später den Tisch abgeräumt hatte.

Clive starrte gebannt auf den leeren Tisch. Das konnte doch nicht wahr sein?

Melroses Ruf als Hinterzimmermäzen machte schnell die Runde. Bald strömten auch die anderen herein und wollten ihr Glück versuchen.

«Die müssen verrückt sein», sagte Tommy, der sich mit seinem Bier in eine dunkle Ecke verzogen hatte.

«Warum? Sie verspielen doch nur Plants Geld.»

«Dann muß er verrückt sein. Wissen Sie denn nicht, wer das ist?»

Innerhalb von dreißig Minuten hatte Alex drei Partien gespielt und unglaubliche Serien von 90 und 110 Punkten hingelegt. Und da nicht die geringste Aussicht bestand, daß ein einziger seiner Gegner ihn jemals schlagen würde, konnte er ein paar aufsehenerregende Stöße riskieren.

«Wer zum Teufel ist das?» erkundigte sich Jury bei Plant.

«Sie lesen wohl nichts außer Ihren Akten?» Plant hielt ihm die Sportseite des *Guardian* unter die Nase; Jury sah erst das Foto, dann Alex an und stöhnte: «Allmächtiger!»

Nutter war betrunken genug, um ebenfalls einen Versuch zu wagen. Er war entschlossen, gleich mit dem ersten Stoß einzulochen, aber er gab dem Spielball einen solchen Effet, daß er eine rote Kugel mit Karacho über die Bande beförderte.

Nutter bekam großen Applaus für diese beeindruckende Leistung. Alex hielt sich in sportlicher Fairness zurück.

«Auf dem Fußboden sind leider keine Taschen, Mann», sagte Dickie und bekam dafür beinahe Nutters Queue über den Schädel. Das Spiel war ebenso schnell vorbei wie die anderen. Weitere fünfzig Pfund wechselten den Besitzer.

«Hören Sie», sagte Melrose, «ich gebe Ihnen am besten gleich einen Tausender, dann brauche ich nicht immer die Klammer herauszuholen.»

Alex lächelte. «Ich hab nichts gegen Ihren Tausender, nur möchte ich ihn mir auch verdienen. Wo steckt denn dieser junge Bursche, von dem hier überall erzählt wird, er sei der Lokalmatador? Bist du das?» Irgendwie war sein Blick sofort auf Tommy gefallen.

«Dieser Bursche», sagte Tommy und richtete sich auf, und zum erstenmal, seit Melrose ihn kannte, rümpfte er die Nase, «bin ich.»

«Reichlich jung. Wie alt bist du denn, zwanzig?»

Tommy zuckte die Schultern. «So ungefähr.»

«So ist das, Tommy», scherzte Melrose. «Den Rest deines Lebens wirst du nun wie Gary Cooper in *High Noon* verbringen. Vergiß ja nicht, dich immer mit dem Gesicht zur Tür zu setzen.»

Alex lachte. Melrose lachte ebenfalls. Tommy nicht.

Tommy begann und schaffte auf Anhieb 23 Punkte. Er spielte auf wenige rote Kugeln und auf die schwarze; die übrigen beließ er vorerst in einem dichten Pulk auf dem Tisch. Schließlich lochte er die blaue ein, und der Spielball kam hinter der Feldlinie zum Stillstand. Er mußte jetzt mit einem langen Stoß den Pulk sprengen. Der Stoß mißlang.

Unterdrücktes Stöhnen war zu vernehmen. Dickie breitete beide Arme aus: «Vielen Dank, meine Dam'n un' Herr'n – Ruhe bitt schön.»

Nach den Mienen der beiden Spieler zu urteilen, hätte selbst eine vorbeistürmende Büffelherde sie nicht gestört. Alex trat an den Tisch. Der Spielball lag jetzt am anderen Ende des Tisches dicht an der Bande. Der Winkel schien unmöglich für einen guten Stoß. Trotzdem gelang Alex das Kunststück, die anvisierte rote Kugel von der schwarzen zu trennen und sie in eine Mitteltasche zu befördern. Die weiße blieb in idealer Position zur grünen liegen. Mit dem nächsten Stoß versenkte er die grüne und brachte die weiße über drei Banden wieder in eine günstige Position zu den restlichen roten Kugeln.

Sorgfältig legte Dickie die grüne Kugel an ihren Platz zurück.

«Wisch sie ab», sagte er dann zu Dickie.

Dickie beugte sich über den Tisch, betrachtete die weiße Kugel und schüttelte den Kopf. «Ich seh nichts, Kumpel.»

Alex fixierte ihn. «Du brauchst auch gar nichts zu sehen, Mann. Beim letzten Stoß ist sie geeiert. So was kann 'ne Menge Geld und Nerven kosten.»

«Den Marker, Dickie, mach schon», sagte Tommy.

Dickie suchte nach dem kleinen schwarzen Marker, konnte ihn aber nicht finden; statt dessen markierte er die Position der

Spielkugel mit der Lauchstange. Dann machte er sich daran, die Kugel sorgfältig zu polieren. «So blank wie 'n Kinderpopo.»

Alex funkelte ihn zornig an und nahm angeekelt den Lauch vom Tisch.

«Tut mir leid, Mann.» Dickie grinste und bat erneut um Ruhe.

Alex hatte die Positionsbilder anscheinend so deutlich vor Augen, als wären sie auf dem Tisch eingezeichnet. Er versenkte rot, schwarz, rot, schwarz in so schneller Folge, daß Dickie kaum Zeit hatte, die schwarze Kugel immer wieder an ihren Platz zu legen.

Alex beförderte den Spielball über vier Banden hinter die Feldlinie in die Nähe der gelben Kugel. Er versenkte diese, dann die grüne, und die braune blieb dicht an der Bande liegen. Den nächsten Stoß, der die braune von der Bande in die Mitte und den Spielball über drei Banden hinter die Feldlinie in die Nähe der rosa Kugel beförderte, schien Alex einfach aus dem Handgelenk zu schütteln.

Tommy schaffte es nicht, sich aus dieser Notlage zu befreien. Er versuchte es mit einem Sicherheitsstoß, der bei der unmöglichen Entfernung und dem unebenen Tisch einfach mißglücken mußte.

Alex versenkte die blaue Kugel mit einem gewaltigen Effetstoß und räumte den Tisch innerhalb von zwei Minuten ab.

Alle im Raum schienen die Luft anzuhalten.

«Noch eine Runde?» fragte Alex und kreidete sein Queue neu ein.

Tommy nickte sprachlos. Melrose klopfte ihm ernutigend auf die Schulter. Darauf trat Tommy wieder an den Tisch, kreidete sein Queue ein, und jetzt trat jener wild entschlossene Ausdruck auf sein Gesicht, der damals auch Parmengers Züge verzerrt haben mußte, als sein Malzeug aus dem Fenster geflogen war.

Er verlor.

Vor- und Rückläufer, Effetstöße, Kopfstöße – das ganze Repertoire: Alex war nicht nur ein erstklassiger Spieler, er war auch schneller als Tommy. Die Kugeln schossen wie Schnellzüge über den Tisch.

«Kaum zu fassen», sagte Jury. «Vor allem, wenn man bedenkt, daß er ‹rein zufällig› hier aufgetaucht ist. Wieviel hat Sie das gekostet?»

«Ein paar Scheinchen.»

«Ein paar Scheinchen ist gut. Wieviel genau?»

Melrose antwortete nicht.

«Ist das Ihr Geschenk?»

Alex hatte den Tisch leergefegt. Dritte Runde.

«Ein schönes Geschenk.» Jury leerte sein Glas. «Und was haben Sie für mich? Liebesgedichte?»

Melrose lachte. «Was wollen Sie denn? Tommy ist doch begeistert. Es braucht sein ganzes Können, um sich an diesem Tisch zu behaupten. Endlich ein Gegner, der seiner würdig ist. Und wenn man bedenkt, *was* das für ein Gegner ist!»

«Aber wie haben Sie es geschafft, ihn am Heiligabend hierher zu locken? Ich meine, der Mann wäre doch bestimmt lieber zu Hause bei Frau und Kindern...»

Melrose warf Jury einen gequälten Blick zu. «Sind Sie etwa verheiratet und haben Kinder? Außerdem ist er Ire.»

«Oh», sagte Jury, als erklärte das alles. «Aus Nord- oder Südirland?»

«Lassen Sie die Haarspaltereien.»

Tommy hatte drei rote Kugeln an der Feldlinie plaziert, was Alex einen Sicherheitsstoß unmöglich machte. Er konnte eigentlich nur den Spielball ans andere Tischende befördern und Tommy zu einem langen Stoß zwingen. Das Spiel stand 29 zu 30.

Alex führte mit einem Punkt Vorsprung, und ein angespannter Ausdruck war in sein Gesicht getreten. 59 Punkte lagen noch auf dem Tisch.

«Poesie im Zeitraffer», sagte Melrose, als der Effet, den Tommy dem Spielball gegeben hatte, eine Kugel in die Ecktasche beförderte und die weiße in eine günstigere Position zur blauen brachte. In schneller Folge versenkte er zuerst diese, dann eine rote, die grüne, wieder eine rote und schließlich die gelbe.

Am anderen Ende lag dicht neben der schwarzen Kugel noch eine letzte rote. Er mußte irgendwie die schwarze wegbekommen.

Er setzte den Stoß zu steil an. Die Zuschauer stöhnten auf. «Ruhe», brüllte Dickie, nachdem Mane ein paar Kraftausdrücke gemurmelt hatte.

Die weiße Kugel lag in einem äußerst ungünstigen Winkel zur roten. Alex drückte seine Zigarette aus, trat an den Tisch und schaffte es trotzdem, die rote Kugel von der Bande wegzubefördern und zu versenken; die weiße hatte solchen Schwung, daß sie über drei Banden ging und die schwarze so mühelos in die Mitteltasche beförderte, als wäre eine unsichtbare Hand am Werk. Ein kolossaler Stoß. Aber an die Kugeln auf der Feldlinie kam er nicht heran. Er mußte auf Nummer Sicher gehen.

Aus dem hinteren Teil des Raums war Beifall für Alex zu vernehmen. Nutter packte sofort einen Stuhl und wollte auf die Verräter los, doch Clive hielt ihn zurück.

Dickie streckte begütigend die Arme aus; die Augen hielt er geschlossen wie ein Chorleiter, der seine Rangen zu bändigen versucht. Er war wie in Trance. «Vielen Dank, meine Dam'n un' Herr'n, vielen Dank.»

Vorsichtig nahm er die weiße Kugel vom Tisch und unterzog sie einer feierlichen Reinigung. Dann schlug er der Länge nach hin.

Für Dickie war das genauso ein Ritual wie für Alex das Polieren der Kugel.

«Mach du weiter, Robin», sagte Tommy.

Robin sah ihn entgeistert an.

Tommy lächelte ihm genauso aufmunternd zu wie Jury und Plant. «Schiedsrichter, Robbie. Du kennst doch die Regeln.»

Und ob er das tat! Als nämlich Tommy das Queue eine Sekunde zu lang durch die Finger gleiten ließ – vielleicht, weil er sich zu sehr auf seinen Stoß konzentrierte –, rief Robbie: «Geschoben!»

Die Zuschauer waren sauer. Nutter mußte schon wieder zurückgehalten werden, sonst wäre er ihm an die Kehle gegangen. Aber Robbie hatte recht gehabt. Tommy trat vom Tisch zurück und mußte es Alex überlassen, die restlichen Kugeln einzulochen.

Als sie sich die Hand schüttelten, brandete stürmischer Beifall auf. Jury sah, daß Tommy strahlte – ein wirklich guter Verlierer. Plant hatte recht gehabt. Tommy mochte nicht von adeliger Abkunft sein, aber er war – wie hatte Plant sich ausgedrückt? – absolut lupenrein und aus echtem Holz geschnitzt.

Robin Lyte sah so glücklich aus, als hätte er die ganze Show inszeniert.

Die Zuschauer hielten den Snooker-Virtuosen Gläser hin, klopften ihnen auf die Schultern und wollten eine Zugabe sehen.

Alex sagte, es täte ihm leid, aber er müsse gehen.

«In deinem Alter, mein Junge, war ich nicht annähernd so gut wie du. Jetzt bin ich doppelt so alt, aber noch bin ich dir über, was?» Er zog ein Päckchen Zigaretten aus der Tasche, bot Tommy eine an und zückte sein Feuerzeug.

«Werden Sie wiederkommen?»

Werden Sie wiederkommen? Jury fand, das war die traurigste Frage, die er seit langem gehört hatte.

«Hierher? Das bezweifle ich.» Er grinste, musterte jedoch seinen Gegner mit scharfem Blick. «Aber ich wette, wir werden uns mal wieder begegnen.» Er zog seinen Mantel an, schlug den Kragen hoch und verschloß seinen Queuekasten. Dann streckte er Melrose die Hand entgegen. «War mir ein Vergnügen.»

«Können Sie denn nicht noch ein bißchen bleiben?» fragte Tommy sehnsüchtig.

«Würd ich ja, wenn ich könnte. Aber ich muß morgen spielen. Ich hab dir doch gesagt, daß ich dir einiges voraushabe. Ich bin Profi, verstehst du?»

«Ich weiß», sagte Tommy.

Tatsächlich? dachte Jury ironisch. Wer hätte das gedacht.

«...und ich hab dir noch auf anderem Gebiet etwas voraus», rief Alex von der Tür. Er mußte sich anstrengen, um sich über das Gebrüll der Besoffenen hinweg verständlich zu machen, die eine alkoholisierte Version von *Stille Nacht* zum besten gaben. «Ich bin Ire.»

Tommy sah zu, wie er sich umdrehte, noch einmal winkte und hinausging.

«Er war's tatsächlich», sagte er. Jury bemerkte, daß eine ehrfürchtige Betonung auf dem Wort «er» lag.

Draußen in der Dunkelheit würde Alex sich nun aufmachen und all den guten und schlechten Spielen entgegengehen, die ihn jenseits der Tür des «Jerusalem Inn» noch erwarteten.

Dorothy L. Sayers bei rororo

The Grand Old Lady of British Crime:
«Fraglos eine der raffiniertesten Kriminalautorinnen.»
The New York Times

Aufruhr in Oxford
rororo 23082

Diskrete Zeugen
rororo 23083

Fünf falsche Fährten
rororo 23469

Hochzeit kommt vor dem Fall
rororo 23245

Mord braucht Reklame
rororo 23081

Mord in mageren Zeiten
England 1940: Harriet Vane – nun Lady Peter Wimsey – hat sich mit ihren Kindern in die Countryside zurückgezogen. Für Trubel sorgen die dort stationierten Air Force Soldaten, die hübschen Mädchen vom Landdienst – und eine Tote auf der Landstraße. Ein Fall für Lord Peter und seine scharfsinnige Gattin – Dorothy L. Sayers allerletzter Fall! rororo 23617

In feiner Gesellschaft
Theaterproduzent Laurence Harwell und seine Frau gelten in ihren Kreisen als Paradebeispiel einer Amour fou. Die kapriziöse Rosamund bändelt mit einem jungen Dramatiker an – und wird ermordet. Das ruft Lord Peter auf den Plan ...

rororo 22638

Weitere Informationen in der Rowohlt Revue *oder unter* www.rororo.de